HEYNE

W0395696

Michael Hamannt

DIE DÄMONEN KRIEGE

Roman

WILHELM HEYNE VERLAG
MÜNCHEN

Sollte diese Publikation Links auf Webseiten Dritter enthalten, so übernehmen wir für deren Inhalte keine Haftung, da wir uns diese nicht zu eigen machen, sondern lediglich auf deren Stand zum Zeitpunkt der Erstveröffentlichung verweisen.

MIX
Papier aus verantwortungsvollen Quellen
FSC® C083411

Verlagsgruppe Random House FSC® N001967

Originalausgabe 03/2018
Redaktion: Martina Vogl
Copyright © 2018 by Michael Hamannt
Copyright © 2018 dieser Ausgabe by
Wilhelm Heyne Verlag, München,
in der Verlagsgruppe Random House GmbH,
Neumarkter Straße 28, 81673 München
Dieses Werk wurde vermittelt durch die
AVA international GmbH Autoren und Verlagsagentur, München
Printed in the Czech Republic
Umschlaggestaltung: DAS ILLUSTRAT GbR, München,
unter Verwendung mehrerer Motive von Shutterstock
Karten: Andreas Hancock
Satz: GGP Media GmbH, Pößneck
Druck und Bindung: CPI books GmbH, Leck

ISBN: 978-3-453-31838-0
www.heyne.de

ERSTER TEIL

JAGD

»Die Val'kai, von den meisten Menschen aufgrund ihres abscheulichen Aussehens und ihrer Brutalität schlicht Dämonen genannt, sind Geschöpfe der Magie und entstammen der Gegenwelt. Einer magischen Dimension, die einstmals von lebenden Göttern beherrscht wurde.«

Auszug aus »Die Diener der Götter«,
Rupert Grimbogg,
Magier & Chronist,
49 v.d. Zweiten Dämonenkrieg–23 n.d. Zweiten Dämonenkrieg

PROLOG

Ostwald, Xe'Neridian
16. Apris, 1026 n. d. Zweiten Dämonenkrieg

Der Morgen war von einem verräterischen Rot. Die Sonnenstrahlen sickerten durch das Blätterdach des Waldes und tropften wie wässriges Blut vor Ryks Füße. Ein Omen, hätte sein seliger Onkel gesagt. Ryk jedoch glaubte nicht an so etwas. Er glaubte an die Jagd, an seinen Auftrag und daran, dass man sich als Dämonenjäger keine Fehler leisten durfte.

Vor einem Tag hatte ihn der Hilferuf aus der Gemeinde Imres, einem kleinen Holzfällerdorf am Westsaum des Waldes, erreicht. Eine Gruppe von sieben Männern war aufgebrochen, um nach frischen Beständen des Arnbaumes zu suchen. Nur einer von ihnen hatte es zurückgeschafft. Schwer verwundet und halb wahnsinnig vor Angst. Aufgrund seiner Verletzungen war der Dorfvorsteher von einem Angriff durch ein Rudel Reißer ausgegangen und hatte sich daraufhin an Ryk gewandt. Es war kaum mehr als ein Routineauftrag, mit ernsthaften Schwierigkeiten rechnete er nicht. Reißer brachen in dieser Gegend immer mal wieder durch die magische Barriere. Gut bezahlt wurde es trotzdem, denn Arnholz war in den Schwebenden Reichen sehr gefragt und damit für die Bewohner von Imres eine profitable Einnahmequelle.

Ryk schloss die Linke fester um den Schaft der Armbrust, während sich der Zeigefinger der anderen Hand eng an den

Abzug schmiegte. Sein Blick, den er wie seine übrigen Sinne für die Jagd magisch geschärft hatte, durchforstete die Schatten zwischen den Bäumen. Die Magie fächerte die Dunkelheit für ihn auf und offenbarte ihm deren wahre Farben: wabernde Violett- und Blautöne, durchzogen von Schlieren aus öligem Schwarz.

Er hielt inne, neigte den Kopf zur Seite und lauschte auf die Geräusche, die von überallher an seine Ohren drangen. Das Wispern der Blätter. Vogelrufe. Pfoten, die durch gefallenes Laub huschten. Ryk war eins mit der Jagd. Eins mit dem Wald, den er in all seinen Facetten roch: die würzige Erde, die Blätter, den Kot der Tiere und einen leichten Verwesungsgeruch. Nichts Ungewöhnliches für diese Jahreszeit. Durch die Sohlen seiner Stiefel spürte er den Nachhall von Corrs und Jailars Schritten, seine beiden Gehilfen, die links und rechts von ihm gegangen und nun ebenfalls stehen geblieben waren. Was er hingegen vermisste, war das Stampfen von Klauen, die in wilder Hatz den Boden aufrissen. Nichtsdestotrotz gab es in diesem Teil des Waldes deutliche Hinweise auf die Anwesenheit von Reißern – oder Dämonen, wie die Val'kai im Volksmund genannt wurden. Da waren Pfotenabdrücke im Schlamm und Kratzspuren in der Rinde, wo sie ihre Krallen gewetzt hatten.

»Wo stecken die verfluchten Biester?«, fragte Jailar mit angespannter Stimme.

Ryk zuckte zusammen. Aufgrund seiner geschärften Sinne hatten die Worte für ihn so laut geklungen, als hätte der Junge sie ihm direkt ins Ohr gebrüllt. Mit gerunzelter Stirn sah er zu ihm hinüber. Es war nicht das erste Mal an diesem Morgen, dass Jailar gesprochen hatte, obwohl Ryk Schweigen angeordnet hatte. Als er jedoch die Nervosität des Jungen bemerkte, verflog sein Ärger.

Jailar war groß und kräftig, hatte dunkelblondes Haar und war in Braun und Grün gekleidet. Die Farben des Jägers. Seine Augen, die sonst aufmerksam dreinschauten, waren furchtsam geweitet. Schweißperlen glänzten auf seiner Stirn, und er umklammerte das Kurzschwert in seiner Hand so fest, dass die Fingerknöchel weiß hervortraten. Jailar war gerade einmal neunzehn und arbeitete erst seit Kurzem für ihn. Als er sich um die Stelle bewarb, hatte er einen ganz passablen Eindruck gemacht. Als Sohn eines Schwertschmieds war er nicht nur im Herstellungsprozess von Waffen geschult, sondern auch in deren Umgang. Er hatte schnelle Reflexe und schien kühn – oder auch närrisch – genug, um sich freiwillig für den Posten als Gehilfe eines Dämonenjägers zu melden. Und dennoch wirkte er in diesem Augenblick, als wäre er lieber an jedem anderen Ort der Schwebenden Reiche als hier im Ostwald. Andererseits war es sein erster Einsatz.

»Sicher sind sie längst weitergezogen«, murmelte Corr. Ryk wandte sich seinem zweiten Gehilfen zu. Einem Mann mit einer zottigen braunen Haarmähne, der sich mit der Geschmeidigkeit eines Wolfs durch das Unterholz bewegte. Die dunklen Augen funkelten wachsam in seinem wettergegerbten, von Lachfältchen und Narben durchfurchten Gesicht. Corr war schon so lange in Ryks Diensten, dass er ihn als Freund betrachtete.

»Ja, macht ganz den Eindruck«, stimmte Ryk zu. »Im Umkreis von einer Viertelmeile kann ich keinen einzigen Dämon spüren.« Er sandte die Magie, die seine Sinne verstärkte, in das Energiezentrum nahe seines Herzens zurück. Hier saß die Quelle seiner Macht: das Seelenfeuer. Oder Ori'vah, wie die Magier es nannten. Wie jedes Mal, wenn die Magie versiegte, hatte Ryk das Gefühl, als würde die Welt von einem Wimpernschlag auf den anderen von ihm abrücken, ihn von all ihrer Farbenpracht, all den vielzähligen Geräuschen und wundersamen Gerüchen ausschließen. Allzu blass und trist erschien ihm der Wald daraufhin, weshalb er seine Magie am liebsten sofort wieder entfacht hätte. Sie war jedoch zu kostbar, um sie leichtfertig zu vergeuden, solange ihnen keine unmittelbare Gefahr drohte. Und sie zu regenerieren, kostete viele Stunden Ruhe und Schlaf.

Ryk atmete gerade tief durch, als Jailar sagte: »Hört ihr das auch?«

Es war ein Summen wie von einem Insektenschwarm. Ryk hatte es bereits vorhin vernommen, zunächst aber ignoriert, da er sich ganz auf die Suche nach den Dämonen konzentrieren wollte.

Corr deutete mit der Spitze seines Bogens nach vorne: Zwischen den Bäumen schimmerte eine Lichtung hindurch. »Es scheint von dort zu kommen.«

»Die Holzfäller aus Imres«, sagte Ryk düster. »Sehen wir uns das mal an!« Er schob sich durch das Unterholz auf die Lichtung zu, dicht gefolgt von seinen Gehilfen.

Fliegen. Hunderte Fliegen. Doch mehr noch als ihre Gegenwart verriet Ryk der stärker gewordene Verwesungsgestank, dass sie die vermissten Männer gefunden hatten. Das Gras war vielerorts niedergedrückt und dunkel von getrocknetem Blut. Vereinzelte, nicht näher definierbare Fleischbrocken verrotteten in der Sonne, und als er nähertrat, sah er, dass sich eine Armee von Maden an ihnen labte.

»Der Dorfvorsteher hatte recht«, brummte Ryk. »Das ist das Werk von Reißern.«

Corr blickte sich um und schüttelte den Kopf. »So viel Blut, verdammte Scheiße!« Er spuckte aus. »Das stammt nicht nur von einem Mann.«

Es war unmöglich zu sagen, um wie viele der Holzfäller es sich handelte. Wahrscheinlich alle sechs. Die Reißer, oder Ahka'ri, wie diese Dämonenart in der Sprache der Val'kai hieß, hatten einfach zu wenig von ihnen übrig gelassen. Selbst die Knochen hatten sie mit ihren Raubtiergebissen geknackt und verschlungen. Es gab nur eine einzige Leiche, die noch halbwegs als Mensch erkennbar war: ein blutiger Rumpf, dem der Kopf und sämtliche Gliedmaßen fehlten. Er lag in der Mitte der Lichtung. Der Boden ringsherum war mit einer rotschwarzen Kruste überzogen. Als die drei sich dem Toten näherten, stob eine Wolke aus Purpurfliegen auf.

Jailar fuhr sich mit der Hand über den Mund. »Was … was ist hier passiert?« Im nächsten Moment wirbelte er herum, stolperte zum Rand der Lichtung und übergab sich in einen Riggbusch.

Corr warf Ryk einen Blick zu, der so viel sagte wie: *Hab ich dich nicht gewarnt?* Ryk verdrehte die Augen und folgte Jailar. Der Junge war blass und zitterte am ganzen Körper. Bei allen Dämonen der Gegenwelt, hatte er sich tatsächlich so sehr in ihm geirrt? Aber vielleicht genügte es ja, wenn er dem Jungen ein wenig gut zuredete. »Hör mal, Jailar«, sagte Ryk und legte ihm eine Hand auf die Schulter, »wenn du es in diesem Beruf zu etwas bringen willst, musst du dir schon ein dickeres Fell zulegen. Du wirst noch viel Schlimmeres …«

Jailar übergab sich ein weiteres Mal, während Corr herangeschlendert kam und hämisch den Daumen in die Höhe reckte. Ryk seufzte in sich hinein. Die niederen Val'kai verstand er problemlos. Sie waren instinktgesteuerte Kreaturen, getrieben von Hunger und Blutdurst. Seine eigene Art bereitete ihm dagegen sehr viel größere Schwierigkeiten. Menschen verbargen ihre wahren Gefühle oft hinter Masken. Oder hielten sich für etwas, das sie nicht waren. Doch wenn sie sich nicht einmal selbst durchschauten, wie sollte dann er, der nichts weiter als ein Dämonenjäger war, es können? Natürlich änderte das alles nichts an der Tatsache, dass er die Verantwortung für den Jungen übernommen hatte, als er ihn einstellte. »Schau mich an, Jailar. Jetzt mach schon!« Ryk nickte zufrieden, als der Junge den Kopf hob. »Warum wolltest du für mich arbeiten?«

»Weil … weil du der Beste bist.«

»Und warum ist das so?«

Jailar biss sich auf die Unterlippe. »Du hast mehr Dämonen getötet als jeder andere.«

»Und?«

»Du bist immer noch am Leben.«

Ryk lachte. »Das ist wahr, Junge. Doch was mich wirklich zum Besten macht, geht über bloße Erfahrung hinaus.« Er tippte sich an die Stirn. »Instinkt! O ja, ohne den hätten die Dämonen mich schon vor langer Zeit erledigt. Und diesem Instinkt verdankst du es, dass du heute hier bist. Glaub mir, ich hätte dich nicht genommen, wenn ich nicht davon überzeugt wäre, dass du es in dir hast, diesen Biestern gehörig in den Arsch zu treten.«

Bei diesen Worten leuchteten Jailars Augen auf. Farbe kehrte in sein Gesicht zurück, und er grinste sogar ein wenig.

Corr schüttelte den Kopf, was der Junge zum Glück nicht sah. Vermutlich würde er am Ende wieder einmal recht behalten. Ein guter Schwertkämpfer war noch lange kein guter Dämonenjäger. Und trotzdem: Verdiente nicht jeder eine zweite Chance, sich zu beweisen?

Plötzlich seufzte Jailar und sah beschämt von ihm zu Corr. »Ihr beide müsst mich ja für das totale Weichknie halten.«

»Unsinn! Wer keine Furcht kennt, ist in unserem Beruf schon so gut wie tot«, wischte Ryk seine Worte beiseite. Das stimmte nicht ganz, doch der Junge war auch so schon verunsichert genug.

»Apropos tot«, warf Corr mit einem Blick auf die blutigen Überreste ein. »Auch wenn für diese Männer hier jede Hilfe zu spät kommt, sollten wir versuchen herauszufinden, in welche Richtung die Dämonen unterwegs sind. Es gibt in der Gegend mehrere Dörfer, die einem Angriff hilflos ausgeliefert wären.«

Ryk nickte. »Teilen wir uns auf. Bleibt aber in Hörweite. Nur für alle Fälle.«

»Wonach suchen wir?«, fragte Jailar.

»Nach allem, was uns in irgendeiner Weise verraten kann, in welche Richtung die Reißer weitergezogen sind.«

»Was ist mit den Holzfällern?«, fragte Corr.

»Der Wald wird sich um sie kümmern.« Ryk sah zum Himmel auf. Die Sonne stand inzwischen ein gutes Stück über den Wipfeln, dennoch herrschte am Rande der Lichtung weiterhin Zwielicht. Bevor er Corr und Jailar losschickte, überprüfte er ein letztes Mal die Umgebung mithilfe seiner Magie. Seine Sinne schärften sich, und der Verwesungsgestank drang mit Übelkeit erregender Intensität auf ihn ein. Ryk unterdrückte ein Würgen und konzentrierte sich aufs Sehen und Hören. Die Schatten unter den Bäumen wurden durchscheinend. Der Wind trug den Flügelschlag eines Sorals an seine Ohren. Die Erde flüsterte von einem fernen Bach und von Kleingetier, das im Unterholz unterwegs war.

»Nichts«, sagte er nach einer Weile und kehrte zu seiner normalen Wahrnehmung zurück. »Also gut, ruft, wenn ihr etwas findet.«

Seine Gehilfen gingen in entgegengesetzte Richtungen davon. Ryk sah ihnen kurz nach. Corr war ein erfahrener Jäger. Es gab nicht viel, was ihn aus der Ruhe bringen konnte. Der Junge mochte sich immer noch als Problem herausstellen. Offenbar versuchte er, seine Schwäche von vorhin zu überspielen, indem er einen besonders entschlossenen Schritt an den Tag legte. Nun, man würde sehen.

Ryk wandte sich gen Süden, wo der Wald am dunkelsten war, und tauchte in den Schatten unter den Bäumen ein. Schon bald blieben das Summen der Fliegen und der Verwesungsgeruch hinter ihm zurück. Dankbar atmete er durch. Die Luft war hier schwer vom Duft des Arnbaums, dessen Rinde von bernsteinfarbenem Harztränen überzogen war. Erschaffen von den Ersten Magiern war sein Holz das einzige, das den Temperaturen der Feuerflüsse widerstehen konnte, was es für die Menschen in den Schwebenden Reichen so wertvoll machte.

Er war noch nicht weit gekommen, als sich vor ihm zwischen den Bäumen ein dunkler, riesenhafter Umriss herausschälte. Ryk näherte sich ihm vorsichtig. Es war eine Ruine. Mauern aus schweren grauen Felsblöcken, auf denen Flechten, Moos und wilder Efeu wuchsen. Zwar war er schon früher in der Gegend unterwegs gewesen, jedoch stets weiter nördlich, weshalb er dieses Gemäuer heute zum ersten Mal sah. Die Architektur und die Art, wie die Steine behauen waren, deuteten darauf hin, dass es aus der Zeit vor dem Ersten Dämonenkrieg stammte und damit weit über dreitausend Jahre alt war. Vermutlich sogar noch älter. Solche Ruinen waren selten. Eine völlig unbekannte zu entdecken – sie war definitiv auf keiner Landkarte verzeichnet, die er studiert hatte –, löste bei Ryk, der den Geheimnissen der Vergangenheit ebenso nachspürte wie den Val'kai, eine Gänsehaut aus. Was mochten diese Mauern nicht alles gesehen haben? Er legte die Handfläche auf den Stein und wünschte sich, er könne zu ihm sprechen.

Ein paar Herzschläge später zog er die Hand zurück. Gut möglich, dass die Ruine den Val'kai als Unterschlupf gedient hatte, weshalb es nicht schaden konnte, einen Blick hineinzuwerfen. Er folgte der Außenmauer auf der Suche nach einem Eingang. Seinerzeit musste es ein stattliches Bauwerk gewesen sein. Es gab zahlreiche großflächige Fenster, die jedoch schon vor langer Zeit ihr Glas eingebüßt hatten. Um sie als Einstieg zu nutzen, lagen sie zu hoch.

Als er sich dem Ende der Mauer näherte, bemerkte er die Überreste von Zwillingstürmen, die sich bis hinauf in die Baumwipfel schoben. Sie bestätigten seine Vermutung, dass es sich um die Überreste einer Kathedrale handelte. Eine Art Tempel, den die damaligen Menschen errichtet hatten, um zu einem längst vergessenen Gott zu beten. Er verzog abfällig die Mundwinkel. Wenn der Krieg mit den Val'kai die Menschheit eines gelehrt hatte, dann, dass es keine Götter gab.

Ryk hatte die Längsseite der Kathedrale abgeschritten und bog mit erhobener Armbrust um die Ecke. Vor ihm führte eine Steintreppe hinauf zu einem Portal. Ein düsteres Loch, das dem Eingang zu einer Höhle ähnelte. Er packte die Armbrust fester und hielt darauf zu. Tiefe Risse durchzogen die Stufen, in deren Ecken Moos zwischen Laubresten aus dem letzten Herbst wuchs. Ryks aufmerksamem Blick entging nicht, dass das Moos an einigen Stellen aufgerissen war, als hätte sich Krallen hineingebohrt. Die Reißer waren hier gewesen. Nur, wohin waren sie verschwunden?

Ryk setzte den Fuß auf die unterste Stufe und … Er zuckte zurück, als die Magie wie die plötzliche Hitze einer Stichflamme über sein Gesicht hinwegfuhr. Sie fühlte sich fremdartig an und doch auf beunruhigende Weise vertraut. Was hatte das zu bedeuten? Ein zweiter Magier? Nein, das wäre ein anderes Gefühl, und der Orden hätte ihn informiert, wenn er jemanden in sein Revier geschickt hätte. Aber es konnte auch kein Reißer sein, denn niedere Dämonen beherrschten keine Magie.

Ryk starrte in die Schwärze unter dem Portal. Keine Regung. Nichts. Nur die dumpfe Vorahnung, dass dort etwas lauerte. Er griff nach seinem Seelenfeuer. Die Magie loderte auf, jagte entlang der Energiebahnen seines Körpers in seinen Kopf und berauschte ihn für einige Sekunden wie ein Schluck hochprozentigen Branntweins. Das Gefühl ebbte allerdings rasch wieder ab.

Ryk kniff die Augen zusammen und konzentrierte sich auf das Portal. Seltsam. Trotz seiner Magie vermochte sein Blick die Dunkelheit nicht zu durchdringen. Er blinzelte ungläubig. Niemals zuvor war so etwas vorgekommen.

Kurz spielte er mit dem Gedanken, nach Corr und Jailar zu rufen. Nur würde er dadurch demjenigen – wer oder was auch immer sich im Inneren der Kathedrale verbarg – verraten, dass er über seine Anwesenheit Bescheid wusste. Keine gute Idee. Stattdessen erklomm er die nächste Stufe und stutzte, als die

Magie aus dem Inneren dieses Mal noch heißer, wenn auch durch seine eigene gedämpft, über sein Gesicht und seine Hände leckte. Er riss die Augen auf. Es musste sich um ein magisches Schild handeln, von dem seine geschärften Sinne abgelenkt wurden! Wie konnte das sein? Die Menschen beherrschten eine solche Magie schon lange nicht mehr. Das würde ja bedeuten … ein Humanos? *Unmöglich*, dachte er. Seit Jahrhunderten war es keinem von ihnen mehr gelungen, die Barriere zu durchdringen.

Er musste sich irren. Es konnte gar nicht anders sein.

Als ein Knacken hinter ihm im Unterholz ertönte, fuhr er herum. Bloß ein Yagafuchs, der durchs Dickicht der Bäume schlich. Ryk atmete erleichtert auf, drehte sich wieder um … und starrte in zwei weißglühende Augen, die auf ihn zustürzten. Ryk drückte den Abzug der Armbrust und warf sich zur Seite, doch er war zu langsam. Messerscharfe Klauen drangen durch das Leder seiner Jacke, zerfetzten sein Hemd und schlitzten ihm die Brust auf.

Die Wucht dieses Angriffs schleuderte ihn die Treppe hinab, sodass er mit dem Hinterkopf gegen einen Baumstamm krachte und augenblicklich das Bewusstsein verlor.

Als er wieder zu sich kam, lag er mit dem Gesicht im Dreck. Der Dämon! Ryk fuhr hoch und sackte mit einem unterdrückten Aufschrei wieder zusammen, als sein linker Arm unter ihm nachgab. »Verdammte Scheiße«, fluchte er zwischen zusammengebissenen Zähnen. So, wie es sich anfühlte, war seine Schulter ausgekugelt.

Sobald der Schmerz ein wenig nachgelassen hatte, kämpfte er sich in eine sitzende Position und sackte schwer keuchend mit dem Rücken gegen den Baum. Für einen Moment schloss er die Augen. Wieso zur Hölle lebte er überhaupt noch? Nicht, dass er sich beklagen wollte.

Ryk öffnete die Augen wieder, sah sich um und entdeckte den Dämon ein Stück rechts von ihm. Ein großer roter, regloser Fleischberg. Demnach hatte der Bolzen getroffen. *Glück im Unglück*, dachte Ryk und zog sich an dem Baum empor. Seine Brust brannte dort, wo ihn die Klaue des Dämons erwischt hatte, als würde ihm jemand die Haut mit Sand von den Knochen schmirgeln. Als er endlich auf den Beinen war, betrachtete Ryk seinen linken, schlaff herabhängenden Arm einen Augenblick lang mitleidig, bevor er die Schulter gegen den Stamm rammte. Es knirschte. Der Schmerz trieb ihm die Tränen in die Augen, aber wenigstens war das verfluchte Gelenk wieder in seine Position gerutscht. Probeweise bewegte er den Arm leicht vor und zurück und stieß dabei zischend den Atem aus.

Ryk war einer der wenigen, die alle fünf Zweige der Magie beherrschten. Andernfalls wäre er vom Orden niemals in den Rang eines Dämonenjägers erhoben worden. Doch ausgerechnet seine Heilkräfte waren von all seinen Fähigkeiten am schwächsten ausgeprägt, weshalb er für Notfälle wie diesen immer vorsorgte. Aus einer Gürteltasche holte er ein Stück getrocknete Traumwurz hervor, schob es sich zwischen die Zähne und kaute darauf herum. Ein bittersüßer Geschmack breitete sich in seinem Mund aus. Nur Augenblicke später setzte die Wirkung ein, und der Schmerz in Schulter und Brust wurde zu einem dumpfen Pochen.

Ryk blickte sich um. Seine Armbrust lag wenige Schritte entfernt. Er hob sie auf, wobei ihm leicht schwindelte, als er sich vorbeugte. Nachdem er sie nachgeladen hatte, näherte er sich dem Dämon. Es war ein Reißer und damit ein Animalia, ein Tierdämon. Dennoch war er sicher, vorhin die Magie eines Humanos gespürt zu haben.

Der Bolzen, der in der Kehle des Dämons steckte, ließ keinen Zweifel daran, dass er tot war. Ryk ging um ihn herum. Der Reißer besaß Ähnlichkeit mit einem xe'neridianischen Berglöwen.

Er hatte einen breiten Brustkorb, der in einen schmalen Hinterleib auslief. Und Tatzen, die mit einem einzigen Hieb Knochen zertrümmern konnten. Muskelwülste zeichneten sich unter der felllosen roten Haut ab. Ryks Blick glitt zurück zum Portal der Kathedrale. Der Zauber, der darüber lag, hatte das Biest vor ihm verborgen. Das mochte bedeuten, dass noch mehr von ihnen in der Nähe waren, geschützt durch die Magie eines Humanos, eines Menschendämons. Er musste Corr und Jailar unbedingt warnen.

Ein Schrei gellte durch den Wald. *Der Junge!*

Ryk rief seine Magie, die sich zurückgezogen hatte, als er bewusstlos geworden war. Sie schoss in seine Glieder, härtete seine Knochen, stärkte seine Sehnen und Muskeln. Er rannte los, und die Bäume flogen nur so an ihm vorüber. Dabei lief er schneller als jeder gewöhnliche Mensch, schneller noch als ein Pferd.

Wieder schrie Jailar, doch dieses Mal riss der Schrei abrupt ab. In Ryk verkrampfte sich etwas. *Nicht der Junge!* Er sprang über einen Baumstumpf hinweg. Ohne langsamer zu werden, stürzte er sich in ein Brombeerdickicht, das ihm Gesicht und Arme zerkratzte. Auf der anderen Seite wäre er fast über den Kadaver eines Reißers gestolpert. Ein Pfeil steckte im linken Auge der Bestie. Den Schaft schmückten blaugrüne Federn. Corr! Schwer atmend sah Ryk sich um. Wohin? Als er ein Fauchen vernahm, lief er in die Richtung, aus der das Geräusch kam, setzte über einen Bach hinweg, kletterte auf dem gegenüberliegenden Ufer die Böschung hinauf und rannte so lange weiter, bis er auf eine Lichtung stieß. Abrupt blieb er stehen.

Die Rodung war kleiner als die, auf der sie die Überreste der Holzfäller entdeckt hatten, und vollständig in die Schatten der umstehenden Bäume getaucht. Jailar lag keine drei Schritte von Ryk im Gras – begraben unter dem Leib eines toten Reißers. Der glasige Blick des Jungen verriet Ryk, dass er zu spät kam. Er ballte die Fäuste. Seine Hände fühlten sich mit einem Mal eiskalt an. Jailar hatte ihm vertraut, und er hatte ihn geradewegs in sein Verderben geschickt.

»Da bist du ja endlich!«, brüllte Corr.

Ryk riss sich von Jailars Anblick los. Sein Gehilfe befand sich in der Mitte der Lichtung, ungefähr zehn Schritte von ihm entfernt, und wurde von zwei Reißern gleichzeitig bedrängt. Corrs Gesicht war angespannt, seine dunklen Augen loderten vor Zorn. Er hatte sich Jailars Schwert geschnappt, nachdem ihm die Pfeile ausgegangen sein mussten. Seine Arme zitterten vom ungewohnten Gewicht der Waffe.

Die Bestien umkreisten ihn mit gesenkten Köpfen und rissen bei jedem Schritt mit ihren Pranken das Erdreich auf. *Nicht auch noch Corr! Bitte nicht auch noch Corr!* Ryk löste sich aus seiner Erstarrung und schrie auf. Einer der Reißer warf den Kopf herum und brüllte wie zur Antwort. Ryk stürmte ihm entgegen und drückte den Abzug seiner Armbrust. Der Bolzen schoss davon. Im Laufen warf Ryk die Waffe von sich und zerrte ein Messer aus seinem Gürtel. Derweil durchschlug der Bolzen, den Ryk abgefeuert hatte, den Knochenwulst über den Augen des Dämons und trat an der Rückseite des Schädels wieder aus. Die mit Magie aufgeladene Spitze glühte noch, als der Reißer zusammenbrach.

Ryk lachte und schleuderte der zweiten Kreatur sein Messer entgegen. Die Klinge leuchtete auf, als sie in die Schulter des Dämons fuhr und dort Muskeln, Sehnen und Knochen durchtrennte. Mit einem Jaulen knickte der Reißer ein, woraufhin Corr vorsprang und ihm Jailars Schwert in den Nacken trieb. Gurgelnd stürzte der Dämon auf die Seite und zuckte noch einmal mit den Pranken, bevor er still liegen blieb. Zur Sicherheit, oder vielleicht auch nur, um seine Nerven zu beruhigen, stieß Corr ein weiteres Mal mit dem Schwert zu. Danach rammte er es vor sich ins Erdreich.

Ryk starrte seinen Gehilfen an. Die Magie gab ihm nach wie

vor das Gefühl, mit bloßen Händen Bäume ausreißen zu können. »Was ist passiert?«

»Das wüsste ich gern von dir!«, knurrte Corr. »Der Junge ist tot, und ich wäre auch fast draufgegangen!«

Ryk funkelte ihn an. »Glaubst du, ich wollte, dass das hier geschieht? Verdammt, ich bin selbst nur knapp davongekommen.« Er wischte sich mit der Hand den Schweiß vom Gesicht und fügte ein wenig gefasster hinzu: »Etwas hat meine Magie blockiert, darum konnte ich die Reißer nicht wahrnehmen.«

»Blockiert?«, hakte Corr nach. »Wovon redest du?«

Ryk sah ihn an. »Ich rede von einem Humanos.«

Einen Moment lang wirkte Corr sprachlos, was selten vorkam. Dann hatte er sich auch schon wieder unter Kontrolle. »Du nimmst mich auf den Arm!« Als Ryk jedoch nur müde den Kopf schüttelte, wurde Corr blass. »Bist ... bist du dir sicher?«

»Gesehen habe ich ihn nicht, nur seine Magie gespürt. Natürlich könnte ich mich irren.« Immerhin hatte er noch nie einem Menschendämon gegenübergestanden. Aber er wusste auch, wie sich die Macht eines anderen Magiers anfühlte, und konnte daher ausschließen, dass der Zauber, der auf der Kathedrale lag, von einem Menschen stammte.

»Was machen wir jetzt?«

»Wir ziehen uns nach Imres zurück«, entschied Ryk. »Die Dorfbewohner müssen erfahren, was aus den Holzfällern geworden ist. Sie sollen die anderen Dörfer warnen. Und danach trommeln wir Verstärkung zusammen und kehren zurück.« Er fuhr sich mit der Hand über den Mund. Seit Jahrhunderten hatte keiner mehr gegen einen Humanos gekämpft. »Falls die alten Berichte stimmen, können wir es nicht allein mit dem Dämon aufnehmen.«

Corr nickte. »Hoffen wir nur, dass die Pferde noch dort sind, wo wir sie zurückgelassen haben.« Sein Gesicht verdüsterte sich. »Was ist mit Jailar? Wir können ihn nicht so liegen lassen.«

»Wir können, und wir werden«, sagte Ryk. »Und jetzt komm!« Er holte seine Armbrust, die ein Stück hinter ihm im Gras lag. Dabei vermied er jeden Blick auf den toten Jungen.

Als Corr zu ihm aufschloss, hielt er wieder Jailars Kurzschwert in der Hand.

Sie nahmen den Weg, auf dem Ryk gekommen war, und tauchten erneut in den Wald ein. Trotz der Bedrohung, die ihnen im Nacken saß, liefen sie nicht, sondern konzentrierten sich darauf, sich möglichst lautlos durch das Unterholz zu bewegen. Zum Lager war es ein gut einstündiger Fußmarsch. Sie hatten die Pferde dort gelassen, weil sie sie bei der Spurensuche bloß behindert hätten. Obwohl es kräftezehrend war, hielt Ryk sein Seelenfeuer aufrecht, um die Umgebung mit geschärften Sinnen zu erkunden.

Falls der Humanos in ihrer Nähe war, so verbarg er sich mithilfe seiner Kräfte vor ihm. Ryk hätte es ihm nur zu gerne gleichgetan, aber die Magier der Schwebenden Reiche hatten diese Fähigkeit schon vor Jahrhunderten verloren.

Gerade hatten sie den Bach überquert, über den Ryk vorhin hinweggesprungen war, als Corr fluchend stehen blieb. »Sieh dir das an!« Er deutete mit der Schwertspitze vor sich auf den Boden der Böschung, wo sich im Erdreich der Abdruck eines nackten Fußes abzeichnete.

Ryk ging in die Hocke. »Sechs Zehen«, murmelte er und fuhr mit dem Zeigefinger die Ränder des Abdrucks ab. Die Erde fühlte sich weich und feucht an, demnach musste er ganz frisch sein. Er schauderte. Menschendämonen besaßen sechs Zehen. Damit war auch der letzte Zweifel ausgeräumt. »Er muss ganz in der Nähe sein.«

»Denkst du, er beobachtet uns?«

Ryk erhob sich, und sein Blick glitt über das sie umgebende Grün. Sein Wissen über Menschendämonen stammte noch aus seiner Zeit an der Akademie, aus Büchern, uralten Aufzeichnungen und Geschichten. Wie zuverlässig es war, konnte er nicht sagen. Niemand konnte das. Fest stand nur, dass sie im Gegensatz zu den Tierdämonen über Magie geboten und als aggressiv und verschlagen galten. Außerdem hieß es, dass sie niedere Dämonen kontrollieren konnten. »Er könnte die Reißer vorausgeschickt haben, um uns zu testen.«

»Dann kennt er jetzt unsere Stärken und Schwächen.«

»Du sagst es. Also rasch weiter!«

Kurz darauf passierten sie die Arnbäume, die nahe der Lichtung mit den Leichen der Holzfäller wuchsen. Da Ryk noch immer keine verdächtigen Bewegungen oder Geräusche ausmachen konnte, rief er seine Magie in das Energiezentrum nahe seines Herzens zurück. Vielleicht würde er sie später noch brauchen.

Zum bestimmt hundertsten Mal innerhalb der letzten Minuten fragte er sich, wie der verfluchte Humanos die Barriere hatte passieren können? So etwas war seit dreihundert Jahren nicht mehr vorgekommen. Animalia verschlug es regelmäßig in die Schwebenden Reiche. Aus diesem Grund gab es auch Dämonenjäger wie Ryk, die sich dieses Problems annahmen.

In der Regel stolperte die niedere Dämonenbrut zufällig über Risse und Löcher in der Barriere und wurde dann unfreiwillig herübergezogen. Die Menschen der Schwebenden Reiche glaubten, dass diese Übergänge durch spontane und unkontrollierte Magieentladungen entstanden, die eine kurzzeitige, örtlich begrenzte Schwächung der Barriere zur Folge hatte. Eine Lüge, aber eine notwendige, da die Wahrheit die Bevölkerung nur beunruhigt hätte. Ein Humanos konnte einen solchen Übergang unmöglich benutzen, dafür war vor langer Zeit gesorgt worden. Wenn er es dennoch versuchte, würden sich die Kräfte hinter der Barriere wie ein ausgehungertes Wolfsrudel auf ihn stürzen und den Dämon töten. Es war die Magie der Menschendämonen, auf die die Barriere reagierte. Und dennoch hatte einer von ihnen sie überwunden.

»Ryk.«

Corrs Stimme drang an sein Ohr. »Hm.« Ryk kniff gerade die Augen zusammen. Hatte sich dort drüben hinter den Riggbüschen nicht etwas bewegt?

»Ryk, verdammt!« Zwei Worte, kaum mehr als ein Zischen, doch durchdrungen von einem so mächtigen Entsetzen, dass sich ihm die Nackenhaare sträubten. Ryk fuhr herum und erstarrte.

Corr war aschfahl. Jailars Schwert lag vor ihm auf der Erde. Hinter ihm stand der Humanos. Der Dämon presste eine Klaue an die Kehle seines Gehilfen. Blut trat an den Stellen aus, wo die Spitzen seiner Krallen die Haut ritzten. Den haarlosen Schädel, über den sich eine kränklich blasse Haut spannte, hielt der Dämon leicht schräg. Er musterte Ryk über Corrs Schulter hinweg aus unnatürlich großen schwarzen Augen, in denen winzige goldene Lichtflecken tanzten.

»Was macht ein Humanos in den Schwebenden Reichen?«, fragte Ryk und bemühte sich darum, jegliche Anspannung aus seiner Stimme zu verbannen. »Wie bist du hierhergelangt?«

Die Nüstern des Dämons, zwei schmale Schlitze direkt unter seinen Augen, blähten sich auf. Ansonsten blieb er jedoch stumm.

Ryks Gedanken überschlugen sich. Was sollte er tun? Krampfhaft versuchte er, sich an die Schriften aus seiner Zeit an der Akademie zu erinnern. Irgendetwas, das ihm weiterhelfen mochte. Sein Studium lag allerdings schon fast zwei Jahrzehnte zurück, und Corrs Leben bedroht zu sehen, war auch nicht gerade hilfreich. Das Einzige, was ihm einfiel, war, dass ein Humanos auf der Jagd angeblich niemals Gefangene machte. Nur warum lebte Corr dann noch?

»Ich weiß, dass du mich verstehst«, sagte er und hoffte, dass er damit recht hatte. »Warum gibst du meinen Freund nicht frei, und dann reden wir beide in Ruhe weiter.« Der Dämon zeigte immer noch keine Reaktion. »Ich könnte ein Portal in die Gegenwelt für dich öffnen, wenn es das ist, was du willst. Du könntest auf der Stelle zurückkehren.« Eine Lüge – zumindest eine halbe –, nur konnte der Humanos das nicht wissen. Irgendetwas musste er schließlich wollen, sonst hätte er längst angegriffen. »Komm schon, rede mit uns!« Ryk registrierte, wie sich Corrs Rechte langsam dem Jagdmesser nährte, das an seinem Gürtel hing, während er weiter auf den Val'kai einsprach. »Sag mir, was du willst, und ich werde sehen, was ich für dich tun kann.«

Vielleicht war es Zufall. Vielleicht hatte Ryk seinen Freund auch durch irgendeine unbewusste Regung oder einen Blick verraten. Mit einer einzigen schnellen Bewegung zerfetzte der Dämon Corr die Kehle. Ein Schwall Blut spritzte aus der Wunde. Corr fiel auf die Knie und stürzte dann vornüber ins Gras, wo er noch kurz zuckte, bevor er reglos liegen blieb.

Nein! Für einen Moment war Ryk wie erstarrt. »Du … du verdammtes Drecksvieh hast meine Freunde getötet!«

»Das Gleiche könnte ich von dir sagen.« Die Stimme des Dämons klang rau, wie bei einem Kranken, der mit wunder Kehle sprach. Er verstand ihn also doch. Und er beherrschte sogar ihre Sprache. »Warum jagst du uns?«

Sollte das ein Witz sein? Ryk betrachtete seinen Gegner genauer. Jetzt, da er nicht länger von Corr verdeckt wurde, wirkte der Dämon weit weniger beeindruckend. Er war groß, dürr und nackt. Allerdings ohne erkennbare Geschlechtsmerkmale. Seine Haut, die sich wie bei einem Verhungernden straff über die Rippen spannte, leuchtete schwach in der Morgensonne. Tätowierungen von blassgoldener Färbung zogen sich über seinen Oberkörper. Runen, die den Namen des Val'kai und seine Kastenzugehörigkeit verrieten. Das Muster war jedoch zu komplex, um es auf die Schnelle zu entschlüsseln, und das bereitete Ryk Sorgen.

Je aufwendiger die Tätowierungen eines Humanos waren, desto höher stand er im Ansehen seines Volkes – und Ansehen war bei ihnen gleichbedeutend mit Macht. Ohne seinen Gegner aus den Augen zu lassen, zog Ryk einen seiner magisch aufgeladenen Dolche aus seinem Gürtel. »Ich werde dich jetzt töten«, sagte er und fachte, noch während er sprach, das Seelenfeuer in seinem Inneren an.

Die Nüstern des Val'kais blähten sich erneut auf, und zwischen seinen Lippen schoss seine Zunge hervor. Sie war lang, blau und besaß wie eine Schlange eine gespaltene Spitze. »Ah, ich schmecke Magie.«

»Die du gleich zu spüren bekommen wirst!«

Der Dämon entblößte zwei Reihen nadelspitzer Zähne. »Nur zu, Mensch.«

Ryk stürzte sich auf seinen Gegner. Es war von Anfang an ein ungleicher Kampf. Trotz Ryks gesteigerten Reaktionsvermögens wich der Humanos jedem seiner Angriffe mühelos aus. Ryk stach, schlug und trat mit übermenschlich schnellen Attacken zu – doch der Dämon belächelte ihn bloß. Seine Bewegungen waren grazil und anmutig, als wäre es für ihn vielmehr ein Tanz denn ein Kampf. Und wenn er einmal selbst zuschlug, so traf er immer. Zwar konnte Ryk einige wenige Angriffe abschwächen, indem er die Klauen des Humanos mit den Unterarmen abfing, aber er stöhnte dabei jedes Mal vor Schmerz auf. Die Gewalt hinter den Schlägen des Dämons hätte die Knochen eines gewöhnlichen Menschen schlichtweg zertrümmert. Nur dank seiner Magie hielt Ryk sich überhaupt noch auf den Beinen. Allerdings wäre auch das bald vorbei. Er spürte bereits, wie seine zusätzliche Kraft zu schwinden begann. Er hatte zu viel Magie in zu kurzen Abständen verbraucht und keine Zeit gehabt, sein Seelenfeuer zu regenerieren.

Ryk schrie auf, als ein Hieb des Dämons ihm den linken Oberarm brach.

»Was denn? War das schon alles?«, höhnte der Humanos. »Ich dachte, du wolltest mich töten. Oder war das bloß Geschwätz?«

Ryk bleckte die Zähne, presste den verletzten Arm gegen den Körper und machte einen Ausfallschritt nach rechts. Dabei zielte er mit dem Messer auf die Brust des Dämons. Mitten in der Bewegung wechselte er jedoch die Richtung, tauchte unter der vorschießenden Klaue hinweg und erwischte den Val'kai am Oberschenkel. Blut strömte über die weiße Haut. Der Dämon fauchte.

»Damit … hast du wohl … nicht gerechnet, was?« Ryk hätte gerne noch mehr gesagt. Aber im Gegensatz zu seinem Gegner war er vollkommen aus der Puste. Sein Hemd unter der Jacke klebte wie eine zweite Haut an ihm.

»Wie leichtsinnig von mir.« Der Val'kai berührte mit der Rechten seine Wunde. Wieder fühlte Ryk diese fremdartige und zugleich vertraute Magie, bei der sich ihm die Nackenhaare sträubten. Ein Heilzauber, erkannte er instinktiv. Auf der Stelle verebbte der Blutstrom. Die Wundränder zogen sich zusammen. Nicht einmal eine Narbe blieb am Oberschenkel des Val'kai zurück. In dem Moment wurde Ryk klar, dass er sterben würde.

»Hast du es endlich begriffen, Mensch?« Die Zunge des Dämons schnellte zischelnd hervor. »Ihr seid schwach geworden über die letzten tausend Jahre. Früher hätte ich mit einem Magier kein so leichtes Spiel gehabt.«

Ryk spuckte aus. Es war vorbei, trotzdem würde er weiterkämpfen. Wenn er schon sterben musste, dann wenigstens mit der Waffe in der Hand. Seine Magie war fast aufgezehrt, aber er konnte das Seelenfeuer noch ein wenig länger am Brennen halten, wenn er ihm von seiner Lebensenergie zuführte. Der Preis dafür musste ihn nicht länger kümmern. In Kürze wäre er ohnehin tot.

Erneut strömte die Magie durch seinen Körper, schenkte ihm Stärke und Schnelligkeit. Mit einem Aufschrei warf Ryk sich auf den Feind. Er oder der Dämon.

Der Humanos schien jedoch nicht daran interessiert, ihn jetzt schon zu töten. Wieder wich er aus, indem er im letzten Augenblick zur Seite tänzelte und Ryk einen Schlag in den Rücken verpasste. Ryk stolperte vor, konnte den Sturz aber noch einmal abfangen. Er wirbelte herum und … starrte direkt in die Fratze des Dämons. Sofort riss er den Dolch hoch. Der Val'kai musste damit gerechnet haben. Er packte Ryks Hand und trieb die Kralle am Ende seines Daumens tief in das Fleisch unterhalb von Ryks Handgelenk.

Ryk schrie auf und ließ die Waffe fallen.

»Enttäuschend.« Der Val'kai schlug ihm mit der Rückhand ins Gesicht. Ryk taumelte zurück. Durch die Wucht des Schlages wurde die linke Hälfte seines Gesichts taub, das Auge begann bereits zuzuschwellen und tränte so stark, dass er damit kaum mehr etwas sah.

»Das Messer ist mit Magie aufgeladen.« Der Val'kai drehte die schimmernde Klinge, die er vom Boden aufgehoben hatte, in seinen Klauen hin und her. Wie konnte das sein?, fragte sich Ryk. Der Zauber darin hätte ihn vor Schmerz aufkreischen lassen müssen.

»Willst du etwa schon aufgeben?«, fragte der Dämon spöttisch, als er vor ihm in die Knie sank.

Ryk zitterte und fühlte sich so hilflos wie ein Neugeborenes. Er war ausgebrannt. Sein Körper zu sehr geschunden, um der Magie das wenige an Lebensenergie zu überlassen, was noch übrig war.

Der Humanos schlug ein weiteres Mal zu. Ryk fiel auf den Rücken. Er versuchte, wieder hochzukommen, aber selbst sein gesunder Arm gehorchte ihm nicht länger. Der Dämon grinste und bemerkte Ryks Blut an seiner Klaue. Seine Zunge schoss vor und leckte darüber. »Jetzt stelle ich hier die Fragen!« Schon hockte er auf Ryks Brust und nagelte ihn durch sein Gewicht an den Boden. Er war sehr viel schwerer, als seine ausgemergelte Gestalt vermuten ließ. »Für wen arbeitest du, Magier?«

Ryk starrte in die lidlosen schwarzen Augen des Dämons. »Leck mich!«

Der Val'kai beugte sich zu ihm herab. *Wenn ich erst mit dir fertig bin, Mensch, wirst du mir gar nicht genug erzählen können.*

Ryk hörte die Worte, obwohl die Lippen des Dämons sich nicht bewegt hatten. Wie war das möglich?

Weil du mir gehörst!, echote die Stimme seines Gegners durch seine Gedanken, begleitet von einem wilden rhythmischen Pochen – dem Herzschlag des Dämons! Und Ryk begriff, dass der Humanos ein Blutlenker sein musste und sich in seinem Kopf befand. Der Gedanke löste Panik bei ihm aus. Ryk wollte das Biest abschütteln, aufspringen und davonlaufen, aber seine eigene Schwäche und das Gewicht der Kreatur hielten ihn am Boden fest. »Nein«, keuchte er. »Nein!«

Der Dämon lachte. *Wehre dich nur, Magier, helfen wird es dir nicht.* Die Zunge stieß vor und leckte lasziv über Ryks Gesicht. *In Kürze werde ich alles wissen, was ich über diese Welt wissen muss.* Lange dünne Tentakel aus pulsierendem rotem Licht bohrten sich in Ryks Geist, umschlangen seine Erinnerungen und zerrten und saugten voll Verlangen daran.

Das durfte, nein, das konnte Ryk nicht zulassen! In einem letzten Kraftakt rammte er die Stirn in die Fratze seines Gegners. Der Humanos riss fauchend den Schädel zurück, während sich aus seinen Nüstern ein Schwall dunklen Blutes auf Ryk ergoss. Im selben Moment verstummte der Herzschlag in seinen Gedanken. Der Blutlenker war aus seinem Kopf verschwunden.

Der Dämon kreischte auf und schlang, außer sich vor Wut, seine Klauen um Ryks Hals. Es war so weit. Er würde sterben.

Was immer noch besser war, als wenn der Dämon ihn gezwungen hätte, sein Wissen und die Geheimnisse der Dämonenjäger preiszugeben. Er spuckte dem Biest ins Gesicht, um seinen Zorn weiter anzufachen. Der Dämon bleckte die Zähne und drückte zu.

Ryk schloss die Augen, ließ los und stürzte in die erlösende Dunkelheit.

1

Arville, Xe'Neridian
23. Junet, 1026 n. d. Zweiten Dämonenkrieg

Ishan con Femen, Kronprinz des sharigorischen Königshauses, verzog missmutig die Mundwinkel. Seit Beginn der Verhandlungen hatte er Großfürst Gregorius Thamaryn keinen Moment lang aus den Augen gelassen. Der Herrscher über das mächtige Reetac und Oberhaupt des Fünferbundes trug eine unverhohlen gelangweilte Miene zur Schau, während er sich auf einem Stuhl aus Arnholz fläzte, in dessen Rückenlehne ein stilisierter, mit Blattgold überzogener Baum geschnitzt war, das Wahrzeichen des Inselreiches Xe'Neridian, dessen Regent zu dieser Zusammenkunft geladen hatte. Es war eine viel zu hohe Ehre für jemanden wie Thamaryn, wie Prinz Ishan fand. Seiner Meinung nach gehörten der Großfürst und der ganze Rest des Fünferbundes in das tiefste Kerkerloch, das Xe'Neridian aufzubieten hatte.

Insgesamt gab es siebzehn dieser prächtigen Stühle, die in einem weiten Kreis im Zentrum der Ratshalle aufgestellt waren. Auf ihnen thronten die Regenten der Schwebenden Reiche. Zumindest jene, die der Einladung gefolgt waren. Männer und Frauen, gekleidet in kostbare Gewänder in den Farben ihrer Häuser. Die juwelenbesetzten Ringe an ihren Fingern zeugten von ihrer Macht und ihrem Reichtum. Grimmig blickten sie in die Runde, und sie hatten allen Grund dazu. Der Anlass für das

Treffen, das es in dieser Größenordnung seit annähernd einem Jahrzehnt nicht mehr gegeben hatte, war ernst und besorgniserregend. Rüstete der Fünferbund doch seit einiger Zeit zum Krieg.

Hinter den Regenten, entlang der Wände der Halle, saßen auf Sitzbänken ihre Ratgeber. Sie schauten nicht weniger übellaunig als ihre Herren und Herrinnen drein. Einzig Großfürst Thamaryns Berater waren seine Gedanken nicht anzusehen, denn er verbarg sein Antlitz im Schatten einer Kapuze, die zu einem dunklen, mit kostbaren Silberstickereien versehenen Umhang gehörte. Die anderen Ratgeber waren von ihm abgerückt, was Ishan nur zu gut nachvollziehen konnte. Auch bei ihm löste der Anblick dieser gesichtslosen Erscheinung Unbehagen aus, weshalb er den Blick rasch wieder von ihr ab- und ihn stattdessen seinem Vater zuwandte.

König Varras con Femen, der Wortführer der Freien Reiche, die das politische und militärische Gegengewicht zum Fünferbund bildeten, sprach sich gerade mit Inbrunst für eine Erneuerung der Handelsbeziehungen zwischen beiden Parteien aus. Er stand innerhalb des Kreises, den die Regenten mit ihren Thronen bildeten, und drehte sich mal in die eine, dann wieder in die andere Richtung, um nicht den Eindruck zu vermitteln, einer Seite den Vorzug zu geben.

Als Einziger unter den anwesenden Fürsten, Herzögen und Grafen trug er den Titel eines Monarchen. Vor über tausend Jahren hatten die Ersten Magier die Schwebenden Reiche unter den tapfersten Männern und Frauen aufgeteilt, die im Zweiten Dämonenkrieg mit ihnen gegen die falschen Götter der Val'kai gekämpft hatten. Zur Belohnung für ihren Mut hatten sie sie zu den Anführern ihrer Völker ernannt. Einen König hatte es damals noch nicht gegeben. Sharigor, über das das Hohe Haus der con Femen dieser Tage regierte, war erst zwei Jahrhunderte später aus einem Zusammenschluss der Inselwelten Celzar, Rhuk und Fhey erwachsen. Es galt als das mächtigste unter den Freien Reichen und verfügte über ein stehendes Heer, mit dessen Stärke es keines der anderen Inselreiche alleine hätte aufnehmen können. Mit dieser Sicherheit im Rücken konnte Varras con Femen es sich zweifelsfrei leisten, als der sechsundzwanzigste König in einer langen Reihe von weisen, großzügigen und gütigen Herrschern aufzutreten. Nichtsdestotrotz war er mit einem wachen Verstand ausgestattet und gab sich zumeist bodenständig.

Heute war er in ein farbenfrohes sharigorisches Festgewand gekleidet, über dem er eine rote, mit Goldfäden durchwirkte Robe trug. Als einziges Zeichen seiner Königswürde hatte er einen Goldreif aufgesetzt, der fast vollständig von seinem dichten schlohweißen Haar verdeckt wurde und den er eigens zu seiner Krönung vor rund dreißig Jahren hatte anfertigen lassen.

»… Handel mit Gütern stellt zweifelsohne eine wirtschaftliche Bereicherung für uns alle dar«, erklärte er in diesem Moment mit seiner wohlklingenden Baritonstimme. »Auf diese Weise kommt jeder von uns in den Genuss von Rohstoffen und Waren, die wir selbst nicht besitzen oder herstellen können …«

Die Worte waren geschickt gewählt, das musste Ishan seinem Vater lassen. So harmlos sie klangen, erinnerten sie doch jeden der Regenten daran, wie groß die Abhängigkeit der Inselwelten voneinander war. Nicht jedes Reich verfügte über ausreichend große Wälder, über eigene Steinbrüche, Eisenminen, Salzvorkommen oder genug Ackerboden, um das eigene Volk zu ernähren, und war daher auf den Handel mit seinen Nachbarn angewiesen.

Indirekt deutete sein Vater damit auch die Folgen eines Handelsembargos für den Fünferbund an, falls dieser sich tatsächlich zu einem kriegerischen Akt gegen die Freien Reiche und die wenigen neutralen Inselwelten hinreißen ließe, wie von vielen befürchtet wurde.

Nicht ohne Grund, wie Ishan meinte. Den Spähern seines

Vaters zufolge hatte sich die Anzahl von Kriegsschiffen auf den Feuerflüssen rund um Reetac in den letzten Monaten drastisch erhöht. Auch häuften sich Berichte von verschwundenen Handelsschiffen aus Onques, Norsah und Caldoraq, die in den Südwesten der Schwebenden Reiche unterwegs gewesen waren, wo der Fünferbund besonders großen Einfluss besaß. Bisher waren weder die Schiffe noch die Besatzungen wieder aufgetaucht. Natürlich wiesen Thamaryn und seine Verbündeten jede Schuld von sich und machten die Lichterstürme dafür verantwortlich.

Nein, sagte sich Ishan, durch Reden würde sein Vater dem Fünferbund keinen Friedenspakt abringen. Worte waren wie Samen. Sie keimten nur, wenn sie auf fruchtbaren Boden fielen. Und den suchte man bei Thamaryn und seinen Verbündeten vergeblich. Diese Heuchler wollten Krieg. Zusätzliche Privilegien und Handelsrechte würden sie niemals zufriedenstellen. Ihnen ging es um Macht. Vermutlich sah sich Thamaryn bereits als Imperator der Schwebenden Reiche. Prinz Ishan wettete, dass dieser Tyrann sich sogar schon eine passende Krone hatte anfertigen lassen. Er warf Thamaryn einen feindseligen Blick zu, den dieser aber nicht zu bemerken schien.

Widerwillig musste er sich eingestehen, dass er die Ergebenheit und Loyalität von Thamaryns Anhängern zumindest bis zu einem gewissen Grad nachvollziehen konnte. Der Großfürst war der geborene Anführer: stolz und unbeugsam. Gut aussehend obendrein. Hochgewachsen, breitschultrig, mit der typisch goldbraunen Haut eines Reetacianers. Sein Haar, eine blonde Löwenmähne, schimmerte im Sonnenlicht, das durch die Bogenfenster in seinem Rücken auf ihn fiel. Seine Augen, die von der Farbe des Abendhimmels waren, blickten allerdings kalt und herrisch drein. Ein Mann, vor dem man eher das Knie beugte, als sich ihm entgegenzustellen.

Aber das war nicht immer so gewesen. Aus seinen Kindertagen erinnerte Ishan sich an eine schüchterne, zurückhaltende

Version dieses Mannes, der ganz unter der Fuchtel seiner Frau gestanden hatte. Erst mit ihrem Tod hatte sich …

Beifall und Gemurmel rissen Ishan aus seinen Gedanken. Sein Vater hatte seine Rede beendet. Auch Thamaryn applaudierte, wenn auch zurückhaltend. Gleiches galt für seine Verbündeten: Baron Telrys vom Eisenreich Rifta, Graf Roadan, Regent des Waldreichs Dagoras, und Herzog Belfane vom Flussreich Ipstat zeigten kaum eine Gemütsregung. Anders als Herrin Sharala, Herrscherin über das Wüstenreich Sataou. Die dunkelhäutige grazile Schönheit sah mit gerunzelter Stirn zu Ishan herüber. Der Prinz hatte in den vergangenen Tagen viel Zeit damit verbracht, sie zu betrachten. Herrin Sharala zählte zu den schönsten Frauen der Schwebenden Reiche. Dass sie rund zehn Jahre älter als er selbst war, machte sie nur noch interessanter. Wie bedauerlich, dass sie der Feind war.

»Was für eine bewegende Rede, König Varras«, erklärte Fürst Elorien, ein kleiner Mann mit dünnen braunen Haaren und nervösen Händen, die pausenlos an seinem Wams herumzupften. »Große Worte eines großen Mannes …«

Elorien war der Regent des Inselreiches Xe'Neridian und ihr Gastgeber. Da er weder den Freien Reichen noch dem Fünferbund angehörte, war sein Palast von allen Beteiligten als neutraler Boden akzeptiert worden. Seit vier Tagen kamen die Regenten nun schon jeden Morgen in seiner Ratshalle zusammen, redeten von Frieden, Einheit und Handel und vermieden es dabei tunlichst, über das zu sprechen, was sie überhaupt erst zusammengeführt hatte. Die Furcht vor einem Krieg. Jede Frau und jeder Mann in diesem Raum wusste, dass der Fünferbund schon vor einer geraumen Weile damit begonnen hatte, seine Truppen und Flotten aufzurüsten. Dennoch schwiegen sie.

Worauf warten Vater und die anderen?, fragte Ishan sich. Warum konfrontierten sie Thamaryn nicht mit ihrem Wissen? Fehlte ihnen der Mut dazu? Natürlich verstand er, dass sie keinen Krieg wollten. Wer wollte das schon? Er war sich jedoch sicher, dass sie bei Thamaryn nichts erreichen würden, indem sie ihm die Vorzüge des Friedens und einer florierenden Handelsallianz anpriesen. Das Einzige, was bei einem Mann wie ihm Eindruck machen würde, wäre eine Machtdemonstration. Sie mussten ihm zeigen, dass sie keine Angst vor ihm hatten. Die meisten Menschen verhielten sich nicht anders als Wölfe. Der Schwächere ordnete sich stets dem Stärkeren unter.

Ishan verschränkte die Arme vor der Brust und sah zum hundertsten Mal an diesem Morgen zu Herrin Sharala hinüber. Die dünnen Seidengewänder und Schleier, die sie heute trug, ließen nicht viel Raum für Fantasie. Erneut drehte sie ihm den Kopf zu, und ihre Blicke begegneten sich. Einen Herzschlag lang versank er in der samtigen Dunkelheit, dann bemerkte er, wie sich ihre Lippen zu einem überheblichen Lächeln kräuselten. Verstimmt wandte er sich ab und betrachtete stattdessen die Intarsien der Wand- und Deckenverkleidungen. Im durch die Fenster einfallenden Sonnenlicht schimmerten sie bernsteinfarben vor dem Hintergrund der dunklen Vertäfelung. Dazwischen hingen mit Stickereien versehene Gobelins, die tiefe Wälder, stolze Feuerreiter und Jagdszenen zeigten. Der Palast von Fürst Elorien war ein Hort des Luxus.

Nichtsdestotrotz konnte er mit der Größe und Pracht des sharigorischen Königspalastes nicht mithalten. Dort gab es endlose Flure und Treppen, Hallen über Hallen und Säulen, die wie dagorasische Riesenbäume emporwuchsen, um Decken zu stützen, die sich wie eigene kleine Himmelsgewölbe über den Palastbewohnern spannten. All das war aus kostbarstem weißem Marmor gefertigt und versehen mit Reliefs von Fabelwesen, wie es sie nur in der alten Welt gegeben hatte. Einige von himmlischer Schönheit und über alle Maßen erhaben, andere hässlich und beängstigend wie die Dämonen der Gegenwelt. Plötzlich musste Ishan lächeln. Als Kind hatte er sich immer vorgestellt, wie er selbst einmal gegen die Dämonen kämpfen würde. Jetzt, wo er erwachsen war, sah es so aus, als ob die wahren Ungeheuer, die den Frieden dieser Welt bedrohten, zusammen mit ihm in diesem Kreis saßen.

Endlich schien Fürst Elorien die Lobeshymnen auf seinen Vater beendet zu haben. »Vielleicht wäre nun ja der richtige Zeitpunkt für ein paar Erfrischungen?« Fragend blickte er in die Runde. Seine wässrig grauen Augen blinzelten nervös. »Oder lieber später? Wir könnten natürlich …«

»Jetzt lasst die Erfrischungen schon auftragen!« Thamaryn hatte seine Maske der Gleichgültigkeit abgestreift und starrte ihren Gastgeber gereizt an.

Der Wolf zeigt seine Zähne, dachte Ishan.

Elorien, der blass geworden war, klatschte in die Hände, woraufhin sich die Türen der Halle öffneten und Diener mit Getränken und Speisen hereinschwärmten, um sie den Regenten und deren Beratern anzubieten, die bisher wie Schatten im Hintergrund ausgeharrt hatten.

Die Atmosphäre wurde daraufhin gelöster. Schon immer hatten Trank und Speise diese Wirkung auf Menschen gehabt. Ishan nahm sich einen Kelch mit xe'neridianischem Honigwein, leerte ihn in einem Zug und ließ den Diener sogleich nachschenken. »Gut gesprochen!« Er prostete seinem Vater zu, der sich neben ihm niedergelassen hatte.

»Nun, das wird sich erst noch zeigen«, erwiderte der König mit unbewegter Miene.

Ishan zuckte die Schultern. Wenn sein Vater in dieser Stimmung war, ließ man ihn am besten in Ruhe. Er wandte sich von ihm ab und beobachtete die übrigen Regenten, die auf ihren Thronen saßen und sich an den dargebotenen Köstlichkeiten labten. Einige der zuvor grimmigen Gesichter zeigten nun ein Lächeln. Es wurde sogar gescherzt. Doch dann meldete sich Baron Telrys zu Wort. Einer von Thamaryns Männern. Sein

Haar war stahlgrau und kurz geschnitten wie das eines Soldaten.

»Auch wenn wir Eure Gastfreundschaft zu schätzen wissen, Elorien«, sagte er mit einer Stimme, die wie eine Klinge durch die Geräusche und Stimmen im Saal schnitt, »sollten wir den eigentlichen Grund unseres Hierseins nicht aus den Augen verlieren.« Es wurde sehr still in der Halle, als Telrys sich nun an Varras wandte. »Eure Rede war ohne Frage sehr schön, Majestät, und dennoch nicht aussagekräftiger als die müßigen Plaudereien der vergangenen Tage.«

Ausrufe der Empörung wurden unter den Regenten der Freien Reiche laut, die gut zwei Drittel der Anwesenden ausmachten. Telrys, der den Platz zwischen Herzog Belfane und Thamaryn besetzte, während zur Linken des Großfürsten Herrin Sharala und Graf Roadan saßen, reagierte mit einem süffisanten Lächeln.

»Sagt, was Ihr uns zu sagen habt«, fügte Telrys an Ishans Vater gerichtet hinzu. »Jetzt wäre der richtige Zeitpunkt dafür.«

Der König bedachte ihn mit einem durchdringenden Blick. »Es ist bedauerlich, wenn Ihr den Frieden als ›zeitraubende Angelegenheit‹ betrachtet, Baron. Wir hoffen dennoch, dass Ihr unserem Angebot offen gegenübersteht. Zuvor würden wir jedoch gerne …«

»Nein, alter Mann«, unterbrach ihn Thamaryn barsch. »Es wurde genug geredet, und ich bin des Wartens leid. Wie Telrys bereits sagte: Kommt endlich zur Sache!«

Ishan sprang von seinem Stuhl auf, wobei er die Hälfte seines Weins verschüttete, und funkelte den Großfürsten erzürnt an. »Die korrekte Anrede lautet ›Eure Majestät‹.«

Thamaryn hob eine Braue. »Wen haben wir denn hier? Den kleinen Kronprinzen.« Im nächsten Moment wurde seine Miene hart. »Hat dir niemand beigebracht, dass du zu schweigen hast, wenn sich Erwachsene unterhalten?«

Ishan ballte die Faust. Mit seinen achtzehn Jahren mochte er der Jüngste in dieser Runde sein, aber deswegen besaß sein Wort keinen geringeren Wert. »Wie könnt Ihr es wagen?« Er spürte die Hand seines Vaters auf seinem Unterarm und schüttelte sie ab. »Ihr kommt hierher, beleidigt uns und unseren Gastgeber und glaubt, wir würden dies einfach hinnehmen?«

»Ich glaube es nicht nur, ich *weiß* es.« Thamaryn lehnte sich in seinem Stuhl zurück, hob das Kinn leicht an und ließ den Blick durch den Saal schweifen. »Ich sehe die Angst in Euren Gesichtern und höre sie in Eurem Schweigen, darum überlasst Ihr das Reden auch einem Diplomaten. Ihr alle hier fürchtet, dass ein einziges falsches Wort zum Krieg führen könnte, und so verbergt Ihr Euer Betteln um Frieden hinter leeren Versprechungen.« Sein Kopf ruckte herum. »Varras, ich halte Euch für einen fähigen Mann und starken Regenten. Lassen wir die Spielchen sein. Frieden ist ein kostbares Gut, aber wir …«

Ishans Kelch landete mit einem Knall auf dem Boden, der ihm sofort die Aufmerksamkeit aller bescherte. »Denkt Ihr, wir wissen nicht, was in Reetac vor sich geht, Großfürst?«, platzte es aus ihm heraus. »Ihr habt Eure Streitkräfte und Eure Flotte massiv ausgebaut. Das Gleiche gilt für Eure Verbündeten. Niemand, der auf Frieden aus ist, würde so etwas tun.«

»Und das streite ich auch gar nicht ab, Prinz Ishan«, erwiderte Thamaryn. »Doch geschah es lediglich zu unserer eigenen Sicherheit, zur Abschreckung unserer Feinde.«

»Welche Feinde?«, erwiderte Ishan. Trotz seines Zorns musste er sich eingestehen, dass dieser Drecksack Thamaryn genau wusste, was er tat. Erst spielte er mit den Ängsten der Regenten, nur um ihnen gleich darauf die Hoffnung auf anhaltenden Frieden wie eine Ware feilzubieten. Und sie waren auch noch dumm genug, darauf hereinzufallen. Begriffen sie denn nicht, dass er nur mit ihnen spielte? Dann lag es wohl an ihm, Thamaryn dazu zu bringen, sein wahres Gesicht zu zeigen.

»Mach jetzt nichts Dummes, Ishan. Ich kenne diesen Blick«, ermahnte ihn der König leise. »Sei vernünftig und ...«

»Es geht nicht anders.« Er riss sich von seinem Vater los, der ihn erneut am Unterarm gepackt hatte, stand auf und ging zielstrebig auf Thamaryn zu. Wenige Schritte vor ihm blieb er stehen. Unglücklicherweise war Thamaryn ein großer Mann, sodass er, als er ebenfalls aufstand, auf Augenhöhe mit Ishan war. Es hätte ihm besser gefallen, auf ihn herabzublicken.

»Was denn, Prinz«, sagte der Großfürst, »hast du eben nicht schon zur Genüge bewiesen, dass du das Reden besser anderen überlassen solltest?«

»Ihr seid ein Lügner, Thamaryn! Sharigor weiß von Euren Truppenverschiebungen und den Plänen, Kellwyn anzugreifen. Oder habt Ihr geglaubt, das vor uns verheimlichen zu können? Ihr werdet uns nicht länger zum Narren halten!«

Um ihn herum und in seinem Rücken verfielen die Regenten der Freien Reiche in erregtes Gemurmel. Er hörte das Knarzen ihrer Stühle, das Rascheln ihrer Gewänder, als sie sich einander zuwandten. Sie hatten nichts von Thamaryns Plänen bezüglich Kellwyn gewusst. Wie sollten sie auch? Der Späher, der ihm und seinem Vater diese Information zugetragen hatte, war erst heute Morgen kurz vor Beginn der Gespräche im Palast eingetroffen, sodass keine Zeit geblieben war, die anderen davon zu unterrichten. Sollten einige von ihnen deshalb pikiert sein, wäre das ein Übel, das Ishan bereit war, in Kauf zu nehmen. Viel wichtiger war, dass sie endlich begriffen, um was für einen Mann es sich bei Gregorius Thamaryn wirklich handelte. Ishan reckte das Kinn vor und bedachte den Großfürsten mit einem Lächeln. Jetzt hatte er diesen Drecksack!

Thamaryn musterte ihn einige Augenblicke lang schweigend, bevor er in schallendes Gelächter ausbrach. »Du musst noch viel lernen, Ishan con Femen«, sagte er, nachdem er sich wieder beruhigt hatte. »Selbst wenn es wahr wäre, was du behauptest, und ich bestreite, dass dem so ist, ist es mehr als dumm, deinem Feind gegenüber preiszugeben, welche Einsichten du in seine Pläne hast.« Ein harter Zug bildete sich um seinen Mund. »Verleumdung, mein Prinz, ist eine üble Sache. Kriege wurden schon für sehr viel geringere Vergehen begonnen. Oder hast du Beweise für deine Behauptungen?«

Ishan starrte ihn an, während sich in seinem Magen ein eisiges Gefühl ausbreitete. Natürlich hatte er keine Beweise, sondern nur das Wort des Spähers. Er kniff die Augen zusammen. Wie er Thamaryn hasste! In diesem Moment hätte er ihm am liebsten seine arrogante Nase gebrochen. Stattdessen biss er die Zähne zusammen und schüttelte den Kopf.

Ausrufe des Zorns brandeten durch die Halle und echoten in Ishans Ohren wieder. Plötzlich kam er sich sehr dumm vor. Er senkte den Blick zu Boden. Was hatte er nur angerichtet? Durch seinen Auftritt hatte er die Position der Freien Reiche gegenüber dem Fünferbund erheblich geschwächt.

Thamaryn wandte sich König Varras zu, der sich von seinem Platz erhoben hatte und neben Ishan getreten war. »Ihr habt einen Hitzkopf zum Sohn, alter Mann, dem es deutlich an Respekt mangelt.«

Der König neigte leicht den Kopf. »Ich muss mich für meinen Sohn entschuldigen, Großfürst.« Er legte Ishan eine Hand auf die Schulter, um ihn zu seinem Stuhl zurückzuführen. Dabei bohrten sich seine Finger so fest in die Kuhle unter seinem Schlüsselbein, dass Ishan zusammenzuckte. Sein Kopf fuhr zu seinem Vater herum, und er erschrak angesichts der Wut in seinen Augen.

»Einen Moment noch.« Der Schlag kam unerwartet und traf Ishan mit solcher Wucht, dass er zu Boden geworfen wurde. Der Großfürst blickte kalt auf ihn herab. »Und dir, kleiner Prinz, rate ich, dass du den Mund hältst, bevor du noch etwas sagst, das wir am Ende alle bereuen!«

In Ishans Ohren rauschte es. Wie konnte dieser Bastard es wagen, ihn, den Kronprinzen von Sharigor, zu schlagen? Er starrte hasserfüllt zu ihm auf, während er sich mit dem Handrücken das Blut von der Lippe wischte. »Wie zum Beispiel, dass Ihr Eure eigene Frau im Schlaf erdrosselt habt, weil sie Euch einen Versager im Bett nannte? Oder hat sie doch eher Schlappschwanz gesagt, Thamaryn?« Er rang sich trotz der Schmerzen ein Lächeln ab. »Die Gerüchte sind da nicht ganz eindeutig.«

Mit einem Aufschrei zerrte Thamaryn sein Schwert aus der Scheide. Er sah aus wie ein Tier, ein wahnsinniges Tier. Er stieß Varras beiseite, der sich vor seinen Sohn gestellt hatte, und hob das Schwert über den Kopf. Instinktiv riss Ishan den Arm hoch, wohlwissend, dass ihm das bei einer scharfen Klinge nichts nützen würde. Bei Sorons Krähen, warum konnte er nicht einmal seine Klappe halten? Er wartete. In seinen Ohren rauschte das Blut … Als nichts passierte, lugte er vorsichtig an seinem Arm vorbei. Thamaryn hatte die Klinge sinken lassen. Neben ihm stand sein Berater und raunte ihm etwas ins Ohr.

Wie hat er es nur geschafft, so schnell an die Seite seines Herrn zu kommen?, fragte sich Ishan. Er beobachtete, wie sich die Züge des Großfürsten entspannten. Der Irrsinn, der eine Sekunde zuvor noch wild in seinem Blick geflattert hatte, wich aus seinen Augen und ließ eine eigentümliche Leere darin zurück. Thamaryn schob sein Schwert in die Scheide und ging zu seinem Platz. Begleitet von seinem Berater, der ihm mit gesenktem Kopf folgte.

Ishan wusste nicht, ob es sich bei ihm um einen Mann oder eine Frau handelte, da ihn noch niemand ohne seinen Kapuzenumhang gesehen hatte. Etwas Fremdes umgab ihn, sodass man gar nicht erst den Wunsch hegte, ihm zu nahe zu kommen. Ishan war nicht der Einzige, der so empfand. Er hatte beobachtet, dass selbst die anderen Ratgeber, die sonst keine Gelegenheit verstreichen ließen, um Verbindungen zwischen den Ländern zu stärken und Geschäfte vorzubereiten, ihn mieden. Trotzdem war Ishan jetzt dankbar für sein Eingreifen. Noch immer hämmerte ihm das Herz in der Brust, und als er sich über das Gesicht fuhr, fühlte er kalten Schweiß unter seinen Fingern.

»Steh auf«, zischte sein Vater und half ihm auf die Füße. Sobald Ishan stand, beugte sich Varras vor und sprach so leise, dass nur er ihn hören konnte. »Du bist zu weit gegangen, viel zu weit. Du hast alles aufs Spiel gesetzt, wofür ich die letzten Tage gearbeitet habe. Thamaryn hat recht, du hättest schweigen sollen.« Er wich einen Schritt zurück und verkündete mit einer Stimme, die in der ganzen Ratshalle zu hören war. »Du hast mich enttäuscht, Sohn. Geh jetzt, wir reden später darüber.«

»Aber …«

»Geh!«

Ishan starrte noch einen Moment lang in das vor Zorn gerötete Gesicht seines Vaters, dann wandte er sich ab und verließ mit brennendem Gesicht den Kreis der Herrscher. Er spürte die Blicke, hörte das Tuscheln hinter seinem Rücken. Jemand lachte. Er drehte sich jedoch nicht um, stattdessen reckte er das Kinn vor und stolzierte auf den Ausgang des Saales zu. Thamaryn hatte ihn geschlagen, ja, sogar versucht, ihn zu töten. Auf so etwas gab es nur eine Antwort: ein Duell. Doch Ishan hatte keine Chance gehabt, eine Herausforderung auszusprechen, da sein Vater dazwischengetreten war und alles noch schlimmer gemacht hatte. Er hatte ihn vor den Augen und Ohren der mächtigsten Männer und Frauen der Schwebenden Reiche zum Gespött gemacht, indem er ihn wie ein unartiges Kind fortschickte. Was für eine Demütigung!

Ishan ballte die Fäuste, während hinter ihm Thamaryns Stimme erscholl. »Ihr müsst mir meinen Ausbruch verzeihen. Aber ich habe den Tod meiner Frau noch immer nicht ganz verwunden, obgleich er schon einige Jahre zurückliegt.« Er seufzte. »Bitte, lasst uns die Gespräche wieder aufnehmen!«

Zwei Wächter, die links und rechts der Tür standen, öffneten die hohen Flügel für Ishan, als er sich näherte. Er trat hindurch, blieb nach ein paar Schritten stehen und sah noch einmal zurück. Großfürst Thamaryn lächelte in die Runde, und auch die anderen Regenten schienen beschlossen zu haben, so zu tun, als sei nichts weiter geschehen. Ishan verstand es nicht. Wo war der Wahnsinnige hin, der ihn nur Minuten zuvor hatte erschlagen wollen? Er schüttelte den Kopf und machte sich, beschämt und erniedrigt, auf den Weg zum Gästeflügel.

2

Arville, Xe'Neridian

23. Junet, 1026 n. d. Zweiten Dämonenkrieg

Am Nachmittag desselben Tages lag Ishan mit hinter dem Kopf verschränkten Händen auf seinem Bett im Gästegemach des Palastes und starrte zu dem nachtblauen, mit Silbersternen bestickten Baldachin hinauf. Der schwere Stoff wurde von vier Bettpfosten getragen, die in der Form von Bäumen geschnitzt waren. Ein Tischchen mit einem Weinkrug und einem umgestoßenen Becher, unter dem sich eine Pfütze aus Honigwein gebildet hatte, stand gleich neben seinem Bett. Der Krug war inzwischen leer, und eigentlich hatte Ishan schon vor einer Weile nach einer Dienerin rufen wollen, die ihm einen neuen brachte, aber selbst dafür fehlte ihm der Antrieb. Und die düstere Wandvertäfelung trug auch nicht gerade dazu bei, seine Stimmung zu heben.

Vor einer Stunde hatten die Gespräche zwischen den Freien Reichen und dem Fünferbund geendet. Wie schon in den Tagen zuvor hatten sich die beiden Parteien auch dieses Mal nicht auf die Bedingungen eines Friedenspakts einigen können. Ein solcher wäre ohnehin nur eine Farce. Der Fünferbund wollte keinen Frieden, und wenn doch, dann bloß zum Schein. Sein Vater hatte die Hoffnung trotzdem noch nicht aufgegeben, da er glaubte, einen letzten Trumpf im Ärmel zu haben: Edra.

Ishan bezweifelte, dass das irgendetwas ändern würde. Thamaryn war aus einem ganz bestimmten Grund nach Xe'Neridian gekommen, aber nicht um des Friedens willen. Er führte etwas im Schilde. Davon war Ishan überzeugt. Sein Vater war gleich im Anschluss an die Gespräche in seinem Gemach erschienen und hatte ihn einen Hitzkopf geschimpft und einem Olivenbauern mehr diplomatisches Feingefühl attestiert als dem Kronprinzen von Sharigor bei seinem heutigen Auftritt. Das Unvermeidliche war auf den Fuß gefolgt: ein Streit, der vermutlich den gesamten Gästeflügel unterhalten hatte. Am Ende hatte der König Ishan seinen Zeigefinger in die Brust gebohrt und erklärt, dass er von ihm erwartete, sich am nächsten Tag bei Thamaryn zu entschuldigen.

»... und danach wirst du für den Rest des Tages schweigen«, hatte ihm sein Vater mit vor Zorn zitternder Stimme befohlen. Anschließend war er in den Sessel gesackt, der in einer Ecke des Zimmers stand. Klein und gebrechlich hatte er in dem riesigen, mit samtblauem Stoff bespannten Ungetüm gewirkt. »Kannst du dir überhaupt vorstellen, wie aufgebracht die anderen Regenten waren, weil sie glaubten, ich hätte ihnen die Informationen über die reetacianischen Truppenverschiebungen bewusst vorenthalten?«, hatte er nach einer Weile gefragt. »Wir können es uns nicht leisten, das Vertrauen unserer Verbündeten zu verspielen, mein Sohn. Die Freien Reiche müssen Geschlossenheit demonstrieren, um ihre Position gegenüber Thamaryn behaupten zu können. Doch was machst du? Wiegelst Feind *und* Freund gegen uns auf!«

Er hatte den Kopf geschüttelt und war sich müde über das Gesicht gefahren. »Natürlich weiß ich, dass das nicht in deiner Absicht lag, und ich weiß auch, wozu du fähig bist. Du hast alles, was ein Anführer braucht: Verstand, Charme und Redegewandtheit. Schließlich bist du mein Sohn.« Er hatte ihm ein mattes Lächeln geschenkt. »Aber du hast auch das Temperament deiner Mutter, und so sehr ich sie dafür geliebt habe, in der Politik hat es nichts verloren.«

Insgeheim hatte Ishan sich über dieses Lob gefreut, trotzdem war er noch zu aufgewühlt gewesen, um einzulenken. »Ich verstehe dich nicht, Vater. Wie kannst du noch an Frieden glauben, wenn Thamaryn bereits in den Kriegsvorbereitungen steckt?«

»Weil es Kalkül sein könnte. Er *will*, dass wir wissen, dass er über die Stärke verfügt, uns jederzeit anzugreifen. Das bedeutet aber nicht gleich, dass er es auch tun wird. Sicher, es ist eine schwache Hoffnung, die ich jedoch nicht aufzugeben bereit bin, bevor ich nicht eines Besseren belehrt werde. Und noch haben wir unseren größten Trumpf nicht ausgespielt. Ich bin sicher, dass Thamaryn ein solches Geschenk nicht leichtfertig zurückweisen wird.«

»Nein, Vater, mein Instinkt sagt mir, dass du dich täuschst. Etwas an ihm ist ... merkwürdig. Denk nur an diese Geschichten über seinen Wahnsinn. Du hast selbst gesehen, was heute im Ratssaal passiert ist. Er wollte mich umbrin...«

»Genug«, war der König ihm daraufhin ins Wort gefallen und hatte ihn mit einem Blick bedacht, der deutlich machte, dass er in dieser Angelegenheit keinen weiteren Widerspruch dulden würde. »Du hast deine Anweisungen, und ich erwarte, dass du dich daran hältst.« Danach war er gegangen und hatte Ishan nur noch zorniger zurückgelassen, als er vor ihrem Gespräch gewesen war. Wieso hatte sein Vater ihn überhaupt nach Xe'Neridian mitgenommen, wenn er ohnehin nichts auf seine Meinung gab?

Ishan rollte auf die andere Bettseite und wollte nach dem Weinkrug greifen, als ihm wieder einfiel, dass er leer war. Fluchend trat er nach dem Bettpfosten. Durch den Stiefel spürte er den Schmerz kaum. Daheim in Sharigor hätte er sich jetzt sein Schwert geschnappt und wäre hinaus auf den Übungsplatz gegangen, um Dampf abzulassen. Aber selbst das war ihm hier nicht vergönnt, weil irgendeine aufgeblasene Hofschranze ihm das am Ende noch als Provokation auslegen könnte. Er vergrub das Gesicht im Kissen und stöhnte. Er war frustriert, und vom Wein schwirrte ihm der Kopf. Wenn wenigstens einer seiner Freunde hier wäre …

Es klopfte.

Ishan hob den Kopf und blickte zur Tür. Das konnte nur sein Vater sein. Vermutlich mit einer vorformulierten Entschuldigung an Thamaryn, die er bis morgen auswendig zu lernen hatte. Ishan beschloss, ihn zu ignorieren, und fiel zurück aufs Kissen. Einen Augenblick später klopfte es erneut.

»Prinz Ishan?«, drang eine Frauenstimme durch die Tür. »Seid Ihr da?«

Ishan hob eine Braue. Das war ja … Er schwang sich aus dem Bett, hastete zur Tür und riss sie auf. »Herrin Sharala«, sagte er und fügte erstaunt hinzu: »Was tut Ihr hier?«

Die Herrscherin des Wüstenreiches warf einen Blick in den Korridor hinter sich. Er war leer. Doch Schritte verrieten, dass die Wachen nicht weit waren.

»Bitte«, drängte sie ihn, »ich muss mit Euch reden!«

Ishan zögerte kurz, bevor er sie hereinließ. Sie mochte zwar dem gegnerischen Lager angehören, allerdings wäre er sich lächerlich dabei vorgekommen, so eine zierliche Person als Bedrohung zu betrachten. Außerdem war er neugierig. »Was kann ich für Euch tun, Mylady?«, fragte er, kaum dass er die Tür hinter ihr geschlossen hatte.

Sharala war in der Mitte des Zimmers stehen geblieben und drehte sich zu ihm um. Ihre dunklen Augen musterten ihn aufmerksam. »Ich hoffe, Ihr habt keine allzu großen Schmerzen«, sagte sie und spielte damit auf seine Lippe an, die nach Thamaryns Schlag noch immer geschwollen war.

Ishan kniff die Augen zusammen. War die Frage ernst gemeint oder wollte sie ihm bloß die Demütigung vom Vormittag erneut vor Augen führen? »Das ist doch gar nichts«, er winkte ab. »Macht Euch um mich keine Sorgen, Mylady.« Er wiederholte seine Frage: »Was kann ich für Euch tun?«

Sharala sah zu einer Tür in einem Alkoven. Sie stand weit offen und erlaubte den Blick auf einen sonnenbeschienenen Balkon. Ishan ließ sie Tag und Nacht offen, da er von zu Hause weite, luftige Räume gewohnt war. »Wollen wir nicht nach draußen gehen?« Herrin Sharala sah sich in dem Gemach um und krauste die Nase. »In diesen Gemäuern haust eine solche Kälte, daran bin ich einfach nicht gewohnt.«

Ishan fiel kein Grund ein, warum er ihr den Wunsch abschlagen sollte. Auf dem Balkon wehte ein milder Wind, der ihm durch das Haar strich und an seiner Kleidung zupfte. Ishan lehnte sich mit den Ellbogen auf den Stein der Brüstung, der von der Sonne aufgewärmt war, und blickte in die Tiefe, wo winzig kleine Menschen, Soldaten und Karren durch Straßen und Gassen unter ihm vorüberzogen.

»Es wirkt so friedlich«, bemerkte Sharala, die neben ihn getreten war.

»Es überrascht mich, solche Worte ausgerechnet aus Eurem Mund zu hören, Herrin«, sagte Ishan.

»Ihr irrt, wenn Ihr glaubt, wir wären alle wie Thamaryn.« Sie sah kurz zu ihm hinüber, bevor sie das Gesicht der Sonne entgegenreckte. »Ich vermisse die trockene Hitze meiner Heimat, ihre endlose Weite und die goldenen Dünen. Ach, ich wünschte, ich wäre jetzt in Sataou anstatt in diesem Land, wo man uns mit kaum verborgener Feindseligkeit begegnet.«

»Das verstehe ich nur zu gut. Nur, was habt Ihr erwartet?«

Sie zuckte die Achseln und schwieg.

Ishan drehte leicht den Kopf, um sie genauer betrachten zu können. Sharala war eine atemberaubend schöne Frau. Kakaofarbene Haut und langes schwarzes Haar, das feine Goldketten und glänzende Smaragde schmückten. Ohne Zweifel war sie sich ihrer Reize nur allzu sehr bewusst. Das Gewand aus grüner Seide, das sie nun trug, betonte ihre wohlgeformten Brüste und die schmale Taille.

Warum ist sie hier?, fragte er sich. Da sie ihn aufgesucht hatte, würde Ishan warten, bis sie das Gespräch von sich aus wieder aufnahm. Und so standen sie eine Weile stumm nebeneinander und betrachteten das unter ihnen liegende Arville, die Hauptstadt von Xe'Neridian.

Fürst Eloriens Palast war auf einem mächtigen Felsen erbaut, von dessen Fuße aus sich die Stadt rund eine halbe Meile in jede Richtung erstreckte. Als Ishan vor ein paar Tagen zum ersten Mal von hier oben einen Blick auf Arville geworfen hatte, war ihm sofort die ungewöhnlich breite, von Blaublatteichen gesäumte Straße aufgefallen, die man den »Fürstenring« nannte. In einem weiten Zirkel umschloss sie den Felsen und das Herz der Stadt, ein Meer aus prächtigen weißen Gebäuden, deren Bewohner die Friedensgespräche zum Anlass genommen hatten, ihre Häuser und Villen mit Wimpeln und Fahnen zu schmücken. Ohne Frage war die Nähe zum Palast allein dem Adel und vielleicht noch den besser betuchten Kaufleuten vorbehalten.

Ein Stück jenseits des Fürstenrings erstreckte sich das übrige Arville: schlichte Wohnhäuser und Hütten, Tavernen, Spielhäuser, Märkte, Bordelle, Kornspeicher und Lagerhallen. Ishan hatte gehört, dass hier annähernd einhunderttausend Menschen lebten.

Wie bei Städten dieser Größe üblich war auch Arville in Viertel unterteilt, die von Gilden und Zünften kontrolliert wurden. Über manchen Distrikten stieg Rauch auf. Andere lagen still und friedlich in der Sonne da. Einige wenige hoben sich wie hässliche graubraune Leberflecken vom Rest der Stadt ab. Und mitten hindurch floss der Sîles, verband den Nord- mit dem Südhafen und umspülte auf dem Weg in die Große Leere auch den Fuß dieses Felsens. Selbst aus dieser Höhe konnte Ishan sein Rauschen hören. Zwar funkelte der Fluss im Tageslicht wie ein Strom aus blauen Saphiren. Die Gerüche, die der Wind zu ihnen herauftrug, kündeten jedoch von allerhand Unrat und Abwässern, die die Menschen tagtäglich hineinleiteten.

»Ihr habt recht«, brach Sharala mit einem Mal das Schweigen. Ihre Stimme klang angespannt, und sie schien unfähig, Ishan anzusehen. »Thamaryn will diesen Krieg und wird sich durch nichts davon abbringen lassen.«

»Ich wusste es«, stieß Ishan hervor. Doch schon im nächsten Moment warf er ihr einen misstrauischen Blick zu. »Wieso habt Ihr das gerade gesagt?«

»Weil es wahr ist.«

»Aber Ihr und ich – wir sind Feinde.«

Sharala wandte ihm das Gesicht zu. »Warum seid Ihr Euch dessen so sicher?«

Ishan schüttelte den Kopf. »Was ist das für ein Spiel, das Ihr mit mir treibt, Herrin?« Er beugte sich zu ihr, und plötzlich stieg ihm der warme Wüstenduft ihrer Heimat in die Nase. Er schluckte. »Ich … ich habe nicht die Absicht, mich heute noch ein weiteres Mal zum Narren zu machen. Wenn Ihr mir etwas zu sagen habt, so sprecht. Andernfalls muss ich Euch bitten, zu gehen.«

Ihr Blick wurde hart, die Lippen zu einer schmalen Linie. »Kein Spiel, Ishan, denn wenn Thamaryn wüsste, dass ich hier bin, wäre das mein Tod.«

Sagte sie die Wahrheit? Er suchte nach Anzeichen von Täuschung in diesem wunderschönen Gesicht, konnte aber keine entdecken. »Also gut, worum geht es?«

»Ich will diesen Krieg genauso wenig wie Ihr. Er würde bloß Leid und Verderben über unsere Völker bringen.« Sie ergriff seine Hand. Ihre Berührung fühlte sich heiß auf seiner Haut an. »Ich werde Euch helfen, Thamaryns Lügen aufzudecken. Wenn ich den Regenten der Freien Reiche seine Pläne offenbare, müssen sie Euch glauben.«

»Verzeiht mir, Herrin, doch das ergibt keinen Sinn«, sagte Ishan und entzog ihr, wenn auch mit Bedauern, seine Hand. »Vor drei Jahren habt Ihr zusammen mit Thamaryn den Fünferbund gegründet. Und dennoch steht Ihr jetzt vor mir, um Euren Partnern in den Rücken zu fallen. Wieso dieser Sinneswandel?«

»Kein Sinneswandel. Ich habe Thamaryns Pläne zu keinem Zeitpunkt gutgeheißen.« Sharala schüttelte verzweifelt den Kopf, was die Juwelen in ihrem Haar zum Klimpern brachte. »Ich weiß, wie das in Euren Ohren klingen muss, aber lasst es mich bitte erklären!«

Ishan nickte.

»Thamaryn hat den Friedensgesprächen nur zugestimmt, um die Freien Reiche in Sicherheit zu wiegen, während er im Geheimen seine Invasion vorantreibt. Für mich dagegen ist dieses Treffen die lang ersehnte Gelegenheit, um endlich mit den Regenten der Freien Reiche und vor allem mit Eurem Vater sprechen zu können. Natürlich hätte ich schon früher versuchen können, mit ihm in Kontakt zu treten. Aber Thamaryn wacht mit Argusaugen über seine Verbündeten. Er ist nicht nur ein Tyrann, er ist völlig wahnsinnig! Ach, wem sage ich das, Ihr habt ihn heute selbst erlebt!«

»Nur, warum habt Ihr Euch ihm überhaupt angeschlossen, wenn Ihr so über ihn denkt?«

»Oh, Ishan, glaubt Ihr wirklich, ich hätte eine Wahl gehabt? Reetac ist unser direkter Nachbar. Thamaryns Streitkräfte sind den meinen an Zahl und Stärke überlegen. Ich musste mein Volk schützen. Nur darum habe ich mich seiner Sache verschrieben. Ich tat es aus Verzweiflung, nicht aus Überzeugung!« Plötzlich glitzerten Tränen in ihren Augen. »Versteht Ihr denn nicht, dies ist meine letzte Hoffnung, mein Volk zu retten. Aber dafür brauche ich Eure Hilfe und die Eures Vaters. Wenn Ihr ihn davon überzeugen könntet, Sataou unter den Schutz der Freien Reiche zu stellen, werde ich Thamaryn meine Unterstützung entziehen. Es würde ihn schwächen, während die Freien Reiche gleichzeitig einen Verbündeten hinzugewännen.« Ein Beben lief durch ihren Körper. »Viel zu lange schon musste ich diese Maskerade aufrechterhalten, Ishan. Ich kann so nicht mehr weitermachen.« Sie warf sich an seine Brust und schluchzte.

Ishan stand einige Sekunden lang reglos da, bevor er aus seiner Starre erwachte und die Arme um sie legte. Die Herrscherin des Wüstenreiches war so anders, als er gedacht hatte. Man sagte ihr nach, sie sei herrisch, eitel und selbstverliebt – und genau so hatte er sie auch in den vergangenen Tagen während der Friedensgespräche erlebt. Umso mehr überraschte es ihn, wie verletzlich sie jetzt wirkte. »Sorgt Euch nicht, Herrin«, sagte er. »Wenn die anderen Regenten erst die Wahrheit kennen, werden sie nicht zögern, Euch ihre Unterstützung anzubieten.«

»Ich hoffe, Ihr habt recht«, schniefte sie an seiner Schulter. »Ich hoffe es wirklich.«

Ishan hörte kaum noch, was sie sagte. Er stellte sich das Gesicht seines Vaters vor, wenn dieser die Wahrheit erfuhr. Ihm würde nichts anderes übrig bleiben, als zuzugeben, dass Ishan die ganze Zeit über recht gehabt hatte. Er würde ihn um Verzeihung bitten müssen, und so würde am Ende aus seiner Demütigung noch ein Triumph werden. Ishan lächelte bei dieser Vorstellung und wünschte, er hätte weiteren Wein kommen lassen, um auf diese unerwartete Fügung anzustoßen.

»Ihr seid plötzlich so still, Ishan.« Sharala löste sich ein Stück von ihm, um ihm ins Gesicht zu blicken.

»Nur nachdenklich, Herrin.«

»Ich verstehe«, sagte sie. »Ich befürchte bloß, die Zeit für Grübeleien ist vorüber. Genau deshalb habe ich Euch ja aufgesucht. Ihr seid furchtlos. Ihr sprecht aus, was alle anderen lediglich denken. Ihr seid der Einzige, der die Regenten der Freien Reiche noch aufrütteln kann.« Sie legte ihre Hand auf seine Brust. »Ihr tragt das Herz am rechten Fleck. Dies und Eure unverblümte Art sind der Grund, aus dem ich Euch vertraue!«

»Aber kann ich auch Euch vertrauen, Sharala?«, fragte Ishan. Sie fing seinen Blick auf, und er stutzte. Für einen Moment hatte er den Eindruck, flirrende Sterne wirbelten in den Tiefen ihrer Augen. Doch dann schlug Sharala die Lider nieder, und als sie ihn kurz darauf wieder ansah, waren sie verschwunden. Eine Täuschung des Sonnenlichts, sagte er sich.

»Ob Ihr mir vertrauen könnt, Ishan? Nun, diese Frage könnt Ihr Euch wohl nur selbst beantworten.«

»Ich wünschte, es wäre so leicht, Herrin.« Er seufzte.

»Warum sollte es das nicht sein?« Ihre Finger strichen über seinen Brustkorb und lösten ein wohliges Kribbeln bei ihm aus.

»Ihr seid gewohnt, zu bekommen, was Ihr begehrt, nicht wahr?«, fragte er.

Sie lächelte zum ersten Mal, seit sie sein Gemach betreten hatte. »Das Gleiche sagt man über Euch.« Ihre Hand glitt tiefer hinab. »Ein prachtvolles Stück habt Ihr da.«

Ishan lachte. »Der Dolch war ein Geschenk meiner Stiefmutter.«

»Ich habe nicht von dem Dolch gesprochen.«

»Ich weiß«, knurrte er und beugte sich zu ihr hinab. Sharalas Gesicht zeigte den gleichen Hunger, den auch er fühlte. Es war verrückt. Absolut verrückt. Aber er wollte sie bereits, seit er beim Begrüßungsbankett mit ihr getanzt und die Hitze ihres Körpers gefühlt hatte. Zu den Krähen damit, wer *sie* war, wer *er* war …

»Worauf wartet Ihr noch?«, keuchte Sharala. »Nur nicht hier auf dem Balkon …«

Ishan hob sie auf seine Arme und trug sie zu seinem Bett. Er war hart, noch bevor er dort ankam, denn ihre Lippen liebkosten bereits seinen Hals, saugten und leckten an der empfindlichen Haut. Er warf sie aufs Bett, streifte Hemd und Hose ab. Sharala war sogar noch schneller als er und lockte ihn mit gurrenden Lauten und einem sinnlichen Lächeln. Schon war er über ihr und presste seine Lippen auf die ihren. Er spürte einen heftigen, aber kurzen Schmerz, als sie zubiss, und zuckte zurück.

»Nehmt mich«, stöhnte sie.

Ishan schmeckte Blut, grinste und drängte sich zwischen ihre schlanken Beine. Seit Tagen hatte er von diesem Augenblick geträumt und doch niemals zu hoffen gewagt, er könnte jemals wahr werden. Mit einem harten Stoß drang er in sie ein. Sharala stöhnte auf und zog ihn zu sich herab, um erneut seine Lippen und seine Zunge zu kosten.

»Nur nicht aufhören, mein Prinz«, schnurrte sie, während ihre Finger sich in die Muskeln auf seinen Rücken krallten und ihn zu immer schnelleren, immer härteren Stößen antrieben.

Ishan keuchte vor Anstrengung und Lust. Im Alter von vierzehn Jahren hatte er seine Unschuld verloren. Unzählige Frauen waren danach gefolgt. Junge und reifere, dicke und dünne, Edelfrauen und Dienstmägde. Doch mit keiner einzigen war es so wie mit Sharala. Allein der Anblick ihres Körpers, der in Ekstase unter ihm erbebte, raubte ihm schier den Verstand. Was für eine Leidenschaft! Was für ein Feuer! In diesem Augenblick bäumte sie sich auf, reckte sich ihm in wildem Verlangen entgegen, sodass ihre Brüste bei jeder seiner Bewegungen gegen seinen nackten, verschwitzten Oberkörper klatschten. Die Augen hatte sie geschlossen, den Mund leicht geöffnet und keuchte ihm ihren heißen Atem ins Gesicht. Als sie beide schließlich kamen, presste er seine Lippen auf Sharalas, um ihren aufkeimenden Lustschrei tief in sich aufzunehmen. Danach sank er erschöpft neben ihr in die Kissen. Die Herrin des Wüstenreiches seufzte, rollte sich herum und schmiegte sich an ihn.

Ishan lag mit halb geschlossenen Augen auf dem Bett und grinste. Sein Atem ging stoßweise. In seinen Ohren hämmerte der Puls mit einer Heftigkeit, dass er glaubte, es müsste ihm die Trommelfelle zerreißen. Was für eine Frau! Er drehte das Gesicht Sharala zu. »Ich ... ich bin froh, dass du zu mir gekommen ... bist. Gemeinsam ... werden wir Thamaryn als den Mann entlarven, der er ... ist.«

Zuerst erwiderte sie nichts darauf, doch dann sagte sie leise: »Ich habe Angst, Ishan.« Er rollte ganz zu ihr herum und nahm ihre zarten Hände in die seinen. »Ich will dir nichts vormachen. Es wird nicht einfach werden, meinen Vater zu überzeugen. Er und die anderen Regenten wollen die Wahrheit nicht sehen. Sie ... fürchten sich. Deshalb klammern sie sich an den Frieden wie ein kleines Kind an den Rockschoß seiner Mutter. Sie sind bereit, alles zu tun, um Thamaryn zu einem Abkommen zu bewegen. Sie wollen ihm im Austausch für einen Friedenspakt sogar Edra überlassen. Es ist unbewohnt und reich an Rohstoffen. Die Erforschung und Kolonisierung würde ihn auf Jahre beschäftigt halten, hoffen sie.«

Sharala sah ihn aus großen Augen an. »Ein überaus großzügiges Angebot.«

»Darum sind die Regenten auch so sicher, dass er unterzeichnen wird.«

»Diese armen Narren!« Sie seufzte. »Bei Thamaryn darf man nicht auf Vernunft setzen. Seit dem Tod seiner Frau ist sein Verstand vernebelt. Selbst wenn er sich auf das Angebot einlassen sollte, dann nur zum Schein. Er will Macht. Schon seit vielen Jahren träumt er davon, alle Inselwelten der Schwebenden Reiche unter seiner Herrschaft zu vereinen. Ich schwöre dir bei meinem Leben, dieser Krieg zwischen den Freien Reichen und Thamaryn ist so gewiss wie der nächste Sonnenaufgang.«

»Mich musst du nicht erst überzeugen, Sharala.«

»Gehen wir zu deinem Vater und reden mit ihm.«

Bei diesen Worten von ihr meldete sich sein Argwohn zurück. »Wieso hast du dich überhaupt an mich und nicht gleich an ihn gewandt?«

Daraufhin lächelte sie, als hätte sie die Frage erwartet. »Zwei Gründe: Zum einen brauche ich dich als meinen Verbündeten. Nur gemeinsam haben wir eine Chance, deinen Vater zu überzeugen und damit das Schlimmste zu verhindern. Zum anderen werden die Gemächer deines Vaters von Fürst Eloriens Ehrengarde bewacht. Ich hatte bereits Mühe, ungesehen zu dir zu gelangen. An diesen Männern vorbeizukommen, ohne dass Thamaryn davon erfährt, ist nahezu unmöglich.«

Ishan sah sie lange an. Spielte sie ihm etwas vor? Nur, was hätte sie davon? Wenn sie seinem Vater etwas antun wollte, hätte sie in den letzten Tagen Dutzende Gelegenheiten dazu gehabt.

»Da ist noch etwas«, sagte sie, als hätte sie seine Unentschlossenheit gespürt. Sie atmete tief durch. »Ich besitze Dokumente mit Thamaryns Siegel: Marschbefehle, Invasionspläne …«

Ishan riss die Augen auf. Das waren die Beweise, die er so dringend brauchte. Ihnen konnte sich selbst sein Vater nicht verschließen. »Hast du sie bei dir?«

»Erst will ich die Zusicherung deines Vaters, dass er und die Regenten mir und meinem Volk militärischen Schutz gewähren. Versteh mich nicht falsch, Ishan. Aber sobald ich deinem Vater diese Papiere aushändige, wird Thamaryn meinen Verrat erkennen. Er zweifelt schon länger an meiner Loyalität.«

»Wie kommst du darauf?«

»Nur so ein Gefühl«, sagte sie ausweichend.

Ishan richtete sich auf und sah auf die schöne Frau in seinem Bett hinab. »Also gut«, sagte er, »sprechen wir mit meinem Vater.«

Nachdem sie sich beide angekleidet hatten – und Sharala ihre Frisur und ihren Schmuck wieder gerichtet hatte –, trat Ishan vor die vertäfelte Wand links neben seinem Bett. »Es gibt einen Geheimgang, der von diesem Zimmer zu dem meines Vaters führt. Elorien hat ihn mir gezeigt.«

»Ich habe schon gehört, dass der Fürst ein sehr vorsichtiger Mann ist. Gerüchteweise soll es in diesem Palast mehr verborgene als offizielle Gänge geben.«

»Nicht nur das«, erwiderte Ishan mit Spott. »Elorien hat solche Angst, vergiftet zu werden, dass er gleich drei Vorkoster beschäftigt.« Er wandte sich wieder der Vertäfelung zu und fuhr mit den Fingern über das dunkle, polierte Holz, bis er eine Unebenheit erspürte – kaum größer als ein Astloch –, und drückte sie. Hinter der Wandverkleidung klickte es. Gefolgt von einem mechanischen Rattern. Einige Augenblicke später schwang ein Abschnitt der Vertäfelung auf. Dahinter war es stockfinster.

Ishan holte sich eine der Kerzen, die auf dem Sims des Kamins gegenüber seinem Bett standen, entzündete sie und forderte Sharala auf, ihm zu folgen. Beim Betreten des Geheimganges schlug ihm ein muffiger Geruch entgegen, und er musste den Kopf einziehen, um sich nicht an der Decke zu stoßen. Der Schein der Flamme fiel auf weißgrauen Stein, der sich unter seiner Berührung kühl und ein wenig feucht anfühlte.

»Schließ bitte die Tür hinter dir«, sagte er über seine Schulter hinweg zu Sharala. »Ich möchte nicht, dass jemand zufällig über den Geheimgang stolpert.« Er hörte, wie der Öffnungsmechanismus einrastete. Sofort zog sich die Schwärze um sie zusammen, sodass die Kerzenflamme ihre einzige Lichtquelle war.

Ishan ging los. Ein plötzliches Hochgefühl hatte ihn ergriffen. In wenigen Augenblicken würde er seinem Vater beweisen, wie sehr dieser und die anderen Regenten sich irrten. Nachdem man heute Morgen über ihn gelacht hatte, würde er diesen Sieg redlich auskosten.

Der Tunnel machte einen scharfen Knick nach rechts. Hinter ihm fluchte Sharala undamenhaft.

»Ist dir etwas …«

»Es geht mir gut.« Sie schob ihn weiter, und kurz darauf erreichten sie das Ende des Ganges. Ishan wusste, wo der Hebel in dem Mauerwerk eingelassen war. Er betätigte ihn, und die Geheimtür öffnete sich zu Gemächern, die noch um ein Vielfaches prächtiger waren als die seinen.

Hinter einem Schreibtisch auf der anderen Seite des Raumes, direkt unter einem Fenster, saß sein Vater und sah mit zusammengekniffenen Augen von einem Stapel Dokumente auf. »Ishan?«

»Ja, Vater.« Er verließ den Geheimgang und richtete sich auf. Unterdessen erhob sich König Varras von seinem Stuhl, kam um den Schreibtisch herum und blieb auf dem großen dunkelgrünen Fellteppich, der davor auf dem Boden lag, stehen. Er hatte sein Festgewand und die Robe vom Morgen gegen eine Hose und ein Hemd in hellen Blautönen getauscht. Darüber trug er ein offenes ärmelloses Gewand in Weiß.

»Ich hatte nicht erwartet, dich vor dem Abendessen zu sehen. Falls du gekommen sein solltest, um dich weiter mit mir zu strei… Was macht sie hier?«

Sharala war gerade hinter Ishan aus dem Tunnel getreten. »Eure Majestät.«

»Herrin Sharala«, grüßte Varras förmlich, während sich seine Brauen über der Nasenwurzel zusammengezogen. »Ich verstehe nicht, mein Sohn. Hast du heute Morgen nicht noch behauptet, der Fünferbund sei unser Feind? Doch nun führst du eine seiner Gründerinnen direkt in meine Gemächer.«

»Seitdem ist viel passiert.« Ishan verschloss den Geheimgang und stellte die Kerze auf einem nahen Tischchen ab. »Wir müssen reden, Vater«, sagte er. »Es ist wichtig.« Er durchquerte den Raum und verharrte am Rand des Fellteppichs, auf dem sein Vater mit hinter dem Rücken verschränkten Armen stand. Ein Stück weiter links von ihm befand sich ein Kamin, in dem zu dieser Jahreszeit jedoch kein Feuer brannte. Gleich daneben lag die Tür zum Schlafgemach. »Hör dir bitte an, was Herrin Sharala zu sagen hat. Sie verfügt über wichtige Informationen.«

Der König musterte die Herrscherin des Wüstenreichs mit durchdringendem Blick. »Warum hier? Warum nicht während der Sitzung heute früh?«

»Das wirst du verstehen, wenn du sie erst angehört hast, Vater.«

König Varras fuhr sich mit der Hand durch das schlohweiße Haar. »Also schön, tretet näher, Herrin.«

Ishan drehte sich zu Sharala um, die vor der geschlossenen Tür des Geheimgangs gewartet hatte, und nickte ihr zu. Nun trat sie vor, wahrte jedoch weiterhin Abstand zu Ishan und seinem Vater.

In kurzen Worten schilderte sie dem König, was sie schon Ishan erzählt hatte. An einigen Stellen runzelte König Varras die Stirn, unterbrach sie aber nicht. Als sie mit ihrem Bericht am Ende angelangt war, wirkte sein Blick abwesend. Sein Mund war zu einer dünnen Linie zusammengepresst. Nach einer Weile sah er wieder auf und räusperte sich. »Eure Worte klingen aufrichtig, Eure Schilderungen stichhaltig ...«

»Trotzdem glaubt Ihr mir nicht«, sagte Sharala.

Der König hob abwehrend die Hände, ließ sie jedoch gleich wieder sinken, als es in Sharalas Augen aufblitzte. »Ich bin ein alter Mann, Herrin«, sagte er freundlich. »Im Laufe meines langen Lebens habe ich die Erfahrung gemacht, dass Worte, so verführerisch sie auch klingen mögen, stets mit Vorsicht zu genießen sind.«

Ishan schnaubte. »Thamaryn ...«

»Ich weiß, dass du mich für einen alten Narren hältst«, fiel der König seinem Sohn ins Wort. »Du irrst dich allerdings, wenn du glaubst, Thamaryn hätte mich bereits um den Finger gewickelt.« Er wandte sich wieder Herrin Sharala zu. »Ihr sprecht von einer Invasion, Herrin, und wiederholt damit lediglich ein wohlbekanntes Gerücht. Wenn ich Euch Glauben schenken soll, brauche ich schon mehr.« Er musterte sie entschlossen. »Nennt mir Fakten. Verratet mir, wann und wo er zuschlagen wird.«

»Seine Vorbereitungen sind fast abgeschlossen. Aus den Gesprächen der vergangenen Tage glaubt er, herausgehört zu haben, dass die Freien Reiche nicht auf einen Krieg vorbereitet sind. Schon in Kürze wird er diese Farce hier abbrechen, um heimzureisen.« Sie sah zu Ishan, der ein Stück links von ihr stand. »Du hattest recht, Thamaryn wird die Freien Reiche angreifen. Sein Ziel ist Kellwyn.«

König Varras hob eine Braue obschon der vertrauten Anrede zwischen Ishan und Herrin Sharala, verkniff sich jedoch einen Kommentar. »Das ergibt keinen Sinn, Herrin«, sagte er. »Kellwyn ist neutral. Wieso sollte Thamaryn ausgerechnet dort einmarschieren, wo Milnfor doch direkt vor seiner Haustür liegt und zudem über eine gut gerüstete Streitmacht verfügt? So einen Gegner weiß man ungern in seinem Rücken, wenn man einen Krieg beginnt. Tut mir leid, Herrin Sharala, aber entweder seid Ihr die Närrin, weil Ihr denkt, mich mit dieser Geschichte überzeugen zu können. Oder aber Thamaryn ist der Narr, weil er glaubt, mit einer solchen Strategie Erfolg zu haben.« Er schüttelte den Kopf. »Kommt wieder, wenn Ihr Beweise für Eure Behauptungen habt, doch verschwendet nicht länger meine Zeit.«

Sharala stieß wütend die Luft aus. »Ich habe Beweise!«

»Ach, und warum habt Ihr das nicht gleich gesagt?« König Varras streckte ihr die Hand hin. »Wenn Ihr so gut wärt, Herrin.«

Sie zögerte einen Moment, nickte aber schließlich. »Ich habe hier ein Schriftstück, Eure Majestät. Einen Marschbefehl an seine Truppen.« Sie sah fragend zu Ishan. »Du erlaubst?«

Er runzelte die Stirn. »Hattest du vorhin nicht ...«

»Eine Frau darf doch wohl ihre kleinen Geheimnisse haben.«

Mit einem Lächeln trat sie auf Ishan zu und blieb so dicht vor ihm stehen, dass ihn erneut der Wüstenduft ihrer Haut umfing, vermischt mit einem erregenden Mix aus Schweiß und süßer Leidenschaft, die sie vor Kurzem noch geteilt hatten. Ihre Augen fingen seinen Blick auf, und sie zwinkerte ihm zu. Er spürte ihre Finger nahe seiner Hüfte, spürte wie sie … ihm den Dolch aus dem Gürtel riss.

Ishan versuchte, Sharala zu packen, doch schneller, als es einem Menschen hätte möglich sein dürfen, wirbelte sie herum und rammte seinem Vater die Klinge in die Brust. König Varras taumelte zurück, bis er gegen den Schreibtisch in seinem Rücken stieß. Blinzelnd und mit einem eher verblüfften, denn von Schmerz gezeichneten Gesicht starrte er auf den Dolch in seiner Brust, um den sich ein größer werdender roter Fleck auf seinem Gewand ausbreitete.

»Nein«, schrie Ishan und stieß Sharala beiseite, um zu seinen Vater zu gelangen. Im gleichen Moment gaben die Beine des Königs unter ihm nach, und er sackte in Ishans Arme. Als er gegen seine Brust fiel, stöhnte Varras vor Schmerz auf. Ein Beben lief durch seinen Körper.

»Nein, Vater, *Nein!*« Ishan sank mit ihm zusammen zu Boden, wo er ihn auf den weichen Fellteppich bettete. Ein einziger Blick verriet ihm, dass es eine tödliche Wunde war. Ishan schossen Tränen in die Augen, und die Kehle wurde ihm eng. »Ach, Vater.« Hilflos berührte er dessen Brust und spürte das feuchte, warme Blut unter seinen Fingern. »Sag … sag mir, was ich tun soll!«

Der König sah ihn an. »Weiterma…« Varras' Stimme brach, und blutiger Speichel rann aus seinem Mundwinkel. Gefolgt von einem Röcheln. Ein letztes Mal flatterten seine Lider, dann verließ ihn das Leben.

»Die Stimme der Freien Reiche – tot«, verkündete Sharala triumphierend.

Ishan hob den Kopf. »Warum?«

Sharala lächelte auf ihn herab und zuckte mit den Achseln. »Ich habe lediglich getan, was man mir aufgetragen hat.«

»Thamaryn!«, spie Ishan den Namen des verhassten Feindes aus. »Elendes Miststück, ich habe dir vertraut!« Er riss den Dolch aus der Brust seines Vaters und sprang auf.

Sharala wich zurück. Ihr Blick zuckte zu der Tür, die aus diesem Gemach und hinaus auf den Korridor des Gästeflügels führte. Sofort reagierte Ishan, indem er ein paar Schritte nach rechts machte – den Dolch auf sie gerichtet –, und ihr so den einzigen Fluchtweg versperrte. Durch den Geheimgang konnte sie nicht fliehen, denn er war verschlossen, und bevor sie den Mechanismus aktiviert hätte, wäre er bereits bei ihr. Die einzige andere Tür führte ins Schlafgemach, wo sie ebenfalls in der Falle säße. Ansonsten gab es nur noch das Fenster hinter dem Schreibtisch, an dem sein Vater bei ihrem Eintreten gesessen hatte. Es stand offen, und von dort ging es Hunderte Fuß in die Tiefe. Nun war es an Ishan, zu lächeln. »Jetzt wirst du bezahlen!«Als Sharala ihm antwortete, tat sie es nicht länger mit ihrer eigenen Stimme, sondern mit der seines Vaters. »Du hast dich mit dem Feind verbündet, mein eigener Sohn! Wie konntest du mich nur so hintergehen?«

Ishan wankte, wie von einem unsichtbaren Faustschlag getroffen. Mit aufgerissenen Augen starrte er Sharala an. »Was … wer bist du?«

Die flirrenden tanzenden Lichtpunkte kehrten in ihre Augen zurück, die nun größer und dunkler wirkten als zuvor. »Jemand, der dich schon eine ganze Weile beobachtet, junger Prinz«, sagte sie leise und mit Sharalas Stimme. »Dabei ist mir aufgefallen, mit welchem Hunger du die Herrin des Wüstenreiches angesehen hast. Da wusste ich, dass sie die Richtige ist. Alles musste passen.« Sie machte eine Bewegung mit der Hand, die den gesamten Raum umfasste, während zwischen ihren Lippen eine bläuliche Zunge hervorschoss, deren Spitze wie bei einer Schlange gespalten war. »So ist es perfekt.«

Ishan wich von Ekel ergriffen zurück. Bei Sorons Krähen, er hatte dieses *Etwas* geküsst. Und wenn er daran dachte, was er sonst noch … Er presste sich die Faust gegen den Mund.

Sharala lächelte, als hätte sie seine Gedanken erraten, während ihr Aussehen sich mehr und mehr veränderte. Die Augen wurden größer und dunkler, die Haut hingegen verlor jegliche Farbe. Nur wenige Herzschläge später stand ein ausgemergeltes, nacktes Geschöpf vor ihm. Widerlich anzusehen. Mit langen Klauen, an deren Ende schwarze Krallen saßen. Haarlos und mit kränklich weißer Haut, die im Bereich der Brust goldene Tätowierungen zierten.

Nur ein einziges Mal zuvor hatte Ishan eine ähnliche Kreatur gesehen, und das war in einem sehr alten Buch in der königlichen Bibliothek auf Sharigor. »Du … du bist ein Dämon!«

Das Wesen blähte die Nüstern auf und rief nun wieder mit König Varras' Stimme: »Wachen! Zu Hilfe!« Die Worte waren noch nicht ganz verklungen, als seine Gestalt sich vor Ishans Augen auflöste. Sie wurde einfach zu Rauch, der wie von einer plötzlichen Windbö ergriffen, aus dem Fenster getragen wurde.

Ishan stand immer noch wie betäubt da, als die Tür zum Korridor des Gästeflügels aufflog und Eloriens Ehrengarde mit gezogenen Waffen den Raum stürmte. Als sie den toten König sahen, deutete einer der Männer mit der Schwertspitze auf Ishan. »Ishan con Femen, Kronprinz von Sharigor, im Namen Eloriens, Fürst von Xe'Neridian, verhaften wir Euch!«

Ishan starrte den Mann einen Moment lang verständnislos an, bevor er an sich herabblickte und den Dolch in seiner Rechten entdeckte. Sein blutbeflecktes Gewand, seine besudelten Hände. Schuldiger konnte man gar nicht aussehen. »Aber …«

»Lasst die Waffe fallen!«, schrie die Wache.

Mit einem dumpfen Klappern schlug der Dolch neben Ishans

Stiefeln auf. Sofort stürzten sich die Männer auf ihn und rangen ihn brutal nieder. Ishan unternahm nicht einmal den Versuch, sich zu wehren, als sie ihn in Ketten legten und aus den Gemächern seines Vaters schleiften.

3

Arville, Xe'Neridian
7. Jul, 1026 n. d. Zweiten Dämonenkrieg

In der kleinen Küche roch es noch immer nach dem Fischeintopf vom Vorabend, was Rodwart Melligers Magen ein Grummeln entlockte, obwohl er gerade erst eine dick mit Schweineschmalz bestrichene Scheibe Brot gegessen hatte. Vor ihm stand Marta, seine Frau, die anders als er von zierlicher Gestalt war. Ihr Gesicht hingegen war rund wie ein Apfel, was den Mund zu klein wirken ließ, aber ihr warmherziges Lächeln machte das mehr als wett. Rodwart liebte ihre hübschen braunen Augen, die ihn gütig und voller Wärme ansahen. Meistens jedenfalls. Gerade blickten sie eher kritisch drein, während Marta an seiner Uniform herumzerrte. »Hm«, machte sie schließlich, trat einen Schritt zurück und beäugte ihn mit gerunzelter Stirn.

»Zufrieden?« Er schmunzelte.

»Mein Bruder lässt dir viel zu viel durchgehen. Sieh dich nur an, Rod!« Marta kniff ihm in die Seite. »Du bist fett geworden.«

Er klopfte sich den Speck. »Zu einem Mann gehört nun mal ein Bauch.«

»Hättest du mir das vor sechs Jahren gesagt, …«

»… hättest du mich trotzdem geheiratet.« Lachend zog Rod seine Frau an sich. Zuerst sträubte sich Marta, aber schließlich gab sie mit einem Seufzer nach. »Glaub ja nicht, dass das Thema damit beendet ist«, murmelte sie, während er ihren Hals küsste.

»Wenn ich Tarkis das nächste Mal … Rod!«, rief sie empört aus, als seine Hände zu ihrem Mieder wanderten. »Dafür ist jetzt wirklich keine Zeit!« Er löste seine Lippen von ihrem Ohrläppchen. »Warum nicht?«

»Weil du längst auf dem Weg sein müsstest.«

Rod gab ein Knurren von sich. Er hatte so gar keine Lust, sich aus Martas Umarmung zu lösen und die warme kleine Küche, in der es so verführerisch nach Essen duftete, zu verlassen, nur um zur Arbeit zu gehen. Er vergrub das Gesicht in ihrem Haar und ließ die Hände hinab zu ihrem Hintern wandern, um sie noch fester an sich zu pressen. Doch Marta sträubte sich, zwängte ihre Hände zwischen ihre Körper und stieß ihn so weit von sich, bis sie ihm ins Gesicht blicken konnte. »Mach es nicht noch schlimmer, Rod«, sagte sie streng. »Die anderen Männer …«

»… würden es genauso machen, hätten sie die Gelegenheit dazu. Komm schon, Marta, vergiss diese Idioten. Mit den meisten Jungs verstehe ich mich ganz gut.« Er strich ihr eine Locke aus der Stirn und seufzte. Diesen großen braunen Augen hatte er noch nie etwas abschlagen können.

An manchen Tagen wünschte Rod sich, er hätte Marta mehr zu bieten als dieses kleine Häuschen am Stadtrand von Arville. Natürlich gab es durchaus schlechtere Gegenden wie das Pächterviertel. Aber auch sehr viel bessere. »Also schön«, gab er nach. »Ich werd zusehen, dass ich nicht mehr ganz so oft zu spät komme. Na, was sagst du?«

In diesem Moment hörte er Schritte, die von der Holztreppe auf der anderen Seite der Küche kamen. Es war die kleine Lucy. Sie rieb sich die Augen, während ihre Zehen wie winzige rosa Perlen unter dem Nachthemd hervorschauten.

»Papa! Papa!«, rief sie aufgeregt, als sie Rod erblickte. »Bringst du mir was mit?«

»Ich soll dir was mitbringen?«, gab er sich erstaunt und zwinkerte seiner Frau zu.

»Ja, Papa, ja. Ich hab doch heut 'burtstag!« Lucy schlang die Finger um das Geländer. Anschließend machte sie sich mit einem Ausdruck höchster Konzentration auf dem Gesichtchen daran, Stufe für Stufe zu ihnen hinabzusteigen.

»Schön langsam, mein Schatz.« Rod hätte fast einen der Küchenstühle umgeworfen, als er seiner Tochter entgegeneilte. Am Fuß der Treppe blieb er stehen und breitete die Arme aus. Lucy sprang kichernd hinein.

»Was wünschst du dir denn?«

»Eine Puppe.« Sie nickte eifrig.

»Ach, und was ist mit deiner anderen?«

Lucy schob die Unterlippe vor.

»Der Nachbarshund hat sie zwischen die Zähne gekriegt«, erklärte seine Frau und nahm ihm Lucy aus den Armen. »Du musst los, Rod!«

Er strich seiner Tochter übers Haar. »Ich werde dir die schönste Puppe mitbringen, die ich in ganz Arville finden kann. Versprochen!« Er wandte sich wieder Marta zu. »Und du sollst dir nicht immer so viele Sorgen machen. Vermutlich sind die Jungs längst nicht mehr nüchtern und würden nicht einmal merken, wenn ich zu spät käme. Tarkis hat gestern versprochen, zur Feier des Tages einen auszugeben.«

Marta verdrehte die Augen. »Er wird noch vor Stolz platzen. Sag ihm, dass ich morgen bei Alise vorbeischauen werde, um zu sehen, wie es ihr und dem Kleinen geht.«

»Mach ich.« Rod küsste seine Frau zum Abschied und verließ das Haus. Draußen umfing ihn der scharfe Geruch der Färberhütten, die sich ein Stück die Straße runter am Ufer des Sîles aufreihten. Wenigstens war es ein warmer Morgen. Die Sonne schien, und der Himmel war ohne Wolken. An solchen Tagen pulsierte das Viertel vor Leben. Kindergelächter hing in der Luft, vermischte sich mit dem Kläffen eines Hundes, das bald darauf im Rattern eines Fuhrwerks unterging.

Rod wartete, bis der Karren vorüber war, bevor er auf die Straße trat. Sein Nachbar, der alte Erwic von gegenüber, der schon seit Jahren mit der Bank vor seinem Haus fest verwachsen schien, lächelte ihm zu. Rod erwiderte den Gruß und hob dann den Blick. Ein Stück über ihren Köpfen flatterten Martas Unterröcke in einer Brise. Grinsend setzte er sich in Bewegung. Im ganzen Viertel waren Wäscheleinen über den Gassen gespannt, an denen Wollhosen, Leinenhemden und Westen im Wind vor und zurück wippten. Das gute Wetter wollte genutzt werden.

Eine Taube, die in den Ritzen zwischen den Pflastersteinen herumpickte, stob verschreckt auf, als Rod pfeifend daherkam. Er war auf dem Weg zum Bäcker, bei dem er sich jeden Morgen noch ein zweites Frühstück gönnte, bevor es weiterging zum Palast. Von allen Seiten riefen ihm seine Nachbarn freundlich zu. Nicht wenige versuchten, ihn in ein Gespräch zu verwickeln. Da er seiner Frau jedoch versprochen hatte, sich um mehr Pünktlichkeit zu bemühen, wimmelte er sie schweren Herzens ab. Tatsächlich genoss er es, dass man ihm neuerdings so viel Aufmerksamkeit entgegenbrachte, wo ihn die Leute früher doch kaum beachtet hatten.

Seit der Kronprinz von Sharigor vor zwei Wochen in den Palastkerker gebracht worden war, in dem Rod als Wärter arbeitete, verging kaum ein Tag, an dem seine Nachbarn ihm nicht die neuesten Geschichten über den Königsmörder Ishan con Femen entlocken wollten. Ein wenig vom zweifelhaften Ruhm des Prinzen war auch auf Rod übergegangen, und so war er selbst zu einer kleinen Berühmtheit im Viertel geworden.

»Einen wunderschönen guten Morgen, Rod«, grüßte ihn Kayla, die Frau des Bäckers, als er immer noch in Hochstimmung ihren Laden betrat. »Was soll's denn sein? Das Übliche?«

Er nickte. Kaylas Mann machte die besten Plundertaschen von ganz Arville. Allein bei der Vorstellung an die süße Rotbeerfüllung lief ihm das Wasser im Mund zusammen.

»Für meinen besten Kunden.« Mit einem Lächeln reichte Kayla ihm das Gebäck. Als Rod mit einem Kupferling dafür bezahlen wollte, winkte sie ab. »Erzähl mir lieber was über den Prinzen«, erwiderte sie mit vor Neugier glitzernden Augen. »Etwas, das sonst noch niemand weiß, ja?«

Daher wehte also der Wind. Hätte er sich ja eigentlich denken können. Kurz rang Rod mit seinem Gewissen. Aber ein paar Minuten seiner Zeit konnte er sicherlich gegen eine so köstliche und obendrein auch noch kostenlose Plundertasche eintauschen. Außerdem würde Marta ja nichts davon erfahren.

Als Rod schließlich die Bäckerei verließ, war aus ein paar Minuten eine halbe Stunde geworden, und die Puppe für Lucy musste er auch noch besorgen. Beunruhigt war er deshalb nicht. Sein Schwager würde ihm das schon nachsehen. So wie sonst auch. Er biss sich auf die Unterlippe. Ganz im Gegensatz zu einigen seiner Kameraden bei der Wache. Einmal hatten sie ihm etwas ins Bier getan, wodurch er weggetreten war. Anschließend hatten sie ihn ausgezogen, ihm einen Apfel zwischen die Zähne geschoben und den Ringelschwanz eines Schweins umgebunden. Zum Glück war er aufgewacht, bevor die Männer der Nachtschicht gekommen waren und ihn so gesehen hatten.

Marta hatte er von diesem und anderen Vorfällen nichts erzählt. Und seinem Schwager erst recht nicht. Schließlich wollte er es sich nicht auch noch mit denjenigen unter seinen Kameraden verderben, die bisher nichts gegen ihn hatten. Verräter mochte nun mal keiner. Rod seufzte. Vielleicht hatte Marta recht. Vielleicht wurde es wirklich Zeit, etwas zu ändern. Bestimmt würden ihn seine Quälgeister in Ruhe lassen, wenn sie merkten, dass das »fette Schwein« durchaus in der Lage war, sich zu wehren. Die Vorstellung, es ihnen heimzuzahlen, gefiel ihm. Die Frage war nur, ob es am Ende nicht alles nur noch schlimmer machen würde.

Mittlerweile hatte Rod sein eigenes Viertel hinter sich gelassen und eine der besseren Wohngegenden erreicht, wo er in der Mitte einer breiten gepflasterten Allee entlanglief, die zu beiden Seiten von hübsch zurechtgestutzten Blaublatteichen gesäumt wurde. Es handelte sich um den sogenannten Fürstenring, der den Palast und Arvilles Herz in einem weiten Bogen umschloss und auf diese Weise die Straßen und Bezirke der inneren Stadt miteinander verband.

Rod näherte sich dem Palast von Süden her. Wenn er den Kopf in den Nacken legte, konnte er die Wehrmauern und Türme ausmachen, die den Felsen krönten, auf dem er stand. Ein Anblick, den er schon so oft gesehen hatte, dass er sich viel lieber an den Auslagen der Läden ergötzte, die zu beiden Seiten des Fürstenrings lagen und so erlesene Güter anboten, dass Rod es niemals wagen würde, auch nur einen Fuß in einen von ihnen zu setzen. Und selbst wenn er es versucht hätte, wäre er in seiner Wächteruniform ganz sicher hochkant rausgeworfen worden.

Wie immer herrschte zu dieser Stunde reger Betrieb auf dem Fürstenring, wobei es sich zumeist um Dienstboten handelte, die Besorgungen für ihre Herren und Herrinnen erledigten. Vor zwei Wochen, als die Regenten der Schwebenden Reiche in Fürst Eloriens Palast getagt hatten, war man hier kaum durchgekommen. Aus dem Umland waren zahlreiche Schaulustige in die Stadt geströmt, um den Verlauf dieser Zusammenkunft mit zu verfolgen. Mit ihnen war das fahrende Volk gekommen, das überall dort auftauchte, wo es etwas zu verdienen gab: Gaukler, Taschenzauberer, Akrobaten, Schausteller. Für ein paar Tage hatte Arville wie ein einziger großer Jahrmarkt gewirkt.

Auch Rod hatte mit seiner Familie eins dieser Spektakel besucht. Die kleine Lucy hatte beim Anblick der Feuerschlucker, Jongleure und Tierbändiger vor Freude gejauchzt, und Rod war das Herz gleich ein wenig leichter geworden. Das fröhliche

Treiben hatte jedoch nicht über die Nervosität und Anspannung hinwegtäuschen können, die auf den in der Stadt versammelten Menschen gelastet hatten.

Nachdem die Friedensgespräche mit König Varras' Tod ein jähes Ende gefunden hatten, waren die Menschen förmlich aus Arville geflohen, um die beunruhigenden Nachrichten hinaus in die Welt zu tragen. Viele fürchteten nun, dass Krieg zwischen den Freien Reichen und dem Fünferbund drohte. Um Martas und Lucys Willen hoffte Rod, dass sie sich irrten. Er selbst redete sich ein, dass es den Menschen in den Schwebenden Reichen viel zu gut ging, als dass sie ihr Glück und ihren Wohlstand für so etwas Närrisches wie einen Krieg riskieren würden.

Er pulte sich gerade mit der Zunge den Kern einer Rotbeere aus einer Zahnlücke, als er plötzlich das Gefühl hatte, beobachtet zu werden. Rod blieb stehen, drehte sich um und sah die Straße zurück. Ein paar Männer und Frauen warfen ihm mürrische Blicke zu, weil er ihnen den Weg versperrte und sie um ihn herumgehen mussten. Rod ignorierte sie. Er spürte es stets wie einen kalten Lufthauch im Nacken, wenn die Augen anderer auf ihm ruhten. Aber er konnte niemanden entdecken, der ihm besondere Aufmerksamkeit entgegengebracht hätte.

Seltsam, dachte Rod und zuckte mit den Achseln. Zeit, sich um Lucys Geschenk zu kümmern. Er wandte sich wieder nach vorne und verzog das Gesicht, als er beinahe in eine Pfütze aus Pferdepisse getreten wäre. Um zum Palast zu kommen, hätte er nur der Straße weiter folgen brauchen, doch an der nächsten Abzweigung bog er stattdessen nach links ab. Die Gebäude waren hier immer noch beeindruckend, jedoch weit von der protzigen Zurschaustellung des Fürstenrings entfernt. Es dauerte nicht lange, bis Rod den Mann mit dem Bauchladen entdeckte, der um diese Zeit stets vor dem Geschäft des Hutmachers stand. Zielstrebig hielt er auf den Alten zu.

»Die da«, sagte er, nachdem er die Holzpüppchen in dessen

Auslage begutachtet hatte. »Sie sieht meiner Kleinen sogar ein wenig ähnlich. Das wird ihr gefallen.«

»Eine gute Wahl, mein Herr.«

»Was kriegst du von mir?«

»Drei Kupferlinge«, sagte der Alte.

»Zwei«, schoss Rod zurück.

»Ach, mein Herr, ich habe diese Puppen mit meinen eigenen Händen geschnitzt. Und ich habe doch sonst nichts. Meine Frau ist schon vor Jahren von mir gegangen. Mein einziger Sohn ist fortgezogen und hat mich allein …«

Am Ende bezahlte Rod die drei Kupferlinge, obwohl er den Wahrheitsgehalt der Geschichte bezweifelte. Er hatte einfach ein zu weiches Herz. Das sagte Marta auch immer.

Er steckte das Püppchen ein, ging weiter und bog wenig später in die Schildmachergasse, wo es weniger hektisch, dafür jedoch sehr viel lauter zuging, denn hier waren die Werkstätten der Wappenschilderer ansässig. Er lief noch durch ein paar weitere Sträßchen, die ihn am Ende wieder zurück zum Fürstenring führten. Eine Zeit lang folgte Rod der Prachtstraße in südwestlicher Richtung, wobei der Palast rechts von ihm über der Stadt aufragte, schließlich betrat er ein Seitengässchen, das zwischen den ausladenden Bauwerken leicht zu übersehen war. Die Gerüche und Geräusche des Fürstenrings fielen rasch hinter ihm zurück. Nach einigen Minuten gelangte er zu einem Platz, der von Gebäuden und Mauern umschlossen war und auf ein Tor zuführte. Es war unbewacht, und die Flügel standen schon seit Jahrzehnten weit offen. Es war der Eingang zum Pächterviertel.

Mehrere Jungen in zerlumpter Kleidung lungerten auf dem Platz herum und kickten sich gegenseitig eine Rübe zu. Sie stoben auseinander, als Rod sich ihnen näherte. Doch sobald er an ihnen vorüber war, ging das Gelächter los.

»Fettwanst, Fettwanst, mach uns deinen Specktanz!«, rief ihm der Mutigste nach.

Rod drehte sich nicht um. Wozu auch? Sie hätten nur noch lauter gelacht und ihm noch mehr Beschimpfungen ins Gesicht geschrien. Zu allem Übel waren diese kleinen Ratten viel flinker als er und wussten das natürlich auch. Also schluckte er seinen Ärger hinunter und setzte seinen Weg fort.

Das Pächterviertel, von vielen auch der »Pfuhl« genannt, lag die meiste Zeit des Tages im Schatten des Felsens, auf dem Fürst Eloriens Palast thronte. Es war durch einen hohen Wall von der übrigen Stadt abgeschottet und diente als Wohnstätte für die Dienerschaft des hohen Herrn. Die Hütten waren schäbig und wirkten zwergenhaft im Vergleich zu den Prachtbauten, die nur ein Sträßchen entfernt das Herz von Arville dominierten. Rod kam rasch voran, da die Gassen bis auf ein paar Kinder und streunende Katzen leer waren. Das Gros der Bewohner schuftete bereits seit Sonnenaufgang in der Küche, den Ställen oder Gartenanlagen des Palastes.

Umso verwunderter war Rod, als er plötzlich Schritte hinter sich hörte. Er blieb stehen und drehte sich um. Es war eine junge Frau mit hellen Teint und langem dunklen Haar, das sie hochgesteckt trug. Sie war auffallend hübsch mit ihren himmelblauen Augen und diesen vollen sinnlichen Lippen. Für eine Pfuhlbewohnerin wirkte sie allerdings viel zu gepflegt. Tatsächlich entsprach ihre Kleidung eher einer Tochter aus gutbürgerlichem Hause. Rod runzelte die Stirn. Jemand wie sie hatte im Pächterviertel ganz gewiss nichts verloren. Noch viel merkwürdiger war jedoch der Ausdruck in ihren Augen. Darin lag etwas … Hungriges. Rod wurde mit einem Mal unruhig, ohne dass er einen Grund dafür hätte benennen können.

In diesem Moment bog hinter der Frau ein Eselskarren in das Gässchen ein. Kaum bemerkte sie diesen, änderte sich ihr Verhalten schlagartig. Plötzlich sah sie verängstigt aus, blickte mehrmals zurück und eilte, ohne innezuhalten, an Rod vorüber. In diesem Augenblick hätte er geschworen, dass sie vor jemandem floh. Der Fahrer des Karrens war aber bloß ein Greis, der den schäbigen Hut lüftete, als er wenig später an Rod vorüberfuhr. Mit einem Schulterzucken setzte Rod seinen Weg fort.

Mittlerweile konnte er die Türme der Garnison ausmachen, an die das Pächterviertel grenzte. Sie wachte über eine Zugangsstraße zum Palast, die auf der rückwärtigen Seite des Felsens gelegen war und ausschließlich von Dienstboten, Arbeitern, Wächtern und für die Anlieferung von Waren genutzt wurde. Jeden Morgen schleppte sich Rod ihre endlosen Serpentinen hinauf und verfluchte sie dafür stets aufs Neue. Gerade tauchte er zwischen die Lagerhäuser ein, die auf die Hütten der Pächter folgten und sich östlich der Garnison bis zum Ufer des Sîles erstreckten, als ihn erneut das Gefühl überkam, beobachtet zu werden. Dieses Mal drehte er sich nicht um, sondern ging schneller. Seit dem Ausbau des Südhafens vor einigen Jahren standen die Lagerhäuser hier leer. Zwar gab es Gerüchte, dass sie abgerissen werden sollten, um mehr Wohnraum für die Pfuhlbewohner zu schaffen. Bisher war jedoch nichts passiert.

»Zu Hilfe, mein Herr, so helft mir doch!«

Rod fuhr herum. Es war die junge Frau von vorhin. Sie stolperte auf ihn zu, Tränen rannen ihr übers Gesicht. Das Haar, das sie zuvor als Hochsteckfrisur getragen hatte, hing in schlaffen Strähnen herab. An ihrem Dekolleté war das Kleid eingerissen, sodass das Mieder und ein Teil ihrer Brüste entblößt wurden. Rod eilte ihr entgegen. »Was ist passiert?«

Sie blieb vor ihm stehen. Die Arme eng um den bebenden Körper geschlungen, versuchte sie, ihre Blöße zu bedecken. »Ein Mann ... Er hat mich ...«, schluchzend brach sie ab.

»Ist ja schon gut.« Rod wollte ihr den Arm tätscheln, sie zuckte jedoch zurück. »Wie ist dein Name?«, fragte er sanft.

»Ca-Catara«. Sie deutete mit dem Finger auf eine Gasse zwischen zwei Lagerschuppen. »Dort ... dort drüben war es. Ich hatte mich versteckt, weil ... er mir gefolgt ist. Aber irgendwie hat er mich …« Sie schlug die Hand vor den Mund, und noch mehr Tränen strömten ihre Wangen hinab. Die junge Frau so leiden zu sehen, machte Rod unglaublich wütend. Niemand hatte es verdient, so behandelt zu werden. Weder sie noch … *ich*, dachte er. Vielleicht wurde es wirklich Zeit, dass er seinen Mut zusammenraffte und etwas unternahm. »Warte hier auf mich, ich werde mich in dem Gässchen umsehen«, sagte er und legte die Hand um den Griff seines Schwertes.

»Bitte … lasst mich nicht allein, Herr.«

Rod dachte kurz nach. In seiner Nähe wäre sie vermutlich sicherer. Er forderte sie mit einem Nicken auf, ihm zu folgen, und gemeinsam gingen sie zu dem Gässchen, vor dem Rod zunächst stehen blieb, um einen Blick hineinzuwerfen. Verrottende Holzkisten und Fässer stapelten sich in den Schatten. Allerdings boten sie kaum genug Deckung, als dass sich einer dahinter hätte verstecken können. »Was hat dich überhaupt in diese Gegend verschlagen?«, fragte Rod und reckte den Hals, um besser sehen zu können.

»Mein Verlobter. Er ist Offizier in der Garnison. Ich … ich wollte ihn überraschen.«

Die Verlobte eines Offiziers? Das war nicht gut. Rod wandte sich zu ihr um. »Wie heißt dein Verlobter?«

»Ang… ich meine Angbert Collwig. Kennst du ihn?«

»Dem Namen nach«, entgegnete Rod. Collwig war ein jähzorniger Mann. Und nachtragend, nach allem, was er gehört hatte. Es würde ihm sicher nicht gefallen, wenn Rod den Kerl entkommen lassen würde, der seine Verlobte angegriffen hatte. »Willst du nicht lieber hier draußen auf mich warten?«

Die junge Frau biss sich auf die Unterlippe und schüttelte den Kopf.

Zwischen den Gebäuden war es still, viel zu still, wie Rod fand. Ein Schweißtropfen rann seinen Nacken hinab, und das Schwert in seiner Hand bebte leicht. Er war kein ängstlicher

Mann, sagte er sich. Nicht wirklich. Er war es nur nicht gewohnt, in solche Situationen zu geraten. In all der Zeit, die er bereits als Wächter arbeitete, hatte er seine Waffe nur ein einziges Mal ziehen müssen: bei einer Inspektion durch Fürst Elorien, was alle paar Jahre einmal vorkam. Ansonsten ging es im Kerker recht ruhig zu. Wenn die Reihe an ihm war, machte er seine Runde. Die übrige Zeit spielten er und die anderen meistens *Auf Schnitters Schneide*.

Rod atmete auf, als sie auf der anderen Seite des Gässchens wieder hinaus ins Sonnenlicht traten. Kein Angreifer weit und breit. Er schob das Schwert zurück in die Scheide. Vor ihm lag ein Rund aus festgestampfter Erde. An vielen Stellen spross Unkraut zwischen Kisten und Holzfässern. Alle aufgebrochen und leer. Ein Stück weiter rechts gurgelte der Fluss um die Pfähle der ehemaligen Anlegestellen.

»Hier ist niemand«, sagte Rod und ließ den Blick ein letztes Mal umherschweifen, während er sich zu seinem Schützling umdrehte. »Der Kerl ist sicher schon …«

Das Messer fuhr mit einem Schmatzen in sein linkes Auge.

Ich habe wirklich ein zu weiches Herz, dachte Rod noch und starb.

4

Arville, Xe'Neridian
7. Jul, 1026 n. d. Zweiten Dämonenkrieg

Nachdem Catara die Leiche zurück in die Gasse gezerrt hatte, ging sie in die Hocke, zog die Klinge aus der Augenhöhle des fetten Mannes und wischte sie an ihrem Kleid ab. Natürlich war es riskant gewesen, den Wächter auf diese Weise zu töten. Ein Stich in den Rücken hätte jedoch die Uniform ruiniert und damit für ihre Zwecke unbrauchbar gemacht. Außerdem hatte sie das Überraschungsmoment auf ihrer Seite gehabt. Sie legte die Klinge neben sich auf den Boden und entkleidete den Mann. Dabei summte sie eine alte Weise ihres Stammes vor sich hin. Ein Lied, das ihre Mutter ihr als Kind immer vorgesungen hatte, wenn sie aus einem Albtraum erwacht war oder sich beim Spielen das Knie aufgeschlagen hatte. Damals wie heute schenkte es ihr Trost und half ihr, sich für das zu wappnen, was kommen würde.

Sobald Rodwart Melliger nackt vor ihr lag, zog auch Catara sich aus. Dann griff sie wieder nach ihrem Messer und schnitt ein Stück aus seinem Unterarm heraus, wo das Fleisch zarter und weniger haarig war. Die ganze Zeit vermied sie es, ihm noch einmal ins Gesicht zu sehen. Das Gesicht eines Unschuldigen. Doch was hätte sie tun sollen? Sie hatte einen Auftrag, und Rodwart Melliger war ihre beste Chance darauf, ihn erfolgreich zu beenden. Sie hatte keine andere Wahl gehabt. So war das nun mal. Sie presste die Lippen zusammen und betrachtete den Hautlappen zwischen ihren Fingern. Jetzt kam die eine Sache, die sie am meisten hasste – sie schloss die Augen und schob es sich in den Mund. Catara verzog das Gesicht, als der Geschmack des noch warmen Fleisches sich auf ihrer Zunge ausbreitete. Niemals würde sie sich daran gewöhnen. Hundert Mal schlimmer war aber das, was als Nächstes folgen würde. Sie würgte das Fleisch hinunter, und ein Hitzestoß jagte durch ihren Körper, als der Fluch der Keesa seine Wirkung tat.

Catara stöhnte auf und fiel auf die Hände. Sie brannte – brannte von innen heraus! Wie bei einem Stück Kohle, das vom Wind entfacht wird, brachen die Flammen aus ihren Knochen und fraßen sich durch Eingeweide und Muskeln. Schon platzte ihre Haut auf. Darunter war rohes Gewebe, voller Blasen und glänzend von siedendem Fett. Der Geruch ihres eigenen verbrannten Fleisches stieg ihr in die Nase. Sie würgte, drehte den Kopf zur Seite und konzentrierte sich ganz auf ihren Herzschlag. *Bumm, Bumm, Bumm …* Sie zählte in Gedanken mit, bis der Schmerz endlich nachließ und das vertraute Jucken einsetzte, wenn frische rosa Haut sich zu einem neuen Körper formte. Leben – Tod – Wiedergeburt.

Sie riss die Augen auf und reckte das Gesicht in einer zornigen Geste gen Himmel. *Du wirst mich nicht brechen. Niemals!* Sie kämpfte sich auf die Füße, während die Überreste ihrer früheren Gestalt als Ascheflocken von ihr abfielen. Die Arme eng um sich selbst geschlungen, stand sie für einige Augenblicke so da und murmelte ihren Namen wie ein Mantra vor sich hin: »Catara, Catara, Catara …«

Bei jeder Verwandlung stahl sie nicht nur den Körper ihres Opfers, sondern auch immer einen Teil seiner Gedanken, Gefühle und Erinnerungen. Und so fürchtete sie stets aufs Neue, der fremde Körper könnte sie vergessen machen, wer sie wirklich war, und damit auch noch den kläglichen Rest des Menschen auslöschen, der von ihrem früheren Selbst übrig geblieben war.

Ganz allmählich ließ das Jucken nach, und nun lockerten sich auch ihre Muskeln. Catara blickte an sich herab. Die grazile Schönheit ihres vorherigen Körpers war der anstößigen, haarigen Plumpheit von Rodwart Melliger gewichen. Sie schnaubte angeekelt – mit der Stimme des toten Wächters. Aber es war nicht anders gegangen. Um ihren Auftrag zu erfüllen, musste sie seine Identität annehmen. Von allen Wächtern in Fürst Eloriens Diensten war er ihr als der Unbedeutendste erschienen. Ein Mann, den jeder kannte, dem jedoch niemand große Aufmerksamkeit entgegenbrachte.

Sie zog seine Uniform über, versteckte die Dolche darin, die sie zuvor in ihrem Kleid verborgen hatte, und schnallte sich sein Schwert um. Anschließend holte sie aus einer geheimen Tasche des Unterkleids, das sie vor ihrer Verwandlung abgelegt hatte, ein abgewetztes, sorgsam eingerolltes Lederfutteral sowie einen dünnen Metallstab hervor. Das Futteral enthielt eine Sammlung Phiolen mit allerlei nützlichen Substanzen. Bei dem Metallstab, der vorne gebogen war, handelte es sich um einen sogenannten Diebesschlüssel.

Catara steckte beides ein, vergewisserte sich, dass niemand in der Nähe war, und entsorgte danach ihre alte Kleidung und Rodwarts Leiche im Fluss. Kurz sah sie ihr nach. Ein nacktes totes Stück Fleisch, das in der Strömung auf und ab hüpfte. Vermutlich würde der Körper hinaus in die Große Leere getragen werden, wo er in der Hitze der Feuerflüsse verdampfte. Niemand würde je erfahren, was aus dem echten Rodwart Melliger geworden war. Stattdessen würden ihn alle für einen Verräter halten. Sie steckte die Hand in die Tasche ihrer Uniform, und als sie sie wieder hervorzog, hielt sie das Holzpüppchen darin, dass der Mann für seine Tochter gekauft hatte.

Catara starrte es eine Weile an, bevor sie es mit zittriger Hand wieder einsteckte, sich umwandte und davoneilte.

Sie passierte das Tor der Garnison, ohne aufgehalten zu werden, schließlich arbeitete Rod seit vielen Jahren im Kerker des Palastes. Die Straße, die sich dahinter fortsetzte, verlief entlang des Exerzierplatzes, auf dem sich eine Gruppe von Offizieren miteinander unterhielt. Catara grüßte sie. Wie erwartet beachteten die Männer sie nicht weiter. Sie lächelte kaum merklich, während ihr Blick weiter zu den Stallungen wanderte, vor denen ein paar Burschen Stroh und Pferdeäpfel auf einen Karren schippten. Die Tiere selbst schienen unbewacht.

Mittlerweile war sie auf Höhe mit dem Hauptgebäude, in dem sich die Schreibstuben und die Offiziersmesse befanden. Ein schmuckloser, mehrstöckiger Bau, an den sich linkerhand das Magazin anschloss, vor dem zwei Rekruten Wache schoben. Ein Stück dahinter lagen die Unterkünfte der Soldaten, die um diese Zeit ihren Dienst auf den Wehrgängen der Palastmauern verrichteten.

Wie jedes Mal saugte Catara all diese Informationen in sich auf. Sie konnten sich noch als nützlich erweisen, falls sie später gezwungen wäre, zu fliehen. Kurz darauf durchschritt sie ein zweites Tor. Dahinter spannte sich eine Steinbrücke über den Sîles, der den Fuß des Palastfelsens umfloss. Auf der anderen Seite gab es ein Wachhäuschen, vor dem ein grauhaariger Soldat stand und ihr entgegengrinste. »Rod, du Hund, bist spät dran, sogar noch später als sonst.«

Catara grinste zurück. »Hatte noch was zu erledigen.« Sie zog die Holzpuppe hervor. »Meine Kleine hat heute Geburtstag.«

»Da wird sie sich freuen.«

»Will ich doch meinen. Die Puppe hat mich drei Kupferlinge gekostet.«

»O Mann, da hat man dich ganz schön übers Ohr gehauen.« Der alte Soldat schüttelte den Kopf. »Jetzt aber weiter mit dir. Da oben warten sie sicher schon auf dich.«

Catara nickte ihm zu und machte sich an den Aufstieg. Rods Körperfülle zwang sie zu einem gemächlicheren Gang, als sie es gewohnt war. Auf ihrem Weg nach oben begegneten ihr nur wenige Menschen. Die Palastbewohner und ihre Besucher benutzten in der Regel den offiziellen Zugang auf der anderen Seite des Felsens. Dort fiel er weniger steil ab, und man hatte eine breite Straße angelegt. Als sie die unterste Ebene der Palastanlage erreichte, war sie außer Puste, und ihre Kniegelenke schmerzten von dem zusätzlichen Gewicht, das sie stemmen mussten. Sie grüßte die Wächter und trat durch das Tor in der Wehrmauer, das gerade genug Platz bot, damit ein Pferde- oder Ochsenkarren hindurchpasste. Dahinter befand sich ein Innenhof mit Vorratslagern, auf dem Männer damit beschäftigt waren, Weinfässer von einem Fuhrwagen zu hieven. Catara überquerte den Hof und durchschritt eine Pforte, die in den Palastgarten führte. Die Schönheit der Anlage ließ sie innehalten.

Vor ihr lag die erste von vielen weitläufigen Terrassen, die aufwendig in den Fels gearbeitet waren. Treppen verbanden die aufsteigenden Ebenen miteinander, auf denen Blumen und Bäume gediehen, die normalerweise nicht auf Xe'Neridian vorkamen. Dazwischen plätscherten Wasserfälle in Teiche, und Pfauen stolzierten mit aufgestellten Schwanzfedern umher, wenn sie nicht gerade nach Brotkrumen pickten, die ihnen von den Hofdamen und deren Begleitern zugeworfen wurden. Rechtzeitig erinnerte Catara sich daran, dass dieser Anblick für Rod etwas Alltägliches war, und setzte sich wieder in Bewegung, bevor sie noch jemand fragte, wieso sie hier Maulaffen feilhielt.

Irgendwie war es seltsam, wieder auf Xe'Neridian zu sein. Sie fühlte sich wie eine Fremde, die zum ersten Mal das Inselreich besuchte, dabei war sie hier geboren und aufgewachsen. Allerdings hatte Catara nie viel von ihrer alten Heimat zu Gesicht bekommen. Insbesondere nicht von den Städten, denn ihr Stamm, die Keesa, lebte in einer abgeschiedenen Bergregion im Nordwesten des Landes, einen Tagesmarsch vom Flüsternden Wald entfernt.

Während sie einem Kiespfad auf der untersten Terrasse folgte, der zwischen farbenfrohen Blumenbeeten verlief, rief sie sich noch einmal den Plan der Anlage vor Augen. Der Kerker, in dem Prinz Ishan festgehalten wurde, lag am östlichen Ende des Gartens. Dieser Auftrag würde sie und ihr Können auf eine harte Probe stellen. Trotzdem lächelte sie bei diesem Gedanken. Herausforderungen hatten ihr schon immer gefallen. Natürlich bedauerte sie den Tod von König Varras, begrüßte jedoch die Gelegenheit, die sich ihr dadurch bot. Endlich konnte sie das volle Potenzial ihrer Fähigkeiten unter Beweis stellen, war der Ausgang ihrer Mission doch entscheidend für die Zukunft der Freien Reiche.

Wenig später erreichte Catara das Ende des Gartens und damit einen von hohen Hecken gesäumten Pfad, der zu einem Gittertor führte. Es markierte den Zugang zum Kerker. Anders als vor den Toren bisher, die von einfachen Wachen geschützt waren, standen vor diesem zwei Gardisten. Sie trugen die dunkelgrünen Uniformen der Palastwache und waren mit Hellebarden bewaffnet, die sie um anderthalb Köpfe überragten und auf deren Spitzen sich das Sonnenlicht brach. Cataras eigene Uniform war von einem hässlichen Braunton und wies deutliche Anzeichen von Abnutzung auf. Aber Rod arbeitete auch im Kerker, wohin sich der Adel oder die Gäste von Fürst Elorien gewöhnlich nicht verirrten. Prinz Ishan ausgenommen.

Sie nickte den Männern zu. »Wie läuft's, Jungs?«

»Wer hat dir erlaubt, uns anzusprechen, Melliger?«, knurrte der eine. Er hatte ein bulliges Gesicht und kleine verkniffene Augen. Sein Atem roch nach Wein.

Catara zuckte bei seinen Worten wie ein geschlagener Hund zusammen, und eine Erinnerung, die nicht ihre eigene war, wisperte in ihren Gedanken: *Du fettes Schwein glaubst, du bist was Besseres als wir, ja? Denkst, dass die Regeln für dich nicht gelten, hm? Eines solltest du dabei niemals vergessen: Tarkis wird nicht ewig da sein, um sein Schoßhündchen zu beschützen.*

Sie schluckte und zwang die Furcht nieder, bei der es sich ebenfalls nicht um ihre eigene, sondern die von Rod handelte. So mächtig ihre Gabe war, sie hatte auch ihre Schattenseite. Ängste, Erinnerungen, Begierden, die sie zum Teil von ihren Opfern übernahm, mischten sich manchmal unter ihre eigenen Gefühle und beeinflussten sie.

»Du hast das Zeug, die Beste zu sein. Vielleicht bist du das sogar«, hatte ihr Meister einmal gesagt. Ein Mann, der sich selbst Klinge genannt hatte, im Dienste ihrer Herrin gestanden und sie ausgebildet hatte. »Wenn du dich nur besser unter Kontrolle hättest.«

Catara senkte den Blick, um die Gardisten nicht weiter zu provozieren. Nachdem die beiden die Gittertür für sie geöffnet hatten, ging sie rasch zwischen ihnen hindurch und folgte einer Treppe, die in den Fels geschlagen war und in einem steilen Bogen nach unten führte. Catara stieg mehrere Stufen hinab, bevor sie sich noch einmal umdrehte. Rod Melliger war ihr wie jemand vorgekommen, der von den Leuten gemocht – im schlimmsten Fall ignoriert – wurde. Auf offene Feindseligkeit war sie nicht gefasst gewesen. Diese Entwicklung gefiel ihr nicht. Aber jetzt war es zu spät, an ihrem Plan noch etwas zu ändern.

Die Treppe endete auf einem Felsvorsprung, von dem aus man bis zu dem weit hinter Arville liegenden Hunswald blicken konnte. Ein kühler Wind pfiff hier oben und zerrte an Cataras Uniform. Sie wandte das Gesicht nach links, wo der Eingang zu einem Tunnel lag. Auch dieser wurde bewacht. Anstatt mit Hellebarden waren diese Männer mit Schwertern ausgestattet, die allerdings in ihren Scheiden steckten. Ihre Uniformen waren genauso schäbig wie ihre eigene.

»Lernst es wohl nie, oder, Melliger?«, sagte der eine mit einem Schnauben. Er war lang und dürr, und ihm fehlte ein Stück seiner Nase. »Unser Dienst hat schon vor 'ner Stunde begonnen.«

»Lass gut sein, Harus«, brummte der andere. »Es ist, wie es ist.« Auch dieses Mal verkniff Catara sich eine Erwiderung. Rod schien ihr kein besonders schlagfertiger Mann gewesen zu sein. Sie schob sich zwischen den beiden hindurch.

»Was denn? Redeste etwa nich' mehr mit uns? Sind wir dir nich' mehr gut genug?« Die Hand des Dürren klatschte auf ihre Schulter und löste eine weitere von Rods Erinnerungen bei ihr aus: *Ich mach dich fertig, Schweinsgesicht!*

Das Gefühl der Demütigung, das damit einherging, weckte Cataras eigenen Zorn. Sie wirbelte herum und zertrümmerte dem Wächter mit einem Fausthieb den Kehlkopf. Der Mann taumelte zurück. Die Augen weit aufgerissen, das Gesicht rot verfärbt. Ein gurgelndes Geräusch entfuhr seinen Lippen, bevor er zu Boden ging und mit den Gliedmaßen zuckte.

»Bist du wahnsinnig, Melliger?«, rief der andere und zerrte an seinem Schwert. Auch wenn Rods Körper massiger und träger war als die, die sie sich sonst aneignete, wurde Catara aufgrund ihrer Ausbildung mit einem einfachen Soldaten immer noch spielend fertig. Bevor er seine Waffe ganz gezogen hatte, trat sie ihm zwischen die Beine, und während der Mann mit einem Aufschrei in die Knie ging, packte sie seinen Kopf und brach ihm das Genick. Ihr Blick wanderte zu dem Dürren. Er zuckte nicht länger, und seine Augen starrten ins Leere.

Catara seufzte. *Schöne Sauerei!*

Wenigstens hatte niemand etwas mitbekommen, denn es tauchten keine weiteren Wächter auf. Sie hockte sich zwischen die beiden Leichen, betrachtete ihre Gesichter und versuchte, etwas in Rods Erinnerungen zu entdecken, was das Verhalten des Dürren ihr gegenüber erklärte. Das Problem war jedoch, dass es sich dabei bloß um bruchstückhafte Bilder handelte. So war es meistens. Catara hatte keine Kontrolle darüber, welche Erinnerungen sie von ihren Opfern stahl. Genauso wenig konnte sie beeinflussen, wie und wann sie sich in ihren Gedanken formierten. Fest stand nur, dass der fette Rod einen oder auch beide Männer gefürchtet, vielleicht sogar gehasst hatte. Verdammt starke Gefühle, die sie unter der Oberfläche des gutmütigen Trottels niemals erwartet hätte.

Nun, was passiert war, konnte sie nicht mehr ändern. Sie musste das Beste daraus machen. Catara sah über ihre Schulter. Ihr neuer Körper hatte einen Vorteil: Er war stark. Sie schleifte die Toten zum Rand des Vorsprungs, warf einen Blick in die Tiefe und beförderte sie anschließend mit einem Fußtritt über die Felskante. Der Hang war auf dieser Seite karg und zerklüftet, sodass sie schon nach einem kurzen Fall in einer Felsspalte verschwanden. Mit ein bisschen Glück würde man die beiden erst vermissen, wenn sie längst wieder weg war.

Catara lächelte. Sie wusste genau, was ihre Herrin jetzt sagen würde: »Nicht der kühlste Verstand reicht an deine Fähigkeiten heran, meine Liebe. Selbst wenn du dir einen Fehltritt leistest, wird *dich* niemals jemand dafür verantwortlich machen. Für alle wird es immer die Schuld desjenigen sein, dessen Gesicht du trägst.« Und dann würde sie mit sanfter Hand ihre Wange berühren und sagen: »Vergiss nicht, Catara, du wirst mich nie enttäuschen, denn für mich bist du wie eine Tochter!«

Catara wandte sich ab, überquerte den Vorsprung ein weiteres Mal und betrat den Tunnel, bei dem es sich um den Eingang in den Kerker handelte. Er fiel steil ab, wurde jedoch in regelmäßigen Abständen von Fackeln erhellt und war Teil eines natürlichen Systems aus Gängen und Höhlen, das Fürst Elorien zu einem Gefängnis hatte ausbauen lassen.

Wie in fast allen Kerkern gab es auch in diesem nur wenig zu tun, solange die Gefangenen keinen Aufstand probten. Daher fand Catara, als sie schließlich die Wachstube betrat, die Mehrzahl der Männer beim Kartenspiel vor. In dem Raum roch es nach ungewaschenen Körpern, billigem Wein und einem Haufen Lügen, derer sich die Männer im Suff rühmten. Acht Wachen saßen an einem fleckigen Holztisch, die Gesichter vom Alkohol gerötet. Sie spielten *Auf Schnitters Schneide*. Derjenige mit dem höchsten Blatt oder den stärksten Nerven gewann am Ende den Münzberg in der Mitte des Tisches.

Auch wenn Catara fürs Glücksspiel nichts übrighatte, war sie mit den Regeln vertraut. Sie besaß Wissen über alle möglichen Dinge, das sie sich im Laufe der Zeit und in Vorbereitung auf bestimmte Aufträge und Rollen angeeignet hatte.

»Das Beste hast du schon verpasst, Rod!«, grölte einer der Wächter und prostete Catara zu. Anscheinend wurde Rod nicht von allen gehasst. Vielleicht lag es aber auch bloß am Alkohol. Sie nickte dem Mann zu, hielt sich jedoch zunächst im Hintergrund, um sich einen Überblick zu verschaffen. Anhand des Geredes der Männer fand sie heraus, dass der Hauptmann – Rods Schwager – derjenige war, der lautstark auf einer der Holzpritschen schnarchte, die in einer Ecke des Raumes standen. Merkwürdigerweise trug er eine Krone aus Pappmache.

»Wurde aber auch Zeit, was, Rod? Nachdem ihm seine Alise schon drei Mädchen geboren hat«, sagte plötzlich ein Wächter mit eisengrauem Haar. »Wie soll der Junge denn heißen?«

Der Hauptmann war also Vater geworden. »Vermutlich wird's der Name seines Großvaters«, sagte sie und zuckte mit den Achseln. »Ach, was weiß ich.«

Der Grauhaarige nickte. »Nimm dir was vom Wein und setz dich zu uns.« Mit einem Zwinkern fügte er hinzu: »Wir werden Tarkis auch nichts verraten.«

Die Männer lachten. Catara fiel mit ein, nahm sich einen

Becher vom Tisch und goss sich etwas von dem Fusel ein. Anschließend versicherte sie sich, dass niemand zu ihr rüber sah, und gab ein Schlafpulver in die noch halb volle Kanne. Das Lederfutteral, das sie bei sie trug, enthielt zwar auch eine Reihe von Giften, doch sie tötete nur, wenn es nicht anders ging. Oder jemand dumm genug war, sie zu provozieren. Sie war schließlich keine Schlächterin.

»Trinken wir auf Tarkis«, sagte sie in die Runde, während sie die Becher der anderen nachfüllte. »Er hat es verdient, was, Jungs?«

»Auf den Hauptmann!«, riefen die Männer im Chor.

Catara nippte an ihrem Wein, der kaum besser als verdünnter Essig schmeckte. Die Wächter schien das weniger zu stören, denn sie leerten ihre Becher bis auf den letzten Schluck. Sie lächelte und zog sich wieder in die Schatten am Rande der Wachstube zurück, wo sie sich an die Felswand lehnte und abwartete.

Vor eineinhalb Wochen war sie von Sharigor aus mit einem Feuerreiter aufgebrochen. Nur einen Tag, nachdem Königin Madea durch einen Botenvogel von der Ermordung ihres Gemahls und der Verhaftung ihres Stiefsohnes erfahren hatte. Als man ihr die Nachricht überbrachte, war die Königin vor den Augen des versammelten Hofstaates zusammengebrochen. Gleich am nächsten Morgen hatte sie nach Catara geschickt. Diese war über die Verfassung ihrer Herrin zutiefst erschrocken gewesen. Schmerz und Trauer hatten die sonst so überlegte und disziplinierte Frau in einen blutdürstigen Racheengel verwandelt, der Vergeltung für den Tod ihres Mannes gefordert hatte. Allein ihre Befehle, die Catara zunächst nach Xe'Neridian geführt hatten, waren gewohnt präzise ausgefallen.

Sie blickte auf, als einer der Wächter gähnte. Bald darauf fiel ein weiterer mit ein. Die ersten Köpfe sanken auf den Tisch, und Catara verließ die Wachstube, um sich auf die Suche nach

Prinz Ishan zu machen. Schon morgen sollte er von einer sharigorischen Gesandtschaft in seine Heimat überführt werden, wo über ihn Gericht gehalten würde. Königin Madea hatte es so eingerichtet, dass Catara bereits einige Tage vor der Delegation in Arville eingetroffen war. Auf diese Weise hatte sie genug Zeit gehabt, um alle nötigen Vorkehrungen für ihre Mission zu treffen. Heute war ihre letzte Chance. Wenn Prinz Ishan sich erst auf dem Feuerreiter der Delegation befand, wäre es zu spät.

Der eigentliche Zellentrakt bestand aus einem schmalen Tunnel, der sich spiralförmig in die Tiefe wand. Wände und Boden bestanden aus Fels. In regelmäßigen Abständen führten davon durch Fackeln beleuchtete Gänge mit jeweils zehn Zellen ab. Enge, fensterlose Steinkammern, die ihren Insassen das Gefühl geben mussten, lebendig begraben zu sein. Aus einigen der Gänge drang Jammern und Stöhnen. Aus anderen schlug Catara Stille entgegen. Trotz zahlreicher Belüftungsschächte schmeckte die Luft hier unten schal und verbraucht, und der Rauch des Feuers kratzte Catara in der Kehle.

Gelegentlich blieb sie stehen, um einen Blick in einen der Gänge zu werfen. Bisher war es ihr jedoch nicht gelungen, den Prinzen ausfindig zu machen. Sie hatte in Rods Erinnerungen nach einem Hinweis gesucht, aber nur ein paar unzusammenhängende Fetzen aufgestöbert, die Ishan in einem düsteren feuchten Loch zeigten. Die Gefühle und Gedanken des fetten Wächters waren inzwischen weniger präsent in ihrem Kopf. Seit sie die Männer vor der Höhle getötet hatte, schien er zu einer gewissen Ruhe gefunden zu haben.

Catara näherte sich gerade einer weiteren Biegung, als sie Schritte hörte. Einen Augenblick später kam ihr ein schlaksiger junger Mann entgegen. Er winkte fröhlich, als er Rod erkannte. »He, ist die Feier schon vorbei?«

»Ich soll bloß mal nach unserem Ehrengast schauen«, erwiderte Catara. »Der Fürst will wohl sichergehen, dass er morgen früh keinen Toten nach Sharigor zurückschickt.«

»Mich würd's nicht wundern, wenn dem Prinzen einer ans Leder wollte. König Varras war ziemlich beliebt. Aber ich sag dir, mit dem Kerl ist alles in Ordnung. Hab gerade meine Runde hinter mich gebracht.«

Catara zuckte die Schultern. »Befehl ist Befehl.«

»Ach, was is'n in dich gefahren, Rod? So pflichtbewusst kenn ich dich ja gar nicht.«

Catara schüttelte unmerklich die Rechte, um das Messer zu lockern, das sie im Ärmel der Uniform verborgen hielt.

»Was ziehste denn gleich für ein Gesicht, Rod? Verträgste etwa keinen Spaß mehr?« Der Junge grinste.

Catara zwang sich zurückzulächeln. »Spaß, natürlich.«

»Ganz ehrlich, Rod«, plauderte er munter weiter, »ich hätte nie gedacht, dass wir hier unten mal einen von diesen piekfeinen Säcken haben. Verdient hätten sie's ja alle. Doch weißt du, was mir an dieser ganzen Sache am meisten stinkt? Obwohl sie den Prinzen mit der Mordwaffe in der Hand erwischt haben, behauptet er steif und fest, es nicht gewesen zu sein. Für wie dämlich hält der uns?«

»Diese Drecksäcke sind alle gleich. Halten sich für was Besseres«, pflichtete Catara ihm bei. Der Wächter war harmlos und redselig obendrein. Das Messer würde sie nicht brauchen, stattdessen würde sie die Gelegenheit nutzen und ihm weitere Informationen entlocken. »Ich frag mich trotzdem, warum sie ihn nicht gleich aufgeknüpft haben?«

»Das nennt man Politik, mein Freund. Wenn Elorien den Prinzen hinrichten lässt, ist's mit den guten Beziehungen zu Sharigor vorbei. Und du weiß doch, was für'n Angsthase er is', unser guter Fürst. Will's jedem recht machen. Drum hat er dem Prinzen ja auch 'ne eigene Zelle gegeben und ringsherum alles räumen lassen.« Der junge Wächter rieb sich die Hände. »Jetzt muss ich aber weiter, Rod, sonst saufen mir die anderen noch alles weg.«

»Mach das«, sagte Catara. Kaum war er an ihr vorbei, wirbelte sie herum, riss Rods Schwert aus der Scheide und zog dem Wächter die flache Seite der Klinge über den Schädel. Er fiel vornüber, die schlaksigen Glieder weit von sich gestreckt.

Catara ergriff den Bewusstlosen bei den Armen.

Wenn der Fürst derart um die Sicherheit des Prinzen besorgt ist, hat er ganz sicher zusätzliche Wachen angeordnet, überlegte sie, während sie den Burschen in den nächsten Seitentunnel schleifte. Wenn sie diese erst entdeckt hatte, konnte Ishan nicht mehr weit sein.

Am Ende musste Catara jedoch bis zur letzten Ebene hinabsteigen. Dort war ein einzelner Wächter vor dem mittleren von drei Seitentunneln postiert. Bestimmt bewachte ein zweiter die Zelle des Prinzen.

»He, Freund.« Catara trat auf den Mann zu, in dessen Mundwinkel eine kleine Holzpfeife hing, die einen säuerlich riechenden Qualm verströmte: Si'Maryl. Eine alchemistische Droge, die in letzter Zeit immer beliebter wurde. Der Wächter blickte Catara aus halb geschlossenen Augen an. »Rod, Rod, Rod – schnüffelst du mal wieder für den Hauptmann herum?«

»Gibt es denn was zum Schnüffeln?« Catara blieb dicht vor ihm stehen.

»Ha, heut sind wir ja mal richtig schlagfertig, was?« Die Augen ihres Gegenübers blitzten höhnisch, während er an seiner Pfeife zog. »Ich würd dir ja 'nen Zug anbieten, aber dann zieht dir deine Alte bloß wieder das Fell über die Ohren.«

»Sie weiß eben, was gut für mich ist. Wie geht's denn Seiner Hoheit?«

»Dem Prinzen? Da musst du ihn schon selbst fragen.« Der Wächter blies Catara lächelnd eine Wolke aus Si'Maryl ins Gesicht. Sie blinzelte, verzog aber sonst keine Miene. »Beklagt sich über das Essen, jammert, dass ihm kalt ist, und verlangt dauernd, dass man ihm Wasser und frisches Zeugs zum Anziehen bringt. Dieser Narr, da kann er lange warten.« Er winkte ab. »Gut, dass sie ihn morgen endlich fortbringen.«

Catara fragte sich, was sie mit dem Mann machen sollte. Da war ein argwöhnischer Glanz in seinen Augen, trotz seiner Gelassenheit. Was immer sie tat, es durfte ihm auf keinen Fall die Gelegenheit geben, Alarm zu schlagen – und dadurch den anderen Wächter zu warnen. Vielleicht waren hier unten sogar noch mehr von ihnen. In Rods Erinnerungen konnte sie keinen eindeutigen Hinweis darauf finden.

Wieder blies der Mann ihr einen Schwall Si'Maryl ins Gesicht. Diesmal kam sie ins Husten. Er grinste. »Du warst schon immer ein Weichei, Rod.«

Catara kniff die Augen zusammen. Nein, ein Problem wie dieses bedurfte einer schnellen Lösung. Zudem musste sie sich allmählich sputen. Jederzeit konnte jemand die betäubten Wächter in der Stube entdecken. »Den Prinzen wegschaffen?«, gab sie sich erstaunt. »Hast du es noch nicht gehört?«

»Gehört?« Der Wächter runzelte die Stirn.

Catara blickte sich um, als wollte sie sichergehen, dass niemand sie belauschte. »Fürst Elorien war vorhin beim Hauptmann«, sagte sie mit vertraulich leiser Stimme, wodurch sie den anderen zwang, sich vorzubeugen.

»Ja, und?«

»Und nichts.« Catara rammte ihm den Dolch in den Bauch, der bisher in ihrem rechten Ärmel verborgen gewesen war. Die Linke presste sie ihm auf den Mund und riss das Messer anschließend mit aller Kraft nach oben. Die Klinge – Catara achtete immer darauf, dass ihre Messer scharf waren – schnitt mühelos durch Stoff, Haut und Eingeweide. Für einen Moment waren die Augen des Mannes riesig, voller Panik und entsetzlichem Begreifen. Dann erschlaffte er.

Catara ließ ihn langsam zu Boden sinken, warf einen Blick in den Tunnel hinein und fluchte leise. Im Licht der Fackeln konnte sie zwei weitere Wachen ausmachen, die vor der letzten Zelle herumlungerten.

Rasch zog sie sich wieder zurück und sank gegen die Felswand. Der Stein war kühl und an einigen Stellen so rau, dass er sich unangenehm in ihren Rücken bohrte. Catara ignorierte es. So, wie sie alles andere um sich herum ignorierte: das Gewicht des Gesteins über ihr, den Rauch der Fackeln, das entfernte Stöhnen und Schluchzen der Gefangenen. Sie konzentrierte sich ganz auf das, was vor ihr lag.

Natürlich könnte sie ein weiteres Mal den harmlosen Rod geben, die Männer in ein Gespräch verwickeln und auf den richtigen Augenblick warten. Doch das würde nur noch mehr Zeit kosten. Auch das Schlafmittel wirkte nicht ewig. Nein, die Schonzeit war vorüber. Keine weiteren Verzögerungen. Sie richtet sich auf.

»Gute Nachrichten!«, rief sie in den Gang hinein und marschierte auf die Wächter zu. »Der Hauptmann schickt mich als Ablösung. Er will mit euch auf seinen Sohn anstoßen.«

»Melliger? Was redest du da?«, schnauzte der ältere der beiden Männer, dessen schmales Gesicht Catara an ein Wiesel erinnerte. »Und wo steckt überhaupt Erel?«

»Tot«, entgegnete Catara.

»Was?«

Sie sah die Verwirrung in seinen Augen und lächelte. »Du hast schon richtig gehört.« Inzwischen hatte sie sich dem Wächter bis auf zehn Schritte genähert. Das musste genügen. Sie schleuderte das Messer, das sie hinter ihrem Rücken verborgen gehalten hatte und an dem noch immer das Blut von diesem Erel klebte. Die Klinge blitzte kurz im Fackelschein auf, bevor sie sich in den Hals des Wiesels bohrte. Ein Röcheln, und er sackte in sich zusammen. Einer erledigt.

Der andere erwachte aus seiner Starre, riss sein Schwert aus der Scheide und richtete die Spitze auf Catara. Sie war stehen geblieben, um ihre eigene Waffe, Rods Schwert, zu ziehen. Ein Einhänder mit einer breiten, ungepflegten Klinge, die so schartig war, als wäre sie zum Holzhaken verwendet worden. Sie sah, wie ihr Gegner schluckte. Er konnte nicht älter als sechzehn sein.

»Warum, Rod?«, wollte er wissen.

Catara knirschte mit den Zähnen. »Weil du im Weg bist!« Sie griff an.

Der Bursche parierte ihre Hiebe und ging anschließend sogar zum Gegenangriff über, indem er einen Stoß ausführte, den sie zwar mit der flachen Klinge ablenken konnte, bei dem sie sich dennoch einen Schnitt am rechten Oberarm zuzog. Catara schnellte zurück und lupfte eine Braue. Der Junge kämpfte besser als erwartet. Nur würde ihm das nicht viel nutzen. Für Catara bedeutete es lediglich, dass sie sich mehr anstrengen musste. Zeit, es zu Ende zu bringen.

Den ersten Hieb konnte ihr Gegenüber noch abwehren. Der zweite kostete ihn mehrere Finger und seine Waffe. Mit dem dritten rammte sie ihm Rods Schwert mit solcher Wucht durch den vor Verblüffung und Schmerz geöffneten Mund, dass ihm die Spitze am Hinterkopf wieder austrat.

Der Sieg schmeckte kein bisschen nach Triumph. Ein halbes Kind – und dann waren da noch sechs weitere Tote. Kein guter Tag. Sie riss die Klinge zurück, und der Bursche brach tot vor ihr zusammen. Sie wischte das Blut auf der Waffe an seiner Uniform ab und schob sie zurück in die Scheide.

»Bin ich der Nächste oder gibt es Verhandlungsspielraum?«

Catara drehte sich zu der Stimme um. Prinz Ishan musterte sie von der anderen Seite des Zellengitters. Er war dünner als bei ihrer letzten Begegnung, und sein Gewand, das vormals durch auffällige Orange- und Rottöne bestochen hatte, war so fleckig, dass er es vermutlich schon bei seiner Verhaftung vor über zwei Wochen getragen hatte. Er gab sich mutig, verfolgte jedoch aufmerksam jede ihrer Bewegungen, als sie sich seiner Zelle näherte. Die verkrampften Schultern verrieten seine Anspannung. »Was bietet Ihr mir, Eure Hoheit?«

Er sah sich in der Zelle um, als könnte es darin tatsächlich etwas von Wert geben. »Tja, dann war es das also, ja?«

Catara hätte gerne noch ein wenig länger mit dem Prinzen gespielt, aber die Zeit war knapp. »Eure Stiefmutter schickt mich. Ich soll Euch helfen, für eine Weile unterzutauchen.«

Ishans Gesicht hellte sich auf. »Die Königin glaubt an meine Unschuld?«

»Die Königin glaubt, dass es bald Krieg geben wird. Dass die anderen Regenten Feiglinge sind. Und Ihr der Einzige seid, der Thamaryn aufhalten kann, falls … Nun, falls ich auf meiner Mission versagen sollte.«

»Welche Mission?«

»Später«, sagte Catara. »Erst müssen wir Euch von hier fortschaffen.« Sie tastete die beiden toten Wächter ab, fand jedoch keinen Schlüssel. »Das haben wir gleich«, sagte sie und holte den Diebesschlüssel aus ihrem rechten Stiefel hervor.

Das Schloss hielt ihren Fähigkeiten nicht lange stand. Sie öffnete die Zellentür und wies Ishan mit einer spöttischen Verbeugung den Weg nach draußen. »Eure Hoheit!«

5

Arville, Xe'Neridian
7. Jul, 1026 n. d. Zweiten Dämonenkrieg

Ishan stand auf dem Gang vor seiner Zelle und entledigte sich seiner Gewänder, während sein Befreier einen der toten Wächter entkleidete. »Hier!« Der Mann warf ihm die Uniform zu und grinste anzüglich, als Ishan die Arme hochriss, um sie aufzufangen. »Nette Aussichten.«

Ishan ignorierte die Worte, wandte sich ab und zog die Uniform über. Sie war in den Schultern ein wenig zu eng, weitaus mehr störte ihn aber das noch warme Blut, das daran klebte. Aber sein Retter hatte recht. Bei diesen Lichtverhältnissen würde es zunächst keiner bemerken. Außerdem war die Uniform unauffälliger als sein eigenes Gewand, das nach Schweiß und Kerker stank. Zuletzt streifte er seine Stiefel wieder über und griff nach dem Kurzschwert des Wächters, das der Dicke ihm hinhielt. Ishan wog es in der Hand. Es war kein Vergleich zu seinem eigenen, das sich vermutlich noch in seinen Gemächern im Palast befand, war aber durchaus brauchbar. »Wie ist gleich dein Name?«

»Ihr könnt mich Rod nennen, Eure Hoheit.«

Ishan nickte. »Also schön, Rod. Du gehst vor!«

Der Wächter bedachte ihn mit einem dünnen Lächeln, wobei in seinen Augen eine Intelligenz loderte, die nicht zu seinem tumben Gesichtsausdruck passen wollte. »Wie Ihr wünscht.« Er wandte sich um und hielt auf das Ende des Ganges zu. Ishan folgte ihm in einigem Abstand. Es gab nicht den geringsten Grund, diesem Mann zu vertrauen. Er konnte alle möglichen Gründe haben, ihn aus seiner Zelle zu befreien. Vielleicht kam er wirklich von seiner Stiefmutter. Vielleicht war es auch nur ein Trick, um ihn von hier fortzuschaffen und andernorts zu töten. Oder es war am Ende sogar dieses »Ding«, dieser verdammte Dämon, der zuerst seinen Vater getötet hatte und nun zurückgekehrt war, um zu Ende zu bringen, was er begonnen hatte.

Ishan legte die Hand um den Schwertgriff. Das kühle Metall beruhigte ihn ein wenig. Aber dann seufzte er. Im Grunde war es lächerlich, zu glauben, dass dieser Rod der Dämon sein könnte. Hätte der ihn töten wollen, hätte er das gleich im Gemach seines Vaters tun können. Stattdessen hatte er ihn als Sündenbock zurückgelassen. Offensichtlich war er als solcher wertvoller. Dreckiger Bastard! Er schluckte und kämpfte gegen die Übelkeit an, als er daran dachte, dass er mit dieser Kreatur das Bett geteilt hatte.

Sie erreichten das Ende des Seitentunnels, als Rod sich noch einmal zu ihm umdrehte. »Sollten wir auf weitere Wachen treffen, verhaltet Euch ganz normal. Mit ein bisschen Glück lassen sie sich von unserer Verkleidung täuschen.«

»Und wenn nicht?«

Er zuckte die Achseln. »Kämpfen wir.«

Sie traten aus dem Tunnel hinaus, und Ishan wäre fast über die Leiche eines Wächters gestolpert, der in einer Pfütze seines eigenen Blutes lag. Die Eingeweide quollen ihm aus dem aufgeschlitzten Leib. Ishan schluckte. Bei Sorons Krähen, wer war dieser Rod? Auch wenn der Prinz eine militärische Ausbildung genossen hatte, waren ihm noch nicht viele Tote unter die Nase gekommen. Ein paar Würdenträger, die Krankheit oder Altersschwäche dahingerafft hatte. Seine ehemaligen Zellenwächter. Sein Vater … Doch keiner war auf solch brutale Weise zugerichtet worden.

»Du bist nicht gerade zimperlich, was?«

»Er hätte mich nicht reizen sollen«, erwiderte Rod, ohne sich umzudrehen.

»Was hat er getan?«

»Er war respektlos – und außerdem im Weg.«

Ishan zog eine Augenbraue hoch. »Verstehe.«

Rod fuhr so unerwartet herum, dass Ishan in ihn hineinstolperte. Der Mann war ihm jetzt so nahe, dass ihm sein Atem ins Gesicht blies. »Ihr versteht also, Eure Hoheit, ja? Nun, wann hat man Euch denn zuletzt angesehen, als wärt Ihr bloß ein Tier? Oder hat Euch aus purem Aberglauben die Scheiße aus dem Leib geprügelt?« Sein Blick bohrte sich in den von Ishan. »Nein, mein Prinz, Ihr versteht gar nichts.« Er verzog die Mundwinkel und wandte sich wieder um.

Ishan, völlig überrumpelt von dem Ausbruch des Mannes, setzte sich erst wieder in Bewegung, als dieser bereits den Aufstieg begonnen und hinter der nächsten Biegung verschwunden war. Fluchend hastete er ihm nach. Wie konnte dieser Kerl es wagen, so mit ihm zu reden? Immerhin war er der Kronprinz von Sharigor und damit Mitglied des mächtigsten Herrscherhauses der Freien Reiche. Dennoch verkniff Ishan sich eine Zurechtweisung, nachdem er diesen Rod wieder eingeholt hatte. Er war sich nur allzu bewusst, dass sein Fluchtversuch ohne dessen Hilfe ein jähes und mit Sicherheit wenig erfreuliches Ende nehmen würde. Und so stapfte er wütend, aber schweigend neben Rod durch den von Fackeln erhellten Tunnel nach oben, durch den man ihn erst zwei Wochen zuvor, an Händen und Füßen gefesselt wie einen gemeinen Verbrecher, hinuntergeschleift hatte.

In seiner Zelle hatte Ishan viel Zeit gehabt, um über den Mord an seinem Vater nachzudenken. Und über den Angreifer. Was er war. Woher er kam. Auch wenn ihm die Vorstellung nach wie vor ungeheuerlich erschien, konnte es nicht anders sein: Es musste ein Val'kai sein, ein Menschendämon aus der Gegenwelt.

Die Geschichten über sie waren zahlreich, wenngleich viele davon sicherlich in den Bereich der Mythen gehörten.

Wie die über Finsterkralle. Ein Dämon, dem es nach Kinderfleisch gelüstete und der mit der Abenddämmerung aus seinem Versteck kroch, um Jagd auf kleine Mädchen und Jungen zu machen, die sich im Dunkeln noch draußen herumtrieben. Ein Schauermärchen, das Eltern gern ihren ungehorsamen Blagen erzählten.

Tatsächlich war es Jahrhunderte her, dass ein Menschendämon die Barriere durchbrochen hatte. Seitdem wurden die Magier nicht müde, bei jeder sich ihnen bietenden Gelegenheit zu betonen, dass sie die Barriere danach verstärkt hatten, weshalb sie kategorisch ausschlossen, dass es jemals wieder zu einem solchen Vorfall kommen könnte. Und dennoch war sein Vater von einem Dämon getötet worden. Was bedeutete, dass die Magier sich irrten. Ishan fiel ein, dass der Val'kai selbst zugegeben hatte, auf Anweisung gehandelt zu haben. Zwar hatte er den Namen des Verantwortlichen nicht preisgegeben, für ihn gab es allerdings keinen Zweifel, wer hinter dem Attentat auf seinen Vater steckte: Thamaryn. Er und die anderen Mitglieder des Fünferbundes waren die einzigen, die durch den Tod seines Vaters etwas zu gewinnen hatten. Nur, wer würde Ishan glauben? Die anderen Regenten würden sagen, dass er bloß seinen Hals zu retten versuchte. Oder ihn gar für verrückt halten. Aus diesem Grund hatte er auch den Wächtern nichts von der Kreatur erzählt. Einen Attentäter aus Fleisch und Blut hätten sie stellen können. Nicht jedoch einen Dämon, der sein Äußeres verändern und sich sogar in Rauch auflösen konnte. Das musste er Thamaryn lassen, trotz seines Wahnsinns war er gerissen.

Ishan blieb abrupt stehen, als sie die Wachstube erreichten. »Sind … sind diese Männer tot?«

Die Wächter lagen mit den Gesichtern auf dem Tisch oder zusammengekrümmt auf dem Boden neben ihren Stühlen. Einige hielten noch immer ihre Weinkelche umklammert. Ein Becher war umgestoßen und hatte seinen Inhalt über den Tisch ergossen, wo die aufgequollenen Spielkarten in einer Weinlache schwammen.

»Sperrt Eure Ohren auf«, erwiderte Rod. »Können Tote atmen?«

Ishan warf dem Dicken einen zornigen Blick zu, bevor er in den Raum lauschte. Jetzt hörte er es auch. Ohne Rod weiter zu beachten, schob er sich an ihm vorbei, um zu dem Durchgang auf der anderen Seite der Wachstube zu gelangen. Doch Rods Pranke hielt ihn zurück. »Nicht so schnell!«

Ishan fuhr herum. »Was ist jetzt schon wieder?«

Rod nickte in Richtung der Pritschen, die in einer Ecke der Stube standen. »Der Hauptmann hat vorhin hier gelegen und seinen Rausch ausgeschlafen.«

Ishan begriff sofort. »Das ist nicht gut!« Wenn er nach dem Aufwachen festgestellt haben sollte, dass seine Männer sich nicht wecken ließen, dürfte ihm ziemlich schnell klar geworden sein, dass etwas nicht stimmte.

»Wir müssen mit Schwierigkeiten rechnen«, stimmte Rod zu und durchquerte den Raum.

»Als ob wir davon nicht schon genug hätten«, grummelte Ishan, der ihm folgte.

Rod war an dem Durchgang stehen geblieben, hinter dem der Tunnel lag, der an die Oberfläche führte. »Scheint alles ruhig zu sein.« Er sah zu Ishan zurück. »Weiß gar nicht, was Ihr habt, Hoheit. Bisher lief es doch ganz gut!«

»Gut? Mein Vater ist tot! Ich bin des Hochverrats angeklagt und …«

»Es gibt Schlimmeres«, schnitt ihm Rod das Wort ab.

»Für dich vielleicht.«

»Ihr habt immerhin noch Euer Leben, oder nicht?«

»Sicher. Nur dass ich mich in den Schatten verkriechen muss, weil mich mein Volk und der Rest der Schwebenden Reiche für einen Vatermörder hält.«

»Dann wärt Ihr lieber tot, ja?« Rod verdrehte die Augen. »König Varras war sehr beliebt. Würde man Euch zum jetzigen Zeitpunkt vor den sharigorischen Kronrat stellen, würde dessen Urteil Euer Schicksal besiegeln. Die Königin hat jedoch den Brief gelesen, den Fürst Elorien Euch zu schreiben erlaubte, und glaubt Euren Unschuldsbeteuerungen. Wie Ihr teilt sie die Meinung, dass Thamaryn und seine Verbündeten hinter dem Attentat stecken. Der Tod des Königs ist für die Freien Reiche ein herber Schlag. Ohne ihn wird Thamaryn ein sehr viel leichteres Spiel mit den anderen Regenten haben. Außer Ihr tretet in die Fußstapfen Eures Vaters und führt seine Arbeit fort. Aber das geht nur, wenn es der Königin gelingt, den Kronrat von Eurer Unschuld zu überzeugen. Meine Aufgabe ist es, dafür zu sorgen, dass Ihr unentdeckt nach Sharigor gelangt, wo Ihr Euch umgehend unter den Schutz Eurer Stiefmutter begebt, bis die Wahrheit über dieses hinterhältige Attentat aufgedeckt wurde.« Er packte Ishan am Arm und zog ihn mit sich hinaus in den Gang.

»Das kann sie nicht von mir verlangen!«, zischte Ishan, während sie den Tunnel hinaufstiegen. »Thamaryn hat meinen Vater getötet und meine Ehre beschmutzt. Da werde ich mich doch nicht zurücklehnen und Däumchen drehen. Niemals!«

»Nicht so laut«, mahnte ihn Rod.

Ishan ignorierte ihn. »Der Großfürst muss dafür bezahlen, was er meiner Familie angetan hat!«, fuhr er aufgebracht fort. »Und ich werde derjenige sein, der ihn bluten lassen wird. Erst wenn ich meinen Namen reingewaschen habe, werde ich heimkehren.« Er hielt inne. »Es ist meine einzige Chance, König zu werden.«

Rod war stehen geblieben und schenkte ihm ein hämisches Lächeln. »König, natürlich. Nun, ein Schritt nach dem anderen,

Hoheit. Erst einmal müssen wir Euch lebend hier rausschaffen. Und jetzt haltet endlich Eure Klappe und setzt Euren hochwohlgeborenen Hintern in Bewegung!«

Das Maß war voll. Ishan riss sein Schwert aus der Scheide und presste die Spitze an Rods Kehle. »Warum hilfst du mir überhaupt, wenn du so wenig von mir hältst?«, presste er zornig hervor.

»Weil die Königin es befohlen hat, und weil ich ihr mehr schulde, als ich in einem Leben gutmachen kann.«

»Wenn du wirklich in den Diensten meiner Stiefmutter stehst, warum kenne ich dein Gesicht nicht?« Ishan betrachtete sein Gegenüber aus zusammengekniffenen Augen. »Ich habe dich noch nie am Hof gesehen.«

Rod lächelte. »Oh, Eure Hoheit, wir sind uns schon begegnet. Ihr erinnert Euch nur nicht daran.«

»Nein«, Ishan schüttelte den Kopf. »Ich wüsste es …«

»Wollt Ihr das wirklich jetzt ausdiskutieren?« Mit einem unwilligen Schnauben packte Rod die Klinge und schob sie zur Seite.

Ich bedrohe ihn, und er lacht mir ins Gesicht, dachte Ishan und sah dem davonstiefelnden Mann ungläubig hinterher. Nun gut, für den Moment brauchte er ihn noch. Aber später würde er ihn für sein Benehmen zur Rechenschaft ziehen.

Der Gang führte stetig aufwärts. Fackeln leuchteten ihnen auch hier den Weg. Mittlerweile konnte Ishan einen Fleck Tageslicht vor ihnen ausmachen, und auch die Luft schmeckte weniger verbraucht. Als sie sich dem Ausgang näherten, wurde Rod plötzlich langsamer, und dann hörte auch Ishan sie: Stimmen.

Er erstarrte. »Wächter?«

Rods Miene verfinsterte sich. »Der Hauptmann, vermutlich mit Verstärkung. Vielleicht haben sie auch die beiden Leichen entdeckt.«

»Noch mehr Leichen?«

»Ich wurde angegriffen.« Rod zog sein Schwert. Die Klinge schimmerte im Schein einer Fackel. »Bereit, Eure Hoheit?«

Ishan packte seine eigene Waffe fester. Mit einem Mal waren seine Hände feucht. Er nickte dennoch.

Sie näherten sich dem Ende des Tunnels, indem sie sich eng an die Felswand pressten, sodass sie von draußen nicht sofort zu sehen wären. Sobald sie dem Ausgang nahe genug waren, dass sie den davorliegenden Vorsprung überblicken konnten, blieben sie stehen. Ishan zählte sechzehn Männer, von denen einige die Uniform der Kerkerwache trugen, andere die grüne der Palastwache. In einem von ihnen erkannte er Hauptmann Tarkis wieder. Er trug als Einziger einen Helm mit Federbusch. Das Gesicht darunter und die Augen waren vom Alkohol gerötet. Ishan erinnerte sich noch gut an das verächtliche Grinsen auf seinen Lippen, als Tarkis seinen Männern den Befehl erteilte, den Königsmörder in seine Zelle zu bringen. Es hatte ihm gefallen, einen Adeligen auf diese Weise gedemütigt zu sehen.

»Das sind verflucht viele«, raunte er seinem Retter zu.

»Zu viele«, stimmte Rod zu.

»Willst du etwa aufgeben?«

Rods Kopf schnellte zu ihm herum. »Ausgerechnet jetzt, wo der Spaß erst richtig anfängt?« Er grinste. »Haltet Euch dicht bei mir, Hoheit. Ich habe keine Lust, der Königin schlechte Nachrichten zu überbringen.«

»Ich kann schon auf mich selbst aufpassen.«

»Wenn das stimmen würde, befänden wir uns wohl kaum in dieser Lage.« Rod deutete mit der Schwertspitze auf die Wächter. »Das wird keiner Eurer Schaukämpfe, mit denen Ihr Euch so gerne vor Euren Freunden brüstet, Prinz Ishan. Die Waffen dieser Männer sind tödlich.«

»Das weiß ich auch.« Ishan hörte es selbst, die Antwort klang trotzig wie die eines Kindes. Aber das war ihm egal. Er sah hinaus zu den Männern, die auf Tarkis' Geheiß ihre Waffen zogen und sich dem Tunneleingang näherten. Ishan fröstelte plötzlich. »Worauf warten wir noch?«

Sie lösten sich aus den Schatten und traten hinaus ins Tageslicht.

»Rod?«, brach es erstaunt aus dem Hauptmann heraus. »Was tust du hier?« Sein Blick huschte zu Ishan herüber, und er riss die Augen auf. Zweifelsohne hatte er den Prinzen erkannt. Sein Gesicht lief rot an. »Was hat das zu bedeuten, Ro…« Tarkis stand da, den Mund noch immer geöffnet und starrte auf den Griff des Messers, das plötzlich in seiner Brust steckte. Eine Art Rülpsen kam ihm über die Lippen. Er sah wieder auf, blinzelte Rod an und kippte nach hinten.

»Und da waren's nur noch dreizehn«, sagte dieser.

»Rod, du dreckiger Hurensohn!«, schrie einer der Männer. Und dann riefen sie alle: »Für den Hauptmann!«

Mit blitzenden Schwertern stürmten die Wächter auf sie zu, während Ishan und sein Retter sich in Stellung brachten.

6

Hügelgräber, Xe'Neridian
7. Jul, 1026 n. d. Zweiten Dämonenkrieg

Die Sonne ging gerade auf und erinnerte an eine halb geschmolzene Goldmünze, die sich über dem Horizont verflüssigte. Sie tauchte den Himmel in ein feuriges Orange, sodass es aussah, als würde er im Westen brennen.

Ryk Vangur betrachtete das Schauspiel mit gerunzelter Miene. Er hatte nie an Omen geglaubt, und er sträubte sich immer noch, daran zu glauben, trotz allem, was ihm vor annähernd drei Monaten im Ostwald widerfahren war. Nur knapp hatte er den Angriff eines Humanos' überlebt. Eines Menschendämons, der die magische Barriere durchbrochen hatte. Etwas, das eigentlich nicht möglich sein dürfte.

Er und seine Gefährten hatten gegen das Biest gekämpft und verloren. Warum also war er nicht genauso gestorben wie Corr und Jailar? Die Erinnerung an seine Gehilfen löste einen bitteren Geschmack in seinem Mund aus. Ryk fühlte sich verantwortlich für ihren Tod, was es ihm umso schwerer machte, Freude darüber zu empfinden, dass er selbst noch lebte. Während seiner Genesung in den vergangenen Monaten hatte er wieder und wieder nach einer Erklärung dafür gesucht, wieso der Val'kai ihn verschont hatte. Natürlich hätte er ihn für tot halten können, aber Ryk war sich sicher, dass der Dämon sehr genau einen Bewusstlosen von einem Toten zu unterscheiden wusste. Wieso hatte er ihn mit dem Leben davonkommen lassen?

Ryk schüttelte den Kopf. Es widersprach allem, was er über die Humanos zu wissen glaubte. Sie galten als wilde, aggressive Wesen, und trotzdem hatte es in den letzten Monaten keine neuen Angriffe gegeben. Weder in Imres noch in einem der anderen Dörfer am Saum des Ostwaldes. Der Blutlenker schien wie vom Erdboden verschluckt. Nichtsdestotrotz würde Ryk seine Antworten schon noch bekommen, wenn er den verfluchten Dämon erst aufgespürt hatte.

In knapp einer Woche würde er aufbrechen, deshalb war er auch hierhergekommen – in den frühen Morgenstunden, als die Welt noch in Dunkelheit gehüllt dalag. Von den Hügelgräbern hatte man eine überwältigende Aussicht auf das Tal, das sich im Licht der Sonne wie eine eigene kleine vergessene Welt aus den Schatten der Nacht schälte. Die vergangenen zehn Jahre war es seine Heimat gewesen. Seine Zuflucht und sein Zuhause. Heute war es womöglich das letzte Mal, dass er es so sehen konnte.

In den nächsten Tagen würde er mit den Vorbereitungen für seinen Aufbruch beschäftigt sein, und wenn es ihm am Ende tatsächlich gelang, den Blutlenker aufzuspüren … Nun, ein zweites Mal würde der Dämon ihn ganz sicher nicht verschonen, sollte Ryk ihm erneut im Kampf unterliegen. Er lächelte dünn. Es war also ein Abschied, der ihn zu dieser frühen Stunde nach hier draußen getrieben hatte. Sein Blick wanderte über die grasbewachsenen Gräber, die eine Art Wall um das Tal bildeten, in dem Nebelschwaden über die tief unter ihm liegenden Wiesen und Kräuterbeete dahinzogen. Ein Flickenteppich aus Grüntönen, durchsetzt von vereinzelten bunten Farbtupfern. Der Garten gehörte zu einem Anwesen, das aus dieser Perspektive wie auch aus jeder anderen einen wenig einladenden Anblick bot. Mit seinen krummen Türmchen, den spitzen Giebeln, den schmalen hohen Fenstern und dem schwarzen Stein, aus dem es erbaut war und der das Sonnenlicht zu schlucken schien, erweckte es den Eindruck, zufällig vorüberkommende Besucher sogleich in die Flucht schlagen zu wollen.

Ryk bewohnte es nur deshalb, weil es Eigentum des Deret'kai war, jenes magischen Ordens, dem auch er angehörte. Schon seit Jahrhunderten diente es dem jeweils amtierenden Dämonenjäger auf Xe'Neridian als Wohnsitz. Eine Pacht verlangte der Orden nicht, stattdessen erwartete er von Ryk, dass er alles in Schuss hielt und seinen Aufgaben als Dämonenjäger nachkam.

Obwohl Ryk den Großteil des Geldes, das er durch die Dämonenjagd verdiente, in seine Experimente steckte, war das Anwesen in ganz gutem Zustand. Einmal abgesehen von ein paar zugigen Fenstern, um die Ryk sich schon im Frühjahr hatte kümmern wollen, wäre ihm nicht ständig etwas dazwischengekommen. Allerdings war an so einem großen Haus immer irgendetwas zu reparieren.

Er atmete noch einmal durch und prägte sich dabei die Szenerie ganz genau ein, bevor er sich an den Abstieg machte. Er wollte unbedingt noch eine Sache erledigen, bevor er fürs Frühstück zum Haus zurückkehrte. Halb ging, halb rutschte er auf dem feuchten Gras den Grabhügel hinab. Als er plötzlich den Halt verlor und mit der Linken nach einem Strauch griff, fuhr ihm der Schmerz bis hinauf in die Schulter, woraufhin er fluchend losließ und auf seinem Hintern landete. Mit mürrischer Miene massierte Ryk seinen linken Oberarm. Noch immer waren nicht alle seine Verletzungen vom Kampf mit dem Blutlenker auskuriert.

Just in diesem Moment tauchte die Sonne die Hügelgräber auf der anderen Seite in ihr goldenes Feuer, und Ryk musste voller Bitterkeit an Jailar und Corr denken, die eine ordentliche Beerdigung verdient gehabt hätten und stattdessen als Futter für die Aasfresser geendet hatten. Die beiden hätten wahrlich Besseres verdient. Natürlich waren sie nicht die ersten Männer, die in seinen Diensten gestanden und die er an die Val'kai verloren hatte. Aber das hier war etwas anderes, seine Schuld. Er hatte sich von der Magie des Blutlenkers blockieren lassen, hatte sich und seine Gehilfen in Sicherheit gewähnt. *Elender Narr! Versager!* Er hätte vorsichtiger sein müssen. Doch er würde seine Schuld wiedergutmachen, indem er den Dämon jagte und tötete.

Ryk stemmte sich in die Höhe und schlitterte das letzte Stück bis zum Fuß des Hügels hinab, wo ein Pfad zwischen Gras und Gestrüpp hinunter ins Tal führte. Nachdem der Blutlenker ihn überwältigt hatte, war er überzeugt gewesen, diesen Ort mit all seinen Wundern und Geheimnissen nie wiederzusehen. Unwillkürlich suchten seine Augen den geborstenen Monolithen, der sich, halb eingesunken im Erdreich, wie eine schwarz glänzende Narbe durch das Zentrum des Tals zog. Der Stein war uralt und musste schon lange vor dem Ersten Dämonenkrieg umgestürzt sein.

Zwar konnte man Ruinen aus dieser Zeit auch auf anderen Inselwelten finden, aber Relikte wie die Hügelgräber oder den Monolithen gab es nur auf Xe'Neridian. Für Ryk waren sie umso interessanter, weil die Animalia unter den Val'kai sie fürchteten. Eher ließen sie sich einen Bolzen durch den Schädel jagen, als einem solchen Relikt zu nahe zu kommen. Ryk hatte es selbst erlebt. Vor einigen Jahren war ihm ein Varu'kesh, ein Dämonenhund, nur deshalb nicht entkommen, weil der sich gesträubt hatte, eine Lichtung mit einem verfallenen Steinaltar zu überqueren.

Als Ryk die Talsohle erreichte, blieb er abermals stehen. Die Luft war mit allzu vertrauten Gerüchen angereichert, den Duft des Grases und der Kräuter und Blumen aus seinem Garten, was seinen Abschiedsschmerz noch verstärkte. Es war ein dummes, abergläubisches Gefühl, das nicht recht zu ihm passte, aber seit dem Kampf mit dem Blutlenker fühlte sich jeder Augenblick, jede Stunde, jeder Tag für ihn wie ein Stück geliehener Zeit an. Es machte Ryk reizbarer als früher, weil es noch so viel zu tun gab und er fürchtete, diese Dinge unerledigt zurücklassen zu müssen.

Er schlug einen Bogen um das Anwesen, zu dem der Pfad führte, und marschierte durch Gras und Buschwerk auf den Eichenhain zu, der gleich hinter seinem Garten begann. Eine schattige Kühle umfing ihn, als er ihn betrat. Die Bäume waren alt und knorrig, und ihre Wurzeln reichten tief hinab ins Erdreich. Der von Laub und Humus bedeckte Boden federte unter seinen Schritten, und über seinem Kopf wisperten die Blätter im Wind. Ansonsten war es völlig still in dem Wäldchen. In gewisser Weise war es der mysteriöseste Ort im ganzen Tal. Etwas Zeitloses haftete diesen Bäumen an. Obwohl sie im Herbst ihr Laub verloren und im Frühling neues Grün trieben, schien dieser Hain Jahr für Jahr unverändert. Die Eichen wuchsen nicht, verloren keine Äste, und neue Blätter sprossen nur dort, wo alte abgefallen waren.

Plötzlich horchte Ryk auf. Im Unterholz rechts von ihm raschelte es. Sein Kopf fuhr herum, woraufhin ein Nackenwirbel knackte und ein Stechen durch seinen Hinterkopf jagte. Auch dafür würde der Blutlenker zahlen. Mit zusammengepressten Lippen beobachtete Ryk eine Bewegung: eine Gestalt, die durchs Unterholz humpelte. Er verdrehte die Augen. Veitt, wer sonst?

Kopfschüttelnd ging er weiter und hielt auf den See zu, der vor ihm im Sonnenlicht wie flüssiges Glas zwischen den Eichen schimmerte. Am Ufer ging er in die Hocke, tauchte die Hand ins Nass und konzentrierte sich auf seine Magie. Sein Seelenfeuer loderte auf und schickte einen Hitzestoß durch seinen Körper, der ihn wie ein Adrenalinstoß belebte. Er seufzte, während das Wasser um seine Finger kleine, von der Magie entfachte Wellen schlug, die höher und immer höher wurden, bis sie die gesamte Oberfläche des Sees in Aufruhr versetzten. Er zog die Hand zurück und wartete.

Nachdem das Wasser sich wieder beruhigt hatte, zeigte es ihm sein Spiegelbild. Der Anblick war vertraut und dennoch fremd. Vor dem Kampf mit dem Blutlenker hatte Ryk pechschwarzes Haar gehabt, jetzt war es von feinem Grau und Silber durchzogen. Auch die Falten um seine Augen waren mehr geworden. Er hatte mit Jahren dafür bezahlt, als er die Magie im Kampf gegen den Blutlenker mit seiner eigenen Lebenskraft genährt hatte.

Ein Dunstschleier, der sich von der Mitte des Sees her ausbreitete, schluckte sein Spiegelbild. Ryk richtete sich auf und blickte hinaus aufs Wasser. Dort bildete der Nebel eine Silhouette, einem Menschen nicht unähnlich. Sie hob einen ihrer Arme und winkte Ryk zu. Er erwiderte den Gruß und setzte sich auf einen Felsen. Der Nebelgeist, wie er ihn nannte, verharrte in der Mitte des Sees.

Ryk erinnerte sich noch gut an ihr erstes Zusammentreffen. Es war vor zehn Jahren gewesen, kurz nach seiner Ankunft im Tal. Die Existenz des Geistes hatte er nur durch Zufall entdeckt, was auch erklärte, weshalb er in den Aufzeichnungen der anderen Dämonenjäger, die vor ihm hier gelebt hatten, nicht erwähnt wurde. Damals wollte er sich bloß die Hände im See waschen, als er etwas im Wasser gespürt hatte. Die Gegenwart einer Präsenz. Und als er sie mit seiner Magie erkunden wollte, hatte sich der Nebelgeist über dem See manifestiert. Mit seinem Erscheinen war eine Welle aus Hass, Trauer und Schmerz von solcher Intensität über Ryk hinweggerollt, dass der Gefühlssturm ihn förmlich in die Knie gezwungen hatte. Vielleicht war es ein Angriff gewesen. Vielleicht hatte das Wesen sich auch bloß schützen wollen. Was es auch war, Ryk hatte es als Aufforderung verstanden, es allein zu lassen.

Nachdem jedoch eine Weile vergangen war, hatte er den Nebelgeist erneut gerufen, indem er seine Magie hinaus in den See sandte. Wieder war ihm als Reaktion eine Welle aus negativen

Gefühlen entgegengeschlagen, und trotzdem hatte er sich davon nicht entmutigen lassen, es auch noch ein drittes, viertes und fünftes Mal zu versuchen, denn er glaubte, zwischen all dem Schmerz und Zorn auch so etwas wie Neugier zu verspüren. Tatsächlich war irgendwann der Tag gekommen, an dem der Nebelgeist nicht sofort zugeschlagen hatte, sondern in stiller Zurückhaltung verharrte. Ryks Hoffnung, dass das Wesen ihm mehr über sich erzählen würde oder ihm gar verraten könnte, warum die Val'kai diesen und ähnliche Orte mieden, hatte sich am Ende nicht erfüllt. Der Nebelgeist schien ihn zu verstehen, war aber selbst nicht fähig, sich ihm mitzuteilen. Mittlerweile kam Ryk nur noch hierher, um zu reden. Der Nebelgeist war ihm ein angenehmer Zuhörer, ihm konnte er seine Nöte, Sorgen und Geheimnisse anvertrauen, ohne fürchten zu müssen, dass jemand anderer davon erfuhr. Außerdem halfen ihm diese »Selbstgespräche« dabei, seine Gedanken zu sortieren, was sehr nützlich war, wenn man wie Ryk zum Grübeln neigte.

»Ich habe Nachforschungen über den Dämon angestellt, der mich angegriffen hat«, berichtete er. »Blutlenker oder Kal'Seth, wie diese Art in der Sprache der Val'kai heißt, sind selbst unter den Dämonen extrem selten. Und zudem äußerst gefährlich.« Der Nebelgeist neigte den Kopf zur Seite. Ryk hatte dies immer als Zeichen gedeutet, dass er weitersprechen sollte. »Ich wollte seinen Namen in Erfahrung bringen, indem ich die Tätowierungen entschlüssle, die ich auf seinem Brustkorb gesehen habe. Aber meine Erinnerungen sind durch den Kampf und meine lange Genesung getrübt.« Er seufzte und faltete die Hände in seinem Schoß. »Es gefällt mir nicht, dass er frei in den Schwebenden Reichen umherstreift. Ein einziger Blutstropfen reicht ihm schon aus, um einen Menschen unter seinen Willen zu zwingen. Ich weiß nicht, wie viele er gleichzeitig kontrollieren kann. Doch schon einer ist zu viel, wenn er an der richtigen Stelle sitzt.«

Natürlich hätte Ryk nach seiner Rückkehr einen Soral, einen der flinken Botenvögel, zur Akademie auf Nekross schicken müssen, um Hilfe bei der Jagd nach dem Humanos zu erbitten. Aber dann hätte der Oberste Magus sofort einen ganzen Trupp Dämonenjäger nach Xe'Neridian entsandt, um das Biest aufzuspüren. Etwas, das Ryk unter allen Umständen verhindern wollte. Durch Corrs und Jailars Tod war diese Angelegenheit für ihn zu etwas Persönlichem geworden. Wenn jemand diesen Dämon zur Strecke brachte, würde er es sein!

Es gab dabei nur ein Problem. »Ich weiß nicht, wo dieser Hurensohn steckt! Ein Val'kai der ersten Kaste, Tausende Jahre alt und womöglich mächtiger als jeder lebende Magier – und er ist wie vom Erdboden verschluckt. Aus keinem der umliegenden Dörfer oder Weiler wurde eine Sichtung gemeldet. Wie passt das zu einer Kreatur, deren Natur es ist, Zerstörung und Chaos zu bringen?«

Der Nebelgeist deutete hinauf zum Himmel. Nur selten erschloss sich Ryk der Sinn hinter den Gesten, mit denen das Wesen gelegentlich auf seine Geschichten reagierte. Heute glaubte er jedoch zu begreifen, was es ihm damit sagen wollte. »Du denkst, mir steht eine Reise bevor, die mich zu einem fernen Ort führen wird, was?« Er nickte bedächtig. »Ja, ich muss ihn unbedingt finden. Ich fürchte, es ist kein Zufall, dass der Dämon in unsere Welt gekommen ist.« Er hatte kaum geendet, als der Nebelgeist etwas tat, das Ryk niemals zuvor bei ihm beobachtet hatte. Er vollführte eine Art Schutzgeste, wie man sie häufig bei abergläubischen Menschen beobachten konnte, wenn die Rede auf Dämonen kam.

Ryk leckte sich die Lippen, die sich mit einem Mal ganz trocken anfühlten. »Ja, du hast recht«, sagte er. »Ich sollte mir Gedanken darüber machen, wie ich mich vor dem Einfluss des Blutlenkers schützen kann.« Hatte er es wirklich vergessen oder bloß verdrängt, dass der Dämon bereits von seinem Blut gekostet hatte? Nur, wie konnte der Nebelgeist davon wissen? Oder las er unbewusst mehr in dessen Reaktionen hinein, als sich wirklich dahinter verbarg? Ein Gedanke, der gar nicht so abwegig war.

»Ich sollte gehen!« Ryk erhob sich von dem Felsen, auf dem er gesessen hatte. »Eigentlich war ich nur hergekommen, um Lebewohl zu sagen. Doch du hast mir etwas zum Nachdenken gegeben. Ich danke dir dafür. Jetzt muss ich aber los. Ich werde mich in ein paar Tagen auf die Suche nach dem Dämon machen und muss vorher noch einiges erledigen. Wann ich zurückkehre« – *falls ich zurückkehre* – »hängt vom Ausgang meiner Jagd ab. Es ist gut möglich, dass wir uns eine Weile nicht sehen.«

Der Nebelgeist hob zum Abschied die Hand. Gleich darauf zerfloss seine Gestalt vor Ryks Augen, wurde wieder eins mit dem Dunst über dem Wasser. Nach und nach löste sich dieser auf, wurde erst durchscheinend und zerfaserte schließlich zu langen dünnen Nebelfetzen, die sich in der Morgensonne auflösten. Der See, der darunter zum Vorschein kam, war so spiegelglatt wie vor Ryks Ankunft.

Der Dämonenjäger wandte sich von dem Gewässer ab und tauchte wieder zwischen die Bäume ein. Sein Magen grummelte. Ein sicheres Zeichen dafür, dass er die übliche Zeit fürs Frühstück bereits überschritten hatte. Er war noch nicht weit gekommen, als es im Dickicht neben ihm knackte. Augenblicklich fuhr er herum und zückte noch in der Bewegung einen der Dolche, die an seinem Gürtel hingen. Es war bloß eine Ablenkung. Der eigentliche Angriff erfolgte in seinem Rücken. Ein Fausthieb traf ihn oberhalb der Nieren. Ryk keuchte auf, fuhr herum und verzog grimmig das Gesicht. »Veitt!«

»Du bist unvorsichtig geworden, alter Mann.« Veitt war kleiner als er, hatte flachsblondes Haar und durchtriebene blaue Augen. Gekleidet war er in Stiefel und Leinenhose, über die er ein cremefarbenes Hemd und eine dunkelgrüne Weste gezogen hatte. Das Hemd hatte er bis hinauf zum Hals geschnürt.

Ryk funkelte ihn an. Er war nicht wirklich eitel, trotzdem schimpfte ihn niemand einen alten Mann. »Dafür wirst du zahlen.«

Der andere zuckte mit den Achseln. »Mir schlottern schon die Knie. Klick-klack. Klick-klack.« Veitt grinste.

»Verdammt, das sollten sie auch!« Ryks Augen wurden schmal. Er sprang vor.

Veitt versuchte auszuweichen, reagierte aber zu langsam. Der Schlag traf ihn vor die Brust. Mit einem »Uff!« knickte er ein.

Ryk legte nach, indem er dem anderen Mann die Beine wegtrat, sodass dieser auf dem Rücken landete. Schon war er über ihm und presste ihm die Klinge an die Kehle. »Alter Mann, wie?«

Veitt verzog missmutig das Gesicht. »Du wusstest, dass ich in der Nähe bin.«

Ryk steckte den Dolch wieder ein und half dem jüngeren Mann auf. »Ich weiß schon eine ganze Weile, dass du da bist. Schleichen gehört nicht gerade zu deinen Stärken.«

»Wie auch, mit diesem Bein?« Veitt klopfte sich auf den rechten Oberschenkel. Dann lächelte er. »Du hast dich gut erholt. Wenn ich daran denke, in welchem Zustand du nach dem Kampf mit dem Blutlenker warst. Damals hätte dich jeder Fliegenschiss umgehauen.« Seine Miene verdüsterte sich, und er fügte hinzu: »Du warst ein Idiot! Du hättest dich fast selbst umgebracht, als du deine Lebenskraft angezapft hast.«

»Diese Diskussion hatten wir schon. Mir blieb keine andere Wahl.«

Veitt verschränkte die Arme vor der Brust. »Dein Körper hat dreimal so lange wie üblich gebraucht, um zu heilen. Und denk ja nicht, ich würde nicht mitbekommen, wie du bei manchen Bewegungen immer noch vor Schmerz das Gesicht verziehst, wenn du glaubst, keiner schaut hin.«

»Ja, und? Das ist immer noch mein Problem!« Ryk wusste,

dass sich hinter Veitts bissigem Tonfall bloß Sorge verbarg. Aber er hatte sich gerade erst selbst davon überzeugt, für die Dämonenjagd wieder bereit zu sein. Da konnte er es nicht gebrauchen, dass jemand seinem Optimismus, der auf äußerst wackeligen Beinen stand, einen Dämpfer verpasste.

Veitt schnalzte mit der Zunge. »Du bist und bleibst unbelehrbar.« Er wandte sich von Ryk ab und humpelte los. Es war eine alte Verletzung. Genau wie die Brandnarben, die seinen Oberkörper entstellten.

Ryk verdrehte die Augen und folgte ihm. Veitt wusste genau, wie sinnlos seine Worte waren. Auch wenn er der Einzige war, der es überhaupt schaffte, ihm gelegentlich etwas Vernunft einzubläuen. Schon sein Leben lang prallten die Einwände der meisten Menschen genauso wirkungslos an Ryks Dickkopf ab wie ein Armbrustbolzen an einem Felsenhäuter. Doch seit Corrs Tod war Veitt das, was einem Freund wohl am nächsten kam. Als Ryk noch an der Akademie unterrichtet hatte, war er zunächst nur einer seiner Studenten gewesen. Ein ambitionierter junger Mann, der einer uxtarianischen Kaufmannsfamilie entstammte. Seine magischen Fähigkeiten waren nicht sonderlich ausgeprägt gewesen, dennoch hatten seine Eltern ihn bereits mit fünf Jahren in die Obhut der Magier gegeben. Uxtarianer waren ein misstrauisches Volk und betrachteten die Magie seit jeher als Quelle allen Übels. Seit jener Zeit hatten sie nie wieder Kontakt zu ihrem Sohn gesucht.

Trotz intensiver Jahre der Ausbildung hatte Veitt nie eine echte Begabung in einem der fünf Zweige der Magie entwickelt. Vielleicht mangelte es ihm auch schlicht am Interesse. Seine Auffassungsgabe war jedenfalls nicht das Problem. Im Gegenteil: Er verfügte über einen scharfen Verstand. Nachdem Ryk das erst einmal erkannt hatte, bot er ihm eine Stellung als sein Gehilfe an und hatte diese Entscheidung niemals bereut. Dass der junge Mann nur selten ein Blatt vor den Mund nahm, wusste Ryk ebenso zu schätzen wie Veitts Organisationstalent. Mehr noch bedeutete ihm seine Loyalität.

Es erstaunte ihn nach wie vor, dass Veitt sich nach dem Unfall nicht von ihm abgewandt hatte. Die Brandnarben, die den Körper des jungen Mannes verunstalteten – sie waren Ryks Schuld. Als er noch an der Akademie unterrichtet hatte, war es eines Tages zu einer Explosion in seinem Labor gekommen. Ein fehlgeschlagenes Experiment. Jeder andere hätte Ryk für das gehasst, was das Feuer ihm angetan hatte. Nicht so Veitt. Er war ihm sogar hinaus in dieses Niemandsland gefolgt, nachdem ihm vom Obersten Magus der Posten des xe'neridianischen Dämonenjägers angeboten wurde. Ursprünglich hatten man Ryk auf diesem Wege loswerden wollen, weil seine Forschungen zu den Val'kai die anderen Meister an der Akademie nervös gemacht hatten. Ihm selbst war dieses Angebot jedoch ganz gelegen gekommen, denn hier im Tal hatte er alle Freiheiten, die er sich nur wünschen konnte.

»Ich breche gegen Ende der Woche auf, bis dahin sollte ich mit den Vorbereitungen durch sein«, sagte er nun. Die Stille zwischen ihnen wurde ihm allmählich unangenehm. Veitt, der mit den Händen gerade ein paar Zweige beiseiteschob, erstarrte in der Bewegung. Langsam drehte er sich zu ihm um. »Ich könnte dich begleiten«, schlug er vor.

Ryk legte ihm eine Hand auf die Schulter. »Wie oft haben wir darüber jetzt schon gesprochen?«

»Dieses Mal ist es anders«, entgegnete Veitt. »Sonst hattest du immer Corr dabei. Nur ein Narr würde sich allein an die Fersen eines Blutlenkers heften.«

»Da mag sein, trotzdem weißt du genauso gut wie ich, dass du mich nicht begleiten kannst. Du bist …«

»… ein Krüppel«, fiel ihm Veitt ins Wort. »Ja, ja, ich weiß.«

»… nicht dafür ausgebildet«, beendete Ryk den Satz. »Als du das letzte Mal meine Armbrust in der Hand hattest, hätte das Corr fast ein Ohr gekostet.«

Veitt starrte ihn eine Weile an, bevor er gereizt den Kopf schüttelte. »Also begehst du lieber Selbstmord, als mich mitzunehmen, ja? Anders lässt sich das, was du vorhast, wohl kaum beschreiben.«

Ryk zog eine Braue hoch. »Mit anderen Worten: Du hast kein Vertrauen mehr in meine Fähigkeiten.«

»Das ist Unsinn«, schimpfte Veitt. »Aber ich weiß, wozu der Dämon fähig ist. Schließlich war ich es, der dich nach dem Kampf zwei Monate lang gepflegt hat.« Er presste die Lippen zusammen und fuhr sich mit der Hand durch das blonde Haar. »Bitte nimm Vernunft an, Ryk. Ich verstehe ja, dass du dich wegen Corr und Jailar schuldig fühlst, dennoch ist das kein Grund, dein eigenes Leben fortzuwerfen.«

»Bei allen Dämonen der Gegenwelt, glaubst du wirklich, dass es mir darum geht?« Er funkelte Veitt an, der seinem Blick standhielt. »Du irrst dich gewaltig, wenn du meinst, ich hätte es auf meinen Tod angelegt. Was ich will, was ich wirklich will, ist Rache! Dieser Bastard soll dafür bezahlen, dass Corr und Jailar sterben mussten.«

»Verdammt, ich könnte dir dabei helfen! Ich könnte ...« Veitt brach ab, obwohl Ryk den Eindruck hatte, dass er noch mehr sagen wollte. Ihm war schon aufgefallen, dass Veitt seit Kurzem sogar noch mehr aufbegehrte als früher. Auch sonst strahlte er in letzter Zeit etwas aus ... Noch bevor Ryk den Gedanken zu Ende bringen konnte, seufzte Veitt plötzlich.

»Versprich mir wenigstens, dass du nicht allein gehst.«

Ryk nickte. »Ich werde drüber nachdenken.«

»Gut. Mehr verlange ich gar nicht.«

7

Arville, Xe'Neridian
7. Jul, 1026 n. d. Zweiten Dämonenkrieg

Ishan und Rod standen mit den Rücken zum Kerkereingang, während die Wächter in Form eines Halbkreises auf sie eindrangen. Schwerter schnitten durch die Luft, fuhren zischend auf sie herab. Ishan reagierte instinktiv. Er parierte, wehrte ab und stach zu. In seinen Ohren summte das Metall der Waffen, in seiner rechten Schulter der Schmerz. Zu viele harte Schläge, die er mit der Klinge anstatt eines Schildes abfangen musste. Obwohl ihn die zweiwöchige Gefangenschaft geschwächt hatte, bewegte er sich flink und anmutig. Seine Beintechnik war nahezu perfekt. Sein alter Fechtlehrer wäre in diesem Moment stolz auf ihn gewesen. Allerdings war Ishan sein Können in diesem Kampf nur von bedingtem Nutzen, denn die Wächter folgten keinem bestimmten Stil und erst recht keinen Turnierregeln. Im Gegenteil. Ihnen ging es darum, zu töten. Sie hackten, stießen zu, grunzten enttäuscht, wenn Ishan sie abwehrte, und griffen anschließend umso energischer an.

Sein Atem ging schnell, und in seiner Brust trommelte das Herz im Takt der Eisen, die immer wieder klirrend aufeinandertrafen. Er behauptete sich gut, und sein Verstand erfasste all die Schwächen und Lücken in der Verteidigung seiner Feinde. Doch er zögerte, sie auch zu nutzen. Ishan blickte in das vor Anstrengung gerötete Gesicht eines Wächters, in die vor Eifer und Ehrgefühl brennenden Augen, und dachte, dass ein einziger gut gesetzter Stich diese Leidenschaft für immer beenden würde. Er hatte noch nie einen Menschen getötet.

»Sie oder Ihr, Hoheit«, zischte Rod links von ihm, der solche Hemmungen nicht zu kennen schien. Just in diesem Moment fuhr seine Klinge herab und durchtrennte den Schwertarm eines Mannes, der auf Ishans Kopf gezielt hatte. Mit einem Aufschrei ging der Wächter zu Boden, wo er zwischen den Füßen seiner Kameraden verschwand.

Ishan fühlte etwas Warmes, feucht Klebriges auf dem Gesicht. Er schauderte kurz und tänzelte zur Seite, um einem von unten ausgeführten Hieb auszuweichen. Wenn man den Verletzten abzog und diejenigen, die Rod bereits getötet hatte, waren es immer noch zwölf Gegner. Ein Wächter sprang ihn mit gefletschten Zähnen an. Ishan riss sein Schwert hoch. Sein Arm sank unter der Wucht des Zusammenpralls ihrer Waffen und schickte einen scharfen Schmerz durch sein Handgelenk. Er keuchte, taumelte ein paar Schritte in den Tunnel zurück. *Töte ihn!*, schrie eine panische Stimme in seinem Kopf, als ihm der Wächter und mindestens zwei weitere Männer folgten. Ishan stieß zu, aber er war zu langsam. Der Wächter drehte sich zur Seite, sodass sein Schwert nur die Rippen ritzte, bevor es sich in den Unterarm des daneben kämpfenden Mannes bohrte. Der heulte auf.

Ishan riss seine Klinge zurück, duckte sich unter einem von links kommenden Hieb hinweg und rammte sie noch in der gleichen Bewegung in den Oberschenkel eines Wächters, der von rechts auf ihn eindrang. Der Mann stieß einen gellenden Schrei aus, bevor das Bein unter ihm wegknickte. Das Schwert drohte Ishan aus der Hand gerissen zu werden. Verzweifelt umklammerte er den Griff und warf sich nach hinten, woraufhin die Klinge mit einem schmatzenden Geräusch aus dem Oberschenkel des Mannes glitt.

»Ihr seid ein Narr«, schnaufte Rod, tötete mit mehreren, mächtigen Schlägen die übrigen zwei Männer im Tunnel und packte dann Ishan, um ihn zurück Richtung Wachstube zu ziehen. Die Wächter, die noch draußen auf dem kleinen Steinplateau standen, formierten sich gerade neu. Ishan verschaffte sich einen Überblick. Fünf Gegner waren tot, drei so schwer verletzt, dass sie sich kampfunfähig am Boden krümmten. Die restlichen acht schauten aus, als hätte die Hölle höchstpersönlich sie ausgespuckt. Schweiß und das Blut ihrer gefallenen Kameraden hatten sich auf ihren Gesichtern miteinander vermischt und verliehen ihnen etwas Animalisches.

Ishan atmete schwer. Ihm war übel vom Anblick der Toten und Verletzten. Zugleich fühlte er sich wie berauscht. Sein erster echter Kampf. Er grinste schwach, trotz Rods Vorwurf. Eigentlich hatte er sich gar nicht so schlecht geschlagen. Er sah zu seinem Retter hinüber, und alle Euphorie verflog. Kälte breitete sich in seinem Magen aus. Rod glich einem Wrack. Er stand leicht nach vorne gebeugt da. Bei jedem Atemzug drang ihm ein pfeifender Ton über die Lippen. Das Haar klebte ihm schweißnass am Haupt.

»Hört zu«, raunte er gerade so laut, dass Ishan ihn verstand. »Ich lenke sie ab – Ihr verschwindet.«

»Ich könnte …«

»Ihr werdet Euch zum Hafen durchschlagen und von dort den nächsten Feuerreiter nach Sharigor nehmen. Verstanden?« Rod packte Ishans Unterarm und drückte zu, bis dieser scharf den Atem ausstieß und nickte.

Die Wächter hatten sie erreicht.

Rod lachte auf – ein irres Lachen – und riss das Schwert hoch. Die von Blut besudelte Spitze schimmerte im Sonnenlicht.

»Für den Prinzen!«, brüllte er und warf sich den Männern entgegen. Er schwang das Schwert in einem großen Bogen. Die Klinge schnitt durch den Hals des Wächters rechts außen und bohrte sich in die Wange des Mannes daneben. Dessen Kopf flog zur Seite. Blut, Knochen- und Zahnsplitter spritzten durch die Luft. Eine Lücke war in den Reihen ihrer Angreifer entstanden.

»Jetzt!«, schrie Rod im selben Moment, da eine der Wachen sein Schwert in seine Seite trieb. Rod grunzte, ballte seine Linke zur Faust und zertrümmerte die Nase seines Angreifers. Das Stöhnen des Mannes riss Ishan aus seiner Starre. Er rannte los.

Die Treppe war nur noch wenige Schritte entfernt, als er eine Bewegung aus dem Augenwinkel wahrnahm. Metall blitzte in der Sonne. Etwas zischte auf ihn herab. Einer der Wächter hatte zu ihm aufgeholt. Gerade noch rechtzeitig warf Ishan sich zur Seite, fuhr herum und riss seine eigene Klinge hoch. Er schlitzte seinem Angreifer, der von der Wucht seines Schlages nach vorne getragen wurde, den Bauch auf. Der Junge, kaum älter als er selbst, fiel direkt vor ihm auf die Knie. Das Schwert entglitt seinen Händen.

»Bitte … bitte hilf mir!«, schluchzte er Ishan an, während er sich verzweifelt darum mühte, die hervorquellenden Gedärme wieder in seinen Bauch zu schieben.

»Lauf, du verfluchter Idiot!«, brüllte Rod.

Ishan warf ihm einen gehetzten Blick zu, fuhr zur Treppe herum und rannte sie hinauf. In seinen Augenwinkeln brannten Tränen. Er blinzelte sie fort, konzentrierte sich ganz auf die Stufen, um nicht zu stürzen, und sah bald darauf auch schon das Gitter, hinter dem der von Hecken gesäumte Kiesweg lag, der in den Palastgarten führte. Er riss das Tor auf und hechtete weiter.

»Halt!«, gellte es hinter ihm.

Ishan blieb so abrupt stehen, dass er noch ein Stück über den Kies weiterschlitterte. *Bei Sorons Krähen – die Torwächter!* Er fuhr herum, das blutige Schwert in der Hand, und starrte die beiden Gardisten keuchend an. Sobald sie die Waffe sahen, wurden ihre Mienen hart, und sie senkten ihre Hellebarden in seine Richtung.

»Was ist passiert?«, verlangte der eine Wächter zu wissen. Er hatte argwöhnische kleine Augen, die aus einem bulligen Gesicht starrten.

Ishan atmete innerlich auf. Sie erkannten ihn nicht. Die Uniform. Das Blut in seinem Gesicht. Vielleicht wussten sie nicht einmal, wie Prinz Ishan von Sharigor aussah. »Es ... es gab einen Aufstand«, log er. »Jemand hat einen Teil der Gefangenen befreit, und wir sind in einen Hinterhalt geraten.«

Der Bullige krauste die Stirn. »Hauptmann Tarkis sagte vorhin etwas davon, dass einige seiner Männer betäubt wurden.« Er kniff die Augen zusammen, die nun kaum mehr größer als Schlitze waren. »Er hat uns befohlen, niemanden rauszulassen.«

Ishan blickte von einem zum anderen.

»Wie sagtest du noch gleich, ist dein Name?«

»Will ... Will Gregos.« So hieß der Stallbursche, von dem Ishan als Kind das Reiten gelernt hatte. Es war der erste Name, der ihm in den Sinn gekommen war. »Der Hauptmann braucht Verstärkung, bevor der Gefangenenaufstand außer Kontrolle gerät.« Die Worte waren raus, bevor er darüber nachgedacht hatte.

»Noch mehr Männer? Was zur Hölle ist da unten los?«, wollte der zweite Wächter wissen.

Ishan rang in gespielter Verzweiflung die Hände. »Hört zu, Jungs, ich weiß, dass ihr eure Befehle habt, aber meine sind genauso wichtig. Wenn ich nicht bald mit Unterstützung zurückkehre, geht es unseren Kameraden an den Kragen.« Er starrte die zwei Männer an. Seine Flucht, sein Überleben hing von ihrer Antwort ab. Der Moment verstrich, zog sich in die Länge, während sie ihn mit ihren Blicken durchbohrten. Warum hatten sie immer noch nichts gesagt? Ishan beobachtete ein Zucken um den Mundwinkel des Bulligen. *Sie wissen es! Sie müssen mich erkannt haben!* Seine Finger schlossen sich fester um den Griff seines Schwertes.

»Worauf wartest du noch?«, knurrte der Wächter in diesem Augenblick. »Lauf schon los!«

Ishan hätte fast gelächelt. Er riss sich jedoch zusammen, nickte, drehte sich um und rannte den Weg entlang, bis er in den Palastgarten kam und damit außer Sichtweite der Gardisten war. Mit klopfendem Herzen blieb er stehen. Er befand sich auf der untersten von zahlreichen, kunstvoll angelegten Terrassen. Er wusste, dass sich die Adligen und Besucher des Schlosses zumeist weiter oben in den zentralen Bereichen aufhielten, wo sie sich an den farbenprächtigen Blumenbeeten und Wasserfällen ergötzten. Wenn er sich also überwiegend hier auf den äußeren Terrassen, die fast wie ein Ring um das Schloss angelegt waren, bewegte, wäre er am sichersten. Er steckte das Schwert ein, wischte sich mit dem Ärmel der Uniform durchs Gesicht und machte sich im Schutz von Bäumen und Hecken auf zum Haupttor.

Ishan ging so schnell, wie er es wagte, in der Hoffnung, keine Aufmerksamkeit zu erregen. Unruhig glitt sein Blick umher – immer auf der Suche nach Wachen. Zumeist standen sie abseits in den Schatten, sodass die Besucher der Gartenanlage sich nicht von ihrer Gegenwart belästigt fühlten. Keiner von ihnen schenkte dem Prinzen große Beachtung. Immerhin schien er einer von ihnen, zudem war das Blut auf seiner Uniform auf diese Entfernung vermutlich nicht zu erkennen.

In den ersten Tagen der Friedensverhandlungen war Ishan mehrmals auf dem Gelände umhergestreift, hatte mit den Hofdamen geflirtet und die Vielfalt an Blumen bewundert. Später war er im untersten Garten auf ein Nebentor in der Westmauer der Wehranlage gestoßen, das den Wächtern, Dienstboten und Warenlieferungen vorbehalten war. Kurz dachte er darüber nach, es dort zu versuchen, aber dann fiel ihm wieder ein, was ihm einer der Gärtner erzählt hatte. Der Weg, der von dort hinab in die Stadt führte, verlief durch die Garnison der Palastwache. Hunderte Soldaten. Zu riskant! Nein, er musste sein Glück am Haupttor versuchen.

Ishan erklomm die Stufen zur nächsten Terrasse. Den Kopf hielt er gesenkt. Das war der gefährlichste Teil: Wenn er einen Garten durchqueren musste, um zur nächsten Treppe zu gelangen. Doch bisher lief alles gut. Am ersten Wasserfall, an dem er vorüber kam, blieb Ishan stehen, versicherte sich, dass er nicht beobachtet wurde, und wusch sich Hände und Gesicht. Danach eilte er weiter. Nur gelegentlich sah er zurück, um sicherzugehen, dass er nicht verfolgt wurde. Und jedes Mal fragte er sich, wie lange Rod die Wächter noch würde hinhalten können? Oder ob er nicht schon längst tot war? Das Schwert hatte sich tief in seine Seite gebohrt.

Endlich erreichte Ishan die Terrasse, die sich auf einer Ebene mit dem Palast befand. Keuchend blieb er stehen und hob den Blick zu den weiß schimmernden Hallen und Türmen, durch die er noch vor wenigen Wochen als Gast gewandelt war. Seine Beine zitterten. Die Zeit in der Zelle hatte ihn geschwächt. Als er weiterhastete, wurden ihm angewiderte Blicke von einer Gruppe Hofdamen und ihren Begleitern zugeworfen. So nahe dem Palast trugen die Wächter gewöhnlich schmucke grüne Uniformen, die je nach Rang silberne oder goldene Borten zierten. Ishan ignorierte sie und betrat einen Arkadengang, der mit Rosen bewachsen war. Durch diesen, so wusste er, würde er auf den Innenhof gelangen, der dem Palast vorgelagert war.

Wenig später fand er Zuflucht zwischen den Kutschen der Besucher, die schräg gegenüber dem Haupttor am Rande des Hofes standen. Zum ersten Mal erlaubte er sich aufzuatmen. Noch immer läuteten keine Glocken oder ertönten Hörner, was nur bedeuten konnte, dass noch niemand Alarm geschlagen hatte. Ohne diesen Rod hätte er es niemals bis hierher geschafft.

Ishan sank gegen eine der Kutschen und sah hinüber zum Tor. Bei seiner Anreise hatte er den Wachen und der Wehrmauer kaum Beachtung geschenkt. Umso aufmerksamer nahm er jetzt beides in Augenschein. Er schätzte die Mauer, die wie der Palast aus weißem Sakrylgestein war, auf eine Höhe von gut dreißig Fuß. Alle zweihundert Fuß stach ein schlanker Wachturm in den Himmel, auf dessen Spitze eine Fahne mit dem Emblem des Herrscherhauses von Xe'Neridian im Wind flatterte. Ein stilisierter weißer Arnbaum auf grünem Hintergrund. Der Baum zählte zu einem der bedeutendsten Handelsgüter des Inselreiches, wurden aus seinem Holz doch die Feuerreiter hergestellt.

Die Männer, die auf der Mauer patrouillierten, konnte er getrost ignorieren. Ihre Aufmerksamkeit galt ganz dem Geschehen außerhalb des Palastes. Beim Tor selbst sah es schon anders aus. Jede Kutsche und jeder Ein- und Austretende wurde streng kontrolliert. Vom einfachen Boten bis hin zum mächtigen Adligen. Die Sicherheitsmaßnahmen mussten nach dem Mord an seinem Vater, dem König, verstärkt worden sein. Bei ihrer Ankunft waren sie noch nicht einer so strengen Kontrolle unterzogen worden.

Bei Sorons Krähen!

Seine Freiheit wartete nur ein paar Schritte entfernt. Aber wie sollte er an diesen Wächtern vorbeikommen? Konnte er sich ein weiteres Mal auf seine Verkleidung verlassen? Ishan wusste, dass ihm keine andere Wahl blieb. Lange konnte es nicht mehr dauern, bis die Nachricht von seiner Flucht bis hierher vordrang. Und dann würden sie ihm das Tor vor der Nase zuschlagen. Jetzt lag alles in den Händen des Schicksals. Er fuhr sich nochmals durchs Gesicht und hoffte, alle Blutspuren beseitigt zu haben. Anschließend sah er an sich hinab und fluchte. Aus der Ferne mochte die Uniform, die ihm mittlerweile wie eine zweite Haut am Körper klebte, allenfalls schludrig wirken. Aus der Nähe erkannte man die wahre Natur der dunklen Flecken, die sich über seinen rechten Ärmel und den Oberkörper zogen, sofort. Er rieb mit der Hand darüber, bis seine Finger heiß wurden, aber das Blut war bereits in den Stoff eingezogen.

Ishan biss sich auf die Unterlippe – ihm blieb keine andere Möglichkeit, er musste das Risiko eingehen.

Mit hochgerecktem Kinn trat er zwischen den Kutschen hervor und hielt auf seinen einzigen Fluchtweg zu. Die Stiefel setzte er hart aufs Pflaster auf, als hätte er nichts zu verbergen. Mit jedem Schritt schien das Tor vor ihm in die Höhe zu wachsen, während das darüber liegende Torhaus mit seinen schmalen Fenstern hämisch auf ihn herabblickte. Auf dem Dach des Torhauses saß ein kleiner Glockenturm mit einem grauen Schindeldach, in dem sich noch immer nichts rührte. Hingegen wummerte Ishans Herz so laut in seinen Ohren, dass er kaum das Plätschern des Brunnens hörte, der im Zentrum des Hofes lag. Der Anblick des Wassers weckte einen unangenehmen Durst in seiner Kehle, die mit einem Mal wie ausgedörrt war. Dazu kam der Drang, sich herumzuwerfen und in die entgegengesetzte Richtung davonzurennen. Aber er wusste, er durfte dem nicht nachgeben, andernfalls wäre sein Schicksal besiegelt und Rods Opfer umsonst gewesen.

Ishan tauchte vom Licht in den Schatten unter das Tor ein. Zwei Gardisten, die sich miteinander unterhielten, verstummten und wandten ihm die Gesichter zu, während ihre Kameraden die Kutsche eines Adligen durchsuchten. Unter den forschen Blicken der Wächter wurde Ishan langsamer. Hatten sie das Blut bereits bemerkt oder verbargen die Schatten es? Kalter Schweiß drang ihm aus allen Poren. *Was hab ich mir nur dabei gedacht?*

Eine zweite Kutsche rollte viel zu schnell von draußen heran. Ein opulenter Vierspänner, dessen Fenster mit Vorhängen versehen waren, die einen Blick ins Innere verwehrten. Doch statt hinter dem Gefährt anzuhalten, das gerade kontrolliert wurde, fuhr es an diesem vorbei. Augenblicklich rückte Ishan aus dem

Fokus der beiden Wachen, die nun vortraten, um der Kutsche die Durchfahrt zu versperren.

»Was hat das zu bedeuten?«, empörte sich der Kutscher, der an den Zügeln riss. Schnaubend kamen die Pferde zum Stehen. Sofort verlangte der Kutscher im Namen seines Herrn, dass sie den Weg freigaben. Die Wachen lachten. Einer packte das vordere Pferd beim Geschirr, der andere näherte sich der Kutschentür.

»Wagt es ja nicht, seine Durchlaucht zu behelligen!«, rief der Kutscher und schwang drohend die Peitsche. Der Gardist, der die Pferde hielt, hob in aller Gemütsruhe seine Handarmbrust und zielte damit auf den Mann. Der wurde bleich und erstarrte.

Innerlich jubelte Ishan. Etwas Besseres hätte ihm gar nicht passieren können. Die Wache war abgelenkt, sodass er einfach an ihnen vorbeischlüpfen konnte. Als Ishan auf der anderen Seite des Torhauses zurück ins Tageslicht trat, lächelte er vor Erleichterung. Er war frei – oder wenigstens den feuchten Mauern seines Gefängnisses entronnen.

Vor ihm wand sich der Zugang zum Palast in Serpentinen in die Stadt hinab. In regelmäßigen Abständen gab es Wachhäuschen, kaum größer und breiter als ein Mann, vor denen ein Gardist in der Palastuniform stand und eine Hellebarde hielt. Doch diese Männer dienten mehr der Schau, weshalb er sie nicht als ernsthafte Bedrohung einstufte. Ähnliches galt für die wenigen Menschen, die auf der sonnenbeschienenen Straße unterwegs waren. Der männliche Teil trug – wenn überhaupt – Zierdolche und Degen als Waffen, die mit ihren filigranen Klingen jedoch gegen ein Kurzschwert wie das von Ishan keine Chance hätten. *Sehr gut*, dachte er und setzte sich wieder in Bewegung.

»Hey, du!«, rief in diesem Moment jemand hinter ihm.

Er ging schneller.

»Hast du's an den Ohren, Soldat?«

Dieses Mal gab es keinen Zweifel, dass er gemeint war. Ishan knirschte mit den Zähnen. Auf keinen Fall würde er stehen bleiben.

Schon wurden Schritte hinter ihm laut. Eilige Schritte. Er zählte drei, nein, vier Paar Stiefel. Nun warf er doch einen Blick über die Schulter. Es waren Wächter. »Er ist es«, sagte einer und deutete mit der Hellebarde auf ihn. Es war der bullige Gardist vom Gittertor. »Das ist der Prinz – ich bin mir ganz sicher.«

Ishan rannte los. Als vor ihm ein Grüppchen Adliger zu langsam Platz machte, schrie er: »Weg da! Aus dem Weg!« Ein etwas rundlicher alter Mann konnte nicht rechtzeitig ausweichen und wurde von ihm zur Seite gerempelt. Ein Chor wüster Beschimpfungen folgte ihm, und zwei Männer versuchten sogar, ihn festzuhalten. Ishan entwand sich ihrem Griff und lief weiter. Dabei hielt er sich dicht am Abhang und bewegte sich im Zickzack. Das sollte es den Wachen im Torhaus und auf den Wehrmauern erschweren, auf ihn zu schießen.

Einmal stolperte er und schrammte sich den Ellbogen an einem Felsen. Das Adrenalin in seinem Blut verhinderte jedoch, dass er Schmerz empfand. Der würde später kommen. Mittlerweile hatte Ishan auch die Aufmerksamkeit der Hellebardiere erregt. Als sie erkannten, dass er von ihren Kameraden aus dem Palast verfolgt wurde, gaben sie sich gegenseitig Zeichen und verließen ihre Posten. Ishan fluchte. Der Feind war nicht mehr nur hinter ihm, sondern kam ihm nun auch entgegen. Das war es. Er blieb stehen und zog sein Schwert. Gehetzt blickte er zwischen den Hellebardieren, den Männern auf der Wehrmauer und der Palastwache hin und her. Seine Chance, aus diesem Kampf lebend hervorzugehen, ging gegen null. Die Soldaten waren ihm zahlenmäßig überlegen und kannten auch sicher keinen Skrupel, ihn zu töten. Kronprinz hin oder her. Seine Flucht musste wie ein Schuldeingeständnis auf sie wirken.

Verdammt!

Er wirbelte herum und sprang auf einen der Steinbrocken am Rand der Straße. Da war sie – Arville: ein in Sonnenschein getauchtes Meer aus Villen, geschwungenen Brücken und breiten Straßen. Wenn er jedoch direkt unter sich sah, ging es rund zweihundert Fuß in die Tiefe, wo der Sîles den Fuß des Palastfelsens umspülte. Er starrte auf die schnell fließenden Wassermassen. Ein Sprung aus dieser Höhe kam einem Selbstmord gleich. Andererseits, was hatte er noch zu verlieren? Wenn er blieb, würde er in jedem Fall sterben. Ein erneuter Blick über die Schulter zeigte ihm, dass der erste Gardist ihn fast erreicht hatte. Ishan schluckte. Vielleicht war ihm das Glück ja zur Abwechslung einmal hold. Wer hätte es mehr verdient als er, der Kronprinz, der für ein Verbrechen eingekerkert wurde, das er nicht begangen hatte?

Ishan schleuderte das Schwert von sich. Jetzt oder nie.

Im selben Moment, da er sich abstieß, packte jemand sein Bein. Zu spät. Kopfüber stürzte er in die Tiefe.

Der Wind riss an seinem Haar und seinen Kleidern, dröhnte in seinen Ohren, stahl ihm den Atem von den Lippen und biss ihn in die Augen, bis sie tränten. Trotzdem lachte er. Es war ein irres, von Verzweiflung und stiller Hoffnung geschütteltes Lachen.

Der Berghang schoss an ihm vorüber – Grau durchfurcht von grünen Flecken. Sein Blick war fest auf den Fluss gerichtet, der ihm mit aberwitziger Geschwindigkeit entgegenflog. Von seinem Zimmer im Palast aus hatte er ihn fast jeden Tag betrachtet. Zuletzt in Gegenwart der Herrin Sharala – genauer gesagt von diesem verfluchten Dämon. Die Gewässer rund um Calares waren weit entfernt von dem funkelnden Blau des Sîles, was vor allem an den Lehmfeldern im Westen der Stadt lag. Doch selbst sie wären ihm in diesem Moment ein willkommener Anblick gewesen. Süße Heimat.

Beim Eintauchen wurde ihm alle Luft aus den Lungen gepresst. Panik erfasste seinen Geist und furchte mit scharfen

Klauen durch seinen Verstand. Angst, Entsetzen, Schmerz. Er schnappte nach Luft, und Wasser strömte in seinen Mund. Gleichzeitig wurde er von der Strömung gepackt, die ihn mit sich in ein wirbelndes Dunkel hinabriss.

Im Sog des Flusses verlor Ishan jegliche Orientierung. Oben. Unten. Alles war gleich. Verzweifelt riss er die Augen auf und streckte die Hände aus, in der Hoffnung, irgendetwas greifen zu können, das ihm Halt gab. Aber da war nichts. Nur Schwärze und die nasse Umarmung eines unentrinnbaren Schicksals. Seine Lungen drohten zu platzen. War es das also? Hatte er den Sturz nur überlebt, um zu ertrinken?

Nein, so durfte es nicht enden. Nicht nach allem, was er durchgemacht hatte. Ishan drehte den Kopf. Dort vorne schien es heller zu sein. Da musste oben sein. Er stieß seine Arme nach vorne und begann mit den Füßen zu strampeln.

8

Arville, Xe'Neridian
7. Jul, 1026 n. d. Zweiten Dämonenkrieg

Catara taumelte durch eine Gasse, die von schäbigen kleinen Häuschen und Hütten flankiert wurde. *Verfluchte Heilerin!* Wenn sie wirklich so gut war, wie es hieß, warum lebte sie dann in einem so stinkenden Loch? Die Luft roch nach Unrat, Pisse und begrabenen Träumen, und das inmitten einer Stadt wie Arville. Doch wo ein helles Licht scheint, da fällt auch bekanntlich Schatten, und dies war Arvilles Schatten: das Pächterviertel. An diesem Ort hausten die Niedrigsten unter Fürst Eloriens Gesinde. Großzügigkeit füllte nun mal keine Schatzkammern. Und es gab nichts, was Elorien mehr bedeutete als Truhen voller Gold. Sie erlaubten ihm, das zu kaufen, was er am meisten im Leben begehrte: Sicherheit in Form von Vorkostern, Heilern, Alchemisten, Spionen und Leibwächtern. Nichts stimmte ihn zufriedener, als ihnen bei ihrer Arbeit zuzuschauen. Vermutlich war er der am besten bewachte Herrscher der Schwebenden Reiche, und dennoch hätte ihn das nicht vor dem Tod bewahren können, wäre auch er ein Teil von Cataras Auftrag gewesen.

Sie stöhnte auf und stützte sich schwer atmend an einer Hauswand ab. Der Schmerz in ihrer linken Seite hatte einen Grad erreicht, der selbst für sie, die Pein und Leid gewöhnt war, kaum mehr erträglich war. Der Schweiß rann ihr in Strömen übers

Gesicht, brannte in ihren Augen, tropfte von ihrem Kinn. Der eigene Herzschlag dröhnte ihr in den Ohren. Catara warf einen Blick über die Schulter. Wenigstens keine Verfolger.

Sie sank gegen das Mauerwerk und rutschte daran zu Boden. Sofort drang die kalte Feuchtigkeit der Pflastersteine durch den Stoff ihres Kleides. Catara war es egal. Ebenso wie die flüssigbraune Pampe, die um ihre Füße rann. Ihr schwindelte, und ihre Seite, wo das Schwert des Wächters in ihren Körper eingedrungen war, schien in Flammen zu stehen.

Dieser elende Schweinehund!

Hätte sie ihn während des Kampfes nicht noch getötet, hätte sie auf der Stelle umgedreht, ihm die Eier abgerissen und sie so tief in seinen verfluchten Hals gerammt, dass sie ihm anschließend aus dem Arsch gebaumelt wären. Scheiße, ging es ihr dreckig! Catara zog die zittrigen Beine näher an den Körper heran, legte den Kopf auf ihren Knien ab und schloss die Augen. Dieser dämliche Rod! Sie hatte ihn völlig falsch eingeschätzt. Der Mann hatte tief in sich eine Wut getragen, die schon an Raserei grenzte. Seine Kameraden mussten ihn jahrelang schikaniert haben. Gut möglich, dass er sich seines Hasses auf sie nicht einmal bewusst gewesen war. Und Catara bezahlte nun den Preis dafür. Seine Gefühle hatten ihre eigenen aufgewiegelt und sie leichtsinnig gemacht, nur deshalb stand sie jetzt kurz davor, den Löffel abzugeben.

Wenn nur nicht alles umsonst war. Sie hoffte, dass dieser dumme Junge von einem Prinzen es geschafft hatte, aus dem Palast zu entkommen. Wenn sie ihn wieder eingefangen hatten, oder wenn er gar tot war, wäre ihre Herrin alles andere als erfreut.

Der Schmerz brach mit einer Gewalt über sie herein, als risse ihr jemand mit bloßen Händen die Seite auf. Catara verspannte sich, sog den Atem zischend durch die Zähne ein und sackte wieder in sich zusammen. Sie stieß einen Schluchzer aus, während sie die Linke auf die Stelle presste, wo das Schwert sie verletzt hatte. Natürlich waren da kein Blut und keine Wunde mehr. Zumindest äußerlich. Um der Palastwache zu entkommen, hatte sie gleich zweimal die Gestalt wechseln müssen. Nach Prinz Ishans Flucht hatte sie die Männer so lange hingehalten, wie es ihr möglich gewesen war. Als sie immer schwächer wurde, hatte sie den Rückzug in den Kerker angetreten. Sie war direkt bis zur untersten Ebene hinabgestiegen, während ihre Verfolger gezwungen gewesen waren, sämtliche Gänge abzusuchen, in denen sie Zuflucht gesucht haben könnte. Das hatte ihr die Zeit verschafft, die nötig gewesen war, um die Gestalt von einem jener toten Wächter anzunehmen, die vor Ishans Zelle gewacht hatten, und dessen Uniform überzustreifen. Anschließend war sie dem Suchtrupp entgegengegangen und hatte vorgegeben, durch diesen Verräter Rod verletzt worden zu sein, der sich in der untersten Ebene verschanzt habe. Niemand zog ihre Worte in Zweifel. Warum auch? Catara trug das Gesicht eines Verbündeten und Freundes. Die Männer waren daraufhin weitergestürmt, während Catara sich zurück an die Oberfläche geflüchtet hatte.

Um jedes Risiko zu vermeiden, war sie an den Hellebardier herangeschlichen, der das Gittertor am Ende der Treppe bewacht hatte, um ihm von hinten ein Messer in den Hals zu stoßen. Seinen Kameraden hatte sie seltsamerweise nirgends entdecken können.

Im Palastgarten war sie dann ihrem nächsten Opfer geradewegs in die Arme gestolpert. Eine Dienerin. Jung, schüchtern und mit einem so unschuldigen Lächeln gesegnet, dass Catara sofort gewusst hatte, dass dieses Mädchen ihr Passierschein in die Freiheit sein würde. Das Gesicht des toten Wächters beizubehalten, wäre zu gefährlich gewesen. Sicherlich hatten die anderen in der Zwischenzeit seine Leiche vor Prinz Ishans Zelle entdeckt und erkannt, dass sie getäuscht worden waren. Catara konnte das Risiko nicht eingehen, enttarnt zu werden. Insofern war der Tod der Dienerin eine Notwendigkeit gewesen, um ihr eigenes Überleben zu sichern. Schnell und barmherzig hatte sie das Leben des Mädchens genommen. Aber trotz ihrer Jugend war ihr Fleisch weder süßer noch schmackhafter als das des fetten Rod gewesen. Tatsächlich brachte Menschenfleisch sie jedes Mal aufs Neue zum Würgen.

Catara stöhnte leise. Vermutlich lag der Körper der Dienerin noch immer hinter dem Busch, wo sie ihn zurückgelassen hatte. Schon bald würde der Verwesungsgestank dafür sorgen, dass jemand sie fand.

In der vergangenen Stunde war der Schmerz immer schlimmer geworden. Mittlerweile fühlte es sich an, als hätte jemand in ihrer Bauchhöhle ein Feuer entzündet, das sie langsam von innen durchschmorte. Catara krümmte sich zusammen und schluchzte auf. Zuletzt hatte sie vor vielen Jahren solche Qualen ertragen müssen. *Nicht fair!*, dachte sie und schlug mit der flachen Hand auf den Boden ein. Das hier war doch nur ein weiterer Versuch des Schicksals, sie zu demütigen. So wie ihr ganzes beschissenes Leben eine einzige Demütigung gewesen war, bevor sie es selbst in die Hand genommen hatte.

Sie hustete und hatte plötzlich einen metallischen Geschmack im Mund. Als sie ausspuckte, sah sie, dass ihr Speichel leicht rosa war. Die beiden Verwandlungen hatten zwar alle oberflächlichen Schnitte und Blessuren geheilt, die Klinge des Wächters war jedoch tief eingedrungen, und da der Fluch nur auf ihre Erscheinung wirkte, drohte sie nun innerlich zu verbluten.

»Steh auf«, murmelte sie. »Mach schon, du elendes Miststück!«

Catara drehte sich zur Wand des Hauses um, krallte die Finger in die Ritzen zwischen den Mauersteinen und zog sich Stück für Stück daran empor. Als sie endlich stand, waren ihre Finger blutig, und sie schwankte so stark, dass sie beinahe sofort wieder gestürzt wäre. Sie war am Ende. Der Atem rasselte ihr in der Kehle, und um sie herum drehte sich alles. Aber sie hatte schon Schlimmeres durchgestanden. Bedächtig setzte sie einen Fuß vor den anderen. Links, rechts. Links, rechts. Auf diese Weise hatte sie es auch hierhergeschafft. Außerdem konnte es nicht mehr weit sein. Es durfte einfach nicht! Sie kniff die Augen zusammen. Da, am Ende der Gasse: Kräuterbüschel, die im Wind wippten. Die Hütte der Heilerin.

Die Hoffnung verlieh ihr neue Kraft, und Catara schob sich an den Fronten der Häuser vorbei auf ihr Ziel zu. Doch plötzlich krampfte ihr Magen, und Erbrochenes sprudelte ihr übers Kinn und klatschte aufs Pflaster vor ihren Füßen. Dann gleich noch einmal. Ein Mann löste sich aus dem Schatten eines Eingangs. Catara stieß ihn von sich und stolperte weiter.

»Hilfe«, krächzte sie und taumelte durch die Tür in die Hütte der Heilerin. »Hi-hilfe!«

Es war ein schmutziger Raum mit einem einzigen Fenster, das so verdreckt war, dass kaum Sonnenlicht hindurchdrang. Kerzen erhellten die Düsternis im Inneren des Hauses, das mit einem so intensiven Geruch nach Kräutern angereichert war, dass Catara sich fast ein weiteres Mal übergeben hätte. Mühsam kämpfte sie sich bis zu der kleinen Verkaufstheke vor, auf die sie sich mit ihrem Oberkörper abstützte. Ihre Beine waren kaum mehr in der Lage, sie aufrecht zu halten.

»Ist ... ist hier ... je-jemand?«

Rauch wehte ihr von einer Schale ins Gesicht, in der ein paar Kräuter verbrannten. Mit einem Knurren fegte Catara sie von der Theke. Die plötzliche Bewegung schickte eine neuerliche Schmerzwelle durch ihren Körper. Tränen schossen ihr in die Augen, und ihr Blick verschwamm. Ihre Beine gaben unter ihr nach, und sie sackte zu Boden. Hilflos lag sie da, die Hand auf die Seite gepresst und wimmerte: »Bitte, bitte, ich brauche doch ... Hilfe!«

Mit einem Mal wurde links von ihr ein Vorhang aufgezogen, den sie in dem schwachen Licht nicht bemerkt hatte, und eine alte Frau schlurfte in den Raum. Ihre Haut hatte einen leichten Olivton und war so faltig, als wäre sie für eine Person von doppelter Größe gemacht. Sie hatte kurz geschorenes graues Haar und stechende honiggelbe Augen. »Bist du … Westa? Die Heilerin?«

Die Alte neigte den Kopf zur Seite und krächzte: »Wer will das wissen?«

»Ich habe Geld«, erwiderte Catara.

Die Alte musterte sie, dann wies sie mit dem Finger auf ein paar Regale: »Was ist es, das du wünschst, Püppchen? Einen Liebestrank? Eine Tinktur gegen Fußpilz?« Sie zwinkerte Catara zu. »Oder waren wir etwa den Burschen zu sehr zugetan und tragen die unerwünschte Frucht unserer Begierde unter dem Herzen? Nun, was immer es ist, die gute alte Westa ist für dich da.«

»Willst du mich … verarschen?«, keuchte Catara und krümmte sich erneut zusammen.

Die Alte lachte. »Du bist ein vorlautes junges Ding. Wenigstens auf den ersten Blick.« Sie beugte sich zu ihr herunter, um Catara genauer in Augenschein zu nehmen, woraufhin diese sich fühlte, als wäre sie nackt. Schließlich rieb sich die alte Westa geräuschvoll die Nase. »So, so«, brummte sie, »eine Keesa.«

Catara stieß scharf den Atem aus. »Wo-woher weißt du …?«

»Du hast eine Heilmagierin gesucht, du hast eine gefunden.« Die Alte wedelte gereizt mit der Hand. Dabei schlugen ihre Armreife aneinander. »Ich bin so echt wie der Dreck unter meinen Fingernägeln, Püppchen. Wenn du dein Geheimnis nicht hättest preisgeben wollen, hättest du zu jemand anderem gehen müssen. Diese Fassade aus Unschuld und Jugend kann mich nicht täuschen.« Sie schnaubte. »Ich sehe auch, wie du langsam innerlich ausblutest.«

Alles in Catara schrie danach, die Frau zu töten, um ihre Identität zu schützen. Doch dann hätte sie sich auch gleich selbst in ihr Messer stürzen können. Die Erfahrung hatte sie gelehrt, dass es immer gut zu wissen war, wo man Hilfe bekam, wenn mal etwas schieflief. Sie hatte ja nicht ahnen können, dass die alte Westa sogar noch besser war, als ihr Ruf besagte. Catara starrte ihr ins Gesicht. »Was ist jetzt? Hilfst du mir?« Sie schluckte. »Ich ... ich kann dich bezahlen.«

»Das sagtest du bereits.« Die Alte zuckelte auf ihren krummen Beinen näher heran. »Aber Geld bedeutet mir nichts. Oder glaubst du, ich würde sonst hier hausen?« Sie machte eine Bewegung mit der Hand, die die gesamte Hütte umfasste.

»Was ...« Catara leckte sich die Lippen, um sie zu befeuchten. »Was willst du?«

Plötzlich lächelte Westa, und in ihre Augen trat ein listiges Funkeln. »Mach mir ein Angebot, Püppchen. Ein gutes, denn eine zweite Chance wirst du nicht bekommen.«

»Du ... bist ... verrückt!«, stieß Catara hervor. Das hier war doch kein verdammter Bazar, wo gefeilscht wurde. Sie brauchte Hilfe! Vielleicht musste sie der alten Hexe erst einmal klarmachen, mit wem sie es zu tun hatte. Catara griff unter ihr Kleid und zog ihr Messer hervor, das sie sich nach der Verwandlung in die junge Dienerin ums Bein geschnallt hatte. »Wie wäre ... es«, keuchte sie, »wenn ich dir ... im Gegenzug für deine Hilfe dein ... beschissenes Leben lasse?«

Die alte Westa neigte den Kopf zur Seite, als wäre es ein Angebot, über das es sich ernsthaft nachzudenken lohne. »Schwöre es! Schwöre es, mein Püppchen, und ich werde dir helfen!«

Catara starrte sie einen Augenblick lang an, schließlich nickte sie. »Von mir aus. Ich schwöre es.« Anscheinend war die Alte nicht so helle, wenn sie glaubte, ein lächerlicher Schwur würde sie davon abhalten, ihr etwas anzutun.

»Also gut, wir wollen ja nicht, dass du mir zur besten Tageszeit mitten im Laden krepierst. Was würden meine Kunden von mir denken?« Kichernd ging sie neben Catara in die Hocke, die sofort zurückzuckte. Die Augen der Alten wurden dunkler und schienen mit einem Mal voller Mitleid. »Es ist nicht an mir, darüber zu urteilen, was du getan hast, Catara von den Keesa.«

»Woher kennst du meinen ...«

»Sch-sch«, machte die Heilerin und schob ihre Hände unter Cataras Arme. »Ein kleines bisschen musst du mir aber schon helfen«, ächzte sie, während sie sie auf die Füße zog. Anschließend legte sie einen Arm um Cataras Taille und schleifte sie durch den Vorhang in einen Flur. Als Catara die Treppe sah, die in den ersten Stock führte, hätte sie am liebsten auf der Stelle losgeheult. Das würde sie nie schaffen. Umso erleichterter war sie, als Westa sie daran vorbeiführte.

Am Ende des Flurs, verborgen in den Schatten, befand sich eine Tür, die zu einem Anbau gehörte, der ein winziges Zimmer beherbergte. Die Wände waren unverputzt. Der Boden bestand aus festgetretenem Lehm. Die Einrichtung umfasste einen Stuhl und ein Bett mit einem Strohlager, aufgestellt war es unter dem einzigen Fenster.

Sobald Catara lag, entspannte sie sich, und der Schmerz ließ ein wenig nach. Die Alte beugte sich zu ihr herab. »Du hast doch keine Angst, oder, mein Püppchen?« Ihr Atem roch eigentümlich süß und erinnerte Catara an verwesendes Fleisch. »Das wird gleich wehtun.«

Sie sah der Heilerin in die Augen und bemerkte, dass das Mitleid einer Art hämischen Vorfreude gewichen war. Als wäre das nicht schon beunruhigend genug, fiel ihr nun auch noch auf, dass die Kette der Alten, die direkt über Cataras Gesicht baumelte, aus Fingerknöchelchen bestand.

»Nicht jeder kann sich deine Großzügigkeit leisten, mein Püppchen«, krächzte die Alte, als sie ihren Blick bemerkte, »und so zahlt er, was er zu geben bereit ist.« Mit einer Hand, trocken und spröde wie gefallenes Herbstlaub, strich sie über Cataras Stirn. »Bist du bereit?«

»Fang ... schon ... an!«

Westa kniete sich vor das Bett und legte die Hände auf Cataras linke Seite, die sich augenblicklich unter der Berührung verkrampfte. »Wie viel Schmerz kannst du ertragen?« Die Miene der Heilerin war vollkommen ausdruckslos, nur ihre Augen lächelten unheilvoll.

»Du ... redest ... zu viel, Hexe!«

Die Alte zuckte die Achseln und senkte dann den Kopf, bis ihr Kinn fast den Brustkorb berührte.

Catara wandte das Gesicht dem Fenster zu. Anders als das im Laden war es sauber, und so sah sie ein Stückchen Himmel. In Gedanken summte sie wieder das Lied aus ihrer Kindheit. Sie dachte an all die wunderbaren Momente, in denen ihre Mutter sie dabei in den Armen gehalten hatte und an die Geborgenheit, die diese Nähe ihr gegeben hatte. Natürlich würde es nie wieder so sein. Das konnte es ja gar nicht. Aber wenigstens hatte sie noch das Lied. In ihm fand Catara Trost. Es würde ihr über das hinweghelfen, was als Nächstes kam. So dachte sie zumindest.

Im Laufe der Zeit hatte Catara gelernt, Schmerzen zu ertragen, denn jede einzelne Verwandlung war eine Tortur, doch als die Magie der Heilerin sich in ihren Körper grub, schrie sie vor Pein auf. Dieser Schmerz war anders. Lebendig. Ein bösartiges, tückisches und von einer hämischen Freude beseeltes Etwas, das sich wie ein Frosthauch in ihre Seite fraß. Es erstickte die Glut, die die Klinge des Wächters darin hinterlassen hatte. Sein Hunger war damit allerdings längst nicht gestillt, denn nun breitete es sich nach allen Seiten hin aus. Wie flüssiges Eis spülte es durch Cataras Leib, drang in jede noch so winzige Lücke zwischen ihren Organen und überzog sie mit einer Schicht Eiskristalle, die wie Glassplitter über die Innenseite ihres Körpers kratzten.

Catara wollte sich herumwerfen, der Berührung der Heilerin entrinnen, aber deren Magie hielt sie fest. Sie lag auf dem Rücken – zur Reglosigkeit verdammt – und stierte die weißen Wölkchen an, die von ihren Lippen aufstiegen und von ihren eigenen Schreien hinauf zur Zimmerdecke getragen wurden. Tanzend, wirbelnd, bis die Schatten im Dachgebälk sie schluckten. Ein Kichern drang an ihr Ohr. Fern und unwirklich.

»Bitte ... bitte ...«, flüsterte sie. »Mach, dass es aufhört!«

Die Alte ignorierte ihr Flehen.

Sekunden. Minuten. Stunden.

Catara vermochte nicht zu sagen, wie lange ihr Martyrium andauerte. Spielte es überhaupt eine Rolle? Als der Schmerz sie endlich wieder freigab, zitterte sie am ganzen Körper. Ihre Zähne klapperten, hinter ihren Schläfen tobte ein Orkan, und ihre Kehle bestand nur noch aus wundem Fleisch. Sie blinzelte, und eine Träne löste sich aus ihrem Augenwinkel, kroch über ihre Wange.

»Du warst tapfer, mein Püppchen, sehr tapfer«, schnurrte Westa und strich ihr übers Haar.

»Was ... was hast du mit ... mir gemacht?«

»Worum du mich gebeten hast.«

Es stimmte. Das Feuer in ihrer Seite war zu einem Pochen verklungen. Aber das war längst nicht alles, was die Heilerin getan hatte. Catara las es in ihren Augen. »Dieser Schmerz ... Das hast du ... absichtlich gemacht, du ... Hexe! Ich ... bring ... dich ... um!« Sie versuchte die Arme zu heben, doch wollten sie ihr immer noch nicht gehorchen.

Westa tätschelte ihr die Wange. »Ich bin gleich wieder zurück.« Sie verschwand aus dem Zimmer und kehrte kurz darauf mit einem Becher wieder, in dem ein widerlich riechender Sud vor sich hin dampfte. »Trink das«, sagte sie und setzte sich zu ihr aufs Bett. Catara drehte den Kopf weg, die Heilerin seufzte. »Du gehörst zu den Menschen, die zum Leiden geboren sind, mein Püppchen. Daran wirst du niemals etwas ändern können. Es liegt in deiner Vergangenheit und in deiner Zukunft. Aber deshalb musst du es dir nicht noch schwerer machen als nötig, oder? Und jetzt trink, das unterstützt den Heilungsprozess.«

Catara starrte weiterhin zum Fenster hinaus.

»Wie du willst.« Die Hand der Alten stülpte sich über ihr Gesicht und hielt Catara so lange die Nase zu, bis diese nach Luft japsend den Mund aufriss. »So ist's brav«, brabbelte die Heilerin und flößte ihr den Sud ein. »Schlucken, mein Püppchen. Schön brav schlucken.«

Catara würgte das Zeug hinab. Es brannte ihr in der Kehle, doch nur kurz. Bereits nach dem zweiten Schluck legte sich ein Taubheitsgefühl über ihr wundes Fleisch.

»Ich habe die Blutung gestillt«, fuhr die Alte fort. »Trotzdem wirst du noch eine Weile im Bett bleiben müssen, bis die Verletzung ausgeheilt ist.«

»Wie ... lange?«

»Fünf Tage. Vielleicht länger.« Die Heilerin zuckte die Schultern.

Catara schüttelte den Kopf. »Drei.«

»Das ist keine Verhandlungssache, Püppchen. Du hattest verdammtes Glück. Nur wenig später hätte ich nichts mehr für dich tun können. Ich konnte die Blutung zwar stoppen, aber wenn du zu früh aufstehst, wird die Wunde wieder aufbrechen. Fünf Tage!«

Catara funkelte Westa an, bevor sie den Kopf wieder abwandte. Sie hörte, wie die Alte aufstand und das Zimmer verließ. Kaum war die Tür hinter ihr zugefallen, schossen Catara die Tränen in die Augen. Diese verfluchte Hexe würde noch dafür bezahlen, sie so gequält zu haben. Sie drückte das Gesicht ins Kissen. Wie hatte alles nur so schrecklich schiefgehen können? Sie fühlte sich leer, entsetzlich leer und beschmutzt. Ein

Schluchzer schüttelte sie. Seit Jahren hatte sie nicht mehr geweint. *Wirklich* geweint. Heute schien sie dagegen nicht mehr damit aufhören zu können.

9

Der Flüsternde Wald, Xe'Neridian
7. Jul, 1026 n. d. Zweiten Dämonenkrieg

Kela Mal'Dhun rannte um ihr Leben. Sie duckte sich unter tief hängenden Ästen hindurch, wich widerspenstigen Dornenranken aus und sprang über faulende Baumstümpfe hinweg. Ein paar Mal rutschte sie auf dem Waldboden aus, rappelte sich aber jedes Mal sofort wieder auf und hechtete weiter. Das kupferfarbene, von Schweiß durchtränkte Haar flatterte ihr um die Schultern, das Leinengewand um die nackten Beine. Sie stöhnte, als ein weiterer Stein ihr die Fußsohle aufriss. Wenn sie wenigstens die Zeit gehabt hätte, ihre Stiefel überzustreifen.

Ihr Gesicht brannte vor Anstrengung. Ebenso ihre Lunge. Zusätzlich wurde ihr das Atmen durch die Ausdünstungen der nahen Teersümpfe erschwert. Kela riss den Kopf herum, als rechts von ihr etwas zwischen den Bäumen aufblitzte.

Nur ein Seelenphantom, dachte sie und beachtete die Erscheinung nicht weiter. Von ihr drohte Kela keine Gefahr, ganz im Gegensatz zu ihren Verfolgern. Es mussten die gleichen Bestien sein, die schon die Veydras auf den anderen Inselreichen getötet hatten. Nur warum jagten die Dämonen sie? Niemals zuvor hatte ein Val'kai sich gegen eine Veydra gewandt.

Ein Knacken irgendwo hinter ihr. Sie biss die Zähne zusammen und zog noch einmal all ihre Kraftreserven zusammen.

Halt durch!, feuerte sie sich selbst im Geiste an, während die Stämme der Bäume nur so an ihr vorüberflogen.

Der Wald war alt und heimtückisch. Das Erdreich, die Bäche und selbst die Luft unter den Ästen mit ihren langen Moosbärten waren von einer Macht durchdrungen, die eine eigene Stimme besaß. Ihr Flüstern war überall. Im Rauschen der Blätter, im Gurgeln des Wassers und sogar in Kelas Gedanken. Und dabei klang sie ganz nach Ryk Vangur, dem Dämonenjäger. O ja, der Wald wusste stets um die Ängste und den Schmerz jener, die dumm genug waren, ihn zu betreten. Doch Kela hatte gelernt, die Stimme zu ignorieren. Seit über dreißig Jahren lebte sie im Flüsternden Wald. Sie kannte all seine Tricks und wusste ganz genau, welche Plätze sie besser mied und um welche seiner Bewohner sie einen Bogen machen musste. Momentan hatte sie nur eine einzige Chance, diese Hetzjagd zu überstehen: Sie musste zum Herz des Waldes!

Immer wieder sprang ihr Blick umher, suchte das Unterholz nach verräterischen Zeichen ab, die von der Nähe ihrer Feinde kündeten. Gleichzeitig lauschte sie auf Geräusche. War da nicht ein Rascheln über ihr? Sie schlug einen Haken um einen Baum, der in ihrem Weg aufgetaucht war und den selbst fünf Männer mit ausgestreckten Armen nicht hätten umfassen können. Als sie im Dämmerlicht eine seiner Wurzeln übersah, stolperte sie. Zum Glück konnte sie den Sturz abfangen, indem sie nach einer Ranke griff. Dornen bohrten sich in die weiche Haut ihrer Handflächen. Fluchend ließ Kela los, fuhr sich über die Stirn und hetzte weiter.

Waren ihre Verfolger überhaupt noch da?

Oder hatte sie sie abgehängt?

Kela wusste es nicht, allerdings würde sie auch nicht stehen bleiben, um es herauszufinden. Solange sie noch einen Funken Energie übrig hatte, solange ihre Beine nicht unter ihr nachgaben, würde sie weiterlaufen.

Am »Träumenden Hünen«, einem moos- und flechtenüberzogenen Fels in der Form eines schlafenden Riesen, bog sie nach rechts ab. Das Plätschern des Baches drang bereits an ihr Ohr, noch bevor die Böschung in Sicht kam. Halb lief, halb schlitterte Kela sie hinab. Wasser umspülte ihre Füße, als sie den Grund erreichte. Mit vom Schweiß brennenden Augen blinzelte sie in das trübe Licht.

Nicht mehr weit. Ihr Herz hämmerte. Durch ihre Lippen fuhr bei jedem Atemzug die Luft pfeifend ein und aus. Sie gab sich einen Ruck und kraxelte die Böschung auf der anderen Seite wieder hoch. Obwohl es mittlerweile bereits Mittag sein musste, war es zwischen den Bäumen kaum heller geworden. Während andere Menschen in der Dunkelheit verloren gewesen wären, reichten Kela die vereinzelten Speere aus Sonnenlicht, die durch das Blattwerk über ihrem Kopf drangen, um sich zurechtzufinden.

Der Geruch der Teersümpfe war inzwischen verflogen, stattdessen drang ihr ein anderer Gestank in die Nase. Alt, schroff und dunkel. Im nächsten Augenblick konnte sie die Megalithen sehen, die wie Kolosse zwischen den Bäumen aufragten. Kela lächelte. Das Herz des Waldes. Bald wäre sie in Sicherheit.

Das Adrenalin, das durch ihren Körper pumpte, verlieh ihr die Stärke, ihre schmerzenden Füße und Waden zu ignorieren. Vermutlich wäre sie ihren Verfolgern sogar entkommen, wäre ihr der vermaledeite Stein nicht im Weg gewesen. Sie schlug der Länge nach hin und stieß sich den Kopf an einer Wurzel. Schmerz explodierte hinter ihrer Stirn, und für eine Weile lag sie nur da und atmete den Geruch des Waldbodens ein. Aus dem Geäst über ihr drangen Flügelschläge.

»Aufstehen«, flüsterte sie. »Auf-*ste-hen*!« Die letzten beiden Silben zischte sie mit einer Mischung aus Zorn und Panik. Kela rappelte sich hoch.

Keuchend starrte sie in die Düsternis unter den Bäumen,

lauschte auf Geräusche, die vom Herannahen der Val'kai kündeten. Nichts. Absolut gar nichts, und dennoch konnte sie ihre Nähe spüren und riechen. Sie kamen – schnell. Kela fuhr herum. Der rechte Knöchel schickte einen Stich ihr Bein hinauf. Sie stöhnte. Wahrscheinlich war er verstaucht, wenn nicht gar gebrochen.

Und jetzt?

Sie machte einen Schritt und schrie vor Pein auf, dennoch zwang sie sich, einen weiteren zu gehen und noch einen. Dieses Mal war der Schmerz jedoch so stark, dass sie das Gleichgewicht verlor und erneut zu Boden ging. *Nein. Nein. NEIN!* Tränen der Wut stiegen ihr in die Augen, während sie die Fäuste ins Erdreich rammte. Ihre Flucht dauerte bereits Stunden. Doch ausgerechnet jetzt, wo das Herz des Waldes keine hundert Schritte mehr entfernt war, schien es wieder in unerreichbare Ferne zu rücken. Sie streckte die Hand in Richtung der Megalithen aus. Sie bedeuteten Hoffnung. Überleben.

Kela stemmte sich hoch und kroch los. Sie kam nur schleppend voran. Ihr Körper war voller Blessuren. Kratzer, Schürfwunden und ein paar Schnitte, die sie sich geholt hatte, als sie sich bei ihrer Flucht durch das Fenster geworfen hatte. Aber sie ignorierte das Pochen, Stechen und Brennen und konzentrierte sich ganz auf ihr Ziel. Noch fünfzig Schritte. Sie stieß die Ellbogen in den Dreck, packte mit der einen Hand ein Farn, mit der anderen eine Wurzel und zog sich voran. Das verletzte Bein hinter sich herzerrend.

Ryk, dieser Mistkerl! Warum war ein Dämonenjäger nie da, wenn man ihn brauchte? Allerdings hatte er sich schon vor langer Zeit davongestohlen und ihr damit bewiesen, dass auf ihn kein Verlass war.

Noch vierzig Schritte.

Kurz vor Morgengrauen waren die Bestien in die Küche ihrer Hütte eingedrungen. Sie selbst hatte sich zu dem Zeitpunkt im

Schlafzimmer aufgehalten, die Eindringlinge anhand ihres Geruchs jedoch sogleich als Val'kai identifiziert. Ihr war nur das Fenster geblieben. Lediglich von ihrem Nachtgewand geschützt, war sie durch die Scheibe gesprungen und danach in den Wald gerannt. Sie war leichtfüßig und flink. Schneller als jeder Mensch. Ansonsten wäre sie ihren Angreifern wohl kaum entkommen. Nun war sie allerdings am Ende ihrer Kräfte, und die Val'kai konnten jeden Augenblick hinter ihr durchs Unterholz brechen. Doch noch hatten sie es nicht getan, und das bedeutete wiederum Hoffnung. Zwanzig Schritte. *Nicht aufgeben! Du schaffst das, Mädchen!* Sie robbte weiter.

Noch zehn.

»*Sssschrrrrr.*«

Kela zuckte bei dem Laut zusammen und warf einen Blick über die Schulter. *Es wäre ja auch zu schön gewesen.*

Da standen sie. Zumindest zwei von ihnen. Ein dritter Val'kai kletterte gerade kopfüber aus einem Baum, wobei er mit seinen Klauen die Rinde aufriss, sodass das helle Holz darunter zum Vorschein kam. *Bei allen toten Göttern!* Kela schluckte, als sie erkannte, welche Dämonen sie verfolgten. Es waren Pa'rac, Pirscher. Kein Wunder, dass sie sie nicht eher gehört oder gesehen hatte. Sie bewegten sich absolut lautlos. Am Boden wie in den Bäumen.

Kela hatte den Angriff auf ihre Hütte nur deshalb überlebt, weil sie vom Splittern der Tür aufgewacht war, als die Bestien sich dagegengeworfen hatten.

Die Pirscher kamen näher, wobei sie Äste und trockenes Laub instinktiv zu meiden schienen. Wie die meisten Dämonen waren sie felllos. Die Haut, die sich über ihre ausgemergelten Körper spannte, war schwarz. Genauso wie ihre Augen, in denen Hunger und Mordlust loderten. Sie teilten sich auf und näherten sich Kela von drei Seiten, während ihre Unterkiefer wie bei einer erregten Katze vibrierten. *Verdammt, das war's dann wohl!*

Mit ihren über vierhundert Jahren hatte Kela sehr viel länger gelebt als jeder andere Mensch, trotzdem hätte sie nichts dagegen gehabt, noch ein paar Jahre mehr auf dieser Welt zu verbringen, um schließlich irgendwann im hohen Alter friedlich einzuschlafen ...

In diesem Augenblick fuhr *sein* Erwachen wie ein heißer Odem durch Kelas Brust und erfüllte sie mit einem Entsetzen, das sie viele Jahre lang nicht gespürt hatte.

»Nein«, keuchte Kela. Und dann noch einmal: »NEIN!«

Aber es war zu spät. *Er* regte sich bereits. Sie fühlte, wie *er* seine Klauen in die Mauern seines Gefängnisses grub, in das sie ihn vor einer kleinen Ewigkeit verbannt hatte. Fühlte, wie *er* sie einriss, brüllend vor Triumph. Und wie *er* sich daraus erhob und seine Präsenz in ihre Seele ergoss.

Sie hätten es wissen müssen. Doch *er* hatte so lange geschwiegen, dass sie geglaubt hatte, von *ihm* frei zu sein. Was für eine Närrin sie gewesen war!

Der Pirscher, der Kela am nächsten war, reckte die Schnauze vor, schnupperte und fiepte plötzlich auf.

Kela starrte ihn an und lachte – lachte, bis *er* jeden Gedanken, jede Emotion, jede noch so winzige Facette ihres Ichs in sich aufgesogen und zu einem Teil *seines* Selbst gemacht hatte. Ihr Verstand stürzte, fiel, ertrank in grauem Nichts. Zurück blieb *er.*

Endlich frei!

Er schrie seinen Triumph hinaus, und die Pa'rac zischten und fauchten, während sie sich mit gefletschten Zähnen von ihm zurückzogen. Er beachtete sie nicht, sondern starrte auf seine Hände, auf die langen, gebogenen Nägel, mit denen er schon früher seine Feinde ausgeweidet hatte. Und wieder lachte er. Dann ruckte sein Kopf in die Höhe, und seine Augen fixierten die Beute. Der Pirscher vor ihm

zuckte zusammen, als sein Blick ihn traf. Ein Knurren entstieg seiner Kehle. War das alles? Diese verängstigte kleine Kreatur? Nach seiner langen Gefangenschaft hatte er auf mehr gehofft. Da registrierte er aus dem Augenwinkel Bewegung – und lächelte. Aaah, es gab noch weitere. Ein guter Anfang.

Er sprang auf, und ein wilder heißer Schmerz fuhr durch seinen rechten Knöchel. Doch Schmerz war gut. Er mochte Schmerz. Brauchte Schmerz. Er war die Nahrung seines Zorns, und er war hungrig, sehr hungrig. Mit einem Aufschrei stürzte er sich auf den ersten Pirscher und bohrte ihm seine Klauen ins Fleisch. Die Bestie kreischte, und er lachte. Wieder und wieder schlug er zu, wehrte gleichzeitig die anderen ab, bis der erste Dämon unter seinen Hieben sein Leben aushauchte. Viel zu schnell, viel zu leicht. Er wollte kämpfen. Nach all der Zeit sehnte er sich danach, seine Instinkte auszuleben. Er brüllte auf, fuhr herum und fixierte die beiden anderen Pirscher, die fauchend mit ihren Tatzen in seine Richtung schlugen. Zugleich spähten sie hinauf in die Bäume, aber es war zu spät, er würde sie nicht entkommen lassen. Sie gehörten ihm. Wieder lachte er. Lachte, bis das Rauschen in seinen Ohren alles andere übertönte.

Still war es. Kein Blatt raschelte im Wind, und selbst das Wispern der Bäume war verstummt. So, als wären sogar sie sprachlos angesichts dieser Tat.

Dabei war es bloß Kelas eigenes Entsetzen. Sie kannte das Geheimnis des Waldes, das Geheimnis seines Flüsterns. In Wahrheit waren es die Ängste und Seelenqualen derjenigen, die närrisch genug waren, ihn zu betreten, denen der Wald in seiner Bosheit eine Stimme verlieh. Warum? Kela konnte sich nicht sicher sein, aber sie vermutete schon seit Längerem, dass es der gleiche Grund war, aus dem sich ein verletztes Tier verkriecht oder ein Mensch in Zorn oder Trauer mit scharfen Worten um sich schlägt: Der Wald wollte allein gelassen werden. Vielleicht wegen etwas, das hier einmal vorgefallen und längst vergessen war, diesen Ort jedoch für alle Zeiten geprägt hatte.

Kela schluchzte auf. Es war der einzige Laut in dieser unnatürlichen Stille. Halb saß, halb kniete sie auf dem Boden und starrte mit tränenverschleiertem Blick auf die drei Kadaver vor sich, bevor sie hinab auf ihre Hände sah, von denen das Blut der Pirscher wie Sirup auf ihre nackten Beine tropfte. *Plitsch-Platsch. Plitsch-Platsch.* Sie bereute nicht, was sie getan hatte, denn die Pirscher waren Monster gewesen. Seit ein paar Monaten wurden Veydras überall in den Schwebenden Reichen gejagt und getötet. Jetzt wusste sie wenigstens, wer dahintersteckte. Auch wenn sie nicht verstand, warum.

Niemals zuvor hatten Val'kai sich gegen Veydras gewandt. Menschen ja, denn sie fürchteten sich allzu leicht vor dem, was sie nicht verstanden. Das hatte Kela schon früh im Leben erfahren müssen. Aber Dämonen ... Nein, es ergab keinen Sinn, dass sie Kela und Ihresgleichen jagten.

Sie ballte die Hände zu Fäusten. Sie war wütend über den Angriff, vor allem wegen dem, was er ihr angetan hatte – wen er in ihr hervorgeholt hatte! Sie hätte wissen müssen, dass *er* den Tod nicht einfach akzeptieren würde.

Mit einem Mal überkam sie eine große Müdigkeit. Sie hatte vergessen, wie gut es sich anfühlte, wie leicht es war, die Welt durch *seine* Augen zu sehen. Keine Reue, kein Bedauern. Kein Hass, aber auch keine Liebe. Nur reiner Überlebensinstinkt. Über vier Jahre war es her, dass *er* sie zuletzt beherrscht hatte. Nun würde es ihr noch schwerer fallen, *ihm* zu widerstehen. *Ihn* nicht zur Lösung all ihrer Probleme zu machen. Schon einmal hatte sie diesen Fehler begangen und beinahe mit ihrer Menschlichkeit dafür bezahlt.

Sie hatte sich geschworen, dass es nie wieder dazu kommen würde. *Die dunklen Jahre.* Sie besaß nur wenige Erinnerungen an diese Zeit. Doch jede Einzelne glich einem Albtraum. Ihr Fuß meldete sich mit einem Pochen zurück. Kela sah ihn sich genauer an. Er war in Höhe des Knöchels geschwollen und blauviolett verfärbt. Die Schmerzen würden schon bald stärker werden, umso wichtiger war es, ihn rasch zu behandeln. Sie blickte sich um und entdeckte ganz in der Nähe einen Ast auf dem Waldboden. Er wirkte stabil genug, um als Krücke zu dienen. Sie kroch zu ihm hin, und nachdem sie sich davon überzeugt hatte, dass er ihr Gewicht tragen würde, zog sie sich daran hoch.

Leicht schwankend blickte Kela in die Richtung, aus der sie gekommen war, und humpelte anschließend in die entgegengesetzte davon. Jetzt, wo die Dämonen tot waren, brauchte sie den Schutz durch das Herz des Waldes nicht länger. Aber zurück nach Hause konnte sie auch nicht. Pirscher drangen nicht in Häuser ein. Sie waren Räuber, die in den Schatten von Felsen oder Bäumen auf ihre Beute lauerten. Jemand hatte die Dämonen auf sie angesetzt, und dieser Jemand mochte immer noch in der Nähe ihrer Hütte herumlungern.

10

Yares, Xe'Neridian
7. Jul, 1026 n. d. Zweiten Dämonenkrieg

Weiche Lippen pressten sich auf seine und stießen ihren Atem in seinen Mund. Im nächsten Moment fuhr Ishan in die Höhe, sog gierig Luft in seine Lunge und sank wieder zurück ins Gras.

Tageslicht drang durch die Lider seiner geschlossenen Augen. Er stöhnte. In seinem Kopf herrschte Chaos. Gedanken griffen wirr und zusammenhanglos ineinander. Sie schienen ihm etwas sagen zu wollen, aber er konnte ihren Sinn nicht erfassen. Es fühlte sich an, als hätte man ihn gewaltsam aus einem tiefen, friedlichen Schlaf gerissen, und das plötzliche Erwachen hätte seinen Geist in Tausende Bruchstücke zersprengt, die nun langsam wieder aufeinander zudrifteten. Seine Lider flatterten, fielen zu. Er spürte Gras und feuchte Erde unter sich und Wasser, das seine Beine umspülte. *Der Fluss!* Er musste ans Ufer gespült worden sein.

Schlagartig kehrten die Erinnerungen zurück. Seine Flucht aus dem Kerker. Der Kampf mit den Wächtern. Sein Sprung in den Sîles … Er hatte überlebt! Ishan lachte auf, aber alles, was ihm über die Lippen kam, war ein Husten.

Jemand strich über seine Stirn, und Worte mischten sich unter das Gemurmel des Wassers. Sie klangen eindringlich, besorgt. Ihre Bedeutung entzog sich ihm hingegen. Nach wie vor waren seine Gedanken träge wie Arnbaumsirup. Ishan schluckte und zwang sich, seine Augen zu öffnen. Er blinzelte ein paar Mal, bevor sich sein Blick schärfte. Ein Mädchen von vielleicht sechzehn oder siebzehn Jahren beugte sich über ihn.

»Bin … bin ich tot?«

Das Mädchen lachte. »Nein, du lebst. Und du bist in Yares.«

»W-wo?«

»In Yares, der Kornkammer des Südens. Ungefähr drei Meilen vor den Toren von Arville.« Das Mädchen musterte ihn aus blassblauen Augen. »Wie geht's dir?«

Ishan runzelte die Stirn. Wie es ihm ging? Einerseits war er erleichtert, noch am Leben zu sein. Andererseits gab es keine einzige Stelle an seinem Körper, die sich nicht wund anfühlte. »Als … als hätte man mich in einen Sack voller Steine gesteckt … und durchgeschüttelt.«

Das Mädchen lächelte. »Das ist gut.«

Er hob eine Braue. »Gut?«

»Nicht das mit dem Sack, sondern dass du schon wieder Witze machst.« Das Mädchen sprach mit einem leichten Dialekt, wie er vermutlich bei der xe'neridianischen Landbevölkerung üblich war. »Ist ein gutes Zeichen.«

»Hm, ja, ist es wohl.« Ishan wollte sich aufrichten. Sofort schwindelte ihn.

»Nicht.« Sie drückte ihn zurück ins Gras. »Immer sachte. Als ich dich fand, hast du nicht mal mehr geatmet.«

Er erschauderte bei diesen Worten. »Dann hast du mir das Leben gerettet …« Ishan sah sich das Mädchen zum ersten Mal genauer an. Sie hatte ein rundes, offenes Gesicht, das auf ein einfaches Gemüt schließen ließ. Das Haar fiel ihr in Locken auf die Schultern und schimmerte golden im Sonnenlicht. Hässlich war sie nicht, und dennoch weit von den Frauen entfernt, mit denen Ishan sich gewöhnlich umgab. »Wie heißt du?«

»Sirra.«

Ishan tastete nach ihrer Hand und drückte sie. »Danke, Sirra. Das war … eine sehr edle Geste von dir.«

Sirras Wangen färbten sich rot, und sie blickte verlegen zur Seite.

»Du redest so … schön. Gar nicht wie ein Wächter.«

Bei Sorons Krähen, wie hatte er das vergessen können? Er trug ja noch immer die Uniform. »Das kommt nur … nur daher, weil ich im Palast ständig mit diesen feinen Damen und Herren zu tun habe.« Würde sie ihm die Lüge abnehmen?

Sirra riss die Augen auf. »Du arbeitest im Palast? Wie sieht es dort aus? Ach, ich würde so gerne mal nach Arville, aber Vater erlaubt es nicht.« Sie seufzte. »Er mag die Stadt nicht. Sagt, dass sie zu gefährlich für Mädchen sei und dass es da schlimmer stinkt als in der Jauchegrube vom krummen Gerder.« Sie schüttelte den Kopf. »Vater ist solch ein Narr! Ich bin doch kein kleines Mädchen mehr. Ich kann gut auf mich selbst aufpassen.«

»Ganz sicher kannst du das«, sagte Ishan und lächelte.

Sirra sah ihn verträumt an. »Ach, du hast ja so ein Glück gehabt …«

»Will«, sagte er rasch. »Will Gregos.« Wie leicht einem die Lügen doch über die Lippen kamen, wenn man erst einmal damit angefangen hatte.

»Nun, Will, du musst ein wahrer Glückspilz sein«, fuhr Sirra fort. »Nicht nur, weil du in der Stadt lebst und im Palast arbeitest. Hätte der Fluss dich nicht hier ans Ufer gespült, wär's das mit dir gewesen.«

Ishan runzelte die Stirn. »Wovon redest du?«

Anstatt ihm zu antworten, sah sie über ihre Schulter. Er folgte ihrem Blick, aber ein Wall aus Schilf versperrte ihm die Sicht auf den Fluss. Zumal er immer noch auf dem Rücken lag. Also stemmte Ishan seine Ellbogen in den Boden und drückte sich hoch. Seine Arme zitterten vor Anstrengung, aber dieses Mal schaffte er es, in eine aufrechte Position zu kommen.

»Gebrochen scheint jedenfalls nichts«, meinte Sirra daraufhin.

Ishan zog seine Beine an. Sie waren etwas steif, ansonsten unverletzt. Dafür schmerzte sein Körper von den zahlreichen Prellungen, die er sich beim Sturz ins Wasser zugezogen hatte und die ihm in den nächsten Tagen das Leben zur Hölle machen würden. »Alles in Ordnung«, bestätigte er und wandte das Gesicht in die Richtung, in die Sirra zuvor geschaut hatte.

Jetzt konnte auch er die Mühle sehen, die ein Stück flussabwärts über dem Schilf aufragte. Ein riesiges Rad, das die Mahlsteine im Inneren antrieb, pflügte durch den Fluss. Ishan schluckte.

»Vor ein paar Jahren ist einer von Vaters Lehrlingen da reingeraten. Er wollte einen Ast rausziehen, der das Rad blockiert hat.« Sirra schüttelte sich. »Hat dem armen Kerl alle Knochen im Leib gebrochen. Da konnte man nichts mehr machen. Der war hin.«

»Dann bist du die Tochter des Müllers?«

»Bin ich.« Sie nickte. »Aber was ist mit dir? Warum spült der Fluss einen Wächter aus Arville bei uns an?«

Die Frage musste früher oder später kommen. Wenigstens hatte Ishan Zeit gehabt, sich darauf vorzubereiten. »Es gab heute Morgen einen Ausbruch. Ein Gefangener ist aus dem Palastkerker entkommen.« Es war nicht einmal gelogen. »Damit hat mein Unglück begonnen.«

Sirra schlug die Hand vor den Mund. »Wer war es? Ist er gefährlich?«

»Gefährlich? Kann schon sein. Es heißt, er habe einen Mann ermordet. Die ganze Stadt sucht nach ihm. Meine Kameraden und ich wurden zum Südhafen geschickt, und dort ist es passiert.« Er legte eine bedeutungsvolle Pause ein. »Ich weiß nur noch, dass ich gerade den Laderaum einer Feuerreiter überprüft habe, als mir von hinten eins übergezogen wurde.«

Sirra quiekte auf. »Und dann?«

»Bin ich hier am Ufer wieder zu mir gekommen.«

»Was für eine Geschichte«, hauchte sie, zog einen Moment später jedoch ein erschrockenes Gesicht. »Bestimmt machen deine Kameraden sich furchtbare Sorgen oder halten dich gar für tot.«

»Ganz sicher sogar«, stimmte Ishan zu. »Und wenn du mir nicht wieder Leben eingehaucht hättest, hätten sie auch allen Grund dazu. Wie kann ich dir bloß danken?« Er lächelte sie erneut an.

Sirra zupfte mit einem Mal nervös mit den Fingern an ihrem Kleid herum. »Du … du hast ganz weiche Lippen«, flüsterte sie. »Ich habe noch nie einen Mann mit solchen Lippen geküs… Äh, ich meine …« Sie verstummte und senkte den Blick in ihren Schoss.

Ishan, der es gewohnt war, dass das weibliche Geschlecht auf diese Weise auf ihn reagierte, hob mit seiner Hand ihr Kinn an. »Ich mag Frauen, die sagen, was sie denken.«

Eine zarte Röte stieg in Sirras Wangen. »Du machst dich lustig über mich.«

»Niemals.«

Sie senkte erneut den Blick, riss den Kopf jedoch im nächsten Moment wieder hoch. »Ach, herrje«, platzte Sirra heraus. »Wo sind nur meine Manieren? Bestimmt kommst du um vor Hunger. Außerdem sollten wir dich aus deinen feuchten Sachen holen, bevor du dich erkältest.«

Ishan war sicher, dass es bei diesen Worten in ihren Augen schelmisch aufblitzte. Zumal es Sommer war, und ihm trotz der nassen Uniform nicht kalt war. Aber er widersprach nicht, als sie ihn zu sich nach Hause einlud, wo sie ihm ein Essen und ein Bett herrichten wollte. »Keine Sorge, in ein paar Tagen bist du wieder ganz der Alte, und Vater kann dich mit seinem Karren zurück in die Stadt bringen.«

Sirra half ihm auf die Beine, und obwohl Ishan das kurze Stück zur Mühle auch ohne Hilfe geschafft hätte, stützte er sich auf sie. Es erschien ihm klüger, ein wenig angeschlagener zu wirken, als er sich fühlte. Sirra schien sein Gewicht nichts auszumachen. Sie war stark für eine junge Frau. Als Tochter des Müllers war sie es vermutlich gewohnt, ihm zur Hand gehen zu müssen.

Das Wohnhaus lag hinter der mehrstöckigen Mühle und war vom Flussufer aus nicht zu sehen gewesen. Es handelte sich um einen flachen Ziegelbau, an den sich ein Stall anschloss. Ein paar Hühner stoben gackernd auseinander, als Sirra und Ishan sich der Tür des Haupthauses näherten. Gleich dahinter lag die Küche. Auf Ishan, der in einem Palast aufgewachsen war, wirkte sie klein und schäbig. Allerdings knurrte ihm sogleich der Magen, als ihm der Duft von Gemüseeintopf in die Nase stieg, der auf dem Herd köchelte. Und auf dem Tisch lagen mehrere goldbraun gebackene Brotlaibe, bei deren Anblick ihm das Wasser im Mund zusammenlief. In Fürst Eloriens Kerker hatte er sich mit Wasser und Haferschleim begnügen müssen, weshalb ihm jetzt selbst diese einfache Kost wie ein Festmahl erschien. Er musste sich zusammenreißen, um sich nicht von Sirra loszumachen und über den Eintopf und die Brote herzufallen.

»Da wären wir«, verkündete sie, nachdem sie ihn durch eine Tür auf der anderen Seite der Küche geschoben hatte. »Sonst wohnt hier Vaters Lehrling, aber der ist wegen einer Besorgung ein paar Tage fort.«

Die Kammer war kaum größer als seine Zelle und beinahe auch genauso karg eingerichtet. Es gab ein schmales Fenster, durch das man auf goldgelbe Kornfelder blickte.

»Was werden deine Eltern dazu sagen, dass du einen Fremden in euer Haus eingeladen hast?«, fragte Ishan.

Sirra winkte ab. »Vater wird murren, tut er immer. Aber es ist ja nur für ein, zwei Tage.« Sie half ihm, sich auf das Bett zu setzen. »Außerdem gehörst du zu den Männern des Fürsten, da ist es unsere Pflicht, dir zu helfen.« Sie beugte sich vor, um die Schnüre an seiner Uniformjacke zu lösen. Der Stoff war dunkel vor Nässe, weshalb das Blut, das vom Fluss aufgeweicht und verwässert worden war, nur auffiel, wenn man ganz genau hinsah. Um das zu verhindern, lenkte er Sirra mit weiteren Fragen ab. »Wo ist deine Familie gerade?«, wollte er wissen, während er dem Dröhnen und Mahlen der Mühle lauschte, das bis zu ihnen ins Wohnhaus drang.

»Vater arbeitet«, sagte Sirra und runzelte die Stirn. »Der Knoten sitzt ganz schön fest.«

»Was ist mit deiner Mutter?«

»Mutter ist zur Nachbarin, um Brot gegen Käse und Milch zu tauschen. Bevor sie gegangen ist, hat sie mir den Küchendienst aufgedrückt. Aber der Eintopf kocht für sich allein. Also bin ich raus, um die Sonne zu genießen und ein paar Schilfbinsen für neue Körbe zu schneiden ... Und dabei habe ich dich dann besinnungslos am Ufer gefunden.«

»Das muss Schicksal gewesen sein.«

»Fertig!« Sirra richtete sich wieder auf. »Jetzt müssen wir die Jacke nur noch über den Kopf kriegen.«

Ishan biss die Zähne zusammen, als er die Arme hob, damit Sirra ihm die Uniformjacke und das Hemd ausziehen konnte.

»Oh.« Sie berührte zaghaft seine Schulter und die Rippen, wo die Haut violette Verfärbungen aufwies. »Warte«, sagte sie und stürmte ohne weitere Erklärung aus der Kammer. Kurz darauf kehrte sie mit einem Tontopf zurück, in dem sich eine übel riechende Salbe befand. »Mutter reibt Vater immer damit ein, wenn ihm von der Arbeit die Knochen wehtun.«

Für ein so kräftiges Mädchen trug Sirra die Salbe unerwartet behutsam auf. Und während seine Haut im ersten Moment noch brannte, entfaltete sich nur Augenblicke später eine kühlende Wirkung, die tief in die Muskeln eindrang und ihm Linderung brachte. Ishan seufzte vor Wonne. Der Blick, mit dem Sirra ihn daraufhin maß, erinnerte ihn an eine Katze, die Beute gewittert hatte. Nachdem sie mit seiner Behandlung fertig war, half sie ihm aus den Stiefeln. Doch als ihre Finger sich seinem Hosenbund näherten, ergriff er ihre Hände.

»Das schaffe ich schon selbst.«

Sirra wirkte enttäuscht, lächelte jedoch gleich darauf wieder. »Bestimmt hast du Hunger, nicht wahr?«

Er nickte, woraufhin sie wieder nach nebenan verschwand, um kurz darauf mit einer Schüssel Gemüseeintopf und zwei Scheiben Brot zurückzukehren.

Unter ihren Blicken schlang Ishan alles hinunter. Als sie ihn fragte, ob er noch eine Portion wollte, schüttelte er den Kopf. Nach seiner Zeit im Kerker hatte sich sein Magen an kleinere Portionen gewöhnt. Er gab ihr die Schüssel wieder und lehnte sich in dem Bett zurück.

»Ich habe eine Frage«, begann er und bedachte sie mit seinem schönsten Lächeln. »Bestimmt wird sie dir etwas seltsam erscheinen, aber sie ist wichtig.«

Sirra nickte. »Du kannst mich alles fragen, Will.«

»Wenn ich den xe'neridianischen Dämonenjäger finden wollte, wo müsste ich nach ihm suchen?«

»Was?«

»Den Dämonenjäger«, wiederholte Ishan und bemühte sich, nicht ungeduldig zu klingen.

»Uh, eine schwierige Frage.« Sirra runzelte die Stirn. »Ich weiß nur, dass er in einem Tal inmitten der Grasebene leben soll. Mehr kann ich dir nicht sagen, denn hier bei uns in Yares ist es lange her, dass wir seine Hilfe gebraucht haben.«

»Dieses Tal, wie komme ich da hin?«

»Nun, zunächst müsstest du der Straße, die an unserer Mühle vorbeiführt, zurück nach Arville folgen«, erklärte Sirra. »Danach halte dich Richtung Osten. Früher oder später kommst du zu einem Wald, hinter dem beginnt die große Grasebene. Dort fragst du dich am besten weiter durch. Wie viele Meilen es sind, weiß ich nicht. Ein paar Tage wirst du ganz sicher brauchen.« Sie zögerte, bevor sie weitersprach. »Aber du bist doch ein Wächter, müsstest du da eigentlich nicht mehr darüber wissen als ich? Und was hat das mit dem geflohenen Gefangenen zu tun?«

Ishan setzte sich wieder auf. Er musste vorsichtig sein, damit Sirra am Ende nicht doch noch argwöhnisch wurde. Vorhin hätte er sich beinahe schon durch seine Art des Redens verraten.

In verschwörerischem Tonfall sagte er: »Ich darf dir leider nichts darüber erzählen. Es würde dich bloß in Gefahr bringen.« Bestimmt würde man in einigen Tagen die Suche nach ihm auch auf Yares und das Umland ausweiten. Umso wichtiger war es, dass niemand davon erfuhr, dass er hier gewesen war und nach dem Dämonenjäger gefragt hatte. »Versprich mir, dass du keinem von unserem Gespräch verrätst.«

Sirra machte große Augen und nickte. »Ich schwöre es bei meiner toten Nana!«

»Gut«, sagte Ishan. »Aber vergiss es nicht. Vergiss es niemals, denn davon hängt viel ab.«

Sie nickte.

»Gut.« Er strich über ihre Wange.

Nachdem Sirra die Kammer verlassen hatte, erhob sich Ishan vom Bett, löste die nutzlose Schwertscheide von seiner Hüfte und zog die Hose aus. Mit der Salbe, die das Mädchen zurückgelassen hatte, behandelte er auch seine Beine, die ebenso viele Prellungen und Blutergüsse wie sein Oberkörper aufwiesen. Anschließend schlüpfte er unter die Bettdecke. Die Matratze war nicht so weich wie seine eigene zu Hause, die gefüllt mit Wynradaunen war, trotzdem lag er auf ihr bequemer als auf seiner Kerkerpritsche.

Ishan schlief nicht sofort ein, trotz seiner Erschöpfung. Zu viele Dinge gingen ihm durch den Kopf. Dieser Rod hatte von ihm gefordert, dass er sich mit einer Feuerreiter umgehend auf den Weg nach Sharigor machte. Aber selbst wenn Ishan es gewollt hätte, war ihm dieser Fluchtweg abgeschnitten. Zweifelsohne ließ Fürst Elorien den Nord- und Südhafen von Arville überwachen. Außerdem verfolgte Ishan einen anderen Plan. Aus diesem Grund hatte er Sirra auch nach dem hiesigen Dämonenjäger befragt.

Wie er Rod gegenüber schon angedeutet hatte, wollte er seinen Namen wieder reinwaschen. Das ging allerdings nur, wenn er den wahren Mörder seines Vaters stellte. Diesen verfluchten Dämon! Doch wie sollte er eine Kreatur gefangen nehmen, die sich in Rauch auflösen konnte? Ishan hatte keine Ahnung, und genau hier kam der Dämonenjäger ins Spiel. Bestimmt wusste er Rat und konnte ihm bei diesem Problem helfen. Ishan lächelte grimmig. Wenn er es richtig anstellte, würde er nicht nur seine Rache bekommen, sondern schon bald auch wieder auf Wynradaunen schlafen und sharigorischen Samarino trinken. Er vermisste sein Leben als Kronprinz.

Ishan gähnte. Plötzlich konnte er die Augen nicht länger offenhalten. Er rollte sich auf die Seite und war innerhalb von Augenblicken eingeschlafen. Einmal wachte er auf und hörte durch die angelehnte Tür Stimmen aus der Küche. Eine erkannte er als die von Sirra, die zweite – es war die eines Mannes – musste ihrem Vater gehören. Da niemand kam, um ihn aus dem Bett zu zerren, musste sie sich wohl durchgesetzt haben.

Als Ishan das nächste Mal erwachte, war das Zimmer in Dunkelheit getaucht. Er lauschte auf Stimmen oder andere Geräusche, aber da war nur das Mahlen der Mühlsteine. Er drehte sich zur Tür. Jemand hatte sie geschlossen. Kein Lichtschimmer drang darunter hindurch. Das konnte nur bedeuten, dass Sirra und ihre Familie schlafen gegangen waren. Besser konnte er es gar nicht antreffen. Ishan schwang die Beine aus dem Bett und krümmte sich zusammen, als ihm Krämpfe durch die Muskeln in Rücken und Beine fuhren. Nur mit Mühe konnte er einen Aufschrei unterdrücken. Es dauerte einige Minuten, bevor er in der Lage war aufzustehen. Behutsam streifte er sich die noch immer feuchte Uniform und seine Stiefel über. Den leeren Schwertgurt legte er nicht wieder an. Anschließend stakste er auf Beinen, die sich steif wie Stelzen anfühlten, zur Tür.

Er öffnete sie einen Spalt und linste in die Küche. Noch immer roch es darin nach Brot und dem köstlichen Eintopf. Ansonsten lag sie still und verlassen da. Dank des Mondes, der durch die Fenster schien, hatte Ishan keine Probleme, die Speisekammer zu finden. Er entdeckte einen Beutel, den er mit Käse, Dörrfleisch, etwas Obst und zwei der Brotlaibe füllte. Zum Schluss steckte er noch eine von drei Schnapsflaschen ein, die ganz oben im Regal standen.

Zufrieden mit seiner Ausbeute wandte sich Ishan um und blieb wie angewurzelt stehen. Vor ihm ragte ein Berg von einem Mann auf. Er hatte die Arme vor der nackten Brust verschränkt. Arme, die dicker waren als Ishans Oberschenkel. Der Mann trug lediglich eine Hose. Er musste gerade aus dem Bett gestiegen sein. Als Ishan ihm ins Gesicht blickte, war die Ähnlichkeit mit Sirra unverkennbar.

»So dankst du meiner Tochter ihre Gastfreundschaft, du dreckiger Lump!«

Ishan schluckte. Mit einem Lächeln und ein paar süßen Worten würde er sich hier nicht aus der Gefahr herausziehen können. Mit einem schnellen Blick maß er den Abstand zur Haustür. Egal, was er versuchte, der Müller wäre vor ihm dort. Insbesondere bei seiner Verfassung.

»Was denn, Dieb, hast du gar nichts zu sagen?«, knurrte der Müller, senkte die Arme und machte einen Schritt auf ihn zu.

Ishan blieb keine Wahl. Entweder ließ er sich von diesem Muskelberg zusammenschlagen oder …

»Ich gebe auf.« Er streckte seinem Gegenüber die Hände mit dem Sack entgegen. »Wenn du mich bei meinem Hauptmann ablieferst, springt für dich sogar eine hübsche Belohnung heraus.« Er sah den Argwohn in den Augen des Mannes. »Das Einzige, was du tun musst …«

Endlich war Sirras Vater nahe genug. Ishan riss den Vorratsbeutel hoch, als wollte er ihm diesen unters Kinn knallen. Wie erwartet zuckte der Kopf des Müllers zurück, woraufhin Ishan ihm mit aller ihm verbliebenen Kraft zwischen die Beine trat. Mit einem Keuchen ging der Muskelberg zu Boden. Keine besonders edle Tat – aber Rod hatte recht gehabt: Manchmal musste man außerhalb der Regeln spielen.

Alle Schmerzen ignorierend stürzte Ishan an dem Müller vorbei zur Haustür hinaus. Kurz orientierte er sich, bevor er am Stall vorbei zur Straße lief. Er wagte es nicht, nach einem Pferd zu schauen. Allein es zu satteln, hätte viel zu lange gedauert.

Die Straße wand sich als düsteres Band durch die Kornfelder, die sich links und rechts von ihm erstreckten und in denen der Wind flüsterte. Ishan verfiel erst in einen langsameren Schritt, als er sicher war, nicht verfolgt zu werden. Er lauschte, konnte aber weder Hufgetrappel noch sonst einen verräterischen Laut ausmachen. Sirras Vater schien immer noch außer Stande, ihm zu folgen. Vielleicht reichte es ihm auch, dass Ishan sein Haus verlassen hatte. Mit einem Seufzen warf er sich den Sack mit den Vorräten über die Schulter und humpelte weiter.

Ein Xe'Neridianer hätte die Nacht sicher als warm empfunden. Ishan, der aus Sharigor stammte, war andere Temperaturen gewöhnt und schlug den Kragen seiner Uniformjacke hoch. Während er der Straße in östlicher Richtung folgte und keine anderen Begleiter als den Mond und die Sterne über sich hatte, wurde ihm zum ersten Mal bewusst, was es bedeutete, wirklich allein zu sein. Als Kronprinz war er ständig von Bediensteten, Günstlingen und seinen Freunden umgeben gewesen. Selbst im

Kerker hatten die Wachen ihn nicht für einen Moment aus den Augen gelassen. So ganz allein unterwegs zu sein, fühlte sich irgendwie beängstigend, aber auch aufregend an.

Nach einer Weile, noch immer lagen Wiesen und Felder zu beiden Seiten der Straße, kehrten Ishans Gedanken zu dem Dämon zurück. Auch wenn er zornig genug war, die Kreatur mit bloßen Händen zu erwürgen, bezweifelte er, dass das möglich war. Selbst wenn er sie fand, konnte sie sich jederzeit einfach auflösen. Wenn er das Biest zu fassen bekommen wollte, war er auf das Wissen und die Unterstützung eines Dämonenjägers angewiesen. Dank Sirra wusste er nun, wo er einen finden konnte. Doch Ishan hatte noch ein anderes Problem: Wie sollte er, ein gesuchter Mörder, der zudem mittellos war, einen mächtigen Magier davon überzeugen, für ihn zu arbeiten? Kein einziger Dämonenjäger in den Schwebenden Reichen würde auch nur einen Finger krumm machen, bevor man ihn nicht mit klingender Münze bezahlt hatte. Im Voraus, versteht sich.

11

Arville, Xe'Neridian
9. Jul, 1026 n. d. Zweiten Dämonenkrieg

Nach zwei Tagen hatte Cataras Zustand sich so weit gebessert, dass sie wieder aufstehen konnte. Erste unsichere Schritte führten sie durch ihre kleine Kammer. Der Schmerz in ihrer Seite pulsierte nur noch schwach, doch den Blutverlust hatte ihr Körper immer noch nicht ausgeglichen, sodass ihr nach kurzer Zeit schwindelig wurde. Catara zwang sich, ein paar weitere Schritte zu gehen.

»Alle sind sie gleich, müssen es immer übertreiben«, brummte die alte Westa, als Catara gegen die Wand sackte. Die Heilerin trat durch die Tür und stellte ein Tablett auf den Stuhl neben das Kopfende des Bettes. »Komm schon, Püppchen.« Sie packte Catara am Arm und brachte sie zurück zum Bett. »Und nun iss«, befahl sie und wies auf die Schüssel mit Haferbrei.

Gierig fiel Catara darüber her.

»Langsamer«, blaffte die Heilerin sie an. »Ich habe keine Lust, schon wieder den Boden zu wischen, weil du dich übergeben hast.«

Catara bedachte sie mit einem Blick, bei dem jeder andere fluchtartig den Raum verlassen hätte. Westa entlockte er nur ein Lächeln, während ihre Finger geistesabwesend mit den Knöchelchen an ihrer Kette spielten. »Du bist die erste Keesa, von der ich weiß, dass sie das oberste Gesetz ihres Stammes gebrochen hat. Wieso, Püppchen? Wieso nur hast du das getan?«

Catara erwiderte nichts darauf, sondern aß weiter von ihrem Brei.

»Du redest wohl nicht gerne darüber, was?« Sie neigte den Kopf zur Seite. »Nun, das hat mich noch nie davon abgehalten, neugierig zu sein. Sag mir, wie es schmeckt … Menschenfleisch?«

Catara drehte den Kopf. »Wieso kommst du nicht näher? Dann verrate ich dir, wie *deines* schmeckt.«

Westa schnalzte mit der Zunge. »Auf den Mund gefallen bist du jedenfalls nicht.« Sie schüttelte den Kopf. »Zaragoths Fluch – seit Jahrhunderten peinigt er die Keesa. Er raubt ihnen ihre Kraft und ihre Gesundheit, quält sie mit Gebrechen und zwingt sie, in der Abgeschiedenheit zu hausen, weil andere Menschen ihren Anblick kaum ertragen. Selbst die Neugeborenen sind bereits vom Verderben befallen. Wieso tut sich dein Volk das an? Es wäre so leicht, dem Fluch zu entrinnen. Du hast es getan!«

Ja, ich habe es getan und teuer dafür bezahlt, dachte sie. Laut sagte sie: »Die Keesa sind friedliebende, hart arbeitende Männer und Frauen, die nie einem anderen Menschen schaden würden.« Catara seufzte. Ihr Volk könnte so viel mehr sein: mächtige Gestaltwandler, von niemandem aufzuhalten. Nur wenige Keesa hatten vor ihr diesen Schritt gewagt, und sie alle waren dafür von ihrem Volk zum Tod verurteilt worden. Weil sie Menschenfleisch gegessen und dafür gemordet hatten, denn nur durch das Fleisch eines Toten war eine Verwandlung möglich. Die Keesa hielten diese Fähigkeit vor den Menschen geheim, denn aus ihrer Sicht stellte sie bloß einen weiteren Grund dar, dass man sie hasste und fürchtete. Allein die Magier auf Nekross, die Hüter von Rätseln und Mysterien, wussten von der Gabe, die mit dem Fluch einherging. Und Westa war eine von ihnen.

»Die Keesa kämpfen nun schon seit dreihundert Jahren gegen

den Fluch an. Den leichten Weg haben sie stets abgelehnt«, fügte Catara hinzu. Und genau dafür verachtete sie ihr Volk im Grunde, doch das musste sie der Heilerin ja nicht unbedingt auf die Nase binden.

»Nur du nicht«, sagte die Alte durchtrieben lächelnd. »Du hast der Verlockung nachgegeben.«

»Ich hatte keine Wahl.«

»Ah, du bist also eine von *denen.*«

Catara runzelte die Stirn. »Von denen?«

»Die nie eine Schuld trifft. Die sich nichts mehr im Leben wünschen, als eine anständige Seele zu sein, dem ihre ach so schlechten Mitmenschen jedoch keine Chance dazu lassen. Keine Verantwortung, keine Schuldgefühle. Ist es nicht so?« Westa verzog die Lippen. »Du machst es dir verdammt leicht, mein Püppchen.«

Catara funkelte die Alte an. »Mach ich das, ja?« Sie schleuderte Westa ihr Frühstück entgegen. Die Heilerin wich erstaunlich flink aus, sodass die Holzschüssel hinter ihr gegen die Wand schlug. Die Reste des Haferbreis spritzten nach allen Seiten. »Was weißt du schon über mich? Gar nichts! Hörst du: GAR NICHTS!«

Westa zog eine Braue hoch und betrachtete missbilligend das von Catara verursachte Chaos. »Ich brauche dich bloß anzusehen und weiß alles, was ich über dich wissen muss.« Sie schnalzte erneut mit der Zunge. »Den Dreck machst du gefälligst selbst weg.« Damit drehte sie sich um und verließ das Zimmer.

Am folgenden Tag fühlte sich Catara sicher genug auf den Beinen, um ihr Zimmer zu verlassen und sich im Haus der Heilerin umzusehen. Anfangs scheuchte Westa sie immer wieder zurück ins Bett, doch am frühen Nachmittag wurde die Alte zu einem Notfall gerufen, und diese Gelegenheit nutzte Catara, um herumzuschnüffeln. Sie wollte mehr über Westa erfahren. Wer war sie wirklich? Und wie gefährlich war sie? Doch die alte Hexe wusste ihre eigenen Geheimnisse gut zu schützen. Die meisten Menschen waren sentimentale Geschöpfe, die ihre Herzen an Dinge hängten, mit denen sie rührselige Erinnerungen verbanden: Briefe, Tagebücher, Schmuckstücke. Westa besaß nichts von alledem.

Frustriert schlug Catara den Deckel der Truhe zu, die sie als Letztes durchsucht hatte, und erhob sich. Ihr Blick glitt über das Bett zum Fenster und zurück zur Tür. Westas Schlafraum war genauso karg eingerichtet wie der Rest ihres Hauses. Es gefiel ihr nicht, dass die Heilerin ihr gegenüber im Vorteil war, weil sie die Wahrheit über sie wusste. Nützen würde es ihr dennoch nicht.

Catara verließ das Zimmer und stieg wieder hinab ins Erdgeschoss. Dort sah sie sich als Nächstes im Laden um, wo es nach verbrannten Kräutern roch. Durch das schmutzige Fenster drang so wenig Tageslicht, dass Catara mithilfe einer alchemistischen Zunderbüchse eine Kerze entzündete, um mehr sehen zu können. Mit geübtem Blick ging sie die Etiketten auf den Phiolen und Fläschchen in den Regalen durch. Sie bediente sich an ein paar Tinkturen zur Wundbehandlung – dergleichen konnte man schließlich immer gebrauchen. Und in einer Schatulle, die Westa hinter der Verkaufstheke verbarg, fand Catara sogar ein Fläschchen mit der Aufschrift *Silberzunge*, eine Wahrheitsdroge. Diese Entdeckung war zu verlockend. Sie steckte es ein und ging wieder in ihre Kammer, um dort auf die Rückkehr der Heilerin zu warten.

Als sie es sich auf dem Bett bequem machte, ihre Beute hatte sie unter dem Kopfkissen verborgen, fragte sie sich, wie viel Glauben sie den Gerüchten über Prinz Ishans Tod schenken durfte. Durch Westa wusste sie, dass man sich im Pächterviertel erzählte, der Prinz sei zwar den Palastwächtern entkommen, dann aber bei einem Sprung in den Sîles ums Leben gekommen.

Dem widersprach allerdings die Tatsache, dass Fürst Elorien auch weiterhin überall nach ihm suchen ließ.

Catara hatte nachgedacht; sollte der Prinz tatsächlich überlebt haben, war er vermutlich bereits auf dem Weg nach Sharigor. Jedenfalls hoffte sie das für ihn. Sonst würde es bestimmt nicht lange dauern, bis er sich erneut in Schwierigkeiten gebracht hätte. Nun, sie hatte getan, was sie konnte. Der Rest hing von ihm ab. Außerdem hatte Catara von ihrer Herrin noch einen anderen Befehl erhalten, der um einiges interessanter und herausfordernder als Prinz Ishans Rettung war, denn bei diesem ging es um etwas, auf das sie sich besonders gut verstand: Rache – Rache für König Varras' Tod.

Catara schlug die Bettdecke zurück und richtete sich auf. Es war ihr vierter Tag unter dem Dach der Heilerin. Ihr Schlaf war, wie auch schon in den Nächten zuvor, unruhig gewesen. Sie traute der Alten nicht und war ständig auf der Hut. Zwar hatte Westa nicht versucht, ihr noch einmal wehzutun. Doch in ihren gelben Augen lag zuweilen ein fiebriger Glanz, eine Art Hunger, bei dem es selbst Catara, die bereits viel gesehen hatte und nicht gerade zimperlich war, die Nackenhärchen aufstellten. Am liebsten hätte sie dieser Hexe kurzerhand den Hals umgedreht, aber noch brauchte sie sie. *Noch*, dachte sie und lächelte. Zum Henker mit ihrem Versprechen! Die Hexe würde dafür bezahlen, was sie ihr angetan hatte.

Catara rutschte auf das Fenster zu, das sich direkt über ihrem Bett befand, öffnete es und lehnte sich auf das von der Morgensonne aufgewärmte Sims. Eine Brise zupfte an ihren Locken und weckte eine Erinnerung in ihr. An ein glockenhelles Lachen und an kleine Hände, die ihr das Haar bürsteten. *Vielleicht die kleine Schwester der Dienerin …* Mit einem Mal wurde ihr die Kehle eng. Es waren solche Erinnerungen, aufgrund derer es Catara nie schwergefallen war, sich in ihre Opfer hineinzuversetzen.

Selbst deren engste Freunde und Verwandte konnte sie so eine gewisse Zeit lang täuschen. Doch sie waren auch eine Last, und der einzige Trost, den sie hatte, war, dass die Erinnerungen mit der Zeit wieder verblassten. Spätestens, wenn sie sich einen neuen Körper nahm.

»Ist das klug, mein Püppchen?«

Cataras Kopf fuhr herum. Sie hatte Westa, die wieder mal mit einer Schüssel Haferschleim in der Tür stand, nicht kommen gehört. »Was meinst du?«

»Dich so offen am Fenster zu zeigen!« Die Heilerin schnaubte. »Denkst du, ich hätte das Mädchen nicht erkannt, dessen Gesicht du trägst? Ihr Name ist Lilly, und ihre Eltern betreiben nur ein paar Straßen weiter eine Töpferei. Erst vorgestern wurde ihre Leiche im Palastgarten entdeckt. Was glaubst du, wie sie wohl reagieren, wenn ihnen ein Nachbar berichtet, er habe ihre Tochter quietschfidel im Haus der alten Westa gesehen?«

Catara gab ein Knurren von sich, schloss jedoch umgehend das Fenster.

Die Heilerin nickte. »Glaubst du, ich wüsste nicht, was hier vorgeht? Deine Verletzung und dein Interesse an dem geflohenen Prinzen.« Sie hob die Hand, als Catara zu einer Erwiderung ansetzte. »Spar dir deine Lügen, Püppchen. Ich habe mir längst selbst zusammengereimt, was passiert ist.«

»Und warum hast du dann nicht die Wachen gerufen?«

»Wie ich schon sagte, es ist nicht an mir, über deine Taten zu richten.«

Catara rutschte an den Rand des Bettes und sah zu, wie die Alte den Haferschleim auf den Stuhl absetzte, auf dem schon ein Krug mit Wasser und ein Becher standen. »Du willst doch etwas von mir. Ist es nicht so?«

»Ich habe bereits, was ich wollte.«

Catara kniff die Augen zusammen. War das so? Warum hatte sie dann das Gefühl, dass die Alte etwas vor ihr verbarg? »Kurz nach meiner Heilung sagtest du etwas, das ich einfach nicht vergessen kann.«

»Dass du zu denen gehörst, die zum Leiden geboren sind.«

Bei diesen Worten verkrampfte sich etwas in Catara. »Ja. Du denkst, ich hätte Schmerz verdient, nicht wahr? Hast du mich deshalb gequält?«

»Es ist dein Schicksal, Püppchen, dein Schicksal.« Die Alte lachte. »Aber wenn du es ganz genau wissen willst: Ich hatte meinen eigenen Grund, es zu tun.« Sie rasselte mit der Knochenkette an ihrem Hals. »Ich wollte, dass du dich an mich erinnerst, so wie alle meine anderen Patienten. Bei dir musste ich mir eben besondere Mühe geben, denn du bist gegen Schmerz bereits abgestumpft.«

»Was redest du da? Das macht doch keinen Sinn!«

»Aus deiner Perspektive gut möglich. Meine hingegen ist eine andere. Ich bin alt, mein Püppchen, und meine Tage sind gezählt. Ich habe keine Familie, keine Kinder. Niemanden, der meiner gedenken wird, wenn ich einmal sterbe. Das macht mir Angst, Püppchen. Ja, wirklich.« Sie stieß ein krächzendes Lachen aus, doch es konnte Catara nicht darüber hinwegtäuschen, dass sie dieses Mal die Wahrheit sprach. »Ich will diese Welt nicht verlassen, als hätte es mich nie gegeben. Ich will mehr.« Sie hob das Kinn ein wenig an. »Zur Heldin bin ich nun mal nicht geboren, Püppchen. Also musste ich meinen eigenen Weg finden, damit die Menschen sich meiner erinnern. Ich verließ das Hospital, in dem ich früher gearbeitet habe, und kam hierher ins Pächterviertel, wo niemand Geld hat und die Menschen auf die ›Großherzigkeit‹ einer Heilerin angewiesen sind.« Sie zeigte ihre gelben Zahnstummel. »Tausende habe ich seitdem behandelt. Und jeder Einzelne von ihnen wird mich sein Leben lang nicht vergessen.«

Sie ist sogar noch verrückter, als ich dachte, dachte Catara, sobald die Alte gegangen war. Sie griff nach der Schüssel und schob sich einen Löffel Haferschleim in den Mund. Sie zerrieb den Brei mit der Zungenspitze am Gaumen, so wie sie es schon an den Tagen davor getan hatte. Auch dieses Mal schmeckte sie kein Gift heraus. In einem Beruf wie dem ihren konnte man nie vorsichtig genug sein. Natürlich gab es immer noch die sogenannten Königsgifte, die geschmacks- und geruchlos waren. Aber selbst diese kündigten sich auf die eine oder andere Weise an: plötzliches Herzrasen, unkontrollierte Schweißausbrüche, ein unerklärliches Schwächegefühl. Wenn man wusste, worauf es ankam, war immer noch genug Zeit, ein Gegenmittel zu nehmen.

Catara schob die Linke unter das Kopfkissen und lächelte, als ihre Fingerspitzen über das Lederfutteral strichen, in dem sie neben den Dingen, die sie aus Westas Laden gestohlen hatte, ihre Phiolen mit den wichtigsten Giften und Gegengiften aufbewahrte.

Nachdem Catara im Palastgarten die Dienerin ... *Lilly* ... getötet und ihre Gestalt angenommen hatte, hatte sie natürlich auch ihre Kleidung wechseln müssen. Also hatte sie sich Rods Uniform entledigt. Das Futteral hatte sie sich um den rechten Oberschenkel gebunden, zusammen mit dem Dolch. Das Kleid der Dienerin hatte beides verborgen. Die Waffe bewahrte sie unter der Matratze auf und holte sie jeden Abend zum Schlafengehen hervor. Zweifelsohne wusste die alte Westa darüber Bescheid. Was gut war – es würde die Hexe davon abhalten, eine Dummheit zu begehen.

Catara wischte sich mit dem Handrücken über den Mund, stellte die leere Schale zurück auf den Stuhl und trank ein paar Schlucke Wasser. Anschließend rutschte sie auf dem Bett so weit zurück, bis sie mit dem Rücken an die Wand neben dem Fenster stieß. Die Knie zog sie bis ans Kinn heran und umschlang sie mit den Händen. Sie dachte an das letzte Gespräch mit ihrer Herrin zurück, kurz bevor sie nach Xe'Neridian aufgebrochen war. In seinem Verlauf hatte Königin Madea ihr das Versprechen abgenommen, nicht eher wieder heimzukehren, bis die Mörder ihres Mannes ihrer gerechten Strafe zugeführt worden waren.

Wie der Prinz, so verdächtigte auch Königin Madea Gregorius Thamaryn und den Fünferbund, hinter dem Attentat zu stecken. Sie hatten durch König Varras' Tod am meisten zu gewinnen: die Schwächung der Freien Reiche.

Großfürst Thamaryn, Herrin Sharala, Graf Roadan, Baron Telrys und Herzog Belfane gehörten zu den einflussreichsten Regenten der Schwebenden Reiche. Sie alle sollten nun durch Cataras Hand sterben. Das war eindeutig der anspruchsvollste, aber auch aufregendste Auftrag ihrer bisherigen Laufbahn als Assassine und Spionin ihrer Königin. Was das Ganze noch reizvoller machte: Sollte Catara Erfolg haben, würde es nicht nur das Ende des Fünferbunds bedeuten, es würde den Schwebenden Reichen Frieden und Sicherheit zurückgeben. Bei diesem Gedanken musste Catara lächeln. Es gefiel ihr, dass ausgerechnet sie das Zünglein an der Waage zwischen Krieg und Frieden sein sollte.

Natürlich waren noch ein paar Vorbereitungen nötig. Sie würde ein neues Gesicht und ein Schiff brauchen, um die Feuerflüsse zu befahren, die die verschiedenen Inselwelten untereinander verbanden. Wo sie beides herbekam, wusste sie bereits. Während ihrer mehrtätigen Reise nach Xe'Neridian hatte sie genug Zeit gehabt, um einen Plan auszuarbeiten.

Wie bedeutend der Ausgang ihrer Mission sein würde, zeigte sich schon jetzt. Nach König Varras' Tod waren das Misstrauen und die alten Rivalitäten zwischen den Regenten der Freien Reiche sofort wieder aufgeflammt. Fluchtartig hatten sie Xe'Neridian den Rücken gekehrt und waren in ihre jeweilige Heimat zurückgesegelt, um sich dort hinter den Mauern ihrer Paläste zu verschanzen. Ohne eine starke Führungspersönlichkeit drohte das Bündnis der Freien Reiche zu zerbrechen, was es dem

Fünferbund umso leichter machen würde, sich ein Inselreich nach dem anderen einzuverleiben.

Cataras Herrin hatte dem entgegenwirken wollen, indem sie Prinz Ishan schnellstmöglich auf den sharigorischen Thron verhalf. Zwar war er noch jung und ein Hitzkopf, der insbesondere in politischer Hinsicht Führung bedurfte, aber er besaß auch den Charme und Verstand seines Vaters. Königin Madea war sicher, dass sie gemeinsam fortführen könnten, was König Varras bereits bewirkt hatte. Zuvor musste sie den Kronrat natürlich noch von Ishans Unschuld überzeugen, aber Catara hegte keinen Zweifel daran, dass das der Königin gelingen würde.

Natürlich kannte Großfürst Thamaryn dieses Risiko. Aus diesem Grund hatte ihre Herrin auch befürchtet, dass er den Feuerreiter des Prinzen während seiner Überführung nach Sharigor angreifen könnte. Für die Mannschaft und Passagiere eines Schiffes, das in den Feuerflüssen sank, gab es keine Hoffnung. Darum war es auch Catara, der die Königin mehr als jedem anderen Menschen vertraute, zugefallen, für die sichere Heimkehr des Prinzen zu sorgen.

Sie seufzte. Zumindest hatte sie ihn aus dem Kerker befreit. Jetzt konnte sie nur noch hoffen, dass Prinz Ishan so vernünftig gewesen war, ihren Rat zu befolgen, und sich umgehend eine Passage nach Sharigor gesucht hatte.

Am fünften Tag verspürte Catara so gut wie keine Schmerzen mehr. Die Heilerin hatte bemerkenswerte Arbeit geleistet. Umso bedauerlicher, dass sie sie würde töten müssen. Am vergangenen Abend hatte Catara sie zu dem Gasthof geschickt, in dem sie nach ihrer Ankunft in Arville untergekommen war, um ihre wenigen Habseligkeiten zu holen. Einen Beutel voller Münzen und ein wenig Ersatzkleidung, die ihr allerdings durch den erneuten Körperwechsel nicht länger passen würde, weshalb die Heilerin ihr unterwegs neue besorgen sollte. Wie erwartet hatte Westa sich zunächst gesträubt. »Ich bin nicht deine Dienstmagd, Püppchen«, hatte sie erwidert und ihr vor die Füße gespuckt. Aber dann hatte Catara sie daran erinnert, was passieren würde, wenn sie ihr Haus mit dem Gesicht eines toten Mädchens verließ. Ohne Verkleidung ging es nicht, denn für jede Verwandlung brauchte Catara das Fleisch eines Menschen, den sie zuvor getötet hatte. Die widerliche Alte zog sie dafür gar nicht erst in Betracht. Und ihr wahres Äußeres konnte Catara nicht in der Öffentlichkeit zeigen, ohne Aufmerksamkeit zu erregen.

Am Ende hatte Westa sich gefügt, wenn auch nur widerwillig, und Catara ein Kleid, einen Umhang mit Kapuze und die gewünschten Messer besorgt. Im Augenblick betrachtete Catara sich in dem Spiegel, den sie unter einem Tuch im Laden der Heilerin entdeckt hatte. Verzückt drehte sie sich von einer Seite zur anderen. Das neue Kleid betonte vortrefflich die Reize ihres Körpers. Sie bedauerte ein wenig, dass sie diese schöne Gestalt schon bald wieder würde aufgeben müssen.

Sie beugte sich näher zum Spiegel. Nicht die kleinste Falte, nur ein paar winzige Grübchen in den Wangen, die verrieten, dass das Mädchen gerne gelacht hatte. *Ich begreife es nicht*, dachte Catara. Warum nahmen die Männer und Frauen ihres Stammes bloß die furchtbare Entstellung durch den Fluch hin, obwohl sie sich genauso gut für Jugend und Schönheit entscheiden konnten? Natürlich hatte das seinen Preis …

Bei diesem Gedanken verdüsterte sich Cataras Miene. *Zaragoth der Fluchbringer, Zaragoth der Mächtige, Zaragoth der Schlimmste aller Dämonen.* Ohne ihn und das, was er ihrem Volk angetan hatte, wäre sie heute ganz sicher ein anderer Mensch. Anstatt Leben zu nehmen, hätte sie bestimmt schon welches gegeben. Sie hätte einen Mann gehabt. Kinder. Aber all das hatte sie sich gewünscht, bevor sie Darval getroffen und sich in ihn verliebt hatte. Bevor er sie verraten hatte. Sie ballte die Fäuste.

»Ach, Püppchen, hat dir noch keiner gesagt, dass Eitelkeit die größte aller Sünden ist?«, krächzte Westa, die unbemerkt hinter sie getreten war.

Catara fuhr zu ihr herum. »Aus deinen Worten spricht der Neid der Alten, die sich nach dem verzehren, was sie niemals wiederhaben können.«

»Schlagfertig bist du ja, aber kannst du auch einstecken?« Die Augen der alten Westa blitzten auf. »Sag mir, Tochter der Keesa, erträgst du es auch, wenn man dir einen Spiegel vorhält, der dir keine Lügen zeigt?« Sie trat noch einen Schritt vor. »Vor langer Zeit bist du deiner Hässlichkeit entflohen, indem du gemordet und Menschenfleisch gegessen hast. Seitdem hast du wieder und wieder Menschen getötet, um dir ihre Gestalt überzustreifen wie andere Frauen ein hübsches Kleid. Und nun sag mir, mein Püppchen, wer von uns beiden ist das größere Scheusal?«

Catara fletschte die Zähne. »Ich habe dich gewarnt.«

Die Heilerin lachte gackernd auf. »Das Schlimmste daran ist, dass du es weißt und nichts, absolut gar nichts dagegen tun kannst. Ist es nicht so, mein Püppchen? Ist es nicht so?«

Mit einem Aufschrei stürzte Catara nach vorne und schlang ihre Hände um den Hals der Heilerin. Unter der Wucht des Angriffs taumelte diese zurück, bis sie gegen die Wand krachte. »Und wer von uns beiden lacht jetzt?«, kreischte Catara und drückte zu. Aber was war das? Ihre Finger rührten sich nicht. Sie versuchte es noch einmal und stöhnte dabei vor Anstrengung, während es sich anfühlte, als versuchte sie mit bloßen Händen einen Stein zu erdrosseln. »Wie … wie machst du das?«

Westa stieß sie mit unerwarteter Stärke von sich, anschließend rieb sie sich mit der Rechten den dürren Hals. »Schon vergessen, Püppchen«, knurrte sie, »ich ließ dich schwören, dass mir nichts geschieht.«

Magie, dachte Catara und begriff, dass die Alte sehr viel mehr war als eine Heilerin. »Du … du hast mich reingelegt!« Langsam wich sie vor ihr zurück.

»Nein, das hast du selbst getan.«

Catara warf ihr einen letzten zornigen Blick zu, fletschte die Zähne und schnappte sich ihren Umhang und den Beutel mit ihren Habseligkeiten aus dem Gasthof, den sie auf der Ladentheke abgelegt hatte. Bevor sie durch die Tür entschwand, stülpte sie sich noch rasch die Kapuze über, um das Gesicht der toten Dienerin zu verbergen. Diesen Kampf mochte sie verloren haben, aber ein anderer wartete bereits auf sie, und diesen würde sie gewinnen. Sie gewann schließlich immer.

Fast immer.

12

Tal des Dämonenjägers, Xe'Neridian
10. Jul, 1026 n. d. Zweiten Dämonenkrieg

Drei Tage waren vergangen, seit Ishan aus dem Haus des Müllers geflohen war und die Suche nach dem xe'neridianischen Dämonenjäger aufgenommen hatte. Anfangs war er nur nachts gewandert und hatte tagsüber geschlafen. Damit ging er nicht nur anderen Reisenden aus dem Weg, die ihn erkennen könnten, sondern auch den Soldaten, die zu Fuß und auf Pferden das Land rund um Arville nach ihm durchkämmten. Fürst Elorien schien kein Risiko eingehen zu wollen, obwohl die Chancen für Ishan schlecht gestanden hatten, den Sprung in den Sîles zu überleben. Andererseits passte ein solches Verhalten zu Elorien, diesem überängstlichen kleinen Mann.

Das Dorf Yares, das Sirra erwähnt hatte und zu dem die Mühle ihres Vaters gehörte, hatte Ishan während der ersten Nacht seiner Flucht nur aus der Ferne gesehen. Bald darauf waren auch schon die Lichter und Wachtürme von Arville in Sicht gekommen. Von da an hatte er die Straße gemieden und sich in die Felder geschlagen. Er hatte den Schutz von Grenzhecken und kleinen Hainen gesucht und war so der Entdeckung durch die Suchtrupps entgangen.

Gegen Mittag des folgenden Tages waren sie einem seiner Verstecke jedoch so nahe gekommen, dass ihr Hufgetrappel ihn aus dem Schlaf gerissen und er für den Rest des Tages kein Auge mehr zubekommen hatte. Erst in der zweiten Nacht hatte Ishan den Wald erreicht, der östlich der Hauptstadt lag. Zunächst wähnte er sich dort sicher, doch die Luft unter den Bäumen hatte nach schwelendem Holz gerochen, und in der Ferne hatte er zwischen den Stämmen ein düsteres Glimmen beobachtet. Kohlenmeiler. Was bedeutete, dass dort irgendwo Menschen leben mussten. Die ganze Nacht war er durchgegangen und hatte schließlich gegen Morgen Zuflucht in einem Rotbeerdickicht unter einer Borstenesche gesucht. Kaum, dass sein Kopf die Erde berührt hatte, war er eingeschlafen und erst wieder mit Anbruch der Dämmerung erwacht.

Es war die dritte Nacht seiner Flucht, und seine Füße schmerzten von zahlreichen blutig gelaufenen Blasen. Auch machten ihm seine Verletzungen, die er sich bei dem Sprung in den Sîles zugezogen hatte, nach wie vor zu schaffen. Bisher hatte er den Schmerz mit dem Schnaps betäubt, den er aus der Vorratskammer des Müllers gestohlen hatte. Inzwischen war dieser jedoch aufgebraucht. Nur gut, dass mittlerweile etliche Meilen zwischen ihm und Arville lagen. Auch Soldaten hatte er schon länger nicht mehr gesehen. Vermutlich suchten Fürst Eloriens Männer weiter das nähere Umland der Stadt ab und überwachten den Südhafen für den Fall, dass er versuchen sollte, sich an Bord einer Feuerreiter zu schleichen. Wie sollten sie auch ahnen, dass sein Ziel der xe'neridianische Dämonenjäger war?

Viele Stunden später, es musste weit nach Mitternacht sein, lichteten sich die Bäume vor ihm, und Ishan stand am Rande einer Ebene. Keine Bäume, nur ein paar Sträucher und Gras, viel Gras, durch das der Wind fuhr, sodass es wie ein schwarzer Ozean unter den Sternen wogte. Das Grasland erreicht. Endlich.

Mit neuem Schwung schritt Ishan weiter. Zum Glück war das Gebiet nur dünn besiedelt, und er konnte die vereinzelten Bauerngehöfte und kleinen Weiler leicht umgehen. Auch von Pfaden und Straßen hielt er sich fern. Doch als das Tal, von dem Sirra gesprochen hatte, auch nach drei weiteren Nächten immer noch nicht in Sicht kam, wurde er unruhig. Konnte das Mädchen sich mit der Richtung geirrt haben? Oder hatte er sich zu weit südlich gehalten? Was es auch war, er musste dringend mit jemandem reden, der sich in der Gegend auskannte. Und so suchte er sich, als der nächste Morgen anbrach, kein Versteck zum Schlafen, wie an den Tagen zuvor, sondern hielt nach einer Straße Ausschau in der Hoffnung, dort auf einen Reisenden zu treffen. Er fand eine und folgte ihr für einige Stunden, bis er gegen Mittag auf einen fahrenden Händler traf. Einen geschwätzigen Mann, der seinen Lebensunterhalt damit verdiente, die Gehöfte in diesem abgelegenen Landstrich mit allem zu versorgen, was die Menschen nicht selbst herstellen konnten. Wie sich zeigte, war Ishan auf dem richtigen Weg. Gut einen Tagesmarsch, wie der Händler schätzte, trennte ihn noch von seinem Ziel.

»Such nach den Hügelgräbern«, riet er ihm des Weiteren. »Du kannst sie gar nicht übersehen.« Gleich darauf runzelte er die Stirn und musterte Ishan von oben bis unten. »Du bist wohl noch nicht oft aus Arville herausgekommen, was, Junge?«

Die Uniform, verflucht! »Nein, Herr«, erwiderte Ishan und machte, dass er davonkam.

Durch die Worte des Mannes hatte er neuen Mut gefasst. Obwohl er nicht geschlafen hatte, ging er weiter, und erst als der Abend anbrach und die Dämmerung sich über das Land senkte, stoppte er und suchte sich einen Platz für die Nacht. Er schlief unruhig, weshalb er noch vor Sonnenaufgang seinen Marsch wieder aufnahm. Als es hell wurde, blieb er stehen, beschirmte mit der Rechten seine Augen gegen das Morgenlicht und suchte das Land vor ihm ab. Xe'Neridian war so anders als seine Heimat Sharigor. Hier war das Klima milder, das Wetter launiger, die Pflanzen dafür grüner. Besonders dankbar war Ishan für die Büsche mit den saftigen Beeren, die überall im Grasland wuchsen und mit denen er seinen gröbsten Hunger stillen konnte, nachdem ihm vor zwei Tagen die Vorräte ausgegangen waren.

Ishan senkte die Hand. Noch immer keine Hügelgräber. Vor gut einem Monat hatte man ihn noch bewundert und hofiert, jeden Wunsch von den Augen abgelesen. Und jetzt? Verbittert presste er die Lippen zusammen. Was war nur aus ihm geworden? Er schleppte sich weiter, als der Wind plötzlich das Plätschern von Wasser an sein Ohr trug. Ishan sah auf und folgte dem Geräusch. Es führte ihn zu einer Quelle, die unter einem der Beerensträucher entsprang und einen Teich speiste. Sogleich fiel er auf die Knie und schöpfte mit beiden Händen Wasser daraus. Es schmeckte frisch und belebte seine trockene Kehle. In diesem Augenblick entdeckte er sein Spiegelbild im Wasser und zuckte zusammen. *Bin das wirklich ich?* Sein Gesicht wirkte eingefallen unter all dem Dreck und den Bartstoppeln, und seine Augen waren von zu wenig Schlaf gerötet. Beinahe hätte er sich selbst nicht wiedererkannt. Ishan hob den Arm und roch an seiner Achsel. *Igitt!* Voller Zorn schlug er mit der Faust auf die Wasseroberfläche ein. Bei Sorons Krähen, so, wie er aussah, würde der Dämonenjäger ihn wie einen dahergelaufenen Bettler von seinem Grundstück jagen, bevor er sich auch nur erklären konnte.

Er brauchte ein Bad, sofort! Ishan entledigte sich seiner Uniform und seiner Stiefel, wobei er es vermied, seine lädierten Füße allzu genau zu betrachten. Anschließend stieg er in den Teich und wusch sich Dreck, Schweiß und Erschöpfung von der Haut.

Besser, dachte er danach.

Jetzt musste er dem Dämonenjäger nur noch seine Geschichte erzählen. Bestimmt würde er die Dringlichkeit dahinter schon erkennen. Und wenn nicht, konnte Ishan ihn immer noch mit dem Versprechen um eine Belohnung locken. Auch wenn es da einen Haken gab: Um den Dämonenjäger bezahlen zu können, musste er zuerst zum König gekrönt werden, und dazu musste er beweisen, dass er mit dem Mord an seinem Vater nichts tun hatte.

Ishan wusste nicht, wie viel Zeit vergangen war, seit er den Teich hinter sich gelassen und weitergewandert war, als er am Horizont endlich eine Reihe von Erhebungen ausmachte, deren Größe und Form zu gleichmäßig waren, um natürlichen Ursprungs zu sein. Es musste sich um die Hügelgräber handeln. Ishan zog noch einmal alle seine Kraftreserven zusammen und hielt darauf zu, dennoch erreichte er die Hügelkette erst, als der Tag bereits in den späten Nachmittag überging.

Ein kaum erkennbarer Pfad verlief zwischen den rund hundert Fuß hohen und fast ebenso breiten Gräbern, in deren Schatten es unerwartet kühl war. So kühl, dass Ishan beinahe fror. Argwöhnisch betrachtete er die Hügel, während er zwischen ihnen hindurchwanderte. Ihr Anblick behagte ihm nicht, obwohl es keinen offensichtlichen Grund dafür gab. Umso erleichterter war er, als er endlich zwischen ihnen hinaustrat und einen Talkessel unter sich sah. Allerdings nur, bis sein Blick auf das Anwesen fiel, bei dem es sich um den Besitz des Dämonenjägers handeln musste: Die krummen Türmchen, spitzen Giebel, finsteren Fenster schienen ihm förmlich zuzurufen, dass er die Beine in die Hand nehmen und schleunigst das Weite suchen solle. Aber vermutlich gehörte ein solches Anwesen einfach zum Nimbus eines Dämonenjägers dazu.

Ishan drückte den Rücken durch und machte sich an den Abstieg. Ein paar Dinge hatte er dem Händler noch über den Dämonenjäger entlocken können. Er hieß Ryk Vangus oder so ähnlich, verlangte ein deftiges Honorar und zählte zu den Besten seines Fachs. Was ganz hilfreich war, wenn man einen Dämon jagte, der sich nach Belieben in Rauch auflösen konnte.

Das Haus lag nun direkt vor ihm. Dass von seinem Bewohner noch nichts zu sehen war, beunruhigte Ishan. Was, wenn er nicht hier war, sondern einem Auftrag nachging? Da fiel ihm auf, dass dünner Rauch aus einem der Schornsteine stieg, und aus dem Stall, der dem Haupthaus gegenüberlag, vermeinte er das Schnauben eines Pferdes zu hören.

Ishan erklomm die Stufen zur Haustür, einem opulenten Zweiflügler, atmete durch und hob die Faust, um anzuklopfen. In diesem Moment drang aus einem der Fenster im Erdgeschoss eine Männerstimme: »Das kann nicht dein Ernst sein! Du willst *sie* fragen? Ausgerechnet *sie*?«

»Du hast selbst gesagt, dass ich nicht allein gehen soll, Veitt. Und du hattest recht«, entgegnete eine raue, nicht minder erregte Stimme. »Kela Mal'Dhun ist wie geschaffen für diese Aufgabe.«

»Hach«, stieß der Mann aus, der zuerst gesprochen hatte. »Wie kannst du das sagen, nach allem, was zwischen euch vorgefallen ist? Und überhaupt, was, wenn sie Nein sagt?«

»Bisher hat sie mir noch nie ihre Hilfe verweigert.«

»Du hast sie ja seit damals auch weder gesehen noch gesprochen, du verdammter Sturkopf!«

»Es reicht, Veitt! Noch arbeitest du für *mich* und nicht umgekehrt.«

Neugierig geworden schlich Ishan die Stufen wieder hinunter und auf ein offenes Fenster ganz in der Nähe zu. Als er einen Blick in das Zimmer dahinter riskierte, sah er zwei Männer, die inmitten eines Laboratoriums mit vor sich hin köchelnden, ratternden und rotierenden Apparaturen aus Glas und Metall standen und sich mit wütenden Blicken maßen. Dunstwolken waberten in dem Raum, dessen Wände mit Regalen vollgestellt waren. In diesen standen Bottiche, in denen Dinge schwammen, die ausschauten, als hätten sie einmal gelebt. Ishan verzog das Gesicht und sah dann wieder zurück zu den beiden Männern.

Der eine war groß, hatte dunkles Haar und eine herrische Ausstrahlung, die von seinen blitzenden grünen Augen noch unterstrichen wurde. Er war in Leder gekleidet, und an seinem Gürtel trug er ein halbes Dutzend Dolche. Der andere war flachsblond, einen Kopf kleiner und auch einige Jahre jünger. Er trug wollene Kleidung und hatte die Hände zu Fäusten geballt, die er in einer Geste der Hilflosigkeit gegen seinen Bauch presste. Plötzlich stieß er den Atem aus und erklärte bissig: »Wie mein Herr wünscht!«

Der Mann mit den Dolchen am Gürtel, den Ishan für den Dämonenjäger hielt, schnaubte. »Stell dich nicht so an, Veitt. Du weißt genau, wie es gemeint war. Außerdem solltest dir bewusst sein, dass ich Kela brauche, wenn ich den Blutlenker aufspüren will.«

»Gibt es keine andere Veydra, die du fragen könntest?«, erwiderte der Flachsblonde.

»Kela ist die einzige Veydra auf Xe'Neridian. Es würde Wochen brauchen, eine andere herzuholen. Falls sich überhaupt eine findet, die bereit wäre, mit einem Dämonenjäger zusammenzuarbeiten.«

Der Mann mit Namen Veitt seufzte. »Na schön, du brauchst sie. Das sehe ich ein. Aber was ist mit dem Orden? Warum willst du nicht auch ihn um Hilfe bitten? Der Oberste Magus könnte dir weitere Dämonenjäger zur Unterstützung schicken.«

»Nein.« Der Dämonenjäger verschränkte die Arme vor der Brust.

»Ich verstehe ja, dass du Corrs Tod rächen willst. Auch, dass du dir wegen Jailar Vorwürfe machst. Was ich jedoch nicht verstehe, ist, dass du dich in einen Kampf stürzen willst, aus dem du niemals als Gewinner hervorgehen kannst, und das nur, weil du zu störrisch bist, Hilfe anzunehmen? Verdammt, das ist Wahnsinn, Ryk!«

»Es geht nicht anders. Und das sage ich nicht bloß, weil ich den Blutlenker selbst zur Strecke bringen will. Natürlich will ich auch Rache, aber das ist es nicht allein.«

»Nicht?« Veitt zog eine Braue hoch.

»Du weißt, dass ich mich nicht daran erinnern kann, wie ich nach dem Kampf gegen den Blutlenker hierher zurückgekommen bin. Ich war am Ende. Ich dachte ernsthaft, das war's.« Der Dämonenjäger schluckte sichtbar. »Nachdem du mich vor der Tür gefunden und in mein Bett geschleppt hattest, schlief ich drei Tage und Nächte lang. Fieberträume plagten mich. Das Erste, was ich sah, als ich endlich wieder zu mir kam, war deine vorwurfsvolle Miene. Du hast mich damals gefragt, wie das passieren konnte.«

Veitt nickte. »Du bist der Beste, Ryk, und dieses Vieh hat dich wie einen Studenten im ersten Jahr auseinandergenommen.«

»Das ist richtig, aber das meine ich nicht. Ich habe lange über deine Frage nachgedacht und ...« Der Dämonenjäger hielt inne und wandte den Kopf mit einem Mal dem Fenster zu, durch das Ishan das Gespräch der beiden belauschte. Der zuckte zurück und presste sich mit angehaltenem Atem an die Hauswand in seinem Rücken. Hatte der Mann ihn gesehen? Ishan erwartete, dass der Dämonenjäger jeden Moment am Fenster auftauchen würde. Stattdessen hörte er, wie er zu diesem Veitt sagte: »Ich rede nicht davon, wie der Blutlenker mich besiegen konnte, sondern wie er *überhaupt* in die Schwebenden Reiche gelangt ist, Veitt. Das sollte eigentlich unmöglich sein! Außer ...«

»... er hatte Hilfe«, beendete Veitt den Satz für ihn. »Ist es das, worauf du hinauswillst? Bei allen Dämonen der Gegenwelt, du sprichst von Verrat! Glaubst du, jemand aus dem Orden könnte es getan haben? Etwa der Oberste Magus?«

»Nicht der Magus«, erwiderte der Dämonenjäger. »Nein, es sind die Männer und Frauen unter ihm, denen ich misstraue. Solange ich nicht mehr weiß, möchte ich keinen von ihnen in meiner Nähe haben.«

Ishan riss die Augen auf, als ihm klar wurde, was er gerade gehört hatte. Der Dämon, der seinen Vater ermordet hatte, war nicht der einzige, der durch die Barriere gekommen war. Was das Ganze noch erschreckender machte: Der Dämonenjäger vermutete offenbar, dass ihm dabei ein Magier geholfen hatte. Einer jener Frauen oder Männer, die die Schwebenden Reiche eigentlich beschützen sollten. Aber warum?

Sein kein Narr, Ishan! Gold natürlich. So waren die Menschen nun mal. Und wer besaß Gold im Überfluss und hatte zudem einen Dämon in Gestalt der Herrin Sharala auf ihn gehetzt? Großfürst Thamaryn. Ishan musste unbedingt mehr über diese Sache erfahren. Vorsichtig schob er sich wieder näher ans Fenster heran, um zu sehen, was in dem Zimmer vor sich ging.

Der Mann mit Namen Veitt war inzwischen so blass wie ein sharigorischer Büffelkäse. Mit zittrigen Händen fuhr er sich durch das Haar. »Umso wichtiger ist es, dass du dir Verbündete …«

»Nein.« Der Dämonenjäger legte dem jüngeren Mann eine Hand auf die Schulter. »Ich weiß, dass du mutig bist. Aber ich brauche dich hier. Es könnten Nachrichten über Dämonensichtungen eintreffen, die du an mich weiterleiten musst. Die Bewohner von Imres sind gewarnt. Sie haben versprochen, die anderen Gemeinden zu informieren und Augen und Ohren für alles Ungewöhnliche offen zu halten. Außerdem muss jemand während meiner Abwesenheit über die Experimente wachen.«

Veitt senkte den Blick. »Wenigstens dafür bin ich gut, was?«

»Red keinen Unsinn! Du weißt genau, wie wichtig mir das alles hier ist.« Er machte eine umfassende Bewegung mit der Hand. »Ich suche schon mein ganzes Leben lang nach einer Schwäche der Val'kai. Etwas, das ich jedem Mann und jeder Frau, die gewillt sind, gegen die Dämonen zu kämpfen, an die Hand geben kann. Und ich bin mir sicher, dass dieses Tal die Antwort darauf bereithält. Dieses Labor bin ich, Veitt! Halte es am Laufen und setze meine Forschungen fort.«

»Verrate mir nur eins«, sagte Veitt und sah wieder auf. »Falls du tatsächlich eines Tages ein Mittel gegen die Dämonen findest, was würde sich dadurch für dich ändern? Hörst du dann auf, diese Bestien zu jagen? Suchst du dir eine Frau und bekommst Kinder? Führst ein normales Leben?«

»Du weißt, dass ich das niemals könnte, solange es noch einen einzigen verfluchten Val'kai gibt«, sagte der Dämonenjäger. »Dafür *hasse* ich sie viel zu sehr.«

Er sagte es mit einer Inbrunst, die Ishan aufhorchen ließ. Jeder hasste die Dämonen, weil sie Kummer, Tod und Chaos brachten. Hinter den Gefühlen des Dämonenjägers steckte jedoch eindeutig mehr. Vielleicht konnte er das ja nutzen, um ihn auf seine Seite zu ziehen.

Ishan beobachtete, wie der Dämonenjäger das Labor verließ, während der Mann namens Veitt zurückblieb. Danach zog auch er sich vom Fenster zurück. Mit gerunzelter Stirn lehnte er sich an die Hauswand. Wie ging es jetzt weiter? Sollte er klopfen? Oder sehen, ob er nicht noch ein wenig mehr darüber herausfinden konnte, was dieser Dämonenjäger wusste? Schaden konnte es sicher nicht.

Ishan stieß sich von der Mauer ab, schlich zum nächsten Fenster und dann immer so weiter; in irgendeinem der Zimmer musste der Dämonenjäger schließlich auftauchen. Sollte er kein Glück damit haben, konnte er immer noch zur Haustür zurückkehren und so tun, als wäre er gerade erst eingetroffen.

13

Tal des Dämonenjägers, Xe'Neridian
14. Jul, 1026 n. d. Zweiten Dämonenkrieg

Ryk trat aus dem Laboratorium, blieb stehen und atmete zwei-, dreimal durch. Er wusste, dass Veitt es nur gut meinte, trotzdem trieb er ihn mit seiner Fürsorge manchmal zur Weißglut. Er schüttelte den Kopf und folgte dem Korridor in die Vorhalle des Anwesens. Sie war hoch und unmöbliert. Nur an den Wänden hingen Gemälde früherer Dämonenjäger. Schatten tummelten sich unter der Treppe, die in die oberen Stockwerke führte, wo sich sein Arbeitszimmer, die Waffenkammer, sein Schlafgemach und diverse Gästezimmer befanden. Veitt bewohnte aufgrund seines lahmen Beins einen Raum im Erdgeschoss, der zwischen Küche und Bibliothek lag. Die beiden Orte, an denen sich sein Gehilfe am liebsten aufhielt.

Ryk blieb stehen und fachte das Seelenfeuer in seiner Brust an, um seine Sinne magisch zu schärfen. Die Hitze stieg ihm in den Kopf wie der Schluck eines hochprozentigen Branntweins, und für einen Moment fühlte er sich berauscht. Das Gefühl flaute jedoch rasch wieder ab, und sofort drangen alle möglichen Geräusche an seine Ohren. Das Knarren der Dachsparren im Sonnenschein. Gefluche aus dem Labor. Und von draußen … Schritte. Er hatte sich nicht geirrt, dort war jemand. Er konzentrierte sich auf den Fremden, anscheinend war er auf dem Weg zur Rückseite des Anwesens.

Zeit, herauszufinden, wer er ist und was er hier tut, dachte Ryk, fuhr herum und stieß die breite Doppeltür auf, die von der Vorhalle in den Wohn- und Empfangsraum führte. Ohne innezuhalten, durchquerte er diesen und öffnete eine Tür, die aus Glas, Blei und Holz gefertigt war und hinaus auf eine Veranda führte, die sich über die gesamte Rückseite des Hauses erstreckte.

Für einen Moment musste er die Augen zusammenkneifen, als die Magie das Sonnenlicht und die Farben der Welt für ihn auffächerte und Blumen, Kräuter und selbst das Gras in grellen und vielschichtigen Tönen erstrahlen ließ. Tief sog er die mannigfaltigen Düfte ein, mit denen die Luft angereichert war und von denen er gewöhnlich nicht einmal einen Bruchteil wahrnahm. Und da war auch der Geruch des Fremden, den er um das Anwesen herumschleichen hörte. Seiner Kleidung haftete der Gestank der Stadt an: von zu vielen Menschen auf zu engem Raum. Aber auch der von Blut. Altes Blut. Und der des Waldes und von Gras.

Ryk rief sich das Bild des Mannes ins Gedächtnis. Ein junges Gesicht mit stoppeligem Bartwuchs und Haut, die einige Nuancen dunkler als die eines Xe'Neridianers war. In den braunen Augen hatte ein gehetzter Ausdruck gelegen. Wer war der Kerl? Was wollte er hier draußen? Es gab nur einen Weg, das herauszufinden: Er würde sich den Eindringling vorknöpfen. Ryk zog einen Teil seiner Magie von seinen Sinnen ab, sodass ihm die Welt weniger grell und laut erschien, und nutzte sie, um seine Reflexe und Körperkräfte zu steigern. Sofort jagte Hitze in seine Glieder, härtete seine Knochen und stärkte seine Muskeln. Wie jedes Mal fühlte er sich in diesen Moment, als könnte er mit bloßen Händen ein Pferd stemmen – was im Grunde gar nicht so weit von der Wahrheit entfernt war.

Ryk trat von der Veranda hinaus aufs Gras, stieß sich vom Boden ab und landete mit einem Satz auf der Überdachung der Veranda. Die Schindeln knirschten schwach, als er in die Knie ging, um den Aufprall abzufedern. Anschließend schlich er zum Ende des Daches, wo er in Lauerstellung ging. Nicht lange, und der Mann schob sich unter ihm um die Ecke des Hauses.

Ryk ließ sich fallen, erwischte den Fremden und riss ihn mit sich zu Boden. Noch bevor die beiden zu Boden gingen, hatte er eines seiner Messer aus dem Gürtel gezogen. Der Bursche schien nicht recht zu wissen, wie ihm geschah. Er stieß ein *Uff* aus, dann klebte ihm auch schon Ryks Messer an der Kehle.

»Du hast hoffentlich einen verdammt guten Grund, dich hier herumzutreiben«, knurrte er.

Der Eindringling schielte auf das Messer, schluckte und öffnete den Mund. »Ich suche …«

»Was geht denn hier vor?« Veitt war auf die Veranda getreten, eine Braue fragend nach oben gezogen.

»Wonach sieht's denn aus?«, entgegnete Ryk.

»Hm.« Veitt musterte den Fremden eingehend. »Nach einem hässlichen Entlein, das sich nach einer Rasur und einem ordentlichen Haarschnitt durchaus zu einen ansehnlichen Schwan mausern könnte.«

Ryk rollte mit den Augen und wandte sich wieder dem Fremden zu. Er trug die Uniform eines Wächters des Fürsten, verhielt sich aber nicht wie einer. »Wer bist du? Und warum schnüffelst du auf meinem Land herum?«

Der junge Mann sah von Ryk zu Veitt und wieder zurück. »Mein … mein Name ist Ishan, und ich suche den Dämonenjäger dieses Inselreiches.«

»Herzlichen Glückwunsch, du hast ihn gefunden. Ryk Vangur, mein Name. Also noch mal: Was machst du hier?«

»Ishan?«, platzte Veitt heraus. »So wie Prinz Ishan, der Königsmörder?«

»Lügen!«, fauchte der Bursche und wollte hochfahren.

Ryks Linke knallte ihm auf die Brust und drückte ihn zurück auf die Erde. Ein paar Rippen knackten, und der Fremde stöhnte. »Keine hastigen Bewegungen, du Idiot!«, fauchte Ryk. »Oder willst du dir die Kehle an meinem Messer aufschlitzen?« Anstatt zu antworten, lief das Gesicht des Eindringlings allmählich blau an.

»Verdammt, du bringst ihn ja um!«, schimpfte Veitt.

Ryk fluchte und nahm ein wenig Kraft aus seiner linken Hand. Normalerweise setzte er seine Magie nur im Kampf gegen Val'kai ein, und die waren weniger zerbrechlich als Menschen.

Der Bursche sog japsend Luft in die Lungen. »Ich … ich habe niemanden ermordet.«

»Behauptet ein Mann, der wie ein gemeiner Dieb um mein Haus geschlichen ist.« Ryk schüttelte den Kopf. »Dir läuft die Zeit davon, Junge!« Um seine Worte zu unterstreichen, erhöhte Ryk den Druck auf das Messer.

Ein verzweifelter Ausdruck trat in die Augen des Eindringlings. »Ich … ich bin gekommen, weil ich Eure … Eure Hilfe brauche, Dämonenjäger. Und ich wollte nicht lauschen. Wirklich nicht. Ich habe Stimmen gehört und dachte …« Er brach ab.

»Was dachtest du?«, hakte Ryk nach, der allmählich die Geduld verlor.

»Dass es eine gute Möglichkeit wäre, etwas über Euch zu erfahren, bevor ich mich Euch zeige.«

»Falls er wirklich derjenige ist, der er behauptet zu sein, könnte das sogar die Wahrheit sein«, warf Veitt ein. »Der letzte Botenvogel aus Arville trug eine Nachricht mit der Beschreibung des Prinzen bei sich. Bei dem Kopfgeld, das auf ihn ausgesetzt ist, muss er fürchten, dass die meisten ihn kurzerhand an den Fürsten ausliefern würden.«

»Von … von einem Kopfgeld weiß ich nichts.« Ishan musterte Ryk mit besorgtem Blick. »Ich war nur vorsichtig.«

Ryk sah seinen Gehilfen an. »Wie hoch ist das Kopfgeld?«

»Tausend Goldenger«, antwortete Veitt und warf dem Fremden einen neugierigen Blick zu. »Ist es wahr, was in dem Bericht über deine Flucht stand? Dass du dich zweihundert Fuß tief in den Fluss gestürzt hast?«

»Tausend Goldenger?«

Ryk stieß einen Pfiff aus, woraufhin Ishan schwach zischte: »Also seid Ihr bloß ein Mann des Geldes, für den weder Ehre noch Gerechtigkeit zählen.«

»Ich bin, wer ich bin.« Ryk sah auf den jungen Mann hinab. »Wer du bist, da bin ich mir allerdings nicht sicher. Vielleicht sagst du die Wahrheit, aber eher nicht. Warum sollte der Kronprinz von Sharigor ausgerechnet hinter meinem Haus herumlungern? Nein, du scheinst mir ein Dieb zu sein, der das Unvermeidliche durch eine Lüge aufzuschieben versucht. Ich sollte dich gleich töten und mir dadurch unnötigen Ärger ersparen.« Mit der Klinge ritzte er die Haut des Burschen. Gleichzeitig lauschte er mit geschärften Sinnen auf dessen Herzschlag. Eine wilde Kakophonie, die von Angst und Verzweiflung kündete. Und dennoch kein Flehen um Gnade. *Ein verdammt stolzer Kerl*, dachte Ryk. Lügner besaßen selten Stolz. »Ich gebe dir eine letzte Chance, mir die Wahrheit zu sagen.«

»Das habe ich bereits getan«, erwiderte der Fremde mit funkelnden Augen. »Ich bin Ishan con Femen, Kronprinz von Sharigor. Ich wurde von einem Dämon hereingelegt, der meinen Vater ermordet hat und es so aussehen ließ, als sei ich der Täter.«

Ryk kniff die Augen zusammen. »Was sagst du da? Beschreib mir die Kreatur!«

Ishan sah ihn an. »Sie … sie konnte ihre Gestalt verändern. Zuerst sah sie wie Herrin Sharala aus, die Regentin des Wüstenreiches Sataou. Doch nachdem sie meinem Vater den Dolch in die Brust gestoßen hatte, nahm sie die Gestalt eines Dämons an. Ich versuchte, sie zu töten, aber sie entkam, indem sie sich in Rauch auflöste.«

»Ein zweiter Humanos?«, platzte Veitt verblüfft heraus.

Ryk runzelte die Stirn. Sagte der Junge die Wahrheit? »Klingt mir nach einem Khay'da«, murmelte er und wünschte einmal mehr, Corr würde noch leben. Der alte Haudegen wusste Menschen zu lesen wie ein Buch. »Sie können beinahe jedes beliebige Äußere annehmen. Einmal abgesehen von Tiergestalten. Allerdings könntest du auch in irgendeinem alten Buch über seine Beschreibung gestolpert sein.« Ryk beugte sich zu Ishan hinab. »Erzähl mir von den Augen des Dämons!«

»Seine Augen?« Ishan leckte sich nervös die Lippen. »Dann ... dann war es also keine Täuschung des Lichts, als ich Sterne darin sah? Sie schienen zu tanzen.«

Ryk zog das Messer zurück und steckte es ein, bevor er Ishan die Hand bot, um ihm aufzuhelfen.

»Ihr glaubt mir?«

»Fürs Erste.« Was nicht bedeutete, dass er ihn nicht doch noch an Fürst Elorien ausliefern würde. Immerhin hieß es, der Junge sei ein Mörder. Außerdem waren tausend Goldenger ein ganz hübsches Sümmchen. Selbst für einen Dämonenjäger.

»Wegen dem, was ich in seinen Augen sah?« Ishan ergriff die Hand. »Warum?«

»Ich selbst habe diese Lichtreflexe auch schon einmal bei einem Dämon beobachtet. Drei Monate ist das jetzt her. Damals wusste ich nicht, was sie zu bedeuten haben.« Er seufzte. »Wir sind über die letzten dreihundert Jahre nachlässig geworden und haben vieles vergessen, was mit den Val'kai zu tun hat, weil wir uns in Sicherheit wähnten. Doch seit meiner Begegnung mit ... mit diesem Blutlenker haben Veitt und ich eine Reihe von Büchern gewälzt. In einer Ausgabe von Rupert Grimboggs *Dämonenatlas* sind wir schließlich darauf gestoßen, dass diese Lichter von ihrer Magie hervorgerufen werden. Sie können es nur bedingt kontrollieren, weshalb es wahrscheinlich das Einzige ist, woran man einen Morphus erkennen kann, der sich als Mensch ausgibt. Mit anderen Worten: Du konntest nur davon wissen, wenn du schon einmal wirklich einem Dämon gegenübergestanden hast.«

»Morphus«, wiederholte Ishan. »Ist das der Name dieses Dämons?«

»Nein, es ist lediglich ein anderer Name für den Khay'da und beschreibt seine Art«, entgegnete Veitt, der inzwischen von der Veranda zu ihnen herabgestiegen war. »Soweit wir wissen, gehören Morphusdämonen der zweiten Kaste an.« Er musterte Ishan neugierig. »Vielleicht hast du ja schon einmal davon gehört, dass die Gesellschaft der Val'kai in Kasten unterteilt ist?«

Der Junge schüttelte den Kopf.

»Nun, warum sollest du auch?«, erwiderte Veitt. »Es ist nichts, was man jungen Menschen außerhalb der magischen Akademie gewöhnlich lehrt, obwohl ich finde, dass es nicht schaden kann, darüber Bescheid zu wissen. So würde es dir leichter fallen zu verstehen, worüber wir reden.«

»Jetzt erklär es ihm schon«, brummte Ryk und verschränkte die Arme vor der Brust. »Ich sehe dir doch an, dass du es willst.«

Veitt grinste. »Es dauert auch nicht lange«, versprach er an Ishan gewandt, der ihn verwirrt anstarrte. »Zur dritten und damit niedrigsten Kaste zählen alle Tierdämonen«, begann Veitt. »Sie verfügen über keinerlei Magie und besitzen das geringste Ansehen in der Kultur der Val'kai. Die zweite Kaste umfasst die Mehrzahl aller Menschendämonen, auch Humanos genannt. Sie zeichnen sich dadurch aus, dass sie lediglich einen einzigen der fünf Magiezweige beherrschen. Zu ihnen zählen auch die Morphusdämonen. Sie alle sind Diener und Krieger der ersten Kaste. Das ist sozusagen die Elite, eine Handvoll sehr alter und sehr mächtiger Dämonen. Sie kontrollieren alle fünf Zweige der Magie, wobei sie in der Regel für einen davon eine besondere Begabung besitzen. Wie der Blutlenker, von dem Ryk angegriffen wurde. Ein Dämon, der in der Lage ist, Menschen seinen Willen aufzuzwingen, indem er von ihrem Blut trinkt.«

»Der Morphus konnte nicht nur seine Gestalt ändern«, platzte Ishan daraufhin heraus. »Er war auch unglaublich schnell.« Erwartungsvoll sah er Ryk an.

»Das ist allerdings etwas, das auf alle Humanos zutrifft«, sagte der und krauste die Stirn. »Ob es nun ein Khay'da war oder doch derselbe Dämon, der auch mich angegriffen hat, kann ich so nicht beurteilen. Dass er nicht versucht hat, deine Gedanken zu kontrollieren, muss nicht heißen, dass er dazu nicht in der Lage war. Was ist mit Tätowierungen?« Er sah Ishan fragend an. »Hatte er welche?«

Der Junge nickte. »Ein paar goldene Linien und Spiralen auf der Brust.«

»Und der Rest seines Oberkörpers?«

»Nichts.«

»Dann ist es so gut wie sicher, dass es ein Morphus war, der deinen Vater getötet hat«, sagte Ryk. »Bei einem Dämon der ersten Kaste wären die Runenmuster sehr viel ausgeprägter und auffälliger gewesen.« Er musterte den Jungen. »Du hast doch bestimmt nicht den ganzen Weg von Arville bis hier ins Tal auf dich genommen, nur um mir von dem Dämon zu erzählen, oder?«

Ishan biss sich auf die Unterlippe und schüttelte den Kopf. »Ich bin hergekommen, weil ich Eure Hilfe brauche, Dämonenjäger! Ich muss diesen Morphus wiederfinden. Er soll dafür bezahlen, was er meinem Vater angetan hat. Außerdem ist er meine einzige Chance, meine Unschuld zu beweisen.«

Ryk zog eine Braue hoch. »Der Dämon?« Der Junge verstand wirklich nicht viel von diesen Bestien, wenn er das glaubte. Inzwischen zog er Ishans Geschichte nicht länger in Zweifel. Auch wenn es ihm ganz und gar nicht in den Kram passte, was das bedeutete: Demnach hatte er es nicht nur mit einem Menschendämon zu tun, der sein Unwesen auf Xe'Neridian trieb, sondern gleich mit zweien.

Auch der Junge selbst war ein Problem. Als Bürger von Xe'Neridian war Ryk verpflichtet, Ishan an Fürst Elorien auszuliefern. Auf der anderen Seite gehörte er dem Orden der Deret'kai an, und dessen oberste Verantwortung bestand darin, die Schwebenden Reiche gegen die Dämonen zu schützen. Und der Junge mochte sich noch als nützlich erweisen. Immerhin hatte er eine Begegnung mit einem Dämon überlebt und war aus Eloriens Kerker entkommen. Eine beachtliche Leistung für einen so jungen Kerl.

Ryk sandte die Magie in sein Energiezentrum zurück. Er glaubte nicht, dass er sie noch brauchte. »Du willst meine Hilfe, hm?«

»Ich kann Euch bezahlen«, ereiferte sich Ishan sofort. »Natürlich nicht gleich, aber wenn ich erst …«

»Über meine Bezahlung reden wir später.« Hatte er das gerade wirklich gesagt? Selbst Veitts Miene zeigte Überraschung. Aber bei dieser Sache ging es nicht nur um Holzfäller, die von einem Rudel Reißer bedroht wurden. Hier stand sehr viel mehr auf dem Spiel. »Jetzt gibt es erst einmal Wichtigeres«, fügte er hinzu, bevor er Ishan aufforderte, ihm ins Haus zu folgen.

Im großen Wohnraum bot er dem Prinzen einen der Sessel vor dem Kamin an. Er selbst nahm auf dem anderen Platz. Unterdessen zog Veitt sich in die Küche zurück, um eine Mahlzeit für Ishan zuzubereiten. »Der arme Junge sieht mir halb verhungert aus«, hatte er zuvor noch verkündet.

Ryk lehnte sich in seinem Sessel zurück und schlug die Beine übereinander, während Ishan sich in dem Zimmer umsah. Ryk ahnte, was nun kommen würde. Jeder, der zum ersten Mal in diesem Haus war, reagierte auf ähnliche Weise. Dennoch sagte er zunächst: »Ich vermute, mein Heim ist nicht ganz so komfortabel wie der Palast von Sharigor.«

Ishan sah ihn an. »Das ist es nicht, sondern …« Er zögerte. »Hier sieht alles so normal aus.«

Ryk lächelte. »Die meisten, die mich aufsuchen, erwarten, dass ich die Wände meines Hauses mit Dämonenköpfen geschmückt habe. Jagdtrophäen. Aber so sehr ich die Val'kai auch hasse, erschien mir dergleichen doch stets als barbarisch.« Er beugte sich in seinem Sessel vor. »Ich töte weder für Ruhm noch zum Vergnügen, sondern um die Menschen vor den Dämonen zu schützen. Abgesehen davon trage ich bereits genug schlechte Erinnerungen mit mir herum. Da müssen sie nicht zusätzlich von den Zimmerwänden auf mich herabstarren.«

»Falls ich Euch beleidigt habe, tut es mir leid«, versicherte ihm Ishan hastig.

Ryk lehnte sich wieder zurück. »Keine Sorge, das hast du nicht.«

In diesem Moment kehrte Veitt mit zwei Bechern Rotwein und einer Schüssel dampfender Gosh zurück. Ishan beäugte die Fleischbrocken in der dunklen Soße eine Sekunde lang argwöhnisch, bevor er sich gierig darüber hermachte. Die Weinbecher stellte Veitt auf dem runden Tischchen ab, der zwischen den Sesseln stand. »In der Küche ist noch mehr, falls es nicht reichen sollte«, sagte er zu Ishan.

»Und es gehört alles dir«, setzte Ryk hinzu. »Wir essen jetzt schon seit zwei Tagen davon, weil der gute Veitt immer so viel kocht, als würden außer uns beiden noch fünf weitere Personen in diesem Haus wohnen. Ehrlich gesagt kommt es mir schon an den Ohren raus.« Mit einem Blick zu Veitt fügte er hinzu: »Auch wenn ich deine Kochkünste sonst zu schätzen weiß.«

Veitt fixierte ihn mit einem gekränkten Blick, dem Ryk jedoch keine Beachtung schenkte.

»Wo du schon einmal hier bist«, fuhr er fort. »Aufgrund der neuen Situation habe ich entschieden, schon morgen früh aufzubrechen. Ich darf die Suche nach dem Dämon nicht länger hinauszögern. Kannst du heute Abend schon mal das Wichtigste zusammenpacken? Vorräte, Decken – das Übliche eben. Und such auch ein paar Kleidungsstücke für den Jungen zusammen. Ich glaube, in …« Er zögerte, räusperte sich und sprach weiter. »Ich glaube, in Jailars altem Zimmer wirst du noch ein paar seiner Sachen finden. Mir scheint, die beiden haben ungefähr die gleiche Größe.«

Ishan sah von seiner Mahlzeit auf. »Wohin wollt Ihr denn?«

»Wo immer er einen Dämon findet, der bereit ist, ihm den Bauch aufzuschlitzen«, brummte Veitt und stürmte aus dem Zimmer.

»Er ist wohl nicht gut auf Euch zu sprechen, was?«, merkte Ishan zwischen einem Löffel Gosh und einem Schluck Wein an.

Ryk zuckte die Achseln und trank ebenfalls von seinem Wein. »Wäre er es einmal nicht, würde ich mir ernsthaft Sorgen um ihn machen.«

»Warum lasst Ihr es überhaupt zu, dass Euer Diener so mit Euch redet?«, fragte Ishan.

»Er ist …« *Ein Freund* lag es ihm auf der Zunge, stattdessen sagte er: »… kein Diener.«

»Verstehe«, meinte Ishan, der vermutlich nur zu höflich war, um nachzufragen.

»Du hast vorhin gesagt, dass du den Morphus fangen willst.«

Ishan nickte.

»Wozu?«

Der Prinz blinzelte erstaunt. »Damit er vor dem Kronrat meine Unschuld bezeugen kann.«

Ryk starrte ihn einen Moment lang sprachlos an, dann brach er in schallendes Gelächter aus. »Das, mein Junge, ist der beste Scherz, den ich seit vielen Jahren gehört habe.«

14

Arville, Xe'Neridian
14. Jul, 1026 n. d. Zweiten Dämonenkrieg

Catara verachtete die Männer. Nur selten taugten sie zu mehr als zur Befriedigung ihrer Bedürfnisse. Im Grunde waren sie alle gleich: dumm, gierig und verlogen. Rogen Thal war jedoch anders, wenn auch nicht in einem guten Sinne. Was Frauen anging, war er so unersättlich wie der Großteil seiner verkommenen Gattung. Haut- und Haarfarbe interessierten den Händler nicht. Hauptsache, die Mädchen waren jung und hübsch. Die meisten Kerle mit solchen Gelüsten waren fette Schweine, getrieben von einem Hunger, der weder im Bett noch an der Tafel gestillt werden konnte. Nicht so Rogen Thal. Trotz seiner annähernd fünfzig Jahre empfand Catara ihn als attraktiv. Sein dunkelblondes Haar, das ihm bis auf die Schultern fiel und das er zu einem locker gebundenen Zopf trug, wies kein erkennbares Grau auf. Zudem war er groß, von kräftiger Statur und ohne den Ansatz eines Bauches, wie es bei Männern seines Alters häufig der Fall ist.

Am bemerkenswertesten war jedoch sein Lächeln, in dem eine jungenhafte Unschuld mitschwang und die ganz im Gegensatz zu seinen scharf geschnittenen Gesichtszügen stand. Eine Waffe, die er nicht nur bei Verhandlungen mit Geschäftspartnern einsetzte, sondern auch, um junge naive Straßenhuren zu einer Nacht zu verlocken, von denen die meisten noch viele

Monate später in ihren Albträumen geplagt wurden. Umso mehr Vergnügen würde es Catara bereiten, ihm dieses Lächeln ein für alle Mal auszutreiben.

Sie befahl dem Fahrer anzuhalten und beobachtete durch das Kutschenfenster, wie Thals eigene Droschke vor seiner Stadtvilla hielt. Die Abenddämmerung verlieh dem schwarz lackierten Holz des Zweispänners einen rötlichen Glanz, wodurch er aussah, als würde er wie ein Stück Kohle von innen heraus glühen. Nachdem der Händler ausgestiegen war, schnippte er dem Kutscher eine Münze zu, bevor er sich dem Gittertor näherte, das Teil einer Mauer war, die von Eisenspitzen gekrönt wurde, und hinter der ein dreistöckiger Protzbau aus Sakrylgestein aufragte. Ein rundes, opulent gestaltetes Buntglasfenster über dem Eingang der Villa, das das Wappen des Kaufmanns zeigte – einen Dreimaster vor einer feuerroten Sonne –, kündete von seinem Reichtum. Zum weiteren Schutz seines Besitzes beschäftigte Thal zwei Wächter, die zu beiden Seiten des Gittertors Aufstellung bezogen hatten. Grobknochige Kerle, die ganz in Schwarz gekleidet waren und lächerlich finstere Mienen zur Schau trugen. Sie nickten ihrem Herrn zur Begrüßung zu.

»Jungs.«

Ein Diener, der hinter der Tür gewartet haben musste, öffnete Thal und hieß ihn mit einer Verbeugung willkommen, die aussah, als wolle er ihm noch in der gleichen Bewegung die Stiefel lecken. Sobald der Kaufmann in seiner Villa verschwunden war, stieg auch Catara aus. Sie bezahlte für die Fahrt, blickte ein letztes Mal zu Thals Anwesen zurück und schlenderte dann in die entgegengesetzte Richtung davon. Jetzt, da sie wusste, dass er zu Hause war, würde sie zu späterer Stunde zurückkehren. Die Straße, die zu beiden Seiten von Villen und prächtigen Stadthäusern flankiert wurde, bot an dieser Stelle keinerlei Versteck. Hätte sie die Kutsche noch länger angehalten, hätte sie unerwünschte Aufmerksamkeit erregt.

Catara hatte Rogen Thal aus zwei Gründen zu ihrem nächsten Opfer bestimmt: Zum einen besaß er eine eigene Flotte von Feuerreitern, zum anderen war er ein langjähriger Freund und Handelspartner von Baron Telrys, Regent über das Eisenreich Rifta und Mitglied des Fünferbundes. Thal selbst entstammte einer alten arvillischen Kaufmannsfamilie und verfügte über weitreichende Beziehungen zu diversen Herrscherhäusern. Für ihre Mission war er geradezu perfekt.

Am Ende der Straße bog Catara nach links ab. Die Gasse, der sie nun folgte, würde sie zum Brunnenhof führen, einem großen Platz mit Bänken unter Bäumen und Marktständen, die ausgefallene Gaumenfreuden aus fernen Inselreichen feilboten. Natürlich zu Preisen, die völlig überteuert waren, was den Brunnenhof gerade beim Jungvolk des Adels so beliebt machte. Hier konnten sie im Luxus schwelgen und ihren Reichtum zur Schau stellen. Aufgrund der Fülle der Besucher wäre es der ideale Ort, um nicht weiter aufzufallen. Selbstverständlich hatte Catara vorgesorgt und ihre Kleidung den Umständen angepasst. Ihre Herrin hatte ihr für diesen Auftrag ein großzügiges Budget zugestanden. Wenn Catara das Geld einmal ausging, brauchte sie lediglich in eine Bank zu spazieren, das Schreiben der Königin von Sharigor vorzulegen, und schon konnte sie über beinahe jede beliebige Summe verfügen. Mächtige Verbündete im Rücken zu haben, machte so vieles einfacher.

Es lag in Cataras Natur, niemals unvorbereitet in eine Mission zu gehen, und das hatte sie auch in diesem Fall nicht tun müssen.

Ihre Herrin verfügte über ein Netzwerk von Spionen, das sich über nahezu alle bekannten Inselwelten der Schwebenden Reiche erstreckte. Auf diese Weise hatte Catara bereits vor ihrem Aufbruch alles Wissenswerte über die Mitglieder des Fünferbundes sowie deren Familien, Freunde und Geschäftspartner zusammentragen können, um es sich während ihrer mehrtägigen Reise nach Xe'Neridian einzuprägen und die Papiere anschließend zu verbrennen.

»Du und ich, Catara, wir geben den Freien Reichen die Stabilität, die sie so dringend benötigen«, pflegte Königin Madea zu sagen. Und kaum einer ahnte, wie viel Wahrheit in diesen Worten steckte. Nicht einmal König Varras, als er noch lebte. Der König war ein guter Redner und Diplomat gewesen, aber manchmal hatten Worte nicht ausgereicht, um einen potenziellen Verbündeten zu überzeugen, dem Bündnis der Freien Reiche beizutreten. An diesem Punkt war stets Catara ins Spiel gekommen. Ausgesandt von ihrer Herrin hatte sie der jeweiligen Person einen Besuch abgestattet. Mit einer Klinge am Hals aufzuwachen, während eine vermummte Assassine einem zuflüsterte, dass es für die eigene Gesundheit klüger wäre, seine Einstellung zu einem Bündnis mit Sharigor noch einmal zu überdenken, gehörte zu jenen Argumenten, denen sich nur die Allerwenigsten verstellten. Zweifelsohne mussten die Betroffenen geglaubt haben, der König selbst habe sie geschickt. Kein Wunder, dass jetzt, nach seinem Tod, das Bündnis der Freien Reiche zu zerbrechen drohte.

Für Königin Madea hatte es jedoch nie eine andere Möglichkeit gegeben, als aus den Schatten heraus zu agieren. In Sharigor galt es nicht nur als unschicklich, es war Frauen sogar verboten, eine eigene politische Meinung zu vertreten. Zu ihren Aufgaben gehörte es, hübsch neben ihren Männern auszusehen und deren Ansichten voll und ganz zu teilen. Selbst König Varras war in dieser Hinsicht ein Traditionalist gewesen. Für den Kronrat käme es daher auch niemals infrage, eine Frau auf dem Thron zu akzeptieren. Schon allein deshalb war Prinz Ishans Befreiung so wichtig gewesen. Im Augenblick war er der Einzige, der dem Königreich Stabilität geben konnte. Wenn er nicht rechtzeitig nach Sharigor zurückkehrte, mochte es zwischen den Hohen Häusern des Reiches zu einem Kampf um die Krone kommen.

Und das wäre für Thamaryn wiederum ein gefundenes Fressen. Selbst wenn der Prinz mittlerweile in seiner Heimat angekommen war, stand Königin Madea noch eine weitere Hürde bevor: Sie musste den Kronrat von Prinz Ishans Unschuld überzeugen. Nur wenn die Mehrzahl seiner Mitglieder ihm das Vertrauen aussprach, konnte er den Thron besteigen. Catara lächelte plötzlich. Sie hegte keinen Zweifel daran, dass ihrer Herrin das am Ende gelingen würde. Im Laufe der Zeit hatten ihre Spione gewisse prekäre Informationen über die Oberhäupter der Hohen Häuser zusammengetragen, mit denen sie Druck auf sie ausüben konnte. Catara war bewusst, dass der Prinz auch nach seiner Ernennung zum König weiterhin auf die Hilfe seiner Stiefmutter angewiesen war. Männer mit Macht waren stets nachtragend, und ohne dass Königin Madea schützend ihre Hand über Ishan hielte, würden die Ratsmitglieder ihn schon bald für die Demütigung bluten lassen, die Cataras Herrin ihnen zugefügt hatte.

Catara blieb stehen. Sie hatte ihr Ziel, den Brunnenhof, erreicht. Es ging hier genauso zu, wie sie es erwartet und am Tag zuvor auch schon beobachtet hatte. Zwischen den farbenfrohen Marktständen wandelten Gruppen gut gekleideter junger Adliger und labten sich an Weinen und Köstlichkeiten, deren Düfte Catara wie ein süßer Sommerhauch umwehten. Zusätzlich sorgten ein Musikant mit einer Drehleier und das Schauspiel mehrerer Straßengaukler für ausgelassene Stimmung.

Ein schattiges Plätzchen am Rande des Treibens, gleich neben einem der Brunnen, lud Catara zum Verweilen ein, nachdem sie zuvor an einem der Stände ein Stück belymischen Honigkuchens gegessen hatte. Von hier aus hatte sie einen guten Blick auf die zu- und abführenden Straßen.

Sie streckte die Beine aus, die sich nach der Kutschfahrt immer noch ein wenig steif anfühlten, und legte die hübsch bestickte Tasche, die sie bei sich trug, neben sich auf der Bank ab.

Jetzt, da sie sich ein wenig entspannte, machte sich ein leichtes Pochen in ihrer linken Seite bemerkbar. Womöglich war es auch schon die ganze Zeit über da gewesen, und sie hatte es nur nicht beachtet. Zwei Tage war es inzwischen her, dass sie das Haus der alten Westa verlassen hatte. Aus Gründen der Vorsicht war sie nicht in ihren alten Gasthof zurückgekehrt, sondern bewohnte seitdem ein Zimmer in einer Herberge im Westen von Arville. Von dort aus war es nur ein kurzer Weg zum Sonnengärtchen, dem Viertel der Reichen und Mächtigen von Arville, zu denen auch Rogen Thal zählte.

Heute und auch gestern hatte sie viel Zeit damit verbracht, dem Kaufmann in wechselnden Kutschen zu seinen Geschäftsterminen zu folgen, um sich mit seinen Gepflogenheiten und Verhaltensweisen vertraut zu machen, sodass sie sich nun bereit fühlte. Noch in dieser Nacht würde sie die Wende im Konflikt zwischen den Freien Reichen und dem Fünferbund einleiten. Wieder einmal würde sie das Zünglein an der Waage spielen. Nur dass es dieses Mal um mehr, um so viel mehr ging.

Wenn heute alles nach Plan lief, wäre Telrys der Erste, der in Kürze den Preis für seinen Verrat an König Varras bezahlen würde. Vier weitere Regenten würden folgen. Catara lächelte, hob den Kopf und betrachtete die Sonne, die den östlichen Himmel über Arville mit orangen, roten und violetten Farbschleiern überzog. Der Tag war fast vorüber. Auch der Brunnenhof begann sich allmählich zu leeren, während immer mehr Stände schlossen. Catara mochte die Dämmerung. Schon als Kind hatte sie sie geliebt wie keine andere Tageszeit. Oft war sie hinaus ins Freie gelaufen, um in der Abendsonne zu baden, die ihr farbloses Haar jedes Mal mit einem feurigen Schimmer überzogen hatte. Bei dieser Erinnerung kroch ihr ein bittersüßer Geschmack die Kehle empor.

Grau, dachte sie verächtlich. Ihr Haar, ihre Haut, ihre Augen, selbst ihre Pisse. Zaragoths Fluch. Das Gespräch mit Westa hatte sie aufgewühlt. Wie viele Jahre war es her, dass Catara zuletzt ihre wahre Gestalt angenommen hatte? Dass sie ein ausgemergelter Körper gewesen war, mit straff umwickelten Bandagen, die ihm Halt gaben? Eine verfluchte Keesa? Tränen schossen ihr in die Augen.

Erinnerungen an ihre Mutter und an ihre kleine Schwester tauchten vor Cataras innerem Auge auf. Sie wusste nicht einmal, ob sie nach all den Jahren noch lebten. Oder Amaldis, die alte Schamanin, bei der sie einst in die Lehre gegangen war und die immer gehofft hatte, sie würde eines Tages ihre Nachfolge antreten. Unter all den Mädchen ihres Stammes hatte Amaldis sie aufgrund ihrer Fingerfertigkeiten, ihres wachen Verstandes und ihres Interesses an Kräutern und Heilpflanzen auserwählt. Damals war Catara jung, unschuldig und voller Lebensfreude gewesen. Von dem Verrat, der ihr einige Jahre später das Herz brechen würde, hatte sie noch nichts geahnt. Geräuschvoll zog sie die Nase hoch. Scheiße, was war nur los mit ihr? Sie wischte sich die Augen.

Jetzt heulte sie schon zum dritten Mal innerhalb kurzer Zeit. Zuerst in der stinkenden Gasse, dann im Haus der verrückten Westa und jetzt hier. Das war einfach nicht sie. Und plötzlich dämmerte es ihr – es musste an der jungen Dienerin liegen. Ganz unbemerkt hatten sich deren mädchenhafte naive Gefühle unter ihre eigenen gemischt. Das hatte Catara verletzlich gemacht, sogar ein wenig schwermütig.

Sie stieß scharf die Luft aus. Was kümmerten sie ihre alte Familie, vergangene Freunde? Sie hatte inzwischen neue. Königin Madea war sehr viel mehr als nur ihre Herrin. Sie hatte Cataras Leben gerettet, hatte sie davor bewahrt, von ein paar Männern totgeprügelt zu werden, die sie aufgrund ihres Äußeren für eine Aussätzige gehalten hatten. Und was noch wichtiger war: Die Königin hatte ihrem Leben wieder einen Sinn gegeben. Nach Darvals Verrat hatte Catara sich verloren gefühlt. Doch ihre

Herrin hatte ihr klargemacht, was sie gemeinsam alles erreichen konnten, und so hatte Catara zugestimmt, sich zur Assassine ausbilden zu lassen. Es war die beste Entscheidung, die sie je getroffen hatte. Das verdankte sie allein Königin Madea. Ohne sie wäre sie nicht die Frau, die sie heute war. Niemals würde sie das wiedergutmachen können. Niemals.

Catara zog die Nase hoch und wischte sich die Tränen fort, während sie in Gedanken zu der ihr bevorstehenden Aufgabe zurückkehrte: Rogen Thal. Sie war dem Kaufmann nicht nur tagsüber gefolgt, sie hatte in den vergangenen beiden Nächten auch die Villa beobachtet. Wie nicht anders zu erwarten hatten sich die Berichte ihrer Herrin bestätigt. Thals perverses Verlangen führte dazu, dass ihn jeden Abend eine andere Hure aufsuchte. Stets zur gleichen Zeit, eine Stunde nach Sonnenuntergang, sodass die Dunkelheit die Identität seiner Besucherinnen verschleierte.

Die letzten zwei Huren waren gerade erst auf der Schwelle vom Mädchen zur Frau gewesen. Jeweils kurz vor Morgengrauen hatten sie Thals Haus wieder verlassen. Die eine hatte sich die Hand gegen den Unterleib gepresst, während sie durch die ersterbende Nacht davongetaumelt war. Das andere Mädchen hatte die untere Hälfte seines Gesichts hinter einem Schal verborgen und heftig geschluchzt. Catara hatte Mitleid mit ihnen empfunden, doch zumindest verließen die beiden das Haus auf eigenen Beinen. In den Berichten ihrer Herrin war Catara noch auf sehr viel schlimmere Schicksale gestoßen.

Einige der Huren, die Thal aufgesucht hatten, wurden danach nie wieder gesehen. Eine junge Frau war Wochen später von der Stadtwache aufgegriffen worden, halb wahnsinnig und bestialisch verstümmelt. Aber was bedeutete das Wort einer Hure schon gegen das eines einflussreichen Kaufmanns? Nichts. Obwohl dieser Gedanke Catara unglaublich wütend machte, fühlte sie auch Befriedigung, denn sie wusste, dass sich das mit dieser Nacht ein für alle Mal ändern würde.

Bald darauf zeigten sich im Westen die ersten Sterne. Längst war die Sonne hinter den Dächern und Türmen der Stadt versunken. Mit der Nacht kam der Wind auf, weshalb Catara ihren Mantel zusammenzog. Nun konnte es nicht mehr lange dauern, bis die Hure auftauchte. Ihr Weg aus dem Vergnügungsviertel im Süden von Arville zu Rogen Thals Villa führte sie zwangsläufig über diesen Platz. Catara brauchte nichts anderes tun, als hier auf sie zu warten.

Gelegentlich wehten Schritte und ferne Stimmen heran. Catara fürchtete die Nacht und ihre Raubtiere nicht, schließlich war sie selbst eines. Plötzlich horchte sie auf. Das Klappern von Absätzen. Sie sprang von ihrer Bank auf.

Es war ein Mädchen, das aus eine Gasse auf der anderen Seite des Platzes getreten war. Im Sternenlicht schimmerte sein helles Haar fast silbern. Die betont schlüpfrige Kleidung ließ keinen Zweifel an ihrer Profession. Sie war ein mageres, recht unterentwickeltes Ding und entsprach damit genau Thals Vorliebe. Die meisten anderen Männer hätten sie wohl verschmäht. Catara seufzte und trat ihr in den Weg. »Hallo«, sagte sie.

Die Hure zuckte zurück. »Lass mich in Ruhe«, fauchte sie und hielt mit einem Mal ein Messer in der Hand. »Wenn du mich anrührst, bring ich dich um.«

Catara hatte Mühe, ein Grinsen zu unterdrücken. »Ich wollte dich nicht erschrecken«, sagte sie. »Wirklich nicht. Ich möchte dir nur ein Geschäft vorschlagen.« Sie hielt eine Münze hoch. »Die gehört dir, wenn du auf der Stelle umdrehst und vergisst, dass wir uns jemals begegnet sind.«

»Ein ganzer Silberenger?« Das Mädchen starrte das Geldstück mit großen Augen an. Selbst eine Hure mit gut laufenden Geschäften musste sich dafür mehrere Monate auf den Rücken legen. Ohne den Blick von der Münze zu nehmen, fragte sie: »Aber was is' mit meinem Kunden? Wenn ich nich' auftauche, wird er mich bei Svensk verpfeifen und …«

»Du meinst Rogen Thal? Keine Sorge, um den kümmere ich mich. Bist du ihm schon mal begegnet?«

Das Mädchen schüttelte den Kopf. »Aber ich hab' Sachen über ihn gehört.« Plötzlich war Angst in ihrer Stimme. »Svensk meint, das wär'n alles Lügen. Und er bezahlt gut, der Kaufmann.« Sie biss sich auf die Unterlippe.

Dieser Svensk musste ihr Lude sein. »Thal wird gar nichts merken. Ich werde einfach so tun, als wäre ich du. Da fällt mir ein: Wie heißt du überhaupt?« Catara hielt ihr die Münze hin und nickte auffordernd.

Das Mädchen starrte den Silberenger an. »Vinette«, sagte sie und entriss ihr die Münze. Fest schloss sie die Faust darum. »Warum tust du das?«

»Ich habe schon so viel über Rogen Thal gehört, dass ich ihn unbedingt einmal persönlich kennenlernen will«, antwortete Catara.

Vinette runzelte die Stirn, zuckte schließlich jedoch die Schultern. »Ich wünsch dir Glück. Wirst es brauchen, wenn es stimmt, was die anderen Mädchen so über ihn sagen.« Damit wandte sie sich ab und lief zurück in die Gasse, aus der sie gekommen war.

Catara wartete, bis die Nacht das Mädchen verschluckt hatte. Anschließend schnappte sie sich ihre Tasche und zog sich in den Schatten eines Hauseingangs zurück. Dort streifte sie den Mantel ab, den ihr die alte Westa besorgt hatte. Ebenso wie ihr Kleid, das nach dem Schnitt der aktuellen arvillischen Sommermode gefertigt war. Eine Hure hätte sich so ein teures Stück niemals leisten können. Darunter trug sie ein Mieder, in dem ihre Brüste kaum Platz fanden, sowie einen knöchellangen Unterrock. Er war schwarz eingefärbt und auf der rechten Seite bis hinauf zu ihrem Oberschenkel geschlitzt, sodass die nackte milchig weiße Haut ihres Beines zu sehen war. So entsprach ihr Anblick schon eher dem einer Hure.

Um das Bild abzurunden, zog Catara ein rotes Tuch aus ihrer Tasche, das sie sich über die Schultern warf. *Perfekt*, dachte sie und machte sich auf den Weg.

15

Tal des Dämonenjägers, Xe'Neridian
14. Jul, 1026 n. d. Zweiten Dämonenkrieg

Ihr nennt mich ›Junge‹, obwohl Ihr wisst, wer ich bin. Das ist respektlos, Dämonenjäger. Doch ich brauche Euch, darum will ich darüber hinwegsehen.« Ishan war aufgesprungen und starrte mit geballten Fäusten auf Ryk hinab. »Dass Ihr mich auch noch auslacht, ist allerdings inakzeptabel.«

Ryk sah zu ihm auf. Mut hatte der Bursche ja. »Setz dich wieder, Junge. Nun mach schon.« Er nickte, sobald Ishan saß. »Ich wollte dich nicht beleidigen, aber diese Idee ist einfach lächerlich. Einen Gestaltwandler kann man nicht einfangen. Und du wirst ihn erst recht nicht dazu bringen, für dich auszusagen.«

»Warum nicht?« Der Junge funkelte ihn trotzig an.

»Du kannst die Val'kai jagen, bekämpfen und töten, aber auf keinen Fall gefangen nehmen. Eher würde sich der Morphus freiwillig in deine Klinge stürzen. Und abgesehen davon: Wie willst du eine Kreatur in Ketten legen, die sich in Rauch verwandeln kann?«

Ishan senkte den Blick auf seinen Schoß. Die Enttäuschung stand ihm ins Gesicht geschrieben. »Ich … ich dachte, Ihr kennt vielleicht einen Weg. Der Dämon … Er hat mir alles genommen. Einfach alles.« Mit einem Mal schlug er mit der Faust auf das Tischchen zwischen ihnen, woraufhin die beiden Weinbecher bedrohlich kippelten und etwas von ihrem Inhalt auf das Holz schwappte. Er starrte den Dämonenjäger an. »Verdammt, ich will mein altes Leben wieder, versteht Ihr? Und … und mein Volk muss wissen, dass ich kein Mörder bin!«

»Schon gut, Junge.« Ryk hob beschwichtigend die Hände. »Ich verstehe deinen Zorn. Nur was soll ich machen? Vielleicht kannten die frühen Magier eine Möglichkeit. Doch selbst wenn es so war, ist sie genauso in Vergessenheit geraten wie vieles andere.«

»Das kann ich nicht akzeptieren. Dann müssen wir eben nach der Antwort suchen. Vielleicht steht darüber ja was in diesem *Dämonenatlas* oder in einem anderen Eurer Bücher?« Ishan presste die Lippen zusammen und sah sich in dem großen Raum um, als hoffte er, zwischen den Möbeln, Gemälden und Büchern irgendwo eine Lösung für sein Problem zu entdecken. Schließlich kehrte sein Blick zu Ryk zurück. »Bitte, Ihr müsst begreifen, wie wichtig das ist. Wenn ich meine Unschuld nicht beweisen kann, droht Sharigor ein Krieg zwischen den Hohen Häusern. Nach dem Tod meines Vaters wird sich die Königin höchstens für ein paar Monate auf dem Thron halten können, bevor es zu einem Umsturzversuch kommt. Und der Einzige, der am Ende davon profitiert, ist Thamaryn.«

»Der Großfürst von Reetac?« Ryk krauste die Stirn. »Was hat er mit der ganzen Sache zu tun?«

Der Junge antwortete nicht. Doch seine zuckenden Mundwinkel verrieten, dass er etwas zurückhielt.

»Nun red schon.«

Ishan schluckte. »Ich glaube, dass der Großfürst hinter allem steckt.« Er beugte sich weit zu Ryk hinüber. »Er ist der Einzige, der aus der ganzen Sache einen Vorteil zieht. Ich bin sicher, dass er den Morphus kontrolliert, der meinen Vater ermordet hat.«

»Mach mal langsam, Junge. Weißt du überhaupt, wovon du da redest? Einem Bündnis zwischen Menschen und Val'kai. So etwas hat es noch nie gegeben.« Das stimmte so nicht. Tatsächlich waren seit Jahrhunderten Gerüchte über einen Kult im Umlauf, der den Göttern der Dämonen im Verborgenen huldigte. Es hieß, dass sich seine Anhänger To'Dhana nannten, was so viel wie »Kinder der lebenden Götter« bedeutete. Ein Beweis für die Existenz des Kultes war nie gefunden worden, Ryk war dennoch davon überzeugt, dass es ihn gab. Er hatte seine Gründe dafür, auch wenn er schon seit langer Zeit nicht mehr darüber gesprochen hatte. Laut fragte er: »Was bringt dich also zu dieser Annahme?«

»Weil es Sinn macht«, sagte Ishan. »Welches Interesse sollte ein Dämon denn sonst daran haben, ausgerechnet den König von Sharigor zu ermorden?«

»Unruhe stiften. Chaos schüren.« Ryk zuckte die Achseln. »Da fallen mir Dutzende Gründe ein. Wir wissen alle, wie angespannt die Lage zwischen den Freien Reichen und dem Fünferbund ist. Durch den Tod des Königs hat sich die Situation noch verschärft. Vergiss nicht, die Val'kai hassen uns genauso wie wir sie, nachdem wir sie im Zweiten Dämonenkrieg besiegt haben. Was könnte einem Morphus besser gefallen, als einen Krieg zwischen den Menschen auszulösen?«

»Genau das will auch Thamaryn«, entgegnete Ishan. »Außerdem hat der Dämon selbst zugegeben, dass er im Auftrag eines anderen handelt. Warum also nicht in dem des Großfürsten? Warum fällt es Euch nur so schwer, das zu glauben? Warum halten alle Thamaryn immer für unschuldig?« Er warf frustriert die Hände hoch und sank zurück in den Sessel.

Ryk betrachtete ihn schweigend. Der Prinz hatte sich ganz eindeutig in etwas verrannt. Vermutlich fühlte er sich am Tod seines Vaters mitschuldig und suchte für seinen Zorn auf sich selbst nach einem Ventil. Und was lag in einem solchen Fall näher, als ihn auf einen Feind zu übertragen, den man ohnehin hasste. »Ich will ja gar nicht abstreiten, dass es möglich *wäre*«, lenkte Ryk schließlich ein, gab jedoch zu bedenken: »Nur, wenn

Thamaryn diesen Krieg wirklich will, wozu heuert er dafür einen Dämon an? Er könnte auch einfach seine Armee ausschicken.«

»Durch einen direkten Angriff auf eines der Inselreiche würde er sich alle übrigen zum Feind machen und riskieren, von ihnen gemeinsam angegriffen zu werden«, entgegnete Ishan. »Indem er zuerst meinen Vater tötete, steht das Bündnis der Freien Reiche vor der Auflösung, sodass jetzt *er* in der stärkeren Position ist. Verdammt, ich saß zwar im Kerker, doch selbst dort habe ich mitbekommen, dass die anderen Regenten nach dem Tod meines Vaters wie verängstigte kleine Mädchen zurück auf ihre Heimatinseln geflohen sind.«

»Die Geschichte ist mir ebenfalls zu Ohren gekommen«, sagte Ryk. »Doch um deinen Vater zu töten, hätte er keinen Dämon ausschicken müssen. Ein gewöhnlicher Meuchelmörder hätte es auch getan, oder nicht?«

Diesmal dauerte es länger, bis Ishan sich eine passende Erwiderung zurechtgelegt hatte. »Vorhin habt Ihr selbst zu Veitt gesagt, dass es einen Verräter unter den Magiern gibt«, begann er schließlich. »Anders hätten der Morphus oder dieser Blutlenker gar nicht durch die Barriere kommen können. Und wo es einen Verräter gibt, da ist bekanntlich auch immer Gold im Spiel. Thamaryn besitzt davon im Überfluss. Er könnte die Summe locker bezahlen, um sich so einen Zauber zu kaufen. Wie ich schon sagte, er hat am meisten bei dieser Sache zu gewinnen.«

Den Worten des Junge wohnte eine gewisse Logik inne, das musste Ryk zugeben. Vielleicht war er ja tatsächlich etwas auf der Spur. »Menschendämonen haben die Barriere schon früher ohne fremde Hilfe überwunden«, wandte er trotzdem ein. Als Ishan den Mund öffnete, um zu protestieren, fügte er rasch hinzu: »Allerdings wurden diese Schwachpunkte von den Magiern vor dreihundert Jahren ausgemerzt. Endgültig. Seitdem ist es keinem Humanos mehr gelungen, von der Gegenwelt in die

Schwebenden Reiche zu wechseln. Es treten zwar immer mal wieder kleinere Risse in der Barriere auf« – *Aus gutem Grund*, fügte er in Gedanken hinzu –, »durch die gelegentlich Animalia herübergelangen, aber diese Öffnungen können nicht von Menschendämonen passiert werden. Insofern stimme ich dir zu, dass der Morphus und der Blutlenker Unterstützung von unserer Seite gehabt haben.«

Ishan nickte entschieden. »Großfürst Thamaryn.«

Dieses Mal hielt Ryk sich mit einem Kommentar zurück. Es wäre vergebene Mühe gewesen. Außerdem plagte ihn gerade eine andere Sorge. Wenn Ishan die Wahrheit sagte, trieben sich bereits zwei Menschendämonen in den Schwebenden Reichen herum. Vielleicht sogar weitere, von denen er noch gar nichts wusste. In dem Fall wäre es eine unverzeihliche Dummheit, dem Orden seine Begegnung mit dem Blutlenker zu verschweigen.

Er musste dem Obersten Magus unbedingt noch heute schreiben. Wenn er die Nachricht mit einem Soral schickte, konnte der Botenvogel in zwei Tagen in Nekross sein. Vorausgesetzt er geriet nicht in einen Lichtersturm. Natürlich würde Ryk ein paar Details weglassen, um sich selbst nicht in Schwierigkeiten zu bringen.

Er wandte sich wieder Ishan zu. Womöglich wusste der Junge noch mehr, ohne sich dessen klar zu sein. »Nehmen wir einmal an, dass du recht hast und Gregorius Thamaryn ist in die Angelegenheit verwickelt. Ich möchte, dass du an die letzte Begegnung mit ihm zurückdenkst. Ist dir irgendetwas an ihm aufgefallen? Eine Veränderung? Hat er sich anders verhalten als sonst?«

»Außer, dass er versucht hat, mich während der Friedensgespräche vor aller Augen umzubringen?«

»Was ist passiert?«

»Ich wollte ihn nur etwas provozieren, damit er mit seinen wahren Absichten herausrückt. Da hat er völlig die Kontrolle verloren und sein Schwert gezogen … Ich wusste ja, dass er verrückt ist, aber damit hatte ich nicht gerechnet.« Ishan schüttelte sich. »Wäre sein neuer Berater nicht gewesen, säße ich jetzt wohl kaum vor Euch.«

»*Neuer* Berater? Erzähl mir mehr über ihn.«

»Ein seltsamer Bursche«, sagte Ishan nachdenklich. »Keiner von uns hat je sein Gesicht zu sehen bekommen. Wenn er sich zeigte, trug er stets einen Umhang mit Kapuze.« Plötzlich riss er die Augen auf. »Warum habe ich nicht früher daran gedacht? Könnte es sich bei ihm nicht um den Morphus gehandelt haben?«

»Der Morphus hätte eine unauffälligere Erscheinung gewählt«, entgegnete Ryk. »Was war mit seinen Händen? Konntest du die sehen?«

»Ich … ich habe nicht darauf geachtet«, sagte Ishan und runzelte die Stirn. »Könnte auch sein, dass er Handschuhe getragen hat. Tut mir leid.«

Ryk nickte. »Beschreib mir, was passiert ist, als Thamaryn dich angegriffen hat. Und was genau hat sein Berater getan, um dich zu retten?«

»Es ging alles furchtbar schnell. Zuerst hat Thamaryn mich niedergeschlagen und dann sein Schwert gezogen. In dem Moment konnte ich nur noch daran denken, dass er mich jetzt umbringen wird. Da tauchte wie aus dem Nichts sein Berater auf, flüsterte ihm etwas ins Ohr, und schon war der Großfürst ein völlig anderer Mensch. Von einer Sekunde auf die andere schwand der Irrsinn aus seinem Blick, und er war wieder ganz friedlich.«

»Hm.« Ryk begann mit seinen Fingerspitzen auf die Armlehne des Sessels zu trommeln. »Dieser Berater arbeitet erst seit Kurzem für ihn, ja?«

»Das erste Mal hörten wir vor über zwei Monaten von ihm. Thamaryns alter Berater ist seitdem spurlos verschwunden.«

Einen Monat nach meiner Begegnung mit dem Blutlenker, dachte Ryk. Zufall? Er kniff die Augen zusammen, dann fragte er: »Ist dir sonst noch eine Veränderung an dem Großfürsten aufgefallen? Hat er unerwartet seine Meinung über etwas geändert?«

Ishan schüttelte langsam den Kopf, hielt dann aber inne. »Es könnte auch eins von Thamaryns Täuschungsmanövern sein.«

»Wie meinst du das?«

»Vor rund einem halben Jahr hat er seiner Nachbarinsel Milnfor zum zweiten Mal die Aufnahme in den Fünferbund angeboten. Die Milnforer besitzen eine starke und gut ausgebildete Armee. So jemanden weiß man ungern in seinem Rücken, wenn man einen Krieg plant. Natürlich haben sie abgelehnt. Die Milnforer waren schon immer ein unabhängiges Volk, und außerdem trauen sie Thamaryn nicht. Jedenfalls kamen nicht lange darauf Gerüchte auf, der Großfürst habe vor, sie anzugreifen. Das war vor ein paar Monaten. Kürzlich fand dann einer unserer Späher heraus, dass sich Thamaryns Pläne mit dem Auftauchen des neuen Beraters geändert hatten. Der Großfürst hat es nicht länger auf Milnfor, sondern inzwischen auf das Inselreich Kellwyn abgesehen. Das war eine echte Überraschung, sage ich Euch. Aus militärischer Sicht ergibt das keinen Sinn. Die Kellwyner sind ein friedfertiges Volk, und auch die Lage des Inselreiches ist von keiner großen strategischen Relevanz. Der Feldzug wäre nichts weiter als eine Vergeudung von Ressourcen. Abgesehen davon würde er damit riskieren, dass die Milnforer in seiner Abwesenheit in Reetac einfallen.«

»Ich hatte keine Ahnung, dass es Thamaryn mit einem Krieg so ernst ist. In dem Fall macht deine Theorie durchaus Sinn. Die Verunsicherung, die der Tod deines Vaters unter den Regenten der Freien Reiche ausgelöst hat, kann ihm nur gelegen kommen.« Ryk schürzte die Lippen. »Womöglich käme ein Krieg zwischen den Menschen auch den Dämonen gelegen, weshalb sie ihn unterstützt haben.«

Ishan schluckte. »Ihr meint, sie planen selbst einen Angriff?«

»Es ist noch zu früh, um das sagen zu können.« Er sah Ishan an. »Du hattest recht, wir müssen den Morphus finden und zum Reden bringen. Ich weiß zwar nicht, wie, aber ich lasse mir etwas einfallen.«

»Dann glaubt Ihr, dass die Dämonen zusammenarbeiten? Der Morphus und dieser Blutlenker.«

»Was sonst? Wenn wir den einen finden, finden wir ganz sicher auch den anderen. Mit viel Glück können wir dadurch sogar noch größeres Unheil verhindern.«

»Was ist mit Thamaryn?«

»Ich will nicht ausschließen, dass er in die Sache verwickelt ist.«

Ishan grinste. »Das heißt, Ihr helft mir?«

»Kannst du kämpfen, Junge?«

Ishan nickte.

»Gut, ich breche morgen nach Sonnenaufgang auf. Und du kommst mit.« Ryk hoffte sehr, dass der Junge sich als ein besserer Kämpfer als der arme Jailar erweisen würde.

»Ich verspreche Euch, das werdet Ihr nicht bereuen, Dämonenjäger. Ich werde Euch reich belohnen, sobald mein Name reingewaschen ist.« Mit funkelnden Augen musterte er Ryk. »Wie gehen wir vor?«

»Vermutlich wird dir das nicht besonders gefallen, Junge, aber wir müssen zurück nach Arville und dort nach der Fährte des Morphus suchen. Zuvor machen wir noch einen kleinen Umweg und schauen bei einer alten Freundin vorbei. Sie kann uns dabei helfen, den Dämon aufzuspüren.«

»Ist das wirklich nötig? Dadurch verlieren wir doch bloß Zeit«, wandte Ishan ein. »Ich meine, die Spur ist ohnehin schon ziemlich kalt.«

»Und genau deshalb ist Kela Mal'Dhun unsere beste Chance, den Morphus zu finden. Sie ist darauf spezialisiert, Dämonen nachzuspüren.«

»Wenn es so ist.« Ishan stand auf und hielt Ryk die Hand hin. »Zeigen wir's diesen Dreckbiestern!«

Ach, Junge, dachte Ryk, *du hast ja keine Ahnung!* Trotzdem erhob auch er sich und schlug ein.

16

Arville, Xe'Neridian
14. Jul, 1026 n. d. Zweiten Dämonenkrieg

Nur wenige Minuten, nachdem Catara Vinette am Brunnenhof zurückgelassen hatte, stand sie vor der Villa des Kaufmanns. Im oberen Stockwerk waren zwei Fenster erleuchtet. Das Licht flackerte wie von einem Kaminfeuer. Im ersten Moment erinnerte es sie an die Geschichten ihres Stammes, die an die Knechtschaft der Menschen in der Gegenwelt gemahnten. Eine rote brennende Welt. In dieser Nacht würde Catara einen Dämon töten, nur dass er kein Val'kai war. Sie atmete durch, entnahm ihrer Tasche das Lederfutteral mit den Phiolen und trank eine davon. Jetzt war sie vorbereitet.

Sie löste sich aus den Schatten der Nacht, die sie bisher verborgen hatten, und ging auf die beiden Männer zu, die den Zugang zur Villa bewachten. Es waren dieselben wie schon am Nachmittag. Ihre Blicke klebten an Cataras Dekolleté.

»N'Abend, Männer«, schnurrte sie. Während sich der eine die Lippen leckte und der andere schluckte, schlenderte sie an den beiden vorüber durch das Gittertor. Die Männer versuchten nicht einmal, sie aufzuhalten. Nur ihre Blicke folgten ihr. Offenbar wussten sie, dass ihr Herr Besuch erwartete. Kurz bevor sie den Eingang erreichte, sah sie zurück. Die Männer hatten wieder ihre Posten bezogen. Gut. Sie nahm den Beutel, in dem sich unter anderem das Lederfutteral befand und verbarg ihn unter dem üppig blühenden Schneefeuer, das in einem Topf aus Sakryl gleich neben dem Eingang zur Villa wuchs.

Cataras Fingerknöchel hatte die Tür kaum berührt, als diese auch schon aufging. Vor ihr stand der grauhaarige Dienstbote, den sie schon von der Kutsche aus beobachtet hatte. Seine Miene war so regungslos, dass Catara nicht zu sagen wusste, was er dachte.

Nun verbeugte er sich leicht und sagte mit dünner Stimme: »Bitte tritt ein, mein Herr erwartet dich.«

Catara nickte und ging an ihm vorbei in eine riesige, mit Arnholz vertäfelte Vorhalle. Mehrere Kerzenleuchter spendeten warmes Licht. An den Wänden hingen Ölgemälde, die Zwei- und Dreimaster zeigten, die auf feuerroten Flüssen reisten. Auf anderen posierten Männer und Frauen in eleganter Kleidung. Vermutlich Thals Vorfahren und Anverwandte. Zwei Türen führten von der Halle ab, rechts von Catara gab es eine Treppe in den ersten Stock, auf die der Diener zuschritt.

»Bitte folge mir. Mein Herr hält sich in seinen privaten Gemächern auf.« Der ältere Mann erklomm die Stufen mit leisem Schnaufen. Catara hielt sich dicht hinter ihm, um reagieren zu können, sollte es doch noch eine böse Überraschung geben.

Auf die Treppe folgte ein breiter Korridor. Auch hier brannten Kerzen, in deren Schein sie zwölf Türen zählte. Am Ende des Korridors machte sie eine zweite Treppe aus, die wohl in das Dachgeschoss führte.

»Es ist die vierte Tür auf der rechten Seite«, erklärte der Diener, machte kehrt und stieg wieder in die Vorhalle hinab.

In dem Gang roch es nach Kerzentalg und – vermutlich war es bloß Einbildung – Angstschweiß, Blut und Schmerzen. Auf dem Teppich, der so weich und dick war, dass er nur aus Uxta stammen konnte, verursachten ihre Schritte keinen Laut. Catara lauschte auf Geräusche aus den Zimmern, an denen sie vorbeiging und die auf die Anwesenheit weiterer Personen hindeuteten. Doch da war nichts. Nur Stille. Trotz der Größe des Hauses hatte Catara es nicht anders erwartet. Ein Mann mit Rogen Thals Gelüsten würde etwaige Gerüchte nicht durch zusätzliche Zeugen befeuern.

Die Tür war nur angelehnt. Catara sah über ihre Schulter, bevor sie ihr einen Stoß gab. Die Tür schwang auf, und sie ging hindurch. Mit geschultem Blick erfasste sie die Situation.

Rogen Thal stand vor einem Kamin, in dem das Feuer loderte, das sie von draußen gesehen hatte und das den Raum unangenehm aufgeheizt hatte. Mit einem Weinglas in der Hand lehnte der Kaufmann am Kaminsims und lächelte ihr entgegen. Das Hemd hatte er bis zum Bauchnabel aufgeknöpft, sodass es seine muskulöse, schweißglänzende Brust entblößte.

Catara zwang sich, ebenfalls zu lächeln. »Mein Herr.« Sie machte einen Knicks und lüftete dabei ihren Rock, um ihr Bein bis hinauf zum Oberschenkel zu zeigen. Die Begierde, die daraufhin in den Augen des Kaufmannes aufflammte, verriet ihr, dass er den Köder geschluckt hatte.

»Du bist älter als die Mädchen, die mir Silberauge sonst schickt.« Thal hatte eine tiefe melodiöse Stimme. »Nicht, dass ich mich beschweren wollte. Obendrein auch noch gut erzogen. So mag ich es.« Er winkte sie zu sich heran.

Silberauge? Das muss dieser Sevensk sein, von dem Vinette gesprochen hat, dachte sie, während sie sich ihm näherte. Dabei ließ sie den Blick bewundernd umherschweifen, wie man es von einer Hure erwartete, die solchen Luxus nicht kannte.

Der Raum war groß und hatte zwei Fenster zur Straße, die Wände schmückten Gobelins und noch mehr Ölgemälde. Es gab Anrichten und Beistelltischchen aus Arnholz, die mit teuren Skulpturen, Vasen und anderem Schnickschnack dekoriert waren, der nur dazu diente, den Reichtum des Kaufmanns zur Schau zu stellen. Auch in diesem Raum gab es uxtarische Teppiche, die sogar von noch höherer Qualität wie die draußen auf dem Gang waren, sodass Catara leicht darin einsank. Ihr Import musste Thal ein Vermögen gekostet haben. Dicht vor ihm blieb sie stehen, den Blick zu Boden gesenkt.

»So hübsch«, murmelte er. »So unschuldig.« Sein Atem roch nach Wein. Seine Berührung brannte auf der nackten Haut ihres Oberarms. Catara war versucht, ihm das Knie in den Schritt zu rammen und kämpfte den Drang nieder. Ein schnelles Ende wäre für ein solches Schwein viel zu gnädig. Außerdem erhielt sie so die Gelegenheit, ihn noch eine Weile länger aus der Nähe zu studieren.

»Wie lautet dein Name?« Er umschloss ihr Kinn mit einer Hand und hob ihren Kopf an.

»Vinette«, antwortete Catara und schlug die Lider sogleich wieder nieder.

»Weshalb so schüchtern? Sieh mich an«, forderte er.

Sie begegnete seinem Blick. Tiefblaue Augen, hinter denen pechschwarze Finsternis lauerte. Er beugte sich vor und küsste sie. Seine Lippen schmeckten süß, was sicher vom Wein herrührte. »Entspann dich.«

Catara nickte. Sie wollte ja, doch ein Hauch jener Furcht, die die frühere Besitzerin dieses Körpers in so einer Situation ergriffen hätte, verhinderte dies. Der Schweiß brach ihr aus, was nicht nur am Feuer lag. Vielleicht war das ja gut so. Auf diese Weise würde sie das verängstigte Mädchen noch überzeugender mimen.

»Ich weiß etwas, das dir helfen wird.« Der Kaufmann ging zu einer Anrichte, um einen zweiten Weinkelch zu füllen, den er an Catara weiterreichte. »Trink, mein Täubchen.« Als sie nicht gleich reagierte, packte er ihre Hand und führte den Kelch an ihre Lippen. »Trink!«

Catara nippte am Wein und schmeckte eine leicht zimtige Unternote heraus, die zwischen seinem fruchtigen Aroma beinahe unterging. *Finstergeist*. Ein Knollengewächs, das getrocknet und zu einem Pulver zerrieben als Schlafmittel diente. Jemand, der weniger geschult als sie war, wäre dieses Detail wohl entgangen.

Sie nahm einen weiteren Schluck, als der Händler sie drängte. Beunruhigt war sie deshalb nicht. Schließlich hatte sie mit so etwas gerechnet und vorhin ein Gegenmittel geschluckt. Es vermochte die Wirkung eines Schlaftrunks nicht aufzuheben, aber zu dämpfen. Das würde reichen, um mit diesem Bastard fertigzuwerden. Nach zwei weiteren Schlucken stellte sich eine leichte Benommenheit bei Catara ein. Sie täuschte eine stärkere Wirkung vor, indem sie den Kelch zu Boden fallen ließ und so tat, als knickten ihre Beine unter ihr ein. Scheinbar kraftlos sank sie gegen Thals Brust.

»Müde«, murmelte sie, während seine Arme sich um sie legten. Sein Herz wummerte in ihren Ohren, sein steifes Glied zuckte an ihrer Hüfte. Catara erschauderte und tröstete sich mit dem Gedanken, dass sein Schwanz schon bald genauso schlaff und leblos wie der Rest des Mannes sein würde.

Sie ließ sie von Rogen Thal zur anderen Seite des Zimmers führen, wo ein Himmelbett stand. Erst als ihr Kopf aufs Kissen sank, stellte sie mit Erschrecken fest, wie schläfrig sie wirklich war. Plötzlich konnte sie die Augen kaum mehr offenhalten.

Der Finstergeist musste deutlich höher dosiert gewesen sein als üblich. In Gedanken schalt sie sich eine Närrin. Sie hatte sich bei dieser Sache viel zu selbstsicher gefühlt, und nun drohte sie ein Opfer ihrer eigenen Arroganz zu werden. Das Gesicht des Kaufmanns, das direkt über ihr zu schweben schien, war nur noch ein verschwommener Fleck. Catara öffnete den Mund, um ihn einen Scheißkerl zu schimpfen, heraus kam nur Genuschel. Sie war kaum mehr in der Lage, einen klaren Gedanken zu fassen. Ihr Kopf sackte zur Seite, und Dunkelheit umfing sie.

Catara öffnete stöhnend die Augen und blinzelte, weil helles Licht sie blendete. Es stammte von einem Eisengestell, das an der Decke hing und in dem Dutzende Kerzen brannten. Das war nicht mehr Thals Schlafzimmer. Wo war sie dann? Sie lag auf dem Rücken. Irgendetwas Hartes drücke ihr ins Kreuz. Sie versuchte, sich aufzurichten, konnte ihre Arme und Beine jedoch nur wenige Zentimeter bewegen. Sie zerrte heftiger an ihrer rechten Hand. Es klirrte, und etwas Kaltes und Scharfes schnitt ihr in die Haut.

Catara knurrte und drehte den Kopf zur Seite. Fantastisch! Thal hatte sie mit Eisenschellen auf eine Folterbank gefesselt. Die Vorstellung gefiel ihr nicht, für Panik war es aber noch zu früh. Das Wichtigste in so einer Situation war, Ruhe zu bewahren. Sie hob den Kopf, soweit es ihr möglich war, und nahm ihre Umgebung in Augenschein. Sie befand sich in einem quadratischen Raum mit weiß getünchten Wänden. Er war ungefähr halb so groß wie das Schlafzimmer des Kaufmanns. Rechts von ihr waren Ketten in das Mauerwerk eingelassen. An dieser Stelle war die Wand mit dunkelbraunen Flecken überzogen. Altes Blut. Ein Stück daneben hingen auf mehrere Haken verteilt Peitschen: von der einfachen Lederausführung bis hin zum mit Metalldornen versehenen Neunschwänzer. Ihr Blick wanderte weiter bis zu einer Holztür, die ihr gegenüber in der Wand eingelassen und mit Eisenstreben verstärkt war. In der Ecke links daneben stand ein Schrank, der nur aus Schubladen bestand. Außerdem gab es noch eine eiserne Jungfrau und einen Holzstuhl mit Lederfesseln an den Armlehnen und Füßen sowie einem Loch in der Sitzfläche, bei dem Catara sich gar nicht erst vorstellen wollte, welchem Zweck es dienen mochte. Fenster besaß der Raum keine. Die feucht-modrige Luft legte die Vermutung nahe, dass es sich um einen Keller handeln musste.

Der erste Anflug von echter Angst überkam Catara beim Anblick des Tischchens, das sich ein Stück oberhalb von ihr befand und das sie nur sehen konnte, wenn sie ihren Kopf so weit nach links drehte, dass ihre Halswirbel knackten. Auf dem Holz glänzten im Schein der Kerzen Folterinstrumente: Nadeln in verschiedenen Längen und Dicken, Messer mit gebogenen Klingen, diverse Zangen und Hämmer, ein Metzgerbeil und eine Knochensäge. Noch viel weniger gefiel ihr eine Metallkiste, die über allem aufragte und bei deren Anblick ihre Fantasie übelste Blüten trieb. Erneut zerrte sie an ihren Fesseln.

In diesem Moment ging die Tür auf. Der Kaufmann starrte sie überrascht an, bevor seine Lippen sich zu einem Grinsen verzogen. »Ich hatte nicht damit gerechnet, dass du so schnell aufwachst. Mir soll's recht sein. Ich habe meine Vorbereitungen abgeschlossen.«

Das Gegenmittel, dachte Catara. Zum Glück hatte es sie rechtzeitig aufgeweckt. Wer weiß, was dieser Perverse sonst mit ihrem bewusstlosen Körper angestellt hätte. »Lass mich frei«, forderte sie dann laut, wobei sie die Furcht nicht ganz aus ihrer Stimme verbannen konnte.

Thal näherte sich ihr. »Willkommen in meinem kleinen Liebesnest«, sagte er, ohne auf ihre Forderung einzugehen. »In diesem Raum habe ich das innere Wesen zahlreicher Mädchen und Frauen entblößt und ihnen dadurch zu wahrer Schönheit verholfen.« Lächelnd beugte er sich zu Catara herab, wobei er darauf achtete, außerhalb der Reichweite ihrer Zähne zu bleiben.

Es war das krankhafte Begehren in seinem Blick, der perverse Eifer in seinen Worten, der Catara wieder zur Besinnung brachte und sie daran erinnerte, wer sie war. Sie rang ihre Angst nieder und wischte auch alle anderen Emotionen beiseite, die sie daran hinderten, die Situation mit kühlem Verstand zu erfassen. Dazu gehörten vor allem die Gefühle Lillys, der jungen Palastdienerin, der sie diesen Körper gestohlen hatte.

Und endlich sah sie wieder klar. Ein Perverser wie Thal zog seine Stärke aus der Furcht und der Verletzlichkeit seiner Beute, labte sich an ihren Tränen, an ihren Schmerzensschreien, an ihrem Flehen. Dieses Überlegenheitsgefühl bildete die Basis seines Selbstwertgefühls. Wenn es Catara gelänge, dieses zu erschüttern, würde ihn das verunsichern. Und aus Verunsicherung erwuchs leicht Wut, die letztlich immer zu Fehlern führte. Im Grunde war es ganz simpel: Sie musste ihn lediglich mit seiner größten Furcht konfrontieren.

»Worauf wartet Ihr noch?« Sie lächelte zurück und beobachtete ein Zucken um seine Mundwinkel. Wie sie es sich gedacht hatte: Der Schlappschwanz hatte Angst vor starken Frauen.

»Keine Sorge, für dich lasse ich mir eine ganz besondere Behandlung einfallen.« Er griff nach einem der Messer auf dem Foltertisch. Mühelos schnitt es durch den Stoff von Cataras Mieder und legte ihre Brüste frei. Bei dem Anblick leckte er sich die Lippen, packte zu und quetschte brutal ihre linke Brust. »Mhm, gut, nicht wahr?« Sein Blick suchte den ihren, und als er ihn fand, stöhnte Catara lustvoll auf. Thals Miene verdüsterte sich, und er drückte noch fester zu. Catara schloss die Augen und erzitterte wie unter einem Schauer.

»Die Schlampe mag es wohl, wenn man sie hart angeht, was?« Der Kaufmann ließ von ihrer Brust ab, nahm sich ein anderes Messer und schwenkte es vor Cataras Gesicht. Es hatte eine lange, dünne Klinge, die im Kerzenlicht blitzte. »Aber wie sieht es aus, wenn sie Blut lassen muss?« Das Blau seiner Augen hatte sich verdunkelt, als er das Messer zu ihren Rippen führte und die Klinge so fest gegen ihre Haut presste, dass sie bis zum Knochen durchschnitt.

Catara, die an Schmerzen gewöhnt war, lächelte und formte mit den Lippen einen Kussmund.

Thals Miene wurde hart. Er übte noch stärkeren Druck auf die Klinge aus und zog sie mit quälender Langsamkeit über Cataras Rippen. »Gefällt es ihr? Gefällt es der Schlampe?«

Innerlich schrie sie auf. Es gab allerdings Schlimmeres, viel

Schlimmeres, wie sie von ihrer Begegnung mit der alten Westa wusste, und diese Erinnerung half ihr nun, den Schmerz auszublenden und Rogen Thals Blick ohne Blinzeln zu erwidern.

Mit einem Aufschrei schleuderte er das Messer zur Seite. Es schlug mit einem *Pling* gegen das Mauerwerk, bevor es zu Boden fiel. »Sie mag Schmerzen, was?« Wieder sprach er über Catara in der dritten Person. Das war ihr schon vorhin aufgefallen. Er schien in eine Art Zwiegespräch mit sich selbst verfallen zu sein. Sie wertete das als ein gutes Zeichen. »Wir werden sehen ... werden sehen.« Er drehte sich zu dem Tischchen um.

Aus dem Augenwinkel beobachtete Catara, wie seine Hand zunächst über den Nadeln schwebte, dann zur Knochensäge glitt und schließlich über dem Metallkästchen verharrte. Mit vor Aufregung zittrigen Fingern öffnete er den Verschluss und klappte den Deckel auf. Plötzlich raste Cataras Herz. Welche Grausamkeit mochte dieses Kästchen hüten? Ihr brach der Schweiß aus, und ein weiteres Mal ruckelte sie vergeblich an ihren Fesseln. Mit einem Grinsen drehte der Kaufmann sich wieder zu ihr um. »Kriegt es jetzt doch Angst, das Täubchen?« Seine Augen blitzten. »Noch ist es nicht so weit. Noch nicht.« Er schloss den Deckel wieder. »Das Beste kommt immer zum Schluss.« Thal wandte sich ab und ging zu dem Schrank mit den Schubladen. Er zog eine auf und stöberte darin herum. Catara hörte Metall klimpern und andere Geräusche, die sie nicht zuordnen konnte. »Das Täubchen muss nicht lange warten«, murmelte er vor sich hin, während er die nächste Schublade durchsuchte. »Bin gleich wieder bei dir!«

Ich kann es kaum erwarten, du Hurensohn, dachte Catara und ballte die Rechte zur Faust, wobei sie die Fingernägel tief in ihren Handballen bohrte und das Fleisch aufriss. Blut quoll hervor und rann hinab zu ihrem Handgelenk. Es war zwar nicht so glitschig wie Öl, würde seinen Zweck trotzdem erfüllen. Immerhin war es eine sehr zierliche Hand.

Catara ließ den Kaufmann nicht aus den Augen, während sie den Daumen gegen ihre Handfläche presste. Behutsam, um Thals Aufmerksamkeit nicht zu erregen, zog sie an der Eisenschelle, bis diese straff gespannt war. Erst danach zerrte sie mit ganzer Kraft an ihrer Hand. Dank des Blutes sank diese ein Stück in die Schelle ein, bevor sie stockte. Catara fluchte innerlich, biss die Zähne zusammen und zerrte stärker. Und dann noch stärker. Plötzlich gab es einen Ruck, und ihre Hand war frei. Dafür klebte am oberen Rand der Metallschelle ein großer zusammengeschobener Hautlappen, der von ihrem Daumensattel stammte.

Rogen Thal fuhr herum. »Was tut sie da?« Er ließ fallen, was auch immer er aus dem Schrank genommen hatte, und stürzte auf sie zu. Er griff nach den Arm, den sie befreit hatte, um sie wieder an die Folterbank zu fesseln, unterschätzte allerdings ihre Gewandtheit und bekam diesen Fehler sogleich zu spüren. Ihr Handballen krachte gegen seinen Unterkiefer. Thal taumelte zurück, die Augen aufgerissen. Catara vergeudete keinen Gedanken an den Schmerz in ihrer Hand, sondern machte sich sofort daran, den Verschluss der anderen Schelle zu lösen.

Bevor sie ihre Füße befreien konnte, war Thal bereits wieder über ihr. Blut und Speichel rannen ihm aus dem Mundwinkel, seine Augen loderten vor Hass, aber Catara sah auch Furcht darin. In dem Versuch, wieder Herr der Lage zu werden, packte er ihre Arme bei den Gelenken und drückte sie mit seinem Körpergewicht zurück auf die Folterbank. »Das wird die Schlampe noch bereuen!«, schrie er. »Bereuen!«

Schon krachte ihre Stirn gegen seine Nase, die unter der Wucht des Aufpralls brach. Thal schrie auf, ließ sie los und presste beide Hände auf sein Gesicht. Tränen schossen ihm aus den Augen, Blut quoll zwischen seinen Fingern hervor.

»Überraschung!« Catara vergrub ihre Faust in seinem Magen. Der Kaufmann japste nach Luft und fiel auf die Knie. Endlich konnte Catara auch ihre Fußfesseln lösen. Eine Sekunde später war sie auf den Beinen. Auch der Kaufmann hatte sich wieder aufgerappelt.

»Dafür … dafür wird die Schlampe bezahlen!« Er hatte die Hände zu Fäusten geballt, während das Blut aus seiner Nase auf sein Hemd und auf den Boden tropfte.

Catara reckte das Kinn vor und bedauerte, dass sich das Tischchen mit den Instrumenten auf der anderen Seite der Folterbank befand. Sie würde trotzdem mit ihm fertigwerden, solange sie ihre verletzte rechte Seite schützte. Dank des Adrenalins in ihrem Körper spürte sie momentan kaum Schmerzen.

Sie winkte den Kaufmann mit der linken Hand herbei. »Komm schon, Schwanzlutscher, ich warte!«

Rogen Thal schrie auf und stützte mit ausgestreckten Armen auf sie zu. Catara tauchte unter ihnen hindurch, machte eine halbe Drehung und trat ihm die Beine unter dem Körper weg, sodass er der Länge nach aufs Gesicht schlug. Sofort war sie über ihm und rammte ihm ihr Knie in die Niere. Der Kaufmann wimmerte auf.

Sie beugte sich zu ihm herunter. »Fühlt sich das nicht gut an?«, schnurrte sie ihm ins Ohr. Dieses Mal war sie es, die ihren Gegner unterschätzte.

Thals Wut verlieh ihm neue Kräfte. Er schnellte hoch, sodass sein Hinterkopf gegen ihr Kinn knallte und ihre Zähne aufeinanderschlugen. Ein greller Blitz explodierte hinter ihren Augen, weshalb sie den Schlag, den er ihr gegen die Brust verpasste, auch nicht kommen sah.

Es verschlug ihr den Atem. Erst recht, als sich ihr eine Sekunde später auch noch die Spitze seines Stiefels in den Magen bohrte. Catara, die zu Boden gegangen war, krümmte sich zusammen, keuchte und rang nach Luft.

Dieser dreckige, dreckige Hurensohn!

Schon packte der Kaufmann sie bei den Armen und riss sie in

die Höhe. Er schüttelte sie so heftig, dass ihr Kopf von einer Seite zur andere flog. »Ich bring die Hure um, bring sie um!«, brüllte Thal und schleifte sie zu dem Tischchen mit den Folterinstrumenten.

Catara stöhnte. Ihr ganzer Unterleib schmerzte, und ihr war speiübel. Aber aufgeben? Niemals! Wenn sie jetzt starb, wären die Pläne ihrer Herrin zum Scheitern verurteilt. Und Catara würde nicht zulassen, dass Königin Madea scheiterte. Sie konzentrierte sich ganz auf diesen einen Gedanken, bis er alle Pein überwog und ihr glasklar vor Augen stand. Unterdessen hielt Thal mit der Linken ihre Kehle umklammert, während er mit der Rechten nach einem der Foltermesser griff. Schon fuhr er mit triumphierendem Geheul zu ihr herum.

»Sei verflucht!«, stieß sie hervor und trat ihm mit aller Macht, die Lillys zierlicher Körper aufzubieten hatte, zwischen die Beine. Der Kaufmann kreischte und ließ sie und das Messer los.

Catara taumelte von ihm fort.

Thal starrte ihr mit aschfahlem Gesicht nach, bis er am ganzen Körper bebend auf die Knie sank. »Wer … ist die … Schlampe … nur?«, keuchte er.

»Ich bin du«, erwiderte Catara. »Zumindest werde ich es bald sein.«

Wieder und immer wieder trat sie ihm in den Bauch, bis eine Fontäne aus Blut und Bröckchen halb verdauter Nahrung aus seinem Mund spritzte und sich über den Boden ergoss. Daraufhin wich Catara so weit zurück, bis sie mit dem Fuß gegen etwas stieß. Überrascht sah sie zu Boden.

Dort lag ein weiteres Folterinstrument. Es musste jenes sein, was er aus dem Schrank geholt und fallen gelassen hatte, um sie an der Flucht zu hindern. Es war halb so lang wie ihr Unterarm und hatte ein Gewinde wie ein Korkenzieher. Allerdings waren daran überall Widerhaken angebracht. Der Schmerz, wenn man es in einen Körper hineintrieb, wäre nichts im Vergleich zu dem, wenn man es wieder herauszerrte. Catara hob es auf und sah zu dem Kaufmann. Er hatte sich auf die Seite gerollt und versuchte, sich gerade hochzustemmen.

Genug gespielt. Sie konnte nicht mehr. Der Körper der Palastdienerin war einfach nicht zum Kämpfen gemacht. Sie ging zu Thal zurück, griff in sein Haar und zerrte ihm den Kopf in den Nacken.

»Ich hoffe, es hat dir genauso viel Vergnügen bereitet wie mir«, knurrte sie und stieß ihm das Instrument in den Hals. Seine Augen wurden riesig. Er öffnete den Mund, keuchte und röchelte, und blutiger Schaum quoll ihm über die Lippen. »Dachte ich es mir!« Mit einem Ruck riss Catara das Instrument wieder heraus. Thal sackte auf den Boden zurück. Blut strömte aus seiner zerfetzten Kehle und breitete sich zu einer Pfütze um seinen Kopf herum aus. Sein brutaler Tod spielte für Cataras Verwandlung keine Rolle. Ihr neuer Körper würde vollkommen unversehrt sein. Sie warf das Folterinstrument beiseite, ging neben dem Kaufmann in die Knie und rollte ihn auf den Rücken. Seine Augen waren glasig und starrten ins Leere. Er hatte es nicht anders verdient, sagte sie sich und betrachtete ihre rechte Seite. Jetzt, da die Anspannung von ihr abfiel, kehrte auch der Schmerz zurück. Wenigstens ging der Schnitt nur bis auf die Knochen. Mit ihrer nächsten Verwandlung würde er verschwinden.

Sie benutzte eines der Foltermesser, um ein Stück Fleisch aus dem Unterarm des Kaufmannes zu schneiden. Sie betrachtete es einen Augenblick lang voller Widerwillen, bevor sie es sich in den Mund schob. Es dauerte nicht lange, und die Magie hinter dem Fluch der Keesa tat ihre Wirkung. Sie stöhnte auf, als die Hitze ihren Körper von innen heraus verbrannte. Geschwächt vom Kampf sank sie neben Thals Leiche zu Boden, wo sie sich wie ein Embryo zusammenrollte, um den grausigen Schmerz von Tod und Wiedergeburt über sich ergehen zu lassen.

Um nichts sehen zu müssen, kniff Catara die Augen fest zusammen, nur gegen den Gestank ihres eigenen brennenden Fleisches gab es keinen Schutz. Mit jedem Atemzug sog sie ihn ein und kämpfte gegen den Drang an, sich übergeben zu müssen. *Catara. Catara. Catara*, wiederholte sie in Gedanken wieder und wieder.

Längst war die Verwandlung vollzogen, doch noch immer kauerte sie auf dem Boden, ihren Namen vor sich hinmurmelnd und gegen die Gefühle und Erinnerungen ankämpfend, die mit ihrem neuen Körper auf sie einprasselten: Bilder von verstümmelten Mädchen. Der Geruch fremden Blutes. Und Schreie, so viele Schreie ... Plötzlich riss sie die Augen auf und spuckte einen Schwall Galle auf den Boden. Nicht wegen der Grausamkeiten, die diesen Erinnerungen innewohnten, sondern weil diese Bilder sie – wenn auch nur für einen kurzen Moment – genauso erregt hatten wie einst Rogen Thal.

Mühsam setzte Catara sich auf und fuhr sich mit den Händen übers Gesicht. Als sie sie betrachtete, waren sie von einem Aschefilm überzogen. Das Wenige an Kleidung, das sie noch getragen hatte, war von den Flammen verschlungen worden. Sie verzog das Gesicht, beugte sich vor und begann damit, den Kaufmann zu entkleiden. Das Hemd wies Blutflecken auf und war dadurch unbrauchbar. Hose und Stiefel hatten jedoch nichts abbekommen. Catara schloss gerade den Gürtel, als ihr Blick auf das Metallkästchen auf dem Tischchen fiel. Sie ging hinüber, öffnete es und begann zu lachen. Leer. Es war leer. Zumindest hatte Thal Fantasie besessen.

Ein Geräusch an der Tür ließ sie herumfahren. Sie war offen, und da stand der Diener. Er musterte erst sie, anschließend die Leiche auf dem Boden. Langsam zog er eine Braue hoch. »Die Ähnlichkeit ist verblüffend.« Es war eine Feststellung, keine Frage.

»Woher weißt du, dass *er* es ist, Esen?« Sie nannte den Diener bewusst beim Namen.

Er lächelte. »Der echte Rogen Thal wäre wohl kaum so ruhig, wenn er gerade auf seine eigene Leiche hinabblicken würde.«

Catara nickte anerkennend. »Meine Herrin ist dir für deine Unterstützung sehr verbunden.«

»Selbst ohne das Geld hätte ich es getan.« Der Diener trat vor und spuckte dem Kaufmann ins Gesicht. »Er war ein krankes Schwein. In den vergangenen Jahren wurden die Mädchen immer jünger. Zuletzt waren es kaum mehr als Kinder.« Er spuckte ihn ein weiteres Mal an.

Viele Informanten ihrer Herrin stammten aus der Dienerschaft mächtiger und reicher Persönlichkeiten wie Rogen Thal. Meist wurden sie schlecht bezahlt, nicht selten geschlagen, weshalb die wenigsten Loyalität für ihre Herren empfanden. Umso empfänglicher waren sie für einen hübschen Nebenverdienst.

Catara hatte Kontakt zu Esen aufgenommen, kaum dass sie aus dem Haus der alten Westa geflohen war. Sie hatte sich ihm gegenüber als Königin Madeas Gesandte zu erkennen gegeben und ihn in ihren Plan eingeweiht. Zumindest soweit es nötig war. Der Diener hatte vorbehaltlos zugestimmt. Woran ein Beutel voller Goldenger nicht ganz unschuldig gewesen sein dürfte. Natürlich wusste er nicht, dass Catara eine Keesa war. Sie hatte ihm bei ihrer ersten Begegnung erklärt, die Verwandlung würde durch einen magischen Trank bewerkstelligt. Und er hatte ihr geglaubt. Warum auch nicht? Die meisten Menschen hatten keine Vorstellung davon, wie Magie funktionierte.

»Wenn Ihr jetzt bereit seid, Herr, würde ich diesen Raum verschließen und den Schlüssel verlieren. Anschließend möchte ich Euch bitten, mir zu folgen«, sagte Esen. »Ich habe Wasser heiß gemacht. Ich dachte, dass Ihr nach dieser *Angelegenheit* vielleicht gerne ein Bad nehmen würdet.«

Catara lächelte. Sie mochte diesen Esen. Er dachte mit. »Nur eins noch«, sagte sie. »Vor dem Eingang, im Schneefeuer, habe ich etwas versteckt. Würdest du mir das holen, während ich mir den Schmutz vom Körper wasche?«

»Es wäre mir ein Vergnügen, Herr«, sagte der Diener und verneigte sich.

17

Tal des Dämonenjägers, Xe'Neridian
14. Jul, 1026 n. d. Zweiten Dämonenkrieg

Der Abend war über das Tal des Dämonenjägers hereingebrochen, und Ishan hatte einen so vollen Magen wie schon seit Wochen nicht mehr. Das war ein verflucht gutes Gefühl. Zum ersten Mal, seit er von Eloriens Wachen ergriffen und in den Kerker gesteckt wurde, verspürte er wieder Hoffnung. Mit der Hilfe von Ryk Vangur würde er den wahren Mörder seines Vaters finden, dessen war er sich sicher. Nachdem festgestanden hatte, dass Ishan den Dämonenjäger begleiten würde, hatte sich ihr Gespräch in erster Linie um Dämonen gedreht. Um die verschiedenen Gattungen und welche Gefahren von ihnen ausgingen. Offenbar fürchtete Ryk Vangur, dass die Menschendämonen einige niedere Verwandte aus der Kaste der Animalia zu ihrem Schutz um sich gesammelt haben könnten. Als der Dämonenjäger schließlich verkündete, dass er noch eine Nachricht an seinen Orden verfassen sowie einige Vorbereitungen für ihren Aufbruch treffen müsse, hatte Ishan von den vielen Informationen bereits der Kopf geschwirrt. Aber wenigstens konnte er jetzt sicher sein, dass Ryk Vangur etwas von der Dämonenjagd verstand.

Wie weit seine eigene Erfahrung mit dem Morphus wirklich reichte, hatte Ishan tunlichst vermieden, zu erwähnen. Aus Scham und weil er es selbst kaum ertrug, auch nur daran zu denken, dass er mit dieser Kreatur das Bett geteilt hatte. Er schüttelte sich vor Ekel.

Um sich abzulenken, wandte er den Blick zum Fenster, das Teil des Baderaumes war, in dem er sich aufhielt. Der Himmel über dem Tal war nicht einfach nur schwarz – seit Stunden schon wälzten sich Wolkenberge wie eine Armee aus Titanen darüber hinweg. Angetrieben vom Rhythmus des Donners und von den Blitzen, die wie Peitschenhiebe in ihre Reihen fuhren. Nur gut, dass er diese Nacht nicht im Freien verbringen musste.

Ishan seufzte und betrachtete seine Hand, die schon ganz schrumpelig vom warmen Wasser war. Welch ein Vergnügen! So schlicht, und doch gab es nach zwei Wochen im Kerker und einer weiteren in der Wildnis keinen größeren Luxus. Er lag ausgestreckt in einer Kupferwanne, Dampfschwaden umwehten ihn, und er war bis zum Kinn im Wasser eingesunken, das mit Kräuterölen angereichert war, durch die sich sein Geist und seine Muskeln entspannten. Seit Langem fühlte er sich zum ersten Mal wieder wie ein richtiger Mensch. Er war satt, sauber und zufrieden. Das schummrige Licht, das von einem Kerzenleuchter stammte, sorgte dafür, dass ihm die Augen zufielen. Er seufzte erneut. Heute würde er es sich noch einmal so richtig gutgehen lassen, bevor er morgen mit Ryk Vangur auf die Dämonenjagd ging. Wer wusste, wann er das nächste Mal ein Bett oder ein Bad zu Gesicht bekäme.

Es klopfte.

»Ja?« Ishan öffnete die Augen.

Die Tür ging auf, und Veitt humpelte in den Raum. »Ich wollte dir ein Handtuch bringen und saubere Kleidung. Sie gehörte Jailar. Meiner Meinung nach müsste sie dir passen.« Er legte die Sachen auf der Anrichte neben dem Kerzenständer ab.

»Jailar war einer von Ryk Vangurs Männern, die der Blutlenker getötet hat, nicht wahr?« Ishan richtete sich auf und legte die Arme auf den Rand der Wanne. Wasser tropfte von seinen Armen auf die Steinfliesen.

Veitt, der sich bereits zum Gehen gewandt hatte, drehte sich noch einmal um. Sein Blick huschte über Ishans Oberkörper, bevor er hinauf zu seinem Gesicht glitt. Ishan tat, als hätte er es nicht bemerkt.

»Jailar und Corr wurden von dem Dämon wie Vieh abgeschlachtet. Das hat Ryk hart getroffen. Härter, als ich es erwartet hatte.«

»Hasst er die Val'kai deshalb?«

Veitt hob eine Braue. »Nicht nur rumgeschnüffelt, sondern auch noch gelauscht, was? Ts, ts, ts. Nun, Ryk hat seine Gründe, die Dämonen zu hassen. So mancher hat das.«

Ishan spürte, dass Veitt irgendetwas zurückhielt. Auch der Dämonenjäger hatte in den letzten Stunden über alles Mögliche geredet, nur nicht über sich selbst oder die mysteriöse Spurenleserin, die bei der Auffindung eines Dämons angeblich wahre Wunder vollbringen konnte. »Wer ist diese Kela Mal'Dhun? Dein Herr sprach davon, sie mit auf die Jagd nach dem Morphus zu nehmen.«

Veitt kniff die Augen zusammen. »Wieso fragst du Ryk nicht selbst nach ihr?«

»Weil du gerade hier bist, und er nicht.«

»Nun, er wird dir doch mehr als ihren Namen verraten haben.«

»Nein, eigentlich nur, dass sie unsere einzige Chance ist, den Morphus zu finden.« Ishan tauchte die Hände wieder ins Wasser ein, weil sie allmählich kühl wurden. »Später sagte er noch, dass sie eine besondere Gabe hätte und der Fährte eines Dämons folgen könnte, selbst wenn sie bereits mehrere Wochen alt ist.«

Veitt lachte auf. »Eine besondere Gabe, so, so.«

Hm, hatte der Dämonenjäger ihm etwas verschwiegen? »War das gelogen?«

»O nein, sie kann ganz sicher, was er behauptet«, versicherte ihm Veitt. »Darum ist er ja auch so bereitwillig auf deine Geschichte angesprungen. Der Fährte des Morphus zu folgen, dürfte für Kela sehr viel leichter sein als der des Blutlenkers. Drei Monate sind selbst für sie eine lange Zeit.«

Ishan stieß hörbar Luft durch die Nase aus. »Wieso habe ich den Eindruck, dass du sie nicht magst?«

»Ich sollte jetzt lieber gehen«, meinte Veitt.

Bevor er sich abwenden konnte, sagte Ishan: »Warte!«

»Was denn noch?«

»Ich ... ich brauche ... Seife. Gibt es hier so etwas?«

Veitt sah ihn misstrauisch an, schließlich rollte er mit den Augen und humpelte zu der Anrichte zurück. Er nahm ein Stück Seife aus der obstersten Schublade und brachte sie Ishan.

»Vielen Dank.« Als Ishan sie entgegennahm, streiften seine Finger wie zufällig die Hand des anderen Mannes. »Musst du wirklich schon gehen?« Er lächelte Veitt an. »Weißt du, in den letzten Wochen wurde mein Leben so ziemlich auf den Kopf gestellt. Mein Vater ist tot, ich werde von Eloriens Männern gejagt, und schon morgen breche ich zu einer gefährlichen ...«

»Hör auf damit!« Veitt zog eine Grimasse. »Für wie dämlich hältst du mich? Glaubst du wirklich, du bräuchtest bloß ein bisschen mit mir zu flirten, und schon fresse ich dir wie eins deiner Weibsbilder aus der Hand? Oh, ich kenne die Geschichten über dich, *Eure Hoheit!*«

Ertappt setzte Ishan zu einer zornigen Erwiderung an. »Du ...«

»Ja, was denn?« Veitt verschränkte die Arme vor der Brust. »Nur zu, Eure Hoheit!«

»Nichts.« Ishan starrte missmutig vor sich hin. Dies war nicht Sharigor. Er war ein gesuchter Mörder und nicht länger ein Prinz. Vermutlich würde Veitt mit einem Eimer eiskalten Wassers zurückkehren, wenn er ihn beleidigte. »Du hast recht«, sagte er und sah kurz auf, bevor er den Blick wieder senkte. »Das war nicht in Ordnung von mir.«

»Nein, war es nicht, doch ich bin großzügig und verzeihe dir.« Veitt hockte sich auf den Rand der Wanne und tauchte die Hand ins Wasser. Reflexartig zog Ishan die Beine an, woraufhin Veitt zu grinsen anfing. »Dacht ich's mir doch.« Er seufzte und schüttelte den Kopf. »Vermutlich bin ich ein hoffnungslos gutmütiger Trottel, aber schön ... stell schon deine Fragen!«

Ishan hob den Kopf. »Ist das dein Ernst?«

»Nein, ich habe nur Spaß daran, sharigorische Kronprinzen aufzuziehen. Also, was ist?«

Ishan überlegte hastig. »Diese Kela«, begann er schließlich, »vertraut dein Herr ihr?«

»Mit seinem Leben.«

»Und du?«

Veitt stieß so stark die Luft aus, dass seine Lippen flatterten. »Es stimmt, ich mag sie nicht sonderlich. Und trotzdem: Wenn es hart auf hart käme, würde ich ihr ebenfalls mein Leben anvertrauen.«

»Warum magst du sie dann nicht? Was hat sie dir getan?«

»Gar nichts hat sie mir getan, klar? Und jetzt stell deine nächste Frage!«

Ishan sah ihn an und lächelte plötzlich. »Verstehe, es geht bei dieser Sache gar nicht um dich, sondern um deinen Herrn. Ist es nicht so?«

Veitt musterte ihn finster. »Bedauerlicherweise besitzt du mehr Grips, als ich erwartet hätte. Ich dachte immer, der Kronprinz von Sharigor müsste einfach nur hübsch sein.«

»Und ich habe schon bessere Komplimente bekommen«, schoss Ishan zurück.

»Das liegt daran, dass es keines war.«

»Komm schon, du willst doch darüber reden. Ich sehe es dir an«, bohrte Ishan nach.

Veitt schüttelte seine nasse Hand aus und verschränkte die Arme vor dem Oberkörper. »Ach ja, tue ich das?«

»Etwa nicht?«

Veitt seufzte. »Vermutlich ist es sogar besser, wenn du Bescheid weißt. Immerhin wirst du demnächst einiges an Zeit mit Ryk und Kela verbringen. So kannst du dich aus der Schusslinie bringen, falls nötig.« Er schien einen Augenblick lang darüber nachzudenken, wo er beginnen sollte. Schließlich nickte er, als hätte er eine Entscheidung getroffen. »Du solltest wissen, dass Ryk einer der mächtigsten Magier der Schwebenden Reiche ist. Er gehört zu den wenigen, die in allen fünf Zweigen der Magie begabt sind – dieser Tage eine Seltenheit. Damit will ich sagen: Er ist verflucht gut in dem, was er tut. Als Dämonenjäger macht ihm niemand etwas vor. Menschen hingegen … Er würde jederzeit schwören, dass er sie nie verstehen wird und dass man ihnen genauso wenig wie den Val'kai vertrauen kann …«

»Aber warum?«, unterbrach Ishan ihn.

»Das ist eine andere Geschichte, und die zu erzählen steht mir nicht zu. Diesmal meine ich es auch so. Versuch es also erst gar nicht.« Er warf Ishan einen strengen Blick zu, bevor er fortfuhr: »Jedenfalls war es bei Kela anders. Ihr hat er vertraut, und dann ist es schiefgegangen. Was genau geschehen ist, wollte er mir nicht sagen. Stattdessen hat er sich bei jeder sich bietenden Gelegenheit in einen Kampf mit einem Dämon gestürzt. Eine Zeit lang dachte ich, er wolle sich umbringen. Irgendwann ist er aber wieder zur Vernunft gekommen.«

Ishan starrte ihn an. »Und er will ausgerechnet sie bei dieser Mission dabeihaben?«

Veitt winkte ab. »Schluss jetzt! Ich habe schon mehr gesagt, als gut für mich ist.«

»Von mir wird Ryk nichts erfahren.«

Veitt nickte, drehte sich um und humpelte zur Tür.

»Weiß er, was du für ihn empfindest?«, fragte Ishan.

Veitt erstarrte mitten in der Bewegung. »Ja, das tut er«, sagte er leise und ohne sich umzudrehen. »Aber der einzige Grund, aus dem ich hier bin, sind seine Schuldgefühle.« Er klopfte auf sein Bein. »Eines von Ryks Experimenten, das fehlgeschlagen ist. Jetzt entschuldige mich, ich habe noch zu tun.«

Nachdem die Tür hinter Veitt ins Schloss gefallen und Ishan wieder allein war, ließ er sich bis zum Kinn ins Wasser sinken. Es war immer noch heiß, obwohl er schon über eine Stunde in der Wanne saß. Vermutlich ein Zauber, der in dem Metall steckte. Er lehnte den Kopf gegen den Wannenrand und dachte über Ryk Vangur nach. Was Veitt ihm über seinen Herrn erzählt hatte, passte zu dem, was er sich über ihn zusammengereimt hatte. Sein Hass auf die Dämonen deutete darauf hin, dass er selbst jemanden an sie verloren hatte. Ein Familienmitglied? Jemanden, den er geliebt hatte?

So schlimm das für den Dämonenjäger war, Ishan gab es die Sicherheit, dass Ryk Vangur ein Mann mit Gewissen und Skrupel war, den das Schicksal eines anderen nicht kalt ließ.

»Zwei Menschendämonen«, murmelte er und begann, sich die Arme einzuseifen. Vielleicht waren sogar noch mehr von diesen Biestern in die Schwebenden Reiche gelangt. Er fragte sich, ob die Menschen in Sharigor in Gefahr waren. Die Kehle wurde ihm eng, als ihm bewusst wurde, wie sehr er seine Heimat vermisste. Die Wein- und Olivenhänge vor Calares Toren. Die sonnenverwöhnten Flusstäler mit ihren Äckern und Plantagen. Plötzlich zitterten seine Finger, die Seife entglitt ihm und fiel ins Wasser. In den letzten Wochen hatte er es vermieden, an seine Familie zu denken. Oder das, was noch von ihr übrig war, denn außer seiner Stiefmutter Madea hatte er sonst keinen Menschen mehr.

Seine richtige Mutter war am Rotfieber gestorben, als er noch ein Junge war. Seine jüngere Schwester Issy hatte ein ähnliches Schicksal geteilt. Vor gut zwei Jahren hatte eine mysteriöse

Krankheit sie binnen weniger Wochen wie eine gepflückte Amarille dahinwelken lassen. Sie war in seinen Armen gestorben. Weinend und von Krämpfen geschüttelt. Ishan schluckte. Nach ihrem Tod hatte er lange Zeit geglaubt, nie wieder lachen zu können. Doch mit der Zeit war der Schmerz schwächer geworden – und nun hatte er auch noch seinen Vater verloren.

Dieses Mal hatte der Verlust sich sogar noch schlimmer angefühlt. Allein in seiner Zelle, eingesperrt für einen Mord, den er nicht begangen hatte, war das Gefühl der Trauer umso erdrückender gewesen. Niemand, mit dem er reden konnte oder der ihn umarmte, wenn er es gebraucht hätte. Wenn er wach war, hatte er sich seinen Wächtern gegenüber nichts anmerken lassen. Aber nachts, wenn das Fackellicht gedimmt wurde und niemand ihn sehen konnte, hatte er sich seinem Schmerz hingegeben und geweint wie ein kleiner Junge. Sein Hass auf Thamaryn war in dieser Zeit das Einzige gewesen, das verhindert hatte, dass er den Verstand verlor. Und sein Wunsch nach Rache.

Er fuhr sich mit den Händen durch das Gesicht, obwohl niemand zugegen war, der seine Tränen hätte sehen können. Er fragte sich, wie es Madea ging.

Seit seiner Flucht aus dem Kerker hatte er keine Möglichkeit gehabt, ihr einen Brief zu schreiben. Er hielt es auch nicht für klug, es jetzt zu tun. Selbst wenn er einen Soral, einen der flinken Botenvögel, nutzen würde, konnte die Nachricht immer noch in die falschen Hände geraten und dadurch Eloriens Männer auf seine Spur bringen.

Zweifelsohne trug Madea zurzeit eine Last, die kaum weniger wog als seine eigene. Neben ihrer Trauer musste sie das Königreich zusammenhalten, und das würde ihr der Kronrat so schwer wie möglich machen, da war sich Ishan sicher. Es bestand durchaus die Gefahr, dass eines der Mitglieder versuchen würde, selbst die Macht zu ergreifen. Etwa Ruvan con Betanne, der Großneffe seines Vaters. Er besaß den nötigen Einfluss, vor allem aber die Skrupellosigkeit, um einen solchen Schritt zu wagen. Zudem sah er gut aus, war bei den Ratsmitgliedern beliebt und so glatt und durchtrieben wie eine Lehmnatter.

Ishan konnte nur hoffen, dass einige Mitglieder des Kronrates der Königin allein aus Respekt und Freundschaft zu seinem Vater die Treue halten würden. Zum Glück hatte sie auch noch Ephilius, er war einer der gewieftesten Ratgeber des Reiches und seiner Stiefmutter loyal ergeben. Er würde ihr zur Seite stehen, selbst wenn alle Dämonen der Gegenwelt sich gegen sie verbünden würden.

Und dennoch: Wenn Ishan gekonnt hätte, wäre er auf der Stelle heimgekehrt, um ihr das Leid und den Kummer zu ersparen, die in den nächsten Wochen auf sie zukämen. Aber es ging nicht. Er hatte eine Pflicht gegenüber seinem Vater zu erfüllen. Erst wenn sein Name von jeglicher Schuld reingewaschen wäre, konnte er nach Hause zurückzukehren. In der Zwischenzeit musste er darauf vertrauen, dass seine Stiefmutter durchhalten würde.

ZWEITER TEIL

JAGD

»Vor dreitausend Jahren fielen die Val'kai zum ersten Mal in unsere Welt ein. Die damaligen Menschen hatten den Dämonen nichts entgegenzusetzen, obwohl sie in Städten voller wundersamer Maschinen lebten und Waffen besaßen, die selbst Stein in Brand setzen konnten. Doch die Val'kai wurden von lebenden Göttern angeführt, den sieben Dhana'an. Nichts konnte sich ihrer Macht entgegenstellen.
Die Götter befahlen den Dämonen, den Großteil der Menschheit auszulöschen. Die wenigen Überlebenden ließen sie in die Gegenwelt verschleppen, wo sie ihnen als Sklaven dienen sollten. Die Eine Welt aber zerschlugen die grausamen Götter, um den Menschen jede Hoffnung auf eine Heimkehr zu nehmen.
Zweitausend Jahre lang unterjochten die Götter die Überlebenden sowie deren Kinder und Kindeskinder, bis schließlich etwas geschah, womit die Dämonen nicht gerechnet hatten: Die Magie der Gegenwelt veränderte einige Auserwählte unter den Menschen. Dies war die Geburtsstunde der Ersten Magier, und als ihre Macht groß genug war, erhoben sie sich, und es brach die Stunde des Zweiten Dämonenkriegs an. In seinem Verlauf töteten die Magier die Dhana'an und bewiesen dadurch, dass sie falsche Götter waren. Gottgleich in ihrer Macht, aber nicht erhaben über den Tod.

Nach diesem Sieg führten die Ersten Magier die Menschen zurück in ihre alte Heimat, wo sie aus den Trümmerstücken der Einen Welt die Schwebenden Reiche erschufen: große und kleine Inseln, die schwerelos im leeren Raum schweben. Jede mit einer eigenen Fauna, mit einem eigenen Klima und eigenen Ressourcen. Verbunden allein durch die Feuerflüsse, die in einem unsichtbaren Flussbett durch den leeren Raum zwischen den Inselreichen fließen und unter dem Einfluss der Sonne wie flüssiges Feuer brennen.«

Auszug aus »Schöpfungsgeschichte«
Rupert Grimbogg,
Magier & Chronist,
49 v. d. Zweiten Dämonenkrieg–23 n. d. Zweiten Dämonenkrieg

18

Grasland, Xe'Neridian
15. Jul, 1026 n. d. Zweiten Dämonenkrieg

Ryk schwang sich auf Feuerherz, seinen schwarz-braun gescheckten Hengst mit roter Mähne. Es war ein schnelles und kraftvolles Tier, abgerichtet für die Jagd. Seitlich am Sattel hing seine Armbrust, die eine Spezialanfertigung aus Kellwyn, dem Reich von Fürst Kadin Aca Shan, war. Die Kellwyner waren ein friedliebendes Volk, nichtsdestotrotz galten sie als Meister in der Herstellung von Jagdbögen und -armbrüsten. Sie fertigten sie aus dem Otyngabaum an, der ausschließlich im kellwynischen Dschungel vorkam. Sein Holz war elastisch, besaß dennoch Spannkraft und brach so gut wie nie, wenn man es regelmäßig mit einem Harzöl pflegte.

Feuerherz tänzelte unruhig auf der Stelle. Er roch die Weite des Graslandes, was ihn ungeduldig machte. Ryk tätschelte ihm den Hals. Sobald Ishan sein Pferd gewählt hatte, würden sie aufbrechen. Noch lange hatte er in der Nacht wach gelegen und über sein Gespräch mit dem Jungen nachgedacht. Ishan hatte recht. Es machte keinen Sinn, dass Thamaryn in das Inselreich Kellwyn einfiel, während ihm eine Bedrohung wie Milnfor im Nacken saß. Auf diese Weise machte er sich und sein Land bloß angreifbar. Und das konnte nur bedeuten, dass es sich bei diesem Gerücht tatsächlich um ein Ablenkungsmanöver handelte oder der Großfürst mit diesem Angriff eine Absicht verfolgte, die sich ihm noch nicht erschloss. Vielleicht waren es aber auch gar nicht seine eigenen Pläne. Wieder dachte er an Thamaryns neuen Berater. Nach allem, was der Junge ihm erzählt hatte, konnte es sich bei ihm durchaus um den Blutlenker handeln. Stand der Großfürst also unter seinem Einfluss? Mit Schaudern erinnerte Ryk sich daran, wie es sich angefühlt hatte, als der Dämon in seinen Kopf eingedrungen war. Wenn das der Fall war, würde es die Veränderungen in Thamaryns Verhalten und in seinen Plänen erklären. Was bei ihm erneut die Frage aufwarf, welches Interesse der Blutlenker an Kellwyn haben könnte?

Nachdenklich saugte er an seiner Unterlippe. Erst die Zukunft würde ihnen zeigen, wie Thamaryns Pläne aussahen und ob er lediglich eine Marionette war. Ryk seufzte. Sehr lange mussten sie bestimmt nicht auf die Antwort warten. Seit dem Abbruch der Friedensgespräche waren mehr als drei Wochen vergangen; Thamaryn war längst wieder in Reetac, wo er möglicherweise bereits damit beschäftigt war, seine Truppen zu mobilisieren.

Es hieß, dass er einen sataouanischen Himmelsgleiter besäße, ein Geschenk von Herrin Sharala. Äußerlich glichen diese Flugapparate gewöhnlichen Segelschiffen. In ihrem Inneren verbargen sich jedoch ratternde und schnurrende Maschinen, die von Magiern aus Sataou entwickelt worden waren, die angeblich Zugriff auf Wissen aus den Tagen der Einen Welt hatten. Sie waren so wertvoll und schwer herzustellen, dass von den großen Luftschiffen nicht mehr als dreißig existierten. Mit diesem Flugapparat war Thamaryn unabhängig von den Feuerflüssen und konnte eine Strecke, für die er sonst über eine Woche bräuchte, innerhalb weniger Tage zurücklegen.

Hufgeklapper auf dem Hof riss ihn aus seinen Grübeleien.

Ryk warf einen Blick über die Schulter und sah, wie Ishan eine weiße Stute aus dem Stall führte. Beim Anblick des Tieres spürte Ryk einen Stich in der Brust. Es hatte Corr gehört.

»Eine gute Wahl«, sagte er dennoch. Der Junge hatte sich das zweitbeste Tier in seinem Besitz ausgesucht. Von Pferden verstand er schon mal etwas.

Ishan strich über die Flanke der Stute. »Prächtig und meiner würdig.«

»Hoffentlich wirst du dich auch ihrer als würdig erweisen«, erwiderte Ryk.

Ishan sagte nichts dazu, sondern nahm von Veitt, der gerade aus der Haustür auf den Hof getreten war, den Proviantbeutel entgegen.

»Darin findest du ein paar Reste vom gestrigen Abendessen«, erklärte dieser, während Ishan den Proviantbeutel an seinen Sattel band. »Außerdem Käse, Brot und Dörrfleisch. Damit solltest du die nächsten Tage über die Runden kommen.«

Ishan bedankte sich und überprüfte den Sitz des Kurzschwertes, das in einer Scheide auf der anderen Seite des Sattels hing. Es hatte Jailar gehört. Genauso wie die Wollhose, das Leinenhemd und die Jacke, die er trug. *Rasiert und gewaschen, sieht er viel jünger aus*, dachte Ryk, der den Prinzen auf allerhöchstens achtzehn Jahre schätzte. Endlich saß Ishan auf dem Rücken der Stute, und es konnte losgehen.

»Lasst euch nicht von den Dämonen beißen!«, sagte Veitt zum Abschied mit mürrischem Blick und in die Hosentaschen geschobenen Händen.

Ryk nickte ihm zu und lenkte Feuerherz zu dem gewundenen Pfad, der an den Hof anschloss und zwischen Gräsern und Büschen hindurch hinauf zu den Hügelgräbern führte. Ishan folgte ihm in einer Pferdelänge Abstand. Bevor sie in die langen Schatten der ersten Gräber eintauchten, blickte Ryk ein letztes Mal zurück. Das Tal war in Sonnenlicht getaucht, wodurch die Wiese grüner und die Blumen bunter erschienen. Selbst das Anwesen wirkte an diesem Morgen weniger finster als sonst. Er presste die Lippen zusammen. Am See hatte er es gefühlt, jetzt war er sicher, dass er diesen Ort für lange Zeit nicht wiedersehen würde. Wenn überhaupt noch mal.

»Was hat es mit diesen Gräbern auf sich?«, unterbrach Ishan seine Gedanken. »Ich muss gestehen, mir sind sie nicht ganz geheuer.«

Ryk wandte den Blick vom Tal ab und dem Jungen zu, der zu ihm aufgeschlossen hatte. »Das sind sie den allerwenigsten«, sagte er. »Selbst mir gefällt ihr Anblick nicht. Vor vielen Jahren habe ich einmal versucht, einen Blick in ihr Inneres zu werfen. Aber weder Muskelkraft noch Magie kann die Steine bewegen, die die Eingänge verschließen.«

»Wisst Ihr, wer sie erbaut hat?«

»Sie sind uralt, älter noch als die Schwebenden Reiche oder die Ruinen aus der alten Welt, auf die man hier und dort stößt. Niemand weiß, wer sie erbaut hat oder wer in ihnen begraben wurde. Und jetzt lass uns das Thema wechseln.« Ryk hatte das Gefühl, dass der Wind, der zwischen den Hügelgräbern wehte, kühler geworden war, seitdem sie begonnen hatten, über sie zu reden. Er räusperte sich. »Eins möchte ich unbedingt noch klarstellen. Wir sind hier nicht am sharigorischen Königshof. Sag Ryk zu mir. Dieses gestelzte Gerede würde die Leute nur argwöhnisch machen, sollten wir auf jemanden treffen.«

»Also gut, wenn Ihr … äh, wenn du das für das Beste hältst«, sagte Ishan und blickte an sich herab. »Ich bezweifle jedoch, dass mich in diesem Aufzug jemand erkennen wird.«

Es stimmte, in der einfachen Kleidung besaß der Junge kaum Ähnlichkeit mit dem sharigorischen Prinzen. Eher sah er wie ein Bote oder Jäger aus – Männer, die viel Zeit unter freiem Himmel verbrachten, wodurch sich auch Ishans etwas dunklerer Teint erklären ließe.

»Jetzt noch ein paar Regeln, die du dir unbedingt merken solltest, wenn diese Zusammenarbeit funktionieren soll«, fuhr

Ryk fort und trieb seinen Hengst zu einem schnelleren Gang an. »Erstens: Auf dieser Reise gebe ich den Ton an. Insbesondere, wenn wir auf den Morphus treffen, hältst du dich genau an das, was ich sage. Zweitens: Sollten wir unterwegs anderen Reisenden begegnen, bleibst du im Hintergrund und überlässt das Reden mir. Das ist zu deiner eigenen Sicherheit. Und die wichtigste aller Regeln: Wenn du die erste oder zweite brichst, war es das. Dann liefere ich dich auf der Stelle an Eloriens Männer aus, verdiene mir eine hübsche Belohnung damit und muss mir obendrein keinen Kopf mehr darum machen, dass ein Grünschnabel mich in die Scheiße reinreitet.« Er warf Ishan einen Blick zu, von dem er hoffte, dass er ihm klarmachte, dass das sein voller Ernst war. »Die Dämonenjagd ist verdammt gefährlich, und diese Mission zu wichtig, als dass ich zulasse, dass du mir irgendwie querschießt. Haben wir uns verstanden?«

»Den Hintern darf ich mir noch selbst abputzen, ja?«, maulte Ishan.

»Wenn du keine hundert Schritte hinter mir reiten willst, würde ich dir dazu raten. Und?«

Ishan rollte mit den Augen. »Ja, ja, ich bin einverstanden.«

Das ging viel zu leicht, dachte Ryk und drehte sich nach vorne. Corr hatte ihm immer gesagt, dass er sich viel zu viele Sorgen mache, anstatt die Dinge einfach auf sich zukommen zu lassen. Vermutlich hatte er damit recht gehabt. Wie mit so vielem anderem auch.

Als sie die Hügelgräber hinter sich gelassen hatten, ritten sie nicht gen Südwesten, wo Arville lag, sondern in nördlicher Richtung weiter. Vor ihnen erstreckte sich bis zum Horizont das weite Grasland. Das Unwetter von vergangener Nacht war inzwischen weitergezogen. Nur ein paar vereinzelte Wolkenfetzen, die die Sonne bald weggebrannt hätte, erinnerten noch daran. In dieser Gegend von Xe'Neridian kam es gelegentlich zu heftigen Unwettern, auf die meistens weitere folgten. In den kommenden drei Tagen, die sie bis zu Kela Mal'Dhuns Hütte am Rand des Flüsternden Waldes brauchen würden, mussten sie mit weiteren Wetterumschwüngen rechnen. Ryk hatte sich in den zehn Jahren, die er nun schon hier lebte, an das xe'neridianische Wetter gewöhnt. Im Grunde unterschied es sich gar nicht so sehr von dem auf Nekross, wo er als Junge in die Akademie der Magier aufgenommen worden war.

Er atmete tief durch, während die Pferde sie im raschen Tempo über die Ebene trugen, aber die Beklommenheit, die sich seit ihrem Aufbruch in seiner Brust eingenistet hatte, ließ sich nicht vertreiben. Es waren jetzt annähernd zwei Jahre her, dass er den Weg zum Flüsternden Wald zuletzt eingeschlagen hatte. Ganz von selbst erschien das Bild der Hütte mit dem schiefen Steinkamin, die geradezu winzig vor dem Hintergrund der alten knorrigen Bäume wirkte, in seinem Kopf. Eine Zeit lang war sie auch sein Zuhause gewesen. Der Gedanke schnürte ihm die Kehle zu. Selbst den Gestank des Teersumpfes, über den er sich bei Kela immer beklagt hatte, vermisste er nun.

Am späten Vormittag stießen sie auf die Handelsroute nach Auriss. Eine gepflasterte Straße, die sich wie ein schmutziggrauer Fluss durch das Grasland zog. Auriss war eine Minenstadt oberhalb des Ostwaldes. Ryk erledigte dort die meisten seiner Einkäufe. Die Bewohner der Stadt waren zwar argwöhnischer als die in Arville, aber auch weniger gesprächig, was ihm gefiel. Auriss lag am Fuße der Goldberge, die nach dem wertvollen Erz benannt waren, nach dem die Menschen dort seit Jahrhunderten schürften. Neben dem Holz des Arnbaums waren die Minen die zweitwichtigste Einkommensquelle des Reiches.

Eine Weile folgten sie der Straße, die ihr Vorankommen erheblich beschleunigte. Als sie am frühen Vormittag jedoch immer häufiger Reisenden und schließlich auch einer Handelskarawane begegneten, die von Auriss nach Arville zog, wurde

Ryk nervös. Ishan trug mittlerweile eine Kapuze, die er sich tief ins Gesicht gezogen hatte, sodass es unwahrscheinlich war, dass ihn jemand erkannt hätte. Trotzdem ritten sie alsbald wieder abseits der Straße über offenes und menschenleeres Grasland.

Ihre erste Rast legten sie gegen Mittag bei einem Bach ein, der sich fast unsichtbar durch das hohe Gras wand. Sie füllten ihre Wasserflaschen auf und tränkten die Pferde. Danach banden sie sie an einen Busch und gaben ihnen von dem Hafer zu fressen, den sie mit sich führten. Sie selbst machten es sich im Gras bequem, aßen leicht eingetrocknetes Gosh vom vergangenen Abend und dazu zwei Scheiben Brot. Nachdem ihre Mägen gefüllt waren, streckte Ryk sich mit einem Seufzen aus, wobei er die Arme hinter seinem Kopf verschränkte. Einfach alles tat ihm weh, nachdem er so lange nicht mehr geritten war. Vor allem seine Schulter und die anderen Verletzungen, die er aus dem Kampf mit dem Blutlenker davongetragen hatte.

Er pflückte einen Grashalm, schob ihn sich in den Mund und beobachtete einen wilden Soral, der hoch oben am Himmel seine Kreise zog. Das Gefieder des Raubvogels schimmerte goldblau in der Mittagssonne. Was für ein herrliches Tier! Er lächelte und merkte, wie sich die verspannten Muskeln in seinem Rücken und den Oberschenkeln zu lockern begannen.

»Ist Euch … dir, schon eine Idee gekommen, wie wir vorgehen, wenn wir den Morphus gefunden haben?«, wollte Ishan wissen. Er saß im Schneidersitz neben Ryk und blickte auf ihn herab.

»Es ist nicht einmal einen Tag her, dass du mich zuletzt danach gefragt hast.« Ryk seufzte und richtet sich wieder auf. »Sobald mir was einfällt, erfährst du es als Erster.«

»Veitt sagte, dass du einer der mächtigsten Magier bist, die es gibt.«

Ryk sah ihn mit hochgezogener Braue an und lachte gleich darauf so laut auf, dass ein kleiner Vogel verschreckt aus dem hohen Gras ganz in ihrer Nähe aufstob. Sofort änderte der Soral am Himmel seine Flugbahn und nahm die Verfolgung auf.

»Stimmt das etwa nicht?« Ishan klang verschnupft.

»Oh doch, es stimmt, und eigentlich ist es nicht komisch, sondern traurig.« Ryk spuckte den Grashalm aus. »Weißt du, die Ersten Magier erschufen die Schwebenden Reiche, wie du sie kennst. Und auch die Barriere, die uns alle schützt. Ihnen standen nahezu gottgleiche Kräfte zur Verfügung. Heute jedoch können sich die meisten von uns schon glücklich schätzen, wenn sie in zwei Zweigen der Magie eine Begabung besitzen. Wir werden zusehends schwächer, und es gib nichts, was wir dagegen tun können. Es war die Gegenwelt, die uns verändert hat. Die Magie war jedoch niemals Teil dieser Welt und wird es auch niemals sein. Und das ist ein Problem.«

Ishan verschränkte die Arme vor der Brust. »Wenn mich das beruhigen oder für dich einnehmen sollte, kann ich dir sagen, dass es das genaue Gegenteil bewirkt hat.«

»Bestens.« Ryk lächelte. »Ich möchte, dass du begreifst, was es heißt, ein Magier und Dämonenjäger zu sein. ›Mächtig‹ bedeutet nicht, dass ich bloß mit den Fingern zu schnippen brauche und schon fällt der nächstbeste Dämon tot um.« Er blickte dem Jungen fest in die Augen. »Ich habe es völlig ernst gemeint, als ich sagte, dass die Dämonenjagd ein gefährliches Geschäft ist.«

Ishan schluckte.

»Ja, ich beherrsche alle fünf Zweige der Magie«, fuhr Ryk fort. »Die *Energetys*, also die Beeinflussung von Materie durch magische Energie, gehört zu meinen stärksten Begabungen. Auch die Gedanken und Gefühle anderer Menschen könnte ich beeinflussen. Dieser Zweig nennt sich übrigens *Empathica*. Es ist jedoch eine Fähigkeit, die ich noch nie gerne eingesetzt habe. Meine Heilkräfte«, er schüttelte den Kopf, »nun, die sind absolut miserabel. Bei meiner Abschlussprüfung wäre ich in der *Medica* beinahe durchgefallen. Die *Morphosis*, zu der Verwandlungs- und Illusionszauber gehören, ist auch nicht gerade meine Stärke. Worin ich jedoch neben der *Energetys* so gut wie unschlagbar bin, ist die Magie der *Physis*. Sie erlaubt mir, meine Sinne und Körperkräfte um ein Zigfaches zu steigern. Das ist der Grund, warum ich auch ein so verflucht guter Dämonenjäger bin. Und, weil ich meine Grenzen kenne.« *Was mir beim Kampf mit dem Blutlenker nicht viel genutzt hat*, fügte er in Gedanken hinzu.

Ishan musterte ihn einige Augenblicke lang. »Du erwartest jetzt nicht, dass ich mir das alles merke, oder? Und was willst du mir damit überhaupt sagen?«

»Eigentlich nur, dass du von mir keine Wunder erwarten darfst. Trotzdem werde ich mir wegen des Morphus' etwas einfallen lassen, denn ich will ihn genauso dringend wie du in die Hände bekommen. Diese ganze Sache könnte größer sein, als wir uns vorstellen.« Er rappelte sich auf und klopfte den Staub aus seiner Kleidung. »Jetzt lass uns weiterreiten.«

Weder das Wetter noch das Land veränderten sich im weiteren Verlauf des Tages. Blauer Himmel und Gras, soweit das Auge reichte. Anderen Reisenden waren sie nicht mehr begegnet, seitdem sie die Handelsroute verlassen hatten. Am Nachmittag sahen sie in der Ferne eine Herde Tondras, rotbraun gefiederte Riesenvögel, die aufgrund ihrer verkümmerten Flügel nicht fliegen konnten. Bei ihrem Anblick stieß das Leittier einen Warnschrei aus, woraufhin die Herde in die entgegengesetzte Richtung davonstob.

Als schließlich die Dämmerung einsetzte, schlugen sie ihr Lager neben ein paar Sträuchern mit pfeilspitzen Blättern auf. Die Pferde banden sie an ein paar der kräftigeren Zweige an. Nachdem sie zuerst die Tiere abgesattelt und versorgt hatten, aßen und tranken sie selbst etwas und rollten anschließend ihre Decken für die Nacht aus. Ishan war so erschöpft, dass er sofort einschlief.

Ryk war ebenfalls müde, aber zu aufgewühlt, um zu schlafen. Er winkelte seinen Arm an, bettete den Hinterkopf darauf und blickte hinauf zum Nachthimmel. Sterne. Millionen und Abermillionen. Irgendwo raschelte es im Gras. Vielleicht ein Ilpis. Die kleinen Nager gab es hier überall. Vielleicht war es aber auch bloß der Wind. Es kümmerte ihn nicht, er dachte an Kela. An den Duft ihres Haares, an ihre ungewöhnlich helle Haut, die sich so glatt und vollkommen wie Seide unter seiner Berührung angefühlt hatte. Das Blitzen ihrer Augen, wenn sie zornig war. Die Anmut und Treffsicherheit, mit der sie ein Schwert schwang. Er lächelte. Eine Frau, die eines Dämonenjägers würdig war.

Die Vorstellung, ihr bald gegenüberzutreten, war erregend und beunruhigend zugleich. Wie würde sie reagieren, wenn er plötzlich bei ihr auftauchte? Mit einem Mal war seine Kehle ganz trocken. Was, wenn sie ihm die Tür vor der Nase zuknallte? Wenn sie sich weigern würde, ihn anzuhören? Wenn sie glaubte, der Dämon wäre nur eine Ausrede, sie wiederzusehen? War das vielleicht sogar so?

Eines der Pferde wieherte leise. Dann war wieder alles still, bis auf den Abendwind, der durch die Gräser strich, und Ishans regelmäßige Atemzüge. Ryk setzte sich wieder auf. Für die ersten Stunden würde er die Wache übernehmen, später konnte er dann Ishan wecken. In dieser Gegend gab es zwar keine Raubtiere, doch Dämonen tauchten oft auf, wenn man am wenigsten mit ihnen rechnete. Lieber verzichtete er auf ein paar Stunden Schlaf, als davon aufzuwachen, dass ein Val'kai an seiner Kehle nuckelte.

Gegen Mittag des zweiten Tages ging die Grasebene langsam in ein Hügelland mit bizarren Felsformationen von der Farbe bleicher Knochen über. Das Gras war kürzer, weniger saftig und von so einem dunklen Grün, dass es beinahe schon Schwarz wirkte. Einzelne, im Gras verstreut liegende Steine waren mit

Moosen und Flechten überzogen, die in einem blassen Violett schimmerten. Es wuchsen hier sogar ein paar Bäume, allerdings waren sie klein und verkümmert. Nachmittags zogen Wolken auf, und es fing an zu regnen. Zunächst nur schwach, aber schließlich verdunkelte sich der Himmel zusehends. Der Regen wurde stärker, und schwere Tropfen peitschten ihnen in die Gesichter, sodass sie kaum mehr etwas sahen. Der Untergrund weichte auf, und es wurde zu gefährlich weiterzureiten. Allzu leicht hätte eines der Tiere auf dem nassen Boden ausrutschen und sich die Beine brechen können.

Sie suchten Zuflucht unter einem Felsvorsprung, der groß genug war, dass sie und die Pferde darunter Platz fanden. Ryk schüttelte sich das Wasser aus dem Haar und lehnte sich gegen den Stein in seinem Rücken. Mit vor der Brust verschränkten Armen stand er da und sah zu, wie der Regen um sie herum in kleinen Bächen zwischen den Hügeln und Felsen hindurchströmte.

Neben ihm fuhr Ishan sich mit den Händen durch das Gesicht. »Bei Sorons Krähen, was habt ihr hier nur für ein Wetter?«

»Die Pause schadet uns nicht. Bisher sind wir gut vorangekommen. Wenn wir das Tempo beibehalten, werden wir bereits morgen gegen Mittag Kelas Hütte erreichen.« Er beugte sich ein wenig vor und blickte hinauf zum Himmel. »Ich denk, dass es in einer halben Stunde soweit nachgelassen hat, dass wir wieder aufbrechen können.«

Ishan verzog das Gesicht. »Wir hätten gleich nach Arville reiten sollen«, brummte er und rieb sich die Oberarme. Seine Jacke und das Hemd darunter waren dunkel vor Nässe.

»In der Hauptstadt leben über hunderttausend Menschen. Jeder von ihnen könnte der Morphus sein. Wie willst du ihn da finden?«, erwiderte Ryk. »Vielleicht ist er auch längst fort.«

»Ich verstehe es immer noch nicht. Was kann diese Kela, was ein Dämonenjäger nicht kann? Wieso ist sie in der Lage, einer wochenalten Fährte zu folgen?«

Ryk wischte sich mit dem Handrücken einen Wassertropfen von der Stirn, der sich aus seinem Haar gelöst hatte. Eigentlich wollte er nicht mit Ishan über Kela sprechen. Er glaubte nicht, dass er schon dazu bereit wäre. Aber vermutlich wäre er das morgen ebenso wenig, und es gab ein paar Dinge, die Ishan über die Veydra wissen musste, bevor sie aufeinandertrafen. Nur die allerwenigsten Menschen hatten schon einmal von einem Wesen wie Kela gehört, denn sie hielten ihre Existenz geheim. Natürlich wussten die Magier über sie Bescheid. Der Orden war der Hüter vieler Geheimnisse, von denen die meisten Menschen nicht einmal etwas ahnten. Ryk presste die Lippen aufeinander. Am besten wäre es, wenn er es kurz und schmerzlos machte.

»Kela ist eine Veydra. Sie können Dämonen an ihrem Geruch erkennen und folgen ...« Ryk sah Ishan an und wappnete sich für das, was gleich folgen würde »... und sie sind Halbdämonen.«

»Sie ist eine *was?*«, rief Ishan und riss seine Augen auf. Ein Hauch von Irrsinn flackerte darin. »Sag mir, dass das ein Scherz war!« Er trat ganz dicht an Ryk heran, seine Stimme hatte einen tiefen, fast schon knurrenden Klang angenommen.

»Siehst du mich lachen?«, fragte Ryk.

Ishan ballte die Fäuste, und ein Zittern lief durch seinen Körper. »Ein Dämon hat meinen Vater ermordet«, stieß er hervor. »Wie kannst du da glauben, dass ich mit einem solchen Monster zusammenarbeiten werde?«

Ruhig bleiben, ermahnte sich Ryk, stieß sich vom Felsen ab und schob Ishan mit beiden Händen von sich. »Hast du mir nicht zugehört, Junge? Ich sagte: Sie ist eine *Halb*dämonin.«

»Als ob das einen Unterschied machen würde. Dämon ist Dämon! Ich werde ihr die verdammte Kehle aufschlitz...«

In diesem Moment sah Ryk rot. Die Magie schoss ihm in die Glieder, und er schlug zu.

Seine Faust traf Ishan am Kinn. Der Junge flog zurück und

landete rücklings auf dem nassen Erdreich. »Was … was … war das?« Sein Kopf sackte zur Seite. Im Hintergrund wieherten die Pferde nervös.

»Bei allen Dämonen der Gegenwelt!« Ryk starrte auf seine Hand, in der die Magie wie ein zweiter Herzschlag pulsierte. In seiner Wut hatte er sie herbeigerufen, ohne über die Folgen nachzudenken. Rasch sandte er sie zurück und ging dann neben Ishan auf die Knie. Der Junge hatte die Augen geschlossen. *Scheiße!* Ryk packte ihn unter den Schultern, zog ihn zurück ins Trockene und lehnte ihn an einen Felsen. Anschließend hob er Ishans Kinn und tastete den Kiefer ab. Die Lider des Jungen flatterten. Er murmelte etwas, das Ryk nicht verstand. Dem Himmel sei Dank, es fühlte sich nichts gebrochen an. Dafür begann die untere linke Hälfte von Ishans Gesicht bereits anzuschwellen und sich violett zu verfärben. Er hätte ihn umbringen können! »Tut mir leid … Ishan, ich habe mich vergessen. Kannst du aufstehen?«

Der Prinz blinzelte ihn an. »Hast … hast du einen … Schmiedehammer in deiner Faust … versteckt?«, nuschelte er.

Ryk lächelte verlegen und half dem Jungen auf die Beine. Sobald er ihn losließ, wankte Ishan, weshalb er ihn erneut gegen den Felsen lehnte. Ishan spuckte aus, sein Speichel war rot von Blut. Er hob die Hand und betastete sein Gesicht. Bei jeder Berührung verzog er es. »Dreckskerl!«. Er starrte Ryk finster an.

»Das habe ich wohl verdient.«

Seine Antwort schien Ishan nur noch wütender zu machen. »Warum?« Wieder verzog er das Gesicht. Allein das Reden schien ihm Schmerzen zu bereiten, trotzdem sprach er weiter: »Du schlägst mich wegen … eines verdammten … Monsters?«

»Du verstehst nicht!«

Ishan schüttelte den Kopf. »Du bist ein … Dämonenjäger, wie kannst du … mit einer Halbdämonin gemeinsame Sache … machen?«

Ryk sah ihn an und fragte sich, wie viel er dem Prinzen sagen musste, um ihn zu beruhigen, wenn er gleichzeitig so wenig wie möglich darüber verraten wollte, was damals wirklich zwischen Kela und ihm vorgefallen war. »Du verstehst das nicht, Junge. Veydras, auch wenn sie Halbdämonen sind, haben äußerlich mit einem Dämon so viel gemeinsam wie ein Pferd mit einem Wiesel. Die meisten von ihnen sind weiblich, und zudem von betörender Schönheit. Nur die allwenigsten Männer könnten ihnen widerstehen, wenn sie es darauf anlegten. Aber so sind sie nicht.« Er räusperte sich. »Häufig sehen sie aus, als wären sie erst in ihren Zwanzigern, während sie in Wahrheit bereits mehrere Jahrhunderte alt sind. Und sie sind selten. Auf allen Inselwelten zusammengenommen gibt es vermutlich nicht einmal hundert von ihnen. Manchmal helfen sie uns Dämonenjägern, wenn wir die Spur eines Dämons verlieren. Lieber werden sie jedoch in Ruhe gelassen, weshalb sie häufig sehr zurückgezogen leben.«

Ishan schnaubte. Zumindest versuchte er es. »Gleich erzählst du mir ... noch, sie seien die besseren ... Menschen.«

»Ganz sicher nicht, denn sie können auch eine dunkle Seite haben. Wie gefährlich oder mächtig ihr dämonisches Erbe ist, hängt von ihrem väterlichen Elternteil ab. Die meisten haben dieses Erbe aber ganz gut unter Kontrolle. Das Wichtigste für uns ist, dass sie alle über einen außergewöhnlichen Geruchssinn verfügen. Für sie ist er Gabe und Fluch zugleich. Die Gerüche der Menschen sind ihnen meist zuwider, die anderer Dämonen dagegen ziehen sie beinahe schon magisch an.«

Ishan schüttelte stur den Kopf. »Egal, was du ... sagst, mich überzeugst du nicht. Niemals werde ich diesem ... diesem Ding vertrauen.«

»Verstehe«, sagte Ryk und nickte knapp. »Dann lass es mich einmal so formulieren: Ich werde den Morphus jagen – mit dir oder ohne dich. Kela wird in jedem Fall dabei sein.«

Ishan bekam einen hochroten Kopf. »Das ist Erpressung!«

»Ich habe die Bedingungen für unsere Zusammenarbeit von Anfang an klar benannt. Entweder beugst du dich meiner Führung oder wir gehen fortan getrennter Wege. Die Entscheidung liegt bei dir.«

Ishan starrte ihn eine Weile mit kaltem Blick an, bevor er das Gesicht zur Seite wandte. »Also gut«, sagte er bitter, »soll sie doch mitkommen. Aber eines verspreche ich dir: den Rücken werde ich ihr ganz sicher nicht zukehren. Und in der Nacht werde ich mit meiner Hand am Schwert schlafen.«

»Deine Schlafgewohnheiten sind deine Sache.«

Ishan presste die Lippen zu einem dünnen Strich zusammen, schob die Hände in die Hosentaschen und starrte zu Boden. In dieser Haltung wirkte er sehr viel jünger, als er war, und Ryk fragte sich, ob er nicht zu hart zu ihm gewesen war. Er konnte sich vorstellen, was nach dem Tod seines Vaters in Ishan vorgehen musste. Zweifelsohne hatte er ein paar verdammt dreckige Wochen hinter sich. Aber es gab keinen anderen Weg. Wenn sie den Morphus finden wollten, musste Ishan lernen, mit Kela klarzukommen. Sie brauchten einander. Auch wenn der Morphus lediglich ein Dämon der zweiten Kaste war, würde ihn keiner von ihnen dreien allein besiegen können.

»Wie funktioniert das überhaupt?«, murmelte Ishan und hob den Kopf nur so weit, dass ihre Blicke sich trafen. »Es sind Dämonen ... Ich meine, keine Frau würde freiwillig mit ihnen ... Du weißt schon ...« Er brach ab.

»Nein, würde sie wohl kaum«, stimmte Ryk zu. »Schon während der Kriege sind immer wieder Dämonen über Menschenfrauen hergefallen. Auch später kam es noch zu solchen Vorfällen, wenn es einem Val'kai gelungen ist, die Barriere zu durchbrechen. So auch Kelas Vater. Er entdeckte ein Schlupfloch, das ihn in unsere Welt führte. Damals war die Barriere noch nicht so sicher, wie sie es seit dreihundert Jahren ist. Oder besser gesagt sein sollte.«

»Ihre … ihre Mutter wurde von ihm vergewaltigt?«

»Die Val'kai sind ein aggressives Volk, und sie haben andere Moralvorstellungen als wir. Bei ihnen gilt das Recht des Stärkeren.«

»Du heißt gut, was sie tun?«, fragte Ishan entsetzt.

»Sei kein Narr! Ich jage und töte sie.«

Der Junge schwieg eine Weile, bevor er weitersprach: »Warum tust du das überhaupt? Ich meine, das ist doch wirklich keine Arbeit, die man gerne macht, oder?«

»Es ist das, was ich am besten kann.« Ryk hatte sich diese Antwort schon vor langer Zeit zurechtgelegt. In der Regel hakten die meisten Menschen, denen er begegnete, nicht weiter nach, weil ihnen diese Antwort genügte oder sie nicht das Risiko eingehen wollten, einen Dämonenjäger zu reizen. Ishan schien jedoch zu den Menschen zu gehören, die solche Hemmungen nicht kannten.

»Nein«, sagte er. »Das … das nehme ich dir nicht ab, Dämonenjäger. Du riskierst bei diesen Einsätzen dein Leben. Und als ich dich und Veitt unterm Fenster belauscht habe, konnte ich den Hass in deiner Stimme hören, als du über die Dämonen gesprochen hast.«

»Konntest du das, ja?« Ryk starrte ihn an. »Nun, das ist bereits mehr, als du über mich zu wissen brauchst.« Er wollte sich gerade wegdrehen, da packte Ishan ihn am Arm. »Eines noch«, sagte er. »Wenn du die Val'kai so sehr hasst, wieso nicht auch die Halbdämonin?«

Ryk kniff die Augen zusammen. »Allmählich frage ich mich, wie du so lange überleben konntest, ohne dass dir nicht schon früher jemand den Schädel eingeschlagen hat? Kela hat sich nicht ausgesucht, wer sie ist. Genauso wenig, wie du dir ausgesucht hast, als Mörder dazustehen. Außerdem hat sie mir das Leben gerettet, und das mehr als einmal.«

Damit entzog er Ishan seinen Arm, wandte sich ab und starrte wieder hinaus in den Regen. Hier und da zeigten sich am Himmel bereits ein paar helle Stellen. Nicht mehr lange, und sie würden ihre Reise fortsetzen können. Und das wäre auch besser so. Für heute hatte der Junge seine Geduld mehr als erschöpft.

19

Arville, Xe'Neridian
15. Jul, 1026 n. d. Zweiten Dämonenkrieg

Es war Abend. Catara saß in einem Sessel und starrte auf die gegenüberliegende Seite des Raumes, wo das Mondlicht die Umrisse des Bettes umspielte, zu dem Rogen Thal sie am vergangenen Abend geführt hatte, bevor sie vom Finstergeist überwältigt worden war. Der Anblick löste einen bitteren Geschmack in ihrem Mund aus. Sie wagte nicht, sich vorzustellen, für wie viele Mädchen und Frauen in diesem Zimmer ihr grausiges Martyrium begonnen hatte, aus dem sie am Ende gebrochen und gezeichnet fürs Leben hervorgegangen waren. Falls sie überlebt hatten.

Sie fuhr sich erschöpft über das Gesicht. Seit gut zwei Nächten hatte sie nicht geschlafen. Nach dem Kampf mit dem Kaufmann war sie viel zu aufgekratzt gewesen, um Ruhe zu finden. Selbst das Bad, das Esen für sie vorbereitet hatte, konnte die Erinnerung an Thals schmutzige Berührungen nicht abwaschen. Die Flasche Canessa, ein edler Tropfen aus dem sonnenverwöhnten Onques, ebensowenig. Thals Termine für den heutigen Tag hatte sie absagen und sich damit entschuldigen lassen, dass sie unverhofft nach Rifta reisen müsse, wo eine dringende Angelegenheit ihre Anwesenheit erfordere. Was im Grunde gar nicht so weit von der Wahrheit entfernt war.

Tatsächlich hatte sie gegen Mittag einen Boten zum Südhafen

geschickt, um den Kapitän der *Gluttänzer*, eines von Thals besten Schiffen, darüber zu informieren, dass sie morgen ins Eisenreich aufzubrechen beabsichtigte.

Catara gähnte. Sie war so müde, aber immer wenn sie die Augen schloss, wurde sie von Bildern verstümmelter Mädchen heimgesucht, die eine krankhafte, Übelkeit erregende Lust in ihr auslösten. Sie sprang auf, fegte die leere Weinkaraffe und den Kelch von dem Beistelltischchen, das sie neben den Sessel gerückt hatte. Die filigrane Karaffe landete nicht auf dem Teppich, sondern daneben auf dem Boden, wo sie zerbrach. Ihre Glassplitter funkelten im Mondlicht, als hätte ihr jemand eine Handvoll Sterne vor die Füße geworfen. Catara starrte sie an. Die Keesa glaubten, dass es sich bei den Gestirnen um die Seelen der Verstorbenen handelte, die über ihre Familien und Freunde wachten. Narren! Catara fuhr herum und stürmte aus Thals Schlafgemach.

Auf dem Korridor brannten Kerzen in Wandhaltern und vertrieben die Schatten, die mit der Nacht Einzug gehalten hatten. Catara ging zur dritten Tür auf der linken Seite. Sie griff nach der Klinke, drückte sie herunter und trat ein.

Das Mädchen schlief tief und fest. Es hatte das Laken wie einen Kokon um seinen Körper geschlungen. Eine weitere junge Hure, die dem Kaufmann von Svensk, Silberauge oder wie immer er sich sonst nennen mochte, geschickt worden war. Esen hatte ihr auf Cataras Befehl hin einen Schlaftrunk verabreicht und sie anschließend in einem der Gästezimmer untergebracht. Es war zu riskant gewesen, das Mädchen unverrichteter Dinge wieder fortzuschicken.

Cataras Atem ging schneller, als sie sich zu ihr herabbeugte. Sie sah so jung, so verletzlich aus. Catara streckte die zitternde Hand aus und strich eine Locke aus der Stirn des Mädchens. Ihre Haut war eiskalt, trotzdem zog sie die Finger so hastig zurück, als hätte sie sich verbrannt. Das Zittern erfasste ihren ganzen Körper. Ihre Lenden hingegen pochten vor Anspannung und Erregung. Angewidert von sich selbst floh Catara aus dem Zimmer und stieg die Treppe hinab ins Erdgeschoss. Dort schnappte sie sich einen Umhang, der über einem Stuhl in der Eingangshalle lag, und trat nach draußen. Der Nachtwind kühlte ihre erhitzte Haut, und sie atmete durch. Sie ging zu dem Gittertor, dass eine der Wachen für sie öffnete.

»N'Abend, Jungs.«

Die Männer nickten ihr zu. »Herr«, sagte der eine. »Was können wir für Euch tun?«

Catara legte einen Finger auf ihre Lippen. »Wir wollen die Nachbarn doch nicht wecken, oder?«

»Nein, Herr, natürlich nicht«, antwortete er, nun deutlich leiser.

»Ich habe noch einen ... privaten Termin.«

»Wollt Ihr, dass einer von uns Euch begleitet?«, fragte der Mann.

»Das wird nicht nötig sein«, sagte Catara und wandte sich mit einem letzten Nicken nach links.

Die Straße vor ihr war in Stille und Dunkelheit getaucht. Ehrbare Bürger lagen um diese Stunde längst in ihren Betten. Die wenigen Gestalten, die ihr unterwegs begegneten, ignorierten Catara oder wichen ihr aus. Rogen Thal war von kräftiger Statur und fraglos eine einschüchternde Erscheinung.

Das Vergnügungsviertel, zu dem Catara auf dem Weg war, lag im Süden von Arville. Gegenüber dem Hafen. Sie ging zügig, weshalb sie nicht einmal eine Stunde brauchte.

Wie der Pfuhl, wo die niedere Dienerschaft des Fürsten hauste, war auch das Vergnügungsviertel durch eine Mauer vom Rest der Stadt getrennt. Catara durchschritt das Tor und wurde von Musik und Gelächter empfangen, das aus Fenstern und Türen in die Nacht erscholl.

Vor ihr erstreckte sich eine in orangeroten Widerschein getauchte Straße, die zu beiden Seiten von Tavernen, Spielhöllen, Freudenhäusern und Si'Maryl-Höhlen eingefasst wurde. Catara blieb stehen, als zwei Männer aus einem Hauseingang stolperten und sich auf der Straße vor ihr zu prügeln begannen. Während sie um die Kämpfenden herumging, sah sie sich aufmerksam um und tauchte tiefer und tiefer in eine Atmosphäre unstillbaren Hungers und animalischer Triebe ein. Die Männer waren hier in der Überzahl. Einzeln oder in Gruppen kehrten sie in den verschiedenen Etablissements ein. Darunter waren alte wie junge, einfache Arbeiter, aber auch Adelige, Verkrüppelte wie auch solche, von denen man hätte meinen können, dass ihnen Frauen wie Männer gleichermaßen zu Füßen lagen. Lust war nun einmal der Elementarste aller Triebe. Ohne sie konnte kein Volk überleben.

Entsprechend setzten die geschäftstüchtigen Luden ihre »Pferdchen« in Szene. Auf den Veranden der Bordelle räkelten sich die weiblichen und männlichen Huren. Spärlich bekleidet stellten sie ihre Reize zur Schau und lockten Vorübergehende mit den Versprechen auf eine unvergleichliche Nacht. Auch Catara hatte nichts gegen ein bisschen Spaß. Für irgendetwas mussten Männer schließlich gut sein. Einmal abgesehen von Lügnern wie Darval und kranken Schweinen wie Rogen Thal, die nichts anderes als den Tod verdient hatten.

Am Eingang einer besonders dunklen Seitengasse blieb Catara stehen und verfolgte eine Weile das Treiben dort. Die Fenster der Etablissements waren hier mit Stoffen verhangen. Das Stöhnen, das gelegentlich aus einem der Fenster drang, wurde von klatschenden Lauten begleitet, auf die leise, lustvolle Schmerzensschreie folgten. Sie hatte ihr Ziel gefunden.

Catara betrat die Gasse. Die Veranden waren schwach beleuchteten Hauseingängen gewichen, in denen Huren herumlungerten, von denen die meisten entweder zu alt oder zu jung waren. Catara ignorierte ihre Zurufe und entdeckte schließlich, wonach sie gesucht hatte.

Die junge Frau saß auf den Stufen vor einem heruntergekommenen Bordell. Ihr Haar war verfilzt, und die übermäßig aufgetragene Schminke verlieh ihr ein puppenhaft emotionsloses Gesicht. Sie war allein. Genau nach solch einer Gelegenheit hatte Catara gesucht. Wenn die Huren in Gruppen beieinanderstanden, rückten sie nur selten Informationen heraus, um vor den anderen nicht als Verräterinnen zu gelten.

Catara stoppte direkt vor ihr. Zunächst reagierte die Frau nicht, sondern zog weiter an ihrer Pfeife, die mit Si'Maryl gestopft war, wie Catara am Geruch erkannte. Doch schließlich seufzte sie und sah auf. »Fünfzehn Kupferlinge.«

»Ich gebe dir fünfzig, wenn du mir sagst, wo ich Silberauge finde.«

Bei der Erwähnung dieses Namens zuckte die Hand der Hure unbewusst zu ihrem Gesicht. »Was willste von ihm?« Sie bemühte sich um einen gleichmütigen Tonfall, aber Catara war das Beben in ihrer Stimme nicht entgangen. Furcht? Zorn? Vielleicht beides.

Catara lächelte. Sie hatte noch gut in Erinnerung, wie Rogen Thal auf andere wirkte. »Es geht um etwas Geschäftliches.«

Die Lippen der Hure wurden schmal. Sie zog wieder an ihrer Pfeife und fauchte: »Hab ihn heute noch nicht gesehen.«

Sie log. Ihr Gesicht mochte puppenhaft sein, aber ihre Augen verrieten Catara alles, was sie wissen musste. Sie stellte ihren Stiefel auf die Stufe neben der Frau und beugte sich vor. »Vielleicht interessiert es dich ja, dass ich dem Bastard die Eier abschneiden will, um ihm damit den Rachen zu stopfen.«

Ganz langsam breitete sich so etwas wie ein Lächeln in dem starren Gesicht aus. Zumindest auf einer Hälfte, die andere blieb reglos. »War er das?«, fragte Catara und strich ihr sanft über die Wange.

»Er spielt gern mit dem Messer. Wie viele seiner Kunden.« Nun schwang eindeutig Hass in ihrer Stimme mit. »Du findest ihn im *Roten Knecht*. Einfach die Gasse weiter runter.«

Catara hielt ihr die Münzen hin. Die Hure nahm das Geld, stand auf und stieg die Stufen zum Bordell hinauf. Kurz bevor sie durch die Tür verschwand, nickte sie ihr noch einmal zu.

Der *Rote Knecht* war eine Taverne von der Sorte, für die die meisten jeden noch so weiten Umweg in Kauf genommen hätten, um ihr und ihren Gästen nicht zu nahe zu kommen. Sie lag fast am Ende der Gasse. Die Schankstube war überfüllt und stank nach Schweiß, verbranntem Essen und schalem Bier. Die Gäste waren ausschließlich Männer. Laut, brutal, hässlich. Die Huren, die um ihre Aufmerksamkeit buhlten, sahen aus, als wären sie einer Seuchengrube entstiegen, um höchstpersönlich ihren Beitrag zur Ausrottung der Menschheit zu leisten.

Catara drängte sich bis zur Theke durch. »Ich bin mit Silberauge verabredet«, sagte sie zu dem Wirt, einem kahlköpfigen Mann, dem ein Stück seiner Nase fehlte. »Er sagte, ich solle ihn hier treffen.«

Der Wirt deutete quer durch den Raum auf eine Tür. Catara warf ein paar Münzen auf die Theke und wandte sich ab. Bei der Tür handelte es sich um den Hinterausgang, der auf einen von Mauern umschlossenen Hof führte. Hier war es so düster, dass Catara kaum etwas sah. Sie wollte gerade zurück zum Wirt, um ihn zu fragen, ob er sich einen Scherz mit ihr erlaubt hatte, als eine Männerstimme an ihr Ohr drang:

»Stell dich nicht so an, du dummes Luder.« Ein Klatschen folgte, darauf ein Wimmern.

Catara ging ein Stück in die entsprechende Richtung, fand einen schmalen Durchgang in der Mauer und spähte hindurch. Es war eine Seitengasse. Licht aus dem Haus gegenüber fiel auf einen Mann, der ein sich heftig wehrendes Mädchen an den Armen gepackt hatte. Die beiden waren nur ein paar Schritte entfernt. Es war der Lude, den sie gesucht und der Thal so bereitwillig mit jungen Frauen versorgt hatte.

Darum nennen sie ihn also Silberauge, dachte Catara. Sie hatte einen Einäugigen erwartet, der sein fehlendes Auge durch eine Metallkugel ersetzt hatte. Tatsächlich war es jedoch die Farbe seiner Augen – ein unnatürlich helles Grau –, der er seinen Spitznamen verdankte.

»Lass mich los«, schluchzte das Mädchen, bekam eine Hand frei und zerkratzte ihm die Wange.

»Miststück!« Er schlug ihr so heftig ins Gesicht, dass sie zu Boden ging. Sogleich trat er über sie und nestelte an den Schnüren seiner Hose herum. »Wenn du das nächste Mal nicht tust, was der Kunde will, machst du mit meinem Messer Bekanntschaft. Und nun zu deiner Strafe.« Er lachte, als er seinen Schwanz aus der Hose holte.

Catara hatte genug gesehen und trat aus dem Schatten des Durchgangs. »He, Silberauge!«

Er fuhr zu ihr herum. »Verpiss dich, du störst!«

»Ach ja?« Catara hob die Hände an die Kapuze und streifte sie ab.

Silberauge starrte sie verblüfft an. »Thal? Was macht Ihr hier?« Er ließ seinen Schwanz rasch wieder in der Hose verschwinden. »War die Hure, die ich Euch geschickt habe, nicht zu Eurer Zufriedenheit?«

Catara sah auf das Mädchen hinab. »Verschwinde!«

Die ersten Meter kroch es noch, kam dann auf die Beine und taumelte davon.

Silberauge sah ihr kurz nach, bevor er sich wieder zu Catara umdrehte. Er leckte sich nervös die Lippen. »Was ... was kann ich für Euch tun, Herr?«

»Die Huren – sie beginnen mich zu langweilen.«

»Ist das alles?« Silberauge lachte. »Warum habt Ihr das nicht gleich gesagt?« Er machte einen Schritt auf Catara zu und legte ihr eine Hand auf die Schulter. »Was immer Ihr begehrt, ich kann es Euch besorgen. Das wisst Ihr doch!«

»Ich suche nach einer ganz speziellen Erfahrung«, erklärte Catara.

»Nur heraus damit«, forderte Silberauge sie auf. »Was soll es sein?«

»Ich wollte immer schon einmal wissen, wie sich das anfühlt.« Sie rammte ihm ein Messer zwischen die Beine, dass sie unbemerkt unter ihrem Mantel hervorgezogen hatte. Silberauge riss den Mund auf, doch durch den Schock brachte er kein Wort heraus. »Ein bisschen genauer, wenn ich bitten darf.« Sie drehte das Messer herum, bis er vor Schmerz schrie und riss es wieder heraus.

Silberauge taumelte zurück. In seinem Schritt breitete sich ein schnell größer werdender dunkler Fleck aus, auf den er nun seine Hände presste. »Wa-wa…« Er fiel auf die Knie.

»Ich habe immer noch Probleme, dich zu verstehen.« Catara trat vor und schlug ihm ins Gesicht, sodass er nach hinten fiel. »Ich bin enttäuscht. Ich dachte, du wärst ein Geschäftsmann, auf dessen Wort Verlass ist. Aber das Einzige, was ich von dir bekomme, ist sinnloses Gestammel.«

»Aber … aber Herr, warum …?«

Eine Gestalt löste sich aus der Dunkelheit hinter Catara. Es war die Hure mit dem puppenhaft geschminkten Gesicht. Catara hatte bemerkt, dass sie ihr gefolgt war. Das Mädchen blieb vor Silberauge stehen. Sofort streckte er ihr eine Hand entgegen. »Hilf mir, Mirta! Hilf … mir!«

Sie sah Catara an. »Was hast du mit ihm vor?«

Catara hielt ihr den Dolch mit dem Griff voran hin, woraufhin die Hure ihr schauriges Lächeln zeigte. Sie würde Silberauge Mirta überlassen. Sie hatte es sich verdient.

»Das … das kannst du nicht … tun«, jammerte Silberauge. Seine Hand umschlang das Bein der Hure. »Es … es war doch nicht … *Aah!*«

Mirta hatte ihm den Dolch in die Schulter gestoßen, zog ihn wieder heraus und versenkte ihn anschließend in seiner Brust. Catara wandte sich ab. Plötzlich fiel alle Anspannung von ihr ab, und sie wollte nur noch ins Bett.

Sie machte sich auf den Rückweg zu Rogen Thals Villa. Morgen um die Mittagsstunde würde sie nach Rifta aufbrechen, um ihre Mission fortzusetzen. Dazu musste sie konzentriert und ausgeruht sein. Aber für den Rest der Nacht würde sie keine Albträume haben, dessen war sie sich sicher. Catara lächelte. Ein Spaziergang an der frischen Luft tat doch immer wieder gut.

20

Königspalast von Calares, Sharigor
16. Jul, 1026 n. d. Zweiten Dämonenkrieg

War es das wert gewesen? Hatte sie alles richtig gemacht? Schon viele Hundert Male hatte sie sich diese Fragen in den vergangenen Wochen gestellt. Varras war tot. Catara auf einer Mission, von der sie trotz ihres einzigartigen Talents womöglich nicht lebend wiederkehren würde. Und ihr Stiefsohn Ishan war verschollen. Im Augenblick kam es ihr vor, als zerrinne ihr Leben, ihre Zukunft, all ihre Pläne wie flüchtiger Feyastaub zwischen ihren Fingern.

Königin Madea biss sich auf die Unterlippe. Was hatte sie nur getan? Tränen schlichen sich in ihre Augen, doch sie blinzelte sie fort. Sie würde nicht weinen. Niemals. Wenn sie sich dieser Schwäche erst einmal hingab, würde sie auch anderen nachgeben, und das wäre der Anfang vom Ende. Nein, sie war eine starke Frau, und das würde sie auch bleiben.

Sie stand im Schatten eines Pavillons am Ende des Palastgartens. Die gesamte Anlage sowie der Palast selbst lagen auf einem der sieben Hügel, auch die Pfeiler von Calares genannt, um welche die Hauptstadt herum erbaut worden war. Die Königin hatte den Blick auf das ferne Landesinnere gerichtet, wo sich die Oliven- und Weinhänge erstreckten, für die Sharigor neben seiner Töpferkunst so berühmt war. Unvermittelt stob ein Schwarm Krähen in einem anderen Teil des Gartens auf, vermutlich aufgeschreckt von einem Gärtner. Ihr rötliches Gefieder schillerte in der Nachmittagssonne, während sie in weiten Kreisen in den Himmel aufstiegen, um schließlich in Richtung der Lehmfelder im Westen von Calares davonzufliegen.

Die Königin beneidete die Vögel um ihre Freiheit. *Wenn ich ihnen nur folgen könnte*, dachte sie. Einer Legende zufolge hatte Soron con Femen, der durch Heirat das Königreich Sharigor aus den Inselreichen Celzar, Rhuk und Fhey gegründet hatte, die Krähen von einem Magier erschaffen lassen, damit sie ihm Augen und Ohren sein konnten und er jederzeit wusste, was in seinem Reich vor sich ging. Doch seit seinem Tod vor achthundert Jahren war es niemandem mehr gelungen, diese Vögel zu zähmen. Seitdem taten die Nachkommen der ersten Krähen, wonach immer ihnen der Sinn stand. Etwas, wonach Madea sich seit ihren Kindertagen sehnte. Stattdessen wurde ihr Leben von der einen Pflicht bestimmt, die keine Freiheiten oder Abweichungen duldete. Sie hatte diese schier erdrückende Aufgabe von ihren Eltern übernommen, so wie diese sie vor ihr bereits von den ihren.

Es ist eine Ehre, sagte sie sich in Gedanken. *Vergiss das nie!*

Sie lehnte sich an eine der Marmorsäulen, die das Kuppeldach des Pavillons trugen, und berührte mit ihrer Stirn den Stein, der ihrer erhitzten Haut Kühlung verschaffte. Erst gestern hatte sie ihren König und Gemahl zu Grabe getragen, nachdem man seinen Leichnam von Xe'Neridian nach Sharigor überführt hatte und sein Körper von den Bewahrern der Toten in einer tagelangen Prozedur für seinen Einzug in die Familiengruft der con Femen vorbereitet worden war. Nun ruhte Varras in der »Nekropole der Ewigen«, einem von Felsen umschlossenen Tal östlich der Stadtgrenze, wo die Menschen von Calares seit jeher ihre Toten bestatteten. Vom Bettler bis zum König.

In einem langen Trauerzug war der einbalsamierte und blumengeschmückte Körper des Königs von seinen stärksten Kriegern durch die Straßen der Stadt getragen worden. Gefolgt von Madea, den Mitgliedern des Kronrates sowie Abgesandten weiterer Adelshäuser und seiner Armee. Das Volk, das sich zu beiden Seiten des Weges versammelt hatte, um ebenfalls Abschied von seinem König zu nehmen, hatte der Königin weiße Amarillen zu Füßen geworfen. Die Blumen der Trauer, aber auch der Hoffnung. Und trotz des Kummers und der Furcht in ihrem Herzen hatte Madea keine einzige Träne vergossen, denn ihre Feinde hätten es ihr bloß als Schwäche ausgelegt. Und sie hatte viele Feinde, denn sie war schließlich *nur* eine Frau.

Der Wind, der durch den Palastgarten wehte und an ihrem Haar zupfte, trug Schritte an ihr Ohr. Madea brauchte sich nicht umzudrehen, um zu wissen, dass es ihr Ratgeber Ephilius war. Sie hatte den Wachen befohlen, niemand außer ihm zu ihr vorzulassen. Erst, als er sie fast erreicht hatte, drehte sie sich zu ihm um.

»Majestät.« Ephilius verbeugte sich. Er hatte ein asketisches Gesicht mit einer vornehmen Nase und eindringlichen blauen Augen. Seine Brauen waren von einem tiefen Schwarz, obwohl sein Haupthaar, das ihm glatt bis auf die Schultern fiel, längst ergraut war. Vor vielen Jahren war er Madeas Mentor und Lehrer gewesen, heute war er ihr Ratgeber und Freund. Und obwohl er bereits an die siebzig Sommer zählte, wirkte er kaum älter als ein Mann in seinen Fünfzigern.

»Bringt Ihr mir gute Nachrichten, mein Ephilius?« Sie konnte die Sorge in ihrer Stimme nicht verbergen. Und warum sollte sie auch? Sie vertraute ihm mehr als jedem anderen.

»Ich wünschte von ganzem Herzen, dass es so wäre«, sagte er matt. »Aber das Gegenteil ist der Fall.«

Die Königin nickte. Im Grunde hatte sie nichts anderes erwartet. Es lief nicht gut, seitdem ihr Stiefsohn als verschollen galt. »Dann soll es so sein. Nur zu, Ephilius, lasst mich die Neuigkeiten hören!«

Er sah ihr in die Augen und nickte. »Prinz Ishan ist nicht wieder aufgetaucht. Einer unserer Spione hat jedoch eine Spur in der Ortschaft Yares aufgetan. Drei Meilen südlich von Arville gelegen. Dort stieß er auf eine Müllersfamilie, die eine interessante Geschichte zu erzählen hatte. Ein Wächter, den die junge Tochter aus dem Fluss Sîles gerettet und dem sie Unterschlupf gewährt hatten, nutzte ihre Gastfreundschaft aus, indem er den Vater niederschlug, sie bestahl und sich davonmachte. Die Tochter weigerte sich, mit unserem Mann zu reden. Doch die Beschreibung, die der Müller von dem Mann gab, trifft auf den Prinzen zu. Es besteht also Hoffnung, dass er den Sturz in den Sîles überlebt hat.«

»Hoffnung, Ephilius, ist in unserer Lage der Schwächste aller Verbündeten. Wir brauchen Ishan hier, an unserer Seite.« Sie seufzte. »Ich verstehe es nicht. Wenn es stimmt, was der Müller erzählt hat und mein Stiefsohn entkommen ist, warum ist er dann nicht längst zu uns heimgekehrt?«

»Eine gute Frage, Majestät, auf die ich leider auch keine Antwort weiß.«

»Vielleicht habe ich einfach zu hohe Erwartungen in Catara gesetzt. Ich dachte wirklich, sie wäre bereit für diese Aufgabe.«

»Mir ist bewusst, dass Ihr der Assassine zugetan seid, Majestät«, erklärte Ephilius mit einem nachsichtigen Lächeln, das die Königin an die Zeiten erinnerte, als sie noch seine Schülerin gewesen war. Bessere Zeiten, einfachere Zeiten. »Aufgrund ihrer Gabe ist diese Frau ein mächtiges Werkzeug. Klinge, ihr Ausbilder, hat uns jedoch schon damals zu verstehen gegeben, dass die Gefühle und Erinnerungen ihrer Opfer sie zuweilen unberechenbar machen und damit auch zu einem Risiko.«

»Ihr seid es, der in diesem Fall nicht versteht, Ephilius«, erwiderte Madea. »Genau diese Schwäche macht sie so wertvoll für mich. Eine Assassine mit ihren Fähigkeiten ist nicht aufzuhalten. Sie könnte zu jedem werden, der sie sein wollte. Nun stellt

Euch vor, sie wäre kalt wie ein Fisch und ließe sich allein von ihrer Logik leiten. Warum sollte ein Mensch, der allen anderen derart überlegen ist, überhaupt einem anderen dienen? Nein, ich brauche sie genau so, wie sie ist. Labil, aber dafür loyal. Sie sehnt sich nach meinem Zuspruch, meiner Zuneigung. Alles würde sie dafür tun!« Sie ballte die schlanken Hände zu Fäusten. »Es muss etwas schiefgegangen sein. Ach, wenn ich bloß mit ihr sprechen könnte. Aber ich habe ihr ja selbst verboten, Kontakt zu mir aufzunehmen. Leicht könnte eine solche Nachricht in die falschen Hände geraten und uns zum Nachteil gereichen. Obwohl ... viel schlimmer kann es für uns gar nicht mehr werden.«

Ephilius neigte das Haupt. »Verzeiht, Majestät, ich wollte Euch nicht aufregen. Vor allem hätte ich nicht an Euch zweifeln dürfen.«

»Nein, das hättet Ihr nicht.« *Das tue ich schließlich schon selbst*, fügte sie in Gedanken hinzu. Sie ergriff seine Hand. »Ich brauche Euch an meiner Seite. Seid der Fels, der mir Halt gibt, Ephilius.«

»Ihr könnt Euch auf mich verlassen, Majestät.« Er lächelte. »Und Ihr hattet recht. Es wäre zu gefährlich gewesen, den Prinzen durch die Delegation nach Hause bringen zu lassen. Euer Gemahl war sehr beliebt. Allzu leicht hätte Ishan unterwegs etwas *zustoßen* können.«

»Ihr mögt recht haben, trotzdem hat mir dieser Weg kein Glück beschert. Durch Ishans Verschwinden befinden wir uns in einer gefährlichen Lage.« Madea entzog ihm ihre Hand wieder und führte sie zum Bauch, wo sich ihre Finger in den weichen Stoff ihres Gewandes gruben. »Jetzt, wo ich nicht einmal mehr sicher sein kann, ob er noch lebt, weiß ich nicht, wie lange ich mich an der Macht halten kann. Alles, worauf wir und viele vor uns so lange hingearbeitet haben, ist in Gefahr.«

»Noch ist nichts verloren, Majestät.«

»Unsere Feinde …«

»… wetzen die Messer. Das ist mir bewusst, Majestät. Aber die offizielle Trauerzeit gewährt Euch einen Aufschub. Vorher kann keines der anderen Hohen Häuser Anspruch auf den Thron erheben, ohne das Risiko einzugehen, dass es als Respektlosigkeit Euch gegenüber gesehen wird. Das Volk könnte aufbegehren. Auch solltet Ihr Euren Einfluss nicht unterschätzen, Ihr habt durchaus Verbündete unter den Freunden Eures Mannes. Es gibt Häuser, wenn auch nur einige wenige, die gewillt sind, mit der Tradition zu brechen und eine Königin als Regentin zu akzeptieren.«

Madea schenkte ihm ein Lächeln. »Ich weiß, dass Ihr mich trösten wollt, Ephilius. Ich bin jedoch nicht verblendet. Die Traditionalisten innerhalb des Kronrates sind in der Überzahl. Sagt mir lieber, mein Freund: Wie viel Zeit bleibt mir noch?«

»Ein Monat, Majestät. Danach endet die Frist, die Euch die Trauer gewährt, und man wird von Euch verlangen, dass Ihr abdankt. Weigert Ihr Euch, könnte das die Hohen Häuser spalten und einen Krieg zur Folge haben. Gleiches könnte uns drohen, wenn sich der falsche Kandidat im Kronrat durchsetzt. So oder so sehen wir unruhigen Zeiten entgegen.«

»Vier Wochen«, murmelte die Königin, und die Angst schnappte wie eine kleine giftige Natter nach ihrem Herzen. Doch sie zuckte nicht zurück, sondern stellte sich ihr mutig entgegen. Sie hatte gelernt, dass Furcht umso machtvoller wurde, je stärker man ihr nachgab. Sie atmete tief durch und sagte: »Dieser Aufschub ist uns Gnade und Fluch zugleich, denn er bedeutet nicht nur Schutz, sondern gibt unseren Gegnern zugleich die Möglichkeit, ihre Intrigen zu spinnen. Also schön, Ephilius, wer hat Eurer Meinung nach die größte Aussicht auf den Thron?«

»Es gibt zwei Kandidaten, die wir besonders im Auge behalten sollten, Majestät. Ruvan con Betanne, der das Ansehen und auch den nötigen politischen Einfluss besitzt, sowie Toras con Veltyr, der die Lehmgruben der Provinz Rotlande kontrolliert und dessen Vermögen nur noch von dem der Krone übertroffen wird.«

Die Königin kräuselte die Lippen. Dank ihrer Spione war sie schon seit Längerem über die Ränkeschmiede der beiden Ratsmitglieder im Bilde. Sie waren von Machthunger zerfressene Männer, die bereits Varras das Leben schwergemacht hatten. »Was können wir tun, Ephilius?«

»Ein Todesfall in den Reihen Eurer Widersacher würde zwar für Verunsicherung sorgen, könnte sie aber auch zu einem Gegenschlag reizen. Andererseits wird uns ab einem bestimmten Punkt keine andere Wahl mehr bleiben. Dann wird es heißen: Ihr oder sie.« Er schüttelte den Kopf. »Wir brauchen den Prinzen. Mit seiner Hilfe könnten wir das Unglück noch abwenden.«

»Ich weiß. Es bleibt uns also nichts anderes übrig, als weiter nach ihm zu suchen.« Mit einem Mal kniff sie die Lider zusammen und musterte ihren alten Mentor scharf. »Warum nur habe ich den Eindruck, dass dies nicht Eure einzige Sorge ist, mein Freund?

»Ihr kennt mich zu gut, Majestät«, sagte er, und mit einem Mal sah man ihm sein wahres Alter an. »Kurz bevor ich zu Euch kam, erreichte uns ein Botenvogel aus Reetac. Er wurde nicht von einem unserer eigenen Spione geschickt, sondern von einem Späher Eures Mannes. Es ist ganz, wie wir befürchtet haben.«

Madea spürte, wie sie plötzlich zitterte, und sie stützte sich mit ihrer Rechten an der Säule des Pavillons ab. »Also hat Thamaryn damit begonnen, seine Kriegsflotte auszusenden. Wann, Ephilius? Wann?«

»Vor ein paar Tagen ist er mit dem Großteil seiner Schiffe Richtung Kellwyn aufgebrochen. Den kleineren Teil hat er zurückgelassen, um einen Überfall durch Milnfor vorzubeugen.

Die Kriegsschiffe sind vollgepackt mit Männern und Waffen, wodurch sie natürlich länger brauchen werden. Ich schätze eine Woche, Eure Majestät, wenn nichts Unvorhergesehenes geschieht.«

»Was ist mit seinen Verbündeten? Telrys, Sharala, Belfane und Roadan?«

»Im Augenblick verhalten sie sich ruhig. Wahrscheinlich hat er ihnen befohlen, ihm Rückendeckung zu geben, und in den kommenden Tagen oder Wochen kleinere Truppenverbände zu seiner Verstärkung zu schicken. Ihre Hauptstreitmacht werden sie vorerst zurückhalten. Andernfalls würden sie das Risiko eingehen, sich einem Vergeltungsschlag durch die Freien Reiche auszuliefern. Was weder in ihrem eigenen Interesse noch in dem von Thamaryn liegen dürfte.«

»Bei Sorons Krähen, was sollen wir jetzt tun?«

»Wir wussten, dass es dazu kommen würde, Majestät. Thamaryn hätte sich von diesem Angriff niemals abhalten lassen. Auch nicht von Eurem Gemahl.«

Madea stieß sich von der Säule ab. Unruhig lief sie im Schatten des Pavillons auf und ab. »Asmaran«, zischte sie. »Ich bin sicher, dass er Thamaryn kontrolliert. Er hat ihn dazu gebracht, sich Kellwyn als neues Ziel auszusuchen. Dieser verfluchte Blutlenker weiß, welches Geheimnis sich unter der Hauptstadt des Inselreiches verbirgt, und darum will er um jeden Preis verhindern, dass unser Verbündeter es findet!«

»Im Augenblick können wir nur hoffen, dass die Kellwyner sich im Kriegsfall besser schlagen werden, als die meisten von uns es ihnen zutrauen. Außerdem muss Thamaryn die Hauptstadt erst einmal einnehmen.«

Madea war stehen geblieben. »Darauf dürfen wir uns nicht verlassen, Ephilius. Die Kellwyner sind Bauern, Jäger und Handwerker, sie haben den reetacianischen Truppen nicht viel entgegenzusetzen. Nein, wir müssen unserem Verbündeten dort umgehend eine Warnung zukommen lassen. Soll er selbst entscheiden, ob er bleiben oder sich zurückziehen will. Ich werde noch heute mit ihm Kontakt aufnehmen.«

»Eine weise Maßnahme, obwohl ich mir sicher bin, dass auch er seine Augen und Ohren überall hat und sich längst der Gefahr bewusst ist, die ihm durch einen Einfall der reetacianischen Truppen droht. Wenn der Großfürst tatsächlich unter Asmarans Kontrolle steht, wird er die Stadt auf der Suche nach ihm auf den Kopf stellen.«

»Ich mache mir Sorgen, Ephilius. Unser Freund ist stark, doch gegen eine Übermacht von Abertausenden Soldaten kann auch er nichts ausrichten.«

»Wir hätten die Gelegenheit nutzen und während der Gespräche auf Xe'Neridian einen Attentäter auf Thamaryn und Asmaran ansetzen sollen«, sagte Ephilius.

»Darüber haben wir doch schon gesprochen«, entgegnete Madea. »Damit hätten wir nichts erreicht. Der Blutlenker ist viel zu mächtig. Solange er Thamaryn braucht, wird er niemals zulassen, dass ihm etwas zustößt. Und mit diesem Dämon könnte es nicht einmal Catara aufnehmen. Außerdem hätte bei einem Anschlag auf ihn seine wahre Natur entdeckt werden können. Das hätte nicht nur die Regenten aufgerüttelt, sondern vor allem die Magier. Wäre das geschehen, hätte es unserer Sache erst recht geschadet.«

»Natürlich habt Ihr recht, Majestät. Verzeiht, das war unüberlegt gesprochen von mir. Unsere Freunde auf Kellwyn ... Es hängt nur so ungeheuer viel von ihrem Erfolg in dieser Angelegenheit ab.«

»Das tut es, und darum verstehe ich Euch nur zu gut.« Madea seufzte und strich sich eine Strähne aus dem Gesicht, die der Wind dorthin geblasen hatte. »Ich frage mich, warum Asmaran es überhaupt zugelassen hat, dass Thamaryn der Einladung nach Xe'Neridian gefolgt ist?«

Ephilius nickte. »Ich habe ebenfalls darüber nachgedacht, Majestät. Zum einen glaube ich, dass Thamaryns Kriegsvorbereitungen noch nicht abgeschlossen waren, ansonsten hätte er schon früher angegriffen. Zum anderen, so vermute ich, wollte Asmaran die Gelegenheit nutzen, um die Menschen besser zu verstehen, die er mit einem Angriff auf Kellwyn gegen sich und Thamaryn aufbringen würde. Immerhin war er einer der sieben Blutgeneräle, die im Ersten und Zweiten Dämonenkrieg unter den Göttern gedient haben. Er wäre ein Narr, wenn er die Gelegenheit ungenutzt hätte verstreichen lassen, mehr über seine Feinde zu erfahren.«

Ja, dachte Madea, *damit könnte Ephilius recht haben.* »Was würde ich nur ohne dich machen?« Sie schenkte ihm ein Lächeln. »Und nun, mein treuer Berater, sagt mir, was wir Eurer Meinung nach als Nächstes tun sollten?«

»Nun, Majestät, das Wichtigste ist, dass wir nicht verzagen. Lasst uns jede Chance nutzen. Wir sollten die Suche nach Eurem Sohn ausweiten. Momentan ist er unsere beste Chance, die Machtverhältnisse in Sharigor zu unseren Gunsten zu stabilisieren. Und was Catara angeht: Falls sie bei Ishans Fluchtversuch nicht umgekommen ist, bin ich mir sicher, dass uns schon bald die Nachricht von Baron Telrys Tod zu Ohren erreichen wird. Immerhin liegt Rifta in unmittelbarer Nachbarschaft zu Xe'Neridian. Vielleicht wird die Assassine uns am Ende sogar noch alle überraschen, indem sie Thamaryn direkt unter Asmarans Nase tötet.« Er lachte. »Für den Blutlenker wäre das ein herber Schlag. Auch seine Fähigkeiten kennen Grenzen. Er braucht den Großfürsten, um durch ihn die reetacianischen Streitkräfte zu kontrollieren. Da fällt mir ein: Catara weiß hoffentlich nicht, wer Thamaryns neuer Berater wirklich ist?«

»Sie ist eine Keesa. Diese Information hätte sie nur unnötig aufgeregt und die Mission gefährdet.« Einem Impuls folgend streckte Madea die Hand aus und berührte Ephilius' Wange.

Seine Haut war heiß vor Eifer und Erregung. »Ich mochte Euren Optimismus schon immer, mein Freund. Ganz sicher wird sich das Blatt bald wieder zu unseren Gunsten wenden.« Der Gedanke, dass es Catara tatsächlich gelingen könnte, Thamaryn zu töten, munterte die Königin auf. Ohne den Großfürsten wäre Asmaran geschwächt. Damit wäre er ihrem Verbündeten nicht mehr gewachsen und könnte auch ihre Pläne nicht länger vereiteln.

21

Schlucht der Himmelssäulen, Xe'Neridian
16. Jul, 1026 n. d. Zweiten Dämonenkrieg

Sie ritten wieder. Der Regen hatte aufgehört, trotzdem klarte der Himmel nicht auf, und von Westen her zog sogar eine besonders düstere Wolkenfront heran. Ishan wurde ordentlich durchgerüttelt, während er tief über den Hals seines Pferdes gebeugt Ryks Hengst hinterherpreschte. Das Land hatte sich in den letzten Stunden kaum verändert. Dunkles Gras, dornige Büsche, verkrüppelte Bäume. Dazwischen Felsformationen, die wie das Gerippe einer Riesenbestie aus dem Erdreich ragten oder sich wie zu heiß gewordene Talgkerzen zur Seite neigten. Ishan hatte von diesen Orten gehört, wo die Magiestürme aus dem Ersten Dämonenkrieg das Gesicht des Landes für immer verändert hatten. Sie galten als verflucht, weil das Leben dort nur spärlich gedieh.

Gelegentlich schickte Ishan einen grimmigen Blick zwischen den Ohren seiner Stute nach vorne zu Ryk, während er an einem Stück Traumwurz lutschte, das den Schmerz in seinem Kinn betäubte, wo ihn der Dämonenjäger geschlagen hatte. An diesen Moment würde Ishan sich für den Rest seines Lebens erinnern. In Sharigor hatte er im Training so manchen Faustkampf ausgefochten und auch einiges einstecken müssen. Aber kein einziger Treffer hatte sich jemals angefühlt wie dieser. Die Muskeln und Sehnen in seinem Hals hatten gekracht, und seine Kiefer waren so heftig aufeinandergeschlagen, dass ihm auf der linken Seite der untere Backenzahn wackelte. Nur ein wenig mehr Schwung und Ryk hätte ihm glattweg den Kopf von den Schultern gerissen. Wäre er in der Verfassung gewesen, hätte er sein Schwert gezogen und den Dämonenjäger zum Duell gefordert. Natürlich könnte er das jetzt immer noch tun, aber um ehrlich zu sein, war er dafür viel zu erschöpft. Außerdem fühlte er sich von dem Traumwurz benebelt. In diesem Zustand würde er einen jämmerlichen Gegner abgeben. Aufgeschoben war allerdings nicht aufgehoben. Seine Zeit würde schon noch kommen.

Er streckte ein wenig den Rücken durch, soweit ihm das bei diesem Tempo möglich war, um seinen Muskeln Linderung zu verschaffen. Stattdessen jagte ihm ein stechender Schmerz die Wirbelsäule hinauf. »Bei Sorons Krähen«, zischte er zwischen zusammengebissenen Zähnen hindurch und wünschte Ryk noch im gleichen Atemzug das Rotfieber an den Hals. Dieser eine Schlag hatte ihn beinahe zum Invaliden gemacht.

Es fing wieder an zu nieseln. Ishan zog den Kopf tiefer zwischen die Schultern, obwohl das nicht viel brachte. Seine Kleidung war noch feucht vom Nachmittag. Seine Stute schnaubte. Der Regen gefiel ihr ebenso wenig wie Ishan, obwohl er im Grunde das Geringste seiner Probleme war. Dass Ryk eine Halbdämonin in die Sache hineinziehen wollte, bereitete ihm wesentlich mehr Bauchschmerzen. Er hatte Angst, dass diese Veydra ihnen ebenso übel mitspielen würde wie der Morphus. Dieser Verrat nagte an Ishan. Er hatte ihm vor Augen geführt, wie leicht er zu manipulieren war. Ganz zu schweigen von der Demütigung und dem Tod seines Vaters. Er schluckte hart. Er würde sich nicht noch einmal zum Narren machen. Sollte Ryk der Halbdämonin ruhig vertrauen. Er selbst würde das auf keinen Fall tun.

»He, Junge, hast du mich gehört?«

Ishan hob den Kopf. Ryk war mit seinem Hengst ein Stück

zurückgefallen, hatte die Geschwindigkeit gedrosselt und ritt nun auf gleicher Höhe mit ihm.

Ishan funkelte ihn an. »Was denn?«

»Ich sagte, dass die Dämmerung wegen des Wetters früher einsetzen wird, und dass ich keine Lust habe, in diesen verdammten Sturm zu geraten.« Er deutete gen Westen. Die Wolkenfront, die von dort heranrollte, war inzwischen so nahe, dass sie das Land unter sich in Dunkelheit tauchte. Blitze zuckten an ihren Rändern.

»Was hast du vor?«

Donner grollte.

»Ein paar Meilen östlich von uns liegt eine Schlucht. An ihrem Grund gibt es Hunderte Ruinen aus den Tagen der Einen Welt. In einer davon könnten wir für die Nacht unterkommen.«

Ruinen aus der alten Welt? Auch in Sharigor gab es welche. Wenn auch nur wenige, die zudem in einem schlechten Zustand waren. Als Unterschlupf wären sie ihm ebenso willkommen wie alles andere. Er nickte.

Ryk schnalzte mit der Zunge, woraufhin Feuerherz erneut davonstob. Ohne Ishans Zutun passte sich die Stute seinem Tempo an, so, als hätte sie verstanden, dass sie in dieser Richtung ein Dach über dem Kopf erwartete.

Sie ritten nach Osten, fort von dem Unwetter. Wenn das Land schon zuvor einen trostlosen Anblick geboten hatte, so schien es sich jetzt mit jeder Meile mehr und mehr in einen finsteren Albtraum zu verwandeln. Die Vegetation ging immer weiter zurück, das Land wurde zu einem Trümmerfeld aus Felsbrocken und Geröll. Am Ende nahm die Erde eine ungesunde grauschwarze Färbung an, und nirgendwo zeigte sich auch nur noch das winzigste bisschen Grün.

So schnell sie auch ritten, dass Unwetter war schneller. Seine ersten Ausläufer hatten sie mittlerweile eingeholt, nun blies ihnen Wind unter die nasse Kleidung und ließ sie frösteln. Ishan wischte sich die Regentropfen aus dem Gesicht und kniff die Augen zusammen, um bei den sich rasch verschlechternden Lichtverhältnissen noch etwas erkennen zu können. Ryk hatte das Tempo seines Hengstes erneut gedrosselt und hielt auf zwei Felsen zu, die wie Wachtürme vor ihnen aufragten. Ein Stück dahinter erstreckte sich ein riesiger schwarzer See. Zumindest hielt Ishan es dafür, bis sie zwischen den Felsen hindurchgeritten waren. Tatsächlich handelte es sich um eine Schlucht von mehreren Meilen Durchmesser. Aufgrund der unregelmäßig gezackten Ränder sah es aus, als wäre das Land unter seinem eigenen Gewicht eingebrochen. Ishan hob die Hand über die Augen, um sie vor dem Sprühregen zu schützen, der auf ihn einpeitschte.

»Die Schlucht der Himmelssäulen«, brüllte Ryk gegen das Grollen des Sturms an. »Laut den Chroniken von Rupert Grimbogg soll an dieser Stelle während des Ersten Dämonenkriegs eine der gewaltigsten Schlachten zwischen Menschen und Dämonen getobt haben. Dabei kamen Waffen zum Einsatz, deren Auswirkungen jedes Leben vernichtet und diese Gegend für immer verändert haben. Selbst die Ersten Magier mit all ihrer Macht konnten dieses Land nicht heilen.«

Sie hielten auf die Schlucht zu, angetrieben von Wind und Regen. Erst als sie sie erreicht hatten, fiel Ishan auf, dass direkt vor ihnen an der Kante ein Pfad nach unten führte. Er war schmal, verflucht schmal, und verlief in zahlreichen Windungen. Sie wurden noch einmal langsamer und ritten in dichtem Abstand. Vom Rücken seiner Stute aus konnte Ishan geradewegs in den Abgrund zu seiner Rechten blicken. Das Unwetter und die Abenddämmerung machten es unmöglich, seine genaue Tiefe zu schätzen. Eine halbe Meile war es ganz sicher. Ishan krauste die Stirn. Seltsam. Je länger er hinabblickte, desto mehr gewann er den Eindruck, dass dort unten etwas in der Dunkelheit glühte.

Je weiter sie auf dem Pfad vorankamen, desto mehr ließen der Regen und das Zerren des Windes nach. Auch wurde es stiller. Das Grollen des Donners, das Pfeifen des Sturms fielen hinter ihnen zurück, sodass das Hufgeklapper der Pferde sowie Ishans eigene nervöse Atemzüge alsbald die einzigen Geräusche waren, die in diesem Schattenreich zu existieren schienen.

Was war das nur für ein Ort? Und warum verursachte er ihm Gänsehaut? Vor der Nacht hatte Ishan sich noch nie gefürchtet, und trotzdem ging von der Schlucht ein Gefühl der Bedrohung aus, das er sich weder erklären noch in Worte fassen konnte. Er schauderte und warf einen Blick zurück über seine Schulter. Verrückterweise erschien ihm die Möglichkeit, die Nacht unter einem sturmgepeitschten Himmel zu verbringen, mit einem Mal sehr viel weniger erschreckend. *Seit wann bist du so ein Weichknie?*, schalt er sich.

Als es um sie herum immer finsterer wurde, zügelte der Dämonenjäger schließlich sein Pferd. »Ich seh kaum mehr was«, erklärte er, wobei seine Stimme so dicht bei der Felswand eigentümlich dumpf klang. Ishan kniff die Lider zusammen und bemerkte, wie Ryk sich vorbeugte und in einer seiner Satteltaschen kramte, während er mit der Rechten den Zügel hielt.

»Wusst ich's doch, auf Veitt ist Verlass«, murmelte der Dämonenjäger gleich darauf. Er zog die Hand wieder hervor, und sofort wurde es heller, als zwischen seinen Fingern ein Luminesauge erstrahlte. Es war ein runder Kristall, der ein blaues Licht verströmte.

Als Kind hatte Ishan auch einen dieser wertvollen Steine besessen. Es war das Geschenk eines Magiers gewesen, der vor vielen Jahren den Hof von Sharigor besucht hatte. Er fragte sich, was wohl aus dem Stein geworden war? Er wusste nur noch, dass er ihn irgendwann einmal verloren hatte.

Es ging weiter. Das Luminesauge tauchte in einem Umkreis von mehreren Metern alles in sein sanftes Licht. Ishan fühlte sich der Dunkelheit dadurch nicht mehr ganz so sehr ausgeliefert. Zugleich wurde ihm umso bewusster, wie tot dieser Ort wirklich war. Nicht nur in seinen Vorstellungen. Weder Falter noch anderes nachtaktives Getier wurde durch das Leuchten angelockt. Wieder schüttelte es Ishan. Außer ihnen und den Pferden schien es an diesem Ort nichts Lebendiges zu geben, und trotzdem existierte dort unten in der Tiefe etwas, denn das Glühen, das er schon zuvor gesehen hatte, war keine Einbildung gewesen, sondern war in der Zwischenzeit sogar noch intensiver geworden.

Nachdem sie noch einmal gut die doppelte Strecke geritten waren, kam das Ende des Pfades und damit auch der Grund der Schlucht in Sicht. Das Glühen hatte inzwischen einen satten Orangeton angenommen, der aus Rissen und Spalten schimmerte, die den spröden, krustenartigen Boden durchzogen. Ishan hielt es zuerst für Lavaflüsse, die dicht unter der Oberfläche dahinzogen, aber der Schein war zu gleichmäßig. Zudem gab es keinen Rauch und heißer war es auch nicht geworden. Ein paar Mal war er kurz davor, Ryk zu fragen, brachte es aber nicht über sich, weil er immer noch zu zornig auf ihn war.

Als sie hinaus in die Schlucht ritten, steckte Ryk das Luminesauge wieder ein. Auch so war es durch das orange Glühen hell genug. Ishan blickte sich mit einer Mischung aus Neugier und Unbehagen um. Sie befanden sich in einer Art Kessel, eingeschlossen von Felswänden. Der Dämonenjäger wies auf einen schmalen Durchlass, erklärte, dass dieser in die Hauptschlucht führe, und ritt hindurch.

Sobald auch Ishan ihn passiert hatte, zügelte er seine Stute und stieß scharf den Atem aus. Seine Erschöpfung und selbst das Pochen in seinem Kinn waren in den Hintergrund gerückt, denn ein schier unglaublicher Anblick bot sich ihm. Ishan kam es vor, als stände er am Übergang zu einer fremden Welt, die sich ganz plötzlich vor ihm aufgetan hatte. Monströse Ruinen ragten vor ihm in die Nacht, angestrahlt vom Glühen aus den Erdspalten. Von einigen der Gebäude standen nur noch die Grundmauern. Andere waren Hunderte Fuß hoch und zeigten Dutzende und Aberdutzende Fensterschächte, die wie dunkle, leere Augenhöhlen auf sie hinabstarrten. An vielen Stellen war das Mauerwerk beschädigt. Klaffende Löcher, aus denen Metallgestänge wie geborstene Rippen ragten.

»Was ... was ist das alles?«, krächzte Ishan, seinen Zorn auf den Dämonenjäger vergessend.

»Viele nennen die Ruinen aufgrund ihrer Größe Himmelssäulen. Tatsächlich sind es Wohnhäuser der Menschen aus der Zeit vor dem Ersten Dämonenkrieg, als die Schwebenden Reiche noch eine einzige Welt bildeten.«

»Diese Menschen müssen ungeheuer reich und mächtig gewesen sein«, staunte Ishan.

»Soweit wir wissen, lebten oft viele Familien in einem einzigen Gebäude wie in einem Dorf zusammen.«

Ishan blinzelte, um sicherzugehen, dass all das kein Traum war. Dann legte er den Kopf in den Nacken, um die Ruinen in ihrer vollen Größe zu erfassen. Weit, weit über ihm jagten Blitze über das wolkenverhangene Firmament. Ein einzelner Regentropfen traf seine Wange. »Es muss Jahrzehnte gedauert haben, nur eine einzige dieser Himmelssäulen zu bauen.«

»Wahrscheinlicher ist, dass die damaligen Menschen Fähigkeiten besaßen, die wir während unserer Knechtschaft unter den Dämonen vergessen haben.«

Ishan wandte ihm das Gesicht zu. »Du sprichst von Magie?«

Ryk schüttelte den Kopf. »Zu dieser Zeit gab es sie noch nicht in unserer Welt.«

»Wie haben sie es dann gemacht?«

Ryk zuckte die Achseln. »Die Gelehrten und Magier der Sataouaner könnten dir vielleicht mehr darüber erzählen, denn sie besitzen Einblicke in das Wissen der Vergangenheit. Aber sie folgen ihrem eigenen Codex und meiden jeden Kontakt zum magischen Orden auf Nekross, weshalb wir auch keine Kenntnisse darüber haben, woher ihr Wissen stammt.«

Ishan nickte. »Die Sataouaner standen anderen Völkern noch nie sehr aufgeschlossen gegenüber. Umso mehr hatte es meinen Vater überrascht, als sie sich dem Fünferbund anschlossen. Ich möchte mir nicht vorstellen, mit welchen Versprechungen oder auch Drohungen Thamaryn sie letztlich dazu gebracht hat.« Ishan wandte sich wieder den Himmelssäulen zu. »Wir sind doch nicht nur hergekommen, um Zuflucht vor dem Sturm zu suchen, oder?«

Der Dämonenjäger warf ihm einen überraschten Blick zu.

»Mir ist durchaus bewusst, wie die meisten Menschen mich sehen.« Ishan bedachte Ryk mit einem dünnen Lächeln. »Nur, weil *andere* mich für einen verwöhnten, selbstverliebten und hitzköpfigen Aufschneider halten, macht mich das nicht automatisch zu einem Narren.«

»Veitt hatte mich schon gewarnt, dass man sich vor dir in Acht nehmen muss.« Ryk lächelte. »Du hast recht. Ich wollte, dass du diesen Ort mit eigenen Augen siehst. Er ist ein gutes Beispiel dafür, wie gefährlich die Dämonen sind. Trotz all ihrer Fähigkeiten, trotz all ihrer Macht wurden die Menschen, die Schöpfer der Himmelssäulen, von den Val'kai besiegt. Und vielleicht irre ich mich ja – vielleicht sind der Morphus und der Blutlenker nur dank eines unglücklichen Zufalls durch die Barriere gelangt. Aber wenn nicht, wenn mehr dahintersteckt, könnte all das, was du hier siehst, nicht nur unsere Vergangenheit sein, sondern leicht zu unserer Zukunft werden.«

Ishan beugte sich zu Ryk hinüber, wobei er sich mit der Hand auf seinem Oberschenkel abstützte. »Du fürchtest immer noch, ich könnte eine Dummheit begehen, was diese Kela angeht. Das verstehe ich. Und ich würde lügen, wenn ich behauptete, es wäre mir egal, was sie ist. Lass dir jedoch gesagt sein, Dämonenjäger, dass ich selbst weiß, wie wichtig das ist, was wir hier tun, und darum gebe ich dir ein Versprechen: Solange sie uns nicht in den Rücken fällt, werde ich mich zurückhalten!«

»Mehr verlange ich nicht«, sagte Ryk. »Und jetzt lass uns noch ein Stück reiten, bevor wir uns ein Nachtlager suchen. Wenn wir uns in nördlicher Richtung durch die Ruinen bewegen, stoßen wir früher oder später auf eine schmale Klamm, einen Ausläufer der Hauptschlucht, von dem aus ist es nur noch ein Katzensprung bis zum Flüsternden Wald. Auf diese Weise sparen wir uns ein paar Wegstunden und dürften morgen am Vormittag bei Kelas Hütte eintreffen.«

»Wenn es eine Abkürzung ist, warum hast du diese Route dann nicht von Anfang an geplant?«

»Deshalb.« Ryk wies auf die glühenden Erdspalten, die zwischen den Ruinen klafften. »Wenn man sich zu lange in ihrer Nähe aufhält, machen sie einen krank. Zuerst verliert man jedes Hungergefühl, schließlich fallen einem Haare und Zähne aus, und am Ende setzt die Fäulnis ein. Sie zerfrisst einen von innen heraus, sodass man elendig krepiert.«

»Bei Sorons Krähen, willst du uns umbringen?«, platzte Ishan heraus.

Ryk lachte. »Beruhige dich, es braucht schon ein paar Tage, bevor sich die ersten Auswirkungen bemerkbar machen. Bis dahin sind wir längst fort.« Er wurde wieder ernst. »Ich gebe zu: Hätte uns das Unwetter nicht überrascht, wären wir nicht hergekommen. Aber dort oben wäre es momentan noch gefährlicher für uns.«

Ishan hob den Blick zum Himmel. Der Wind peitschte die Wolken derart an, dass es aussah, als tobe eine graue Sturmflut hoch über ihren Köpfen. Vielzackige Blitze zerrissen ohne Unterlass die Nacht. Vor einer solchen Naturgewalt hätte ihnen das Land dort oben keinen Schutz geboten. Seltsam war nur, dass sie hier unten so wenig davon mitbekamen. Kurz überlegte er, Ryk nach dem Grund zu fragen, als dieser mit der Zunge schnalzte und Feuerherz sich in Bewegung setzte.

Ishan trieb seine Stute an und ritt hinterher. Sie folgten einer Straße, die wie ein Fluss aus erstarrtem Teer wirkte. Einst musste sie das Vorankommen in dieser Stadt sehr erleichtert haben, heute war die Oberfläche an vielen Stellen aufgebrochen. Auch waren häufig Schutt und Mauerstücke von den Himmelssäulen herabgestürzt und zwangen sie ebenso wie die Erdspalten immer wieder zu Umwegen. Gleiches galt für die rostzerfressenen Maschinen, die entfernt an Kutschen erinnerten und manche Routen völlig blockierten. Die Straßenzüge selbst verliefen auffällig geradlinig und wurden in regelmäßigen Abständen von anderen Straßen geschnitten, die alle völlig identisch aussahen. Bereits nach kurzer Zeit hatte Ishan das Gefühl, als wäre er in einem Irrgarten gefangen. Es war eine beklemmende Atmosphäre, die noch dadurch verstärkt wurde, dass sich kein Lüftchen regte und kein Laut, außer denen, die sie selbst verursachten, an sein Ohr drang.

Als er es nicht länger ertrug, sagte er: »Ich hätte hier nicht leben wollen.« Ryk schreckte leicht zusammen, während Ishan bereits weiterredete: »Nur Straßen und Häuser, Straßen und Häuser … Gab es hier keine Gärten oder Parkanlagen?«

Ryk sah mit gerunzelter Stirn zu ihm herüber. »Ich schätze mal, dass diese Stadt zu ihrer Zeit eine ebenso blühende Metropole gewesen sein dürfte wie Arville. Auch wenn ich …« Plötzlich verstummte er, zügelte sein Pferd und neigte den Kopf zur Seite, als lauschte er auf etwas.

Aufgescheucht über sein Verhalten tat Ishan es ihm gleich. Doch das Einzige, was er wahrnahm, war das Wummern seines eigenen Herzens, das ihm mit einem Mal bis zum Hals schlug.

»Bei allen Dämonen …«, zischte Ryk. »Da ist jemand.«

»Was? Ich höre nichts.«

»Wenn du nicht gerade ein Magier bist, wirst du das auch

nicht«, erwiderte der Dämonenjäger. »Ich gestehe, diese Ruinen machen auch mich ein klein wenig nervös, weshalb ich meine Sinne mittels Magie geschärft habe.« Er schien wieder zu lauschen. »Der Stimme nach ist es ein Mann«, sagte er gleich darauf. »Nur ein paar Straßenzüge von uns entfernt. Falls er nicht gerade Selbstgespräche führt, ist mindestens noch eine weitere Person bei ihm.« Ryks rechte Hand wanderte zum Griff des Schwerts, das an seinem Sattel hing. Gegenüber der Armbrust. »Das gefällt mir nicht.«

»Wer könnten diese Leute sein?«

»Lass es mich mal so formulieren: Vernünftige Menschen machen einen Bogen um diese Ruinen.«

»Zu denen wir ja anscheinend auch nicht gehören.«

Ryk bedachte ihn mit einem zynischen Lächeln. »Ach, Junge, jeder, der sich freiwillig auf die Jagd nach einem Morphus macht, hat längst alle Vernunft über Bord geworfen.« Im nächsten Moment schwang er sich aus dem Sattel, löste sein Schwert und schnallte es sich um. »Die Pferde lassen wir hier. Ich will nicht, dass sie uns kommen hören.«

Ishan stieg ebenfalls ab und griff sich sein Kurzschwert. »Willst du deine Armbrust nicht mitnehmen?«

»Die ist für die Jagd auf Dämonen. Die Bolzen mit Magie aufzuladen, kostet mich verdammt viel Energie. Da werde ich sie nicht an Menschen verschwenden. Bereit?«

»Bereit.«

Ryk schritt zügig voran. Die Hauseingänge und Fensterschächte, an denen sie vorüberkamen, ignorierte er. Selbst Löcher im Mauerwerk, hinter denen Schwärze und wer weiß was sonst noch lauern mochte, würdigte er keines Blickes. Vermutlich sagte ihm seine Magie, dass sich darin niemand aufhielt. Ishan, der diesen Vorteil nicht genoss, blickte sich immer wieder um, die Hand am Schwertgriff. Auf dem Rücken seines Pferdes hatte er sich wohler gefühlt. Sicherer. Wenigstens ein wenig.

Um das Glühen, das durch Spalten und Risse drang, machte er jedes Mal einen Bogen. Auch wenn es Einbildung war, nach dem, was Ryk ihm darüber erzählt hatte, konnte er dessen Schein wie einen giftigen Odem auf der Haut spüren.

Mehrmals bogen sie ab, stiegen über Schuttberge und verrostete Maschinenmonster hinweg, bis Ryk schließlich stehen blieb und die Hand hob. Ishan spähte zum Ende der Straße, wo eine weitere Ruine aufragte, die sich von den anderen nicht weiter unterschied. Allerdings fehlte der rechten Ecke des Bauwerks direkt am Boden ein großes Stück Gemäuer. Es sah aus, als hätte irgendetwas Großes es einfach herausgebissen, sodass eine höhlenartige Öffnung zurückgeblieben war. Genau dort ließ sich im Inneren der Himmelssäule ein flackernder Schein ausmachen. Ein Lagerfeuer, dachte Ishan. In diesem Moment gab ihm Ryk per Handzeichen zu verstehen, dass er ihm folgen sollte. Sie schlichen sich an die Ruine heran, wobei sie sich ihr so näherten, dass sie nicht in das Blickfeld derjenigen geraten konnten, die sich drinnen aufhielten. So lautlos wie möglich schoben sie sich an der Außenmauer entlang auf die Öffnung zu. Der Stein fühlte sich kühl und glatt unter Ishans Berührung an.

Nun konnte auch er die Stimme hören. Ryk hatte recht. Sie stammte von einem Mann und besaß einen rauen, nichtsdestotrotz melodiösen Klang, dem etwas Beruhigendes, fast schon Hypnotisches innewohnte. Seltsam war, was er sagte. Ishan verstand nicht alles, da vieles zu leise gesprochen wurde, einige Worten wiederholten sich jedoch, und so konnte er sie mit der Zeit heraushören. Unter anderem die Anrede: »Meine Schönen, meine Lieben.«

Noch sonderbarer war, dass der Mann nie eine Antwort erhielt. Vielleicht hielt sich ja niemand bei ihm in der Ruine auf? Womöglich war er bereits zu lange in der Schlucht und litt an dieser mysteriösen Krankheit, von der Ryk vorhin gesprochen hatte, und halluzinierte aufgrund von Fieber und Irrsinn.

Nachdem Ryk vorsichtig einen Blick ins Innere geworfen hatte, tat es ihm Ishan nach. An einem Feuer saß ein Mann. Aufrecht und im Schneidersitz. Er wirkte kein bisschen krank und geschwächt. Der Fremde hatte langes schwarzes Haar, das ihm in ein Gesicht fiel, bei dessen Anblick es Ishan übel wurde. Es war von so vielen Narben verunstaltet, dass die Proportionen nicht mehr zu stimmen schienen, und wo einst die Nase saß, war jetzt nur noch ein Loch. Seine Augen zuckten in den Höhlen hin und her, als beobachtete er etwas, das sich innerhalb der Ruine befand.

Was es auch war, Ishan konnte es nicht sehen, denn es befand sich außerhalb seines Blickwinkels.

»Nur Geduld, meine Schönen, nur Geduld. Hier kann euch nichts passieren«, begann der Mann wieder mit seiner Singsangstimme. »Schon bald wird das Unwetter nachlassen, und wir werden uns nach Süden durchschlagen. So lange müssen wir noch ausharren.«

Ishan wagte es nicht, sich noch weiter vorzulehnen, um zu sehen, zu wem der Mann sprach. Am Ende hätte er sich dadurch nur verraten. Stattdessen besah er sich den Fremden genauer. Er trug eine Lederkluft, die der von Ryk recht ähnlich war. In seinem Gürtel steckten etliche Dolche, und neben ihm auf dem Boden lag ein Schwert, dessen Schneide die Flammen reflektierte. Ihm kam eine Idee. Er zog sich zurück, packte Ryk am Arm und zerrte ihn von der Öffnung fort. Als er sicher war, reden zu können, flüsterte er: »Könnte er einer von deinen Leuten sein? Ein Dämonenjäger?«

Ryk schüttelte, ohne zu überlegen, den Kopf. »Es gibt nicht so viele von uns, als dass ich ihn nicht zumindest dem Sehen nach kennen müsste.«

»Seine vielen Narben … sie könnten vom Kampf mit Dämonen herrühren. Ist er vielleicht eine Art selbst ernannter Dämonenjäger?«

»Hm, so etwas kommt vor, wenn auch nicht oft«, meinte Ryk und runzelte die Stirn. »Aber mir wäre garantiert zu Ohren gekommen, gäbe es so jemanden auf Xe'Neridian.«

»Wenn wir nur wüssten, zu wem er spricht?«, murmelte Ishan. »Falls da überhaupt jemand ist. Der Kerl scheint einiges mitgemacht zu haben. Vielleicht ist er nicht mehr ganz richtig im Oberstübchen.«

»Ich habe niemanden außer ihm gesehen. Was nichts heißt«, räumte Ryk ein. »Jemand könnte sich in den Schatten außerhalb des Feuerscheins aufhalten.« Er rieb sich das Kinn. »Ich will das lieber noch mal prüfen. Falls der Fremde allein ist, soll er uns nicht kümmern. Mit ihm werden wir fertig, wenn es nötig sein sollte. Falls es sich jedoch um eine Gruppe handelt, will ich wissen, mit wem wir die Nacht hier unten in der Schlucht verbringen. Ich mag nämlich keine Überraschungen.«

Sie schlichen zurück zu dem Loch. Dieses Mal hielt Ishan sich so dicht hinter Ryk, dass er jedes Wort verstehen konnte, das der Mann sagte, während der Dämonenjäger einen weiteren Blick in die Ruine riskierte.

»Natürlich sehnt ihr euch nach Rache, meinen Schönen«, sagte der Fremde gerade. »Nur wäre es zu gefährlich gewesen, ihr zu folgen. Sie hat die anderen getötet. Sie hätte mit euch das Gleiche getan. Das konnte ich nicht zulassen. Niemals. In Arville werde ich uns ein Schiff … Was habt ihr denn auf einmal, meine Schönen?«

Ryk zuckte von der Öffnung zurück.

»Bei allen Dämonen, zieh dein Schwert, Junge!«, zischte er, riss seine eigene Waffe aus der Scheide und packte Ishans Arm, um ihn von der Ruine fort und hinaus auf die Straße zu zerren. Dort ließ er ihn los und griff mit der Linken nach einem seiner Dolche.

»Was ist los?« Etwas hatte den Dämonenjäger zutiefst erschreckt, und das konnte nichts Gutes sein.

»Ich habe mich zu weit vorgebeugt und wurde gesehen.«

Ein keckernder Laut drang aus der Ruine.

Ishan zuckte zusammen, als hätte man ihm eine dornige Ranke über die Rücken gezogen. Sein Kopf fuhr herum, und er starrte zu dem Loch in der Mauer, aus dem sich zwei Kreaturen lösten. Ishan brauchte keine Erfahrung mit Tierdämonen, um welche zu erkennen. Er schluckte hart. Die Bestien hatten riesige Augen, die seitlich an ihren Köpfen saßen und in denen sich der orangerote Widerschein der nächstgelegenen Erdspalte spiegelte. Ihre Haut, felllos und schwarz, spannte sich über ausgemergelte Brustkörbe. Die Zehen an ihren Vordertatzen waren länger als die an ihren Hinterläufen. Ishan zählte je drei. Sie wirkten fingerähnlich und waren mit Krallen besetzt, die aussahen, als wären sie wie dafür geschaffen, einem das Fleisch von den Knochen zu reißen. Am erschreckendsten war ihre Größe: Sie waren gut doppelt so hoch wie sharigorische Jagdhunde.

»Bei Sorons Krähen«, stöhnte Ishan. »Was ... was sind das für Dinger?« Er hob das Schwert, sodass seine Spitze auf die Dämonen wies.

»Pa'rac«, sagte Ryk. »Man nennt sie auch Pirscher. Listige Jäger, die aus dem Hinterhalt angreifen.«

In diesem Moment tauchte hinter den Dämonen der Mann mit dem vernarbten Gesicht auf. Er stellte sich zwischen die Pirscher, die ihm bis zur Taille reichten und legte ihnen demonstrativ die Hände auf die Köpfe. An seiner linken fehlten zwei Finger. »Seht nur, meine Schönen, seht nur, wir haben Besuch! Ich hoffe, ihr habt noch ein wenig Platz für ein zweites Abendessen.« Er grinste abscheulich. »Und nun holt sie euch, meine Lieben. Holt sie euch!«

Die vorgeschobenen Unterkiefer der Pirscher vibrierten vor Erregung, während sie sich aufteilten, um Ishan und Ryk zu umkreisen. Dabei klackten ihre Krallen jedes Mal, wenn sie die Vorderpfoten auf die Straße aufsetzten.

Unmöglich, dachte Ryk. *Völlig ausgeschlossen!*

Noch nie war es einem Menschen gelungen, Animalia zu zähmen. Die Einzigen, die diese Kreaturen kontrollieren konnten, waren Menschendämonen. In den Aufzeichnungen über den Zweiten Dämonenkrieg gab es Berichte über diese Fähigkeit der Humanos.

Ohne den Pirscher, der ihm am nächsten war, aus den Augen zu lassen, tauschte Ryk das Schwert in seiner Rechten gegen den Dolch in seiner anderen Hand.

Der Dämon zog die Lefzen zurück und klapperte drohend mit den Zähnen. Vielleicht war bisher auch nur keiner hartnäckig genug gewesen? Ryk dachte an die grässlichen Narben im Gesicht des Mannes und fragte sich, wie viele mehr sich noch unter seiner Kleidung verbergen mochten. Wie auch immer es ihm gelungen war, die Pirscher unter seinen Willen zu bringen, es war den Preis nicht wert. So, wie er sich verhielt, musste es ihn einen Großteil seines Verstandes gekostet haben.

Ryk warf einen Blick über die Schulter und sah, wie sich der andere Pirscher Ishan näherte. Verdammt, das war nicht gut! Der Junge hatte zwar behauptet, kämpfen zu können, doch Ryk hatte es noch nicht mit eigenen Augen gesehen. Für den Bruchteil eines Herzschlags tauchte ein Bild von Jailar in seinem Bewusstsein auf. Erst das Keckern des Pirschers holte ihn in die Wirklichkeit zurück. Er fuhr zu seinem Gegner herum, der ein halbes Dutzend Schritte von ihm entfernt stehen geblieben war. Das Biest funkelte ihn aus seinen dunklen Augen an.

Der Junge wird es schon packen, sagte sich Ryk. Wenn er nur ein wenig besser als Jailar wäre, hatte er eine Chance. Tierdämonen waren zwar stark, besaßen aber nicht die übermenschliche Schnelligkeit eines Humanos.

Der Pirscher vor Ryk legte den Kopf schräg und knurrte. Er zögerte, was Ryk nicht überraschte. Diese Dämonen griffen gewöhnlich nicht offen an, sondern stürzten sich aus dem Hinterhalt auf ihre Beute.

»Nur zu, meine Schöne, hol ihn dir«, stachelte das Narbengesicht die Bestie an.

Der Pirscher schwenkte den Kopf und schnappte in die Richtung des Mannes. *Interessant.* Die Biester waren nicht ganz so unterwürfig, wie es auf den ersten Blick gewirkt hatte. Das erklärte die vielen Waffen am Gürtel des Narbengesichts. Und es verriet Ryk noch etwas anderes: Der Mann war wirklich ein Mensch und nicht etwa ein Morphus. Ansonsten hätte der Pirscher nicht gegen ihn aufbegehrt. Eine Erkenntnis, die den Dämonenjäger vor Hass erbeben ließ. Ein Hass, der bereits seit über zwanzig Jahren in ihm schwelte. Seit jenem verfluchten Tag, da die Val'kai seinen Onkel und seine Tante getötet hatten. Jene Menschen, die er wie Eltern geliebt und die ihn wie ihren eigenen Sohn aufgezogen hatten.

Das Seelenfeuer in Ryks Brust explodierte förmlich, als er die Magie anrief, um seine Muskelkraft und Reflexe zu steigern. Hitze schoss in seine Glieder, berauschte einen Herzschlag lang seinen Verstand, während er ein Knurren ausstieß, das dem des Pirschers nicht unähnlich war. Es existierte nur eine einzige Gruppe von Menschen, die bereit war, sich mit den Dämonen zu verbünden. Der Kult der To'Dhana. Die Mörder seiner Zieheltern.

»Dreckiger Bastard, um dich kümmere ich mich später!«, schrie er dem Narbengesicht entgegen. Schon wirbelte Ryk zu Ishan herum und schleuderte seinen Dolch, fuhr wieder herum, wechselte noch mitten in der Bewegung sein Schwert zurück in die Rechte und stürzte auf den Pirscher vor ihm zu. Alles im Bruchteil von Sekunden. Hinter ihm kreischte der Dämon, gegen den Ishan kämpfte, auf, als der magiegeladene Dolch in sein Fleisch drang. Ryk hörte noch, wie der Junge überrascht aufkeuchte, bevor er mit seinem Schwert zuschlug. Es klang, als versenke ein Metzger sein Schlachterbeil in eine Schweinehälfte. Augenblicklich brach der Schrei des Dämons ab.

Ryk lächelte. Ishan hatte die Gelegenheit erkannt und zugeschlagen. Sehr gut. Ein Pirscher tot, auf den zweiten drang er gerade mit seiner Klinge ein. Doch das Biest war flink und sprang zur Seite, sodass sein Schwert die Straße traf. Funken stoben auf – der Dämon schlug seinerseits zu. Seine Klaue schoss vor, durchdrang das Leder von Ryks Jacke und riss drei tiefe Kratzer in seinen rechten Unterarm. Ryk fluchte, als er die Menge an Blut sah, die unter dem zerfetzten Ärmel hervorquoll. Schmerz spürte er keinen. Sein Hass und seine Magie machten ihn in diesem Augenblick unempfindlich für derlei Schwächen.

»Dämonenjäger!«, schrie das Narbengesicht, dem mit dem Tod des ersten Pirschers klargeworden sein musste, dass er es nicht mit zwei einfachen Reisenden zu tun hatte.

Aus dem Augenwinkel sah Ryk, wie der Mann sein Schwert zog und brüllend auf ihn zurannte. Ishan, der nicht länger einen Gegner hatte, sprang ihm in den Weg. Klirrend trafen ihre Waffen aufeinander. *Guter Junge*, dachte Ryk, wich einem weiteren Vorstoß des Pirschers aus und stieß mit seinem Schwert zu. Er traf den Dämon an der Schulter und schlitzte ihm dort die Haut auf. Ein oberflächlicher Schnitt, nicht mehr. Der Pirscher fauchte, fuhr herum und setzte in weiten Sprüngen zur Ruine zurück. Jetzt, wo sein Artgenosse tot war und das Narbengesicht ihn nicht länger anstachelte, fiel er in sein natürliches Verhalten zurück und wich dem direkten Kampf aus. Bei der Himmelssäule angekommen, schlug er seine Krallen in das Mauerwerk und klomm mit einer Leichtigkeit daran empor, als existierte für ihn keine Schwerkraft.

Ryk, der ihm gefolgt war, blieb fluchend am Fuß der Ruine stehen. Sobald der Pirscher eine Höhe erreicht hatte, in der er sich sicher wähnte, drehte er sich so um, dass sein Kopf nach unten wies. Sein Blick ruhte auf Ryk.

»Verfluchter Dämon!« Er riss ein weiteres Messer aus seinem Gürtel und schleuderte es. Das Biest machte einen Satz zur Seite, wobei es sich mit einer Sicherheit und Schnelligkeit bewegte, als stünde es auf ebenem Boden. Einem zweiten Dolch wich es ebenso geschickt aus. Durch die Magie verfügte Ryks zwar über schnellere Reflexe, doch der Pirscher reagierte instinktiv auf jede noch so kleine Bewegung von ihm.

Ryk fluchte, trat ein paar Schritte von der Mauer zurück und deutete mit der Schwertspitze hinauf zu der Kreatur. »Ich krieg dich schon noch!«

Der Pirscher öffnete sein Maul und stieß einen keckernden Laut aus, der beinahe wie ein Lachen klang. Ryk knirschte mit den Zähnen und verfluchte sich dafür, dass er seine Armbrust bei den Pferden zurückgelassen hatte.

Sein Blick glitt die Mauer der Ruine entlang. Zwecklos. Der Stein war zu glatt, um daran emporzuklettern.

»Was denn?«, schrie in diesem Moment das Narbengesicht hinter ihm. »Etwa noch nie einen abgestochen?«

»Halt die Klappe!«, hörte er Ishan antworten, in dessen Stimme eine Spur von Verzweiflung mitschwang.

Das Narbengesicht lachte. »Mir soll's recht sein. Lieber du als ich.«

Scheiße! Hatte der Junge tatsächlich noch nie getötet? Ryk riskierte einen Blick. Ishans Gesicht glänzte vor Schweiß. Die Lippen hatte er fest zusammengepresst, sodass sie eine dünne, blutleere Linie bildeten. Die Angriffe seines Gegners konterte er geschickt, bot sich ihm jedoch eine Lücke in dessen Verteidigung, zögerte er und verschenkte damit eine Chance, sich des Narbengesichts zu entledigen. *Es wäre ja auch zu schön gewesen*, sagte sich Ryk und erhaschte eine Bewegung aus dem Augenwinkel.

Er wirbelte herum – schneller, als das menschliche Auge zu folgen vermochte – und schlug mit dem Schwert zu. Warmes Blut spritzte über seine Hand. »Überraschung, Dämon!«

Er hatte darauf gesetzt, dass eine heimtückische Kreatur wie der Pirscher die Gelegenheit nutzen würde, wenn sie glaubte, ihr Widersacher wäre abgelenkt.

Der Dämon landete ein Stück hinter ihm auf der Straße und sprang geifernd zu ihm herum. Auf seiner linken Seite klaffte ein langer und tiefer Schnitt. Nicht tödlich, aber zweifelsohne schmerzhaft. Die Bestie fauchte und umkreiste Ryk erneut, hielt sich jedoch außerhalb der Reichweite seiner Klinge. Blut rann aus dem Schnitt und hinterließ eine feuchte Spur auf dem Teer. Ryk drehte sich mit dem Dämon. »Komm schon«, lockte er ihn.

Der Pirscher klapperte wie zur Antwort mit seinen Kiefern. Schon preschte Ryk vor, woraufhin der Dämon zurückwich. *Er reagiert schon auf die winzigste Regung.* Ryk funkelte das Biest an. So kam er nicht weiter. Er musste es mit einer anderen Taktik versuchen. »Du willst also spielen, ja?« Er warf sein Schwert fort. »Nur zu!«

Der Pirscher witterte seine Chance und stürzte vor, um seine scheinbar wehrlose Beute zu erlegen. Ryk wartete bis zum letzten Augenblick und warf sich dann zur Seite, wobei er noch in der Luft eine Halbdrehung vollführte. Das Seelenfeuer in seiner Brust loderte auf und schickte einen Energiestoß in sein rechtes Bein – er trat zu und der Absatz seines Stiefels krachte seitlich in den Schädel des Dämons. Das Auge zerplatzte wie eine überreife Aguryafrucht, der Knochen darunter brach. Von der Wucht des Tritts überschlug sich der Dämon mehrmals, bevor er reglos liegen blieb.

Ryk knallte auf den Boden, den Schmerz ignorierend rollte er zur Seite und griff sich sein Schwert, um Ishan gegen das Narbengesicht beizustehen. Er sprang auf und wirbelte zu den Kämpfern herum. *Nein!* Bei dem Anblick, der sich ihm bot, legte sich Kälte wie eine dünne Schicht aus Raureif über seine Haut, und die Hand mit dem Schwert sackte ihm herab. Ishan kniete mit dem Rücken zu ihm. Der Boden vor ihm schimmerte feucht von Blut.

Ishan japste nach Luft. Er konnte nicht mehr atmen … Die Waffe entglitt seiner Hand und schlug auf der Straße auf. Er stürzte vor, auf seine Hände, würgte und erbrach, was sich in seinem Magen befand. *Luft! Endlich!* Tief und gierig sog er sie ein. Nur ganz allmählich drang die klebrige Wärme in sein Bewusstsein, die die Finger seiner Hand umspielte, mit der er sich am Boden abstützte. Er sah hinab und schauderte. Blut, so viel.

Ryk erschien an seiner Seite, lachte plötzlich auf und hockte sich neben ihn. »Schon gut, Junge«, sagte er und legte ihm eine Hand auf den Rücken.

Ishan starrte in das Gesicht des Mannes, der tot vor ihm lag und dessen Augen ihn vorwurfsvoll anzublicken schienen. »Ich … ich habe ihn umgebracht.« Zum ersten Mal im Leben hatte er bewusst einen anderen Menschen getötet. Als er dem Wächter während seiner Flucht aus dem Kerker die Bauchwunde zugefügt hatte, war das ein Unfall gewesen. Dieses Mal besaß er keine Ausrede.

»Du hattest keine Wahl, Junge«, sagte Ryk. Er schien zu wissen, was in ihm vorging. »Und das Narbengesicht hatte es verdient. Wer Dämonen abrichtet, hält sich diese ganz sicher nicht als Schoßhündchen.«

Ishan hob den Blick, holte zittrig Luft und nickte. »Was hat das zu bedeuten? Ich meine, wer macht so was?«

Ryks Miene verfinsterte sich. »Finden wir es heraus.« Er erhob sich, wobei seine Knie knirschten, und er leise stöhnte.

Er sieht älter aus, dachte Ishan und fragte: »Was ist passiert?«

»Magie hat eben ihren Preis«, entgegnete Ryk, trat in die Blutlache, die sich um den Toten gebildet hatte, und tastete ihn ab.

Erst jetzt fiel Ishan auf, dass von Ryks rechtem Arm, den er gegen den Oberkörper presste, Blut tropfte. »Was haben wir denn hier?«, rief der Dämonenjäger in diesem Moment aus und zog einen kleinen Lederbeutel aus der Jacke des Toten. Doch es waren nur ein paar Münzen darin. Achtlos warf Ryk ihn zur Seite.

Ishan stemmte sich hoch. Seine Beine zitterten, und an seiner linken Hand klebte das Blut des Narbengesichts. Zuerst wollte er es an seiner Hose abwischen, besann sich aber und beugte sich vor, um dafür das Hemd des Toten zu benutzen. Immerhin war es sein Blut. Danach hob Ishan sein Schwert auf und schob es zurück in die Scheide an seinem Gürtel.

Ryk stieß einen Pfiff aus. »Schau, was du freigelegt hast, als du dir die Hand an ihm abgewischt hast.« Der Hemdkragen war verrutscht und entblößte ein Stück Haut. Darauf waren verschlungene Linien zu sehen, die Teil einer größeren Tätowierung sein mussten. Ryk ging in die Knie, packte mit der unverletzten Hand das Hemd und riss daran, bis die Verschnürung nachgab und den Oberkörper des Mannes entblößte. Neben zahllosen Narben zeigte seine rechte Brust eine Tätowierung, wie Ishan sie bisher nur einmal gesehen hatte: bei dem Morphus, kurz bevor er sich in Rauch aufgelöst hatte.

»Was bedeutet das?« Er sah zu Ryk und zuckte zusammen. Die ansonsten grünen Augen des Dämonenjägers wirkten beinahe schwarz, und in seiner Miene las Ishan etwas, das über Hass weit hinausging.

»Es sind Runen«, knurrte Ryk. »Die Sprache der Val'kai.«

»Kannst du sie lesen?«

»Wir haben zweitausend Jahre lang unter ihrer Knechtschaft gelebt. Die meisten Menschen ahnen gar nicht, wie sehr ihre Sprache die unsere in dieser Zeit geprägt hat. Aber dies sind ganz spezielle Runen. Während meiner Ausbildung an der Akademie habe ich sie zu entziffern gelernt. Viele der älteren Zauber sind durch die Runensprache der Dämonen geprägt und ...« Er verstummte, sah wieder auf die Tätowierung herab und knirschte mit den Zähnen. Damals, in seinem Haus wollte er den Jungen nicht in seine Befürchtungen einweihen, doch nun musste er ihn vor der Gefahr warnen.

»Hör zu, dieser Mann gehörte dem Kult der To'Dhana an. Menschen, die die Götter der Dämonen anbeten. Damit sind sie, wenn auch auf andere Weise, genauso gefährlich wie die Val'kai selbst.« Seine Stimme troff vor Abscheu. »Sie glauben, dass die Dhana'an nicht tot sind, sondern eines Tages zurückkehren werden, um jene zu belohnen, die ihnen die Treue gehalten haben. Die Herzrune im Zentrum der Tätowierung nennt den Namen des Gottes, dem der Kult dient, dem dieser Mann angehörte. Offenbar hat er den Dhana'an Inos verehrt.«

Ishan waren die Namen der Dämonengötter nicht vertraut. Auch von diesem Kult hatte er noch nie etwas gehört. »Ich verstehe nicht.«

Ryk richtete sich auf und spuckte aus, als hätte er einen üblen Geschmack im Mund. »Als die Götter der Val'kai vor dreitausend Jahren in unsere Welt einfielen, hielten sie regelrechte Zerstörungsorgien ab. Vor allem einer, Inos. Er soll der Blutrünstigste unter ihnen gewesen sein. Anscheinend haben einige Menschen Gefallen an diesem Wahnsinn gefunden. Vielleicht fürchteten sie auch die Rache der Dämonen und ihrer Götter und versuchen seit damals, sie auf diese Weise zu besänftigen. Seit Bestehen der Schwebenden Reiche kamen immer wieder Gerüchte über einen solchen Kult auf, der auch für das Verschwinden von Menschen verantwortlich sein sollte. Anfangs sind die Magier ihnen noch nachgegangen, fanden aber keine Beweise für seine Existenz und hielten es alsbald für das abergläubische Geschwätz alter Weiber, denn die Vermissten konnten ebenso gut Opfer von Straßenräubern oder Dämonen geworden sein.«

»Das dürfte sich gerade geändert haben«, murmelte Ishan und starrte auf den Toten herab.

»Du kannst dir nicht vorstellen, was diese Entdeckung für mich bedeutet, Junge«, fuhr Ryk fort. Er schien mit einem Mal sehr aufgeregt. »Ich habe jahrzehntelang nach diesen Leuten gesucht. Ohne Erfolg. Die anderen Magier nannten mich einen Narren, weil sie glaubten, ich würde einem Hirngespinst nachjagen. Doch ich habe immer gewusst, dass diese ... diese feigen Mörder irgendwo da draußen sind.« Ein bitterer Zug hatte sich um die Mundwinkel des Dämonenjägers gebildet, und plötzlich musste Ishan wieder an das Gespräch zwischen Ryk und Veitt denken, das er vor ein paar Tagen unter dem Fenster belauscht hatte. Hing Ryks Hass auf die Dämonen mit diesem Kult zusammen?

»Wieso hast du nach ihnen gesucht?«

»Sie haben Menschen getötet. Gute Menschen«, begann Ryk, winkte dann aber ab. »Das muss dich nicht interessieren. Viel wichtiger ist, was unsere Entdeckung bedeutet.«

»Was wäre das?«

»Jahrhundertelang haben die To'Dhana sich verborgen gehalten. Dass sie jetzt aus ihren Löchern kriechen, ist ein weiterer Beweis dafür, dass etwas Großes vor sich geht. Verdammt, wir müssen den Morphus um jeden Preis in die Finger bekommen!«

»Du ... du denkst tatsächlich, uns könnte ein dritter Dämonenkrieg drohen?«

»Ach, Junge, mit diesen Val'kai ist alles möglich. Und das macht selbst mir Angst.«

Ishan fuhr sich durch die Haare. Bei Sorons Krähen, ein solcher Krieg könnte das Ende der Schwebenden Reiche, das Ende der Menschheit bedeuten. Er schüttelte den Kopf. »Das dürfen wir nicht zulassen.«

»Das werden wir auch nicht.«

In diesem Moment fiel Ishans Blick wieder auf Ryks Arm. Die Blutung hatte immer noch nicht nachgelassen. »Wir müssen unbedingt etwas dagegen tun.«

Der Dämonenjäger nahm die Verletzung in Augenschein. »Schon mal eine Wunde genäht, Junge?«

»Nein«, gestand Ishan.

»Dann hast du jetzt Gelegenheit zum Üben.«

22

Große Leere, Schwebende Reiche
17. Jul, 1026 n. d. Zweiten Dämonenkrieg

Es war kurz vor Morgengrauen. Catara stand auf dem Deck der *Gluttänzer*, ganz vorne am Bug und stützte sich mit den Ellbogen auf die Reling. Sie blickte hinaus in die Große Leere. Es war ein seltsamer Name für etwas, in dem ganze Inselreiche frei schwebten, wie es sonst nur die Sterne hoch oben am Nachthimmel vermochten. Königin Madea hatte einmal gesagt, sie solle sich die Große Leere wie einen Raum vorstellen, gewaltig und kreisrund, angefüllt mit Luft zum Atmen und Wolken für Regen. »… und im Zentrum dieses Raumes leben wir, auf Inseln, die wie an unsichtbaren Fäden hängen und die durch eine Vielzahl von Feuerflüssen miteinander verbunden sind.«

Dieses Bild gefiel Catara. Auch wenn sie immer noch nicht ganz verstand, was es genau bedeutete. Andererseits fragte sie sich auch nicht, warum am Morgen die Sonne aufging oder das Herz in ihrer Brust ohne ihr Zutun schlug. Im Grunde war es nicht wichtig, so lange die Dinge taten, was sie sollten.

Das Rauschen des Feuerflusses, auf dessen Strömung die *Gluttänzer* ritt, gehörte neben dem Knattern der Segel im Wind zu den wenigen Geräuschen hier draußen. Bis auf den Steuermann sowie ein paar Matrosen, die ihrer Arbeit nachgingen, war der Großteil der Mannschaft unter Deck und schlief. Es handelte sich in erster Linie um Ruderer, die zum Einsatz kamen, wenn sie gegen die Strömung eines Flusses anfuhren; doch dazu würde es während ihrer Reise zum Eisenreich nicht kommen. Selbst der Wind stand günstig und beschleunigte ihre Reise.

Noch war die Sonne nicht aufgegangen, und so betrachtete Catara die Spiegelungen der Sterne auf dem schwarzen Wasser. Sie erinnerten sie an winzige schimmernde Lebewesen, die dicht unter der Oberfläche schwammen. Aber in diesem Fluss, wie auch in allen anderen Feuerflüssen, existierte kein Leben. Nicht, solange sie die Große Leere durchflossen. Wenn sie jedoch auf ein Inselreich trafen und dort in ein natürliches Flussbett strömten, kühlte ihr Wasser genauso rasch ab wie im Dunkel der Nacht.

Catara hob den Kopf, als sich im Osten der Sonnenaufgang ankündigte und die Dämmerung mit einem einzigartigen Farbspiel heraufzog. Zunächst wurde der nächtliche Himmel von einem Kobaltblau überspült, dem Streifen aus Rosa und Purpur folgten. Als die Sonne über den Horizont stieg, erwachte auch der Fluss zum Leben. Das Wasser färbte sich orange, die Gischt vor dem Bug des Schiffes golden. Die Feuerflüsse. Wunderschön – und absolut tödlich, sobald der Tag vollends angebrochen war.

Die Magie der Ersten Magier gab den Flüssen Form und Fließrichtung vor, sodass sie hier draußen zwischen den Inselreichen, wo nichts als leerer Raum existierte, wie durch unsichtbare Kanäle dahinströmten. Doch dieselbe Magie, die die Flüsse in ihrer Bahn hielt, reagierte mit dem Sonnenlicht. Unter seinem Einfluss entwickelte das Wasser bei Tage Temperaturen, die normales Holz in Brand setzen und selbst Metall zum Glühen bringen konnten. Nur die Feuerreiter konnten einer solchen Hitze widerstehen. Catara lächelte. Schon immer hatte sie Reisen durch die Große Leere gemocht. Kein hektisches Treiben, keine Menschen. Einmal abgesehen von den wenigen, die in der Takelage umherkletterten oder hinter ihr über das Deck wieselten, stets darum bemüht, in ihrer Gegenwart möglichst unauffällig ihren Pflichten nachzugehen. Zu den wichtigsten zählte, den Schiffskörper am Morgen und Abend auf Brandspuren abzusuchen, die auf eine Beschädigung der alchemistischen Legierung hinwiesen, die das Schiff vor den Auswirkungen der Feuerflüsse schützte.

Allein das Holz des Arnbaums war in Verbindung mit dieser Legierung imstande, der Hitze des Wassers zu widerstehen. Kein Wunder, dass sich Fürst Elorien am Export von Arnholz, das sonst nur auf wenigen Inselreichen vorkam, eine goldene Nase verdiente. Dass Rogen Thal eine ganze Flotte von Feuerreitern besessen hatte, zeugte davon, wie wohlhabend er gewesen war.

»Wenn uns nichts dazwischenkommt, sollten wir in drei Tagen in Rifta eintreffen, Herr«, sagte der Kapitän hinter ihr.

Catara zuckte zusammen. Sie hatte ihn nicht kommen gehört. Verdammt! Sie schloss für einen Moment die Augen, schluckte ihren Groll hinunter und drehte sich um. Dabei zog sie ihr Wams glatt, wie es Thals Eigenart gewesen war. »Ich hoffe, Ihr habt mich nicht nur deshalb gestört, Kapitän Barsac, denn rechnen kann ich sehr wohl selbst.«

Barsac hatte ein breites Gesicht mit einer Nase, die aussah, als wäre sie bereits mehrmals gebrochen worden. Offenbar war er ein Mann, der auch vor Handgreiflichkeiten nicht zurückschreckte. Sein Temperament hatte er jedoch gut im Griff, denn trotz ihrer Zurechtweisung verzog er keine Miene.

»Die Region, die wir gerade durchqueren, wurde in letzter Zeit häufig von Unwettern heimgesucht.« Barsac hatte die tiefe, feste Stimme einer Autoritätsperson. »Ich habe die Männer angewiesen, entsprechende Vorkehrungen zu treffen.«

Catara zog eine Braue hoch. »Lichterstürme?«

Barsac nickte.

»Stellt uns das vor ein Problem?«

»Wir sind das beste Schiff in Ihrer Flotte, Herr. Wir werden mit allem fertig.«

»Gut.« Barsac wollte sich bereits wieder abwenden, als Catara ihn zurückrief. »Wenn Ihr schon mal hier seid: Es gibt etwas, über das ich reden will, Kapitän.«

Er sah sie an.

»Ich bin bisher nicht dazugekommen, Euch für unseren Aufenthalt im Eisenreich zu instruieren«, fuhr Catara fort. »Dieses Mal werde ich das Schiff nur für wenige Stunden verlassen. Ich möchte, dass Ihr in der Zwischenzeit Proviant und frisches Trinkwasser an Bord schafft. Die Mannschaft soll sich bereithalten, jederzeit aufzubrechen.«

Auf dem Gesicht des Kapitäns zeigte sich zum ersten Mal eine Regung. Catara stufte sie als Neugier ein, obwohl sich das nur schwer an seiner Mimik ablesen ließ. »Darf ich fragen, ob wir mit Ärger rechnen müssen, Herr?«

Sie zögerte. Wenn sie ihm keine ehrliche Antwort auf seine Frage gab, bestand das Risiko, dass er ihren Befehl nicht so ernst nahm, wie er sollte. »Uns droht Krieg, und ich bin mir nicht sicher, ob Baron Telrys und ich länger auf derselben Seite stehen.« Diese Andeutung musste genügen.

»Verstehe, Herr. Darf ich außerdem fragen, wo es von Rifta aus hingehen soll?«

»Nach Sataou.«

»Ins Wüstenreich. Sind wir denn dort willkommen?«

»Lasst das mal meine Sorge sein, Kapitän.«

»Wie Ihr meint, Herr.« Barsac krauste die Stirn. »Auf einigen Abschnitten dorthin fließen die Feuerflüsse recht träge. Wir werden Lebensmittel für mindestens fünf bis sechs weitere Tage benötigen.«

»Dann kümmert Euch darum, wenn wir in Rifta sind. Und jetzt möchte ich Euch nicht länger von Euren Pflichten abhalten.«

Der Kapitän ging über das Deck davon. Catara sah zu, wie er die Stufen zum Heck erklomm, wo er sich mit dem Steuermann unterhielt. Esen hatte ihr nicht viel über das Verhältnis zwischen Rogen Thal und Kapitän Barsac erzählen können. Schon allein aus diesem Grund hielt sie Gespräche mit ihm kurz.

Sie wandte sich wieder der Großen Leere zu. Nachdem die Sonne sich zur Gänze über den Horizont geschoben hatte, konnte Catara in der Ferne das orangerote Glühen weiterer Feuerflüsse ausmachen. Den Raum dazwischen füllte Dunkelheit, denn dort gab es nichts, was das Sonnenlicht hätte reflektieren können. Ein jäher Windstoß traf ihr Gesicht und zupfte an ein paar Strähnen, die sich aus dem Zopf gelöst hatten, der Rogen Thals Haar am Hinterkopf zusammenhielt. Mit ihren Händen, die kräftig wie die eines Kriegers und so gepflegt wie die einer sharigorischen Edeldame waren, umfasste sie die Reling. Die Legierung verlieh dem Holz eine raue Oberfläche, ähnlich der von Sandstein.

Durch das Gespräch mit dem Kapitän waren ihre Gedanken ganz von selbst zu der vor ihr liegenden Aufgabe zurückgekehrt: der Tod von vier Männern und einer Frau. Jeder von ihnen herrschte über ein eigenes Inselreich mit Hunderttausenden Untertanen und lebte in einem Palast oder einer Festung, die von Mauern und Soldaten geschützt wurde. Es würde nicht leicht werden, an sie heranzukommen. Mit Ausnahme von Baron Telrys, der schon so gut wie tot war. Immerhin hatte er keinen Grund, seinem langjährigen Freund und Handelspartner Rogen Thal zu misstrauen. Anders sah es bei Sharala, Roadan, Belfane und Thamaryn aus. Mit Sicherheit hatten sie nach Abbruch der Gespräche auf Xe'Neridian weitere Sicherheitsvorkehrungen getroffen, um sich vor ihren Gegnern zu schützen.

Für jeden von ihnen würde Catara sich einen eigenen Plan überlegen müssen. Eine Herausforderung, ganz sicher. Aber eine, mit der sie fertig werden würde. Fertig werden musste. Sie dachte an das naive, von Unsicherheiten und Selbstzweifeln geplagte Mädchen, das sie einmal gewesen war. So schwach, so erbärmlich. Viel zu leicht hatte sie es Darval gemacht. Fast fünfzehn Jahre war das jetzt her, ein halbes Leben. Heute würde ihr das nicht mehr passieren. Heute würde sie einen Mann wie Darval bei den Eiern packen und zudrücken, bis von seinen Lügen nur mehr ein Wimmern übrig bliebe. *Dreckskerl!* Sie spuckte in den Fluss, wo ihr Speichel verdampfte, als er auf die Oberfläche des von der Sonne und der Magie aufgeheizten Wassers traf.

Ein ganzes Jahr hatte sie damit vergeudet, auf die Rückkehr dieses Hurensohns zu warten. Hatte er denn nicht verstanden, was er ausgerechnet ihr – einer Keesa – damit antat, als er ihr Liebe versprach? Er, ein Mensch, der nicht vom Fluch gezeichnet war. Darval hatte ihr das Gefühl gegeben, schön und begehrenswert zu sein, trotz ihres hässlichen Äußeren. In Wahrheit hatte er nur mit ihr gespielt, hatte sich mit ihr die Zeit vertrieben, während sie ihn über Monate gepflegt hatte, bis er stark genug gewesen war, die Heimreise antreten zu können. Die Jäger ihres Stammes hatten Darval damals in einem Waldstück außerhalb des Tals gefunden. Offenbar waren er und seine Reisegefährten Opfer eines Dämonenangriffs geworden; er allein hatte überlebt. Amaldis, die Heilerin ihres Stammes, hatte ihm aufgrund seiner Verletzungen und des Fiebers keine große Überlebenschance gegeben. Catara, die sich jedoch vom ersten Moment an in sein wunderhübsches Gesicht verliebt hatte, hatte es dennoch versuchen wollen.

In den kommenden Wochen war sie nicht von seinem Krankenbett gewichen, hatte seine Wunden immer wieder aufs Neue gereinigt und mit Salben und selbst gebrauten Kräutertinkturen behandelt. Alles, was Amaldis sie je gelehrt hatte, alles, was sie je gelesen und selbst in Erfahrung gebracht hatte, war in Darvals Behandlung eingeflossen. Und natürlich auch ihre Liebe zu ihm. Am Ende war er den Klauen des Todes entflohen. Seine Genesung hatte sich über Monate hingezogen. Zeit, die sie mit Reden und Lachen verbracht hatten. Auf der Wiese in der Sonne sitzend und später bei Spaziergängen. Niemals zuvor hatte Catara sich einem anderen Menschen so nahe gefühlt. Alles hätte sie für ihn getan, so übervoll war ihr Herz von Freude gewesen.

Am Tage seines Aufbruchs hatte er sie geküsst und versprochen wiederzukehren, sobald er seine Eltern hatte wissen lassen, dass er noch lebte. Es vergingen Wochen, aus denen Monate wurden, und schließlich ein ganzes Jahr, ohne dass er zurückgekommen war oder ihr wenigstens eine Nachricht geschickt hatte. Und dennoch hatte das dumme siebzehnjährige Mädchen, das sie damals gewesen war, weiterhin gehofft. Bestimmt war alles ein Missverständnis, hatte sie sich eingeredet. Womöglich hatte sich sein Zustand auch wieder verschlechtert, sodass er außerstande war, zu reisen. Schließlich war sie losgezogen, um ihn zu suchen. Amaldis' Warnungen und der ihrer Mutter zum Trotz war sie hinaus in eine fremde Welt aufgebrochen, und hatte ihn am Ende sogar gefunden …

Was ist das? Catara schüttelte ihre Erinnerungen ab und richtete sich auf. Sie beschirmte die Augen mit der Hand. In den letzten Tagen hatte es auf der *Gluttänzer* nach Holz, Hitze, Männerschweiß und dem Fraß des Schiffskochs gerochen. Nun hatte sich noch ein weiterer Geruch daruntergemischt. Der Wind – er schmeckte mit einem Mal metallisch. Sie drehte den Kopf. Von Norden her zog eine Nebelbank auf sie zu, die an ihren Rändern waberte und zuckte wie ein lebendiges Wesen. In ihrem Inneren drifteten Lichtkugeln umher. Sie leuchteten wie kleine Sonnen, und wenn sie aufeinandertrafen, explodierten sie, und grelle Blitze entluden sich. Catara wirbelte herum und sah zu Kapitän Barsac auf dem Heck des Schiffes. Er lehnte unweit des Steuermanns an der Reling und betrachtete den Sturm durch sein Fernglas. Mit schnellen schweren Schritten überquerte sie das Deck und stieg die Stufen zu ihm hinauf.

»Üble Sache«, sagte Barsac, noch bevor sie ihn erreicht hatte. Er hielt ihr das Fernrohr hin. Obwohl Catara im Auftrag von Königin Madea des Öfteren umherreiste, hatte sie es mit Lichterstürmen noch nicht häufig zu tun bekommen. »Wie viel Zeit bleibt uns?«

»Ein paar Augenblicke.« Der Kapitän wandte sich ab und schrie seinen Männern Befehle zu, woraufhin sie die Segel einholten. Sobald das erledigt war, verzogen sich die meisten unter Deck, nicht ohne einen letzten Blick hinüber zur Nebelbank zu werfen. »Ihr solltet ebenfalls in Eure Kabine gehen, Herr«, wandte sich Barsac an Catara. »Ich werde jemanden schicken, sobald der Sturm vorbei ist.«

»Ihr bleibt hier oben?«

»Zusammen mit ein paar Freiwilligen und Spießer.« Er nickte in Richtung des Steuermanns, einem kräftigen Kerl mit kleinen schwarzen Augen, dessen rechter Arm in einem Eisenhaken endete. Anfangs hatte Catara sich darüber gewundert, dass Barsac das Steuer einem Einarmigen überließ. Sie hatte jedoch feststellen müssen, dass der Mann mehr Kontrolle darüber besaß als so mancher, der noch über beide Hände verfügte. »Die ganze Zeit über werden zwei Matrosen auf Deck patrouillieren. Wenn eines der Segel oder die Taue Feuer fangen sollten.«

Catara zögerte nur kurz. »Ich bleibe ebenfalls.« Sie hatte noch nie die Gelegenheit gehabt, sich einen Lichtersturm aus nächster Nähe anzusehen.

Überraschung spiegelte sich in den Augen des Kapitäns. »Wenn das Euer Wunsch ist, Herr. Aber ich muss Euch warnen. Einige dieser Blitze sind so stark, dass sie selbst einen kerngesunden Mann auf der Stelle töten können.«

»Nun, dann sollten wir zusehen, dass wir nicht getroffen werden, was?«

Barsacs Mundwinkel zuckten. Es war das erste Mal seit Beginn ihrer Reise, dass er den Ansatz eines Lächelns zeigte.

Der Wind hatte aufgefrischt, zerrte an ihren Haaren und ihrer Kleidung. Die Takelage summte wie eine straff gespannte Lautensaite. Catara klammerte sich an die Reling und starrte dem Lichtersturm entgegen. Eine Wand aus Nebel, rund eine Viertelmeile hoch und so breit, dass er mittlerweile ihr gesamtes Sichtfeld ausfüllte. In seinem Inneren tanzten die Lichtkugeln oder schossen umher, als hätte ihnen eine geheimnisvolle Macht einen Stoß gegeben. Trotz der Gefahr, die von dem Lichtersturm ausging, fand Catara ihn wunderschön: wild, mächtig und nicht zu stoppen.

»Was immer Ihr tut, Herr, berührt die Lichter auf keinen Fall!«

Catara wandte dem Kapitän das Gesicht zu. »Warum sollte ich das tun?«

»Weil es zu verlockend erscheint, und weil Ihr nicht der Erste wärt, der sich von ihnen angezogen fühlt.«

»Was würde passieren?«

»Vermutlich würdet Ihr ein paar Finger verlieren.«

»Keine verlockende Aussicht.«

»Ich dachte mir schon, dass Ihr es so seht.«

Sobald die *Gluttänzer* vom Nebel umschlossen war, erstarb der Wind, als hätte man ihn wie eine Kerzenflamme ausgeblasen. Gleichzeitig wurde es gespenstisch still um sie herum. Auch die Luft kühlte ab. Catara blickte hinunter aufs Deck. Die Dunstschleier, die darüber hinwegglitten, entzogen dem Schiff jegliche Farbe und verliehen ihm etwas Unwirkliches, sodass sie sich wie in einem Traum vorkam. Sie sah zwei Gestalten im Nebel umherwandern. Schwarze schattenhafte Gestalten. Barsacs Freiwillige.

Die Lichtkugeln umschwirrten die *Gluttänzer* wie Blätter im Wind, waren jedoch nicht so zahlreich, als dass Catara ihnen nicht hätte ausweichen können. Aus der Nähe schienen sie nicht größer als eine Faust – und in ihrem Inneren war Bewegung, als sei etwas Lebendiges darin eingeschlossen. Aber das mochte täuschen, denn das Licht war zu grell, als das Catara es aushielt, längere Zeit hineinzustarren.

Immer wieder kam es vor, dass eine der Kugeln mit einem Mast kollidierte oder aufs Deck stürzte. Jedes Mal prallten sie mit einem Knistern und unter Funken vom Holz ab, ohne Schaden zu hinterlassen. Die Legierung schützte das Schiff auch vor den Energien der Lichtkugeln. Noch häufiger kam es zu Zusammenstößen zwischen den Kugeln. Das waren die Fälle, vor denen sie der Kapitän gewarnt hatte, denn so entstanden die gefährlichen Blitze. Nachdem zwei sich in unmittelbarer Nähe der *Gluttänzer* entluden, verfehlte ein dritter Catara nur haarscharf, und das auch bloß deshalb, weil Barsac sie zur Seite schubste. Er selbst erlitt dabei eine Brandwunde am Oberarm, die er mit einem Achselzucken abtat. Insgesamt viermal setzten Blitze die Takelage in Brand. Die Flammen, denen der Nebel eine eigentümlich schwarze Farbe verlieh, wurden rasch von den beiden Matrosen mit Decken erstickt. Barsac selbst verlor nichts von seiner Gelassenheit, obwohl das Schiff während der gesamten Zeit des Sturms über siebzehnmal getroffen wurde.

Catara schätzte, dass sie sich schon über zwei Stunden in seiner Gewalt befanden, als Barsac sie anstieß und Richtung Bug deutete. »Wir haben es fast geschafft.« Tatsächlich wurde der Nebel vor ihnen dünner. Die Gewalt und Wildheit, die dem Lichtersturm innewohnte, faszinierte Catara nach wie vor, trotzdem verspürte sie bei dem Anblick Erleichterung.

»Eine interessante Erfahrung«, sagte sie zu Barsac. »Bisher habe ich …«

Der Knall war ohrenbetäubend. Catara riss instinktiv die Arme hoch, um ihren Kopf zu schützen. Unmittelbar über ihnen musste es zu einer Kollision mehrerer Lichtkugeln gekommen sein. Sie blickte auf und sah, wie ein Blitz über sie hinwegjagte und in die Brust des Steuermanns fuhr. Die Energieentladung schleuderte Spießer vom Steuerrad fort und gegen die Reling.

Etwas knackte. Holz oder Knochen. Spießers Augen weiteten sich, während er mit rudernden Armen langsam nach hinten über die Brüstung kippte.

Catara stürzte zu ihm hin, während Kapitän Barsac zum Steuer stolperte, das sich wild drehte. Das Schiff schlingerte so stark, dass Catara hin und her geworfen wurde und nur noch eine einzige Hoffnung sah, Spießer zu retten. Sie warf sich nach vorne, um den Fuß des Einarmigen zu greifen. Ihre Finger streiften die Spitze seines Stiefels, bevor sie der Länge nach aufs Deck schlug. Sie hörte ein Klatschen, als der Mann ins Wasser fiel, und dann setzten auch schon die Schreie ein.

Catara wollte nicht, aber grausige Neugier zwang sie, sich aufzurappeln und einen Blick über die Reling zu werfen. Durch den Sturm war das Wasser etwas abgekühlt, weshalb Spießer nicht gleich beim Eintauchen in den Fluss gestorben war. Durch den dünner werdenden Nebel sah sie ihn. Die Haut auf seinem Gesicht und seinen emporgereckten Händen warf Blasen, bevor sie wie flüssiges Wachs von seinem Fleisch rann. Gnädigerweise schossen einen Augenblick später die Flammen aus seinem Körper, und Spießers Schreie brachen ab. Sie stolperte von der Reling fort, als ihr der nur allzu vertraute Geruch in die Nase stieg. Ganz von selbst begann sie ihren Namen zu flüstern, als fürchtete sie, dass allein die Erinnerungen an ihre zahlreichen Wandlungen in den vergangenen Wochen sie überwältigen und vergessen machen könnten, wer sie war.

23

Der Flüsternde Wald, Xe'Neridian
17. Jul, 1026 n. d. Zweiten Dämonenkrieg

Die Tür war aus den Angeln gerissen und lag zerschmettert im Eingangsbereich der Küche von Kelas Hütte. »Bei allen Dämonen«, entfuhr es Ryk, der mit gezogenem Schwert im Türrahmen stand.

»Räuber?«, fragte Ishan, der gleich hinter ihm war.

»Wenn das Räuber waren, bin ich wieder Jungfrau.« Ryk deutete mit der Schwertspitze auf die Schlammspuren, die sich vor ihm auf den Bodendielen abzeichneten und auf einen Flur zuhielten, der in den hinteren Bereich der Hütte führte. Ishans Kinn streifte die Schulter des Dämonenjägers, als er sich vorbeugte, um besser sehen zu können. »Wölfe?«, schlug er hoffnungsvoll vor.

Ryk schnaubte und betrat die Küche, die lediglich aus einer Feuerstelle, einem grob gezimmerten Tisch und Stuhl sowie einem Regal mit ein wenig Geschirr darin bestand. Die Holzplanken der Tür knackten unter seinen Stiefeln. Er hockte sich neben die Spuren. »Pirscher«, erklärte er einen Augenblick später, und seine Stimme vibrierte vor Zorn.

»Noch mehr von den Biestern?«

»Die Spuren sind zum Teil über eine Woche alt. Siehst du, diese sind bereits vollständig getrocknet. Die noch feucht sind, sind jedoch jüngeren Datums.« Ryk kam wieder hoch. »Sagte das Narbengesicht nicht etwas davon, dass sie jemanden gejagt hätten?«

»Du denkst …«

»Wenn du mich fragst, haben er und seine Schoßhündchen dieses Chaos hinterlassen. Und es macht den Eindruck, als wären sie nach dem eigentlichen Angriff noch ein weiteres Mal hierher zurückgekehrt.«

»Was hat das zu bedeuten?«

»Dass Kela ihnen entwischt ist und sie noch eine Weile die Hütte belauert haben, weil sie wohl gehofft haben, sie würde wieder hierherkommen.« Ryk fluchte und trat nach dem Stuhl, der daraufhin gegen den Tisch krachte. »Nur warum? Was wollten sie von ihr?«

»Dann lebt sie noch?«, fragte Ishan.

Ryk wandte sich ihm zu. »Kela ist keine Närrin. Nachdem sie ihnen entkommen ist, würde sie niemals den Fehler begehen und wieder zurückkehren. Beim Anblick der Tür habe ich meine Magie entfacht. Ich habe nichts in unserer unmittelbaren Nähe gerochen, was auf Tod und Verwesung hindeutet.«

»Wenn das Narbengesicht wirklich hinter dem Angriff steckt, muss er das Warten irgendwann leid geworden sein. Ansonsten wären wir ihm nicht in der Schlucht über den Weg gelaufen.«

Ryk nickte. Er meinte sich daran zu erinnern, dass der Mann etwas davon gesagt hatte, dass er es für zu gefährlich gehalten hätte, Kela weiter zu verfolgen. »Sie ist eine erfahrene Jägerin und stärker und flinker als ein Mensch. Trotzdem hätte auch eine Veydra gegen ein Rudel Pirscher keine Chance. Besonders nicht ohne Waffen.« Er wies zu dem Bogen und einem Köcher mit Pfeilen, die in einer Ecke der Küche lehnten. »Vermutlich ist sie in den Flüsternden Wald geflohen, und der hat seine ganz eigenen Tücken.« *Wenn das bloß der Grund ist*, dachte er. Es gab noch eine andere Möglichkeit, über die er lieber nicht nachdenken wollte.

»Vielleicht sind das Narbengesicht und seine Dämonen ihr dorthin gefolgt, haben dann aber ihre Spur verloren und sind zur Hütte zurückgekehrt.«

»Das würde die frischeren Spuren erklären«, stimmte Ryk zu.

»Du hast vorhin nach dem Warum gefragt«, sagte Ishan, ging an Ryk vorbei und blieb vor dem Durchgang zu dem kurzen Flur stehen, in den die Spur der Pirscher führte. »Dabei liegt das klar auf der Hand.« Er drehte sich wieder zu Ryk um. »Wenn *wir* von den Fähigkeiten der Veydra wissen, dann erst recht die Dämonen. Wäre ich also ein Morphus oder dieser Blutlenker und hätte in dieser Welt etwas vor, von dem keiner etwas erfahren soll, würde ich erst einmal alle ausschalten, die mich aufspüren können.«

»Gar kein so übler Gedanke, Junge«, murmelte Ryk. »Die To'Dhana könnten diese Aufgabe für sie übernommen haben. Gut möglich, dass sie die Veydras schon länger beobachtet haben.« Er biss sich auf die Unterlippe.

»Was ist?«, wollte Ishan wissen.

Ryk schüttelte den Kopf. »Nehmen wir an, es wäre so. In dem Fall macht es noch weniger Sinn, dass der Blutlenker mich nach unserem Kampf am Leben gelassen hat. Er musste damit rechnen, dass ich früher oder später seine Fährte wieder aufnehmen würde.«

»Nur bist du keine Veydra. Oder kannst du Dämonen riechen?«

»Nein, die Val'kai sondern einen Geruch aus, den sie nur untereinander wahrnehmen können.«

»Auch wenn du es bezweifelst, vielleicht hat der Dämon dich doch für tot gehalten?«

»Hm, möglich ist es schon.« Ryk zuckte die Achseln. »Was auch immer.« Er schob sich an Ishan vorbei, um den Tatzenabdrücken in den hinteren Bereich der Hütte zu folgen, wo sie in Kelas Schlafzimmer endeten. Kaum hatte er den Raum betreten, ballte er die Fäuste. Das Bett war zerwühlt, das Fenster über dem Kopfende zerstört. Kela musste geschlafen haben, als das Narbengesicht und seine Dämonen sie überfallen hatten.

»Auf dem Bett finden sich kaum Glassplitter«, sagte Ishan, der neben ihm stehen geblieben war. »Das kann nur bedeuten, dass die Scheibe von innen eingeschlagen wurde.«

»Kela«, sagte Ryk, trat vor und strich über das Kissen, das noch den Abdruck ihres Kopfes zeigte. »Sie muss geflohen sein, nachdem die Dämonen ins Haus eingedrungen sind.« An einigen Stellen im Rahmen steckten noch Scherben, an einer klebte getrocknetes Blut. Unmöglich, zu sagen, ob es von ihr oder einem Pirscher stammte. Ryk beugte sich weiter vor, um durch das Fenster zu spähen. Gleich darunter lag ein kleines Kräuterbeet. Es war Teil eines Gartens, in dem Gemüse und Blumen wuchsen. Er reichte bis zu einem Wall aus Riesenbäumen, zu denen eine Fährte aus geknickten und zertrampelten Pflanzen führte.

»Nebenan wurde nichts angerührt«, sagte Ishan.

Ryk hatte gar nicht bemerkt, dass der Junge fort gewesen war. Als er sich zu ihm umdrehte, lehnte er am Türrahmen.

»Kelas Bibliothek«, sagte Ryk und drängte sich an ihm vorbei in den Flur. Der größte der drei Räume, aus denen die Hütte bestand, war voller Bücher, die sich in Regalen und auf dem Boden davor stapelten. Die meisten waren so abgegriffen und zerfleddert, als wären sie schon Hunderte Male gelesen worden. Er sah sich um. An der Ostseite des Raumes gab es einen Kamin mit einem Sessel davor. Kela liebte diesen Platz. Stundenlang konnte sie sich in diesem Sessel fläzen und in einem ihrer Bücher schmökern. Viel mehr gab es in dieser Abgeschiedenheit ja auch nicht zu tun. Aber der Junge hatte recht. Hier war nichts durchwühlt oder umgeworfen worden. Tatsächlich sah der Raum noch genauso aus wie bei seinem letzten Besuch. Nun, wahrscheinlich waren ein paar Bücher hinzugekommen. Er schob das Schwert zurück in die Scheide.

In diesem Moment stieß Ishan einen Pfiff aus. Der Junge stand vor einem der Regale und hielt einen dunkelbraunen Ledereinband in der Hand.

»Englan Tolbersons Abhandlung über *Die verlorene Menschlichkeit – zweitausend Jahre Unterdrückung und Tyrannei durch die Val'kai.* Keine leichte Kost«, sagte er. »Ich selbst habe mich dreimal daran versucht, bevor ich es zum Ärger meines Lehrers in Alchemie mit Ätherfeuer übergoss. Natürlich rein aus Versehen.« Ishan zwinkerte. »Ich war froh … Bei Sorons Krähen, diese Ausgabe ist von Tolberson signiert: *Von Englan für Kela – eine meiner emsigsten Schülerinnen!*« Er starrte Ryk mit großen Augen an. »Das ist ein Scherz, oder? Tolberson ist vor über zweihundert Jahren gestorben.«

»Einer der Vorteile, wenn man eine Veydra ist«, erwiderte Ryk.

»Dann hast du es ernst gemeint, als du sagtest, sie sei über vierhundert Jahre …« Er brach ab und schluckte.

»Was sonst?« Ryk kehrte in die Küche zurück. Ishan folgte ihm. »Ich möchte, dass du ein paar Sachen zusammenpackst«, sagte er zu dem Jungen. »Ihre Waffen und frische Kleidung. Und sieh dich mal in der Speisekammer um, unsere Vorräte sind fast aufgebraucht.«

Ishan hob eine Braue. »Warum machst du das nicht selbst? Sie ist schließlich *deine* Freundin.«

»Erinnerst du dich noch, als ich dir bei unserem Aufbruch sagte, dass ich bei dieser Mission den Ton angebe und du dich fügen wirst?«

Ishans Miene verfinsterte sich.

»Gut. Ich sehe mich in der Zwischenzeit hinterm Haus um. Wenn Kela in den Wald geflohen ist, will ich wissen, welche Richtung sie eingeschlagen hat.«

Ryk verließ die Hütte. Vor der Tür blieb er stehen und atmete den Duft des Waldes ein. Erde, Laub, Moos … Als der Wind ihm den Gestank des Sumpfes in die Nase wehte, verzog er das Gesicht. Kela mochte den Teergeruch. Es musste etwas mit ihrem dämonischen Erbe zu tun haben. Dagegen waren ihr die Gerüche der meisten Menschen zuwider. Einer der Gründe, warum sie sich in diese Abgeschiedenheit zurückgezogen hatte.

Während Ryk sich wieder in Bewegung setzte, sah er kurz zu den Pferden, die sie an die Holzpfähle eines verfallenen Hühnergatters angebunden hatten. Die Tiere wirkten entspannt und schienen nichts Ungewöhnliches zu wittern. Corrs und Jailars Tod hatte ihm vor Augen geführt, dass er sich nicht ausschließlich auf seine eigenen Fähigkeiten verlassen durfte, wenn es um Menschendämonen ging. Ryk sprang über ein paar Pfützen hinweg, die noch von dem Unwetter der vergangenen Nacht stammten, und betrat den Garten auf der Rückseite der Hütte. Hier war die warme Mittagsluft vom Duft der Kräuter erfüllt. Kela liebte Minze, Salbei und Rosmarin – sie hatte sogar noch mehr Reihen davon angepflanzt als damals. Ein Stück links von ihm befand sich ein Brunnen, der mit orangefarben und rot blühender Kapuzinerkresse überwuchert war. Gleich daneben lag ein Beet mit Traumwurz. Die weißen, rosenähnlichen Pflanzen sahen wie aus Elfenbein geschnitzt aus, fühlten sich jedoch so weich und schwammig an wie Pilze. Bevor sie aufbrachen, würde er ein paar von ihnen ernten. Sein eigener Vorrat war beinahe aufgebraucht.

Mit dem Anflug eines schlechten Gewissens dachte er an Ishans Kinn, das sich inzwischen dunkel verfärbt hatte. Auch wenn der Junge sich nicht länger beklagte, musste er immer noch Schmerzen haben.

Ryk blieb vor dem Fenster von Kelas Schlafzimmer stehen. Das Beet aus Salbei, das direkt darunter lag, war völlig verwüstet. Die Pflanzen lagen welk am Boden. Zwischen ihnen funkelten Glassplitter im Sonnenlicht. Er konnte Kelas nackte Fußabdrücke im Erdreich erkennen, in denen sich Regenwasser gesammelt hatte. Und auch die Pfoten der Pirscher. Ryk folgte der Fährte zu den Bäumen, dabei kam er an einer Vogelscheuche vorüber, die eines von Kelas alten Kleidern trug. Es war klatschnass, trotzdem beugte er sich vor und roch daran. Ganz sicher bildete er es sich bloß ein, aber er konnte ihren Duft immer noch daran riechen. Die Kehle wurde ihm eng, und er ging rasch weiter.

Einen Moment später tauchte Ryk in den Flüsternden Wald ein. Rottannen, Eichen, Zitterbuchen, deren schattige Kühle ihn augenblicklich umfing. Er kam nur wenige Schritte weit, als er ein Kribbeln auf der Haut spürte, gefolgt von einem Schauer, bei dem sich ihm die Härchen auf den Armen aufstellten. Der Wald hatte sein Eindringen bemerkt. *Ryk*, rief eine Stimme in seinem Kopf. *Ryk Vangur, du wirst hier heute sterben!* Die Stimme war der des Blutlenkers so verdammt ähnlich, dass Ryks Herz zu rasen begann und er sich nur mit Mühe davon abhalten konnte, herumzuwirbeln und zurück zur Hütte zu laufen.

»Nicht real«, sagte er laut. Schon knackte es hinter ihm. Gefolgt von einem Knurren. Er war sich sicher, dass auch diese Laute bloß in seinem Kopf existierten. Und tatsächlich: Als er sich umdrehte, war da nichts. Nur Zwielicht unter mächtigen Bäumen, denen noch nie eine Axt nahe gekommen war.

Kela hatte es Tagträume genannt, die dem Flüsternden Wald nur so viel Macht über einen Eindringling gaben, wie dieser ihm zugestand. Und sie musste es wissen, so lange, wie sie schon an diesem Ort lebte. Ryk zwang sich, die Stimme des Blutlenkers in seinem Kopf zu ignorieren, auch wenn sie ihm den Schweiß auf die Stirn trieb, und folgte Kelas Spur, die sich im Erdreich zwischen Farnen und Schösslingen abzeichnete. Pfotenabdrücke von Dämonen entdeckte er keine. Für einen Uneingeweihten musste es so aussehen, als hätten sie die Verfolgung abgebrochen. Ryk wusste es besser: Es hatte die Pirscher in die Bäume verschlagen, ihr natürliches Jagdrevier. Dort konnten sie sich ebenso flink und leichtfüßig wie auf dem Boden bewegen.

Kela, verdammt! Wo steckst du?

Wären er und Ishan am Abend zuvor im Tal der Himmelssäulen nicht mit Narbengesicht zusammengestoßen, hätte Ryk beim Anblick der Spuren in der Hütte die nackte Angst gepackt. So war er sicher, dass Kela noch lebte. Sie musste einfach.

Er blieb stehen, um sich einen geknickten Ast anzusehen. Die Bruchstelle war zu hoch für die meisten Tiere in diesem Wald. Kela. Wie sie zwängte sich nun auch Ryk zwischen zwei Büschen hindurch. Dahinter lag ein saftig grüner Moosteppich, der an einigen Stellen aufgerissen war, so als wäre jemand in großer Hast darüber hinweggelaufen. Ryk hob den Blick und sah zu den Bäumen, die wie Säulen einer weitläufigen düsteren Waldhalle vor ihm aufragten. Sollte Kela die Richtung beibehalten haben, hatte er eine sehr genaue Vorstellung davon, wohin sie vor den Pirschern geflohen war.

»Hör nicht hin!«, ermahnte Ryk zum zigsten Mal, als er Ishans gehetzte Blicke bemerkte, mit denen er das Unterholz durchforstete. »Die Stimme wird so lange zu dir sprechen, so lange wir in diesem Wald sind.«

»Woher kennt sie meinen Namen?«

Ryk bemerkte einen Anflug von Panik im Blick des Jungen. »Weil die Stimmen nur hier existieren.« Er tippte sich an die Stirn. »Der Wald blickt in unsere Herzen. Deshalb kennt er auch all unsere Ängste, all die kleinen und großen Geheimnisse, die wir vor uns selbst und anderen zu verbergen suchen, und setzt sie gegen uns ein, wenn wir es zulassen.«

»Ist das irgendeine Art von Zauber?« Ishan sah über seine Schulter.

»Keine Magie, nein. Dieser Wald ist lebendig. Ich meine, *lebendiger* als andere Wälder. Kela glaubt, dass hier vor langer

Zeit einmal etwas Schlimmes passiert sein muss, was den Wald *aufgeweckt* hat. Seitdem verhält er sich feindselig gegen alle Eindringlinge. Er will, dass wir gehen, dass wir ihn allein lassen.«

»Er ist verdammt gut darin.« Der junge Prinz schauderte. »Wieso hat den Wald noch keiner niedergebrannt?«

»Und da wären wir wieder.« Ryk seufzte. »Lasst uns alles töten, was wir nicht verstehen oder uns Angst macht. Komm schon, Junge, du bist doch besser als das, oder?«

»Du verstehst nicht, Ryk, der Wald spricht mit der Stimme meines Vaters zu mir, macht mir Vorwürfe und nennt mich einen Mörder!« Ishans Kopf ruckte herum. »Und ständig knackt es im Unterholz, obwohl ich noch kein einziges Tier gesehen habe. Es fühlt sich an, als würden wir belauert.« Er warf dem Dämonenjäger einen flehenden Blick zu. »Können wir nicht ein Stück reiten?«

Sie führten die Pferde am Zügel. Die Satteltaschen hatten sie mit Kelas Waffen, Kleidung und frischen Vorräten befüllt. Käse, Obst, geräucherter Schinken und Brot, das zwar ein wenig trocken, aber besser als nichts war.

»So kämen wir schneller voran und könnten den Wald umso eher verlassen«, fügte Ishan an.

»Wenn wir auf den Pferden sitzen, wird es schwerer, Kelas Spur zu erkennen. Wir könnten sie sogar verlieren. Außerdem ist das Unterholz hier so dicht, dass wir zu Fuß kaum langsamer sind.«

Ishan seufzte. Er schien mit dieser Antwort gerechnet zu haben.

Ryk wusste, dass die Einflüsterungen des Waldes besonders gut bei jenen wirkten, die schwachen Willens waren. Was auf den Jungen nicht zutraf. Es musste an den Ereignissen von vergangener Nacht liegen, dass er so empfänglich dafür war. Heute Morgen hatte Ishan sich ganz normal verhalten, aber Ryk konnte sich noch gut an die Schuldgefühle erinnern, die ihn selbst geplagt hatten, nachdem er zum ersten Mal einen Menschen getötet hatte. Im Laufe seiner Zeit als Dämonenjäger hatte er es nun mal nicht nur mit Val'kai zu tun bekommen. In manch abgelegenen Gegenden hatten ihm Straßenbanden aufgelauert, die nicht weniger gewalttätig als die Dämonen gewesen waren.

Er presste die Kiefer zusammen. Corr hätte jetzt gesagt, er solle mit dem Jungen reden.

»Du hast dich vergangenen Abend gut geschlagen.«

Ishan hob den Kopf, sah Ryk zwei, drei Herzschläge lang an und wandte den Blick wieder ab.

»Willst du darüber reden?«

»Reden?« Der Junge lachte verächtlich. »Etwa darüber, was für ein Held ich bin?«

»Fühlst du dich denn wie einer?«

»Ich habe den Kerl aufgeschlitzt, und er ist vor meinen Augen verreckt«, erwiderte er. »Was glaubst du, wie ich mich fühle?«

Ryk hätte gerne etwas Aufmunterndes gesagt, aber ihm fiel nichts ein. Da erinnerte er sich an etwas, das sein Onkel einmal zu ihm gesagt hatte, als er als Dreizehnjähriger aus Versehen den Heuschober in Brand gesetzt hatte. »›Es sind unsere Fehler, die uns daran erinnern, wer wir nicht sein wollen.‹«

»Also war es ein Fehler, den Kerl zu töten, ja?«, schoss Ishan sofort zurück.

Bei allen Dämonen der Gegenwelt, der Junge muss einem auch jedes Wort im Mund verdrehen! Ryk packte ihn am Arm und zwang ihn, ihn anzusehen. »Ein verfluchter Fehler wäre es gewesen, ihn am Leben zu lassen. Der Mistkerl hat uns ohne zu Zögern die Pirscher auf den Hals gehetzt. Darum sage ich dir jetzt: Sei froh, dass du dich so fühlst, *wie* du dich fühlst. Wäre es anders, würde es nämlich bedeuten, dass du ein gewissenloses Schwein bist, dem ein Menschenleben nichts wert ist.« Er sah Ishan direkt in die Augen. »Würde dir das etwa besser gefallen?«

Ishan schluckte, senkte den Blick und schüttelte den Kopf.

»Na, also.« Ryk ließ ihn wieder los.

»Tut mir leid, ich wollte …«

»Es gibt nichts, wofür du dich entschuldigen müsstest«, unterbrach ihn Ryk und klopfte ihm auf die Schulter. »Ich hab lieber einen Mann mit einem Gewissen an meiner Seite als einen Drecksack, dem ich nicht mehr trauen kann als einem Val'kai.«

Anscheinend hatten seine Worte etwas bewirkt, denn in den nachfolgenden Stunden wirkte Ishan weniger angespannt, und es kehrte wieder etwas Farbe in sein Gesicht zurück. *Vielleicht hab ich ja doch mehr von Corr gelernt, als mir bisher klar war,* dachte Ryk zufrieden.

Es dämmerte bereits, als sie das Herz des Waldes erreichten. Kurz zuvor hatte er Kelas Fährte verloren. Zu viele Wurzeln, Felsen und Dornbüsche, denen sie hatten ausweichen müssen. Trotzdem war er sicher, dass sie sich hierhergeflüchtet hatte. Sie kannte die Furcht der Dämonen vor den alten Relikten.

Ryk sah zum Himmel empor.

Im Licht der untergehenden Sonne glühten die Spitzen der Megalithen wie Eisen, das man zur Bearbeitung ins Schmiedefeuer gelegt hatte. Beim Anblick der Steinkolosse empfand Ryk eine tiefe Ehrfurcht. Sie waren alt. Mindestens so alt wie der Obelisk und die Hügelgräber in seinem Tal. Mit Sicherheit stammten sie von den gleichen Erbauern, bei denen es sich gewiss nicht um Menschen gehandelt hatte. Ob wohl die Ersten Magier die Wahrheit über diese Relikte gekannt hatten?

»Riechst du das?«, fragte Ishan, der neben ihm stand und die Nase rümpfte. »Was ist das?«

Ryk schloss kurz die Lider. Er hatte es ebenfalls gerochen. »Der Tod«, sagte er und deutete auf eine Stelle im Unterholz. »Es kommt von dort.«

Sie banden ihre Pferde an einen Strauch und gingen dem Gestank nach. Ein ungutes Gefühl hatte sich in Ryks Magen eingenistet, und die Kehle war ihm plötzlich eng. Brutaler als nötig brach er Zweige und Pflanzen, die ihm im Weg waren. Was, wenn er sich wegen Kela irrte? Wenn er die Worte des Narbengesichts falsch verstanden hatte? Er stürzte zwischen zwei Rotbeerbüschen hindurch, blieb stehen und lachte vor Erleichterung auf. Ishan warf ihm einen ratlosen Blick zu und schüttelte den Kopf. Ryk kümmerte es nicht. Er war einfach nur erleichtert darüber, dass vor ihm im Unterholz drei tote Pirscher lagen, während es von Kela keine Spur gab. Doch so plötzlich, wie er zu lachen begonnen hatte, verstummte Ryk auch wieder, und ein eisiges Gefühl griff nach seinem Herzen, als er die Wunden bemerkte, durch die die Dämonen gestorben waren. Es sah aus, als hätte etwas sie mit bloßen Händen zerfetzt. *Nein, nur das nicht.*

»Scheint, als wären sie von einem Tier angefallen worden«, meinte Ishan, der vor einem Kadaver kniete. »Einem verflucht großen Tier!« Er schaute auf.

Ryk starrte auf den Pirscher hinab. Keine Fliegen. Keine Maden. Er beugte sich noch ein Stück weiter vor und atmete dabei durch den Mund. Es gab nicht einmal Bissspuren kleinerer Tiere. Der Wald und alles, was darin lebte, hegte eine natürliche Abneigung gegen die Dämonen. *Kein Zweifel,* er *ist wieder zurück!* Ryk riss den Kopf hoch, als die Magie sich ihren Weg durch seinen Körper bahnte und seine Sinne schärfte. Er lauschte, roch, schmeckte. Aber da draußen war nichts. Nicht einmal ein Yagafuchs oder ein Ilpis. Die Tiere des Waldes mieden diesen Ort, und er verstand nur zu gut warum.

»Alles in Ordnung?«, fragte Ishan. »Du siehst aus, als hättest du einen Geist gesehen.«

Einen Geist, von dem ich dachte, er würde mich nie wieder heimsuchen. Laut sagte er: »Ich habe nur geprüft, ob wir allein sind.«

»Und?«

»Was immer die Pirscher getötet hat, ist längst weitergezogen.« Jetzt, da er sicher war, dass ihnen keine Gefahr drohte, rief er seine Magie zurück. Noch einmal glitt sein Blick über die Wunden des Pirschers vor ihm. Vier – oder waren es gar schon fünf Jahre? – hatte Kela ihn unter Kontrolle halten können, nun sah es danach aus, als hätte ER einen Weg gefunden, seine Ketten abzustreifen. *Verdammt!*

Ryk wollte sich genauer umsehen und befahl Ishan zu bleiben, wo er war. Das schwindende Tageslicht und die Regenfälle der letzten Tage machten es ihm schon schwer genug, die Hinweise zu deuten, auch ohne dass Ishan zusätzlich über sie hinwegtrampelte. Nach einer Weile glaubte er zu wissen, was sich abgespielt hatte. Er beschloss, dem Jungen nur das Nötigste zu sagen. Er war Kela gegenüber schon voreingenommen genug. Wenn er jetzt erfuhr, dass sie für dieses Massaker verantwortlich war, würde das sein Misstrauen nur verschärfen. Ryk wandte sich von dem geknickten Ast ab, den er gerade untersucht hatte, und kehrte zu Ishan zurück.

»Kela lebt, aber sie ist verletzt.«

Ishan hob eine Braue. »Sie war in den Kampf verwickelt?«

Idiot, schimpfte Ryk sich selbst. »Ich habe dort drüben zwischen den Büschen ihre Spur wiederentdeckt. Ich konnte den Abdruck ihres linken Fußes ausmachen.« *Ein menschlicher Fuß, was ein gutes Zeichen ist!* »Anscheinend kann sie den rechten Fuß nicht belasten, denn an seiner statt gibt es nur eine runde Vertiefung im Boden. Demnach stützt sie sich auf einem Ast oder was auch immer ab.«

»Dann ist sie verletzt, konnte aber entkommen«, sagte Ishan.

»Es scheint so«, stimmte Ryk zu, stemmte die Hände in die Seiten und blickte sich um.

»Ich frage mich, was hier passiert ist?«, meinte Ishan.

»Genaueres werden wir wohl erst erfahren, wenn wir sie gefunden haben.«

»Und jetzt? Gehen wir weiter?«

»Nein, für heute ist Schluss, die Sonne geht bald unter, und wir können beide etwas Schlaf gebrauchen.«

Ishan sah nicht glücklich aus. Die Vorstellung, in diesem Wald zu übernachten und seinen Einflüsterungen weiterhin lauschen zu müssen, behagte auch Ryk nicht. Aber daran konnte er nichts ändern. Jeder hatte mit seinen eigenen »Dämonen« zu kämpfen.

Sie kehrten zu ihren Pferden zurück und führten sie zum Steinkreis, in dessen Zentrum sie ihr Nachtlager aufschlugen. Auf diese Weise wären sie vor Dämonen geschützt, falls sich noch weitere im Wald herumtreiben sollten. Bevor sie sich selbst etwas zu Essen nahmen, versorgten sie die Pferde. Danach machten sie es sich auf ihren Schlafdecken bequem, die sie zum Schutz gegen den feuchten Boden aufgerollt hatten. Ein Feuer entzündeten sie nicht. Ryk hielt es für sicherer. Ihr Abendessen, das aus Käse, Obst und Brot aus Kelas Vorratskammer stammte, verzehrten sie schweigend.

Ryk betrachtete die Monolithen, die sich dunkel gegen den Nachthimmel abzeichneten. Nachdem er den letzten Bissen Käse heruntergeschluckt hatte, wandte er sich dem Jungen zu. »Hörst du die Stimme noch?«

»Nein«, sagte Ishan und knabberte lächelnd an einer Pflaume. »Sie ist fort.«

Ryk nickte. »Der Steinkreis. Offenbar schützt er uns nicht nur vor den Val'kai.«

»Ich bin nur froh, wenn wir aus ...« Ishan sprang auf und wies mit ausgestreckter Hand auf etwas hinter Ryk.

Der schnellte ebenfalls in die Höhe. »Ach, das ist bloß ein Seelenphantom«, sagte er gleich darauf und sah zu, wie die silbrig leuchtende Silhouette, die schwach an einen Menschen erinnerte, zwischen den Bäumen entschwand. »Die sind harmlos.«

»Harmlos?« Ishan schnaubte. »Es sieht wie ein Geist aus.«

»Die Phantome sind genauso wenig real wie die Stimmen. Da der Wald uns durch sie nicht länger erreichen kann, versucht er es auf andere Weise.«

Ishan setzte sich wieder. »Auch wenn wir in dem Steinkreis sicher sind, sollten wir heute Nacht abwechselnd Wache schieben«, sagte er mit einem Blick in die Richtung, in die das Seelenphantom weitergezogen war. »Was auch immer die Pirscher getötet hat, könnte zurückkommen.«

Unwahrscheinlich, dachte Ryk. Kela musste inzwischen mehrere Tagesreisen entfernt sein. Veydras waren zäh, und ihre Verletzungen heilten schneller als bei einem Menschen. Trotzdem hatte der Junge recht. Es konnte nicht schaden, wachsam zu bleiben. Außerdem war Ryk sich sicher, dass er trotz seiner Erschöpfung kein Auge zubekommen würde. So wie auch schon in der Nacht zuvor. »Ich übernehme die erste Wache«, sagte er.

»Mir soll's recht sein.« Ishan gähnte und rollte sich in seine Schlafdecke ein. Das Gesicht wandte er der Dunkelheit außerhalb des Steinkreises zu. Es dauerte nicht lange, bis seine regelmäßigen Atemzüge Ryk verrieten, dass er eingeschlafen war.

Der Dämonenjäger stand auf, trat zwischen zwei Monolithen und starrte unter die Bäume. Nichts als Schwärze und atemlose Stille. Dieser Ort war so widersprüchlich, so fremdartig, zuweilen auch feindselig, dass er sich schon des Öfteren gefragt hatte, wie Kela es hier nur aushielt. Er rieb sich die Oberarme und kehrte zu seinem Platz zurück. Dort gab er sich seinen Gedanken hin, die genauso düster wie der Wald waren. Er hatte es gewusst, all die Jahre. Die To'Dhana existierten. Er sah zum Himmel auf, und sein Blick verlor sich in den Sternen, während er im Geiste zurück in die Vergangenheit reiste.

Als seine leiblichen Eltern starben, war er noch zu klein gewesen, um sich an die Umstände ihres Todes erinnern zu können.

Sein Onkel und seine Tante, die ihn daraufhin zu sich genommen hatten, wollten später nie über ihren Tod reden. Manchmal hatte er den Verdacht gehabt, dass sie etwas wussten und es ihm nur nicht sagen wollten. Wenn es so war, nahmen sie dieses Geheimnis jedenfalls mit ins Grab, denn als er bereits auf der Akademie war, wurden die beiden ermordet.

Er knirschte mit den Zähnen, als mit der Erinnerung auch der Schmerz zurückkehrte. Wie ein Sack rostiger Nägel saß er in seinen Eingeweiden. Ryk presste die Fäuste gegen den Bauch. Niemals wieder würde er den Anblick ihrer geschundenen Leiber vergessen. Es war kurz vor seinem sechzehnten Geburtstag gewesen. Der Oberste Magus hatte ihn für zwei Wochen vom Unterricht freigestellt, damit er diesen Tag mit seiner Familie feiern konnte. Er war so voller Vorfreude gewesen, denn er hatte seine Zieheltern ein ganzes Jahr lang nicht gesehen. Schon von Weitem hatte er die Straße runtergerufen, die zu ihrer Farm geführt hatte, um sein Kommen anzukündigen. Zunächst hatte er sich nichts dabei gedacht, als niemand antwortete. Bis er dann ins Haus gekommen war …

Er hatte ihre Leichen im Wohnraum gefunden, inmitten von zerbrochenen Möbeln und Blut. So viel Blut. Nach all den Jahren wusste er nicht mehr genau, wie oft er sich bei diesem Anblick übergeben oder wie lange er vor ihnen am Boden gehockt und sich die Seele aus dem Leib geschluchzt hatte. Nur ein einziges Detail dieses Tages stand ihm nach der ganzen Zeit immer noch klar vor Augen: ein paar blutige Stiefelabdrücke, die zusammen mit den Spuren von Reißertatzen vom Haus fortgeführt hatten.

Damals hatte er nicht gleich begriffen, was das bedeutete, aber nach seiner Rückkehr an die Akademie war er auf ein Schriftstück über die To'Dhana gestoßen, eines von vielen Gerüchten, und hatte sich die Hintergründe über jenen Überfall zusammengereimt. Später, als erwachsener Mann, hatte er viele

Jahre damit zugebracht, dem Kult und der Frage nach dem Warum nachzujagen. Ohne Erfolg. Zuletzt waren ihm selbst Zweifel an der Existenz der To'Dhana gekommen, und er hatte seinen Hass ganz auf die Val'kai konzentriert.

Seit gestern Nacht war alles anders. Die To'Dhana waren real, und sie waren in diese Sache verwickelt. Ryk schloss die Augen und vergrub das Gesicht in den Händen. War es möglich, dass er am Ende doch noch seine Rache bekommen sollte? Und mehr noch: eine Antwort darauf, wieso seine Zieheltern durch die Hand des Kults hatten sterben müssen?

24

Miras, Rifta
20. Jul, 1026 n. d. Zweiten Dämonenkrieg

Catara betrachtete die Schlote der Eisenschmieden, die sich über die gesamte Stadt verteilten und ihren Rauch in den Himmel spien. Trotz des schönen Wetters lag Miras unter einer grauen Dunstglocke. Cataras Mundwinkel zuckten angewidert. Seit ihrem letzten Besuch hatte sich nichts verändert. Außer, dass ihr dieser Ort noch trostloser vorkam. Nicht umsonst galt die Hauptstadt von Rifta als die hässlichste und stinkendste Metropole der Schwebenden Reiche.

Sie trat auf die Laufplanke hinaus, die unter ihrem Gewicht wippte, während unter ihr der Fluss vorüberrauschte und sich an der Anlegestelle rieb, an der die *Gluttänzer* dockte. Draußen in der Großen Leere besaß der Fluss tödliche Temperaturen, im Hafen von Miras jedoch, der rund zwei Meilen im Landesinneren lag, schwammen Otter darin herum und stritten mit den Möwen um die Abfälle, die von den Schiffen ins Wasser gekippt wurden.

Kaum hatte sie einen Fuß an Land gesetzt, wieselte ihr ein schmalbrüstiger Mann mit der ungesunden Hautfarbe, die allen Bewohnern von Miras zu eigen war, entgegen. Er war mit einer Schreibtafel bewaffnet. Zweifelsohne der Hafenmeister oder einer seiner Mitarbeiter.

»Im Namen des ehrwürdigen Hauses Telrys heiße ich Euch

in Miras willkommen, Herr.« Er neigte das Haupt und zückte einen Stift. »Ihr habt ein prächtiges Schiff, und seiner Bauweise nach scheint es aus Xe'Neridian zu stammen. Nur sehe ich keine Flagge, an der ich erkennen könnte, welchem Handelshaus Ihr angehört, Herr.« Der Mann lächelte unterwürfig, doch in seinen Augen glomm Argwohn.

Catara hatte bewusst darauf verzichtet, die Flagge mit Thals Wappen zu hissen: einen Dreimaster vor einer feuerroten Sonne. Der Kaufmann war weit über die Grenzen Xe'Neridians bekannt, und sie wollte nicht mehr Aufmerksamkeit als nötig erregen. »Du musst neu sein«, sagte sie streng, wenngleich nicht unfreundlich. »Andernfalls hättest du mich wohl erkannt. Ich bin Rogen Thal, Kaufmann aus Arville und ein enger Freund des Barons.«

Der kleine Mann riss die Augen auf. »Verzeiht mir, Herr! Natürlich habe ich schon von Euch gehört. Aber Ihr habt recht. Ich gehe dem alten Crestos erst seit Kurzem zur Hand. Wenn Ihr wünscht, hole ich umgehend den Hafenmeister.«

»Das wird nicht nötig sein.« Catara griff in ihren Geldbeutel und drückte ihrem Gegenüber zwei xe'neridianische Goldenger in die Hand. Der Mann starrte sie mit geöffnetem Mund an. Es war mehr Geld, als jemand wie er in einem ganzen Jahr verdiente. »Ich bin hergereist, um mich mit dem Baron in einer dringenden Angelegenheit zu besprechen. Es ist wichtig, dass niemand sonst von meiner Anwesenheit erfährt. Verstehen wir uns?«

Der Mann sah von den Münzen auf, nickte und ließ sie mit einem gierigen Grinsen in der Hosentasche verschwinden. »Ich werde dafür sorgen, dass man Euch nicht weiter behelligt, Herr.«

»Natürlich wirst du das«, erwiderte Catara.

Der andere verbeugte sich und eilte mit der Leichtigkeit eines Menschen davon, dem das Schicksal unverhofft einen Goldnugget vor die Füße geschissen hatte. Catara sah ihm kurz nach, bevor sie sich auf dem Steg umblickte und anschließend ihre Kapuze überstreifte.

Im Hafen herrschte reges Treiben. Matrosen auf Landgang zogen zu den nahen Wirtshäusern, Händler feilschten mit Schiffskapitänen über deren Ware, und die Ausdünstungen einiger Dockarbeiter verrieten ihr, dass die Männer trotz ihrer Nähe zum Wasser diesem Element nicht sonderlich zugetan waren. Sie zog die Kapuze noch ein wenig tiefer ins Gesicht und atmete flach. Gewöhnlich reagierte sie nicht so empfindlich auf Gerüche, weshalb sie diese Abneigung Rogen Thals Einfluss zuschrieb. Ihr fielen auch einige Soldaten auf, die in der rostroten Uniform des Hauses Telrys zwischen den Piers patrouillierten. Es waren eindeutig mehr als bei ihrem letzten Besuch. Offenbar hatte der Baron die Sicherheitsvorkehrungen erhöht.

Catara hatte den Kapitän am äußersten Pier anlegen lassen, und so dauerte es, bis die ersten Lagerhäuser in Sicht kamen. Langgezogene Ziegelbauten, in denen sich Zehntausende Eisenbarren stapelten, dem diese Inselwelt ihren Namen verdankte. Es war kein wirklich seltenes Erz. Eisen konnte man auf fast allen Inseln der Schwebenden Reiche finden, allerdings gab es in Rifta so gewaltige Vorkommen, dass es sich zum Hauptexportgut entwickelt hatte. Im Laufe der letzten einhundert Jahre war es den Riftanern gelungen, den Abbau und Verarbeitungsprozess in einer Weise zu perfektionieren, dass es für die anderen Reiche mittlerweile günstiger war, riftanische Eisenwaren zu importieren, statt das Erz selbst abzubauen.

Miras war jedoch nicht nur eine Handelsstadt, sondern auch Sitz des Herrscherhauses. Und genau dorthin wollte Catara. Das Schloss des Barons lag außerhalb der Stadt, abseits des Lärms und dem Gestank der Schmieden. Und so winkte Catara, sobald sie den Hafen hinter sich gelassen und die erste ruhigere Straße erreicht hatte, eine öffentliche Droschke herbei. Es war ein Zweispänner mit einem schmalen, geschlossenen Wagen, der höchstens zwei Personen Platz bot. Sie nannte dem Kutscher ihr Ziel, stieg ein und schlug die Kapuze zurück. Noch bevor sich die Droschke in Bewegung setzte, zog sie die Vorhänge vor die Fenster, woraufhin sich das Innere mit Zwielicht füllte. Sie ließ sich zurück in den Sitz sinken. Jetzt konnte sie entspannen und sich ganz auf ihre Rolle konzentrieren: Rogen Thal, ein selbstverliebter Bastard, perverser Frauenschänder und langjähriger Freund von Baron Telrys.

Kapitän Barsac zu täuschen war ihr nicht schwergefallen, aber der Baron kannte Thal schon seit vielen Jahren. Bei ihm würde sie sehr geschickt und umsichtig vorgehen müssen. Zumindest so lange, bis sich ihr die Gelegenheit bot, ihn zu töten.

Sie wusste von den Spionen ihrer Herrin, dass Thal dem Baron einen Großteil seines Reichtums verdankte, denn er handelte mit riftanischen Eisenwaren – vor allem mit Waffen.

Catara verzog die Lippen. Die Menschen würden sich niemals ändern. Tausend Jahre Frieden, und trotzdem unterhielt jedes Herrscherhaus seine eigene Armee, weil es den Neid und die Habgier seines Nachbarn fürchtete. Dieselbe Habgier, die sie die eigene Hand nach dem Besitz ihrer Verbündeten ausstrecken ließe, würden diese nicht über die gleichen Sicherheitsvorkehrungen wie sie selbst verfügen. Genau diese Habgier hatte Thal reich gemacht. Er würde sich trotz seiner Arroganz dem Baron gegenüber eher unterwürfig geben. Immerhin war der Erfolg seines Handelsimperiums von dessen Wohlwollen abhängig. Daran musste sie denken, wenn sie Telrys entgegentrat.

Ein Schlagloch riss sie aus ihren Überlegungen. Catara hob einen Zipfel des Vorhangs an, um zu sehen, wo in der Stadt sie gerade waren. Namen wie *Opus Magnum* oder *Tinctura Nox*, die auf Holztafeln über den Eingangstüren der Läden geschrieben standen, verrieten ihr, dass sie bereits das Alchemistenviertel erreicht hatte. Diese Männer und Frauen waren von den seltenen Mineralien und Edelmetallen nach Miras gelockt worden, die neben dem Eisen in den Minen geborgen wurden. Aus Erfahrung wusste Catara, dass nicht einmal die Hälfte von ihnen echte Gelehrte waren. Bei den meisten handelte es sich um Quacksalber, die ihren Kunden mit angeblichen Wundertinkturen gegen alle möglichen Gebrechen und Alltagssorgen das Geld aus den Taschen zogen.

Catara ließ sich wieder gegen die Lehne sinken. Von hier aus war es nicht mehr weit bis zu Telrys' Residenz. Rogen Thal war dort regelmäßig ein- und ausgegangen und kannte sich daher bestens in dem Labyrinth aus Fluren und Zimmern aus. Aber auch Catara war schon einmal in Telrys' Schloss gewesen. Erst im letzten Jahr hatte sie sich als riftanische Dienstmagd eingeschlichen, um eine Zusammenkunft des Fünferbundes zu belauschen. Damals hatte Thamaryn das erste Mal davon gesprochen, in Milnfor einzufallen, falls das Inselreich sich ihrem Bündnis nicht anschließen würde. Allerdings war das lange, bevor er diesen neuen Berater in seinen Dienst genommen hatte. Ein seltsamer Mann mit eigenwilligen Ansichten, wie ihr durch ihre Herrin zu Ohren gekommen war, aber es herrschten ja auch seltsame Zeiten.

Endlich hielt die Droschke, und von draußen drang die Stimme des Kutschers zu ihr herein: »Wir haben das Schlosstor erreicht, mein Herr! Ihr müsst hier aussteigen.«

Catara zog den Vorhang zurück und blinzelte ins Sonnenlicht. Außerhalb von Miras war der Himmel blau, und das Land mit seinen Wiesen und Bäumen strahlte in satten Grüntönen. Sie sprang aus der Kutsche, reckte sich und betrachtete zunächst die hohe Mauer, die das gesamte Anwesen umschloss, bevor sie den Blick zu den Blutbergen schweifen ließ, die sich hinter dem Schloss in der Ferne erhoben. Ihr Name ging auf ihre rostrote Färbung zurück, was an den reichen Erzvorkommen lag, die in ihrem Inneren schlummerten.

»Ich kann Euch nicht weiter bringen, mein Herr«, erklärte der Kutscher. »Dieser Tage ist die Fahrt bis direkt vors Schloss nur Baron Telrys' eigenen Kutschen gestattet.« Catara nickte, bezahlte den Mann und steuerte das prächtige Gittertor an, hinter dem eine kiesbedeckte Zufahrt lag. Einer der Wachleute erkannte sie als Rogen Thal und ließ sie ein.

»Bitte folgt mir, mein Herr«, sagte der Wächter. Auch er trug eine rostrote Uniform.

Die Kiesel knirschten unter Cataras Stiefeln, während sie zwischen ordentlich zurechtgestutzten Hecken hindurchschritten und auf ein Schloss zuhielten, das von dem gleichen Rot wie die Blutberge war. Jeder der vier Flügel wurde von einem Eckturm gesäumt, auf dem die Flagge des Hauses Telrys im Wind flatterte: Schwert und Schmiedehammer, die sich vor einem Berg miteinander kreuzten.

Den Haupteingang des Schlosses bildete ein zweistöckiges Torhaus, das von zwei Rundtürmchen mit Spitzdach flankiert wurde.

Auf dem Platz vor dem Schloss exerzierten mehrere Trupps von Soldaten. Zwei Gruppen trainierten mit Eineinhalbhändern den Nahkampf. Eine dritte traktierte mit Piken ein paar Strohpuppen.

»Wie ich sehe, bringen die Männer sich in Form«, sagte Catara zu ihrem Begleiter.

»Ja, Herr, das tun sie.«

Catara meinte ein gewisses Bedauern aus der Stimme des Mannes herauszuhören, aber vielleicht täuschte sie sich auch. Als sie das Torhaus erreichten, überantwortete der Wächter Catara zwei Kameraden, die dort Wache hielten. Er stellte Catara als Rogen Thal vor, einen Freund und Geschäftspartner des Barons, bevor er wieder ging. Entweder kannten die Torwächter den Kaufmann nicht oder sie hatten entsprechende Befehle erhalten, und suchten Catara deshalb nach Waffen ab. Sie gab sich empört, denn aus Thals Erinnerungen wusste sie, dass das niemals zuvor geschehen war. Gleichzeitig machte es sie argwöhnisch. War Baron Telrys nur vorsichtig oder waren er und Thal längst nicht so gute Freunde, wie es hieß?

Natürlich fanden sie keine Waffen bei ihr. Das hätte nur Argwohn erregt. Rogen Thal war schließlich ein Kaufmann und kein Meuchelmörder. Nachdem die Männer fertig waren, riefen sie einen ältlichen Diener mit weißem Backenbart herbei. Auch er war in das Rostrot des Hauses Telrys gekleidet.

»Meister Thal, welch unerwartete Freude!« Er neigte das schüttere Haupt. »Der Baron befindet sich um diese Stunde in seinem Arbeitszimmer. Wenn Ihr mir bitte folgen würdet.«

Catara hatte befürchtet, das übliche Prozedere einer Audienz durchlaufen zu müssen. Offenbar genoss der Kaufmann bei Telrys Privilegien, die ihr die zermürbende Wartezeit ersparten, die gewöhnlichen Besuchern und Bittstellern blühte. Nun, je schneller sie die Angelegenheit hinter sich bringen konnte, desto besser.

Der Diener führte sie durch lange Gänge, in denen ihnen lediglich Dienstboten und Wächter begegneten. Hinweise auf andere Besucher und den üblichen Hofstaat, den man an so einem Ort erwartete, fehlten. Das gefiel ihr weniger.

»Es ist sehr ruhig hier«, merkte Catara an.

Der Diener, der gut einen Kopf kleiner als sie war, sah blinzelnd zu ihr auf. »Reine Vorsichtsmaßnahme, Meister Thal. Der gewaltsame Tod von Varras con Femen hat die Regenten der Freien Reiche in Aufruhr versetzt. Seine Durchlaucht fürchtet, einige von ihnen könnten sich in ihrer Erregung zu einer unüberlegten Tat hinreißen lassen.«

»Du sprichst von Attentätern?«

»Gewiss, Meister Thal, aber Ihr solltet Euch deshalb keine Sorgen machen.«

»Das ist wahr. Warum sollte ich?«, erwiderte Catara mit einem Lächeln. »Ich bin sicher, dass dein Herr alle nötigen Sicherheitsvorkehrungen getroffen hat.«

»Das hat er, Meister Thal.«

Über eine breite Treppe, die ebenfalls bewacht wurde, gelangten sie in den zweiten Stock des Nordturms. Dort, das wusste Catara von ihrem letzten Besuch, lag das Arbeitszimmer des Barons. Der Diener klopfte und wartete auf die Antwort seines Herrn, bevor er gefolgt von Catara eintrat. Sofort registrierte sie den Wächter, der in strammer Haltung rechts neben der Tür stand. Ein vierschrötiger Kerl mit kaltem, hartem Blick. Nur unwesentlich kleiner als Thal. An den Schultern war seine Uniform mit Epauletten in Schwarz und Silber verziert, die ihn als Mitglied der Leibgarde des Barons auswiesen. Seine Bewaffnung bestand aus einem Schwert sowie einem Parierdolch. Beides hing an seinem Gürtel. Catara war sich sicher, dass es einen zweiten Wächter gab, der ähnlich bewaffnet war, momentan jedoch von der Tür verdeckt wurde.

»Eure Durchlaucht.« Der Diener verbeugte sich in Baron Telrys Richtung, einem Mann mit scharfen Gesichtszügen, der das graue Haar kurz geschnitten wie ein Soldat trug. Er saß hinter einem Schreibtisch voller Dokumente und Landkarten und hob bei Rogen Thals Anblick verwundert eine Braue. »Wenn das mal keine Überraschung ist, mein alter Freund!« Er stand auf, trat um den Schreibtisch herum und drückte mit festem Griff ihre Hand. »Erst gestern habe ich Euch mit einem Botenvogel eine Einladung gesandt, denn auch ich wollte dringend mit Euch reden. Offensichtlich hatten wir den gleichen Gedanken.« Er legte ihr die andere Hand auf die Schulter. »Unruhige Zeiten stehen uns bevor.«

»Aus diesem Grund bin ich hier.«

Telrys wandte sich dem Diener zu. »Sorg dafür, dass wir in der nächsten Stunde nicht gestört werden. Und lass ein Zimmer für unseren Gast herrichten.« Er sah Catara fragend an. »Ich hoffe, das ist in Eurem Sinne?«

»Gewiss, Baron.« Sobald der Diener die Tür hinter sich geschlossen hatte, konnte Catara einen Blick auf den anderen

Wächter werfen. Er war einen halben Kopf kleiner als sie, allerdings von drahtiger Statur, was auf Schnelligkeit und Zähigkeit hindeutete. In einem Kampf wäre er der gefährlichere Gegner.

»Was haltet Ihr von einem Begrüßungstrunk?«, schlug der Baron vor. »Nach der langen Reise seid Ihr sicher durstig, und ich habe hier zufällig einen Canessa, der mich schon den ganzen Vormittag lockt.«

Catara lächelte. »Ein edler Tropfen. Ihr kennt meine Schwächen nur zu gut, Baron.«

Telrys gab ein vergnügtes Lachen zum Besten. Seine Augen blieben davon allerdings unberührt. »Ist das unter Freunden nicht so üblich?«

»Das ist es wohl«, bestätigte Catara. Und dachte: *Du verlogener Hurensohn!* Wenn er und Thal wirklich Freunde waren, was taten dann noch die Wachen hier? Sie behielt Telrys im Auge, während er zu einem reich verzierten Schränkchen ging. Er öffnete die Türen, und Dutzende Kristallkaraffen kamen zum Vorschein. Einige wenige waren voll, die meisten jedoch wiesen gerade noch die Hälfte ihres ursprünglichen Inhalts auf. Die Hand des Barons bewegte sich zielstrebig auf eine Karaffe zu, aber plötzlich zögerte er und griff stattdessen eine, die ein wenig abseits der anderen stand. Jetzt hatte Catara keinen Zweifel mehr, dass etwas nicht stimmte.

»Seht Euch nur seine Farbe an«, schwärmte Telrys und hielt die Karaffe ins Licht, das durch die hohen Fenster in den Raum fiel. Catara nickte, als bewundere sie den dunklen Karamellton des Canessa. »Schon ein einziger Schluck wird Euch den Himmel auf Erden bescheren«, erklärte der Baron.

Wohl eher ein stinkendes Grab, dachte Catara. Während Telrys nach zwei Gläsern griff, schaute sie sich unauffällig im Zimmer um.

Über dem Kamin, in dem um diese Jahreszeit kein Feuer brannte, hing das Wappen des Hauses Telrys. Eiserne Kerzenhalter säumten es. Die übrigen Wände waren mit Gemälden und Teppichen geschmückt. Waffen wären Catara lieber gewesen. Der Rest des eher kleinen Raums war genauso unergiebig. Außer dem Schreibtisch und dem Weinschrank gab es noch ein Pergamentregal, dessen Fächer mit Schriftrollen gespickt waren, und eine Holztruhe. Was immer sich darin verbergen mochte, es war durch ein Schloss gesichert. Catara fluchte innerlich. Ihr Blick streifte die beiden Wächter. Sinnlos. Sie standen zu dicht beieinander. Und die Art, wie sie sie ansahen … Als warteten sie nur darauf, dass Catara, genauer gesagt Rogen Thal, etwas Unüberlegtes tat.

Wenn sie jetzt einen von ihnen angriff, würde der andere ihr sofort sein Schwert in den Leib rammen. Was ging hier vor sich?

»Stoßen wir auf Großfürst Thamaryn an, den Baumeister einer vielversprechenden Zukunft.« Telrys trat zu ihr und reichte ihr eines der Gläser. Lächelnd prostete er ihr zu.

Catara sah, wie er das Glas zu den Lippen führte. Aber trank er auch? Sie selbst nippte lediglich an dem Canessa. Er hatte einen weichen, vollmundigen Geschmack. Im Abgang nahm sie eine unterschwellig fruchtige Note wahr, der sie wohl keine große Beachtung geschenkt hätte, wenn sie sie nicht ausgerechnet an Keelabeeren erinnert hätte.

»Was denn, alter Freund?«, fragte Telrys. »Schmeckt er Euch etwa nicht?«

Catara knurrte. »Der Canessa ist vergiftet.« Sie schleuderte ihm das Kristallglas vor die Füße, wo es zersprang und seinen Inhalt über den Steinboden verspritzte. Sie hörte, wie die Männer hinter ihr ihre Waffen zogen. »Was ist das für ein Spiel, Telrys?«

Der Baron war zurückgewichen. Als er wieder aufsah, waren seine Augen dunkel vor Zorn. »Wie könnt Ihr …?«

»Wenn man mit Männern Eures Schlags Geschäfte macht, kann man nicht vorsichtig genug sein.« Sie starrte ihn an. »Warum?«

Zunächst schien es, als wollte der Baron nicht antworten oder gar alles abstreiten, aber schließlich zuckte er die Achseln. »Ihr wisst zu viel über unsere Pläne, Thal. Das macht Euch zu einem Risiko, denn als Geschäftsmann gilt Eure Treue einzig und allein dem Profit. Möglicherweise beschließt Ihr ja, Euer Wissen an unsere Feinde zu verkaufen, und das kann ich nicht zulassen. Nicht jetzt, wo Thamaryn mit seiner Kriegsflotte Richtung Kellwyn unterwegs ist.«

Catara spuckte Telrys vor die Füße. »Das ist also der Dank für alles, was ich für Euch getan habe.« Bis sie einen Ausweg aus der Situation gefunden hatte, würde sie die Rolle des Kaufmanns beibehalten.

»Nehmt es nicht persönlich. Erinnert Euch lieber an die angenehmen Seiten unserer Geschäftsbeziehung. An den Luxus und das Ansehen, das es Euch eingebracht hat. Das wird es Euch leichter machen, Eurer Ableben zu akzeptieren, denn das ist unvermeidlich.«

Catara spürte, wie die Leibwachen des Barons sich hinter ihr aufstellten, und spannte die Muskeln an. »Ihr seid ein Narr, Telrys.«

»Sagt der Mann, dem der Tod im Nacken sitzt.« Der Baron nickte den Männern zu.

Catara rechnete damit, dass sie ihr ihre Schwerter in den Rücken stoßen würden. Nicht gerade das Ende, das sie sich für sich erhofft hatte, aber wenigstens starb sie im Dienst ihrer Herrin. Doch statt sie zu töten, packten die Wachen sie bei den Armen und zwangen sie runter auf die Knie. Der Drahtige hatte sein Schwert wieder eingesteckt und presste ihr nun die Klinge seines Parierdolchs an die Kehle. Das war ja mal interessant! Telrys wollte kein Blutvergießen. Vielleicht hätte sie doch kämpfen sollen. Allerdings war der Raum zu klein, die Männer zu nahe gewesen. Wenn sie unbedacht zu ihnen herumgefahren wäre, hätte sie sich selbst an ihren Schwertern aufgeschlitzt.

Telrys kam näher. In der Rechten hielt er sein nach wie vor volles Glas. »Tut mir leid, alter Freund, Euer Tod wird kein angenehmer sein. Das Gift der Keelabeere hat die Eigenschaft, Euren Herzschlag immer weiter zu beschleunigen, bis Euer Herz unter der Last versagt. Es beginnt mit Schweißausbrüchen und Atemnot. Zum Ende hin leidet Ihr dann an unerträglichen Schmerzen in der Brust.« Er lächelte. »Das Wunderbare daran ist: Euer Tod wird ganz natürlich wirken. Was uns sehr gelegen kommt, da Großfürst Thamaryn eine Verunsicherung unserer anderen Partner um jeden Preis vermeiden möchte.«

»Dreckskerl!«, knurrte Catara.

»Ts, ts, wo sind nur Eure Manieren, Thal?«

Der drahtige Wächter packte mit seiner freien Hand Cataras Haar und riss ihr den Kopf zurück in den Nacken. Anschließend zwang er ihr den Dolch zwischen die Zähne und hebelte ihre Kiefer auseinander, sodass Telrys ihr den Inhalt seines Glases einflößen konnte. »Schön brav schlucken«, befahl der Baron und hielt ihr die Nase zu, bis Catara den Canessa aus Atemnot herunterwürgte. Sobald der Drahtige den Dolch zwischen ihren Zähnen hervorzog, täuschte Catara vor, sich verschluckt zu haben. Sie verdrehte die Augen, keuchte und hustete sich anschließend die Seele aus dem Leib. Catara trieb das Spiel so weit, bis ihr der Schädel vom Husten zu platzen drohte und Tränen ihren Blick verschleierten. Zum Schluss sackte sie mit einem Schnaufen in sich zusammen.

Der vierschrötige Wächter, der sie am rechten Arm hielt, grunzte, weil Thals Gewicht ihn nach vorne zerrte. Aus dem Augenwinkel sah Catara das Schwert in seiner Hand.

»Was sollen wir mit ihm machen, Durchlaucht?«, fragte der Drahtige.

»Schafft ihn die Treppe rauf und werft ihn in unser spezielles Gästezimmer«, erwiderte der Baron. »In spätestens einer Stunde sollte alles vorbei sein.«

Der Wächter nickte und tauschte den Dolch wieder gegen sein Schwert, bevor er Cataras linken Arm packte. Danach schleiften sie sie aus dem Arbeitszimmer hinaus in das Treppenhaus des Turms.

Catara leistete ein wenig Widerstand, nicht mehr, als Thal es wohl getan hätte. Sie versuchte, sich von den Männern loszureißen, woraufhin der Vierschrötige ihr den Griff seines Schwerts gegen den Hinterkopf knallte. Der Schmerz fuhr ihr durch den Schädel und stach ihr von hinten in die Augäpfel. Catara stöhnte auf und sackte in sich zusammen. Sie gab vor, sich nicht länger auf den Beinen halten zu können.

»Glaubst du etwa, wir tragen dich die Stufen hinauf, Arschloch?«, fauchte der Drahtige, ließ sie los und boxte ihr in die Seite. Catara keuchte schwach, rührte sich aber ansonsten nicht. Als der Mann sie vorhin am Haar gepackt hatte, war die Lederschnur gerissen, die es zusammengehalten hatte, sodass es ihr nun ins Gesicht hing. Zum Glück, denn so verbarg es ihre Augen, die sonst ganz sicher ihren Zorn verraten hätten. Für diesen Schlag in die Niere würde der Kerl bezahlen.

Die Männer murrten und fluchten, während sie sie die gewundene Treppe hinaufschleiften, wobei Catara es ihnen so schwer wie möglich machte. Im nächsten Stockwerk angekommen, blieben die beiden stehen. Catara blinzelte durch ihre Haare und starrte auf eine Holztür, die mit Eisen verstärkt war und einen Riegel besaß. Der Drahtige ließ ihren Arm los, um ihn zu öffnen.

Jetzt oder nie! Cataras Hand schoss hoch, riss dem vierschrötigen Wächter den Parierdolch vom Gürtel und rammte ihm diesen in den Unterleib. Der Mann japste nach Luft, ließ sie los und öffnete den Mund … Noch bevor ihm ein Laut über die Lippen kam, war Catara auch schon auf den Beinen und verpasste ihm einen Schlag gegen den Kehlkopf.

»Das ist für die Kopfschmerzen, die ich deinetwegen habe«,

zischte sie. Während seine Hände hoch zu seinem Hals fuhren, fing Catara das Schwert auf, das ihm entglitten war, wirbelte herum und wehrte noch in derselben Bewegung den Hieb des Drahtigen ab.

Ihre Klingen sprühten Funken, als sie aufeinandertrafen. Catara spürte den Aufprall bis hinauf in ihre Schulter. Sie schnaufte und warf den anderen mit ihrem Gewicht zurück. Danach machte sie einen Schritt zur Seite, prallte gegen den anderen Wächter, der röchelnd auf dem Boden kniete und stieß ihm kurzerhand die Klinge in die Brust. Tot war er keine Gefahr mehr.

»Du Schweinehund«, fauchte der Drahtige.

Catara bleckte die Zähne. »Sei nicht traurig. Du wirst ihm bald folgen.«

»Mit einem Kaufmann werde ich allemal fertig.«

»Oh, das bezweifle ich nicht«, erwiderte Catara und lächelte.

Der Mann griff an. Er war schnell und gut. In rascher Folge teilte er Hiebe aus, die einen unerfahreneren Schwertkämpfer in Bedrängnis gebracht hätten. Catara parierte sie hingegen mühelos, was den Wächter vorsichtiger machte. Er zog sich zwei Schritte zurück. Mehr Platz hatte er in dem schmalen Gang nicht. Er musterte sie mit neu erwachtem Interesse, wobei die Spitze seines Schwertes weiterhin auf ihre Körpermitte deutete. »Der Baron hat stets behauptet, du wärst ein miserabler Kämpfer.«

»Ich sage es noch einmal: Telrys ist ein Narr!«

»Du hast keine Chance. Das Gift schwächt dich bereits. Ich sehe es dir doch an. Gib auf!«

Er hatte recht. Catara spürte die Wirkung bereits. Obwohl der Kampf nur wenige Minuten gedauert hatte, hämmerte ihr der Puls in den Ohren, gleichzeitig keuchte sie so schwer, als schlügen sie seit Stunden aufeinander ein. »Ohne das Gegenmittel bin ich ohnehin bald tot. Also kann ich auch weitermachen.«

Der Mann knirschte mit den Zähnen. »Schön, bringen wir es zu Ende.« Er griff wieder an. Seine Hiebe waren präzise geführt. Seine Deckung ließ keine Blöße erkennen. Ihr Instinkt hatte Catara nicht getäuscht, als sie ihn als die größere Bedrohung von beiden eingeschätzt hatte. Zweimal konterte sie seine Attacken mit einer Riposte, die er jedoch abschmetterte. Daraufhin wechselte sie in die Defensive. Er war gut und sie geschwächt. Sie musste sich etwas einfallen lassen, wenn sie ihn besiegen wollte. Vielleicht konnte sie ihn zu einer Unbesonnenheit verleiten, wenn er glaubte, dass sie am Ende war, dass das Gift ihr die Kraft geraubt hatte. Was unglücklicherweise gar nicht so weit von der Wahrheit entfernt war. Catara hatte Stiche in der Brust. Der Schweiß rann ihr in Strömen übers Gesicht, und bei jedem Atemzug pfiff es aus ihrer Lunge. Vermutlich sah sie aus, als grinse Gevatter Tod ihr bereits über die Schulter. Um es für ihren Gegner noch verlockender zu machen, ließ sie ihre Waffe sinken und taumelte ein wenig. Telrys Leibwächter schluckte den Köder. Sein Schwert schoss vor und zielte auf ihre Brust. *Hach.* Anstatt zu parieren, drehte Catara sich flink zur Seite und brachte sich so aus seiner Stoßrichtung. Die Spitze verfehlte sie nur um Millimeter und bohrte sich in das Mauerwerk des Turmes, das sich zuvor in ihrem Rücken befunden hatte. Nun riss sie ihr eigenes Schwert hoch, sodass die Klinge von unten in seinen Arm schnitt und erst vom Knochen gestoppt wurde. Die Augen traten dem Mann aus den Höhlen, und die Waffe entglitt seiner nutzlosen Hand. Catara stieß ihm den Fuß gegen die Hüfte, sodass er zur Seite taumelte und setzte ihm nach. Ihr nächster Hieb schlitzte ihm die Kehle auf.

Schwer atmend stützte Catara sich auf dem Schwert ab und sah zu, wie er zu Boden ging und verblutete. Sie fühlte Thals Verachtung für den Mann, aber auch eine gewisse Erregung über seinen Tod. Bei dem Gedanken zog sich ihr der Magen zusammen, was ihr nur recht sein konnte. Sie ließ das Schwert fallen, stellte sich breitbeinig auf und schob sich den Finger in den Hals. Ein Schwall Erbrochenes ergoss sich vor ihr über den Boden. Sie hasste es, sich übergeben zu müssen. Dennoch steckte sie sich den Finger ein zweites Mal in den Rachen, um so viel Gift wie möglich aus dem Körper zu bekommen. Danach musste sie sich erst einmal am Mauerwerk abstützen. Ihr war schwindelig. Aufgrund der Symptome – der Schweißausbrüche, des Herzrasens und ihrer Kurzatmigkeit – war sie sich sicher, dass ein Teil des Giftes bereits in ihr Blut gelangt sein musste. Einen Aufschub, mehr hatte sie sich mit der Kotzerei nicht erkaufen können. Sie stieß sich von der Wand ab und wischte sich mit dem Handrücken über den Mund.

Sie hatte das Futteral mit den Gegengiften auf der *Gluttänzer* zurückgelassen, weil sie keinen Verdacht hatte erregen wollen und weil sie nicht damit gerechnet hatte, es zu brauchen. Allein Telrys konnte sie nun noch retten – bestimmt besaß er ein Gegenmittel.

Sie zog die aus Ilarynhaar gewebte Jacke aus, die aus Rogen Thals Besitz stammte und ein kleines Vermögen wert war, wischte sich damit den Schweiß vom Gesicht und warf sie zu Boden. Ihr war heiß, viel zu heiß. Zwar hatte ihr Atem sich wieder beruhigt, doch ihr Puls pochte immer noch so heftig wie während des Kampfes. Auch spürte sie ein leichtes Stechen in der linken Brust. Sie hob das Schwert wieder auf und machte sich ohne weitere Verzögerung an den Abstieg zu Telrys Arbeitszimmer. Sie trat direkt ein.

Der Baron saß wieder hinter seinem Schreibtisch. »Warum hat das so lange …« Er verstummte, als er sah, wer vor ihm stand.

»Der kleinste Laut und du bist tot, verdammter Hurensohn!« Catara zielte mit dem Schwert auf ihn. An dessen Spitze klebte noch Blut. »Wo ist das Gegengift?«

»Das … das Gegengift?« Telrys leckte sich nervös die Lippen. »Das Gegengift, natürlich. Ich … ich habe es gleich hier in der

Schublade.« Seine Hand bewegte sich zur rechten Seite seines Schreibtisches.

»Nicht so schnell.« Catara ging um das Möbelstück herum, sodass sie genau beobachten konnte, was der Baron tat. Erst dann nickte sie ihm zu. Er schluckte, und seine Finger schlossen sich um den Knauf der obersten Schublade. Im gleichen Moment stieß Catara ihm das Schwert in den Hals.

»Das hier *ist* persönlich, sogar sehr persönlich«, erklärte sie und drehte die Klinge mit einem Ruck in der Wunde herum. Der Baron stieß ein gequältes Röcheln aus. »Grüß mir die Maden, Telrys!« Sie zog das Schwert wieder aus seinem Hals, und der Baron brach über dem Schreibtisch zusammen. Ein letztes Beben lief durch seinen Körper, danach lag er still.

»Für die Königin«, murmelte Catara und trat gegen den Leichnam, sodass er vom Stuhl rutschte und zu Boden fiel. Anschließend riss sie die Schublade auf und lachte. Sie hatte nichts anderes erwartet. Catara griff hinein und holte ein kleines handliches Modell einer geladenen Armbrust heraus. Mit einem Seufzen sank sie in Telrys Stuhl.

Zurück zum Schiff und ihren Gegengiften würde sie es niemals rechtzeitig schaffen. Aber vielleicht blieb ihr noch eine Chance: das Alchemistenviertel.

25

Felsenstadt, Xe'Neridian
20. Jul, 1026 n. d. Zweiten Dämonenkrieg

Zwei weitere Tage waren sie Kelas Spur durch den Flüsternden Wald gefolgt. Durch die tief hängenden Äste mit ihren Moos- und Flechtenbärten herrschte in weiten Teilen des Waldes Zwielicht. Ein verhangener Himmel war noch hinzugekommen, sodass Ishan inzwischen das Gefühl hatte, sie bewegten sich durch ein Schattenreich, das seine ohnehin schon düsteren Gedanken noch befeuerte. Einige Male hatten sie wegen der Pferde Umwege nehmen müssen, weil das Unterholz, selbst wenn sie die Tiere führten, zu dicht geworden war. Danach hatten sie zum Teil Stunden damit verbracht, Kelas Fährte wiederzufinden. Ishan hatte schon befürchtet, der Wald und seine Stimmen würden ihn noch in den Wahnsinn treiben, aber dann hatten sie am vergangenen Abend endlich den Waldrand vor sich zwischen den Bäumen erblickt.

Die letzten Schritte war er gelaufen, die Stute mit sich am Zügel ziehend. Sobald er unter freiem Himmel stand, hatte er aufgelacht, denn im selben Moment war auch die Stimme in seinem Kopf verstummt.

In dieser Nacht, sie lagerten ein gutes Stück vom Rand des Flüsterndes Waldes entfernt, schlief Ishan so gut wie schon lange nicht mehr. Eine Weile hatte er noch hinauf zu den Sternen geblickt, gelächelt und sich an der Stille erfreut.

Am nächsten Morgen wachte er gestärkt und sehr viel besserer Stimmung als an den vergangenen Tagen auf. Beim Frühstück langte er zu und pfiff ein sharigorisches Tavernenlied vor sich hin, das er von einem seiner Freunde gelernt hatte: *Meine Süße hat zwei Äpfel, so zart und hart in meiner Hand, so süß und spitz in meinem Munde …* An den ganzen Text konnte er sich nicht mehr erinnern, aber dafür an die Melodie. Irgendwann wurde es Ryk zu viel, und er befahl ihm, ruhig zu sein, was Ishans Laune keinen Abbruch tat.

Den Vormittag über folgten sie einer Straße, auf die sie schon bald nach ihrem Aufbruch gestoßen waren. Unbefestigt und zu beiden Seiten von Bäumen gesäumt, zwischen denen grünes Weideland und goldgelbe Kornfelder hindurchschimmerten. Ryk meinte, dass es die Straße nach Eschhain, Goldacker und Ebken sei. Drei abgelegene Weiler, deren Bewohner, einfache Leute, vermutlich noch nie von der Existenz eines sharigorischen Kronprinzen gehört hatten, weshalb er kein Problem darin sah, ihr eine Weile zu folgen.

Gegen Mittag stießen sie auf eine Kreuzung, wo sie unter einer Weide rasteten, deren Äste sanft im Wind schaukelten. Da die vergangenen beide Tage ohne Regen waren, hatte sich Kelas Fährte schon vor Stunden auf dem festgetretenen Untergrund der Straße verlaufen. Ryk war sich dennoch sicher, ihr Ziel zu kennen, nachdem ihm klar geworden war, welche Richtung sie vom Wald aus eingeschlagen hatte.

Während er an einem Stück Brot kaute, deutete er hinaus auf die Kreuzung und erklärte Ishan, dass die Straße Richtung Norden zunächst zu den Mittwäldern führe, auf die später die Weißklüfte folgten, in deren Tälern der Sîles seinen Ursprung hatte. Über die Straße nach Süden gelangte man nach Goldacker, dem nächstgelegenen der drei Weiler.

»Wohin gehen wir?«, erkundigte sich Ishan. Er saß, mit dem Rücken an die Weide gelehnt.

»Wir werden die Straße hier verlassen und querfeldein nach Nordwesten reiten«, sagte Ryk. »Ich bin mir sicher, dass sich Kela zum Graubuckel durchgeschlagen hat.«

»Ein Freund von ihr?«

»Ein Berg. Dort lebt ein Volk, bei dem Kela schon früher Zuflucht gesucht hat.«

»Ist es noch weit bis dahin?«

Ryk runzelte die Stirn. »Ein halber Tagesritt, wenn wir uns ranhalten.«

Am Nachmittag kamen sie zu einem See. Das Wasser reflektierte den blauen Himmel, hier und da glitzerte es im Sonnenlicht, wo der Wind die Oberfläche kräuselte. Das Land ringsherum war flach und grün. Nur am gegenüberliegenden Ufer gab es eine Gruppe von Grashügeln, die sich dicht aneinanderdrängten.

Sie ließen gerade die Pferde trinken, als Ishan erstaunt die Augen aufriss. Die »Hügel« hatten sich in Bewegung gesetzt. Da erst begriff er, dass es sich um Tiere handelte. Als er genauer hinsah, entdeckte er eine gewisse Ähnlichkeit zwischen ihnen und den Lehmbüffeln in seiner Heimat; allerdings waren sie gut doppelt so groß und hatten grasgrünes anstatt hellbraunen Fells. Auf ihren Köpfen saßen gewundene Hörner, und unter ihren Mäulern hing ein langer verfilzter Felllappen, der ihn an die Moosbärte im Flüsternden Wald erinnerte. Auf seine Nachfrage hin erklärte Ryk, dass es sich um eine Herde Gorgora handelte, die in diesem Teil von Xe'Neridian heimisch waren.

Kurz darauf ritten sie weiter. Und endlich, nach vielen weiteren Meilen auf dem Rücken der Pferde, sagte Ryk die erlösenden Worte: »Wir sind da!«

Der Dämonenjäger hatte sie auf eine mit Eschen und Zitterbuchen bewachsene Anhöhe geführt. Unter ihnen lag, in Sonnenschein getaucht, ein Flusstal. Es war von bewaldeten Hängen umschlossen, die es nach allen Seiten hin abschirmten. In seiner Mitte erhob sich ein Berg mit einer flachen, abgerundeten Spitze. Das Land um den Berg herum war bewirtschaftet. Es gab Gärten und Felder, und auf dem Fluss schaukelten Fischerboote. Alles Anzeichen von Zivilisation. Nur Häuser konnte Ishan nirgends entdecken. Dafür aber Menschen. Sie waren in Weiß und Grün gekleidet und trugen Körbe voller Fische und Feldfrüchte in Richtung des Berges. Als Ishan diesen genauer betrachtete, fiel ihm auf, dass er am Fuß zahlreiche runde Öffnungen aufwies, die über Leitern und Stufen miteinander verbunden waren.

»Die Felsenstadt der Keesa«, sagte Ryk. »Kela und sie verbindet eine uralte Freundschaft.«

»Die Keesa«, murmelte Ishan. »Selbst bei uns kennt man ihre Geschichte. Zaragoths Fluch hat sie zu ewigem Leiden verdammt.« Er warf Ryk einen Blick von der Seite zu. »Ich weiß, dass das ein wunder Punkt bei dir ist, und vielleicht bin ich auch einfach halsstarrig: Es war doch ein Dämon, der den Keesa das angetan hat, und trotzdem ist ihnen eine Halbdämonin willkommen?«

Ryk blieb ruhiger, als Ishan erwartet hatte. »Das Leben einer Veydra zu führen, ist nicht weniger ein Fluch, Junge. Was glaubst du, wie die meisten Menschen reagieren, wenn sie Kelas wahre Natur erkennen?« Sein Blick blieb auf das Tal gerichtet. »Die Keesa sind ein friedfertiges und mitfühlendes Volk. Gedanken an Hass oder Rache sind ihnen fremd. Sie lieben das Leben viel zu sehr, um ihre Zeit mit dergleichen zu vergeuden.« Endlich wandte er Ishan das Gesicht zu. »Sie wissen aus eigener Erfahrung nur zu gut, was es heißt, wie ein Aussätziger behandelt zu werden. Und darum würden sie das niemals einem anderen Menschen antun.«

»Eine beneidenswerte Einstellung«, gestand Ishan, der sich sicher war, dass er nicht so leicht würde vergeben können.

Von der Anhöhe ritten sie hinab ins Tal, wo sie den Fluss über eine Holzbrücke überquerten und anschließend einem Pfad folgten, der sie zu den Gärten und Äckern führte. Auf einem der Felder war eine Handvoll Arbeiter damit beschäftigt, das Korn zu ernten. Als Ishan und Ryk von ihren Pferden stiegen, blickte einer der Keesa auf.

Ishan kämpfte darum, sich nicht anmerken zu lassen, wie sehr ihn der Anblick des Mannes verstörte, als dieser auf sie zukam. Er hatte ein hohlwangiges Gesicht und tief in den Höhlen liegende Augen. Seine dürren Gliedmaßen waren mit Bandagen umwickelt. Darüber trug er eine Tunika, die aus dem grünen Fell eines Gorgora gefertigt war und an der Taille von einer Kordel zusammengehalten wurde. Für Ishan sah er aus wie ein Leichnam, dem irgendeine unheilige Macht Leben eingehaucht hatte. Der Eindruck wurde noch dadurch verstärkt, dass Haut, Haar und selbst die Augen des Mannes von einem schmutzigen Grau waren.

»Halt das.« Ryk drückte Ishan die Zügel seines Pferdes in die Hand, trat dem Keesa entgegen und neigte den Kopf. Der Mann lächelte daraufhin, was bei Ishan einen Schauder auslöste. »Willkommen im Tal der Sonne«, sagte er mit einer eigentümlich dünnen Stimme. »Mein Name ist Eridor.« Er blickte von dem Dämonenjäger zu Ishan. »Wie kann ich euch helfen?«

Ryk stellte sie beide vor und erklärte, dass sie auf der Suche nach einer Freundin seien. »Wir glauben, dass sie verletzt wurde und bei euch Zuflucht gesucht hat. Ihr Name ist Kela Mal'Dhun.«

Der Mann namens Eridor nickte. »Kela Sonnenuntergang ist eine Verbündete unseres Stammes und unser Gast. Darf ich fragen, was ihr von ihr wollt?« Ernst und auch ein wenig sorgenvoll musterte er Ryk.

»Ich verspreche dir, Eridor, wir sind nicht diejenigen, vor denen Kela geflohen ist. Wir kommen in friedlicher Absicht.« Mit der rechten Hand berührte Ryk erst seine Lippen und dann seine linke Brust. »Meine Zunge und mein Herz sind durch keine Lügen entzweit. Hier und heute sprechen sie die gleiche Sprache.«

Eridor verneigte sich erneut. »Du bist mit den Sitten unseres Stammes vertraut.«

»Kela hat sie mich gelehrt.«

»Wenn das so ist, führe ich euch mit großer Freude zu ihr.«

»Danke«, sagte Ryk.

Eridor winkte zwei Keesa herbei, die gerade aus Richtung der Felsenstadt kamen. Dem einen übergab er seine Sichel und bat ihn, seine Arbeit auf dem Feld fortzuführen. Den anderen schickte er zu Ishan, damit er ihm die Pferde abnahm.

»Wir finden Kela bei Amaldis, unserer Schamanin. Bitte folgt mir!« Eridors Schritte wirkten steif und ungelenk. Ishan führte das auf die Bandagen zurück, mit denen seine Gliedmaßen umwickelt waren. Allerdings nicht nur seine, sondern die aller Keesa. Sie waren auffällig straff gespannt, weshalb sie vermutlich keine Wunden verdeckten, sondern den Keesa wohl zusätzlichen Halt boten. »In den vergangenen Tagen hat die ehrwürdige Amaldis sich um Kelas Fuß gekümmert.«

»Geht es ihr gut?«, fragte Ryk.

Eridor nickte. »Kela Sonnenuntergang hat starke Heilkräfte.«

Ishan ging ein Stück hinter den beiden, wobei er sein Tempo stark drosseln musste, um sich Eridor anzupassen. Sie brauchten für den Weg zur Felsenstadt gut dreimal so lange, wie ein gesunder und kräftiger Mann benötigt hätte. Was Ishan die Gelegenheit gab, sich im Tal umzuschauen.

Aufgrund ihres körperlichen Verfalls waren die Frauen nur durch ihr langes Haar und den Schmuck aus Holz und Federn von den Männern zu unterscheiden. Auch sie halfen bei der Ernte mit oder saßen in Gruppen beieinander und woben Bandagen oder fertigten Tuniken aus Gorgorafell. Viele sahen auf, als die drei vorüberschritten. Die meisten lächelten. Ishan zwang sich zurückzulächeln, obwohl ihn der Anblick der Frauen erschreckte. Insgeheim schämte er sich dafür, weil die Keesa ihnen mit so viel Freundlichkeit begegneten und er viel mehr Mitgefühl empfinden sollte. Aber ihr Aussehen und ihre unnatürlich abgehackten Bewegungen rührten eine urtümliche Abscheu in ihm an.

Ein paar Kinder kamen plötzlich hinter einem Heuhaufen hervorgestürmt. Aufgeregt plappernd und vor Neugier jauchzend. Selbst sie litten unter dem Grauen Fluch, wirkten aber so lebenslustig und froh, dass ihr Anblick Ishan die Kehle zuschnürte.

»Das ist nicht gerecht«, flüsterte er.

»Gräme dich nicht, Freund«, sagte Eridor, der ihn gehört haben musste. »Sie kennen kein anderes Leben und sind glücklich über dieses.«

Flache Stufen, die es leicht machten, sie zu erklimmen, führten zu einer Steinterrasse, auf der es gleich drei Eingänge in den Berg gab. Eridor trat auf den rechten zu. Dahinter erstreckte sich ein Gang, der breit genug war, dass fünf Menschen hätten nebeneinander hergehen können. Ishan hatte Fackeln erwartet, die ihnen den Weg leuchten würden. Umso verblüffter war er über den Anblick der goldgelb glühenden Pilze. Ganze Nester von ihnen wuchsen in mit Erde gefüllten Tonschalen, die in Nischen entlang des Tunnels standen und für eine angenehme Helligkeit sorgten. So etwas hatte er noch nie gesehen. Er streckte die Hand aus, um einen der Pilze zu berühren. Seine Oberfläche fühlte sich samtig weich unter Ishans Fingern an. Als er sie zurückzog, leuchteten auch seine Fingerkuppen schwach, auf denen ein feiner Staub zurückgeblieben war.

Ryk, der bisher neben Eridor gegangen war, ließ sich ein Stück zurückfallen, sodass er auf einer Höhe mit Ishan war. »Du schlägst dich gut«, raunte er ihm zu.

»Das sagst du nur, weil du nicht weißt, wie es in mir aussieht.«

Der Dämonenjäger zuckte die Achseln. »Das ist nicht entscheidend. Ist es nie. Du tust das Richtige, und das ist alles, was zählt.«

In den Tunneln und Höhlen, durch die Eridor sie führte, tummelte sich eine Vielzahl von Keesa, die mit verschiedensten Arbeiten beschäftigt waren. Körbe wurden umhergetragen, Kleinkinder beaufsichtigt, über offenen Feuerstellen gekocht. Begleitet wurde das Ganze von ausgelassenem Geschwätz und so köstlichen Essensgerüchen, dass Ishan der Magen knurrte. Allmählich hingen ihm das Trockenobst und Dörrfleisch der vergangenen Tage aus den Ohren raus. Nur zu gerne hätte er an einer der Kochstellen ausgeharrt und um etwas Essen gebeten, aber Eridor bog bereits wieder ab. Das Summen der Stimmen und auch die anderen Geräusche fielen hinter ihnen zurück, während sie einem Gang folgten, von dem keine weiteren Tunnel oder Höhlen abzweigten. Auch andere Keesa begegneten ihnen hier nicht.

Schließlich endete der Gang in einer Art Vorraum, einer kegelförmigen Steinkammer mit einem einzigen Durchgang, der jedoch mit einem Gorogafell zugehangen war. Links und rechts der Öffnung standen Tonschalen mit Leuchtpilzen. In ihrem Schein konnte Ishan Szenen und Darstellungen von Menschen und auch mythischen Wesen erkennen, die auf die Wände der Kammer gemalt worden waren.

Er sah sich um. »Was ist das?«

»Diese Bilder erzählen die Geschichte meines Stammes und zeigen die Schamanin, wie sie mit unseren Verbündeten aus der Geisterwelt und der Ewigen Mutter spricht.«

Ishan sah Eridor mit gerunzelter Stirn an, woraufhin der Keesa nachsichtig lächelte und fortfuhr: »Auch während unserer Knechtschaft unter den Dhana'an, den Herren der Gegenwelt, haben die Keesa den Glauben an ihre eigenen Götter niemals verloren. Wenn ihr mir jetzt bitte folgen würdet.« Er klappte das Gorogafell hoch und forderte sie auf, die Höhle dahinter zu betreten. »Dies ist das Heim von Amaldis, Oberhaupt und Heilerin unseres Stammes.«

Die Höhle war kreisrund und in den Schein eines Feuers getaucht, für das eigens eine Vertiefung im Felsboden geschaffen worden war. Der Rauch zog über eine Öffnung in der Höhlendecke darüber ab. Um das Feuer herum war der Boden mit Fellen ausgelegt, auf dem zwei Frauen saßen, die bis zu ihrem Eintreten vermutlich in ein Gespräch vertieft gewesen waren und sie jetzt schweigend musterten. Die eine war unverkennbar eine Keesa. Auch wenn es aufgrund des Fluches nur schwer zu sagen war, so schien sie Ishan doch sehr alt zu sein, denn die Haut hing ihr schlaff von den Knochen und zog ihr Gesicht auf unheimliche Weise in die Länge. Ihr Haar schmückten Federn, und um ihren Hals trug sie Ketten aus Holzperlen. Amaldis.

Die Frau ihr gegenüber war das genaue Gegenteil: jung und von berauschender Schönheit. Haut, so hell und makellos, als wäre sie niemals auch nur von einem einzigen Sonnenstrahl berührt worden. Sie hatte Augen, die wie Smaragde schimmerten, und ihr Haar strahlte wie ein feuriger Sonnenuntergang. Ishan starrte sie an und schluckte. Das war eine Veydra? Eine Halbdämonin? Wie konnte das sein? Er hatte niemals zuvor ein bezaubernderes Geschöpf gesehen.

Da Ishan und Ryk am Eingang der Höhle stehen geblieben waren, schob sich Eridor an ihnen vorbei, neigte den Kopf vor der Schamanin und sagte: »Ehrwürdige Amaldis, bitte verzeih die Störung. Dies sind Ryk und Ishan. Sie suchen nach Kela.«

Die Augen der Schamanin musterten die beiden. Ishan, unfähig, den Anblick ihres hässlichen Gesichtes länger zu ertragen, sah hinab zu den Spitzen seiner Stiefel. Er fragte sich, wie Ryk es bloß schaffte, so gelassen zu bleiben? Aber vermutlich hatte er als Dämonenjäger bereits weit Schlimmeres gesehen, sodass der Anblick der Schamanin ihn kaum berührte.

»Ryk Vangur.« Die Stimme klang schneidend und kam eindeutig von Kela Mal'Dhun.

Ishan hob den Kopf ein wenig und sah, wie die junge Frau aufstand und sich Ryk näherte. Sie war ein Stück kleiner als er und trug ein Leinenkleid aus demselben Stoff wie die Bandagen der Keesa. Um die Hüften wurde es von einem Ledergürtel zusammengehalten. Es war das hässlichste Kleid, das Ishan je gesehen hatte, und trotzdem strahlte Kela darin mehr Anmut aus als jede sharigorische Edeldame in ihren prächtigsten Festtagsgewändern. Er schluckte. Allein sie anzusehen, löste in ihm ein Verlangen nach ihr aus. Er stellte sich vor, ihre weiche weiße Haut zu berühren, ihre Lippen zu kosten ... Er wollte sie in diesem Augenblick so sehr, dass er hart wurde. Da traf ihn ihr zorniger Blick. Und die Glut, die durch seinen Unterleib pulsierte, erstarb, als hätte man ihm einen Bottich eiskalten Wassers übergegossen.

Amaldis stieß ein krächzendes Kichern aus, das Ishan die Schamesröte ins Gesicht trieb. Wie konnte sie wissen, was er gedacht und gefühlt hatte? Da fiel ihm wieder ein, was der Dämonenjäger ihm gesagt hatte: dass Veydras eine besondere Wirkung auf Männer ausübten.

»Ryk Vangur«, wiederholte Kela, die vor dem Dämonenjäger Aufstellung bezogen hatte. »Dass du es überhaupt wagst, mir unter die Augen zu treten.« Daraufhin rammte sie ihm die Faust in den Magen. »Du stinkst bestialisch«, fauchte sie. »Hättest dich wenigstens vorher waschen können.«

Ishan starrte von ihr zu Ryk, der sich mit seinen Händen auf seine Knie stützte und wie ein Fisch auf dem Trockenen nach Luft schnappte. Plötzlich musste er grinsen. Fast schon gegen seinen Willen mochte er diese Kela. Dass sie eine Veydra war, tja, dafür konnte sie ja nun wirklich nichts, oder? Da fuhr ihr Kopf zu ihm herum. Sie musterte ihn ein, zwei Sekunden lang aus blitzenden grünen Augen, was sein Herz schneller schlagen ließ, und rümpfte anschließend die Nase. »Du stinkst nicht ganz so schlimm. Vielleicht liegt das aber auch nur daran, dass ich dich noch nicht gut genug kenne, um dich nicht leiden zu können.« Sie verschränkte die Arme vor der Brust und wandte sich wieder Ryk zu.

»Freut mich … auch, dich wiederzusehen«, keuchte er und richtete sich unter leisem Ächzen wieder auf.

Kela schnaubte. »Wenn das komisch sein sollte, warte erst mal ab, was mein Knie dir zu flüstern hat.«

Ryk wich zwei Schritte zurück. Gleichzeitig zuckten seine Hände hinab zu seinem Schritt.

Amaldis lachte erneut. »Gibt's ihm, Mädchen!«

»Hör zu, Kela, ich weiß, dass ich Mist …«

»Mist?«, fiel sie ihm ins Wort. »MIST? Ich will dir mal was sagen, Ryk«, sie trat vor und stieß ihm den Zeigefinger so fest vor die Brust, dass er zusammenzuckte, »wegen dir habe ich mich einen beschissenen Monat lang unter meiner Bettdecke verkrochen, von wo aus ich dich mit so vielen Flüchen bedacht habe, dass ich schon bald keine Stimme mehr hatte. Und vor die Tür bin ich nur noch zum Pinkeln gegangen!«

»Das wollte ich …«

»Und das war noch nicht das Schlimmste, du verdammter Dreckskerl!«, fuhr sie fort. »Ich … ich habe mich noch nie … noch nie im Leben so betrogen und ausgenutzt gefühlt. Und ich bin verfluchte vierhundert Jahre alt. Kannst du dir das vorstellen? Kannst du das, Ryk?« Ihre Augen blitzten, und obwohl sie eine Frage gestellt hatte, schienen sie zu sagen: Wage es ja nicht, mir zu antworten!

Ishan stand da, den Mund geöffnet und konnte es nicht glauben. Ryk Vangur, der härteste Dämonenjäger der Schwebenden Reiche, wurde von einer Frau heruntergeputzt, die einen ganzen Kopf kleiner und gerade einmal halb so breit in den Schultern war wie er. Ishan wollte sich schon die Augen reiben, weil er dachte, er träumte. War das derselbe Mann, der ihm vor ein paar Tagen mit einem einzigen Schlag beinahe den Kiefer zertrümmert hätte?

Ryk seufzte. »Du hast recht. Für das, was ich getan habe, gibt es keine Entschuldigung.«

»Natürlich habe ich recht.« Sie stemmte die Hände in die Hüften und beäugte ihn misstrauisch. »Verdammt, das war zu leicht, Ryk. Du führst doch was im Schilde.«

»Im Schilde? Nein, Kela, ich bin bloß älter geworden und vielleicht ein wenig weiser.«

»Hm, ich sehe da tatsächlich ein paar graue Haare.« Sie kniff die Lider zusammen. »Du hast dich verändert, Dämonenjäger!«

Sie drehte sich zu Ishan um, schürzte die Lippen und betrachtete ihn eingehend von oben bis unten. »Ist der Bursche mein Wiedergutmachungsgeschenk?«

Ishan zog überrascht eine Braue hoch.

Ryks Miene verfinsterte sich hingegen. »Sein Name ist Ishan«, brummte er. »Und er hat seinen Vater ermordet.«

Ishans Kopf schnellte zu ihm herum. Was sollte das denn? Er starrte den Dämonenjäger wütend an, bevor er sich wieder Kela zuwandte, ihre Hand ergriff und einen Kuss darauf hauchte: »Ishan con Femen, Kronprinz von Sharigor.« Mit Nachdruck fügte er hinzu: »Ich bin kein Mörder!«

Kela entzog ihm ihre Hand und wischte sie sich an ihrem Gewand ab. »Fürs nächste Mal, mein Hübscher: nicht so dick auftragen.« Ryk grinste. Allerdings nur so lange, bis ihn ein weiterer Blick von Kela traf.

Bei Sorons Krähen, worum geht es hier überhaupt?, fragte sich Ishan. *Und was ist plötzlich in Ryk gefahren?*

Ishan und Ryk saßen auf den Gorgorafellen, die rund um die Feuerstelle auslagen. Sie waren nicht nur angenehm weich, sondern schirmten sie auch gegen die Kälte des Steins unter ihnen ab. Kurz musste Ishan an seine Zeit in Fürst Eloriens Kerker denken. Aber allein die Flammen und die Leuchtpilze, die hier an verschiedenen Stellen in Tonschalen wuchsen, machten diesen Ort sehr viel freundlicher, als es seine Zelle gewesen war.

Er nippte an dem Tee, den die Schamanin ihnen zubereitet hatte. Er schmeckte bitter, mit einer anregenden, pfefferigen Note. Mit jedem Schluck breitete sich ein belebendes Kribbeln von seinem Magen bis in seine Glieder aus und machte ihm bewusst, wie erschöpft und angespannt er war. Über die Flammen des Feuers hinweg beobachtete er Kela und Amaldis, die sich in eine angrenzende Kammer zurückgezogen hatten. Kela saß auf einer Pritsche, während die Schamanin ihren rechten Fuß abtastete und ihn anschließend mit einer Kräuterpaste einrieb.

Ryk neigte sich zu ihm herüber. »Sie ist immer noch zum Teil Dämon.«

»Wofür sie nichts kann.«

»Hm, kommt mir irgendwie bekannt vor. Wenn ich bloß wüsste, woher?

Ishan ignorierte ihn und starrte weiterhin Kela an.

Kurze Zeit später hatte die Schamanin die Behandlung abgeschlossen, und die Veydra kehrte zu ihnen zurück. Schmerzen schien sie nicht zu haben, denn sie belastete den Fuß ganz normal. Amaldis folgte ihr nicht, sondern zog ein Fell vor den Durchgang und schottete sich auf diese Weise in ihrer Kammer von ihnen ab. Kela hockte sich den beiden gegenüber auf den Boden und warf ein Bündel Kräuter ins Feuer. Sofort verbreitete sich ein Duft nach Siaminze in der Höhle.

»Besser«, sagte sie und klang dabei nicht mehr ganz so zornig wie zuvor. Auch wenn ihre Miene keinen Deut freundlicher wirkte. »Amaldis glaubt, wir haben viel zu besprechen, und wird uns eine Weile nicht stören.« Sie starrte Ryk an. »Was machst du hier? Und wie hast du mich gefunden?«

»Verrate mir erst, wie es dir geht.« Der Dämonenjäger deutete mit dem Kinn auf ihren Fuß.

»Ist wieder so gut wie neu.« Kela zuckte die Achseln. »Du weißt ja, wozu die Selbstheilungskräfte einer Veydra imstande sind.« Sie drehte den Kopf und musterte Ishan. »Ryk hat dir gesagt, wer ich bin?«

»Hat er.«

»Gut. Und jetzt genug der Höflichkeiten. Also, Ryk: Was willst du?«

»Dass du nicht gerade erfreut bist, mich zu sehen, hast du mir klar zu verstehen gegeben. Allerdings wäre ich nicht hier, wenn es nicht etwas Ernstes wäre, Kela.« Er nahm einen tiefen Atemzug. »Ich … wir brauchen deine Hilfe.«

»So weit war ich schon selbst, Ryk. Was hättest du auch sonst für einen Grund haben sollen, dich blicken zu lassen?« Sie schenkte ihm ein zynisches Lächeln, bevor sie von ihm zu Ishan rübersah. »Einzelheiten, Jungs, Einzelheiten.«

»Erst möchte ich wissen, was passiert ist? Wir waren bei deiner Hütte, die Tür war herausgerissen, dein Fenster eingeschlagen. Daraufhin sind wir deiner Spur in den Wald gefolgt und über drei Kadaver von Pirschern gestolpert.«

Kela zuckte bei der Erwähnung der Dämonen zusammen, und ein Schatten legte sich über ihr hübsches Gesicht. »Sie kamen in der Nacht.« Als sie weitersprach, lag Angst in ihrem Blick. »Jemand jagt meine Art, mehrere meiner Schwestern sind bereits tot.«

Ryk nickte. »Ich hatte so etwas befürchtet. Üble Sache, aber es passt zu dem, was wir herausgefunden haben.«

Kela hob den Kopf. »Ach, und das wäre?«

»Bevor wir zu deiner Hütte kamen, hatten wir bereits das Vergnügen, auf einen Mann zu treffen, der auch uns zwei Pirscher auf den Hals gehetzt hat. Keine Sorge, wir haben ihn und die Dämonen getötet. Ich glaube, dass er für den Angriff auf dich und die anderen Veydras verantwortlich ist.«

»Ein Mensch? Und er hat die Pirscher kontrolliert?« Kela schüttelte den Kopf. »Ausgeschlossen! Das ist doch bloß ein Trick von dir, um mich neugierig zu machen.«

»Es ist wahr, mein Wort darauf«, entgegnete der Dämonenjäger. »Und das ist längst nicht alles: Der Kerl hatte eine Runentätowierung auf der Brust, durch die ich ihn als Anhänger der To'Dhana identifizieren konnte. Vielleicht haben die Dämonen ihm deshalb gehorcht, wenn auch nur sehr widerwillig.«

»Stimmt es, was er sagt?«, fragte sie Ishan.

»Äh, ja«, antwortete er überrascht davon, dass sie sich an ihn wandte.

»Hm, eine Rune sagst du?«

»Ja, und zwar die des Inos«, bestätigte Ryk. »Offenbar gehört er einem Kult der To'Dhana an, der ihn verehrt.«

»Ausgerechnet den grausamsten aller toten Götter. Dieser Bursche muss ja ein echter Sonnenschein gewesen sein.« Kela presste die Lippen zusammen und schüttelte den Kopf. »Verdammt, Ryk, als du damals gesagt hast, die To'Dhana hätten deine Tante und deinen Onkel getötet, hielten dich alle für verrückt. Sie glaubten, du hättest dich in etwas verrannt, weil die beiden dich aufgezogen haben und du mit deiner Trauer um sie nicht fertig werden würdest.«

Ishan sah von Kela zum Dämonenjäger. Sie hatten seine Familie getötet. War das der Grund für Ryks brennenden Hass auf die Dämonen und alle, die ihnen dienten?

»Wenigstens weiß ich jetzt, dass ich nicht Jahre meines Lebens auf ein Hirngespinst verschwendet habe«, meinte Ryk nicht ohne eine gewisse Bitterkeit. »Ich hatte schon an mir und meiner Verpflichtung gegenüber dem Orden zu zweifeln begonnen.« Er senkte den Blick auf die Flammen des Lagerfeuers.

Warum hat er mir davon nichts erzählt?, fragte sich Ishan. *Er weiß, dass auch mein Vater durch die Hand eines Dämons gestorben ist.* Das war schließlich etwas, das sie verband. Aber vielleicht sah Ryk das ja anders. Vielleicht wollte er genau das wegen des Verlusts seiner Familie nicht länger: eine Bindung mit anderen Menschen. Reagierte er deswegen oft so verschlossen und reizbar?

»Das sind ja mal Neuigkeiten, wie man sie nicht oft zu hören bekommt«, sagte Kela nach einer Weile.

Ishan fiel auf, dass sie immer noch Ryk ansah. Und dass sie inzwischen nicht mehr wütend wirkte. Vielmehr traurig, sodass er sich fragte, was zwischen den beiden vorgefallen war. Als Kela merkte, dass Ishan sie beobachtete, drehte sie ihm das Gesicht zu – und dann lächelte sie. Er konnte nicht anders, als zurückzulächeln.

»Ich frage mich, warum die To'Dhana ausgerechnet jetzt aus ihren Löchern gekrochen kommen?«, sagte sie. »Warum jagen sie uns Veydras? Was haben wir ihnen getan?«

»Ich denke, auch in diese Sache können wir ein wenig Licht bringen.« Ryk nickte Ishan zu, woraufhin er von dem Morphus erzählte, der seinen Vater ermordet hatte.

»Ich selbst wurde vor ein paar Monaten von einem Blutlenker angegriffen und habe nur knapp überlebt«, fügte der Dämonenjäger hinzu, nachdem Ishan geendet hatte.

»Zwei Menschendämonen in den Schwebenden Reichen?«, murmelte Kela. »Wie kann das sein?«

»Ich vermute, dass es unter den Magiern einen Verräter gibt, vielleicht sogar mehrere. Es ist die einzige Erklärung dafür, dass die Menschendämonen die Barriere passieren konnten.« Ryk hielt kurz inne, und im Schein des Feuers nahm seine Miene selbst einen dämonischen Zug an. »Ishan denkt, dass der Morphus und der Blutlenker der Grund dafür sind, warum die To'Dhana Jagd auf dich und die anderen Veydras machen: Du und deine

Schwestern, ihr seid die Einzigen, die den Spuren der Humanos folgen können. Und ihr habt schon früher Dämonenjägern geholfen. Indem sie euch töten, beschützen sie ihre Verbündeten.«

Kela stieß einen Fluch aus, bei dem selbst Ryks Wangen sich rot färbten. »Das erklärt wohl, warum ihr beiden hier seid«, stieß sie hervor, als sie sich wieder ein wenig beruhigt hatte. Sie sah von Ryk zu Ishan und wieder zurück. »Ich soll euch helfen, die Menschendämonen zu finden. Ist es nicht so?« Plötzlich runzelte sie die Stirn. »Da fällt mir ein, wo steckt eigentlich Corr, der alte Hund?«

»Tot«, sagte Ryk leise.

»Verflucht, das tut mir leid.«

»Muss es nicht«, erwiderte Ryk. »Der Blutlenker wird dafür bezahlen.«

»Also geht es euch um ihn?«

»Nein, um den Morphus, der meinen Vater ermordet hat«, warf Ishan ein.

Kela nickte. »Hat er dir diesen hübschen blauen Fleck im Gesicht verpasst?«

Ryk räusperte sich. »Ishan und ich hatten eine kleine Meinungsverschiedenheit.«

»Meinungsverschiedenheit, so, so«, sagte Kela. Doch dann winkte sie ab. »Geht mich im Grunde ja nichts an. Erzählt mir lieber, was ihr vorhabt.«

»Ryk hatte die Idee, dass wir nach Arville zurückkehren könnten, wo mein Vater von dem Morphus ermordet wurde, um dort mit deiner Hilfe seine Fährte aufzunehmen.«

»Sicher nicht die schlechteste seiner Ideen.« Sie verschränkte die Arme vor der Brust. »Ich frage mich nur, warum ich bei der Sache mitmachen sollte?«

»Ich bezahle dich natürlich«, sagte Ryk.

»Hm, ich weiß nicht. Aus Geld habe ich mir noch nie viel gemacht.«

Ryk schluckte. »Du weißt, dass diese Mission ohne dich zum Scheitern verurteilt ist.«

»Dann sag es!«

Ishan runzelte die Stirn. Was ging denn jetzt schon wieder vor sich?

Ryk presste die Lippen zusammen und sog scharf die Luft durch die Nase ein. »Also schön«, sagte er schließlich: »Es war ein Fehler, und ich brauche dich!«

Kela lächelte. »Ich weiß.«

»Ist das jetzt ein Ja?«, wollte Ishan wissen. Allmählich verlor er die Geduld mit den beiden.

»Muss es wohl, wenn ich es mir mit dem zukünftigen König von Sharigor nicht verscherzen will.« Sie zwinkerte Ishan zu, der spürte, wie ihm die Röte ins Gesicht stieg, was ihm in Gegenwart einer Frau zuletzt mit fünfzehn passiert war.

»Hat noch jemand Fragen?«, brummte Ryk.

»Nur eine noch«, sagte Ishan und musterte Kela. »Die Pirscher im Wald – weißt du, was sie getötet hat?« Er konnte die zerfleischten Kadaver einfach nicht vergessen.

»Himmel, Junge, haben wir nicht andere Sorgen?«, warf der Dämonenjäger gereizt ein, bevor Kela antworten konnte. »Und jetzt schlage ich vor, dass wir uns auf morgen vorbereiten. Wir sollten gleich nach Sonnenaufgang aufbrechen. Kela kann mit auf meinem Pferd reiten. Feuerherz ist stark genug, um uns beide zu tragen. Am besten reiten wir direkt nach Riszar. Die Stadt ist nur einen Tagesritt entfernt und liegt am Sîles. Ich kenne jemanden dort, der die Pferde für uns zurück ins Tal zu Veitt bringen kann, während wir uns im Hafen eine Mitfahrgelegenheit nach Arville suchen.«

»Wir nehmen die Pferde nicht mit?«, fragte Ishan.

»Diese Tiere sind für die Dämonenjagd abgerichtet. Die vielen Menschen würden sie bloß nervös machen«, erklärte Ryk. »Falls der Dämon Arville inzwischen verlassen hat, kaufen wir uns dort neue.« Er erhob sich. »Ich werde Amaldis bitten, uns ein Nachtlager zuzuweisen.« Damit verschwand er in der Kammer nebenan.

»War er eigentlich schon immer so mürrisch?«, wollte Ishan von Kela wissen.

Sie lachte, was ihre Augen zum Leuchten brachte. »Ach, Ishan, ich glaube, ich mag dich schon jetzt.«

26

Miras, Rifta
20. Jul, 1026 n. d. Zweiten Dämonenkrieg

Catara entkam durch einen Dienstbotenausgang, noch bevor die Leiche des Barons entdeckt und Alarm geschlagen wurde. Sie kannte diesen von ihrem letzten Besuch im Schloss, als sie als Spionin hergekommen war. Außerhalb des Palastes hielt sie sich abseits der Straße und schlug sich querfeldein durch die Agurya-Plantagen, die auf dem Land oberhalb der Stadt angebaut wurden. Lange Reihen von Bäumen, zwischen denen die Luft schwer und süß vom Duft der Früchte waren, die kurz vor der Reife standen. Es wimmelte von Insekten, Purpurfliegen und Stechlingen, die Catara mit ihrem Gesumme und ihren Bissen piesackten, während das Gift sich immer weiter in ihrem Körper ausbreitete und jeden Schritt zu einer Qual machte. Sie konnte nicht sagen, wie lange sie letztlich brauchte, bis die Tore von Miras endlich vor ihr auftauchten. Ihr schienen Stunden und Stunden vergangen zu sein, so sehr schmerzte jeder einzelne Muskel in ihrem Körper. Natürlich konnte das nicht sein, denn dann wäre sie längst tot gewesen.

Kurze Zeit später stolperte Catara durch das Alchemistenviertel. Ihr Hemd, durchnässt von Schweiß, lag ihr wie eine zweite Haut an, und in ihrer Brust hämmerte das Herz, als wollte es die Rippen von Rogen Thals Körper sprengen. Schwindel ließ sie wie ein Betrunkener über die Pflastersteine taumeln.

Hätte sie nicht einen Teil des Giftes erbrochen, und wäre der Kaufmann nicht ein so kräftiger Mann, hätte sie längst der Tod ereilt.

Als ihr zum wiederholten Mal jemand vor die Füße spuckte und zurief, dass Gesindel hier nichts zu suchen hatte, blieb sie stehen und knurrte. Natürlich war ihr klar, dass sie in ihrem Zustand wie einer dieser Si'Maryl-Abhängigen aussehen musste, doch die Ablehnung der Leute ließ mit einer ungeahnten Heftigkeit Erinnerungen in ihr auftauchen. Erinnerungen an die Zeit, als sie schon einmal von Menschen verachtet wurde. Daran und an allem, was ihr danach widerfahren war, trug allein Darval die Schuld.

Damals war sie gerade einmal achtzehn gewesen und hatte sich ein Jahr nach seinem Verschwinden auf die Suche nach ihm gemacht, obwohl Amaldis und ihre Mutter sie gewarnt hatten, dass sie den Menschen nicht willkommen wäre. Aber Catara, die bis dahin ein behütetes Leben unter den Keesa geführt hatte, hatte sich nicht vorstellen können, dass die Menschen sie nur wegen ihres Äußeren fürchteten. Wie sehr hatte sie sich geirrt! Wo immer sie hingekommen war, hatte man sie angespuckt, geschlagen und fortgejagt. Aus Abscheu vor ihrem Äußeren und aus der Furcht heraus, es könnten die Folgen einer schrecklichen Krankheit sein, mit der Catara sie und ihre Kinder anzustecken drohte. Aufgegeben hatte sie dennoch nicht, wenngleich sie auch vorsichtiger geworden war und ihr Gesicht fortan unter einer Kapuze verborgen hatte. Und dann hatte ihre Suche sie eines Abends zu diesem Dorf geführt, abgelegen und heruntergekommen. Eigentlich hatte Catara nur nach einer Übernachtungsmöglichkeit gesucht und war dabei in dem einzigen Gasthof an diese widerlichen Männer geraten. Menschenjäger. Zwar war der Sklavenhandel in den Schwebenden Reichen verboten, aber das interessierte Abschaum wie diesen nicht, solange sie Geld verdienen konnten. Einer von ihnen hatte erkannt, was

Catara war, und gemeint, er kenne jemanden in Sharigor, der ein hübsches Sümmchen für eine Missgeburt wie sie bezahlen würde.

Sie nahmen sie gefangen und schleppten sie fort. Doch Catara hatte Glück gehabt. Nachdem das Schiff der Sklavenhändler im Hafen von Calares eingelaufen war, hatte sie sich aus ihrem Käfig befreien und von Bord fliehen können, bevor man sie verkaufte. Schluchzend hatte sie sich den Hafenwächtern vor die Füße geworfen und um Hilfe gefleht. Ein verzweifeltes, verängstigtes und halb verhungertes Mädchen. Die Wächter hatten sie aufgrund ihres Aussehens jedoch für eine Aussätzige gehalten und waren mit Stöcken und Schwertern auf sie losgegangen. Wäre in diesem Moment nicht Königin Madea in ihrer Sänfte des Weges gekommen, wäre das wohl Cataras Tod gewesen. Sie hatte damals überlebt, und das würde sie auch dieses Mal.

Catara ballte die Fäuste und taumelte weiter. *Für meine Herrin!* Von diesem Moment an machten die Männer, Frauen und Kinder, die ihr im Viertel der Alchemisten begegneten, einen Bogen um sie. Und Catara hatte auch nicht mehr die Kraft, ihnen auszuweichen. Die Zeit zerrann ihr zwischen den Fingern. Ein paar Minuten, das war vermutlich alles, was ihr noch blieb. Sie hielt erneut inne, blinzelte den Schweiß aus ihren Augen und betrachtete durch zusammengekniffene Lider hindurch den Eingangsbereich eines Ladens. Sie fluchte, als sie nicht entdeckte, wonach sie suchte, und zwang sich weiterzugehen. Beim vierten Geschäft hatte sie Glück. Verborgen zwischen Kratzern im Holz des Türrahmens entdeckte sie das geheime Symbol, nach dem sie Ausschau gehalten hatte. Dieser Laden wurde von einem Alchemisten betrieben, der obendrein ein Schwarzmeister war. Mit anderen Worten: ein Giftmischer. Es gab sie in fast jeder größeren Stadt, man musste nur wissen, wie man sie fand.

Catara riss die Tür auf. Ein Messingglöckchen bimmelte schrill. Mit einem Blick erfasste sie den Raum, bevor sie an

Reihen von Regalen, gefüllt mit Fläschchen und Flakons, direkt auf die Verkaufstheke zustolperte.

»Verschwinde!«, fauchte sie den einzigen Kunden an, der gerade mit dem Inhaber sprach, einem Mann mit so hellblondem Haar, dass es fast silbern wirkte. Er hatte kalte blaue Augen, die Catara an die Eisseen auf Norsah erinnerten, und war in den tiefschwarzen Talar eines Alchemisten gekleidet. Rogen Thals Größe und die Mischung aus Wut und Verzweiflung, die in ihrer Stimme mitgeschwungen hatten, sorgten dafür, dass der Kunde sich eiligst davonmachte.

Catara sank gegen die Theke.

Der Alchemist musterte sie aus schmalen, leicht mandelförmigen Augen. Bisher hatte er kein Wort gesagt. Nun räusperte er sich und fragte: »Wisst Ihr, welches Gift es ist?«

»Ke-Kee-elab-b-b…«

»Keelabeere, verstehe.« Der Alchemist verzog keine Miene. »Ihr habt Geld?«

Catara verschwendete keine Zeit darauf, ihm mit ihrem Blick zu drohen. Schwarzmeister waren nicht dafür bekannt, empfindsame Seelen zu sein. Sie zog ihren Geldbeutel hervor und klatschte ihn auf die Theke. Die Münzen darin klimperten.

»Ich bin sofort zurück, mein Herr.« Der Alchemist drehte sich um und verschwand durch eine Tür, die sich direkt hinter ihm befand.

Scheiße, scheiße, scheiße, fluchte Catara in Gedanken, biss sich auf die Unterlippe und schlug mit der Faust immer wieder auf das Holz der Verkaufstheke ein. Doch der Schmerz in ihrer Hand brachte keine Ablenkung von der todbringenden Pein in ihrer Brust. Sie schloss die Augen und stöhnte. Es war zu spät. Zu spät … Aber hatte sie das nicht auch gedacht, als sie sich in die Hände der verrückten Westa begeben hatte?

»Trinkt das!«

Catara schreckte auf. Sie hatte den Alchemisten nicht zurückkommen gehört. Mit zittrigen Fingern ergriff sie den Silberkelch, den er ihr hinhielt.

»Langsam«, mahnte der Alchemist. »Sonst kann es passieren, dass Ihr in einen Schockzustand …«

Catara stürzte das Zeug in einem Zug herunter. Im nächsten Moment zuckte ein Gedanke durch ihren Kopf: *Falls er sie reingelegt hatte …* Andererseits konnte sich ihre Lage kaum mehr verschlechtern.

Der Alchemist stieß einen Seufzer aus und ging unter Cataras mehr oder minder wachsamem Blick zur Ladentür, um abzusperren. Danach kehrte er zurück, legte einen Arm um ihre Taille und führte sie zu einem Stuhl, der rechts neben der Theke vor einem Regal mit Tierschädeln stand.

»Dem Schock seid Ihr wohl entkommen, trotz der Hast, mit der Ihr das Gegenmittel geschluckt habt«, sagte er, sobald Catara saß. »Andernfalls würdet Ihr Euch bereits mit Krämpfen auf dem Boden winden.« Er beugte sich vor, um ihr in die Augen zu blicken. »Euer Geist wirkt klar, was ein gutes Zeichen ist. In einigen Augenblicken solltet Ihr Euch besser fühlen.« Er richtete sich wieder auf. »Während Ihr Euch erholt, setze ich einen Tee auf. Einen Kräutersud, der Euch kräftigen und Euren Kreislauf wieder in Schwung bringen wird.«

Catara beobachtete, wie der Alchemist erneut die Tür hinter der Ladentheke passierte. Sobald sie allein war, sank sie gegen die Rückenlehne des Stuhls und schloss die Lider. Der Schwarzmeister hatte die Wahrheit gesagt. Das Stechen in ihrer Brust ließ bereits nach. Es war von »in den Wahnsinn treibend« auf »unerträglich« zurückgegangen, was schon mal eine Verbesserung darstellte. Ihre Gliedmaßen zitterten jedoch weiterhin so stark, als hätte sie versucht, mit bloßen Händen einen Lehmbüffel zu stemmen.

Du dummes, dummes Miststück!, schalt sie sich selbst in Gedanken. Sie hätte zumindest in Betracht ziehen müssen, dass der drohende Krieg Auswirkungen auf die Geschäftsbeziehung zwischen Telrys und Rogen Thal haben könnte. Natürlich hätte das nichts an ihren Plänen geändert. Ein Auftrag wie der ihre brachte immer gewisse Wagnisse mit sich, doch so hätte sie sich wenigstens darauf einstellen können. Letztlich war alles gut ausgegangen. Sie lebte noch, während Telrys Madenfutter war. Das ließ sich durchaus als Erfolg verbuchen. Am liebsten hätte Catara ihrer Herrin von Telrys Tod berichtet, doch das Risiko, dass die Botschaft abgefangen wurde und sie ihre Mission damit gefährdete, war zu groß. Sie fragte sich, ob man seine Leiche schon entdeckt hatte? Wahrscheinlich. Bestimmt hatte man das Schloss abgeriegelt, in der Hoffnung, dass sein Mörder noch nicht entkommen war.

Inzwischen mochten sogar Männer ausgesandt worden sein, um nach Rogen Thal zu suchen. Nachdem man ihn nirgendwo gefunden hatte, dürfte der Kaufmann automatisch der Hauptverdächtige sein. Zu dumm, dass sie ihre Gestalt nicht verändern konnte, ohne die *Gluttänzer* zu verlieren. Sie brauchte Thals Schiff, um von der Insel zu kommen und ihren Auftrag fortzusetzen. Sie zuckte zusammen, als ihr ein Stich durch die Brust jagte. Eine Nachwehe des Giftes. Um sich abzulenken, blickte sie sich in dem Laden um. Tageslicht fiel durch ein schmutziges Fenster an der Front. Ein paar Kerzen hier und dort sorgten für zusätzliches Licht.

All die Fläschchen und Flakons mit ihren bunten Flüssigkeiten und Versprechungen von Heilung, Jugend oder was auch immer mussten auf einen unkundigen Besucher eine geradezu magische Anziehungskraft haben. Dabei handelte es sich in den meisten Fällen vermutlich bloß um Wasser, gefärbt und mit Kräutern aromatisiert. Die wahren Essenzen würde kein Alchemist so offen und leicht zugänglich aufbewahren. Diese Wundermittel dienten ohnehin nur der Aufbesserung der Kasse, während die wahren Geschäfte hinter geschlossener Tür geführt wurden.

Dieser Gedanke brachte sie zurück zum Schwarzmeister. Nachdenklich betrachtete sie die Pforte hinter seiner Theke. Mit Sicherheit führte sie in sein Laboratorium. Aus beruflicher Neugier hätte sie gerne einen Blick hineingeworfen. Im Moment war es jedoch wichtiger, dass sie ausruhte. Viel Zeit blieb ihr ohnehin nicht mehr, bis sie zur *Gluttänzer* würde aufbrechen müssen. Es war nicht unwahrscheinlich, dass man im Hafen nach Rogen Thal suchen würde. Zwar hatte sie die Flagge seines Hauses nicht hissen lassen, trotzdem verriet die Bauweise der *Gluttänzer* – der bauchige Rumpf, die dem Schiff etwas Gedrungenes verlieh, dass es sich um ein xe'neridianisches Handelsschiff handelte. Fraglos wäre es eines der ersten, das man auf der Jagd nach dem Kaufmann kontrollieren würde.

Sie lächelte, als sie an die Reaktion der übrigen Mitglieder des Fünferbundes dachte, wenn sie vom Mord an Telrys erfuhren. Vermutlich wurden bereits Sorale mit Nachrichten an seine ehemaligen Verbündeten losgeschickt. Die Tiere waren unglaublich schnell – ein Botenvogel konnte jedes Inselreich innerhalb weniger Tage erreichen. Schon bald würde die Neuigkeit von seinem Tod selbst bis in die entferntesten Winkel der Schwebenden Reiche gedrungen sein.

Doch nicht nur der Fünferbund hatte eine Niederlage erlitten. Auch Rifta selbst würde sich nur schwer vom Verlust seines Regenten erholen. Telrys Gattin war jung und zählte nicht unbedingt zu den hellsten Sternen am Firmament, und sein Sohn und Erbe war gerade erst den Windeln entwachsen. Ohne eine starke Führung würde sich das Eisenreich schon bald in den Intrigen und Machtkämpfen des Adels verlieren, was den Regenten der Freien Reiche nur recht sein konnte. Ihre Herrin würde zufrieden mit ihr sein.

In diesem Moment kehrte der Schwarzmeister zurück und brachte ihr einen Becher, der noch dampfte. »Der Tee wird Eure Körpersäfte in Wallung bringen, mein Herr.«

Catara setzte sich auf und schnupperte an dem Gebräu, das die Farbe von Moos hatte. Sie nahm einen Schluck und hätte ihn beinahe sofort wieder ausgespuckt. »Das ist ja bitter wie Feyagalle!«

»Trotzdem wärt Ihr klug beraten, es bis auf den letzten Tropfen auszutrinken.«

Catara nahm einen weiteren Schluck und schauderte, als der Tee ihre Kehle hinabrann.

»Nur zu.« Der Alchemist kehrte hinter seine Ladentheke zurück. Mit einem Blick zu Catara, der dieser nicht entging, zog er etwas zu sich heran, das dort schon die ganze Zeit gelegen hatte. Es war ein Päckchen, eingewickelt in ein Stück Stoff, der bräunliche Flecken aufwies. *Blut?*

»Was hast du da?«, wollte Catara wissen, als der Alchemist Anstalten machte, das Ding unter der Theke verschwinden zu lassen.

Er zuckte fast unmerklich zusammen. »Äh, nichts von Bedeutung, Herr. Es gehört dem Kunden, den Ihr vorhin vertrieben habt. Ich bewahre es bis zu seiner Rückkehr für ihn auf.« Wieder wollte er es forträumen, wieder hielt Catara ihn zurück.

»Das ist keine Antwort auf meine Frage.«

Über seiner Nasenwurzel bildeten sich zwei dünne, schräg zueinanderstehende Fältchen. »Ich will keinen Ärger, Herr, daher wäre es mir lieber, Ihr würdet keine weiteren Fragen stellen.«

»Jetzt hast du mich erst recht neugierig gemacht.« Catara stand auf und trat auf ihn zu. »Ich dachte, du wärst in erster Linie Geschäftsmann. Was soll also die Heimlichtuerei?« Sein Unbehagen schien sich noch zu verstärken. Sie lächelte. »Bereust du etwa schon, mir geholfen zu haben?«

Er betrachtete Cataras Geldbeutel, der rechts vor ihm auf der Theke lag. »Nein, Herr.«

»Das solltest du auch nicht, denn ich werde dich für deine Hilfe fürstlich entlohnen. Und Ärger hast du von mir nicht zu erwarten. Vorerst.« Sie trank den Rest des Tees aus, zog eine Grimasse und stellte den Becher ab. Als sie sich über die Theke lehnte, tanzten einige Herzschläge lang helle Flecken vor ihren Augen. Die Schwäche verging jedoch rasch wieder. »Du hast mich gerettet und dich damit als Schwarzmeister zu erkennen gegeben. Allein mit diesem Wissen könnte ich dich ins Gefängnis bringen. Wieso hast du dann noch Angst, mir etwas über den Inhalt des Päckchens zu verraten?«

Er sah ihr in die Augen, als suche er etwas Bestimmtes darin, schließlich sagte er: »Ich fürchte nicht um mich, Herr. Ansonsten würde ich mich wohl kaum als Giftmischer verdingen. Der Mann, der mir das hiergelassen hat, arbeitet für den hiesigen Dämonenjäger … und er ist mein Schwager. Der dumme Hund verspielt sein Geld regelmäßig am Kartentisch. Darunter haben vor allem meine Schwester und ihre Kinder zu leiden. Ich greife ihnen unter Arme, wo es geht, und hiermit lässt sich gutes Geld verdienen.«

Er öffnete das Päckchen. Der Geruch von altem Blut stieg Catara in die Nase und wurde umso intensiver, je mehr Stofflagen der Schwarzmeister abwickelte. Neugierig sah sie zu, während das, was sich darunter verbarg, die Form einer Hand annahm. Als er schließlich die letzte Lage zurückschlug, entpuppte es sich als eine Dämonenklaue. Rot und haarlos. Mit sechs langgliedrigen Fingern. Die Klaue war mit einem säuberlichen Schnitt vom Gelenk abgetrennt worden, was darauf hindeutete, dass der Dämon zu diesem Zeitpunkt schon tot gewesen sein musste.

Catara war von dem Anblick fasziniert und abgestoßen zugleich. Sie hatte davon gehört, dass es Schwarzmeister gab, die mit dergleichen handelten. Aber sie war noch nie einem begegnet. Nur wenige waren bereit, das Risiko einzugehen, das damit einherging. Wer erwischt wurde, auf den wartete der Galgen. Ein Gesetz, das noch auf die Ersten Magier zurückging. »Was macht man mit so etwas?«, wollte sie wissen.

»Es gibt Männer, die glauben, dass Dämonenknochen die Manneskraft steigern. Genauso wie das Horn des Eto. Sie zahlen geradezu närrische Summen für ein paar Gramm Knochenmehl, das sie dann in ihren Wein …«

Catara unterbrach ihn, ihr Herz schlug schneller, diesmal vor Aufregung. »Von welchem Dämon stammt die Klaue?«

»Die langgliedrigen Extremitäten deuten auf einen Berserkerdämon, einen sogenannten Ri'jha, hin.«

»Beschreib mir diese Art«, forderte Catara.

»Es handelt sich um einen Tierdämon. Mein Schwager sagt, Berserker ähneln den Primaten in den Wäldern von Dagoras. Sind jedoch sehr viel größer, stärker und flinker und verfügen über eine primitive Intelligenz. Dieser hier hat die Bewohner von drei Großgehöften getötet, bevor der Dämonenjäger und mein Schwager ihn schließlich erlegen konnten. Mehr als siebzig Männer, Frauen und Kinder hat er in kürzester Zeit abgeschlachtet.«

Catara hörte die letzten Worte kaum. Seit sie die Klaue gesehen hatte, reifte eine Idee in ihr heran. Sie hatte noch nie das Fleisch eines Dämons gekostet, wusste nicht einmal, was passieren würde, wenn sie es tat. Bisher hatte sich nie eine Gelegenheit ergeben, es zu testen. Außerdem hasste sie die Val'kai für das, was Zaragoth den Keesa angetan hatte. Aber dieser Beserkerdämon klang wie der vollkommene Auftragsmörder: gründlich, gewissenlos und von einfachen Menschen nicht aufzuhalten. Die übrigen vier Mitglieder des Fünferbundes würden nach Telrys' Tod noch vorsichtiger sein, was es für sie schwerer machen würde, an sie heranzukommen. Womöglich konnte ihr diese Klaue ja noch nützlich sein. Immerhin war dies eine außergewöhnliche Mission, und zuweilen forderte so etwas außergewöhnliche Maßnahmen.

»Wie viel willst du dafür?«, fragte sie.

»Ihr interessiert Euch dafür, Herr? Warum?«

Catara funkelte ihn an. »Du bist sehr neugierig für einen Mann, der mit dem Feuer spielt.«

»Verzeiht, Herr, es war nicht meine Ab...«

»Schon gut«, unterbrach ihn Catara gereizt. Allmählich wurde es Zeit aufzubrechen. »Ich will nicht das ganze Ding. Ein Stück eines Fingers würde mir schon genügen und ein wenig Salz, um es haltbar zu machen. Füll beides zusammen in ein Metallröhrchen. So etwas hast du doch, oder?«

Der Mann nickte.

»Gut, und jetzt beeile dich!«

Wenige Minuten später reichte er ihr eine Silberphiole. Catara steckte sie ein, nahm zwei Münzen aus ihrem Geldbeutel und überließ den Rest dem Alchemisten. »Darin finden sich zehn xe'neridianische Goldenger«, sagte sie. »Das sollte mehr als genug für deine Dienste sein.«

Auf der *Gluttänzer* war eine ganze Truhe voller Münzen aus Thals Besitz, daher fiel es ihr nicht schwer, sich von dem Geld zu trennen.

Der Schwarzmeister steckte den Geldbeutel ein und brachte sie zur Tür. Mit einem Blick versicherte Catara sich, dass keine Soldaten zu sehen waren, und trat hinaus auf die Straße.

Es war noch früh am Nachmittag, und wie schon bei ihrer Ankunft bedeckte der Rauch aus den Eisenschmieden den Himmel. Die Sonne, die gelegentlich hindurchschimmerte, glich einem schmutzig roten Feuerball. Anhand ihres Standes schätzte Catara, dass sie vor nicht ganz drei Stunden mit der *Gluttänzer* im Hafen von Miras eingelaufen war. Hoffentlich hatten Kapitän Barsac und seine Männer die Zeit genutzt, um die Vorräte wie befohlen aufzufüllen.

Sobald sie das Alchemistenviertel verlassen und zur Allee der Gilden gelangt war, die größer und belebter war, rief sie eine Droschke herbei und beauftragte den Kutscher, sie auf dem schnellsten Wege zum Hafen zu bringen.

Obwohl die Fahrt nur kurz war, erschien sie Catara ewig. Die ganze Zeit über lugte sie hinter dem Vorhang hervor. Kaum kamen die Lagerhäuser in Sicht, ließ sie den Kutscher anhalten, bezahlte ihn und drängelte sich durch die Menge bis zu den Docks vor. Nach wie vor herrschte geschäftiges Treiben. Als sie endlich das Pier erreichte, an dessen Ende die *Gluttänzer* ankerte, gönnte sie sich ein Lächeln. Fast im gleichen Moment erschollen hinter ihr auf dem Pflaster Hufschläge.

»Weg da! Aus dem Weg, ihr Schwachköpfe!«, drang eine befehlsgewohnte Stimme über den Hafenlärm hinweg an Cataras Ohr.

Sie wirbelte herum.

Es waren Soldaten in der Uniform des Hauses Telrys. Rücksichtslos trieben sie ihre Pferde zwischen die Menschen. Angeführt wurde der Trupp von einem grobschlächtigen Kerl mit kupferfarbenem Haar, dessen Uniform goldene Epauletten an den Schultern zierten. Ein Hauptmann. Offenbar war er mit Rogen Thals Gesicht vertraut, denn als sein Blick auf sie fiel, hob er die Hand und brüllte: »Dort vorne ist er! Holt Euch den Mörder!«

Einfach nur typisch, dachte Catara, knirschte mit den Zähnen und fuhr herum. Sie rannte auf den Pier hinaus. Schon nach wenigen Schritten schnaufte sie schwer, und jeder Atemzug brannte in ihrer Lunge. Trotz des Gegengiftes würde es noch eine Weile dauern, bis ihr Körper sich vollständig erholt hatte.

»Leinen kappen!«, rief sie Barsac zu, der auf dem Heck des Schiffes stand und ihr entgegenblickte. Der Aufruhr im Hafen musste seine Aufmerksamkeit erregt haben. *Jetzt wird sich zeigen, wie loyal der Kapitän Thal gegenüber wirklich ist.* Doch Barsac reagierte prompt. Er rief seinen Männern Befehle zu, woraufhin hektisches Treiben an Bord des Feuerreiters ausbrach. Catara fühlte Erleichterung, als sie sah, wie die Matrosen mit Äxten auf die Taue einschlugen. Jede Sekunde zählte. Sie warf einen Blick über die Schulter. Der Reitertrupp war durch einen Karren mit Fässern und Kisten gestoppt worden.

Doch Cataras Freude währte nur kurz. Plötzlich sprangen drei muskelbepackte Gestalten von Bord des Schiffes, das gegenüber der *Gluttänzer* lag, auf den Pier und stürzten ihr entgegen. Ihre Kleidung war die von Hafenarbeitern, doch die Schwerter, die sie zogen, gehörten eindeutig zur Ausstattung des riftanischen Militärs.

»Dieser räudige Köter!«, fluchte Catara und dachte an den Gehilfen des Hafenmeisters. Trotz der Bestechung – oder auch gerade deswegen – musste er die *Gluttänzer* gemeldet haben, woraufhin man die Männer als Beobachter geschickt hatte. Es waren nur noch zwanzig verdammte Schritte bis zur Laufplanke ihres Schiffes. Genauso gut hätten es hundert sein können, solange diese Männer ihr im Weg waren. Catara stoppte und zog das Schwert des Leibwächters, das sie behalten hatte.

»Legt ab!«, schrie sie Barsac zu. Für einen Kampf Mann gegen Mann fehlte ihr die Zeit, und so schleuderte sie das Schwert dem vordersten Angreifer entgegen. Es traf ihn in den Bauch, wodurch er von den Füßen gerissen wurde und in den Mann hinter ihm krachte. Beide gingen zu Boden. Der Dritte sprang über sie hinweg, schwang sein eigenes Schwert und ließ es auf Catara hinabfahren. Sie warf sich zur Seite, landete auf den Planken des Piers, drehte sich geschwind auf den Rücken und rammte dem Mann, der von dem Schwung seines eigenen Schlages an ihr vorbeigetragen wurde, den Absatz ihres Stiefels in den Hintern. Mit einem Aufschrei landete er im Hafenbecken.

»Hilfe, ich kann … nicht … schwimmen.«

Anfänger, dachte sie, sprang auf und hörte das Poltern von Stiefeln hinter sich. Die Soldaten! Sie mussten von ihren Pferden abgestiegen und um den Karren herumgelaufen sein. Ohne sich umzublicken rannte sie zum Ende des Piers durch. Mittlerweile hatte sich die *Gluttänzer* rund hundert Fuß von der Anlegestelle entfernt.

Catara stieß sich ab und sprang kopfüber in den Fluss. Es war eine stinkende Brühe, die mit einem Klatschen über ihr zusammenschlug. Sie tat ein paar Züge unter Wasser, bis das Stechen in ihrer Brust so stark wurde, dass es sie zwang, wieder aufzutauchen. Sie japste nach Luft, stellte zu ihrer Erleichterung jedoch fest, dass sie bereits gut ein Drittel der Strecke bis zum Schiff zurückgelegt hatte. Sie schwamm weiter, während hinter ihr auf dem Pier geflucht wurde. Gleich darauf hörte sie, wie mehrere Soldaten ins Wasser sprangen. Zu spät. Ihr Vorsprung war einfach zu groß. Als sie die *Gluttänzer* erreichte, ließ ein Matrose eine Strickleiter zu ihr herunter. Mit letzter Kraft kletterte Catara daran empor und wurde oben von Kapitän Barsac in Empfang genommen.

»Die Geschäfte scheinen nicht wie erhofft verlaufen zu sein, Herr«, merkte er an.

Catara strich sich das nasse Haar aus dem Gesicht und zuckte mit den Achseln, während sie überprüfte, ob sich das Metallröhrchen noch in ihrer Hosentasche befand. Sie hatte Glück, es war noch da. »Wie ich befürchtet hatte, Telrys scheint meiner Freundschaft überdrüssig geworden zu sein. Und jetzt entschuldigt mich, Kapitän, ich möchte mich umziehen.«

27

Arville, Xe'Neridian
25. Jul, 1026 n. d. Zweiten Dämonenkrieg

Kela stieß einen Schrei aus und zeigte auf die Flammen, die einen der Brokatvorhänge befallen hatten. Innerhalb von Augenblicken fraßen sie sich an dem schweren Stoff hinauf und griffen von dort aus auf einen der Gobelins über, die so großzügig die Wände des Korridors vor Fürst Eloriens Audienzsaal schmückten. Panik brach unter den Vertretern des Adels und der Kaufleute aus, die bisher in Grüppchen beieinandergestanden und darauf gewartet hatten, zum Fürsten vorgelassen zu werden. Von ihrem blasierten, geckenhaften Gehabe war nicht mehr viel übrig, als sie wie eine aufgescheuchte Herde Rotwild zu der Doppeltür am jenseitigen Ende des Korridors flohen, die auf den Innenhof des Palastes und damit in Sicherheit führte.

Kela und Ryk nutzten das Chaos, um Zuflucht hinter der Statue eines von Eloriens Vorgängern zu suchen, der das ganze Theater mit missbilligender Miene aus seinem Alkoven heraus beobachtete.

»Du hast es immer noch drauf«, murmelte Kela unter ihrer Kapuze, als die Wächter vor dem Audienzsaal ihre Posten verließen, um das Feuer zu löschen. Nur wenige Augenblicke später eilten ihnen die Männer zu Hilfe, die bisher einen Gang bewacht hatten, der auf halber Strecke zu der Doppeltür lag. Von ihrem Versteck aus konnte Kela sehen, dass er mit dunklem Holz vertäfelt war. Aufwendige Intarsien schimmerten im Sonnenlicht. Es handelte sich um einen Verbindungskorridor zum Westflügel des Palastes, den bei Banketten oder Staatsbesuchen Fürst Eloriens Gäste bewohnten. Vor ein paar Wochen waren das die Teilnehmer der Friedensgespräche gewesen. Darunter auch Ishans Vater, König Varras.

Ryk zuckte die Achseln. »Eine meiner leichtesten Übungen.«

»Bescheidenheit ist eine Tugend. Schon mal gehört?«

»Ich bin der Beste. Warum sollte ich mich verstellen?«

Kela verdrehte die Augen, bevor sie in Richtung der Wächter nickte, die gerade den Vorhang und mehrere Wandteppiche herunterrissen, um eine Ausbreitung des Feuers zu verhindern. Dabei wandten ihnen die Männer die Rücken zu. Perfekt. Kela und Ryk verließen ihr Versteck, schlichen an den Männern vorbei und betraten den Verbindungskorridor. Unterwegs entzündete der Dämonenjäger noch einen weiteren Vorhang, bevor er die Rechte zur Faust ballte und so die Flämmchen erstickte, die um seine Finger tanzten.

»Am Ende wirst du uns noch alle rösten«, sagte Kela, sobald sie außer Hörweite waren.

»Ich weiß schon, was ich tue.«

»Das wäre ja mal ganz was Neues.«

Sie mussten nicht lange laufen, bis sie zu einer Treppe gelangten, auf die ein weiterer Gang folgte. Er war menschenleer, und Kela atmete durch. An Ryks Geruch war sie gewöhnt, auch wenn sie das niemals zugeben würde. Aber die unmittelbare Nähe zu den Adligen und Kaufleuten war ihr nach über zwei Stunden Wartezeit zur Folter geworden. Selbst Puder und Duftwässerchen vermochten den Gestank von Schweiß, Emotionen und Ausscheidungen nur unzureichend zu verdecken.

Gewöhnlich tupfte Kela einen Tropfen Siaminzöl unter jedes Nasenloch, wenn sie sich unter Menschen aufhielt. So, wie sie das schon an den vergangenen beiden Tagen an Bord der Handelsgaleere getan hatte, mit der sie von Riszar nach Arville gereist waren. Allerdings roch Siaminzöl so intensiv, dass es alle anderen Düfte überlagerte, auch den des Morphus, wegen dem sie überhaupt erst hergekommen waren.

»Danke, dass du das für mich getan hast«, sagte sie. »Noch eine weitere Stunde zwischen diesen Gecken hätte mich umgebracht.« Tatsächlich konnte Ryk recht fürsorglich sein, wenn er wollte.

»Ich war es einfach leid, meine Zeit zu verplempern. Sie haben uns wie gewöhnliche Bittsteller behandelt, obwohl sie sehr genau wussten, wer ich bin«, knurrte Ryk. »Wir wollten bloß Zutritt zum Gästeflügel. Dieser Volltrottel von einem Minister musste jedoch so tun, als wäre es ein verdammter Staatsakt.«

»Also bist du lieber das Risiko eingegangen, den Palast einzuäschern, nur damit wir unbemerkt an den Wachen vorbeischlüpfen können?«

»Jetzt übertreibst du. Außerdem hat es ja funktioniert, oder nicht? Und wir finden auch allein hin. Dank Ishan wissen wir, welches Zimmer sein Vater zur Zeit der Friedensgespräche bewohnt hat.«

Ganz unrecht hatte er da nicht, wie Kela zugeben musste. Auch war sie heilfroh, dem Mief vor dem Audienzsaal entkommen zu sein.

Hier, in diesem Teil des Palastes ging es sehr viel ruhiger zu. Erst als sie eine weitere Treppe hinaufstiegen, begegneten sie zum ersten Mal einer Dienstmagd. Eine junge Frau mit einem Korb Wäsche. Rasch machte sie den beiden Platz und deutete dabei einen unbeholfenen Knicks an. Da sie keine Fragen stellte, musste sie wohl davon ausgehen, dass Kela und Ryk das Recht dazu hatten, sich hier aufzuhalten.

In gewisser Weise stimmte das sogar.

Ryk besaß ein Dokument mit Fürst Eloriens Unterschrift, das ihn als xe'neridianischen Dämonenjäger auswies und ihm erlaubte, den Fürsten zu jeder Zeit um eine Audienz zu ersuchen. Dieses Schriftstück hatte Ryk bei ihrer Ankunft am Palasttor vorgezeigt, woraufhin sie zunächst zu Eloriens erstem Minister gebracht worden waren. Einem wichtigtuerischen Schnösel, der Kela mit seinen Blicken förmlich ausgezogen hatte. Trotz Ryks Erklärung, dass sie auf der Stelle mit Elorien sprechen müssten, hatte der Minister sie vor dem Audienzsaal schmoren lassen, anstatt sie gleich zu seinem Herrn zu führen. Ein Umstand, an dem Ryk nicht ganz unschuldig war. In einem ungehaltenen Moment hatte er den Minister gefragt, ob er ihm bei der Suche nach seiner Würde behilflich sein dürfe, nach der er ganz offensichtlich in Kelas Dekolleté Ausschau halte. Nur mit Mühe hatte Kela sich ein Lachen verkneifen können. Was seine Eifersucht anging, hatte Ryk sich kein bisschen geändert. Der Minister hatte das Ganze weitaus weniger amüsant gefunden.

»Hier entlang«, sagte Ryk und zog sie in einen Gang, der links von ihnen abzweigte. Dabei mussten sie an der Statue eines huldvoll lächelnden Elorien vorbei, in dessen gewölbten Händen ein kleiner Arnbaum wuchs. »Laut Ishan wurde König Varras im letzten Gemach auf der rechten Seite getötet.«

Sie hatten den Korridor noch nicht einmal zur Hälfte durchquert, als sich plötzlich eine Tür öffnete und ein Wächter der Palastwache heraustrat. Er gähnte; das Haar an seinem Hinterkopf war zerzaust, als hätte er gerade ein Nickerchen gehalten. Bei ihrem Anblick blieb er stehen. »Wie kann ich Euch helfen, meine Herrschaften?«

Im Schatten ihrer Kapuze rümpfte Kela die Nase. Neben den üblichen Ausdünstungen verströmte dieser Mann eine schale Biernote. Zudem waren seine Augen gerötet. Vergangene Nacht hatte er wohl zu tief in den Krug geschaut.

»Ich bin Ryk Vangur, der Dämonenjäger, und wir sind mit Fürst Eloriens Erlaubnis hier.« Die Lüge ging Ryk überzeugend über die Lippen. Er reichte dem Mann das Dokument mit Eloriens Unterschrift, das ihnen bereits den Weg in den Palast geebnet hatte.

»Beeindruckend, mein Herr«, sagte der Wächter und kratzte sich die Nase. »Trotzdem ist das kein Passierschein und erklärt auch nicht Eure Anwesenheit in diesem Teil des Palastes, zu dem nur Gäste des Fürsten Zutritt haben. Und zu denen gehört Ihr ganz sicher nicht, was ich deshalb so genau weiß, weil wir seit Abbruch der Friedensgespräche keine Besucher mehr hatten.« Er legte seine Rechte um den Knauf seines Schwerts. Gleichzeitig kniff er die Augen zusammen und versuchte so, die Schatten unter Kelas Kapuze zu durchdringen.

»Wenn du unbedingt wissen willst, warum wir hier sind«, sagte Kela und schlug ihre Kapuze zurück. »Wir untersuchen den Mord an König Varras.«

Der Wächter starrte sie an. In seinen Augen, die zuvor voll Argwohn gewesen waren, glomm ein animalischer Trieb. Er leckte sich die Lippen. »Anweisung«, stammelte er und räusperte sich. »Strikte Anweisung, jeden ... melden, der ...«

Rumms.

Ryk hatte die Ablenkung genutzt, um den Kerl mit einem einzigen Schlag niederzustrecken. Dabei hatte seine Faust ihn so hart unter dem Kinn getroffen, dass es den Wächter ein Stück vom Boden gehoben hatte, bevor er der Länge nach auf dem Rücken aufgeschlagen war.

Kela stieß ihn mit der Stiefelspitze an. »Wie schön, dass du dich noch an unseren alten Trick erinnerst.« Mit einem Blick über ihre Schulter versicherte sie sich, dass sie allein waren.

»Ein paar der Wegelagerer, die sich damals mit uns angelegt haben, werden sich sicher auch noch daran erinnern.« Ryk packte den Mann an den Füßen und schleifte ihn zurück in das Zimmer, aus dem er gekommen war. Als er wieder heraustrat, zog er die Tür hinter sich zu. »Für die nächste halbe Stunde sollten wir Ruhe vor ihm haben.«

Sie gingen weiter und betraten schließlich das Zimmer am Ende des Korridors. Es entsprach genau Ishans Beschreibung. Nur das Gogorafell, das zuvor in der Mitte des Zimmers gelegen hatte und auf dem der König verblutet war, hatte man entfernt. Der Dämonenjäger warf einen letzten Blick hinaus auf den Gang, bevor er die Tür ins Schloss drückte. »Beil dich«, sagte er zu Kela, durchquerte den Raum und sah dann im neben dem Salon liegenden Schlafzimmer nach, um ganz sicher zu sein, dass sie auch wirklich allein waren.

»Und ich dachte, ich mach's mir erst mal gemütlich«, murmelte Kela und baute sich vor dem Schreibtisch auf.

Das musste ungefähr die Stelle sein, an der der Morphus Ishans Vater getötet hatte. Sie war ein wenig nervös, weshalb ihr Herz schneller schlug. Zwar war sie immer noch wütend auf Ryk, trotzdem wollte sie ihn und Ishan nicht enttäuschen. Hier ging es schließlich um ihre Ehre als Veydra. Sie schloss die Lider und atmete tief durch. Die Fährte des Morphus war bereits mehrere Wochen alt und …

»Was ist?«, wollte Ryk wissen.

»Klappe!«, fauchte sie, ohne die Augen zu öffnen. *Ein und aus. Ein und aus …* Ishans Geruch sowie der des Königs und der Wächter waren längst verflogen. Aber da waren noch andere Aromen, die bei jedem Atemzug durch ihre Nase zogen und die empfindlichen Geruchsknospen reizten. Der Duft des Holzes, mit dem die Wände vertäfelt waren, die Feuchtigkeit des dahinterliegenden Mauerwerks und … Ein wohliger Schauer durchfuhr sie. Gleichzeitig bildet sich in der Dunkelheit hinter ihren Lidern ein hauchdünner, wie aus rubinrotem Blut gesponnener Faden, der ihr wie die Nadel eines Kompasses die Richtung wies. Sie blinzelte und erkannte, dass er zu einem der Fenster führte. Sie fuhr zu Ryk herum: »Ich hab's.«

Er nickte. »Verschwinden wir!«

Ich hasse die Stadt! Kela zog eine Grimasse unter der Kapuze, die sie sich wieder tief ins Gesicht gezogen hatte, während sie sich mit Ryk an ihrer Seite durch eine überfüllte Straße drängte. Der Gestank so vieler Menschen trieb ihr die Tränen in die Augen. Es war, als hätte man ihr eine Flasche Cytansäure unter die Nase gehalten. Wenn sie erst einmal eine Zeit lang unter Menschen zugebracht hatte, trat ein gewisser Gewöhnungseffekt ein. Ähnlich wie bei einem Grabenmeister, der seinen Lebensunterhalt mit der Reinigung von Latrinengruben verdingte und den Gestank irgendwann nicht mehr wahrnahm. Aber bis dahin würde wohl noch eine Weile vergehen.

Tief in ihrem Herzen wusste Kela, dass es, selbst wenn Ryk und Ishan sie nicht dazu überredet hätten, mitzukommen, sicher nicht mehr lange gedauert hätte, bis es sie wieder einmal zu den Menschen hingezogen hätte. Vielleicht wäre sie nur für ein paar Tage in die Stadt gekommen, vielleicht auch für länger. Nicht zu lange, sonst hätte es bloß wieder ein böses Ende genommen. Schon einmal hatte sie den Fehler begangen und sich unter den Menschen niedergelassen, bis schließlich der Tag gekommen war, an dem diese sie angesehen und begriffen hatten, dass sie anders war. Dass sie nicht alterte. Oder zumindest sehr viel langsamer. Das war der Tag gewesen, an dem sie Angst vor ihr bekommen hatten. Und Angst machte Menschen gefährlich.

Natürlich hatte sie immer noch die Keesa. Sie waren gute Freunde, aber gelegentlich brauchte Kela mehr als das: Zuwendung, einen Mann. Da Veydras in der Regel weiblich waren, blieb ihr nichts anderes übrig, als sich hin und wieder auf einen Menschen einzulassen. Mit Ryk war es etwas Besonderes gewesen, doch er hatte es ja verderben müssen, dieser Idiot!

Kela blieb stehen und starrte in die Gesichter, die ihr entgegenkamen: manche jung, manche alt, ein paar rund und pausbäckig, die meisten jedoch eingefallen und hohlwangig. Sie seufzte. Draußen in den Straßen war es sehr viel schwerer, der

Fährte des Morphus zu folgen. Zehntausende Menschen mussten in den letzten Wochen darüber hinweggeschritten sein. Kein Wunder, dass der Duft des Dämons immer wieder zwischen ihren Ausdünstungen unterging.

Ryk berührte sie an der Schulter. »Sag jetzt nicht, dass du seine Spur verloren hast.« Er klang besorgt.

»Hast du früher auch schon so dumme Fragen gestellt?«

Sie schloss die Lider und sog die Luft tief durch die Nase ein. Die Vorstellung, mit Ryk allein in Arville unterwegs zu sein, hatte ihr von Anfang an nicht behagt. Während ihrer Reise auf dem Sîles hatten sie sich auf der Handelsgaleere zu dritt eine enge Kabine geteilt. Mit Ishan im Raum wurden bestimmte Themen zum Glück gar nicht erst angesprochen. Insbesondere solche, die nur sie und Ryk etwas angingen. Hm, sie roch den verdammten Dämon immer noch nicht. Wo war das Biest abgeblieben?

Nachdem sie den Palast ganz offiziell durch das Haupttor verlassen hatten, wie es von Besuchern erwartet wurde, hatten sie sofort das Pächterviertel aufgesucht und waren so lange umhergestreift, bis Kela seine Spur wiedergefunden hatten. Im Pfuhl, in einem Gässchen hinter einem verfallenen Schuppen, hatte der Dämon wieder seine menschliche Gestalt angenommen. Aus Grimboggs *Dämonenatlas* wusste Ryk, dass ein Morphus nur eine kurze Zeit in seiner Rauchform existieren konnte, andernfalls drohte er, seine feste Form für immer zu verlieren. Zwangsläufig hatte er sich nicht allzu weit vom Palast entfernen können. Und das Fenster, durch das der Dämon geflohen war, hatte in Richtung des Pächterviertels geblickt.

»Was ist jetzt?«, drängte Ryk.

Kela ignorierte ihn und konzentrierte sich weiter auf ihren Geruchssinn. *Einatmen, ausatmen. Einatmen, ausatmen. Und* … Hach, wer sagt's denn, da war er wieder! Der Faden leuchtete längst nicht mehr so rot in der Dunkelheit hinter ihren

Lidern, wie er es in König Varras Gemächern getan hatte oder an der Stelle, wo der Dämon sich im Pfuhl wieder materialisiert hatte, doch immer noch deutlich genug, um ihr die Richtung zu weisen. Sie öffnete die Augen. »Jetzt heul nicht rum, Ryk. Ich hab ihn ja wieder.«

»Ich heul nicht ru…«

Sie packte ihn am Unterarm und zerrte ihn weg vom Gedränge hinein in das Gässchen zu ihrer Rechten. Die Häuser hier erinnerten an altersschwache Frauen, die sich weit über sie beugten. In der Mitte der Gasse floss ein Abwasserrinnsal. Kela schob Ryk zwischen sich und die übel riechende Brühe. Das schützte sie zwar nicht vor dem Gestank, aber wenigstens vor dem Anblick.

Mittlerweile hatte Kela eine sehr genaue Vorstellung davon, wohin die Fährte des Morphus sie führen würde. Vom Pächterviertel aus hatte der Dämon sich zunächst zum Fürstenring begeben und war ihm eine Zeit lang in südlicher Richtung gefolgt. Später war er dann in die Münzmeisterstraße abgebogen, durch die auch sie und Ryk gekommen waren, bevor es sie in dieses Gässchen verschlagen hatte. Sollte der Morphus die Richtung weiter beibehalten haben, würde sie das früher oder später zum Südhafen führen. Was überhaupt nicht gut war, denn von dort aus konnte er mit einem Feuerreiter überallhin aufgebrochen sein.

Sie selbst waren erst gestern Abend im Nordhafen von Arville eingelaufen, der dem Schiffsverkehr auf den inländischen Wasserstraßen vorbehalten war, während der Südhafen, der größere von beiden, von den Feuerreitern angefahren wurde. Passagier- und Handelsschiffe, die auf den gefährlichen Feuerflüssen unterwegs waren.

Dass es bei ihrer Ankunft im Nordhafen bereits zu dämmern begonnen hatte, war ihnen gelegen gekommen, schließlich wurde Ishan in Arville noch immer gesucht. Zwar hatte Ryk mithilfe eines Illusionszaubers das Gesicht des Prinzen verändert, sodass er älter und weniger hübsch aussah, aber wie die *Medica* gehörte auch die *Morphosis* nicht zu seinen Stärken. Der Zauber hatte Ryk viel Kraft gekostet, und trotzdem war das Ergebnis eher dürftig ausgefallen – den Sharigoren hatte man Ishan weiterhin ansehen können. Zudem hätte die kleinste Berührung den Zauber wie die Oberfläche eines Teichs verschwimmen lassen. Wenigstens hatte er so lange vorgehalten, bis der Wirt des *Silbernen Kessels* sie auf ihre Zimmer geführt hatte. Und dort war Ishan auch jetzt. Ihn mitzunehmen, wäre zu riskant gewesen.

Endlich hatten sie das Ende des stinkenden Gässchens erreicht und traten wieder hinaus in den Sonnenschein. Diese Straße war breiter und deutlich belebter. Hier wimmelte es von Menschen, Straßenhändlern und Karren. Hundegebell lag in der Luft und der Duft frischen Brotes.

Kela sah zum Himmel auf. »Schon fast Mittag«, sagte sie beim Stand der Sonne.

»Wir haben im Palast wertvolle Zeit verloren«, meinte Ryk. »Früher hätte man nicht gewagt, einen Magier und Dämonenjäger so zu behandeln.«

»Alles ändert sich nun mal. So war es schon immer.« Kela fuhr sich mit der Hand über das Gesicht. Ihr war warm, und sie schwitzte unter der Kapuze. Sie war froh gewesen, dass Ryk daran gedacht hatte, ein paar ihrer Sachen aus ihrer Hütte mitzubringen. Die Gewänder der Keesa waren zwar bequem, taugten jedoch nicht für die Dämonenjagd. Es tat gut, endlich wieder eine Hose sowie ein leichtes Leinenhemd und darüber ein Schnürkorsett zu tragen. Das waren die Sachen, in denen sie sich wohl fühlte. Und dazu ihre ausgetretenen Lederstiefel, in denen sie stundenlang laufen konnte, ohne zu ermüden. Nur gut, dass es ihrem verletzten Knöchel inzwischen wieder gut ging.

Wenigstens eine Sache, die ausgeheilt ist, dachte sie und blieb plötzlich mitten auf der Straße stehen. Überwältigt von einem Schmerz, den sie längst verarbeitet glaubte. Die Kehle war ihr eng. Die Knie so weich, dass sie unfähig war, auch nur noch einen einzigen Schritt zu machen. Die Menschen hinter ihr murrten, schoben und stießen gegen sie.

»Was hast du?«, fragte Ryk. Als sie nicht reagierte, nahm er ihre Hand, zog sie zum Straßenrand und wiederholte die Frage.

Kela zögerte, biss sich auf die Unterlippe. Ryk, dieser Mistkerl, sah immer noch verdammt gut aus! Auch wenn der Kampf mit dem Blutlenker ihm einige Jahre seines Lebens geraubt hatte.

Sie seufzte. »Was ich habe?« Sie sah ihm in die Augen und las darin, dass er längst begriffen hatte. »Ich dachte, es wäre leichter.«

»Ich weiß.« Er biss sich auf die Unterlippe. »Ich weiß …«

Eine Weile standen sie schweigend nebeneinander, ohne sich anzusehen, die Finger vor Verlegenheit knetend. Schließlich zwang Kela sich zu einem Lächeln: »Na, komm schon, alter Mann. Wir haben Arbeit zu erledigen.«

»Warte«, hielt er sie zurück. »Ich muss dich noch etwas fragen.«

An der Härte in seiner Stimme erkannte sie, dass in diesem Moment nicht Ryk, sondern der Dämonenjäger zu ihr sprach. Sie hatte geahnt, dass dieser Augenblick kommen würde und sich davor gefürchtet. »Die Pirscher«, flüsterte sie.

»Ich wollte nicht vor dem Jungen fragen.«

Sie nickte. »Ja, *er* ist zurück.«

»Hast du ihn unter Kontrolle?« Er klang bestürzt.

»Hatte ich das jemals?«

»Du weißt, ich kann nicht zulassen, dass du jemanden verletzt.«

Sie hob eine Hand und strich über seine Wange. »Und ich würde das nicht wollen. Tu, was immer nötig ist.«

»Du hast ihn schon einmal besiegt.« Seine Hand legte sich über die ihre und drückte sie sanft. Seine Bartstoppeln piksten sie in die Finger. »Du bist stark, stärker, als du denkst.«

»Wir werden sehen.« Sie lächelte. »Du bist fast ein so guter Charmeur wie unser junger Prinz.«

Ryks Miene verfinsterte sich. »Ihn so lange allein zu lassen, macht mich ganz unruhig.«

»Du denkst, er könnte was Dummes anstellen?«

»Er ist achtzehn, kann die Finger von nichts lassen, was einen Rock trägt, und er neigt zur Selbstüberschätzung.«

»Klingt, als hätten wir ihn vor unserem Aufbruch besser ans Bett gefesselt.«

»Hm, vielleicht sollte ich mir das fürs nächste Mal merken. Jetzt aber genug gescherzt, gehen wir weiter.«

Kela behielt mit ihrem Verdacht recht. Die Fährte des Morphus' führte sie am Ende geradewegs in den Hafenbezirk mit seinen Kornspeichern, Lagerhäusern und kreischenden Möwen. Die Piers ragten wie lange Zungen aus Holz in die Strömung des Sîles, der an dieser Stelle mehrere hundert Fuß breit war. Dutzende und Aberdutzende Feuerreiter lagen vor Anker, während Dockarbeiter und Matrosen Kisten von oder zu den Schiffen schleppten, bei denen es sich zumeist um Zwei-, Drei- und einige wenige Viermaster handelte. Zusätzlich war jedes der Schiffe je nach Größe mit ein bis zwei übereinanderliegenden Ruderreihen ausgestattet, die es ihnen erlaubten, auch gegen die Strömung der Feuerflüsse anzufahren.

»Sieht aus, als hätte unser *Freund* Xe'Neridian verlassen.« Ryk blickte sich gereizt um.

»So schwach, wie die Fährte ist, muss das kurz nach dem Attentat gewesen sein«, bestätigte Kela.

»Ich weiß, hier wimmelt es von Menschen, kannst du trotzdem feststellen, welches Pier er aufgesucht hat?«

»Ich werde es versuchen. Was bleibt uns sonst übrig, verdammt!«

Xe'Neridian verdankte es seiner zentralen Lage unter den Inselreichen sowie seiner politischen Neutralität, dass Arville im Laufe der Zeit zu einer der größten Handelsmetropolen innerhalb der Schwebenden Reiche angewachsen war. Jede Inselwelt besaß ihre eigene Anlegestelle, um Wartezeiten bei der Einfahrt und beim Be- und Entladen zu vermeiden. Aus diesem Grund gab es am Anfang und Ende jeden Piers Masten mit der jeweiligen Landesflagge. Insgesamt waren es über zwanzig Anlegestellen.

Erneut schloss sie die Augen, schirmte sich gegen das Geschrei und das Rattern der Fuhrwerke um sie herum ab und konzentrierte sich ganz auf ihren Geruchssinn. Sie schauderte, als der Gestank ungewaschener Leiber ihr wie ein belymischer Fleischwurm in die Nase kroch. Die meisten Hafenarbeiter und Matrosen rochen nach Schweiß, Tabak und nach billigem Sex, denn das Vergnügungsviertel war nicht weit weg vom Hafen.

Es dauerte eine ganze Weile, bis sie die Fährte des Morphus aus all den Ausdünstungen herausgefiltert hatte. Sie ging ein paar Schritte und blieb erneut stehen, als sie abrupt wieder abbrach. Kela stöhnte und schloss die Augen. Es half jedoch nicht. Im Dunkel hinter ihren Lidern flatterte die Duftspur wie ein loser Bindfaden im Wind. Die Fährte war endgültig abgerissen. Kein Wunder. Im Hafen waren die Gerüche noch vielfältiger als in den Straßen, denn hier kamen die der Waren noch hinzu: Tee, Gewürze, Leder. Sie schüttelte den Kopf. »Es ... es geht nicht.«

»Dann haben wir ihn verloren?«

Obwohl Ryk sich bemühte, es zu verbergen, klang er enttäuscht. Das nagte an Kela. Nur was sollte sie tun? Sie hatte bereits alles versucht. Da musste sie plötzlich wieder an die Nacht des Überfalls denken, als die Pirscher in ihr Haus eingedrungen waren. Die Intensität ihres Geruchs in der Dunkelheit, der sie ihre Bewegungen hatte vorausahnen lassen, noch bevor sie sie sehen konnte … »Ich will etwas versuchen«, sagte sie. »Während ich meine Augen geschlossen halte, wirst du mich an den Piers vorüberführen. Wenn ich mich nur aufs Riechen konzentrieren muss und sonst nicht abgelenkt bin, haben wir vielleicht noch eine Chance.«

»Interessant. Warum nicht?« Ryk legte ihr eine Hand auf die Schulter. »Bereit?«

»Lass mich ja nicht ins Hafenbecken fallen, verstanden?«

»Ich werde mir Mühe geben.« Sie hörte das Lächeln aus seiner Stimme heraus.

Ryk hätte einen perfekten Blindenführer abgegeben. Um jedes Hindernis dirigierte er sie herum, und wenn jemand ihren Weg kreuzte, stoppte er sie rechtzeitig. Kein einziges Mal stolperte Kela oder stieß mit jemandem zusammen. Allmählich wurde es ruhiger um sie herum. Die Stimmen des Hafenvolks fielen hinter ihnen zurück, allein das Plätschern des Flusses, der sich an der Kaimauer rieb, und das gelegentliche Kreischen einer Möwe drangen noch an ihr Ohr. Auch Kela selbst wurde dadurch ruhiger, und es fiel ihr immer leichter, die verschiedenen Düfte und Aromen zu entwirren. Trotzdem war ihr kein Glück beschieden.

»Ich weiß nicht«, murmelte sie nach einer Weile. »Vielleicht sollten wir es in der anderen Rich… Nein, warte!« Mit einem Mal war die Fährte zurück: kaum mehr als ein dünner rosafarbener Hauch, der sie rief. Kela spürte, wie Ryks Finger ein wenig fester zudrückten. Er war plötzlich genauso aufgeregt wie sie. Sie ging nun schneller, stoppte dann abrupt und öffnete die Augen.

Sie hatten das Ende der Kaimauer erreicht und standen vor dem letzten Pier. »Das ist es«, sagte sie und sah auf. Über der

Anlegestelle flatterte die nekrossanische Flagge. Eine schwebende grüne Insel auf blauem Grund, die von einer Vielzahl kleinerer weißer Inseln umgeben war. Das Wappen der Ersten Magier, den Schöpfern der Schwebenden Reiche.

»Das ist ja mal unerwartet«, sagte Ryk. »Ein Val'kai, den es zu seinen Erzfeinden hinzieht.«

Am Pier lag ein hundertzwanzig Fuß langer Feuerreiter. Die Segel und Ruder waren eingeholt. Die Mannschaft schien – bis auf ein paar arme Schweine, die das Deck schrubbten oder in der Takelage arbeiteten – auf Landgang zu sein.

»Versuchen wir mal herauszufinden, ob man hier etwas von unserem *Freund* weiß«, fuhr er fort. »Vielleicht verkehrt das Schiff ja regelmäßig zwischen Xe'Neridian und Nekross.«

Sie gingen bis zur Laufplanke, über die man vom Pier aufs Schiff gelangte, und blieben davor erneut stehen. Seeleute waren ein Völkchen für sich, mit eigenen Regeln und Gesetzen. Auf seinem Schiff war der Kapitän ein König, und sie wollten es sich nicht mit diesem verscherzen, indem sie ohne seine Erlaubnis an Bord seines Feuerreiters gingen.

»Wir möchten den Kapitän sprechen«, rief Ryk einem jungen Matrosen zu, der mit zwei Eimern vorüberschlurfte und dabei reichlich Wasser aufs Deck verschüttete. Der Mann erstarrte und beäugte sie mit so einem erstaunten Gesichtsausdruck, als sähe er zum ersten Mal im Leben andere Menschen. Kela war froh, dass sie ihre Kapuze trug, wodurch ihr Grinsen verborgen wurde.

»Ho, was wollt's denn?«

»Geht nur den Kapitän was an«, entgegnete Ryk.

Der Matrose starrte ihn eine Weile an, setzte schließlich die Eimer ab und ging davon. Nach einer Weile kam er wieder, hob die Eimer auf und meinte: »Kommt gleich.«

Kurze Zeit später tauchte ein beleibter Kerl an der Reling auf. Er hatte kleine schwarz glänzende Augen und einen rötlichen

Bart, den er zu drei Zöpfen geflochten hatte. »Geht's ums Geschäft, ho?«

»Um eine Auskunft«, erwiderte Ryk. Als die Miene des Kapitäns sich verschloss, fügte er hinzu: »Natürlich gegen Bezahlung.«

»Was wollt's denn wiss'n?«

»Haben wir Erlaubnis, an Bord zu kommen?«, fragte Ryk.

Der Kapitän zog geräuschvoll die Nase hoch und spuckte auf die Deckplanken, bevor er sie zu sich heraufwinkte. Doch als Kela hinter Ryk auf die Laufplanke trat, stieß er ein Zischen aus. »Keine Frauen, ho. So was bringt bloß Unglück.« Er kniff die Augen zusammen. »Bist doch eine Frau, ho?«

Ryk wandte sich zu Kela um.

»Schon gut, ich warte hier.«

Der Dämonenjäger nickte und ging weiter. »Wir suchen einen Freund«, log er dem Kapitän vor. Laut genug, dass auch Kela ihn verstehen konnte. »Vor ungefähr vier Wochen …«

»Nö«, fiel der Kapitän ihm ins Wort.

Ryk wölbte eine Braue. »Nö?«

»Jo.« Der Kapitän nickte und kratzte sich die Wange. »Keine Passagiere. Nie. Die mach'n bloß Ärger.«

»Wir wissen, dass er von diesem Pier aus aufgebrochen ist. Er *muss* Richtung Nekross gefahren sein«, versuchte Ryk es noch einmal.

Der Kapitän zuckte die Achseln. »Nich' mit mir.«

Kela, ohnehin gereizt, verlor die Geduld. »Bei Eloriens nicht vorhandenen Eiern! Es legen doch sicher noch andere Schiffe von hier ab!«

Der Kapitän bedachte sie mit einem finsteren Blick, drehte sich um und rief den Matrosen von vorhin zurück. »Char, wie heißt der Pott, der sonst hier dockt?«

»Ho, meinst' die *Sonnensegler*, Käpt'n? Die vom alten Mensos Kahag?«

»Die mein ich. Und jetzt scher dich zurück an die Arbeit!« Der Kapitän sah kurz zu Kela herunter, als wollte er sichergehen, dass sie sich auch weiterhin von seinem Schiff fernhielt, und wandte sich wieder Ryk zu. »Kahag treibt's dauernd zwischen Xe'Neridian und Nekross um. Wenn's Geld stimmt, nimmt er auch schon mal jemanden mit.«

»Wo finde ich diesen Kapitän Kahag?«

»Normalerweise hier. Aber die *Sonnensegler* is' vor ein paar Tagen in 'nen Lichtersturm geraten.« Der Kapitän schnalzte mit der Zunge. »Kahag hatte verfluchtes Glück, dass ihm sein Pott nicht unterm Arsch abgefackelt is', ho. Nachdem er die Fracht gelöscht hat, is' er gleich in die Werft. Da is' er immer noch. Denk ich.«

»Danke«, sagte Ryk, drückte dem Kapitän ein paar Münzen in die Hand und kehrte zu Kela zurück. »Was sagst du?«, flüsterte er. »Hältst du es noch etwas länger unter Menschen aus?«

»Bleibt mir was anderes übrig? Der Hinweis ist einfach zu gut, um ihm nicht nachzugehen.«

28

Arville, Xe'Neridian
25. Jul, 1026 n. d. Zweiten Dämonenkrieg

Ishan stand an der Theke im *Silbernen Kessel*, das Kinn in die Hand gestützt und nippte an seinem Bier. Ein vollmundiger Samarino wäre ihm jetzt lieber gewesen. Aber als er den Wirt danach gefragt hatte, hatte der ihn angesehen, als wäre er von den Sternen herabgestiegen. Anschließend hatte er von ihm dieses bittere Gesöff vorgesetzt bekommen. Er seufzte.

Zurück in Arville waren Trauer und Schmerz über den Tod seines Vaters, die er seit seiner Flucht aus dem Kerker von sich fortgeschoben hatte, mit einem Mal wiedergekehrt, und es gab nichts, was er dagegen tun konnte. Abgesehen vom Trinken.

Er knallte den Krug auf die Theke, was ihm einen grimmigen Blick des Wirts einbrachte. Doch das kümmerte ihn nicht. Hier stand er und verschwendete seine Zeit mit Nichtstun. Dabei juckte es ihn in den Fingern, hinaus in die Straßen zu gehen und selbst nach dem Dämon zu suchen. Ryk hatte sich jedoch geweigert, ihn mitzunehmen. Aus Furcht, jemand könnte ihn erkennen. *Lächerlich*. Als ob ein einziger Mensch unter hunderttausend auffallen würde. Immerhin war er jetzt schon seit über einer Stunde in der Schankstube, ohne dass einer der anderen Gäste ihn auch nur eines zweiten Blickes gewürdigt hätte.

Ishan schnaubte und bestellte sein viertes Bier. Oder war es das fünfte? Seine Freunde hatten vor Stunden … Moment mal,

Freunde? Er verzog die Lippen. Waren sie nicht eher Verbündete? Geschäftspartner, die das gleiche Ziel verfolgten? Und wieso machte er sich überhaupt um so etwas Gedanken? Das musste am Bier liegen. Es wäre besser gewesen, er hätte nach dem zweiten aufgehört, nur hatte es da gerade angefangen, ihm zu schmecken. Genauer gesagt war ihm der Geschmack egal geworden.

Bei Sorons Krähen, wie sollte es jetzt weitergehen? Nachdem Ryk ihm erzählt hatte, dass Kela eine Halbdämonin war, hatte er sie um jeden Preis hassen wollen – und dann war er ihr begegnet. Was für eine Frau! Sie war unglaublich attraktiv, und hatte mehr Biss als alle sharigorischen Edelfrauen zusammengenommen. Zu dumm nur, dass eine Frau wie Kela sich niemals für ihn interessieren würde. Was konnte er ihr schon bieten, nachdem man ihm alles genommen hatte?

Ishan kratzte sich am Kinn. Seine Bartstoppeln knisterten. Noch vor ein paar Wochen wäre er nie in die Öffentlichkeit gegangen, ohne sich zu rasieren. Er nahm einen Schluck aus seinem Krug. Zu all den unseligen und zermürbenden Gedanken kam noch hinzu, dass ihn Heimweh plagte. Er sehnte sich nach der warmen tröstlichen Sonne von Sharigor. Hier auf Xe'Neridian regnete es beinahe jeden vierten Tag. Wenn er noch viel länger auf diesem Inselreich blieb, würden ihm irgendwann Schuppen wachsen.

»Von der Lady drüben am Fenster.« Der Wirt stellte einen Zinnbecher mit einer blauen Flüssigkeit vor ihm ab. »Sie meinte, du würdest es zu schätzen wissen.«

»Ach ja?« Ishan runzelte die Stirn, schob sein Bier zur Seite und hob den Zinnbecher so ruckartig an, dass ein paar Tropfen überschwappten. Der Geruch kam ihm vage vertraut vor. Er zuckte die Achseln und kippte das Zeug herunter. Scharf und süß zugleich, dabei so dickflüssig wie Öl, brannte es sich seine Kehle hinab bis in seinen Magen. Hustend schlug Ishan mit der

Hand auf die Theke ein. Tränen liefen ihm die Wangen hinab, und er japste nach Luft.

»Fheyanischer Asgar«, krächzte er und lachte. Durch das Husten fühlte sich sein Kopf an, als wäre er auf die doppelte Größe angeschwollen. Dafür war er jetzt weitaus besserer Stimmung als noch einige Minuten zuvor. Fhey war eine der drei Inseln, die das Königreich Sharigor bildeten. Während seiner Militärzeit hatten seine Freunde und er den Asgar an jedem freien Abend bis zur sprichwörtlichen Besinnungslosigkeit in sich hineingekippt. Wer als Erster unter dem Tisch lag, hatte die Zeche übernehmen müssen. Eine verdammt gute Zeit! Damals hatte er noch keine Gedanken an die Zukunft verschwendet. Im Gegenteil: Das Einzige, was ihn und seine Freunde interessiert hatte, war, was sie anstellen konnten, um den Spaß vom letzten Abend noch zu überbieten.

Ishan wandte sich der Schankstube in seinem Rücken zu, um herauszufinden, wem er den Asgar zu verdanken hatte. Es war gerade mal Mittag, weshalb noch nicht viele Gäste anwesend waren. Erst gegen Abend würde es hier lebendiger. Zumindest war es gestern, bei ihrer Ankunft, so gewesen. Stumpfes Tageslicht fiel durch die Fenster, die schon länger nicht mehr geputzt worden waren, und verlieh den Stühlen und Tischen ein verstaubtes Aussehen. Der Boden war mit Stroh ausgelegt, das nicht mehr ganz frisch wirkte, und aus der Tür, die zur Küche führte, roch es verbrannt. Bei den Gästen handelte es sich fast ausschließlich um Männer. Zusammengesunkene Gestalten, von denen jede an einem eigenen Tisch saß und über seinem Bier brütete.

Tatsächlich war nur eine einzige Frau anwesend. Sie saß bei einem der Fenster und spielte mit einem Zinnbecher, den sie auf die Seite gekippt hatte und immer wieder aufs Neue drehte. Sie hatte langes, ungewöhnlich helles Haar, das ihr weit den Rücken hinabfiel. Ihre Augen waren groß, dunkel und mandelförmig. Als hätte sie Ishans Blick gespürt, sah sie auf und lächelte. Ganz von selbst lächelte er zurück und glotzte ihr, vom Alkohol aller Hemmungen beraubt, in den Ausschnitt, dessen Inhalt durch ein Schnürmieder, das sie über dem Kleid trug, eine besondere Betonung erfuhr. »Ist sie das?«, wandte Ishan sich an den Wirt.

»Siehst du noch eine andere?«

Ishan fragte sich, ob er zu ihr rübergehen sollte. Ryk hatte ihm eingebläut, auf seinem Zimmer zu bleiben, weil der Illusionszauber, wodurch sein Gesicht älter und hässlicher erschienen war, nicht länger wirkte. Doch dann hatte er die Stimmen aus der Schankstube gehört, und da er sich furchtbar einsam und traurig gefühlt hatte, war Ishan schließlich nach unten gegangen. Mal ehrlich: Wer würde einen Kronprinzen schon in so einem Loch vermuten? Dass die Frau ihn als Sharigoren erkannt und ihm deshalb den fheyanischen Asgar ausgegeben hatte, erschien ihm nicht weiter beunruhigend. Arville zog Menschen aus allen Winkeln der Schwebenden Reiche an; bestimmt hielten sich noch mehr seiner Landsleute in der Stadt auf. Er stieß sich mit dem Hintern von der Theke ab und wankte auf den Tisch der Frau zu.

»Will Gregos.« Er zog einen imaginären Hut von seinem Kopf und und verneigte sich. »Dürfte ich mich zu dir setzen?«

Die Frau lachte und wies auf den Platz ihr gegenüber am Tisch. »Veola«, stellte sie sich vor, und ihre Augen blitzten amüsiert, als er den Stuhl ein wenig unbeholfen zurechtrückte. *Wenigstens bin ich noch nüchtern genug, um nicht meinen richtigen Namen zu nennen.* Na endlich, er saß.

»Es war nicht zu übersehen, dass du den Asgar genossen hast«, sagte Veola.

Ishan grinste. »Du scheinst ihn ebenfalls zu mögen.« Er deutete mit dem Kinn auf ihren Becher.

Sie beugte sich vor, was ihm einen tiefen Einblick in ihr

Dekolleté erlaubte. »Ich habe eine Vorliebe für Dinge, die aus Sharigor kommen.«

Nun beugte sich auch Ishan vor. »Daran hege ich nicht den geringsten Zweifel.«

Veola lehnte sich wieder zurück. »Irgendwie kommst du mir bekannt vor.«

»Das will ich doch hoffen«, erwiderte Ishan. »Schließlich bin ich der Mann, dem du gerade einen Asgar ausgegeben hast.« Er schenkte ihr dieses ganz besondere Lächeln, mit dem er schon Dutzende Frauen rumbekommen hatte. Auch dieses Mal verfehlte es seine Wirkung nicht. Veola wurde rot und sah in ihren Schoss, nur um einen Moment später mit einem raubtierhaften Lächeln wieder aufzublicken. »Hast du hier ein Zimmer?«

Ishan nickte.

»Worauf warten wir dann noch?«

Er sprang so hastig auf, dass sein Stuhl umkippte. »Nur einen Augenblick«, sagte er, ging zum Wirt und knallte ihm ein paar Münzen auf die Theke, bevor er Veola mit einem Nicken Richtung Tür zu verstehen gab, dass sie ihm folgen solle. In dem Korridor vor der Schankstube holte sie ihn ein, stellte sich auf die Zehenspitzen und küsste ihn. Ihre Zunge tastete sich zu seiner vor, und als sie sich wieder lösten, atmete Ishan schwer.

»Komm«, sagte sie, nahm seine Hand und zog ihn zur Treppe. Ihm schwindelte, als er hinter ihr die Stufen hinaufstolperte. Der Alkohol. Oder der Mangel an Blut in seinem Hirn, das sich gerade an einer anderen Stelle seines Körpers sammelte. Am oberen Treppenabsatz blieb Veola stehen, vergrub ihre Finger in seinem Hemd und zerrte Ishan an sich. »Dein Zimmer!«, keuchte sie, als sie seine Erregung spürte.

»Zweites von links«, sagte er.

Wenig später warf Ishan die Tür hinter ihnen zu, küsste Veola und zog sich dann das Hemd über den Kopf, während ihre Finger bereits die Muskeln auf seiner Brust erkundeten.

Wieder küssten sie sich und schoben sich dabei gegenseitig Richtung Bett. Plötzlich löste Veola sich von ihm und gab ihm für eine so zierliche und kleine Person einen überraschend kräftigen Stoß. Ishan fiel aufs Bett, wo er auf dem Rücken liegen blieb und lachte. Schon war Veola dabei, ihm die Stiefel von den Füßen zu ziehen. Einen Augenblick später war sie über ihm und machte sich an den Schnüren seiner Hose zu schaffen.

»Du kannst es wohl kaum erwarten, was?«, knurrte er und versuchte, sie zu packen.

Veola wich ihm aus. »Ich will dich nackt. Ganz nackt.« Sie riss an seiner Hose.

»Ich mag Frauen, die wissen, was sie wollen.«

»Was ist das?«

Er hob den Kopf, dabei drehte sich das Zimmer leicht, und sah, dass sie das Mal in seinem Lendenbereich betrachtete. »Hab ich schon seit meiner Geburt.« Ungeduldig vor Verlangen zog er sie näher zu sich heran.

»Es sieht aus wie ein zerbrochener Stern«, murmelte sie, während sie auf ihm lag und ihm in die Augen blickte.

»Mhm, ja, tut es wohl.« Er schloss die Augen, um sie zu küssen. In diesem Moment traf ihn etwas hart am Kopf. Er stöhnte.

»Schlummer schön, mein Prinz«, hörte er Veola noch murmeln, bevor er die Besinnung verlor.

Ishan erwachte mit einem heftigen Pochen hinter seiner linken Schläfe. Er öffnete die Augen, und das Erste, was er sah, war der Kerzenständer, der auf dem Tischchen neben seinem Bett gestanden hatte, und nun neben ihm auf dem Kissen lag. Dieses Luder, musste ihm damit eins übergezogen haben. Nur warum? Sie hatte es doch genauso eilig gehabt, mit ihm ins Bett zu steigen wie er mit ihr.

Er wollte sich aufrichten und sackte wieder zurück ins Kissen. Seine Hände waren gefesselt. Ebenso seine Füße.

»Bei Sorons Krähen, was geht hier vor?« Er riss an den Stricken. Sie waren so fest um seine Handgelenke zusammengezurrt, dass sie nicht mal ein kleines bisschen nachgaben. Zu allem Übel war er immer noch nackt.

Ein Glucksen drang an sein Ohr. »Hat Seine Hoheit gut geruht?«

Ishans Kopf fuhr zur anderen Seite herum. Sofort verzog er das Gesicht, weil die Bewegung das Pochen hinter seiner Stirn verstärkt hatte. Aus tränenden Augen starrte er Veola an, die in einem Stuhl unweit des Bettes saß. Die Hände hatte sie hinter dem Kopf verschränkt, die Füße mit den Stiefeln ausgestreckt. Sie lachte ihn aus, während auf ihrem Schoss ein Messer lag.

Ishan funkelte sie an. »Wer bist du?«

»Stell dich nicht dümmer, als du bist, Prinz.«

»Eine Kopfgeldjägerin?«

Veola nickte.

»Wie hast du mich gefunden?«

»Zurzeit kann sich keiner deiner Landsleute durch Arvilles Straßen bewegen, ohne Aufmerksamkeit zu erregen. Und ich habe meine Augen und Ohren überall. Zugegeben, ich hatte wenig Hoffnung, dass du es bist, nachdem ich eine Beschreibung von dem Sharigoren aufgeschnappt hatte, der gestern Abend im Nordhafen gesehen wurde. Ich wollte es allerdings auf einen Versuch ankommen lassen.« Sie nahm das Messer in die Hand und richtete sich auf. »War es bloß eine Verkleidung oder ein Zauber?«

»Von mir erfährst du nichts.« Ishan presste demonstrativ die Lippen zusammen.

Veola zuckte die Achseln. »Wärst du ein Magier, hätte ich das schon zu spüren bekommen.« Sie schnalzte mit der Zunge. »Ich frage mich bloß, was dich in diese Stadt zurückgetrieben hat, wo jedermann dich sucht?«

Stumm erwiderte er ihren Blick.

»Eigentlich kann es mir auch egal sein. Hauptsache, die Belohnung stimmt.«

»Dann ... dann ging es dir vorhin nur um das Mal?«

»Ich wollte sichergehen.« Mit einem Grinsen fügte sie hinzu: »Tut mir leid, wenn du jetzt enttäuscht bist, aber ich hab's nicht so mit Jüngelchen. Ansonsten hätte ich vielleicht bis *danach* gewartet.«

Ishan stieß ein Knurren aus und warf sich auf dem Bett hin und her. Sofort war Veola bei ihm und drückte ihm die Schneide ihres Messers an den Hals. Er erstarrte.

»Ts, ts, ts, wir wollen doch keine Dummheiten machen, oder, Hoheit?«

Er schluckte.

»Oder?« Ihre Stimme war jetzt genauso scharf wie ihr Messer.

»Nein«, presste er hervor.

»Sehr schön.« Sie bewegte sich mit katzenhafter Flinkheit zurück zu dem Stuhl, in dem sie es sich erneut gemütlich machte. »Und bevor du jetzt um Hilfe schreist, vergiss nicht, wer du bist. Außerdem«, fügte sie honigsüß hinzu, »täte es mir äußerst leid, dir die Eier abschneiden zu müssen. Ich würde die Jungs im Kerker nur ungern ihres Vergnügens berauben.« Sie deutete mit der Messerspitze auf seine Blöße. »Aber Ungehorsam zieht nun mal Strafe nach sich.« Ihre Miene wurde hart. »Wir haben uns verstanden, Hoheit?«

Ishan wollte es nicht glauben. Veola war klein und zierlich und erweckte den Eindruck, als könnte sie keiner Fliege etwas zuleide tun. Sollte sie wirklich so ein Miststück sein? Er schaute ihr in die Augen, um dort nach der Wahrheit zu suchen, und schauderte. Sie hatte nicht gelogen. Sie würde es tun. Und sie würde es nicht einmal bereuen.

»Guter Junge«, sagte sie. »Ich denke, jetzt verstehen wir uns.«

»Du … du bist ja irre.«

»Danke«, sagte Veola und meinte es auch zweifelsohne so.

»Was hast du jetzt mit mir vor?« Vielleicht konnte er auf Zeit spielen. Die Kopfgeldjägerin schien nichts von Ryk und Kela zu wissen. Andernfalls wäre sie ganz sicher nicht so ruhig.

»Ich warte auf meinen Partner. Er hatte sich unter die anderen traurigen Gestalten gemischt, die unten in der Schankstube herumlungern.« Sie schürzte die Lippen. »Ich frage mich, wo er bleibt? Ich hatte mit ihm ausgemacht, dass er mir in einer halben Stunde nachfolgen sollte.«

»Vielleicht dachte er ja, wir hätten gern noch etwas mehr Zeit für uns?«

Veola lachte. »Du hast ja Humor, das gefällt mir.« Sie stieß die Spitze ihres Messers in die Armlehne des Stuhls. »Hör zu, Hoheit, niemand nimmt es mit mir auf. Was auch immer du gerade in deinem hübschen Köpfchen ausbrütest, vergiss es schnell wieder, bevor es dich am Ende die einzigen beiden Kronjuwelen kostet, die dir noch geblieben sind.«

»Es ist leicht, große Töne zu spucken, wenn der andere sich nicht wehren kann.«

»Natürlich ist es das«, gestand sie ihm zu, erhob sich und setzte sich zu ihm aufs Bett. Instinktiv zog er die Beine an, soweit es seine Fesseln zuließen, was Veola ein Schmunzeln entlockte. »Und gerade das macht es ja so reizvoll. Worin läge der Sinn, jemandem zu drohen, der einem überlegen ist?«

Ishan zuckte zusammen, als etwas Kaltes seinen Schenkel berührte. *Ihr Messer.* Mit einem Mal schlug ihm das Herz bis zum Hals. Verdammt, warum hatte er nicht einfach den Mund halten können? Er wollte nicht sehen, was sie tat, und konzentrierte sich auf ihr Gesicht. Dieses schöne skrupellose Gesicht. Das Messer wanderte weiter nach oben. Veola lächelte. Jetzt war sie fast auf Höhe seiner Lenden. Sein Atem wurde hektisch. Er öffnete den Mund und schloss ihn wieder. Nein, er würde nicht betteln.

»Mein ach so mutiger Prinz«, säuselte Veola und stoppte die Klinge. »Eine Drohung ist nur effektiv, solange man sie aufrechterhalten kann. Warum sollte ich also meinen Vorteil so leichtfertig aufgeben?« Sie zwinkerte ihm zu und stand vom Bett auf. »Wie ich dir schon sagte, hast du nichts von mir zu befürchten, solange du dich fügst.«

Ishan biss die Zähne zusammen, um den Schwall an Beschimpfungen zurückzuhalten, der ihm auf der Zunge lag.

In diesem Moment hämmerte jemand gegen die Tür.

»Wurde ja auch Zeit.« Veola ging hin, um ihren Partner hereinzulassen.

Hilflos musste Ishan mit ansehen, wie sie den Riegel zurückschob, ihm noch einmal über die Schulter hinweg zulächelte und dann die Tür öffnete. *Wumm*. Die Faust traf Veola mitten ins Gesicht. Sie taumelte zurück in den Raum, wo sie eine halbe Drehung vollführte, Ishan verblüfft anblinzelte und zu Boden ging.

Schon stand Ryk über ihr, als hätte er sich aus dem Nichts materialisiert. Wie hatte er sich so schnell bewegen können? *Magie, natürlich*. So hatte er sie auch mit einem einzigen Hieb niederstrecken können. Ishan erinnerte sich noch gut daran, welche Kraft in Ryks Kinnhaken lag. Ein, zwei Sekunden lang empfand er tatsächlich so etwas wie Mitleid für Veola.

»Woher wusstet ihr …«

»… dass du in Schwierigkeiten steckst?«, fiel ihm der Dämonenjäger ins Wort.

In diesem Moment betrat Kela das Zimmer. Sie zog einen Bewusstlosen am Kragen seiner Jacke hinter sich her. Außer einer betörenden Wirkung auf Männer schien es noch andere Vorteile zu haben, ein Halbdämon zu sein. »Den hier haben wir auf dem

Weg zu deinem Zimmer abgefangen.« Sie ließ den Kerl los, woraufhin sein Kopf mit einem dumpfen Knall auf den Dielenbrettern aufschlug. »Bevor Ryk ihn ins Land der Träume geschickt hat, konnten wir ihm entlocken, dass er der Partner einer Kopfgeldjägerin ist, die mit dir zusammen nach oben verschwunden ist.«

»Verstehe«, murmelte Ishan.

»Verdammt, Junge, was habe ich dir gesagt?« Ryk starrte ihn an. »Hast du denn überhaupt kein bisschen Grips im Schädel?« Er schüttelte den Kopf. »Und worauf wartest du eigentlich, zieh dir endlich etwas an!«

»Sehr witzig. Das Miststück hat mich gefesselt!«

»Witzig, in der Tat.« Kela warf einen bedeutungsvollen Blick auf seinen Schritt. Dabei bebten ihre Schultern, als unterdrücke sie ein Lachen.

Ishan funkelte sie an. »Jetzt mach mich schon los!«

»Um mich dieser interessanten Aussicht zu berauben? Warum sollte ich?«

»Das ist …« Ishan brach ab und sah wieder zu Ryk hinüber. »Das ist demütigend. Jetzt unternimm schon was.«

Kela brach in schallendes Gelächter aus, woraufhin Ryks Miene sich noch weiter verfinsterte. Seine grünen Augen nahmen die Farbe von Sturmwolken an, während er Ishan anstierte. Er schien sich mehr darüber aufzuregen, dass Kela sich amüsierte, als dass Ishan seinen Befehl missachtet hatte. Aber schließlich rang er sich dazu durch, Ishan von seinen Fesseln zu befreien, wobei er nicht gerade zimperlich vorging.

Während Ishan sich ankleidete, verschnürten Kela und Ryk die Kopfgeldjägerin und ihren Partner. Zum Schluss knebelten sie die beiden, obwohl Ishan sicher war, dass sie so schnell nicht wieder aufwachen würden. Vor allem Veola. Vermutlich konnte sie froh sein, wenn ihr Kiefer nicht gebrochen war.

»Ich habe Neuigkeiten«, verkündete Ishan, nachdem er sich

angekleidet hatte. Hauptsächlich fing er deshalb an zu reden, weil Kelas Mundwinkel immer noch zuckten, sobald sie ihn ansah. Mit dem, was er zu sagen hatte, würde er sie jedoch umgehend auf andere Gedanken bringen. »Der Wirt hat mir was Interessantes erzählt. Thamaryn ist vor Kurzem in Kellwyn eingefallen.« Er blickte triumphierend in die Runde. »Ich hab doch gesagt, dass dieser Irre einen Krieg vom Zaun brechen wird.«

»Wir haben das Gleiche gehört«, erwiderte Ryk. »Als wir im Palast waren, konnten wir ein paar Adlige belauschen, die sich darüber unterhielten. Thamaryns Flotte soll vor nicht ganz zwei Wochen ausgelaufen sein. Vor ein paar Tagen ist seine Armee dann in der kellwynischen Hauptstadt O'Shan'wa eingefallen.«

»Dieser Hund!«, schimpfte Ishan. »Die Kellwyner sind ein durch und durch friedfertiges Volk. Ich wage mir gar nicht auszumalen, was das für ein Gemetzel gewesen sein muss.«

»Was wird jetzt geschehen?«, fragte Kela.

»Nicht viel«, meinte Ishan und winkte ab. »Die Regenten der Freien Reiche haben ihre Streitkräfte vermutlich in Bereitschaft versetzt. Allerdings bezweifle ich, dass sie Kellwyn zu Hilfe kommen werden. Es gehört zu den neutralen Inselreichen.« Er presste kurz die Lippen aufeinander. »Diese Feiglinge werden erst etwas unternehmen, wenn Thamaryn vor ihren eigenen Toren steht. Würde mein Vater noch leben, wäre es etwas anderes. Zwar hat er sich stets für den Frieden ausgesprochen, aber nachdem der Großfürst ihn gebrochen hat, hätte er ganz bestimmt nicht lange herumgefackelt und sich ihm mit den sharigorischen Streitkräften entgegengestellt.«

»Vielleicht unterschätzt du die Regenten auch«, sagte Ryk. »Ein Krieg rüttelt so manchen auf.«

Ishan sah von ihm zu Kela. »Klingt so, als wüsstet ihr etwas.«

»Ein Mitglied des Fünferbundes ist tot«, sagte Kela daraufhin. »Angeblich wurde er von einem xe'neridianischen Kaufmann ermordet. Fürst Elorien ist deswegen völlig aus dem Häuschen. Er fürchtet, Thamaryn könnte das als eine Provokation betrachten. Es heißt, Elorien ginge ohne persönliche Leibgarde nicht einmal mehr auf den Abort.«

Ishan grinste. »Das passt zu diesem Wiesel. Aber wen hat es denn erwischt?«

»Baron Telrys«, antwortete Ryk. »Was meinst du, Junge, könnten die Freien Reiche hinter diesem Anschlag stecken? Wenn sie schon einer offenen Konfrontation aus dem Weg gehen …«

»Ein paar von ihnen wäre Derartiges durchaus zuzutrauen. Mein Vater sagte einmal, dass er einem Nest von Lehmvipern mehr Liebe entgegenbringen würde als diesen Männern und Frauen. Viele haben sich dem Bündnis der Freien Reiche nur angeschlossen, weil sie sich einen Vorteil davon erhofften. Sharigors Schutz, Handelsprivilegien, Zugriff auf Rohstoffe … Jetzt, wo mein Vater tot ist und ich seine Nachfolge nicht antreten kann, könnte es schon bald zu Unruhen in Sharigor kommen. Der Zusammenhalt der Freien Reiche dürfte massiv darunter leiden, womöglich wird der Bund sich sogar auflösen. Als Folge dessen werden die Regenten in ihre früheren Verhaltensweisen zurückfallen. Anstatt zusammenzuarbeiten, werden sie sich voneinander abschotten. Vertrauen war noch nie ihre Stärke. Falls sie etwas mit dem Anschlag auf Telrys zu tun haben, war es ganz sicher die Tat eines Einzelnen oder einer kleinen Gruppe von ihnen.«

»Was ist mit den Val'kai?«, warf Kela ein. »Könnten der Morphus oder der Blutlenker ihre Finger im Spiel haben?«

Ishan wollte gerade Einwände erheben, denn für ihn stand außer Frage, dass die Dämonen einen von Thamaryns Verbündeten angreifen würden, war er doch immer noch überzeugt davon, dass der Großfürst zumindest mit dem Morphus gemeinsame Sache machte. Ryk kam ihm allerdings zuvor:

»Solange wir nichts Genaues wissen, sollten wir es auch nicht ausschließen.«

Ishan sagte nichts dazu. Ryk schien immer noch zornig auf ihn zu sein, weshalb er es für keine gute Idee hielt, ihn noch mehr zu verärgern. »Wenn wir schon beim Thema sind«, meinte er stattdessen. »Was ist jetzt mit dem Morphus?«

Kela grinste und tippte sich auf die Nasenspitze. »Dieses Näschen hat noch jeden Dämon aufgespürt. Da fällt mir ein …« Sie öffnete das Lederbeutelchen, das an ihrem Gürtel hing, und entnahm ihm eine Phiole mit einer glasklaren Flüssigkeit. Sie gab einen Tropfen davon auf den Zeigefinger und rieb ihn sich unter die Nase. Danach atmete sie hörbar durch. »Aaah, das ist himmlisch.« Kela lächelte und ließ sich in den Stuhl fallen, in dem zuvor die Kopfgeldjägerin gesessen hatte.

Jetzt roch auch Ishan es: Siaminzöl.

Ryk räusperte sich und fuhr an Kelas Stelle fort: »Wir sind der Fährte des Dämons bis zum nekrossanischen Pier im Südhafen gefolgt. Dort haben wir uns mit einem Kapitän unterhalten, der uns den Namen eines Landsmanns von ihm gegeben hat, der gelegentlich Passagiere befördert. Und wir hatten Glück.«

»Ich konnte den Morphus überall auf dessen Schiff riechen, nachdem wir es erst mal betreten hatten«, warf Kela ein.

»Der Dämon ist nach Nekross gefahren?« Ishan wusste nicht genau, was er erwartet hatte. Aber ganz sicher nicht, dass der Morphus freiwillig zum Inselreich der Magier reisen würde. »Warum?«

»Der Dämon hat Kapitän Kahag keinen Grund für die Reise genannt, und Kahag hat ihn auch nicht gefragt. Er hielt ihn für einen ganz gewöhnlichen Menschen«, erklärte Ryk. »Wir müssen die Antwort schon selbst herausfinden. Kahags Schiff, die *Sonnensegler*, ist noch in der Werft, nachdem es in einen Lichtersturm geraten war. Doch schon morgen früh bricht er nach

Nekross auf und hat angeboten, uns gegen Bezahlung mitzunehmen.«

»Dann geht es also nach Nekross?«

»Sieht ganz danach aus, Junge.«

29

Magische Akademie, Nekross
25. Jul, 1026 n. d. Zweiten Dämonenkrieg

Kaldor Morrain stand auf der Spitze des Wolkenspalters, dem höchsten Turm der Akademie. Weit unter ihm lagen die verschiedenen Fakultäten mit ihren Hallen, Trakten und Türmen, auf deren goldenen Dächern sich das Sonnenlicht brach. Die Akademie war ein Meisterwerk der Architektur, vor langer Zeit von gottgleichen Magiern erbaut. Jede Straße, jeder Platz, jedes Gebäude und jede Brücke, die die vielen Türme in luftiger Höhe miteinander verbanden, bestand aus einem Material, das auf keinem anderen Inselreich vorkam.

Kaldor strich über die Brüstung, gegen die er seinen Bauch presste, um besser in die Tiefe schauen zu können. Das Material war hart wie Stein und glatt wie Glas. Es besaß keinerlei Naht oder Fuge und schimmerte so grün wie die fruchtbaren Ebenen im Südwesten von Nekross. Er seufzte. Was waren das für Zeiten gewesen, als die Welt noch unter der Obhut der Ersten Magier gestanden hatte. Der Ruhm der Vergangenheit. Dieser Tage war davon nicht mehr viel übrig.

Nur hier, auf der Spitze des Wolkenspalters konnte er es manchmal noch fühlen. Hier oben war Kaldor der Vergangenheit so nahe wie an keinem anderen Ort in der Akademie. Heutzutage war niemand mehr in der Lage, ein Bauwerk solchen Ausmaßes zu erschaffen. Einzig den Sataouanern war es gelungen, mit ihrer Stadt der Türme einen billigen Abklatsch der Akademie nachzubilden. Zumindest erzählte man sich das. Kaldor selbst hatte das Wüstenreich niemals besucht. Er war auf Nekross geboren und würde hier wohl auch sterben.

»Wie konnte ich nur so ein Dummkopf se… Bäh!« Er spuckte die Spitze seines Bartes aus, die der Wind ihm ins Gesicht geblasen hatte. Im Schatten des Himmelsgebirges, an dessen Fuß die Akademie stand, wehte er fast ständig. Kalt und pfeifend jagte er über die Steilhänge. Kaldor packte seinen Bart und stopfte ihn in den Kragen seiner Robe. Dass er sein Haupthaar bereits vor einigen Jahren bei einem missglückten Zauber eingebüßt hatte, war zumindest hier oben von Vorteil.

Mit einem Frösteln wandte er dem Gebirge den Rücken zu und stieß einen langen, von Selbstmitleid gezeichneten Seufzer aus. Seit Monaten schon machte er sich Vorwürfe, ohne der Lösung seines Dilemmas nähergekommen zu sein. *Was soll ich tun? Was soll ich bloß tun?*, echote es wieder und wieder durch seinen Kopf. Sein Blick glitt über das unter ihm liegende Hochland mit seinen Klüften, Tälern und schroffen Steinterrassen, dessen Wildheit ihn schon immer abgeschreckt hatte. Ein Stück dahinter erstreckte sich ein weites Tiefland mit einem Wald und dem Drachensumpf, der sich bis zu den Toren von Athane erstreckte, der Hauptstadt von Nekross, um deren Mauern Nebelschwaden waberten wie eine bleiche Geisterarmee.

In der Stadt lebten Bürger, Handwerker und Kaufleute. Adlige gab es nur wenige auf Nekross. Das Inselreich wurde vom Orden der Deret'kai regiert, die letzten Magier der Schwebenden Reiche. Einst hatte ihre Macht sich über alle Inselwelten erstreckt. Heute, rund tausend Jahre später, bestand der Orden nur noch aus einem Haufen verkopfter Akademiker, Möchtegernmagier und ihren nutzlosen Novizen. Kaldor lächelte hämisch, wenn er an die Übersetzung des Wortes *Deret'kai* dachte: Feinde der Val'kai. Pah, heutzutage würden die meisten Magier sich in ihre Roben pinkeln, wenn sie einem Dämon gegenüberständen.

Was war nur aus ihnen geworden? Schwächlinge, die ihre Nasen in angestaubte Bücher steckten oder ihr Talent an Schüler vergeudeten, die wenig mehr Begabung als ein Taschentrickser besaßen. Wenigstens ein Gutes hatte ihre Ausbildung: Novizen gaben ideale Prügelknaben für einen vom Leben enttäuschten und frustrierten Magier ab. Aber selbst dieses Lichtblicks hatte man ihn beraubt.

»Nehmt das!« Er zog seinen Speichel zusammen, um der Akademie seinen Frust entgegenzuspucken, überlegte es sich im letzten Augenblick jedoch anders. Bei diesem Wind hätte er sich bloß selbst getroffen. Also begnügte er sich damit, noch mehr Verwünschungen auszustoßen. Dann plötzlich kniff er die Lider zusammen. Da waren sie – die Karawanen der Kaufleute und Reisenden. Bei ihrem Anblick rülpste Kaldor nervös. Er war froh, dass sie aus dieser Entfernung kaum mehr als schwarze, träge dahinkriechende Punkte waren, die keine Ähnlichkeit mit Menschen besaßen. Vermutlich waren sie vor Kurzem mit einer Feuerreiter im Hafen von Athane eingelaufen und reisten nun über die Handelsstraßen ins Inland, um dort ihre Geschäfte abzuwickeln oder um Familie und Freunde zu besuchen.

Es ist meine Schuld, ganz allein meine, dachte er und rülpste wieder. Ein säuerliches Brennen arbeitete sich seine Speiseröhre empor. Er verzog das Gesicht und presste die Rechte auf seinen Magen, der wieder zu schmerzen begonnen hatte.

In den letzten Wochen hatten sich die Dämonenangriffe auf einigen Inselwelten verstärkt. Vor allem Veydras waren die Opfer. Sicher konnte es nicht mehr lange dauern, bis der Oberste Magus Nachforschungen anberaumte, und die würden ganz schnell zu ihm führen: Kaldor Morrain – Wächter der Barriere und seines Zeichens ein Narr. Nicht zum ersten Mal spielte er mit dem Gedanken, sich von Nekross' Rand zu stürzen. Aber die Vorstellung, über Tage oder Wochen durch ein bodenloses Nichts zu stürzen, während man ganz allmählich verhungerte und verdurstete, hatte ihn bisher zurückgehalten. Ob es wirklich so war oder man nicht doch irgendwann irgendwo aufschlug, wusste keiner. Wie auch, schließlich war noch niemand je zurückgekehrt.

Kaldor fuhr sich mit der Hand über das haarlose Haupt, das trotz des Windes mit Schweiß bedeckt war. Er hätte niemals auf *sie* hören dürfen. Niemals. Wer weiß, wie viele Dämonen sich allein auf Nekross wegen ihm herumtrieben. Natürlich könnte er immer noch den Obersten Magus aufsuchen und ihn über seinen Fehltritt informieren. Er krallte die Finger um die Brüstung. Aber dann würde er alles verlieren. Alles. Dabei war sein Leben schon kümmerlich genug, seitdem man ihn zum Dienst im Gewölbe abgeschoben hatte. Er seufzte und vergrub das Gesicht in den Händen.

Als Kaldor vor über dreißig Jahren zur Akademie zugelassen wurde, war er ein zwölfjähriger Junge mit großen Träumen gewesen. Er hatte die Welt mit seinen Entdeckungen und Taten verändern wollen. Wozu sonst hätte das Schicksal ihn mit der Gabe der Magie ausstatten sollen? Mittlerweile war von seinen einstigen Ambitionen nicht mehr als ein Scherbenhaufen übrig, an dem sich jeder noch so kleine Funken Hoffnung aufrieb. Es hatte einige Jahre gebraucht, aber schließlich konnte er die Augen nicht länger vor der Wahrheit verschließen: Die Magier waren nicht mehr die Helden aus den alten Geschichten. Sie waren nicht einmal mehr Schatten jener Männer und Frauen, die die Menschheit einst aus der Knechtschaft der Val'kai befreit und ihr eine neue Heimat geschenkt hatten. Stattdessen waren sie … *Ja, was genau sind wir überhaupt?* Kaldor wusste es selbst nicht so genau.

Die Mehrzahl der Magier brütete in ihren Studierzimmern über uralten Wälzern und suchte darin nach Lösungen, die den

Niedergang der Magie noch abwenden oder gar umkehren konnte. Kaldor hielt das Ganze für eine Art Beschäftigungstherapie, die sich der Oberste Magus ausgedacht hatte, um seine Schäfchen daran zu hindern, allzu intensiv über ihre Situation nachzudenken. Und so hatte Kaldor sich eigene Gedanken gemacht und war zu der Überzeugung gelangt, dass das eigentliche Problem eine Verwässerung der Blutlinien war.

Es gab einfach zu wenig Magier, weshalb sie Ehen mit Nicht-Zauberern eingehen mussten, aus denen weniger begabte Kinder hervorgingen, deren Nachkommen wiederum noch untalentierter waren. Er hatte seine Theorie sogar Everdale Tilbrock, dem Obersten Magus des Ordens, vorgetragen. Der hatte daraufhin jedoch nur milde gelächelt und erklärt, dass das ein alter Hut sei, der schon vor einigen Jahrhunderten widerlegt worden war, und dass er – Kaldor – das gewusst hätte, wäre er wie jeder andere den Anweisungen gefolgt und hätte sich dem Studium der ihm zugeteilten Schriften gewidmet. Das war vor seiner Verbannung in die Gewölbe gewesen.

In diesem Augenblick hätte Kaldor dem Obersten Magus sein Grinsen am liebsten mit dem Brieföffner aus dem Gesicht geschnitten, dessen Klinge so verlockend im Licht eines Luminesauges gefunkelt hatte. Kaldor knirschte bei dieser Erinnerung mit den Zähnen. Wenigstens hatte er selbst nachgedacht, anstatt bloß über irgendwelche Texte zu lamentieren. Aber das wusste an dieser Akademie offenbar niemand mehr zu schätzen, und so war er am Ende in stummer Demütigung aus dem Büro von Everdale Tilbrock geschlichen. *Kaldor, der Feigling!* Seinen Frust hatte er mit Branntwein heruntergespült. Sich einem der anderen Magier anzuvertrauen, kam für ihn nicht infrage. Sie hätten ihn ohnehin nicht verstanden. Außerdem waren die meisten von ihnen noch langweiliger als die Bücher, die er lesen sollte.

Natürlich gab es noch eine andere Theorie, über die jedoch nur hinter verschlossenen Türen gemunkelt wurde. In den

Schwebenden Reichen hatte es nie Magie gegeben, wohingegen die Gegenwelt, die Heimat der Val'kai, ein Ort reinster Magie war. Einige der älteren Meister glaubten daher, dass die Zauberer sich ohne ständigen Kontakt zu dieser Magie wieder zu normalen Menschen zurückentwickelten. Die Lösung wäre demnach leicht und zugleich fatal: Man müsste die Barriere bloß einreißen, schon würden die Magier zu ihrer Macht zurückfinden. Der Oberste Magus bemühte sich redlich, solche Diskussionen zu unterdrücken. Und in dieser Hinsicht unterstützte Kaldor ihn sogar. Ein Zusammenbruch der Barriere würde das Ende der Schwebenden Reiche bedeuten. Womöglich hatte er es durch sein Tun bereits heraufbeschworen.

Er verzog das Gesicht und schluckte gegen die aufsteigende Säure in seinem Hals an. *Was war ich nur für ein Narr!* Er wandte den Blick erneut den Fakultäten zu, die sich wie die Strahlen eines Sterns um den großen Platz im Zentrum der Akademie sammelten. Dort wurden die fünf Zweige der Magie gelehrt: *Empathica*, *Morphosis*, *Medica*, *Energetys* und *Physis*. Als Meister hatte er wenigstens die Möglichkeit gehabt, den Novizen ihre eigene Unfähigkeit vor Augen zu führen, sie aus ihrer Verblendung aufzurütteln und ihnen dadurch die Chance zu geben, einen für sie passenderen und weniger frustrierenden Lebensweg einzuschlagen. Für ihn selbst war es zu spät. Er hatte nie gelernt, etwas anderes als ein Magier im Dienste des Ordens zu sein. Dabei war er nicht einmal unbegabt. Im Gegenteil. Er war ein *Energetys*-Magier und hatte zu seiner Zeit sogar als Jahrgangsbester seines Fachs abgeschlossen. Ursprünglich war dieser Zweig der Magie, der die Beeinflussung von Materie ermöglichte, sogar der mächtigste gewesen. Durch diese Kraft wurden die Schwebenden Reiche erschaffen.

Dieser Tage waren die meisten Energetyker jedoch zu kaum mehr in der Lage, als Luminesaugen mit ihrer Energie aufzuladen, damit diese des Nachts die Gebäude und Straßen der Akademie beleuchteten. Kaldors Fähigkeiten reichten weit darüber hinaus. Er zählte zu den wenigen, die neue Luminesaugen erschaffen konnten, indem er die Mondsteine aus der Mine von Lunagaard auf eine Weise veränderte, dass ihre kristalline Struktur Magie speichern konnte. Und vielleicht lag es an diesem Verständnis von der Wirkungsweise magischer Energie, dass es ihm so viel leichter als anderen Magiern fiel, zu durchschauen, wie die Barriere arbeitete. Zweifelsohne neidete ihm der Hüter des Gewölbes, dem er unterstellt war, seine Begabung. Anders ließ es sich nicht erklären, warum er sich Kaldor gegenüber so niederträchtig verhielt.

Er seufzte. Es gab keine langweiligere und zugleich herausfordernde Aufgabe, als im Gewölbe zu dienen. Langweilig, weil die Barriere beinahe völlig ohne das Zutun der Magier arbeitete. Herausfordernd, weil dort unten so viele vergessene Mysterien ruhten, die nur darauf warteten, wiederentdeckt und verstanden zu werden. Immerhin konzentrierte sich im Gewölbe die gewaltigste Macht der Schwebenden Reiche darauf, die Menschen vor den Dämonen der Gegenwelt zu schützen.

Die ersten Tage dort unten waren auch für Kaldor einer Entdeckungsreise gleichgekommen. Mit fast schon kindlichem Erstaunen hatte er die Apparaturen und Sarkophage studiert, die das größte und älteste Geheimnis der Magier hüteten. Seine Euphorie war jedoch schnell Frustration gewichen, nachdem er durchschaut hatte, worin seine eigentliche Aufgabe bestand.

Am Ende hatte sich »Wächter der Barriere« lediglich als eine Umschreibung für Prügelknabe und Handlanger herausgestellt. Everdale Tilbrock hatte ihn in den Dienst eines verrückten alten Magiers gestellt, der Kaldor am Morgen damit begrüßte, dass er ihm seinen Nachttopf entgegenschleuderte. Als wäre das nicht demütigend genug, verlangte er des Weiteren von ihm, dass er ihn wie ein Novize mit »Meister« anredete. Dieser gebrechliche, nach Schweiß und Urin stinkende Greis hielt sich selbst für den uneingeschränkten Herrscher des Gewölbes und betraute ihn lediglich mit den allerniedrigsten Arbeiten.

Kaldor musste seine Wäsche waschen, Treppen und Böden schrubben oder ganze Tage in der Kammer der Nebelaugen verbringen. Letzteres war die undankbarste von allen Arbeiten. Es gab nichts Langweiligeres, als über Stunden hinweg Hunderte von Glaskugeln anzustarren und darauf zu warten, dass eine von ihnen die Farbe wechselte. Zweifelsohne war es wichtig zu wissen, wenn das passierte. Schließlich bedeutete es, dass sich ein neuer Spalt oder ein Loch in der Barriere aufgetan hatte. Aber für diese Aufgabe hätte man genauso gut einen Novizen des sechsten Grades abstellen können.

Eine Arbeit, die sehr viel aufregender war und obendrein mit Ansehen und Anerkennung einherging, war die Versiegelung einer solchen Öffnung. Natürlich kümmerte sich sein verrückter Meister darum zumeist selbst, sodass Kaldor die meiste Zeit über dazu verdammt war, ihm lediglich zusehen zu dürfen. Dabei hatte er aufgrund seiner Begabung die dafür nötigen Handgriffe schon nach wenigen Tagen durchschaut.

Jedes Nebelauge war mit Goldnebel gefüllt und überwachte einen bestimmten Abschnitt der Barriere. Wenn in diesem Bereich ein Riss entstand, färbte der Nebel sich rot. Eine schwache Verfärbung bedeutete keine unmittelbare Bedrohung. Ein intensives Signalrot hieß dagegen, dass die Öffnung sich so weit vergrößert hatte, dass Animalia hindurchgelangen konnten. Spätestens dann musste etwas passieren. In diesem Fall suchte man die Kammer der Runen auf. Wie schon die Val'kai hatten auch die Ersten Magier Runen benutzt, um ihre Zauber zu verstärken. Tausende Runensteine waren zu einem komplizierten Muster im Boden der riesigen Kammer angeordnet, das die Barriere kontrollierte und dadurch die Schwebenden Reiche und die Gegenwelt voneinander trennten. Und jedes Nebelauge war einer bestimmten Rune zugeordnet, sodass man stets wusste, wo man nach der Schwachstelle suchen musste. Meist ließ sich das Problem dadurch beheben, dass man die Rune erneut aktivierte, ausbesserte, wenn sie beschädigt war oder auch durch einen neuen Runenstein ersetzte. Ein Kinderspiel für einen Energetyker, der verstand, wie magische Energie arbeitete.

Kaldor hätte die meisten diese Arbeiten in der Hälfte der Zeit erledigen können, die der Tattergreis dafür benötigte. Und natürlich hatte er es als seine Pflicht angesehen, den Obersten Magus darüber in Kenntnis zu setzen. Er hatte erwartet, dass der Alte daraufhin seines Postens enthoben und durch ihn – Kaldor – ersetzt worden wäre. Doch wieder hatte Everdale Tilbrock ihn lediglich belächelt.

Und dann war *sie* an ihn herangetreten. Es war während seines Besuchs in der Hauptstadt Athane passiert, wo er einmal im Monat *Viviras Hübsche Schwestern* aufsuchte. Eines der besseren Bordelle. Anstatt eines der Mädchen hatte *sie* ihn in dem Zimmer erwartet. Zuerst war er zornig gewesen, aber sie hatte es verstanden, ihn für sich einzunehmen. Geschmeichelt hatte *sie* ihm und an seine Träume und Ambitionen appelliert, ihm weisgemacht, er könne die Welt immer noch verändern. In Wahrheit hatte sie ihn bloß geschickt manipuliert.

»Eine Bedrohung, die die Menschen aufrüttelt und daran erinnert, wer ihr wahrer Feind ist. Das ist alles!«, hatte sie behauptet. »Ein paar Dämonen, die die Bewohner der Schwebenden Reiche in Angst versetzen. Was ist schon dabei? Der Kampf gegen die Val'kai wird Großfürst Thamaryn deutlich machen, wie angreifbar wir sind, wenn er Krieg über uns alle bringt. Überlegt nur, wie viele Leben Ihr dadurch retten könntet!« Ihre Augen, ihr Lächeln – sie war eine Meisterin der Täuschung. Und obendrein hatte sie ihm noch ein hübsches Sümmchen für seine Unterstützung geboten. Wie hätte er da Nein sagen können? »Am Ende werdet Ihr ein Held sein, Kaldor Morrain. Der Mann, der den Frieden gesichert hat.«

Kaldor hatte ihr geglaubt. Oder vielleicht hatte er die Wahrheit auch einfach nicht sehen wollen, weil das Gefühl, gebraucht zu werden und Großes bewirken zu können, zu verführerisch gewesen war. Also hatte er einen Riss in der Barriere erzeugt, indem er einen der Runensteine aus dem Boden entfernt und durch einen fehlerhaften ersetzt hatte, der den Fluss der magischen Energie in diesem Bereich des Runengeflechts unterbrach und auch das umliegende Muster schwächte, sodass sich ein Riss an dieser Stelle öffnete. Das dazugehörige Nebelauge hatte er vor seinem Meister verborgen.

Auf einem seiner Streifzüge durch das Gewölbe hatte Kaldor schon vor längerer Zeit eine ganze Kammer voller fehlerhafter Runensteine entdeckt, von deren Existenz sein Meister nichts ahnte. Warum die frühen Magier sie aufbewahrt hatten, konnte er sich nicht erklären. Vielleicht waren sie auch gar nicht fehlerhaft, sondern hatten einmal einem Zweck gedient, den heute keiner mehr kannte. Im Grunde spielte es auch keine Rolle. Das Einzige, was für ihn gezählt hatte, war, wie sie sich auf die Barriere auswirkten.

Normalerweise verbrannte diese jeden Humanos, der versuchte, sie zu passieren. Die Runen reagierten auf seine Magie, über die er im Gegensatz zu den Animalia gebot. Kaldors Manipulation hatte das Runenmuster hingegen so stark geschwächt, dass selbst ein Menschendämon den Spalt hatte passieren können.

»Lasst sie für ein paar Tage offen«, hatte *sie* ihn aufgefordert. »Bestimmt werden ein paar niedere Humanos davon angelockt, die der Versuchung nicht widerstehen können.«

Doch *sie* hatte ihn reingelegt. Der Riss hatte nicht nur ein paar Reißer, Kriecher und andere niedere Tierdämonen angelockt, sondern auch einige mächtige Humanos, die offenbar nur auf diese Gelegenheit gewartet hatten. Als Kaldor seinen Fehler erkannt und die Öffnung wieder versiegelte hatte, war es schon zu spät gewesen. In diesen wenigen Tagen mochten wer weiß wie viele von ihnen in die Schwebenden Reiche übergewechselt sein. Da erst hatte er begriffen, dass das von Anfang an *ihr* Plan gewesen war.

»Ich habe nach dir gesucht«, sagte eine Stimme über das Tosen des Windes hinweg.

Kaldor zuckte zusammen. Hatte er nicht einmal hier oben vor ihr Ruhe?

»Schlechtes Gewissen?«

Er rollte mit den Augen, bevor er sich mit einem falschen Lächeln umdrehte. »Emeryle – wie überraschend, dich hier anzutreffen.« Sie war die Leiterin der Bibliothek und rechte Hand von Everdale Tilbrock. In der letzten Zeit tauchte sie überall dort auf, wo auch er war. Zufall? Oder hatte der Oberste des Ordens bereits Verdacht geschöpft? Bei dem Gedanken musste er rülpsen.

Emeryle stellte sich neben ihn und reckte das Gesicht der Sonne entgegen. Der Wind zupfte an ihren dunklen Locken, als sie sich ihm zuwandte. »Ich kann verstehen, dass es dich immer wieder auf den Turm zieht.«

»Ich war mir nicht bewusst, dass du so gut über meinen Tagesablauf Bescheid weißt«, erwiderte Kaldor.

»Du weißt doch, es gibt nicht viel, was mir entgeht.«

War das eine Warnung? »Was willst du?«

»Ich habe nach dir gesucht.« Sie sah ihn unverwandt an.

»Warum?«

»Weil ich dich um einen Gefallen bitten möchte.« Jetzt lächelte sie und zeigte zwei Reihen strahlend weißer Zähne. »Meine Nichte, eine Novizin des höchsten Grades an der Fakultät für *Energetys*, arbeitet an ihrer Abschlussarbeit. Ihr Thema ist die Barriere. Und da du dort unten … nun ja, arbeitest und auch selbst ein *Energetys*-Magier bist, dachte ich mir, du könntest sie mal rumführen.«

Wie bitte? »Ich habe nun wirklich keine Zei…«

»Ich wusste doch, dass ich mich auf dich verlassen kann«, schnitt sie ihm das Wort ab, bevor er seiner Empörung Luft machen konnte. Lächelnd fügte sie hinzu: »Ich kann mir gut vorstellen, wie glücklich du dort unten über jede Abwechslung sein musst.«

Er starrte sie an und stellte sich dabei vor, wie er sie mit seinen Händen würgte, bis ihr Gesicht blau anlief und sie so schwach war, dass er sie ohne Gegenwehr über die Brüstung heben und in die Tiefe schleudern konnte, wo ihr Körper nach einem langen Sturz auf dem Pflaster aufschlagen und wie eine überreife Agurya-Frucht zerplatzen würde. Er lächelte zurück. »Es ist mir stets ein Vergnügen, dir zu Diensten zu sein, Emeryle.«

»Schön, dass wir das regeln konnten, und jetzt entschuldige mich bitte. Du weißt ja, wie kostbar meine Zeit ist.« Sie drehte sich um und rauschte davon.

Kaldor blickte ihr nach, bis sie im Inneren des Turms verschwunden war, dann ballte er die Fäuste und stieß einen Wutschrei aus. Einen Moment später sackte er in sich zusammen und starrte vor sich hin. »Nichte«, hatte sie gesagt. Besaß Emeryle überhaupt eine? Plötzlich war er sich sicher, dass der Oberste Magus ahnte, was er getan hatte. Zwar besaß er keine Beweise – andernfalls hätte er ihn umgehend zur Rede gestellt –, aber vielleicht sollte Emeryles angebliche Nichte sie ihm ja besorgen. Er würde sehr vorsichtig mit dem sein müssen, was er sagte oder tat, wenn sie ihn im Gewölbe aufsuchte. Am besten legte er sich schon einmal einen Plan zurecht.

Kaldor machte sich an den Abstieg. Er nutzte eine der schwebenden Kammern, um die mehr als zweihundert Stockwerke des Wolkenspalters zu überwinden, von denen heutzutage gerade mal ein Drittel noch in Benutzung waren. Als er im Erdgeschoss ausstieg, schwindelte ihm von der Geschwindigkeit, mit der die Kammer in die Tiefe gerauscht war. Das Gefühl verging jedoch rasch wieder. Anschließend begab er sich auf schnellstem Weg in seine Gemächer, die sich in einem der Nachbartürme befanden, wo er Zeit und Ruhe zum Nachdenken haben würde, bevor an diesem Tag sein Dienst im Gewölbe anfing.

Kaum hatte er die Tür hinter sich geschlossen, erstarrte er. Von der anderen Seite des Zimmers drang ein Geräusch an sein Ohr, schwach und dumpf wie ferner Herzschlag. Er schüttelte sich, als es ihm kalt den Rücken hinablief. Das konnte nicht sein! Das durfte nicht sein! Nach all den Monaten ... Er durchquerte den Raum und blieb vor einer Truhe stehen. Das Geräusch war jetzt direkt vor ihm. Er lehnte sich mit dem Bein gegen die Truhe und schob sie ein Stück beiseite. Eines der Dielenbretter darunter war lose. Kaldor hob es an und griff in die Schwärze darunter. Als er die Hand wieder hervorzog, hielt er einen Kristall darin. Er hatte die Form einer Pyramide und pulsierte im Takt des Geräuschs, dessen Quelle er war. Auf jeder Seite der Pyramide war eine andere goldene Rune eingearbeitet. Es war ein Echophon. Ein Kommunikationsgerät aus den Tagen der Ersten Magier. Heute gab es nur noch eine Handvoll von ihnen.

Kaldor presste die Lippen zusammen. Er hasste diesen Apparat und hätte ihn am liebsten gegen die Wand geschmettert. Stattdessen berührten seine Finger die Runen in einer bestimmten Reihenfolge, woraufhin das Pulsieren zu einem gleichförmigen Glühen wurde. Nun öffneten sich die Seiten der Pyramide wie die Blätter einer Blüte, und aus dem darin eingeschlossenen Licht sprach eine Stimme: »Kaldor, seid Ihr das?« Sie klang besorgt. »Dieser Narr Thamaryn ist in Kellwyn eingefallen, wir brauchen dringend Eure Hilfe!«

»Das glaube ich Euch gerne, *Hohepriesterin.*«

Für einen Moment herrschte Stille.

»Ich hatte mich schon gefragt, wie lange Ihr brauchen würdet, um die Wahrheit zu begreifen.« Die Stimme war noch immer dieselbe, aber sie klang nun kalt und schneidend. »Bedauerlicherweise ist das früher geschehen, als ich erwartet hatte.«

»Ich mag ein Narr gewesen sein, Euch zu vertrauen. Ihr müsst hingegen noch eine viel größere Närrin sein, wenn Ihr geglaubt habt, ich würde Euer Spiel nicht durchschauen. Die Barriere reagiert auf jeden Dämon anders, daher weiß ich, was Ihr getan habt.«

Sie seufzte. »Nun, ich hatte gehofft, Ihr würdet weniger aufmerksam sein. Doch das spielt jetzt auch keine Rolle mehr. Ihr werdet …«

»Wie viele?«, platzte Kaldor heraus. »Wie viele sind herübergekommen?« Das hatten die Nebelaugen ihm nicht verraten können. Sein Atem ging stoßweise. Seit mehr als drei Monaten quälte ihn die Vorstellung, dass Dutzende und Aberdutzende von Menschendämonen in die Schwebenden Reiche übergewechselt sein mochten. Und wenn es stimmte, was er über Val'kai der ersten und zweiten Kaste in der Bibliothek herausgefunden hatte, waren einige von ihnen so mächtig, dass selbst ein Dämonenjäger nicht mit ihnen fertig wurde.

»Jetzt, da Ihr wisst, wer wir sind, mache ich Euch einen Vorschlag: Schließt Euch uns an, und ich gebe Euch mein Wort darauf, dass die Val'kai Euch für Eure Dienste reich entlohnen werden. Ihr könnt ohnehin nicht verhindern, dass die Dhana'an sich bald wieder über uns erheben werden.«

Die Hohepriesterin musste verrückt geworden sein. »Die Götter der Dämonen sind tot. Sie werden sich nie mehr über uns erheben«, erwiderte Kaldor schnaubend.

»Lügen!«, blaffte die Stimme. »Ihr werdet schon noch sehen, wer am Ende recht behält. Nun fügt Euch oder ich werde den Obersten Eures Ordens über Euren Verrat informieren.«

»Und damit Eure Existenz ihm gegenüber preisgeben? Wohl kaum. Lasst mich in Ruhe! Hört Ihr?«

Ein Lachen entstieg dem Echophon. »Kaldor, Kaldor, glaubt Ihr wirklich, es wäre so leicht, mich loszuwerden?«

»Ihr seid weit fort. Was könnt Ihr mir schon tun?«

»Wir halten unsere Feinde wie auch Verbündeten stets im Auge«, warnte die Stimme. »Besonders jemanden wie Euch, der an einer für uns so wichtigen Schlüsselposition sitzt.«

»Ich ... ich lasse mir von Euch keine Angst machen«, erwiderte Kaldor, obwohl ihm bei ihren Worten die Knie so weich geworden waren, dass er sich auf sein Bett setzen musste.

»Dann fügt Ihr Euch?«

»Nein, nein, nein«, stieß er hervor und rülpste wieder. Er war kein Verräter. Ein leichtgläubiger Trottel, aber kein Verräter!

Dieses Mal erhielt er keine Antwort, stattdessen wurde das Echophon dunkel, und die Seiten der Pyramide begannen sich zu schließen. Mittlerweile zitterte er. Kaldor wusste, dass er sich soeben einen gefährlichen Feind gemacht hatte. Doch spielte das überhaupt eine Rolle? Früher oder später würden ihn seine Fehler ohnehin einholen. Er vergrub das Gesicht in den Händen und schluchzte.

30

Große Leere, Schwebende Reiche
25. Jul, 1026 n. d. Zweiten Dämonenkrieg

Catara stand wieder einmal am Bug der *Gluttänzer* und starrte hinaus in die Große Leere. In den vergangenen Tagen hatte sich dieser Ort zu so etwas wie ihrem Lieblingsplatz entwickelt. Der Anblick gab ihr Ruhe, während er ihren Geist auf Reisen schickte. Über die Große Leere kursierten zahllose Geschichten – von unentdeckten Inselreichen, von Kreaturen, die in der Finsternis zwischen den Feuerflüssen lauerten, und über die Seelen der Ruhelosen. Menschen, die sich aus Verzweiflung vom Rand eines Inselreiches gestürzt hatten oder gar gestoßen worden waren.

Sie mochte Geschichten. Schon als Kind hatte sie es geliebt, zusammen mit ihrer kleinen Schwester den Erzählungen ihrer Mutter zu lauschen und später denen der Schamanin. Mythen über uralte, den Menschen wohlgesonnene Wesen, über verborgene Tore in die Geisterwelt und über den Mut und das Heldentum ihrer Ahnen. Sie wünschte, sie hätte an all das glauben können, aber es waren eben nur Geschichten, und das machte Catara traurig. Nachdem sie erwachsen geworden war, hatte sie erkennen müssen, dass es keine andere Wahrheit gab, außer der, die man anfassen konnte.

Mittlerweile waren sie nur noch wenige Stunden von Sataou entfernt und durchquerten einen Abschnitt der Großen Leere, in dem die Feuerflüsse gehäufter auftraten als andernorts. Hier lagen viele Inselreiche wie Sataou, Reetac und Dagoras, oft nur wenige Tagesreisen voneinander entfernt. Vielleicht bewirkte die Vielzahl an Flüssen, dass es in dieser Region wärmer war, allerdings schien die Sonne hier auch heißer. Catara merkte es daran, dass sie schwitzte, ohne sich viel zu bewegen. Auch die Matrosen hinter ihr in der Takelage und der Schiffsjunge, der das Deck schrubbte, stöhnten und seufzten mehr als gewöhnlich.

Schritte näherten sich ihr über das Deck. Ihr Klang war stolz und selbstbewusst, sodass sie sich gar nicht erst umdrehen musste, um zu wissen, dass es Kapitän Barsac war.

»Herr«, grüßte er sie mit seiner rauen Stimme, nachdem er sich neben sie gestellt hatte.

»Was gibt es, Kapitän?« Catara hatte gelernt, dass Barsac kein Mann von unnötigen Worten war. Wenn er sie aufsuchte, dann deshalb, weil es wichtig war.

»Einige aus der Mannschaft sind beunruhigt. In den letzten Tagen hat mein Mann im Krähennest ungewöhnlich viele Botenvögel gesichtet, die die Große Leere durchfliegen.« Sie spürte, wie er ihr einen Blick von der Seite zuwarf. »Glaubt Ihr, Krieg ist ausgebrochen?«

Sie hatte die Vögel ebenfalls gesehen und fand den Gedanken nicht abwegig. Einige der Botenvögel trugen wohl die Nachricht von Telrys Tod zu den anderen Reichen. Doch ihre Zahl war zu groß, als dass das der einzige Grund sein könnte. Nein, etwas hatte die Schwebenden Reiche erschüttert und verbreitete sich nun wie ein Lauffeuer über alle Inselwelten. »Du fragst mich das, als wäre ich die vergangenen Tage nicht an Bord der *Gluttänzer* gewesen«, erwiderte sie wachsam. Barsac war ein schlauer Mann, und sie konnte immer noch nicht einschätzen, wie gut er den echten Rogen Thal gekannt hatte. »Ich habe nicht mehr gesehen und gehört als du und deine Männer.«

»Sicher, Herr, trotzdem seid Ihr ein Mann mit vielen Einsichten, mit vielen Freunden und vielen *Feinden.*« Das letzte Wort betonte er auffällig, wobei es weniger wie eine Drohung als eine Feststellung klang. »Gewiss sind Euch in Rifta Dinge zu Ohren gekommen … Ihr müsst verstehen, Herr, ich trage die Verantwortung für die Seelen hier an Bord.«

Catara drehte sich zu ihm um und stemmte die Hände in die Hüften. »Und was willst du jetzt von mir hören, Kapitän?«

»Ihr wisst so gut wie ich, dass die Wahrheit oft leichter zu ertragen ist als die Ungewissheit.«

Ich bin ihm etwas schuldig, dachte Catara. Im Hafen von Miras hätte er mich an die Soldaten ausliefern können, stattdessen hat er mir das Leben gerettet. Sie nickte. »Baron Telrys hat versucht, mich umzubringen, weil er befürchtete, ich könnte mein Wissen über die Pläne des Fünferbundes an den Feind verkaufen. Also ja, ich denke, Thamaryn hat sich aufgemacht, einen Krieg zu beginnen.«

»Ist es dann klug, dass wir nach Sataou fahren, Herr? Laufen wir nicht Gefahr, dass man unser Schiff beschlagnahmt? Xe'Neridian ist zwar neutral, aber wird das die Sataouaner interessieren?«

»Normalerweise würde ich dir zustimmen, Kapitän«, sagte Catara. »Aber ich muss um jeden Preis nach Sataou.«

Barsacs Blick bohrte sich tief in den ihren. »Hier geht es längst nicht mehr ums Geschäft.« Es war eine Feststellung, keine Frage.

»Was ich in Sataou tun muss, könnte viele Leben retten. Also, was sagst du, Kapitän, wirst du mir helfen?«

»Die *Gluttänzer* ist Euer Schiff, Herr.«

»Aber du bist ihr Kapitän«, erwiderte Catara. »Ich bin kein Idiot, Barsac. Die Männer werden auf dich hören, wenn du ihnen befiehlst, das Wüstenreich nicht anzulaufen.«

»Ja, das würden sie, Herr. Doch als ich diesen Posten annahm, schwor ich Euch meine Loyalität. Ich habe mein Wort noch nie gebrochen, und ich werde jetzt auch nicht damit anfangen.« Er nickte. »Ich vertraue darauf, dass Ihr wisst, was Ihr tut.«

Einem Impuls folgend legte Catara ihm eine Hand auf die Schulter. »Heutzutage gibt es nicht mehr viele Männer, denen Ehre und Gewissen noch etwas wert sind. Trotzdem möchte ich nicht, dass du dich und die Mannschaft unnötig in Gefahr bringst. Nachdem wir in Sataou angekommen sind, gebt mir sechs Stunden. Wenn ihr bis zum Ende dieser Frist nichts von mir gehört habt, bringt euch in Sicherheit, verstanden?«

Barsac zögerte. »Wenn … wenn das Euer Befehl ist, Herr.«

»Das ist er. Und ich werde ein Schreiben aufsetzen, dass im Falle meines Todes die *Gluttänzer* in deinen Besitz übergeht.«

Überraschung spiegelte sich auf dem Gesicht des Kapitäns. Er schluckte. »Mögen die Winde der Große Leere Euch sicher durch alle Strömungen und Untiefen geleiten, die Euch in Sataou erwarten, Herr.«

»Das hoffe ich auch, Barsac. Das hoffe ich auch.«

Kurz nachdem sich der Kapitän entfernt hatte, fiel ein Schatten über Catara und verdunkelte das ganze Deck des Schiffes. Der rasch dahinfließende Feuerfluss hatte das Schiff an einen der frei schwebenden Kolosse herangetragen, auf die man dann und wann in der Großen Leere traf. Ein Felsbrocken von rund einer halben Meile Durchmesser, der nun wie die Klippe eines düsteren Gestades steuerbordseitig über ihnen aufragte. Es hieß, dass die Kolosse Bruchstücke der alten Welt wären, die bei der Erschaffung der Schwebenden Reiche durch die Magier keine Verwendung gefunden hatten. In der Regel waren sie öd und unbewohnt.

Kaum hatte die *Gluttänzer* den Koloss passiert, fiel der Fluss plötzlich ab, als flöße er hinab in ein Tal. Die Strömung nahm rasant zu, und Catara sah, dass der Fluss, auf dem sie fuhren, lediglich einer von dreien war, durch die Sataou in das Netzwerk aus Feuerflüssen in diesen Teil der Großen Leere eingebunden war.

Während sie sich rasch der Insel näherten, betrachtete Catara die Wüstenwelt von oben. Im Norden wurde sie von einer öden goldorangen Felsenlandschaft dominiert, im Süden, der reich an Flüssen war, gab es viele fruchtbare grüne Flächen. Dort erhoben sich auch die meisten Städte, darunter Imshyra, das Herz des Reiches. Ein mächtiger Turm beherrschte das Zentrum der Hauptstadt. Er war von zwölf kleineren Türmen umgeben, die kaum weniger imposant wirkten und durch Brücken und Treppen mit dem Hauptturm verbunden waren. Herrin Sharalas Palast – und Cataras Ziel.

Es war das erste Mal, dass sie Sataou besuchte. Der Anblick beeindruckte sie. Vor allem die Himmelsgleiter, die mit der gleichen Leichtigkeit und Eleganz auf den Winden über den Städten ritten wie die Feuerreiter auf den Strömungen der Flüsse. Ihre Segel gleißten im Sonnenlicht, sodass sie Catara an die brennenden Sterne erinnerten, die in manchen Nächten hinab auf die Erde fielen. Sie nahm eine Bewegung aus dem Augenwinkel wahr und wandte das Gesicht nach rechts. Dort zählte sie in der Ferne fünf der Luftschiffe, die sich vom Wüstenreich entfernten und nach Südosten flogen.

In dieser Richtung lagen Dagoras – und Kellwyn, das Reich des Fürsten Kadin Aca Shan. Eine neutrale Inselwelt, die ihrer Herrin zufolge Thamaryns Interesse erregt hatte, obwohl sie weder von militärischer noch strategischer Relevanz war. Auf den Himmelsgleitern mussten sich sataouische Soldaten befinden, die Herrin Sharala Thamary vermutlich zur Verstärkung schickte. Der Krieg hatte also schon begonnen oder würde es in Kürze. Für einen Moment verspürte Catara ein überwältigendes Gefühl der Enttäuschung, dann entschied sie, dass es noch nicht zu spät war. Wenn sie die Anführer des Fünferbundes tötete, konnte sie immer noch verhindern, dass der Krieg sich auf weitere Inselreiche ausweitete. Allerdings nur, falls sie auf Sataou Erfolg hatte.

Diese exotische Welt stellte sie vor eine Herausforderung, die ihr schon seit Tagen Kopfzerbrechen bereitete. Weitaus stärker als der Anschlag auf Telrys. Es hatte damit zu tun, dass die Sataouaner ein misstrauisches Volk waren. Ihre magiebegabten Kinder schickten sie nicht an die Akademie auf Nekross, sondern bildeten sie eigenständig aus. Sie hatten den Magiern nicht einmal erlaubt, einen Dämonenjäger auf Sataou zu stationieren. Fremde waren ihnen fast schon ein Gräuel, weil sie glaubten, sie kämen nur, um ihre Geheimnisse auszuspähen. Zweifelsohne bedeutsame Geheimnisse, denn die Gelehrten des Wüstenreichs verfügten über Wissen aus den Tagen der Einen Welt. Wie sie daran gelangt waren, wusste niemand. Selbst Madeas Spione hatten dieses Rätsel nicht lösen können. Genauer gesagt war keiner von ihnen je aus Sataou zurückgekehrt. Fest stand, dass die Gelehrten dieses Wissen mit Magie kombiniert hatten, wodurch es ihnen erst gelungen war, die Himmelsgleiter zu bauen. Und die sogenannten Dämonenaugen, die die Gegenwart von Val'kai spüren konnten. Cataras eigentliches Problem.

Zaragoths Fluch hatte die Keesa verändert, indem er ihnen die Gabe des Gestaltwandels verlieh, über die der Dämon auch selbst gebot. In gewissem Maße machte das auch Catara dämonisch. Selbst wenn sie sich den Körper eines Sataouaners aneignete, würden die Dämonenaugen den Betrug wahrscheinlich durchschauen und sie entlarven. Wie also sollte Catara unbemerkt an ihnen vorbei in Sharalas Palast gelangen?

»Stromschnelle voraus!«, rief der Mann im Krähennest, gefolgt von: »Zwei Strich backbord.«

Catara schreckte aus ihren Gedanken auf und bemerkte ebenfalls die glühenden Formationen, die sich ein Stück vor ihnen unter der Wasseroberfläche abzeichneten und über die der Fluss gurgelnd und schäumend hinwegspülte. Es musste ein Stück Fels sein, das durch einen Lichtersturm vom Koloss abgesprengt und von der Strömung bis zu dieser Stelle mitgerissen worden war. Offenbar ein besonders harter Stein, sonst wäre er schon geschmolzen. Hinter ihr tönte Kapitän Barsacs Stimme über das Deck: »Du hast es gehört, Steuermann: Kursänderung auf zwei Strich backbord!«

Catara blickte über ihre Schulter zum Heck, wo Barsac mit unbewegter Miene hinaus auf den Fluss sah. Neben ihm stand der Matrose, der Spießer ersetzt hatte, nachdem dieser ein so grausiges Ende gefunden hatte. Der Mann war noch jung, sein Gesicht vor Aufregung gerötet. Noch weniger gefiel ihr der Ausdruck in seinen Augen: Angst. Gerade wollte sie dem Kapitän eine Warnung zurufen, als es passierte. Die Strömung entriss dem Mann das Steuer, worauf es sich wild drehte und die *Gluttänzer* zu schlingern begann.

Catara verlor das Gleichgewicht, knallte mit der Hüfte gegen die Bordwand und klammerte sich sofort daran fest. Über ihr in der Takelage wurde geflucht. Auch Barsac schrie aus Leibeskräften: »Du verdammter Schwachkopf, warum hast du nichts gesagt?« Schon war er bei dem Matrosen, stieß ihn beiseite und übernahm selbst das Steuer. Binnen weniger Augenblicke lag die *Gluttänzer* wieder ruhig im Wasser.

Spießer wäre das nicht passiert, dachte Catara. Der Eisenhaken, der ihm als Ersatz für seine Hand gedient hatte, war so angefertigt gewesen, dass er ihm größtmögliche Kontrolle über das Steuer gegeben hatte. Plötzlich musste Catara lächeln. Spießer hatte aus seiner Schwäche eine Stärke gemacht. Könnte das auch die Lösung für ihr Problem sein? Sie fing an zu summen, während eine Idee vor ihrem inneren Auge Gestalt annahm.

DRITTER TEIL

KRIEG

»Das größte Wunder unter allen Schöpfungen der Ersten Magier wird für immer die Barriere bleiben, die die Schwebenden Reiche vor einem Angriff der Val'kai aus der Gegenwelt schützt. Doch wir haben einen hohen Preis dafür bezahlt.«

Auszug aus »Die geheimen Schriften«,
Rupert Grimbogg,
Magier & Chronist,
49 v.d. Zweiten Dämonenkrieg–23 n.d. Zweiten Dämonenkrieg

31

O'Shan'wa, Kellwyn
25. Jul, 1026 n. d. Zweiten Dämonenkrieg

Rauch lag über weiten Teilen der Stadt und kündete von Schmerz, Verlust und Trauer. Die Straßen, vor Kurzem noch vom fröhlichen Spiel der Panflöten und Kindergelächter erfüllt, als die Bewohner die Ankunft der Maisbauern aus den Segenstälern feierten, waren jetzt rot vom Blut der Kellwyner. Über ganz O'Shan'wa lag der Gestank des Todes. In einigen Vierteln wurde noch immer gekämpft, wenngleich die Schreie der Verzweifelten und Sterbenden in den letzten Stunden weniger geworden waren. Nicht einmal drei Tage hatten die reetacianischen Streitkräfte benötigt, um die Hauptstadt des kellwynischen Reiches einzunehmen.

O'Shan'wa war auf einen Krieg nicht vorbereitet gewesen. Viel zu sehr liebten die Einwohner die Weite und den Blick auf das offene Land, als dass sie eine Stadtmauer errichtet hätten. Mit einem Angriff hatte ohnehin keiner gerechnet, denn seit jeher war Kellwyn ein politisch neutrales Reich. Und so hatte ihre Verteidigung aus einem kleinen, schlecht ausgebildeten Heer bestanden, dem in der kellwynischen Kultur kaum mehr als eine zeremonielle Bedeutung zukam.

Begonnen hatte es im Morgengrauen des 22. Jul, als die zwei größten reetacianischen Kriegsschiffe – zwei Viermaster – in den Hafen im Südosten der Hauptstadt eingelaufen waren. Die

Bewohner des Viertels waren völlig überrascht gewesen, sodass sie kaum Widerstand geleistet hatten. Binnen zwei Stunden war die Gegend um den Hafen herum in reetacianischer Hand gewesen. Umgehend hatten die Soldaten damit begonnen, Straßensperren zu errichten und Bogenschützen in den umliegenden Häusern und auf den flachen Dächern der Lagerhäuser zu positionieren, um den Hafen vor einem Gegenschlag der Kellwyner zu sichern. Anschließend hatte General Sarazas, Oberbefehlshaber der reetacianischen Streitkräfte, den Befehl gegeben, dass der Rest der Flotte nachfolgen sollte. Diese bestand überwiegend aus Kriegsgaleeren. Schiffe mit breitem Rumpf und viel Raum unter Deck. Auf den kleinsten von ihnen hatten immerhin bis zu hundert Mann Platz, auf den größten sogar bis zu dreihundert.

Allerdings hatte der Hafen nicht die gesamte Flotte fassen können, weshalb einige Galeeren lediglich ihre »Fracht« abgeliefert und anschließend wieder ausgelaufen waren, um Platz für nachrückende Schiffe zu machen. Nun ankerten sie im Fluss vor der Stadt.

Bereits zur Mittagsstunde war das Heer an Land auf über dreitausend Männer angewachsen, die bis zum Abend vier weitere Viertel im Süden und Westen von O'Shan'wa eingenommen hatten. Die Kellwyner waren ein Volk aus Jägern, Handwerkern und Bauern, die mit Jagdbögen und -armbrüsten, mit Schmiedehämmern, Mistgabeln, Steinen und gar Besen kämpften, während die reetacianischen Soldaten mit Speeren und Schwertern vorrückten – und dem Befehl, niemanden zu schonen.

Die nachrückenden Streitkräfte, rund viertausend Soldaten, hatten in derselben Zeit südlich der Stadt ein Lager errichtet, wo es ausreichend freie Fläche in Form von Feldern und Weiden gab. In den beiden Tagen darauf war Viertel für Viertel gefallen. Auf offenem Feld hätten die kellwynischen Männer und Frauen nicht einmal einen Tag gegen die Reetacianer durchgehalten, aber der heimische Boden und die verwinkelten Straßen und Gassen von O'Shan'wa hatten ihnen einen Vorteil verschafft. Wenigstens zu Anfang. Erst als sie erkennen mussten, dass sie niemals gewinnen konnten und dass sie ihre Hauptstadt verloren hatten, traten sie die Flucht an. Einige blieben zurück, um die Reetacianer abzulenken. Die übrigen nutzten die über die Stadt verteilten und geheimen Zugänge ins Labyrinth der Toten, um sich ihren Angreifern zu entziehen. Es war ein für die Kellwyner heiliger Ort. Im Labyrinth betteten sie ihre Verstorbenen zur letzten Ruhe. Das riesige Tunnelsystem war jedoch weitaus mehr als ein Friedhof, handelte es sich doch um ein Relikt aus der Zeit vor dem Ersten Dämonenkrieg.

Über das Labyrinth existierten viele Gerüchte. Es sei groß wie eine Stadt, zugleich verzweigter als jede Mine. Und schon früher habe es ein lange vergessenes Volk aus den Tagen der alten Welt als Ruhestätte für ihren Toten genutzt, weshalb dort unten gigantische Knochenberge lagern sollten, Tausende von Jahren alt. Es gab auch noch andere Geschichten. Völlig absurde Schauermärchen, die behaupteten, das Labyrinth selbst lebe und riefe die Kellwyner in Zeiten der Gefahr zu sich. Aber das war natürlich dummes Geschwätz, dem jemand wie Gregorius Thamaryn keine Bedeutung beimaß.

Der Großfürst lächelte. »Mein«, sagte er und blickte hinab auf die brennende Stadt. Er hatte nie viel Sympathie für die Kellwyner empfunden. Für ihn waren sie schwächlich und primitiv. »Rothäute« nannten seine Soldaten sie, und irgendwie passte der Name. Er schlug mit der Hand nach einer Fliege, die sich auf seiner Schulter niedergelassen hatte, wo sie wie ein Schmutzfleck auf seiner blütenweißen Uniform saß. Thamaryn stand auf dem höchsten Punkt der siebenstufigen Pyramide, einer mit Blumen und Bäumen begrünten Terrasse, in deren Mitte ein quaderförmiger Bau aufragte, welcher den Eingang in die Pyramide darstellte, die Fürst Kadin Aca Shan als Palast gedient hatte.

Das Bauwerk lag im Norden der Stadt, wo sich die Wohnviertel mit ihren Häusern, Geschäften und Werkstätten zu ihren Füßen scharten. Wie die Herrscherpyramide waren auch all diese Gebäude aus groben Steinblöcken erbaut. Klobig, schmucklos und wenig ansehnlich. In ihrer Bauweise orientierten sie sich an einer Ruine am östlichen Stadtrand von O'Shan'wa. Ebenfalls eine Stufenpyramide, die halb verborgen vom Dschungel in den rauchgeschwängerten Himmel ragte. Auch sie war ein Überbleibsel aus den Tagen der alten Welt, und genauso wie das Labyrinth war auch sie angeblich von den Vorfahren der heutigen Kellwyner erbaut worden.

Thamaryn verzog die Mundwinkel. O'Shan'wa war ein einziger Schandfleck. Wenn sich das gesamte Inselreich erst einmal unter seiner Kontrolle befand, würde er alle Gebäude niederreißen lassen und eine neue Stadt nach reetacianischem Vorbild errichten. Der Großfürst wollte einen Schluck aus seinem Weinkelch trinken und musste feststellen, dass er schon wieder leer war. Er verzog das Gesicht. Thamaryn mochte das Klima auf Kellwyn nicht. Hier war es so schwül, dass er sich stets durstig fühlte, egal wie viel Wein er trank. Und die Kleidung lag unangenehm feucht auf der Haut. In Reetac herrschte eine trockene Hitze, und der Durst ließ sich mit ein paar Gläsern löschen.

Der Großfürst machte einen Schritt vom Rand der Terrasse zurück und sah sich um, bis sein Blick die junge Dienerin, die im Schatten eines Orchideenregenbaumes stand, fand und winkte sie herbei. Er hatte sie aus Reetac mitgebracht. An ihren Namen erinnerte er sich nicht. Sie war ein hübsches junges Ding in einem Gewand aus hauchdünnem Stoff, durch das ihre Brüste und das dunkle Dreieck ihrer Scham schimmerten. Nachdem die Dienerin ihm von dem Wein eingegossen hatte, zog sie sich mit einer Verbeugung wieder zurück.

Thamaryn lächelte. »Braves Kind.« Er hatte ihr vor ein paar

Monaten die Zunge herausschneiden lassen, weil sie zu viel geredet hatte. Genauso wie seine tote Frau.

Er wandte sich wieder O'Shan'wa zu, hob den Kelch und rief: »Auf den Beginn eines neuen Zeitalters!« Er leerte ihn in einem Zug, trat vor und warf den Kelch in die Tiefe, wo er nach kurzem Fall auf einer Steintreppe aufschlug, die über die Außenwand der Pyramide verlief und die verschiedenen Terrassen miteinander verband. Soldaten, die auf den verschiedenen Terrassen postiert waren, wachten über sie wie auch über die umliegenden Viertel. Vermutlich hatte sie den früheren Regenten von Kellwyn für zeremonielle Zwecke gedient, denn im Inneren der Pyramide existierten ebenfalls Treppen und Gänge zwischen den Stockwerken.

Thamaryn empfand ein Gefühl tiefster Zufriedenheit, während er auf die brennende Stadt blickte. Es gefiel ihm, Dinge zu zerstören. Das schuf Platz für Neues, Besseres. Doch bereits im nächsten Moment verfinsterte sich seine Miene. Der Wind hatte gedreht. Nun trug er den Rauch der Flammen zu ihm herauf, was ihn husten ließ und ihm die Laune verdarb. Unruhe erfasste ihn mit einem Mal.

Der Großfürst ballte seine Fäuste und öffnete sie wieder. Was tat er hier überhaupt? Er sah an seiner Uniform herab. Falten, da waren ja überall Falten! Er strich mit seinen Händen darüber. Es nützte nichts. Im Gegenteil. Es machte die Falten nur noch schlimmer. Wütend friemelte er die Knöpfe auf, riss sich die Jacke herunter und warf sie zu Boden. Dann fuhr er herum. Sein Blick erfasste die Dienerin, an deren Gewand der Wind zerrte, als wollte er ihr auch diesen letzten Fetzen vom Körper reißen. Die Vorstellung gefiel Thamaryn. Allerdings war er für einen solchen Zeitvertreib gerade nicht in der Stimmung.

Er drehte den Kopf ein Stück weiter nach rechts. Seine beiden Leibwachen standen vor dem Eingang des quaderförmigen Baus, in dessen Inneren die Treppe lag, die durch jedes der sieben Stockwerke bis hinab zur untersten Ebene führte. Vorbei am Thronsaal, den Audienz- und Versammlungsräumen sowie den Privatgemächern der fürstlichen Familie. Thamaryns Blick glitt über die gesamte Terrasse. Wo steckte sein Berater? Warum war er nie da, wenn er ihn brauchte?

»Findet Asmaran!«, schrie er die Wächter an. »Und schafft ihn her!«

Einer der beiden Männer salutierte und verschwand in dem Quaderbau. Thamaryn schnaubte, sah die Dienerin an und befahl: »Mehr Wein!«

Sie eilte herbei, hob die Karaffe und sah ihn aus großen ängstlichen Augen an. Thamaryn starrte auf seine Hände. Wo war sein Kelch? Er blickte hinab in die Tiefe. *Verdammt!* »Meinen Trinkbecher – hol ihn mir!« Noch bevor er zu Ende gesprochen hatte, packte er das Mädchen am Arm und stieß es über die Kante. Sie öffnete den Mund zu einem Schrei, aber kein Ton kam heraus. Nach einem kurzen Sturz schlug sie mit dem Rücken auf der Außentreppe auf. Ihr Rückgrat knackte. Die Weinkaraffe entglitt ihrer Hand, rollte noch ein paar Stufen weiter hinab und vergoss dabei ihren kostbaren Inhalt. Thamaryn neigte den Kopf zur Seite und starrte in die aufgerissenen Augen des Mädchens, das dort unten mit verdrehten und zuckenden Gliedmaßen lag. Blut rann aus ihrem Mundwinkel, breitete sich unter ihrem Haar zu einer Pfütze aus und vermischte sich mit dem Wein. *Was für ein ungeschicktes Ding*, dachte er. *Sie hätte besser aufpassen sollen!*

»Ihr habt nach mir gerufen, Majestät.«

Thamaryn lächelte. *Majestät*, die Anrede eines Königs. Asmaran wusste stets das Richtige zu sagen. Er drehte sich um und schritt auf seinen Berater zu, der ein Stück vor ihm stehen geblieben war. Wie immer war er in einen Kapuzenmantel gehüllt, der seine Gestalt und sein Gesicht verbarg. Nur der Großfürst wusste, wie er darunter aussah. Er schauderte immer noch bei der Vorstellung an ihre erste Begegnung, aber Asmaran hatte sich als äußerst nützlich erwiesen. Hatte er, oder nicht? »Sag mir noch einmal, warum wir hier sind«, forderte er ihn auf.

»Weil es die einzig richtige Entscheidung war, Majestät«, erwiderte Asmaran aus den Schatten seiner Kapuze heraus.

»Meine Verbündeten sind anderer Ansicht.«

»Und dennoch haben sie dem Angriff auf Kellwyn am Ende zugestimmt. Sie fürchten Eure Macht und Größe. Aus diesem Grund haben Graf Roadan und Herzog Belfane bereits Verstärkung ausgesandt, die in Bälde eintreffen wird. Und auch aus Sataou sind Truppen zu uns unterwegs.«

Thamaryn nickte zufrieden, krauste dann aber die Stirn. Die Stimme in seinem Hinterkopf flüsterte davon, dass er jemanden vergessen hatte. »Wartet, was ist mit Telrys? Wird er uns keine Männer schicken?«

»Wisst ihr es nicht mehr, Majestät? Telrys ist tot.«

Bei diesen Worten ging eine Welle des Zorns von Asmaran aus. Rot und heiß brandete sie über Thamaryns Geist, und er erbebte unter ihrer Berührung. »Tot ... tot«, murmelte er verwirrt. »Wie konnte das passieren?«

»Königin Madea ist ein arglistiges Weibsbild. Ich habe sie unterschätzt, und Telrys musste den Preis dafür zahlen.« Asmaran stieß ein Zischeln aus, gefolgt von einer langen blauen Zunge, die unter seiner Kapuze hervorschoss. Thamaryn wich einen Schritt zurück, was sein Berater nicht zu bemerken schien. Vielleicht war es ihm auch egal. »Sie hat große Opfer gebracht, um an die Macht zu kommen«, fuhr er fort. »Doch es scheint, als wären ihre Pläne nicht aufgegangen. Obwohl der alte König tot ist, wurde noch kein neuer ausgerufen, und der Prinz ist und bleibt verschwunden.«

»Das ... das ist gut, oder?«

»Es ist unserer Sache dienlich.« Asmaran hob die Hände, die in schwarzen Lederhandschuhen steckten und seinen langen dünnen Fingern ein spinnengleiches Aussehen verliehen. »Was ist mit der kellwynischen Fürstenfamilie, Majestät? Haben Eure Männer herausgefunden, was aus ihr geworden ist? Vor allem aus Kadin Aca Shan?«

»Vorhin hat mich General Sarazas aufgesucht. Er ist mit der Entwicklung der Schlacht um O'Shan'wa sehr zufrieden. Das kellwynische Heer wurde bis auf ein paar Splittergruppen vernichtet. Auch unter der Bevölkerung gibt es zahlreiche Verluste. Die meisten Bewohner der Stadt sind unter die Erde geflohen, wo sie sich in diesem Labyrinth verkriechen. Der General will Männer hinunterschicken, sobald die Stadt sich vollständig in unserer Gewalt befindet. Was die Söhne des Fürsten angeht, so sind sie im Kampf um die Stadt gefallen. Die Tochter des Fürsten, Prinzessin Iritari, konnte entkommen. Aber sie ist nur eine Frau.« Thamaryn lächelte geringschätzig. »Aca Shans Eheweib starb schon vor vielen Jahren. Einzig der Fürst selbst ist ein Rätsel.«

»Dann bleibt er verschollen?«

Thamaryn runzelte die Stirn. »Ja und … nein.«

»Wie meint Ihr das, Majestät?«, fragte Asmaran.

Thamaryn warf einen Blick in die Tiefe. Was würde er jetzt für einen Schluck Wein geben. Seine Kehle war schon ganz trocken vom vielen Rauch, der sie beständig umwehte. Mit rauer Stimme hob er zu seiner Erklärung an: »Seltsame Sache. Es heißt, er sei bereits seit über einer Woche von niemandem mehr gesehen worden. Seine Kinder hatten das vor dem Volk geheimgehalten, um es nicht zu beunruhigen.«

»Es wirkt so, als wäre er gewarnt worden, und ist deshalb geflohen.«

»Nur warum wurde dann seine Leiche heute Morgen hinter einer Geheimtür in seinen Gemächern entdeckt? Und was noch viel merkwürdiger ist: Kadin Aca Shan sieht aus, als wäre er schon seit Monaten tot. Ich habe mich mit eigenen Augen überzeugt. Wie kann das sein, wenn seine Familie und der gesamte Hofstaat ihn erst seit Kurzem vermissen?«

Ein Lachen, das mehr wie ein Husten klang und Thamaryn zusammenzucken ließ, drang unter der Kapuze hervor. »Es gibt also zwei Kadin Aca Shan – welche Überraschung!«

»Ich verstehe nicht, Asmaran. Erklärt mir, was Ihr damit meint.«

»Ach, nichts, Majestät. Vergesst einfach, was ich gesagt habe.«

»Aber …« Thamaryn spürte einen leichten Druck hinter seiner Stirn, ähnlich dem Anflug eines Kopfschmerzes. In letzter Zeit wurde er des Öfteren davon geplagt. Bei Gelegenheit sollte er deswegen einmal Rat bei Meister Maelwyn einholen. *Hm, worüber sprachen wir noch gleich?*

»Wir redeten darüber, wie hervorragend der Krieg für Euch verläuft, Majestät«, half Asmaran ihm auf die Sprünge.

»Ja, richtig«, pflichtete Thamaryn ihm bei, einen Moment später fragte er sich, wie Asmaran wissen konnte, was er gedacht hatte. Oder hatte er es laut ausgesprochen? Aber worüber sorgte er sich eigentlich? Sollte er nicht lieber froh sein, einen so fähigen Mann an seiner Seite zu haben?

In der Tat solltet Ihr das, flüsterte die Stimme seines Beraters in seinen Gedanken. *Und nun genießt Euren Sieg, Majestät. O'Shan'wa ist Euer!* Thamaryn lächelte. Asmaran hatte wie immer recht. Der Sieg war seiner, und schon bald gehörte ihm ganz Kellwyn. Danach würde es Zeit, seinen Feldzug auszuweiten. Es war das Beste zuzuschlagen, solange die anderen Regenten sich noch in Schockstarre befanden. »Ich denke, wir sollten uns möglichst bald Milnfor zuwenden. Aus militärischer Sicht …«

»Erst müssen wir Eure Herrschaft über diese Insel festigen«, fiel ihm Asmaran ins Wort.

»Was redet Ihr da, die Streitkräfte des Fünferbundes sind groß genug …« Wieder spürte er diesen Druck hinter seiner

Stirn, der dieses Mal von einem quälenden Schmerz hinter seinem linken Auge begleitet wurde. Er blinzelte, und eine Träne rann seine Wange hinab.

»Keine Risiken, Majestät. Außerdem habt Ihr mir versprochen, das Grab zu finden.«

»Keine … Risiken«, wiederholte Thamaryn und nickte träge. Was war auf einmal nur los mit ihm? Er hatte gar nicht so viel Wein getrunken, und trotzdem waren seine Gedanken plötzlich so zäh, als wäre sein Kopf mit Arnsirup gefüllt. Oder lag es an diesem verdammten Rauch? Er kniff die Augen zusammen. »Grab?«

»Habt Ihr es vergessen? Der Zugang verbirgt sich im Labyrinth unter der Stadt. Nur aus diesem Grund sind wir hier, Majestät.« Asmaran trat näher, seine Finger legten sich auf Thamaryns Schultern. Der Großfürst wollte zurückzucken, doch die Berührung löste ein angenehm zufriedenes Gefühl in ihm aus. Mit einem Mal schienen alle Sorgen und Bedenken hinlänglich, während Asmarans Stimme in seinen Ohren süßer noch als die Verlockungen des prächtigsten Weibs klangen. »Das Grab birgt ein Geheimnis, das Euch zum mächtigsten Mann der Schwebenden Reiche machen wird. Ein Geheimnis, von dem nur Ihr und ich wissen. Ihr und ich. Und Königin Madea, diese sharigorische Hexe.« Asmaran machte eine Pause, bevor er umso eindringlicher weitersprach: »Sie wird alles versuchen, um Euch von dem Grab fernzuhalten. Das werden wir ihr aber nicht erlauben. Ihr vertraut mir doch, Majestät?«

Thamaryn nickte. Selbst diese Bewegung fiel ihm schwer.

»Ihr wisst, dass ich nur das Beste für Euch will.«

»Das Beste«, murmelte Thamaryn. Eine zweite Träne lief seine Wange hinab. Er fing sie mit dem Fingern auf und sah, dass sie die Farbe von Blut hatte. Er schaute wieder auf. »Wo … wo sind die anderen?«

»Ihr meint Belfane, Sharala und Roadan?«

»Warum ... warum sind sie nicht hier an meiner Seite, Asmaran? Warum feiern sie nicht meinen Triumph über Kellwyn mit mir?«

»Wenn das Euer Wunsch ist, werde ich nach ihnen schicken lassen«, erwiderte Asmaran.

Thamaryn dachte darüber nach. »Ja, ja, das wünsche ich mir.«

Asmaran lachte leise, zog seine Hände zurück, verbeugte sich und ging davon.

Der Druck hinter seiner Stirn ließ nach. An seine Stelle trat das Hochgefühl, das Thamaryn immer erfasste, wenn er mit seinem Berater gesprochen hatte. Asmaran war ein guter Mann. Er wusste stets, was er brauchte.

Thamaryn war nun wieder allein. Abgesehen von seiner Leibwache. Er ließ den Blick wieder über die Stadt unter ihm schweifen, wo Schreie und Flammen aus den Häusern zu ihm aufstiegen. »Ist es das, was du wolltest?«, fragte er. »Natürlich ist Kellwyn bloß der Anfang. Sobald wir das Grab gefunden haben, kann uns nichts mehr aufhalten. Dann werden unsere Träume wahr, alle werden sie wahr. Sag schon, was denkst du, mein Liebling?« Er drehte den Kopf zur Seite, um die Frau anzusehen, die direkt neben ihm aufgetaucht war.

Sie war ein Prachtweib, mit der typisch goldbraunen Haut einer Reetacianerin, wallendem schwarzem Haar und Augen, in denen der unbeugsame Stolz ihres Volkes loderte. Eine Königin durch und durch. »Hm, für einen Schlappschwanz gar nicht so übel.« Sie wandte ihm das Gesicht zu und bedachte ihn mit einem höhnischen Grinsen.

Thamaryn bleckte die Zähne. »Verdammte Schlampe, du bist auch nie zufrieden!« Seine Hände schossen vor, um ihr den Hals umzudrehen. Sie lachte auf, als er durch sie hindurchgriff.

»Schon vergessen, Gregorius?«, erwiderte seine Frau. »Du hast mich bereits umgebracht.«

Das gehässige Gelächter seiner Frau in den Ohren presste Thamaryn die Hände an seine Schläfen und brüllte seinen Wahnsinn dem Himmel über O'Shan'wa entgegen. Während ihrer kurzen Ehe hatte Arytea nie auch nur ein einziges gutes Wort für ihn übrig gehabt. Immer nur Demütigungen. Vor seinen Freunden wie vor Fremden, und selbst im Bett. Sie hatte ihn für einen Schwächling gehalten und dafür verabscheut. Aber er würde es ihr noch zeigen. Ihr und allen anderen.

32

Imshyra, Sataou
25. Jul, 1026 n. d. Zweiten Dämonenkrieg

Catara schrie, stöhnte und schluchzte, schließlich wurde das von ihr erwartet. Natürlich spürte sie den Schmerz der Messer, die ihre Haut ritzten. Die Berührung des glühenden Eisens, das sanft wie der Finger eines Liebhabers über ihre Brüste und den Bauch strich. Die häufigen Verwandlungen hatten sie allerdings gelehrt, größere, sehr viel größere Qual zu ertragen.

»Wirst du jetzt meine Fragen beantworten?« Die Stimme war kaum mehr als ein Hauch an ihrem Ohr. Ein Flüstern, erfüllt vom Versprechen auf Erlösung. Es brauchte lediglich ein gestammeltes Ja. Selbst ein Nicken hätte genügt, um die Schwester des Blutes zufriedenzustellen. »Sag mir, warum das Dämonenauge bei dir angeschlagen hat?« Ihr Atem kitzelte Cataras Hals, die sich ein paar weitere Tränen abzwang, bevor sie wie schon die Male zuvor den Kopf schüttelte.

»Du dummes, dummes Mädchen!« Die Schwester des Blutes seufzte, als würde sie Cataras Entscheidung bedauern, richtete sich auf und schob die Metallstange zurück in das Kohlebecken, das neben der Folterbank im Dunkel glühte. Die Schwester hatte einen sehnigen Körper, über den sie eine eng anliegende Kluft aus rotem Nydlaleder trug. Ihr Gesicht, samtig schwarz wie die Nacht, war mit Schweiß überzogen, der von der Hitze in dieser Hölle aus Schmerz und Feuer herrührte. Schreie drangen von überallher an Cataras Ohr. Offenbar konnten sich Herrin Sharalas Folterbräute nicht über mangelnde Beschäftigung beklagen.

»Möchtest du einen Schluck Wasser?«, fragte die Schwester des Blutes. »Mich macht diese Arbeit immer ganz durstig.« Sie lächelte auf Catara herab. Ihre Zähne schimmerten auffallend weiß zwischen ihren Lippen. Die Folterbank, auf der Catara lag, war aus Holzbrettern gefertigt, rau und splittrig, und nicht im Geringsten mit der Qualität der Liege in Rogen Thals Keller zu vergleichen. Aber ihren Zweck erfüllte sie ebenso.

Die Fesseln an Cataras Hand- und Fußknöcheln waren aus Leder und so festgezurrt, dass sie längst kein Gefühl mehr in ihren Gliedmaßen hatte. Sie schniefte und wandte den Kopf zur Seite, um zu verhindern, dass ihre Peinigerin ihr allzu genau in die Augen sah.

»Du musst mir nur geben, was ich will, dann wird dein Martyrium auf der Stelle enden. Keine Schmerzen mehr, das verspreche ich dir.« Sie beugte sich vor, küsste Catara auf die Stirn und presste in gespieltem Mitleid die Lippen zusammen. »Du bist so ein hübsches Ding. Bestimmt hast du viele Verehrer. Wäre es da nicht bedauerlich, wenn ich dir dein Gesicht zerschneiden müsste? Denk mal darüber nach, bis ich wieder zurück bin.«

Sie drehte sich um und tauchte in die Schatten des Gewölbes ein, die allein von den glühenden Kohlen in den Eisenbecken auf Distanz gehalten wurden. Die Silberglöckchen, die alle Blutschwestern in ihrem Zopf eingeflochten hatten, sangen bei jedem ihrer Schritte. Mittlerweile hasste Catara das Geräusch, seit Stunden ertrug sie es nun schon.

Der Frau selbst konnte sie nicht böse sein. Im Gegensatz zu Rogen Thal verrichtete sie bloß ihre Arbeit. Und sie verstand ihr Handwerk. Neben dem Schmerz, den sie ihr zufügte, versuchte sie, Cataras Ängste mit Andeutungen darüber zu schüren, was noch folgen mochte. Gleichzeitig heuchelte sie ihr Mitgefühl und Verständnis, um Vertrauen zwischen ihnen zu schaffen, das es Catara erleichtern sollte, ihr Schweigen zu brechen. Äußerst geschickt. So sehr Catara sie auch für ihr Können bewunderte, bedeutete das keinesfalls, dass die Blutschwester nicht dafür bezahlen würde, was sie ihr angetan hatte. Bezahlen mussten sie alle. Irgendwann.

Catara atmete tief durch, was sie sofort bereute. Abgesehen vom Ruß und dem Geruch verbrannten Fleisches, stank es in dieser Folterhölle vor allem nach Urin und Kot. Angst und Schmerz ließen nun mal keinen Platz für Würde und Selbstkontrolle. Sie hatte damit gerechnet, dass dies passieren würde. Die Sataouaner waren dafür bekannt, dass sie ihre Gefangenen folterten. Im selben Maße, wie sie ihre eigenen Geheimnisse hüteten, waren sie auf die anderer versessen. Und so hatte es zu Cataras Plan gehört, sich von den Wachen am Tor zur inneren Stadt erwischen zu lassen. Als Gefangene war sie ganz selbstverständlich in den Folterkeller unter Herrin Sharalas Palast gebracht worden.

Nachdem die *Gluttänzer* am Mittag im Hafen von Imshyra, der Hauptstadt des Wüstenreiches, eingelaufen war, hatte Catara das Schiff zunächst als Rogen Thal verlassen. Unter den schwarzhäutigen Sataouanern war der Kaufmann jedoch aufgefallen wie ein bunter Hund. Also hatte Catara sich Ersatz in Gestalt einer jungen Hafendirne gesucht. Es war eine Erleichterung gewesen, Thals Gestalt und damit auch seine perversen Gelüste endlich ablegen zu können. Die Stadtwächter hatten sich von ihrer Erscheinung täuschen lassen. Warum hätten sie auch was anderes als eine junge sataounische Dirne in ihr sehen sollen?

Von Anfang an hatte Cataras eigentliche Sorge den Dämonenaugen gegolten. Ihre Farbe und ihr Aussehen erinnerte an geschliffene Smaragde, nur dass sie groß wie ein menschlicher Kopf waren und im Mauerwerk über jedem der vier Stadttore saßen und ungnädig auf alle Besucher hinabstarrten, die

Zugang zur Stadt der Türme suchten. Wie man den äußeren Palastring nannte, der von einer dreißig Fuß hohen Mauer geschützt wurde und aus zwölf sandfarbenen Türmen bestand, die durch Brücken und Treppen mit dem Hauptturm in ihrem Zentrum, Sharalas Palast, verbunden waren.

Kaum hatte Catara sich einem der Tore genähert, war das Dämonenauge aufgelodert und hatte sie in eine Aura aus grünem Licht gehüllt. Wie befürchtet, hatte es ihre »Verkleidung« durchschaut und das Dämonische in ihr gespürt. Zaragoths Fluch war der Schlüssel zu ihrem Erfolg als Assassine. Hier im Reich des Wüstenvolks bedeutete er ihr Verhängnis. Die Torwächter hatten Catara auf der Stelle festgenommen und an die Schwestern des Blutes übergeben, damit diese aus ihr herauspressen konnten, warum das Dämonenauge eine scheinbar einfache Hafendirne als Bedrohung betrachtete.

Der lauter werdende Klang von Glöckchen riss Catara aus ihren Gedanken, und sie verdrehte die Augen. Wie viele Stunden würde sie hier noch ausharren müssen? Auf der anderen Seite durfte sie sich nicht beklagen. Alles verlief nach Plan. Mittlerweile konnte sie die Umrisse ihrer Peinigerin im rötlichen Lichtschein des Kohlebeckens ausmachen. Nur noch wenige Schritte trennten sie voneinander. Zeit, wieder in ihre Rolle zu schlüpfen. Catara stieß einen schwachen Hilfeschrei aus, ruckelte an ihren Fesseln, und verfiel dann in Gewimmer, als würde ihr klar, dass das alles vergebens war.

Die Schwester des Blutes blieb neben ihr stehen, die Hände in die Taille gestemmt, die Stirn gerunzelt. »Was denn, immer noch nicht bereit zu reden?« Sie schüttelte den Kopf. »Du siehst nicht aus wie ein Dämon, und trotzdem hat das Dämonenauge auf dich reagiert. Hast du dich an irgendwelchen finsteren Zaubereien versucht?«

»Nein, Herrin, nein«, schluchzte Catara. »Bitte, ich ... ich habe nichts getan. Das Auge muss ... sich geirrt haben.«

»Das ist nicht die Antwort, die ich hören wollte, und für heute war ich geduldig genug mit dir. Es gibt noch andere, um die ich mich kümmern muss.« Sie zog ein Messer aus einer Scheide an ihrem Gürtel, das sie bisher noch nicht benutzt hatte. Die Klinge war lang, dünn und leicht gebogen. Sie griff grob in Cataras Haar, damit sie ihren Kopf nicht wegdrehen konnte, und setzte die Spitze des Messers auf dem Wangenknochen unter ihrem linken Auge an. »So ein hübsches, hübsches Gesicht«, murmelte die Schwester des Blutes und begann zu schneiden.

Catara schrie.

Und schrie.

»Morgen früh werde ich dich noch einmal fragen.« Die Schwester des Blutes betrachtete ihr grausiges Werk. »Wenn du mir dann immer noch nicht antwortest, werde ich mit den Fingern deiner linken Hand beginnen. Wie viele bist du bereit, zu opfern, bevor du mir endlich die Wahrheit sagst? Diese Frage solltest du dir heute Nacht stellen.«

Sie rief nach der Wache, woraufhin sich zwei Riesen mit dunkler Haut und haarlosen Häuptern aus der Dunkelheit schälten. Sie hätten Zwillinge sein können. Vielleicht lag das auch nur am Licht oder am Blut, das ihr ins linke Auge gelaufen war. Wie schon die Torwächter trugen auch sie goldorange Beinkleider und Obergewänder.

Während die Schwester des Blutes sich ohne ein weiteres Wort abwandte und verschwand, lösten die Wächter Cataras Fesseln und schleiften sie quer durch die Folterhölle zu einem von Fackeln erhellten Gang, in dem es nach Angst, Verfall und menschlichen Ausscheidungen stank. Die Laute, die aus der Dunkelheit drangen, erinnerten jedoch eher an Tiere. Wenig später stießen die Wächter Catara in eine leere Zelle.

Sobald sie das Gitter hinter ihr geschlossen hatten und davongegangen waren, ließ sie sich auf einem Strohlager nieder und lächelte. Ihr Gesicht und ihr Körper schmerzten, aber die

Pein würde nur von begrenzter Dauer sein. Sobald sie sich verwandelt hatte, wären die Wunden verschwunden.

Sie rollte sich auf die Seite und zog die Beine an den Körper heran, denn sie war nackt und ihr war kalt. Behutsam rieb sie sich das Blut aus dem Auge, bevor sie die Lider schloss. Im Geiste begann sie das Lied aus ihrer Kindheit zu summen, das ihr stets Frieden und Gelassenheit schenkte. Für die nächsten Stunden tat sie nichts anderes und verlor sich dabei ganz in sich selbst und in dem bisschen Glück, das ihr diese Melodie schenkte.

Als sie die Augen wieder aufschlug, musste es spät in der Nacht sein. Sicher konnte sie nicht sein, denn die Zelle lag – wie auch der Rest des Gewölbes – unterirdisch und hatte keine Fenster. Allerdings hatte ihr Zeitgefühl sie nur selten getrogen. Sie lauschte. Die Schmerzensschreie aus der Folterkammer waren verklungen. Nur gelegentlich drang ein Wimmern aus einer der Nachbarzellen an ihr Ohr. Kein Zweifel, für heute hatten die Schwestern des Blutes ihr Tagewerk beendet. Catara stemmte sich in die Höhe, ignorierte den Aufschrei ihres Körpers und trat an das Gitter ihrer Zelle. Mit an die Eisenstäbe gepresstem Gesicht blickte sie hinaus in den Gang. Nichts. Nur das höhnisch tanzende Licht einer Fackel zeigte ihr, dass es zu ihrer Linken noch viele weitere Zellen gab. Das Ende des Ganges konnte sie nicht ausmachen. Auch keine Wachen. Aber natürlich waren da welche. Schließlich gab es sie in jedem Kerker. Sie ging davon aus, dass sie am Eingang zum Zellentrakt Posten bezogen hatten. Diese Wachen bildeten das einzige Risiko in ihrer Gleichung. Wenn es ihr nicht gelang, sie zu überraschen, würde sie ihren Fluchtversuch nicht überleben, denn das, was sie nun tun musste, würde sie so schwach und verletzbar machen, wie sie es schon viele Jahre nicht mehr gewesen war. Allein der Gedanke erfüllte sie mit einer solchen Furcht und Abscheu, dass sie kurz erbebte.

Reiß dich zusammen, du Miststück!

Sie trat einen Schritt zurück. Die Abstände zwischen den Stäben waren so eng gesetzt, dass sich kein Mann oder keine Frau, und wäre sie noch so zart, hindurchzwängen könnte. Aber Catara war weder das eine noch das andere. Sie war eine Keesa, ein Monster. Sie ballte die Fäuste, atmete trotz des Gestanks in ihrer Zelle durch und erinnerte sich daran, wer sie war. An das Gefühl der Schwäche, an die Melancholie in ihrem Herzen und die Sehnsucht ihrer Seele, nach allem, was ihr Zaragoths Fluch verwehrte.

Die Verwandlung, die daraufhin einsetzte, war anders. Keine Flammen, kein Schmerz. Und trotzdem fühlte es sich nicht weniger grausam an. Im Gegenteil. Es war, als saugte ihr etwas alle Lebensenergie aus. Sie taumelte gegen das Gitter und klammerte sich daran fest, während ihr Körper um sie herum verfiel. Selbst im Zwielicht der Fackel draußen auf dem Gang erkannte sie, wie ihre Haut grau wurde. Die Muskeln darunter verdorrten, sodass ihre Knochen umso deutlicher unter der verschrumpelten Haut hervorstachen. Angewidert verzog sie die Lippen und betrachtete ihre Brüste, die wie schlaffe Säcke an ihr herabhingen. *Hässlich, so hässlich …* Kein Wunder, dass Darval sie verlassen hatte. Damals hatte sie sich über seinen toten Körper gebeugt und geschworen, nie wieder hässlich zu sein, sich nie wieder verletzbar zu machen. Jetzt hatte sie diesen Schwur gebrochen. Sie fuhr sich über die Augen und wischte die Tränen fort. Dafür war jetzt keine Zeit.

Wenigstens ein Gutes hatte ihre Verwandlung in einen lebenden Leichnam. Alle Wunden und Schmerzen waren mit der Gestalt der Hafendirne von ihr abgefallen. Sie grinste. Spießer, der einarmige Matrose an Bord der *Gluttänzer*, hatte Catara gelehrt, dass man selbst aus einer Schwäche eine Stärke machen konnte. Dieser Körper war ihre Schwäche und zugleich ihre Stärke. Ohne die Bandagen, die die Keesa normalerweise trugen, waren ihre Bewegungen ungelenk; aber dafür erlaubten ihr ausgemergelter Leib und die weichen, fast schon biegsamen Knochen Catara, sich durch die Gitterstäbe zu zwängen. Der Kopf war der schwierigste Part, fast hätte sie sich ein Ohr dabei abgerissen. Doch sobald er die Enge passiert hatte, glitt ihr Körper wie der einer Katze nach.

Einen Augenblick später stand sie im Gang vor ihrer Zelle. Keuchend vor Erschöpfung, jedoch frei. Mit dem Handrücken wischte sie sich den Schweiß von der Stirn und wankte auf die Fackel zu. Als sie sie aus der Halterung zog, tauchte ein schmutziges Gesicht zwischen den Gitterstäben in der Zelle daneben auf. Es war ein Mann, was sie lediglich an seinem Bartwuchs erkannte.

Catara führte den Finger an die Lippen. »Pst!«

Er riss die Augen auf, stieß ein Fiepen aus, das sie an eine Ratte erinnerte, und verkroch sich wieder in die Schatten. Es hatte durchaus seinen Vorteil, wenn man aussah, als wäre man frisch dem Grab entstiegen.

Sie schleppte sich den Gang zurück in Richtung des Gewölbes. Nach einer Weile meinte sie, Stimmen zu hören. Sie folgte diesen, bis sie in der Ferne den Durchgang ausmachte, der zurück in die Folterkammer der Blutschwestern führte. Die Öffnung war in den Schein einer weiteren Fackel getaucht, die ihr zwei Sataouaner in Uniformen zeigten. Sie standen direkt unter dem Bogen des Durchgangs, schwatzten miteinander und tranken aus einem Weinschlauch, den sie hin und her reichten. Es waren nicht die Wachen, die sie zu ihrer Zelle gebracht hatten. Diese Männer waren allerdings nicht viel kleiner als die »Zwillinge« und genauso muskulös. Was ein Problem für sie war, denn in ihrer derzeitigen Verfassung konnte Catara es unmöglich mit ihnen aufnehmen. Jedenfalls nicht in einem fairen Kampf.

Noch hatten die Wächter sie nicht bemerkt. Also warf Catara die Fackel in eine leere Zelle und verschmolz mit der Dunkelheit. Von dort aus beobachtete sie die Sataouaner. Abgesehen von ihren Uniformen war alles an ihnen von nachtgleicher Schwärze: ihr Haar, ihre Augen, ihre Haut. Kein bisschen Farbe. Das gefiel Catara. In gewisser Weise fühlte sie sich ihnen verwandt. Töten würde sie sie trotzdem müssen.

Soweit es ihr möglich war, hielt sie sich in den Schatten, während sie auf sie zuschlich. Sie musste einen Laut verursacht haben, vielleicht war auch der Instinkt der Wächter erwacht, denn plötzlich fuhren sie zu ihr herum und rissen ihre Krummsäbel aus den Scheiden. Hätte Catara in diesem Augenblick über einen gesunden und starken Körper verfügt, wäre sie den Männern ohne zu zögern entgegengetreten. Eine Assassine brauchte keine Waffe, um zu töten. Aber jetzt war sie nur eine Keesa. Bei ihrem Anblick riss der eine Wächter die Augen auf, und Entsetzen verzerrte sein Gesicht zu einer Grimasse. »Das … das ist eine Lefa!«

»Wir sind verdammt«, stieß der andere Wächter hervor, wirbelte herum und floh in das Gewölbe hinter ihm.

Lefa?, dachte Catara – und lächelte mit einem Mal. Ihr war ganz entfallen, wie abergläubisch die Sataouaner waren. Lefa waren Rachegeister in der Kultur des Wüstenreiches. Opfer grausamer Tode, die zum Widergänger wurden, um ihre Peiniger zu strafen. Catara spielte mit, indem sie knurrte und zischte, während sie dem zurückgebliebenen Wächter weiter entgegenschlurfte. Der Mann war erstarrt vor Grauen und murmelte vor sich hin. Worte, die Catara nicht verstand, die ihm vermutlich jedoch Schutz bieten sollten.

Erst als sie ihn schon fast erreicht hatte, erwachte er aus seiner Erstarrung und stieß den Säbel in ihre Richtung. Ein Angriff, so unbeholfen und töricht, dass selbst Catara ihm in ihrem geschwächten Zustand ausweichen konnte. Der Mann ließ die Waffe fallen und fuhr herum, um seinem Kameraden nachzufolgen. Stattdessen stolperte er über seine eigenen Füße und schlug der Länge nach hin.

Das war ihre Chance! Catara bückte sich nach dem Säbel und stieß ihm dem Wächter zwischen die Schulterblätter, als dieser sich gerade aufrichtete. Er schrie auf und fiel nach vorne. Seine Furcht war jedoch so groß, dass er sich noch ein gutes Stück über den Boden schleppte, bevor er starb.

Catara wankte zu ihm und trat ihn in die Seite. Nichts, er war tot. Unter Ächzen sank sie auf die Knie und zog ihm die Uniform aus, bevor sein Blut diese vollständig ruinieren konnte. Sie befand sich jetzt am Rand der Folterhölle, in der noch immer einige Kohlebecken glühten. Ihr Schein fiel auf einen Tisch mit Folterwerkzeugen und auf eine Streckbank, die jetzt verwaist war. Und noch etwas war anders – es war still, abgesehen vom gelegentlichen Knacken der Kohlen.

Aufgrund der miesen Lichtverhältnisse und des Weges, den sie von ihrer eigenen Folterbank bis zu ihrer Zelle zurückgelegt hatte, konnte Catara die Weitläufigkeit des Gewölbes nur erahnen. Um gelegentlich ein paar Fremdländer zu foltern, war es viel zu groß. Was bedeutete, dass die Sataouaner ihrem eigenen Volk nicht weniger Misstrauen entgegenbrachten als Fremden. Das erklärte auch die Existenz eines Ordens wie der der Blutschwestern.

Es wird Zeit, sagte sich Catara, packte mit beiden Händen einen Unterarm des Toten und biss zu. Allein das Gefühl, wie sich ihre Zähne in seine Haut gruben, löste ein Würgen bei ihr aus. Sie schüttelte sich und zwang das Stück Fleisch ihre Kehle hinab.

Die nach nur wenigen Atemzügen einsetzende Verwandlung ähnelte ihrem ersten Mal, als sie sich Darvals verhasstes Gesicht angeeignet hatte, um der Entdeckung zu entgehen. Diesmal verzehrten keine Flammen Catara von innen heraus; dennoch war es schmerzhaft, als sich ihre eigenen Knochen dehnten und neu ausformten. Es fühlte sich an, als zerrten Dutzende Hände an ihr, bis sie glaubte, ihre Glieder würden aus den Gelenken springen. Überall spross Haar, wo vorher keines war, wölbten sich Muskeln unter frischer schwarzer Haut, bis sie am Ende zu einem Ebenbild des toten Wächters geworden war. Die ganze Zeit über murmelte sie ihren Namen, während Erinnerungen, Gedanken und Gefühle des Mannes wie Hagelkörner auf ihren Geist einprasselten.

Kaum hatte sie sich seine Uniform übergestreift, hörte sie die Stimmen. Hastig schleifte sie die Leiche in den Gang und legte sie in die erste leere Zelle, die sie finden konnte. Dann kehrte sie unter den Bogen des Durchgangs zurück und zog den Säbel. »Wer ist da?«, rief sie hinaus ins Gewölbe.

»Cosa, bist du das?« Die Gestalt des anderen Wächters trat aus der Schwärze in den Schein der Fackel, die hinter Catara an der Wand hing. Bei ihm war die Blutschwester, an deren Gesicht sie sich nur zu gut erinnerte.

Sharalas Folterbraut – offenbar hatte sie hier das Sagen – blieb neben dem Wächter stehen, mit dem sie gerade gekommen war, stemmte die Hände in die Seiten und sah sich um. Ihr Blick blieb an etwas hinter Catara hängen, ihre Lippen kräuselten sich, und ein wütendes Glitzern trat in ihre Augen. Catara sah über ihre Schulter. In einer Pfütze auf dem Boden lag der Weinschlauch, den die Wächter zuvor geteilt hatten.

»Eine Lefa, ja?«, fragte die Blutschwester gefährlich ruhig.

»Ich schwöre …«

»Schweig, Adill!«, herrschte sie den Mann an ihrer Seite an. »Und dafür hast du mich aus dem Bett geholt?«

»Sag es ihr, Cosa! Erzähl ihr von dem Geist!«, wandte Adill sich an Catara, auf Beistand hoffend. »Wir haben ihn beide gesehen, sonst hättest du dein Schabra nicht gezogen.«

Catara betrachtete den Krummsäbel in ihrer Hand. Im Schein der Fackeln sah es aus, als wäre die Schneide, die sich zur Spitze hin verbreiterte, in Blut getaucht. Aber sie hatte sie natürlich gereinigt. Nur gegen das Blut, das in das Obergewand des Wächters gezogen war, weshalb der Stoff nun unangenehm an ihrem Rücken klebte, hatte sie nichts tun können. Solange sie sich nicht umdrehte, würde es den beiden verborgen bleiben.

»Ich ... ich weiß nicht, was es war«, sagte Catara zu der Blutschwester und leckte sich die Lippen. Es fiel ihr nicht schwer, Unsicherheit und Verwirrung vorzutäuschen, denn ein Echo jener Furcht, die den abergläubischen Cosa bei ihrem Anblick überkommen hatte, hallte noch in ihrer Seele nach. Reumütig senkte sie den Blick. »Vergebt uns, Herrin. Wir waren Narren. Der Wein und Adills Geschwätz haben uns ...«

»Du Wurm von einem Sandteufel!« Adill stapfte mit erhobenen Fäusten auf Catara zu. »Was redest du ...«

Ratsch. Catara hatte Adill ihren Säbel in den Mund gestoßen. Der Sataouaner kippte nach hinten.

»Hat dir die Sonne das Hirn ausgedörrt, Cosa?«, schrie die Blutschwester. Ihr Gesicht schien eine Spur blasser, und auch wenn ihre Mimik regungslos blieb, ließ der Ausdruck in ihren Augen Verunsicherung erkennen.

Bevor sie jedoch reagieren konnte, schlug Catara ihr die flache Seite des Säbels gegen die Schläfe, sodass sie zu Boden ging. Ohne noch mehr Zeit zu verlieren, beugte sie sich über Adill, schloss ihm die Lider, um seinem vorwurfsvollen Blick zu entkommen, und zog ihm das goldgelbe Obergewand seiner Uniform aus. Sie tauschte es gegen ihr eigenes, mit Blut verschmutztes.

Anschließend packte Catara die bewusstlose Blutschwester unter den Achseln und schleifte sie zum nächsten Kohlebecken. Nach ein paar Schlägen ins Gesicht öffneten sich die Augen.

»Auf die Beine mit dir«, knurrte Catara, griff in ihr Haar und zerrte sie hoch. Die Glöckchen bimmelten schrill.

»Adill hat die Wahrheit gesagt«, keuchte die Blutschwester und starrte Catara, die ihr den Säbel an die Brust presste, mit geweiteten Augen an. »Die Lefa ... du bist von ihr besessen.«

Catara ging nicht weiter auf ihr Gefasel ein. »Du kennst die Regeln«, sagte sie stattdessen. »Du gibst mir Antworten, dafür bin ich nett zu dir.«

»Von … von mir erfährst du nichts, verfluchter Geist!«

Catara lachte und schlug noch einmal zu. Cosa war groß und kräftig. Ein einziger Hieb zertrümmerte die Nase der Blutschwester. Sie taumelte zurück und stieß mit der Hüfte gegen das Kohlebecken. Sofort war Catara bei ihr und versenkte die Faust in ihrem Magen. Die Sataouanerin fiel auf die Knie. Erneut griff ihr Catara ins Haar und zerrte sie zurück auf die Füße. Sie hatte keine Zeit für Spielchen. Sie musste Herrin Sharala noch heute Nacht töten.

»Jetzt bereit zu reden?«, fragte sie.

Die Blutschwester hob den Kopf und spuckte ihr ins Gesicht.

»Verstehe«, sagte Catara. »Du solltest jedoch wissen, dass meine Geduld nicht sonderlich ausgeprägt ist. Erwarte also keine Milde von mir.«

Die Sataouanerin bedachte sie mit einem schauderhaften Lächeln. Blut rann ihr von den Lippen.

»Wie du meinst.« Mit Cosas Pranke packte sie die Frau im Nacken, zerrte sie zu dem Kohlebecken herum und drückte ihren Kopf nach unten.

Die Blutschwester keuchte auf und fing an, um sich zu schlagen. »Nein, nein … lass mich los, du Scheusal!«

»Ich weiß, dass du reden wirst«, erwiderte Catara, während sie die Schläge und Tritte der Sataouanerin ignorierte und den Griff nicht eine Sekunde lang lockerte. »Weißt du auch, warum? Menschen ertragen nur ein begrenztes Maß an Schmerz. Ist das erst einmal überschritten, werden sie entweder wahnsinnig oder singen wie eine sharigorische Nachtigall.« Sie betrachtete die schwelenden Kohlen in dem Eisenbecken. »Aber wem sage ich das, nicht wahr?«

»Ich … ich werde dir trotzdem nichts verraten. Nichts!« Die

Blutschwester zielte mit ihren Fingernägeln nach Cataras Augen. Diese zog den Kopf zurück, sodass der Angriff sie verfehlte.

»Wir wissen beide, dass das eine Lüge ist«, sagte sie dann, verstärkte den Griff im Nacken der Blutschwester und stieß sie mit dem Gesicht voran in das Kohlebecken. Die Sataouanerin warf den Kopf verzweifelt zur Seite, sodass nur ihre rechte Gesichtshälfte in die Glut eintauchte. Ihr Schrei gellte in Cataras Ohren, während sie zappelte und um sich schlug. Gleichzeitig klimperten die Glöckchen in ihrem Haar ihr nerviges Lied.

Erst als der Geruch nach verbranntem Haar und Fleisch unerträglich wurde und die Frau nur noch wimmerte und sich kaum mehr regte, zog Catara ihren Kopf zurück. Die Kohlen hatten sich in ihr Gesicht gefressen und schwarze Krater mit blutig rohen Rändern darin hinterlassen. Sie sagte der Assassine alles, was sie wissen wollte. Wohin man die Habseligkeiten der Hafendirne, und damit Cataras eigene, gebracht hatte, und natürlich, wo sie Herrin Sharala finden konnte. Danach brach Catara der Frau das Genick. Vermutlich zeigte sie damit mehr Mitleid, als die Blutschwester ihren eigenen Opfern je zugestanden hatte.

33

Imshyra, Sataou
26. Jul, 1026 n. d. Zweiten Dämonenkrieg

Es war die zweite Stunde des Tages, und die Sichel des Neumonds stand hoch über der Stadt. Silbrig weiß schimmerte sie in einem Meer aus Sternen. Der Hofstaat von Herrin Sharala, bestehend aus Adel, Beamten und Ministern, hatte sich längst zur Nachtruhe begeben. Still war es dennoch nicht im Palast der Wüstenherrin.

Immer wieder begegnete Catara in den Treppenfluren und Korridoren, die sie auf ihrem Weg zu Sharalas Gemächern durchqueren musste, Wächterpatrouillen. Einige der Männer nickten ihr zu, andere ignorierten sie. Manche fragten sie nach dem Grund ihres Hierseins, denn Cataras Uniform unterschied sich von der der Palastwache durch eine rote Binde, die das Obergewand an ihrer Hüfte zusammenhielt. Ihre Antwort war stets die gleiche: »Ein Auftrag der Schwestern des Blutes.«

Bei der Erwähnung von Sharalas Folterbräuten warfen die Männer sich beunruhigte Blicke zu und winkten sie weiter, ohne nachzuhaken. Erst als Catara der Spitze des Turmes immer näher kam, legten die Wächter mehr Argwohn an den Tag. Zwei von ihnen bewachten das Bronzetor, das zu den Räumlichkeiten der Regentin führte. Sie verlangten nach einem schriftlichen Befehl und erklärten, dass sie Catara ohne den nicht passieren lassen würden. Also tötete sie die beiden und versteckte ihre Leichen in einem nahe gelegenen Raum, in dem es nach Duftölen und körperlichem Vergnügen roch. Dann trat sie durch das Bronzetor. Dahinter lag eine Treppe. Catara stieg sie hinauf und stand nach einem kurzen Weg durch einen abknickenden Gang vor einem weiteren Tor. Dieses Mal war es silbern. Doch die Männer, die es bewachten, starben genauso schnell und lautlos wie schon ihre Kameraden ein Stockwerk tiefer.

Auf das Silbertor folgte keine Treppe, sondern ein Korridor, der sich von den bisherigen nicht nur in seinen Ausmaßen unterschied – er war breiter und höher –, die Wände waren zudem mit weißem Quarz verkleidet, den Goldadern durchzogen, die im Licht der Laternen schimmerten, die von der Decke hingen. In regelmäßigen Abständen gab es Alkoven. Darin standen Vasen auf halbhohen Säulen. Sie waren mit Blumen gefüllt, die einen schweren süßen Duft verströmten. Catara drückte ihren Rücken durch und schritt noch forscher aus. Endlich war sie ihrem Ziel nahe.

Die letzte Tür war vollständig aus Gold und besaß zwei Flügel, die reich mit Ornamenten und Fabelwesen wie geflügelten Pferden verziert war. Sie wurde von einem einzigen Mann bewacht. Nur was für einem. Er überragte selbst Catara, die sich in Cosas Körper wie ein Riese fühlte, noch um eineinhalb Köpfe. Sein Haar hatte er zu Zöpfen geflochten, die eng an seinem Schädel anlagen. Sein Oberkörper war nackt und zeigte eine muskelbepackte Brust und Arme, die den Umfang von Oberschenkeln hatten. Sehr, sehr kräftigen Oberschenkeln.

Einen Bolganacken hatte die Blutschwester ihn genannt, und Catara musste zugeben, dass sie nicht übertrieben hatte. Er sah tatsächlich wie einer dieser legendären Wüstenteufel aus, die eine Kreuzung zwischen Mensch und Tier waren. Nur dass er keine Hörner hatte und Bolgas eigentlich ins Reich der Mythen gehörten. Während Catara sich ihm näherte, nahm er die Arme herunter, die er bisher vor seiner Brust verschränkt hatte. Seine

Rechte legte sich um den Griff eines Hammers, der mit dem Kopf nach unten neben ihm auf dem Boden stand. Schon ein flüchtiger Blick darauf reichte aus, um zu erkennen, dass ein Treffer damit ihren Körper zermalmen würde. Auch verlieh ihm die Waffe eine Reichweite, die es Catara unmöglich machen würde, mit dem Schwert an ihn heranzukommen. Folglich konnte sie nur eines tun: Sie musste einen Kampf mit ihm um jeden Preis vermeiden.

Nachtschwarze Augen, die nicht erkennen ließen, was er fühlte oder dachte, fixierten sie, als Catara langsamer wurde und schließlich, als sie nur noch fünf Schritte voneinander trennten, stehen blieb. Sie beobachtete, wie sich seine Hand fester um den Stiel des Hammers schloss. Er wusste, dass sie hier nichts verloren hatte. Aber das würde ihm nichts nützen. Ihre Finger streichelten über das Stoffsäckchen in ihrer Hosentasche, das sie sich von den Blutschwestern zurückgeholt hatte. Zusammen mit dem Rest ihrer Habseligkeiten, bevor sie den Folterkeller verlassen hatte.

Bevor Catara von Bord der *Gluttänzer* gegangen war, hatte sie das Futteral mit den Giften und Gegengiften eingepackt. Sie hatte es in der Annahme getan, dass sie nicht zum Schiff zurückkehren würde. Das war jetzt fast einen ganzen Tag her. Wenn Kapitän Barsac ihren Befehl befolgt hatte, war er seit Sonnenuntergang wieder auf den Feuerflüssen unterwegs und brachte sein Schiff sowie seine Mannschaft vor den Sataouanern in Sicherheit. So, wie sie ihn einschätzte, hatte er länger als die sechs abgesprochenen Stunden gewartet. Doch es war egal – für ihre eigene Flucht aus dem Wüstenreich plante Catara etwas Spektakuläres: den Diebstahl eines Himmelsgleiters. Natürlich musste sie vorher noch Herrin Sharala töten. Dafür musste sie aber zunächst den Bolganacken loswerden.

»Was willst du hier?«, fragte er mit einer röhrenden Stimme, die direkt aus seinem Brustkorb zu kommen schien.

»Ich bringe eine Nachricht für Herrin Sharala von den Blutschwestern.«

»Zu dieser Stunde?«

»Lass sie mich dir zeigen, und du wirst verstehen, warum sie nicht bis morgen früh warten kann.«

Die Antwort schien ihn zu überraschen. Über seiner Nasenwurzel bildete sich ein kleines Dreieck aus Falten, während er nachdachte. Dieser kurze Moment reichte Catara: Mit einer fließenden Bewegung riss sie das Stoffsäckchen aus ihrer Hosentasche und schleuderte es dem Wächter entgegen. Beim Aufprall auf seiner Brust rissen die Nähte wie beabsichtigt auf, woraufhin er in ein weißes, pudriges Pulver gehüllt wurde. Der Bolganacken grunzte und hob seinen Hammer, der zusammen mit dem Stiel gut halb so lang war wie er selbst. Das Pulver hatte sich auf seinem Gesicht und seinem Oberkörper abgesetzt.

Catara registrierte, wie der Nyxstaub sich mit dem dünnen Film aus Schweiß und Fett verband, den jeder Mensch auf der Haut trug, und unsichtbar wurde. Je nachdem, wie viel der Wächter davon eingeatmet hatte, würde es schnell …

Mit einem Aufschrei schwang er den Hammer in ihre Richtung. Catara wich zurück und spürte den Lufthauch der Waffe, die knapp an ihrem Gesicht vorbeizischte. Sie zog ihr Schabra, obwohl sie nicht vorhatte, zu kämpfen. Sie musste ihr Gegenüber lediglich so lange hinhalten, bis der Nyxstaub seine Wirkung entfaltete. In Gedanken zählte sie die Sekunden, während er erneut ausholte und zuschlug, und dann wieder ausholte und zuschlug. Cosa war groß und muskelbepackt, aber zu ihrer Freude reagierte sein Körper flink und geschickt, weshalb es ihr nicht schwerfiel, den Angriffen ihres Gegners auszuweichen.

Für seine Größe war der Bolganacken schnell, und er schwang den Hammer, ohne dass er von dessen Gewicht auch nur einmal aus dem Gleichgewicht gebracht wurde. In einem echten Zweikampf hätte sie seinem Geschick und seiner Kraft auf Dauer nicht viel entgegenzusetzen. Wieder ließ er den Hammer auf sie niedergehen, wieder brachte sie sich mit einem Sprung außerhalb seiner Reichweite. »Jetzt bleib schon stehen, du elender Wüstenwurm, und kämpfe wie ein Mann«, knurrte er. Sein Gesicht und sein Oberkörper glänzten von Schweiß. Plötzlich blinzelte er. Es sah aus, als würde er Catara zuzwinkern. Sie lächelte. Der Nyxstaub. Gleich darauf hob er die freie Hand und rieb sich die Augen. Als er sie wieder senkte, waren seine Wange und die Finger blutverschmiert.

»Was … h-hast … du …« Der Rest des Satzes ging in einem Röcheln unter, dem ein Schwall blutigen Schaumes folgte, der von seinen Lippen spritzte. Der Riese wankte, ließ den Hammer fallen, der zu Boden krachte, und begann zu zittern und zucken, während die Haut in seinem Gesicht und auf seinem Oberkörper Blasen warf, die aufplatzten und noch mehr Blut entließen. Mit einem Krächzen schlug er die Hände vors Gesicht, was ein schmatzendes Geräusch verursachte, während Blut und Hautfetzen zwischen seinen Fingern hervorquollen.

Das war Cataras Moment. Sie sprang vor und durchbohrte mit dem Säbel sein Herz. Der Wächter war auf der Stelle tot. Ein gnädiges Schicksal im Vergleich zu dem, hätte sie ihn dem Nyxstaub überlassen. Der Staub an sich war harmlos, wurde er jedoch feucht, verwandelte er sich in Säure, die selbst Stein schmolz. Die Menschen auf Caldoraq gewannen ihn aus dem Gift der Arachnoiden und setzten ihn bei der Hinrichtung verurteilter Vergewaltiger und Mörder ein. Es war nicht leicht, an ihn heranzukommen. Königin Madea besaß jedoch Beziehungen zu fast jedem Inselreich, weshalb es nicht viel gab, auf das Cataras Herrin keinen Zugriff hatte.

Die Assassine steckte ihre Waffe wieder ein, trat über die Leiche des Bolganackens hinweg und auf die nun unbewachte Doppeltür zu. Sie lauschte, dahinter schien alles still. Offenbar war der Kampf zu kurz gewesen, um jemanden aufzuwecken. Sie öffnete einen Flügel und linste in das Gemach. Der Raum war groß und ins Zwielicht weniger Laternen getaucht. Als Erstes fielen Catara die Säulen ins Auge, die die Decke trugen, auf der die Konstellationen der Himmelsgestirne in Blattgold dargestellt waren. Sie alle hatten die Form nackter Frauen, die ihre Körper im Rhythmus einer Melodie wiegten, die nur sie hören konnten. Die gegenüberliegende Seite des Raumes war offen und führte hinaus auf eine Terrasse, die mit Blumen, Ranken und Palmen begrünt war. Nur von Herrin Sharala oder ihren Dienern war nichts zu sehen. Leise schlüpfte sie durch den Spalt und schloss die Tür hinter sich. Dann schlich sie zwischen den Säulen hindurch zur Mitte des Raumes. Dort war ein Badebecken im Boden eingelassen, gefüllt mit einer milchfarbenen Flüssigkeit, auf der Wasserrosen trieben. Um das Becken herum standen Diwane mit Kissen, die der Ruhe und Erholung dienten. Catara verharrte neben einem flachen Tischchen, auf dem eine Schale mit Orangen, Glöckchentrauben und Kupferfeigen stand. Luxus, wohin man sah. Zweifelsohne verstand es die Herrin des Wüstenreiches, zu leben.

Catara schob sich eine Glöckchentraube in den Mund und brachte die Haut der Frucht mit ihrem Eckzahn zum Platzen. Ein kühler honigartiger Geschmack breitete sich auf ihrer Zunge aus. *Köstlich*, dachte sie und blickte sich weiter um. Von den Säulen fast verborgen entdeckte sie zwei Doppeltüren. Die zu ihrer Linken schien verschlossen und fiel im Licht der wenigen Laternen kaum auf. Bei der anderen stand ein Flügel ein Stück offen, sodass sich ein Dreieck aus Licht auf dem Boden davor abzeichnete. Während Catara auf die Tür zuschlich, vernahm sie Stimmen, untermalt von Seufzern und gelegentlichem Gekicher.

Neugierig positionierte sie sich hinter dem geschlossenen Flügel der Tür.

»… stimmt nicht mit Thamaryns Berater«, sagte eine Frau.

»Das behauptest du schon die ganze Zeit«, erwiderte eine andere und fügte hinzu: »Müssen wir wirklich jetzt darüber reden, Shara?«

»Ich frage mich eben, wie er das macht. Thamaryn steht völlig unter seinem Einfluss. So kenne ich ihn überhaupt nicht. Und warum Kellwyn? Ich meine … Bei allen Wüstenteufeln, was tust du da, Lyta?«

Leises Lachen. »Soll ich aufhören?«

»Untersteh dich!«

»Wie meine Herrin befiehlt.«

Catara warf einen Blick durch den Spalt und erblickte zwei dunkelhäutige Frauen. Sie waren nackt und ruhten auf einem Lager aus Kissen, das den Großteil des Raums einnahm. Die eine war Herrin Sharala. Die andere, deren Schönheit nicht weniger atemberaubend war, hatte sich auf die Seite gerollt und stützte ihren Kopf auf einer Hand ab, während sie in der anderen eine lange Feder hielt, mit deren Spitze sie die Brüste der Herrscherin des Wüstenreiches kitzelte. »Wenn es dir nicht gefällt, was Thamaryn tut, warum hast du ihm dann Verstärkung geschickt?« Sie zog die Feder bis hinab zu Sharalas Scham, woraufhin diese leise Seufzer ausstieß.

»Weil … weil ich nicht anders … kann.« Sie schloss die Lider und erschauerte. »Wenn ich mich weigere, mache ich mir ihn und die anderen Mitglieder des Bundes zum Feind.«

Cosas Körper reagierte umgehend auf das Liebesspiel der beiden Frauen. Sein Schwanz wurde hart und klatschte gegen Cataras Oberschenkel. Verdammt! Auf so etwas war sie nicht vorbereitet gewesen.

»Du kannst doch nicht die Einzige sein, der die Veränderungen an ihm aufgefallen sind?«, wandte Lyta ein.

Sharala stöhnte. »Bin ich auch nicht. Aber … sie haben alle … zu große Angst vor … ihm. Oh, Lyta, hör … jetzt bloß nicht … auf.«

Catara zog sich zurück. *Scheiße, scheiße, scheiße.* Wenn sie nicht sofort etwas unternahm, würde dieser verfluchte Körper sie in Schwierigkeiten bringen. Ganz langsam, um ja kein Geräusch zu verursachen, zog sie das Schabra wieder aus der Scheide, legte die Klinge in die linke Hand und drückte zu, bis Blut zwischen ihren Fingern hervorquoll. Sie lächelte, als der Schmerz das Feuer in Cosas Hose erstickte. Na also. Und jetzt zurück zum Geschäft.

Sie riss die Tür auf und stürmte in das Schlafgemach der Regentin. Lyta stieß bei ihrem Anblick einen Schrei aus und warf sich in dem Moment über ihre Herrin, als der Säbel auf Sharala herabfuhr. Catara knurrte vor Wut. Es war ein dummes, sinnloses Opfer, denn es würde den Tod der Wüstenherrin nur hinauszögern.

»Wer bist du?«, keuchte Sharala. Ihre Augen waren geweitet und ihr Gesicht mit dem Blut ihrer Geliebten bespritzt.

Catara zerrte an dem Säbel, doch der hatte sich im Rückgrat der Toten verkeilt. »Der Sendbote der Rache!« Sie fluchte, ließ den Griff der Waffe los und beugte sich über die Herrin von Sataou, die inzwischen versuchte, sich unter dem Körper ihrer Geliebten hervorzuwinden. »Es geht schneller, wenn du dich nicht wehrst«, zischte Catara und schlang ihre Hände um Sharalas Hals. Ein wenig bedauerte sie, ein so vollkommenes Geschöpf töten zu müssen, aber sie konnte Königin Madea unmöglich enttäuschen.

Catara hatte es immer gehasst, jemanden zu erwürgen und ihm dabei so nahe zu sein, dass sie zusehen konnte, wie das Leben aus seinen Augen wich. Diese Art des Tötens fühlte sich falsch und schmutzig an. Es war die Waffe der Verzweifelten, der Irrsinnigen und Schlächter, die sich am Sterben ihrer Opfer ergötzten. Ein solcher Tod war erniedrigend – für beide Seiten. Umso erleichterter war sie, als Sharalas Hände, die ihr bereits Gesicht und Arme zerkratzt hatten, endlich kraftlos herunter sackten. Ein letztes Schaudern lief durch den makellosen Körper der Regentin, bevor auch sie still dalag.

Es war vorbei. Catara löste die Hände von ihrem Hals, fühlte ihren Puls und fand ihn nicht. Nun richtete sie sich auf und trat ein paar Schritte von den toten Frauen zurück. Die Kratzer auf ihren Armen und auf ihrem Gesicht brannten. So konnte sie sich nicht im Palast zeigen. Kurz spielte sie mit dem Gedanken, Sharalas Körper zu stehlen. Es war verlockend, aber unmöglich. Sie würde dadurch viel zu viel Aufmerksamkeit auf sich ziehen. Also blieb nur Lyta.

Es war ein junger, anmutiger, graziler Körper, der ganz nach Cataras Geschmack war und sie den Schmerz der Verwandlung rasch vergessen ließ. In einem Nebenraum des Schlafgemachs entdeckte sie Schmuck, Schuhe und Gewänder. Da Lyta eine ähnliche Statur wie ihre Herrin hatte, konnte Catara frei wählen. Sie entschied sich für ein Kleid in Blau, das mit Perlen und Goldstickereien versehen war. Dazu zog sie Sandalen aus Lederschnüren an und warf sich zum Schluss einen samtgrauen Seidenmantel über die Schultern, der leise raschelte, als sie sich vor einem der zahlreich an den Wänden angebrachten Spiegel drehte. Catara lächelte. Was für ein erhebendes Gefühl es doch war, endlich wieder schön zu sein!

Sie kehrte in das Schlafgemach zurück und entdeckte in einer Obstschale unweit des Kissenlagers ein Schälmesser. Sie nahm es an sich und verbarg es zusammen mit dem Lederfutteral, das auch ohne den Nyxstaub noch ihren wertvollsten Besitz beinhaltete, unter ihrem Gewand. Am liebsten hätte sie sich Cosas Schwert umgeschnallt, nur hätte das Misstrauen erregt.

Jetzt sind es bloß noch drei, dachte sie mit einem letzten Blick auf Herrin Sharala.

Mit weiten, leichten Schritten durchmaß sie den Säulenraum. Lytas Körper fühlte sich wie ein Lieblingskleid an, das sie lange nicht getragen hatte, wodurch ihr erst bewusst wurde, wie schmerzlich sie einen Frauenkörper wie diesen vermisst hatte. Es war ein herrliches, durch und durch befriedigendes Gefühl.

Und das Beste daran war, dass Lytas Gesicht ihr in diesem Palast Tür und Tor öffnen würde. Bereits bei ihrer Ankunft in Imshyra waren Catara die Luftschiffe aufgefallen, die regelmäßig vom Dach des Palastturms starteten. Vor allem die Botengleiter. Klein und wendig waren sie. Auf genau solch ein Schiff hatte sie es abgesehen.

Im Korridor blieb sie stehen. Hier lag der Wächter, dessen Gesicht und Oberkörper der Nyxstaub inzwischen bis zur Unkenntlichkeit zersetzt hatte. Nach kurzer Überlegung packte sie ihn bei den Armen und schleifte ihn unter Aufbringung all ihrer Kräfte hinter die goldene Doppeltür, wo er vorerst vor Entdeckung sicher wäre. Dann eilte sie weiter, passierte wenig später erst das Silber- und danach das Bronzetor und suchte schließlich die zentrale Treppe auf, die durch das Innere des Turms bis hinauf zum Dach führte. Nach ihrer Schätzung musste mittlerweile die vierte Stunde nach Mitternacht angebrochen sein. Noch lagen die meisten Palastbewohner in ihren Betten, das würde sich jedoch in Bälde ändern.

Sie wurde erst langsamer, als sie den Zugang zum Dach erreichte. Einer der Wächter trat vor, als sie sich ihnen näherte. Ein junger hübscher Kerl. Er verneigte sich vor ihr. »Gebieterin Lyta, was führt Euch her?«

»Ein Auftrag meiner Herrin. Ich benötige einen Gleiter.«

Er zog überrascht eine Braue hoch. »Um diese Stunde?«

»So lautet Herrin Sharalas Befehl, und ich würde nie wagen, mich Ihr zu widersetzen.« Sie sah dem Wächter direkt in die Augen. »Wie steht es mit dir?«

»Ganz gewiss nicht, Gebieterin!« Er verneigte sich, trat zur Seite und gab seinen Kameraden mit einem Wink zu verstehen, dass er ihr das Tor öffnen sollte.

Die Nacht war erstaunlich kühl für so ein heißes Land. Wind

zupfte an ihrem Haar, das ihr in langen schwarzen Locken über die Schultern fiel. Sie legte die Hände um ihren Körper und blickte hinauf zu den Sternen, denen sie hier oben so viel näher schien. Sie seufzte. Eine unbestimmte Traurigkeit hatte Catara befallen, was sie ihrer neuen Gestalt zuschrieb. Lyta hatte Sharala offenbar wirklich geliebt und war nicht nur wegen der Vorteile, die ihr eine solche Stellung einbrachte, mit ihr ins Bett gestiegen. *Jetzt reiß dich zusammen!* Catara verschloss sich dem fremden Gefühl – noch war sie nicht in Sicherheit – und marschierte los.

Das Dach des Turms lag als weite Fläche vor ihr, die an ihren Rändern von einer Brüstung begrenzt wurde. Überall standen Wächter an Feuerbecken herum und wärmten sich die Hände, während der Schein der Flammen über die Rümpfe der Himmelsgleiter tanzten, die an Seilen vertäut über ihnen am Nachthimmel schwebten. Die Schiffe waren groß wie Dreimaster und sahen auch ganz ähnlich aus, wirkten jedoch flacher und breiter, sodass auf Deck eine Vielzahl von Personen Platz hatte. Auf jedem Rumpf war das Wappen von Sataou aufgemalt: dreizehn schwarze Türme vor einer großen roten Sonne.

Die Segel, die nicht eingeholt waren, blähten sich im Wind. Sie bestanden aus einem Material, welches im Licht des Mondes und der Sterne funkelte. Vermutlich waren sie Teil des Mysteriums, das diese Schiffe in der Luft hielt. Catara hätte gerne mehr darüber in Erfahrung gebracht, aber die Zeit drängte. Ohne die Blicke der Männer zu beachten, ging sie zwischen ihnen hindurch, bis sie am anderen Ende des Flachdachs die Anlegestelle der Botenschiffe erreichte.

Es handelte sich um eine Plattform, die über das Dach des Turmes hinaus in die Nacht ragte. Ähnlich einem Dock. Daran vertäut waren pfeilförmige, schlanke Gleiter. Nicht größer als Schaluppen, sodass allerhöchstens zwei, drei Personen darin Platz fanden. Der Mast war nahe dem Bug gesetzt und mit einem Schratsegel versehen, das längsseitig des Schiffes verlief. Stufen führten zur Plattform. Catara stieg hinauf und verschaffte sich einen Überblick. Eine der vier Anlegestellen war leer. An den drei übrigen ruckelten Gleiter im Wind, die nur darauf zu warten schienen, endlich losfliegen zu können.

»Gebieterin«, begrüßte sie ein Mann, der aus einem Unterstand zu ihrer Rechten getreten war. Er war sehr schlank und trug einen eng anliegenden Anzug aus Leder.

»Wie ist dein Name?«, fragte Catara.

»Hasra.« Seine Stimme war sanft und ruhig.

»Du weißt, wer ich bin?«

»Ja, Gebieterin.« Er verbeugte sich.

Catara nickte. »Hast du heute Nacht als Einziger Dienst bei den Botenschiffen, Hasra?«

»Mein Kamerad Enil ist bereits unterwegs. Er wird jedoch nicht vor dem Morgengrauen zurückkehren.« Seine Augen musterten sie fragend. »Kann ich etwas für Euch tun, Gebieterin?«

»Du musst mich zu einem bestimmten Ort bringen. Er ist nicht weit von hier. Doch ist es wichtig, dass wir sofort aufbrechen.«

»Und wo soll es hingehen?«

»In die Wüste nördlich der Stadt. Unser genaues Ziel werde ich dir nennen, wenn wir losgeflogen sind.« Die Antwort schien sein Missfallen zu erregen, weswegen sie hinzufügte: »So lautet Herrin Sharalas Befehl, denn niemand soll von meinem Auftrag erfahren, bevor ich ihn nicht beendet habe.« So viele Lügen, aber sie waren nötig. Wie so oft.

»Verstehe, Gebieterin. Nur muss ich Euch warnen: Ihr werdet der ganzen Wildheit des Windes ausgesetzt sein.« Hasra warf ihr einen vielsagenden Blick zu. »Eure Gewänder werden Euch davor keinen Schutz bieten.«

»Es ist ja nur ein kurzer Flug.«

Hasra nickte. »Wenn Ihr mir bitte folgen wollt.« Er führte sie zum zweiten der drei Gleiter, holte ihn näher an die Plattform heran und zurrte die Leinen fest. Anschließend reichte er Catara eine Hand, um ihr beim Einsteigen zu helfen. Leichtfüßig folgte er ihr nach.

Catara nahm im Bug des Schiffes Platz, Hasra, nachdem er die Leinen gekappt hatte, im Heck, von wo aus er es mit der Ruderpinne steuern würde. Ein Leuchten drang durch die Ritzen der Bodenplanken und tauchte sie beide in ein geisterhaftes Licht. Es hatte dieselbe Farbe wie das Segel, das sich schimmernd im Wind blähte. Catara beobachtete, wie Hasra einen Deckel anhob, der neben ihm in das Holz der Sitzbank eingelassen war. Darunter befand sich eine Vertiefung mit einer Messingkurbel, die er drehte, bis es nicht mehr weiterging. Und ein Hebel, den er umlegte. Daraufhin ging ein Ruck durch den Gleiter, und plötzlich vibrierten die Planken unter ihren Füßen, und das Licht schnurrte wie ein lebendiges Wesen. Was auch immer das für eine Magie war, sie erlaubte dem Gleiter, auf den Winden zu reiten, als wäre es Wasser.

Während des Fluges beobachtete Catara, wie Hasra mit der Ruderpinne auf die verschiedenen Luftströme reagierte. Allerdings fror sie schon bald so erbärmlich, dass sie sich kaum mehr auf ihn konzentrieren konnte. Sie schlang die Hände um ihren Körper und rieb sich die Arme. Hasra hatte recht behalten. Ihr Umhang war zu dünn und ihre Kleidung für einen Flug in einem Botengleiter ungeeignet. Im Gegensatz zu seiner. Je länger sie unterwegs waren, desto heftiger beneidete sie ihn um seine Jacke, Hose und Stiefel, die ihn vor der Kälte schützten.

»Setzt Euch zu mir, Gebieterin«, sagte er und klopfte auf den Platz nehmen sich. »Hier hinten trifft Euch der Wind nicht ganz so stark.«

Catara rutschte neben ihn auf die Sitzbank. Daraufhin zog er seine Jacke aus und legte sie ihr um die Schultern. »Die habt Ihr nötiger als ich.«

Sie dankte ihm.

»Habt Ihr schon einmal einen Gleiter gelenkt, Gebieterin?«, fragte er. Offenbar war ihm aufgefallen, dass sie ihn beobachtet hatte.

Catara schüttelte den Kopf.

»Wollt Ihr es einmal versuchen?«

Verdammt, natürlich wollte sie!

Hasra lächelte und zeigte ihr die verschiedenen Handgriffe. Es war leichter, als sie erwartet hatte. Natürlich half es auch, dass er ein geduldiger Lehrer war und Catara nicht zum ersten Mal ein Ruder in der Hand hatte.

»Am Tag ist die Aussicht überwältigend.« Hasra deutete auf die Stadt unter ihnen. Es brannten nur wenige Lichter, die aus dieser Höhe wie Glühkäfer aussahen. »Im Sonnenlicht funkeln die Sandsteinmauern von Imshyra, als wäre die Stadt ein einziges großes Juwel.«

Alsbald flogen sie über Weiden, Plantagen und Felder hinweg, zwischen denen Flüsse im Mondlicht funkelten. Erst danach folgte die Wüste. Die Sanddünen, die unter ihnen vorüberzogen, sahen im Licht des Mondes wie ein silbernes, zu Stein erstarrtes Meer aus. Catara hatte nicht erwartet, dass der Anblick so schön sein würde.

»Lande dort drüben«, sagte sie, als sie einen Felsen ausmachte, der wie die Ruine eines Turms aus dem Wüstensand aufragte. Es war eine Zufallssichtung, die ihrer Geschichte von der geheimen Mission Glaubwürdigkeit verleihen würde.

»Wie Ihr wünscht, Gebieterin.« Hasra raffte das Segel, woraufhin der Gleiter in den Senkflug überging. Die Landung fiel weich aus, was Hasras Erfahrung verriet. Erneut öffnete er die Klappe neben sich in der Sitzbank und legte den Hebel dieses Mal zur anderen Seite um. Das Schnurren erstarb. Er kletterte als Erster aus dem Gleiter und bot Catara beim Aussteigen eine Hand. »Soll ich hier auf Euch warten?«, fragte er, nachdem sie neben ihm im Wüstensand stand. Der Felsen war gut dreißig Schritte von ihnen entfernt.

»Um ehrlich zu sein, wäre es mir lieber, wenn du mich begleitest«, erwiderte Catara und legte eine Spur von Furcht in ihre Stimme. »Ich würde mich dadurch sicherer fühlen.«

Er verneigte sich. Im selben Augenblick krachten ihre Fäuste gegen seine Schläfen. Hasra brach lautlos zusammen. Catara kniete sich neben ihn, rollte den Bewusstlosen auf den Rücken und holte das Messer unter ihrem Umhang hervor. Die Klinge blitzte im Mondlicht, als sie sie gegen Hasras Kehle presste. Catara zögerte. Warum hatte der verdammte Mistkerl bloß so nett sein müssen?

Sie steckte das Messer wieder ein und begann, ihn zu entkleiden. Anschließend zog sie sich selbst aus und schlüpfte in seine Sachen. Die Stiefel waren ihr ein wenig zu groß, was sie nicht weiter störte. Das Wichtigste war, dass sie nicht mehr frieren würde. Nachdem sie fertig war, zerrte sie Hasra zu dem Felsen und platzierte ihn so, dass er am Morgen vor der Sonne geschützt wäre. Sie ließ ihm Lytas Umhang und Gewand da. Zwar wäre es für ihn eine demütigende Erfahrung, in Frauenkleidung in die Stadt zurückzukehren, aber damit ließ es sich immer noch leichter leben als mit einer durchgeschnittenen Kehle.

Es brauchte eine Weile, bis Catara den Gleiter dazu brachte, sich wieder in die Luft zu erheben. Einige Handgriffe waren nicht ganz so leicht, wie sie bei Hasra gewirkt hatten. Doch als es ihr gelang, stieß sie einen lauten Jubelruf aus. Anschließend ließ sie das Boot so weit hinaufsteigen, bis sie sich an den Sternen orientieren konnte. Sie setzte Kurs auf die Waldinsel Dagoras, über die Graf Roadan herrschte. Eigentlich lag Sataou näher bei Reetac. Aber Großfürst Thamaryn hielt sich nicht länger in seiner Heimat auf. Mittlerweile musste er in Kellwyn eingefallen sein. Es befand sich tief im Südwesten der Schwebenden Reiche. Das letzte Ziel ihrer Mission.

34

Athane, Nekross
29. Jul, 1026 n. d. Zweiten Dämonenkrieg

Ryk lehnte an der Reling und starrte zu dem Nebel, auf den die *Sonnensegler* zuglitt. Weiße Dunstschwaden, die von einer Brise immer wieder aufgewirbelt wurden, sodass es aussah, als würde eine Armee aus Geistern gegen die Stadtmauer von Athane anlaufen.

Es war viele Jahre her, dass er die nekrossanische Hauptstadt, geschweige denn seinen Orden besucht hatte.

Auch wenn die Stellung des Dämonenjägers auf Xe'Neridian genau das gewesen war, worauf er seit seiner Annahme an der Akademie hingearbeitet hatte, war er sich stets bewusst gewesen, dass die anderen Meister ihn durch diese Beförderung hatten loswerden wollen. Ryks Hass auf die Val'kai und die Besessenheit, mit der er dem Kult der To'Dhana nachgejagt war, hatten ihnen Angst gemacht. Allen – bis auf Everdale Tilbrock, seinem ehemaligen Mentor und Obersten Magus des Ordens. Er war der Einzige, den wiederzusehen er sich freute.

Allen anderen bin ich eh egal, dachte er und krallte die Finger so fest in die Reling, dass seine Knöchel knackten. Vier Tage hatten sie von Xe'Neridian nach Nekross gebraucht. Vier Tage ohne besondere Vorkommnisse. Abgesehen davon, dass Ishan unablässig wie ein läufiger Straßenköter um Kela herumscharwenzelt war. Im Grunde hatte er das von dem Prinzen erwartet.

Viel schlimmer hatte Ryk getroffen, dass es Kela zu gefallen schien, wie der Junge sie zu jeder Gelegenheit mit seinen Blicken auszog, obwohl sie etwas anderes behauptete.

Pah.

Natürlich konnte sie tun und lassen, was sie wollte. Sie war eine freie Frau, und er hatte seinen Anspruch auf sie an dem Tag aufgegeben, als er sie ohne Erklärung verließ. Was jedoch nichts daran änderte, wie er fühlte. Ja, er liebte sie immer noch! Und das, obwohl er wusste, dass er es nicht sollte. Solche Gefühle machten ihn schwach und verletzbar – und lenkten ihn von seiner Aufgabe ab. Wie gerade jetzt, wo er sich eigentlich auf seinen Besuch an der Akademie vorbereiten sollte. Er stöhnte. Im Moment waren Ishan und Kela in ihrer Kabine und packten ihre Sachen. Zumindest hatten sie das behauptet, bevor sie ihn hier an Deck zurückließen.

Er senkte den Blick auf den Fluss. Das Wasser war wieder zu seinem natürlichen Blau zurückgekehrt, nachdem sie die Große Leere verlassen hatten und es durch ein Bett aus Lehm und Kies strömte – vorbei an schilfbewachsenen Ufern, hinter denen sich weite Wiesen- und Auenlandschaften erstreckten. Dicht beim Schiffsrumpf war das Wasser von den Riemen der Ruderer aufgewühlt, die sich unter Deck abmühten. Zurzeit ging kaum Wind, und in diesem Abschnitt des Flusses floss das Wasser so träge, dass sich ein Schiff von der Größe der *Sonnensegler* ohne diese zusätzliche Unterstützung kaum von der Stelle bewegt hätte.

Bald darauf tauchten sie auch schon in den Nebel ein, der beinahe täglich von den Drachensümpfen jenseits der Stadt aufzog und sich an Athanes Stadtmauer vorbei bis zum Fluss ausdehnte. Doch selbst er, der alles in ein gespenstisch graues Gewand kleidete, konnte den zwei hünenhaften Steinstatuen, die die Hafeneinfahrt zu beiden Seiten bewachten, nichts von ihrer Erhabenheit nehmen. Eine Magierin und ein Magier, beide in langen Roben, die mit strengen Mienen auf alle Ankömmlinge herabblickten. Obwohl die Statuen an die tausend Jahre zählten, konnten Wind und Wetter ihnen bisher nichts anhaben.

Schritte näherten sich Ryk. Als er den Kopf hob, sah er, dass es Kapitän Kahag war. Ryk nickte ihm zu und richtete sich auf. Zu viel Sonne hatte das Gesicht des Kapitäns frühzeitig altern lassen. Die Falten um seine Augen und um seinen Mund sahen wie Kerben aus, die man dort hineingeschnitzt hatte. Ryk konnte sich denken, weshalb er gekommen war: Es ging ihm um seine Bezahlung. Ein Drittel der Summe hatte er erhalten, als sie in Xe'Neridian an Bord gegangen waren. Den Rest, so hatten sie ausgemacht, gab es bei der Ankunft auf Nekross.

Ryk öffnete den Geldbeutel, der an seinem Gürtel hing, und reichte dem Kapitän zwei silberne Münzen. Kahag steckte sie wortlos ein.

»Der Mann, nach dem wir suchen«, sagte der Dämonenjäger, bevor Kahag sich wieder davonmachen konnte, »an welchem Pier ist er von Bord gegangen?«

»Derselbe, an dem ich Euch von Bord werfen werde, Magier.« Er lachte rau auf und kehrte zum Steuer zurück.

Wenig später standen Ryk, Kela und Ishan auf der Kaimauer, die *Sonnensegler* im Rücken, und blickten auf den Hafendistrikt. Innerhalb der Stadt gab es keinen Nebel, so, als würde irgendeine unsichtbare Macht ihn an der Stadtmauer festhalten. Der Hafen reichte an Größe und Treiben bei Weitem nicht an den der xe'neridianschen Hauptstadt heran. Allerdings lebte in Athane auch gerade einmal ein Viertel der Bevölkerung von Arville.

Hektik schien man hier ebenfalls nicht zu kennen. Das Be- und Entladen der Schiffe wurde häufig von einem Schwätzchen zwischen Hafenarbeitern und Matrosen unterbrochen. Unruhe gab es nur an einem einzigen Pier, an dem eine Galeere vor Anker lag, die unter kellwynischer Flagge stand. Sie war von goldgelber Farbe und zeigte die Stufenpyramide von O'Shan'wa. Auf Deck der Galeere drängten sich Frauen und Kinder. Viele weinten und sahen aus, als hätten sie seit Tagen weder gegessen noch geschlafen. Ein Mann, ein Kellwyner, wie Ryk an seiner rotbraunen Hautfarbe erkannte und bei dem es sich um den Kapitän handeln musste, hatte das Schiff verlassen und stand auf dem Pier, wo er in eine Diskussion mit dem Hafenmeister verstrickt war. Immer wieder deutete er zu den Menschen auf der Galeere, während der Hafenmeister stur den Kopf schüttelte.

Ryks Augen wurden schmal. »Sucht ihr schon mal nach der Spur des Morphus«, sagte er. »Ich kümmere mich in der Zwischenzeit um etwas anderes.« Ohne eine Antwort abzuwarten, marschierte er zu den beiden Streithähnen hinüber. »Was ist hier los?«

Der Hafenmeister, ein pausbäckiger Mann mit einem Kopf, der rot wie sharigorischer Samarino war, fuhr zu ihm herum. »Was geht dich das an? Und wer bist du überhaupt?«

Der Hafenmeister musste neu sein, denn Ryk kannte ihn nicht. Sein herablassender Tonfall gefiel dem Dämonenjäger ganz und gar nicht. Er schob das Kinn vor und sagte: »Ich bin Ryk Vangur, Dämonenjäger und Mitglied der Deret'kai.« Allein der Hinweis darauf, dass er dem magischen Orden angehörte, der über Nekross herrschte, genügte, um dem Hafenmeister den Wind aus den Segeln zu nehmen.

»Ver-vergebt mir, Herr«, stammelte er, »ich wusste nicht ...«

Ryk schnitt ihm mit einer Handbewegung das Wort ab. »Erkläre mir, warum diese Menschen noch immer an Bord ihres Schiffes sind, obwohl sie es offensichtlich verlassen wollen?«

»Es sind Flüchtlinge aus Kellwyn«, erwiderte er, als würde das alles erklären.

»Ja, und?«

Der Hafenmeister zuckte bei der Schärfe hinter seinen Worten zusammen.

»Wenn ich etwas sagen dürfte, Herr?«, meldete sich der kellwynische Kapitän zu Wort. Aus der Nähe sah er genauso mitgenommen wie seine Passagiere aus. Sein Gesicht war eingefallen, und unter seinen Augen zeichneten sich dunkle Ringe ab.

»Sprich!«, forderte Ryk ihn auf.

»Reetacianische Truppen sind in unsere Heimat eingefallen, und obwohl wir kein Volk von Kriegern sind, haben unsere Prinzen und viele der Männer aus der Stadt Widerstand geleistet, damit wenigstens Frauen, Kinder und jene, die zu alt oder schwach zum Kämpfen sind, fliehen konnten. Viele sind hinab ins Labyrinth gestiegen. Ein paar von uns haben sich auf dieses Schiff gerettet, mit dem wir in der Dunkelheit entkommen sind. Bitte, Herr, wir haben alles verloren, und wir wissen nicht, wohin.« Er verstummte und senkte den Blick.

Ryk wandte sich wieder dem Hafenmeister zu. »Und jetzt frage ich dich noch einmal: Warum lässt du diese Menschen nicht an Land?«

»Ich fürchte, Ihr versteht nicht, Herr. Natürlich ist das alles sehr tragisch. Nur sagt mir: Wo sollen die Frauen und Kinder schlafen? Wer wird sie füttern? Und was noch wichtiger ist: Wer wird für all das aufkommen?«

»Die gleiche Hand, die auch dich *füttert*: der Orden«, erwiderte Ryk kalt. »Richtet eine Notunterkunft in einem der leeren Warenlager ein und sorgt verdammt noch mal dafür, dass sie etwas zu essen und zu trinken bekommen. Vor allem die Kinder.«

Der Hafenmeister war bleich geworden, schluckte und verneigte sich. »Sofort, Herr.«

»Und worauf wartest du dann noch?«

Der Mann zuckte zusammen, drehte sich um und eilte, so schnell es ihm seine Leibesfülle erlaubte, davon.

»Habt Dank für Eure Hilfe«, sagte der Kapitän. »Ich weiß nicht, was ohne Eure Unterstützung aus uns geworden wäre.«

Ryk winkte ab. »Schon gut.« Er konnte dem Mann schlecht erklären, dass er mitverantwortlich war für den Krieg, der auf Kellwyn tobte. Längst hegte er keinen Zweifel mehr daran, dass es sich bei Thamaryns neuem Berater um den Blutlenker handelte, den er nicht hatte besiegen können. Vorerst war das alles, was er für die Flüchtlinge tun konnte. Der Oberste Magus würde seine Entscheidung sicher verstehen. Everdale Tilbrock war ein guter Mann, den das Leid anderer Menschen nicht kalt ließ.

»Jeden Tag eine gute Tat, was?«, neckte ihn Kela, nachdem er zu seinen Freunden zurückgekehrt war. Sie standen vor einer nekrossanischen Teestube schräg gegenüber der Kaimauer. Aus der Tür drangen leise Lautenklänge.

Ryk ging nicht auf Kelas Bemerkung ein. Ihm war nicht nach Scherzen zumute. »Was ist mit dem Morphus?«

»Kahag hat die Wahrheit gesagt. Er war hier.«

»Kannst du seiner Fährte folgen?«

Kela nickte. »Überhaupt kein Problem.«

»Ich verstehe immer noch nicht, warum der Morphus hergekommen ist«, sagte Ishan. »Für einen Dämon gibt es keinen gefährlicheren Ort innerhalb der Schwebenden Reiche.«

»Er hätte es sicher nicht getan, wenn er keinen triftigen Grund dafür hätte«, erwiderte Kela ungeduldig. Sie hatten diese Diskussion bereits mehrmals auf dem Weg nach Athane geführt.

»Und genau den gilt es herauszufinden.« Ryk sah die beiden an. »Dank Kapitän Kahag wissen wir, dass er den Morphus vor über vier Wochen hierher mitgenommen hat. Also kurz nach dem Attentat auf König Varras. Für die Überfahrt hatte er die Gestalt eines Mannes angenommen. Nicht besonders groß, schlank, braunes Haar. Sehr wahrscheinlich hat er sein Aussehen wieder verändert, sobald er von Bord gegangen ist, um seine Spur zu verwischen.«

»Wie gut, dass sich meine Nase von Äußerlichkeiten nicht täuschen lässt.« Kela zwinkerte in die Runde.

»Also gut«, sagte Ryk, »gehen wir es an.«

Da Athane keine Handelsstadt war, in der sich Menschen aus allen Teilen der Schwebenden Reiche umtrieben, bestand keine Gefahr, dass Ishan erkannt wurde. Und so marschierte er ohne magisch verändertes Äußeres oder Kapuze neben Ryk und Kela durch die Gassen. Ryk sah, wie seine Augen immer größer wurden. Auch wenn Athane viel kleiner als Arville war, übertraf sie mit ihren grünen Alleen, den eleganten Wohnhäusern und groß angelegten Prachtbauten, in denen Einrichtungen, wie Bibliotheken, Schulen und städtische Behörden untergebracht waren, den Wohlstand der xe'neridianischen Hauptstadt bei Weitem. Die Fährte des Morphus führte sie auf direktem Weg zum Nordtor der Stadt und hinaus in den Nebel. Was auch immer den Dämon nach Nekross geführt hatte, Athane war nicht sein Ziel gewesen. Hier, ein Stück hinter dem Tor, begannen die Drachensümpfe, benannt nach den scheuen Riesenechsen, die darin lebten. Die Passage durch den Sumpf ermöglichte ein Dammweg, der gut eine Manneslänge über dem brackigen Wasser aufragte.

»Wir brauchen Pferde«, meinte Ishan. »Wir können schließlich nicht wissen, wie weit er ins Inland gereist ist. Wenn er sich allerdings in einen Soral verwandelt hat …«

»Ein Morphus kann keine Tiergestalt annehmen.« Ryk hatte die Hände in die Seiten gestemmt. »Und du hast recht, wir brauchen Pferde. Zu Fuß sind wir zu langsam. Bevor wir jedoch die Verfolgung aufnehmen, muss ich mit dem Obersten Magus meines Ordens sprechen. Möglicherweise weiß er, wie man einen Morphus festsetzen kann. Oder wir finden eine Antwort in der Bibliothek der Akademie.«

Dort würde es ihm vielleicht auch endlich gelingen, die Runen zu entschlüsseln, die den Oberkörper des Blutlenkers bedeckten.

Wenigstens musste er es probieren, auch wenn er sich nicht mehr an alle erinnerte. Sollte es ihm gelingen, seinen Namen herauszufinden, mochte ihm das auch etwas über die Schwächen des Dämons verraten.

35

Palast von Calares, Sharigor
29. Jul, 1026 n. d. Zweiten Dämonenkrieg

Es war ein großes, lichtdurchflutetes Zimmer im Südflügel des Palastes, der den Gemächern der Königsfamilie vorbehalten war. Boden, Decke und Wände bestanden aus Marmor, weiß und so glatt poliert, dass er jede Bewegung reflektierte. So auch die der durchscheinenden Vorhänge, die vor den offenen Fenstern tanzten, hinter denen ein Meer aus Villen, Wohnhäusern, Tavernen, Sonnen- und Badehäusern lag, aus deren Masse sich die Hügel, die man auch die Pfeiler von Calares nannte, dem Himmel entgegenreckten.

Auf diesen Hügeln standen jene Bauwerke, denen die Stadt ihr Ansehen und ihren Ruhm verdankte: der Palast, die Sternwarte, die königliche Bibliothek, die Universität der alchemistischen Künste, die Wandergärten, die Rennbahn und das Amphitheater. Alle waren prächtig anzusehen und von solch imposanter Größe, dass man sie von jedem Punkt in Calares aus bewundern konnte.

Die Jubelrufe aus dem Amphitheater, die Marktschreier, das Rattern der Karren und das Blöken der Lehmbüffel, die sie zogen, drangen an Tagen wie diesen, da die Luft zäh wie Honig war, nur gedämpft bis hinauf zu Königin Madeas Gemächer. Sie lag in leichte Gewänder gehüllt auf einer Ruhebank und nippte an einem Samarino. Ihre Zofe und die Dienerinnen, die sich gewöhnlich in ihrer Nähe aufhielten, um sofort auf jeden Wink von ihr zu reagieren, hatte sie fortgeschickt. Denn die Königin erwartete einen Besucher.

Eine Persönlichkeit, die sie verehrte und bewunderte, in gewisser Weise sogar begehrte, obwohl sie sich nicht sicher war, ob sich solche Gefühle geziemten. Für Varras hatte sie Zuneigung empfunden, obwohl es in erster Linie eine politische Heirat gewesen war, die ihr mehr Nutzen gebracht hatte als ihm. Nun, da die Macht, die sie durch ihn gewonnen hatte, ihr wieder genommen zu werden drohte, benötigte sie den Rat ihres Verbündeten. Vor nicht ganz einer Stunde hatte man ihr Nachricht gebracht, dass er mit einer Feuerreiter im Hafen von Calares eingetroffen war, nachdem er vor den reetacianischen Eroberern aus Kellwyn hatte fliehen müssen. Sie kniff die Lippen zusammen. *Dieser Asmaran!* Er bedrohte alles, wofür sie und viele Generationen vor ihr so hart gearbeitet hatten.

Ihr Verbündeter war über die Südostpassage, einem der südlichsten Feuerflüsse, gereist, der die schnellste Verbindung zwischen Kellwyn und Sharigor darstellte. Gewöhnlich brauchte eine Feuerreiter an die vierzehn Tage für diese Route. Er hatte es in elf geschafft, was sie bei jemandem wie ihm nicht überraschte.

Madea trank einen weiteren Schluck Wein. Der Kelch war fast zur Hälfte geleert. Sie seufzte und stellte ihn beiseite. Auf keinen Fall durften ihre Gedanken durch den Samarino getrübt sein, wenn ihr Besucher eintraf. Sie lächelte. Es waren über vier Monate seit ihrer letzten Begegnung vergangen. Auch damals hatte er sie hier im Palast aufgesucht, um sie in seine Pläne einzuweihen. Woraufhin sie ihm ein Schiff und vertrauenswürdige Männer zur Seite gestellt hatte, die ihn sicher in das Reich von Kadin Aca Shan geleitet hatten. Nach all der Zeit fragte sie sich, welcher Anblick sie erwarten würde, wenn er bei ihr eintraf. Nicht, dass dies wirklich von Bedeutung für sie war. Nicht bei jemandem wie *ihm*.

Ein Klicken in einem Alkoven zu ihrer Rechten verriet ihr, dass es so weit war. Madea richtete sich auf, strich die Falten aus ihrem Gewand und beobachtete gespannt, wie die Geheimtür aufschwang.

Er war klein, ging leicht gebeugt und hatte die rotbraune Haut eines Kellwyners. Falten zerfurchten sein Gesicht, und sein Kinnbart war bereits ergraut. Er hätte wie ein harmloser Großvater gewirkt, wären nicht seine Augen gewesen, die arglistig und schwarz wie Onyx funkelten.

»Es ist mir eine Ehre, Euch erneut in meinem Haus begrüßen zu dürfen, mein Fürst«, sagte Madea. »Auch wenn der Anlass hierfür kein erfreulicher ist.«

Er winkte ab, blickte sich in dem Gemach um und öffnete anschließend die Goldkette, die den Purpurmantel, der über seinen Schultern lag, zusammenhielt. Raschelnd fiel das Kleidungsstück zu Boden. Darunter trug er nur eine Lederweste über der nackten Brust und eine Hose in einem erdigen Farbton. »Gegen Calares ist O'Shan'wa das reinste Loch.« Er trat den Mantel beiseite und ging zu einer anderen Ruhebank, die im rechten Winkel zu der der Königin stand. Auch sie lehnte sich wieder zurück.

»Wie soll ich Euch nennen?«, fragte sie.

»Bei meinem derzeitigen Namen, Kadin Aca Shan.«

»Wenn das Euer Wille ist.« Für einen Moment schienen Sterne in seinen Augen zu tanzen. Oder hatte sie sich das nur eingebildet? Sie räusperte sich. »Es ist bedauerlich, dass Ihr so kurz vor dem Ziel zur Aufgabe gezwungen wart, mein Fürst.«

»Eure Warnung hat mich gerettet. Ohne das Echophon, das ich von Euch erhielt, hätte sie mich womöglich zu spät erreicht, und ich wäre Asmaran, dieser verräterischen Schlange, in die Hände gefallen.« Seine Lippen zuckten. »Trotzdem habt Ihr recht: Ich habe Tage damit vergeudet, einen der Zugänge in das Labyrinth zu finden, und dann weitere Wochen, in denen ich damit begonnen hatte, es zu erkunden. Dieser Ort ist so gewaltig und zugleich verworren, dass man dort unten Monate, wenn nicht Jahre zubringen könnte. Und dennoch sagt mir mein Gefühl, dass ich kurz davorstand, den Weg zum Grab zu finden, als ich von Thamaryns drohender Invasion erfuhr.«

»Dieser verfluchte Blutlenker! Er kontrolliert den Großfürsten. Wie ist es ihm überhaupt gelungen, Euch in die Schwebenden Reiche zu folgen?«, fragte Madea. »Wie konnte er von dem Portal erfahren, das ich durch diesen Magier für Euch öffnen ließ?«

»Darauf gibt es nur eine Antwort: Er muss einen Spion unter meinen Leuten haben.« In seiner Stimme lag eine Kälte und Schärfe, dass die Königin das Gefühl hatte, jedes seiner Worte würde wie eine frostige Klinge ihre Haut ritzen. Sie schauderte. »Was passiert, wenn er das Grab vor uns findet? Jetzt, wo er die Kontrolle über die kellwynische Hauptstadt hat?«

»Vielleicht will er das gar nicht. Vielleicht will er uns bloß von diesem Ort fernhalten. Und selbst wenn er sich auf die Suche macht, wird es ihn nicht weniger Zeit kosten als mich, sich dort unten zurechtzufinden. Zeit, in der wir Vorbereitungen für einen Gegenschlag treffen werden.«

»Dann ist noch nichts verloren?«

»Verloren? Es hat gerade erst begonnen.«

Sie lächelte.

»Was ist mit dem Magier? Diesem Morrain«, fragte er. »Ich könnte mehr Hilfe gebrauchen.«

»Er ist ein einfältiger Mann, nur leider kein Narr. Er hat unsere Absichten durchschaut und uns weitere Unterstützung verweigert.«

»In dem Fall ist er nicht länger von Nutzen für uns.«

»Ich hatte befürchtet, dass es früher oder später dazu kommen könnte, und Vorkehrungen getroffen«, sagte Madea. »Ich habe mit Eurem Diener gesprochen, er wird sich um dieses Problem kümmern.«

Er nickte. »Es gefällt mir, wie Ihr denkt.«

In diesem Augenblick klopfte es an der Tür. Einer der Flügel wurde geöffnet, und Ephilius trat ein. Er kam näher, verbeugte sich vor dem Fürsten und danach erst vor der Königin.

Madea presste die Lippen zusammen und funkelte ihn an. »Hatte ich nicht gesagt, dass ich unter keinen Umständen gestört werden will?«

»Das hattet Ihr, Majestät.«

»Was tut Ihr also hier?«

»Ihr müsst mir verzeihen, aber ich komme mit guten Nachrichten.« Seine eindringlichen blauen Augen suchten ihren Blick. »Ruvan con Betanne, Mitglied des Kronrates und Großneffe Eures verstorbenen Gemahls, schlägt uns ein Bündnis vor.«

Madea zog eine Braue hoch. »Das kommt ... überraschend.«

»Nicht unbedingt«, widersprach Ephilius. »Wie ich Euch schon sagte, sind er und Toras con Veltyr, Herrscher über die Provinz Rotlande, die aussichtsreichsten Kandidaten für die Wahl zum nächsten König, nachdem Euer Stiefsohn weiterhin vermisst wird. Unter den anderen Ratsmitgliedern genießen beide einen gleich großen Zuspruch, weshalb der Ausgang einer solchen Wahl ungewiss wäre. Offenbar beabsichtigt Ruvan con Betanne erst gar nicht, das Risiko einer Niederlage einzugehen und schlägt eine Verbindung zwischen seinem Haus und dem der con Femen vor.«

»Und wie sollte uns das nützen?«, fragte Kadin Aca Shan.

Madea wandte sich ihm zu. »Die Traditionalisten unter den Oberhäuptern der Hohen Häuser werden niemals eine Frau auf dem Thron akzeptieren, mein Fürst. Schon bald werden sie mich zur Abdankung zwingen. Danach steht es ihnen frei, den neuen König von Sharigor aus ihren Reihen zu bestimmen.«

»Ihr würdet all Euren Einfluss verlieren. Das gefällt mir nicht.«

»Mir noch weniger«, versicherte ihm die Königin. »Wenn ich mich jedoch auf eine Heirat mit Ruvan con Betanne einließe, würde das seinen Anspruch auf den Thron legitimieren. Er würde dadurch zum König, ohne sich einer Wahl stellen zu müssen.«

»Hm«, machte Kadin Aca Shan. »Was ist mit seinem Konkurrenten?«

»Toras con Veltyr?«, fragte Ephilius. »Es gibt nichts, was er dagegen tun könnte. Ruvan con Betannes Vorschlag verstößt nicht gegen das Gesetz. Und con Veltyr ist bereits verheiratet.«

Der Fürst rieb sich das Kinn. »Ist Ruvan con Betanne ein mächtiger Mann?«

»Er besitzt Einfluss und Geld, sehr viel Geld«, sagte Madea.

»In diesem Fall sollten wir ihn in den Armen unserer kleinen Familie willkommen heißen.« Kadin Aca Shan leckte sich die Lippen, ein hungriges Funkeln in den dunklen Augen.

36

O'Shan'wa, Kellwyn

29. Jul, 1026 n. d. Zweiten Dämonenkrieg

Sie ist tot. TOT! Wie konnte das passieren?« Thamaryn hatte die Hände in den Haaren vergraben und starrte seine Frau an, die mit übereinandergeschlagenen Beinen auf Kadin Aca Shans Thron saß. Es war ein schmuckloses klobiges Ding aus Stein. Dem Häuptling eines Haufens Wilder angemessen, aber keinesfalls einem Fürsten oder König. Thamaryn hasste diesen Ort. Er war seiner ganz und gar unwürdig. Und dass jetzt auch noch Herrin Sharala tot war, verdarb ihm vollends die Stimmung. »Jemand … jemand will mich zerstören! Bestimmt ist es diese sharigorische Schlampe. Asmaran hat mich vor ihr gewarnt.«

»Natürlich will sie dich zerstören«, sagte seine Frau und lächelte auf ihn herab. »Du bist schwach. Sonst würde sie es wohl kaum wagen.«

»Halt den Mund!«, fuhr er sie an, riss sein Schwert aus der Scheide und wirbelte zu dem Boten herum, der ihm die Nachricht von Herrin Sharalas Tod überbracht hatte. »Du bist entlassen«, kreischte er und stieß ihm die Klinge in den Bauch. Der Mann fiel zu Boden, wo er sich stöhnend in seinem eigenen Blut wälzte. Eine Weile sah Thamaryn ihm dabei zu, aber der Anblick verschaffte ihm keine Befriedigung und so fuhr er zwei Leibwächter in seiner Nähe an: »Sorgt dafür, dass er endlich still ist. Sofort!«

Sie kamen herbei, rammten ihm ihre Schwerter in den Leib und schleiften den Leichnam anschließend aus dem Saal.

»Besser.« Thamaryn drehte sich wieder zu seiner Frau um. Wie er sich danach sehnte, ihren vollkommenen Körper berühren zu können. Aber es war nicht möglich. Nicht mehr. Allerdings war es nicht viel anders gewesen, als sie noch gelebt hatte. So gut wie nie hatte sie sich von ihm anfassen lassen, und wenn es doch einmal vorkam, hatte sie danach nur Hohn und Spott für ihn übrig gehabt. Im Grunde war er selbst schuld, er hatte sie ja unbedingt haben wollen. Arytea war eine Königin gewesen, schön und anmutig. Zugleich aber auch eine Hexe.

»Was fesselt Euren Blick, Majestät?«

»Asmaran!« Thamaryn fuhr zu seinem Berater herum. »Ich habe Euch gar nicht kommen gehört.«

»Mir scheint, Ihr wart abgelenkt.« Wie stets lag sein Gesicht im Schatten seiner Kapuze verborgen. »Geht es Euch gut, Majestät?«

»Sharala ist tot!«

»Man hat mir diese Information zugetragen und auch, dass Ihr darüber verstimmt seid.«

»Verstimmt? VERSTIMMT? Zwei meiner Verbündeten wurden ermordet. Ich bin nicht verstimmt. Ich bin außer mir, Asmaran!«

»Natürlich seid Ihr das, sie waren Eure Freunde.« Bei diesen Worten verspürte Thamaryn einen Druck hinter seiner Stirn, gefolgt von einem Gefühl der Entspannung und Zufriedenheit, das sich warm und weich in seinen Gedanken einnistete. »Macht Euch keine Sorgen«, fuhr Asmaran fort. »Ich bin hier bei Euch und werde auch immer an Eurer Seite bleiben. Das Wichtigste ist, dass Kellwyn uns gehört.«

»Frag ihn nach den Widerständlern, von denen man uns erzählt hat«, drängte seine Frau. Sie war vom Thron herabgestiegen und schlich nun wie eine Raubkatze um Asmaran herum.

»Ich bin mir nicht sicher, wie weit wir diesem kapuzentragenden Scheusal trauen dürfen.«

»Was ... was ist mit den Widerständlern?«, murmelte Thamaryn. Seltsam, wie träge seine Gedanken mit einem Mal waren.

»Gut, dass Ihr das ansprecht, Majestät«, sagte Asmaran, klang dabei jedoch eher verärgert. »Genau aus diesem Grund wollte ich Euch ohnehin aufgesucht haben. Ich habe drei Trupps hinunter in das Labyrinth geschickt, wohin die Rebellen sich zurückgezogen haben. Unglücklicherweise ist kein einziger unserer Männer bisher zurückgekehrt.«

»Wieso lassen wir die Rebellen dann nicht einfach dort unten verrotten?«

»Habt Ihr es etwa vergessen, Majestät? Die Macht, die ich Euch versprach? Der Zugang zu ihr befindet sich in dem Labyrinth.«

»Dann sucht ihn.«

»Hast du nicht zugehört, du Schwachkopf?«, fauchte seine Frau ihn über Asmarans Schulter hinweg an. »Die Rebellen sind uns im Weg.«

»Die Rebellen ... richtig.« Thamaryn runzelte die Stirn. »Habt Ihr schon mit General Sarazas gesprochen? Er sagt, die Kellwyner seien lausige Kämpfer. Bestimmt ... bestimmt kann er uns dieses Problem vom Hals schaffen.«

»Ich wünschte, es wäre so, Majestät. In diesem Labyrinth geht jedoch irgendetwas vor. Etwas, das ich noch nicht ganz verstehe.«

»Frag ihn, was er damit meint«, zischte seine Frau ihm ins Ohr. Sie stand jetzt direkt neben ihm.

»Wovon redet Ihr?«, fragte Thamaryn seinen Berater.

»Ich bin mir selbst nicht sicher, Majestät. Und darum brauche ich unbedingt mehr Männer.« Er zog eine Schriftrolle unter seinem Mantel hervor und reichte sie Thamaryn. »Wenn ich Euch bitten dürfte, dieses Dokument zu unterzeichnen. Auf diese Weise unterstellt Ihr General Sarazas meiner Befehlsgewalt, sodass es nicht länger nötig ist, dass ich Euch wegen jeder Kleinigkeit belästige.«

»Aber ich …« Wieder spürte er den Druck hinter seiner Stirn, der dieses Mal von einer Stimme begleitet wurde, die wie seine eigene klang und sich dennoch wie ein Eindringling anfühlte. *Er hat recht*, sagte sie. *Warum solltest du dich mit Dingen belasten, die deiner Aufmerksamkeit nicht bedürfen? Du wirst bald König sein, Herrscher über viele Inselreiche. Du hast Wichtigeres zu tun.* Thamaryn nickte langsam. Ja, ja, das stimmte wohl.

»Tu, was er sagt«, säuselte seine Frau ihm ins Ohr. »Zumindest so lange, wie wir ihn brauchen.«

Thamaryn wandte sich ab und ging mit dem Dokument zu einem Tisch am Fuße des Thronpodestes. Landkarten von Kellwyn lagen darauf aus. Es gab auch eine Schreibfeder in einem Tintenfässchen, das neben einem Stapel Blätter stand. Er entrollte das Dokument, griff nach der Feder und unterschrieb. Danach gab er es seinem Berater zurück. »Kümmert Euch darum, Asmaran!«

»Selbstverständlich, Eure Majestät.« Sein Berater ließ das Schriftstück wieder unter seinem Umhang verschwinden und schritt dann zwischen zwei Reihen mächtiger Säulen hindurch auf den Ausgang des Thronsaals zu, wo zwei von Thamaryns Leibwächtern Stellung bezogen hatten. Bevor er die hohe Doppeltür erreichte, blieb er noch einmal stehen und drehte sich um: »Ich weiß etwas, das Euch gefallen wird, Majestät. Ich erhielt vorhin Nachricht, dass Graf Roadan und Herzog Belfane auf dem Weg hierher sind, um mit Euch Euren Triumph über das kellwynische Volk zu feiern. Ist das nicht großartig?«

Thamaryn lächelte. »Ja«, sagte er. »Ja, das sind in der Tat großartige Neuigkeiten!«

Asmaran verneigte sich und war Augenblicke später verschwunden.

Thamaryn schleppte sich zum Thron und ließ sich darauffallen. Seine Frau … war wieder einmal verschwunden. Also winkte er all seine Leibwächter herbei, zehn an der Zahl, die sich am Ausgang und an anderen strategisch günstigen Positionen des Saals positioniert hatten. Er befahl ihnen, sich um seinen Thron herum aufzustellen. Jetzt, wo Telrys und Sharala tot waren, gab ihre Nähe ihm ein Gefühl der Sicherheit.

37

Straße ins Inland, Nekross
29. Jul, 1026 n. d. Zweiten Dämonenkrieg

»Wartet!« Kela zügelte ihren Hengst. Es war ein schlankes Tier mit goldbraunem Fell und stammte ebenso wie Ishans und Ryks Pferde von einem Händler aus Athane. Der Mann hatte sie ihnen zunächst für einen völlig überzogenen Preis verkaufen wollen, erst als Ryk sich als Dämonenjäger zu erkennen gab, wurde er entgegenkommender. Es waren gesunde, schnelle Tiere, und sie kamen gut voran.

»Warum halten wir?«, wollte Ishan wissen.

»Die Spur des Dämons teilt sich hier.«

»Was?« Ryk runzelte die Stirn. »Wie ist das möglich?«

Kela legte einen Finger auf die Lippen und stellte sich in den Steigbügeln auf, um eine bessere Sicht zu haben. Nachdem sie die Drachensümpfe durchquert hatten, war auch der Nebel hinter ihnen zurückgeblieben. Unter ihr begann der Hengst nervös zu tänzeln. Doch Kela hielt die Zügel straff. »Guter Junge«, sprach sie beruhigend auf ihn ein.

Sie blickte zunächst nach Westen, wo sich hinter ein paar Hügeln die Silhouette eines Waldes abzeichnete. Dann sah sie gen Norden, wo sich mächtige Berge erhoben. Das Himmelsgebirge, Heimat der Magier, wie ihr Ryk erklärt hatte.

»Wartet kurz. Ich muss etwas überprüfen.« Kela ritt ein Stück Richtung Wald, stoppte und hielt die Nase in den Wind. Sie konnte trotz der Entfernung von einer Viertelmeile den Sumpf riechen. Aber auch den Morphus. Die Luft schmeckte noch immer nach seiner ungezügelten Wildheit. Deutlicher stärker als in Arville, denn hier gab es zwei Spuren. Eine ältere führte in den Wald hinein, eine jüngere wieder hinaus. Und das war nicht alles. Kela roch weitere Dämonen: Reißer, Pirscher, Greifer und noch einige andere Arten. Das war nicht gut. Sie wandte sich im Sattel um und schloss die Augen. Blutrot pulsierte die Fährte der Dämonenhorde in der Dunkelheit hinter ihren Lidern – und sie führte geradewegs zur Akademie der Magier.

»Bei allen Dämonen der Gegenwelt«, stieß sie hervor und gebrauchte damit unbewusst einen von Ryks Lieblingsflüchen. Sie wendete den Hengst, kehrte zu Ishan und Ryk zurück und erklärte ihnen, was sie herausgefunden hatte. »Es sieht ganz danach aus, als hätte er sich eine Zeit lang in dem Wald aufgehalten, bevor er ihn gestern oder vorgestern wieder verlassen hat und zusammen mit seinen neuen Freunden Richtung der Berge gezogen ist.«

»Bei Sorons Krähen, was haben die Biester vor?«, fragte Ishan.

»Er muss die Animalia in dem Wald eingesammelt haben«, brummte Ryk. Sein Blick suchte den von Kela. »Kannst du sagen, wie viele es sind?«

»Es müssten zwischen fünfzehn und zwanzig Dämonen sein.«

Ryk nickte und rieb sich das Kinn. Seine Bartstoppeln knisterten leise. *Wie viel Grau doch darunter ist*, dachte Kela.

»Der Morphus mag nicht so mächtig wie ein Val'kai der ersten Kaste sein, nichtsdestotrotz kontrolliert er die Animalia. Anders lässt es sich nicht erklären, warum so viele verschiedene Arten mit ihm ziehen, ohne sich gegenseitig zu zerfleischen.« Ryk schüttelte den Kopf. »Es scheint fast, als plane er einen Angriff auf den Orden. Nur wäre das Wahnsinn. Die Akademie ist gut geschützt. Er bräuchte die hundertfache Anzahl an Dämonen, und selbst das würde ihm keinen Erfolg garantieren.«

»Was hat er dann vor?«, fragte Ishan.

»Keine Ahnung.«

Schweigend sahen sie nach Norden. Vor dem Hintergrund der Himmelsberge zeichneten sich die Türme der Akademie in einem funkelnden Grün ab. Das Land davor war eine raue Hochebene mit Sträuchern und Bäumen, zwischen denen Felsnadeln und graue Buckel aufragten, in deren Schatten noch so manche Überraschung auf sie lauern mochte.

»Ich weiß nur, dass der Morphus kein Narr ist«, sagte der Dämonenjäger schließlich. Seine Augen hatten sich verdunkelt, was Kela verriet, dass er besorgt war.

»Wie lange brauchen wir noch bis zur Akademie?«, fragte sie.

»Wenn wir uns ranhalten, schaffen wir es bis zum Abend. Falls es einen Angriff gegeben hat, ist er vermutlich längst vorbei.«

»Und wenn nicht, können wir sie warnen«, sagte Ishan.

Ryk nickte. Sie preschten über eine breite, festgetretene Straße. Mit jeder Meile wuchs das Himmelsgebirge vor ihnen in die Höhe. Kela jauchzte gelegentlich vor Vergnügen. Die Weite des Landes, der rasante Ritt erfüllte sie mit einem Hochgefühl. Mittlerweile trug sie den Mantel, der sie in Athanes Straßen vor den Blicken der Männer geschützt hatte, nicht mehr und genoss den Wind in ihrem Haar und die Wärme der Sonne auf der Haut.

Hin und wieder sah sie zu Ishan hinüber, der mit ihr auf gleicher Höhe ritt, während Ryk auf seinem Schimmel die Gruppe anführte. Es gefiel Kela, wie ihr Herz vor Erregung zu wummern begann, wenn sie sich vorstellte, wie die Hände und Lippen des Prinzen sie berührten. Es lag schon eine Weile zurück, dass sie sich so zu einem Mann hingezogen gefühlt hatte. Geschweige denn, mit einem das Bett geteilt hatte. Das war auch der Grund, weshalb es ihr so außerordentlich missfiel, wie gut der Bursche sich im Griff hatte. Natürlich warf er ihr immer wieder Blicke zu, die ihr sein Begehren verrieten. Vor allem, wenn er glaubte, sie würde es nicht bemerken. Darüber hinaus bot er ihr bei jeder Gelegenheit seine Hilfe an und raspelte einen Haufen Süßholz. Das war ja irgendwie niedlich, aber nicht das, was Kela wollte. Oder brauchte.

Ryk hatte sie vor ihm gewarnt. »Der Junge ist kein Kostverächter, wenn du verstehst, was ich meine.«

Das war ihr spätestens klar gewesen, nachdem Ishan sich in Arville von dieser Kopfgeldjägerin in die Falle hatte locken lassen. Eigentlich baute sie sogar darauf, dass es so war. Bisher hatte Ishan aber noch nichts bei ihr versucht. Und trotzdem war Ryk eifersüchtig auf ihn. So knurrig, wie er sich Ishan gegenüber manchmal verhielt.

Sie warf dem Dämonenjäger einen Blick zu. Tief gebeugt hockte er über den Hals seines Tieres. Groß, düster und mysteriös. Nach wie vor hegte Kela Gefühle für ihn. Das würde wohl auch immer so bleiben. Nur was nützte ihr das? Er hatte seine Entscheidung getroffen. Warum also sollte sie auf ihn Rücksicht nehmen?

38

Akademie, Nekross
29. Jul, 1026 n. d. Zweiten Dämonenkrieg

Die untergehende Sonne tauchte die Türme der Akademie in ein feuriges Licht, sodass sie schon von Weitem wie der fantastischste aller Orte aussah, die Ishan je in seinem Leben besucht hatte. Allein ihre Größe war atemberaubend. Ihre Geschichte geradezu Ehrfurcht gebietend. Die Vorstellung, dass dieses Bauwerk einst von der Hand Sterblicher erschaffen worden war, erschien ihm ungeheuerlich. Nein, dies war das Heim von Göttern, und wenn man den alten Geschichten Glauben schenken durfte, waren die Ersten Magier tatsächlich nahe daran gewesen, welche zu sein.

Den halben Tag hatten sie gebraucht, um die Strecke bis zur Hochebene zurückzulegen. Zuletzt waren sie durch düstere Haine und zwischen zerklüfteten Felsbuckeln hindurchgeritten, bis sich eine Lichtung mit einem See, Gras und wilden Blumen vor ihnen aufgetan hatte. Der Anblick hatte so friedlich gewirkt, die Luft so verführerisch süß gerochen, dass sie eine Rast eingelegt hatten. Nicht lange danach waren sie zum Fuß des Gebirges gekommen. Seitdem folgten sie einem Pfad, der sie stetig aufwärts führte.

Im Nachhinein erschien es Ishan wie eine Reise von vielen Wochen, und doch waren es nur Stunden gewesen, aber auch die forderten ihren Tribut. Nicht nur die Pferde, auch sie selbst waren erschöpft. Ishans Rücken war verspannt, seine Oberschenkel wund. Ganz zu schweigen von seinem Hintern. Sehnsüchtig dachte er an sein letztes Bad zurück. Das war im Haus des Dämonenjägers gewesen. Auf der *Sonnensegler* hatten ihnen lediglich Schüsseln mit Wasser zur Verfügung gestanden. Ohne ihr Siaminzöl hätten die Gerüche an Bord des Schiffes Kela irgendwann sicher dazu gebracht, sich freiwillig in die Fluten eines Feuerflusses zu stürzen.

Bei dem Gedanken an die Veydra warf er einen Blick zu ihr hinüber. Selbst Staub und Erschöpfung konnten ihre Schönheit nicht schmälern. Ihre Haut, die wirkte, als hätte sie nie auch nur ein einziger Sonnenstrahl berührt, und die im starken Kontrast zu ihrem flammend roten Haar stand, übte ihren ganz eigenen Reiz auf Ishan aus. In den vier Tagen auf der *Sonnensegler* hatten sie viel Zeit miteinander verbracht, hatten gemeinsam gescherzt und gelacht, sich gegenseitig geneckt, und trotzdem wusste Ishan nicht zu sagen, ob es für Kela das Gleiche bedeutete wie für ihn. Sie war so viel schwerer zu lesen als die Frauen, die er bislang gekannt hatte. Er biss sich auf die Unterlippe und wandte den Blick wieder nach vorne. Gerade noch rechtzeitig, denn Ryk hatte angehalten. Die Straße war zu Ende; vor ihnen ragte das Tor der Akademie auf. Wie schon die Hafeneinfahrt wurde es von zwei Statuen flankiert, die gut drei Manneslängen groß waren und einen Magier und eine Magierin darstellten. Gebieterisch blickten sie auf die Ankömmlinge herab.

»Wer seid ihr? Und was wollt ihr?«, tönte es von über ihnen.

Ishan legte den Kopf in den Nacken. Die Mauer der Akademie ragte noch ein gutes Stück über das Tor hinaus und wurde von einem Wehrgang mit Zinnen gekrönt. Dort oben standen zwei Wächter. Sie trugen konisch geformte Eisenhelme und grüne Uniformen, die beinahe mit der Farbe der Mauer verschmolzen. In den Händen hielten sie Armbrüste, mit denen sie auf ihn und Ryk zielten.

»Mein Name ist Ryk Vangur«, rief der Dämonenjäger zurück, »ich bin Mitglied im Orden der Deret'kai und Dämonenjäger des Fürstentums Xe'Neridian. Meine Gehilfen heißen Kela und Ishan. Und ich frage mich, seit wann es hier üblich ist, Reisende mit einer Waffe im Anschlag zu begrüßen?«

Der Größere der beiden Wächter, er war auch derjenige, der zu ihnen gesprochen hatte, beugte sich zu seinem Kameraden hinüber, einem Soldaten mit Backenbart und kleinen, wachsamen Augen. Ishan beobachtete, wie sie miteinander flüsterten.

»Etwas stimmt nicht«, sagte Ryk zu Kela und Ishan. »Allein mein Name sollte ausreichen, damit man uns augenblicklich einlässt.«

Die Wächter schienen sich besprochen zu haben, denn der Ältere mit dem Backenbart rief Ryk zu: »Könnt Ihr beweisen, wer Ihr seid?«

»Das kann ich. Nur würde ich gerne wissen, weshalb du meine Worte in Zweifel ziehst?«

»Verzeiht, Herr, ich will nicht respektlos erscheinen, aber wir haben unsere Anweisungen.«

»Also schön.« Ryk streckte die rechte Hand vor. Im nächsten Moment züngelten Flammen auf. Weißblau tanzten sie um seine Finger. Die Luft darüber knisterte. »Das Feuer von Kalrym soll bezeugen, dass ich die Wahrheit spreche.« Erneut nannte er seinen Namen, verzichtete dieses Mal jedoch darauf, Kela und Ishan vorzustellen.

Der Wächter nickte. »Eure Hand ist unversehrt geblieben, Herr. Die Flammen haben Eure Worte bestätigt.« Er und sein Kamerad zogen die Armbrüste zurück hinter die Brüstung und verschwanden gleich darauf aus ihrem Sichtfeld.

Ryk stieg von seinem Pferd. Ishan und Kela folgten seinem Beispiel. Die letzten Meter zum Tor führten sie die Tiere am Zügel. Sie mussten nicht lange warten, bis einer der Flügel aufschwang und die beiden Wächter sie hereinwinkten. Obwohl

Ryk bewiesen hatte, wer er war, wirkten sie weiterhin nervös. Sie hatten die Armbrüste zwar abgelegt, die Hände hielten sie jedoch dicht bei ihren Schwertern, während die Gruppe an ihnen vorüberschritt.

Sie betraten einen von Mauern gesäumten Innenhof, auf den ein zweites Torhaus folgte, dessen Durchgang unversperrt war, im Notfall aber mit einem Fallgitter verschlossen werden konnte. Ishan sah die Metallspitzen, die wie die Zähne eines Untiers aus dem oberen Bereich des Torbogens ragten. Als er Blicke spürte, sah er sich verstohlen um; sowohl auf den Mauern als auch in den Fenstern des Torhauses standen Männer und beobachteten sie.

»Willkommen, Herr«, begrüßte der ältere Wächter Ryk, nachdem er und sein Kamerad die Flügel wieder geschlossen hatten. Ishan und Kela nickte er zu, wobei sein Blick einen Moment länger an der Veydra hängen blieb. Schließlich räusperte er sich und fuhr fort: »Vergebt uns unser Misstrauen, aber wir wurden gestern angegriffen.«

»Angegriffen? Von wem?«, hakte Ryk nach.

»Dämonen.« Der größere Wächter spie das Wort wie ein Stück ranziges Fleisch aus. Er hatte eine Weile schweigend im Hintergrund gestanden und trat nun vor. »Sie kamen am Nachmittag. Unsere Schicht hatte noch nich' begonnen. Da hörten wir Kampfgeräusche, Urik und ich, und sin' sofort gucken gegangen.« Er rieb sich die Nase. »War doch so, nicht wahr, Urik?«

Der andere nickte. »Zuerst war da nur eine Frau. Sie hat vor dem Tor gestanden und soll etwas von einem Überfall auf ihr Dorf gestammelt haben, und dass sie mit dem Obersten Magus sprechen müsse.« Er schnaubte. »Also haben unsere Kameraden ihr geöffnet, um ihr zu helfen.«

»Darauf haben die Drecksviecher natürlich bloß gewartet«, fügte der größere Wächter grimmig hinzu. »Kaum war das Tor offen, brachen sie hinter den Büschen und Felsen der nahen

Hänge hervor und griffen an. So schnell konnten unsere Kameraden das Tor gar nicht schließen, wie die rannten.«

»Es waren Reißer und noch andere, die ich nicht mal beim Namen kenn'.« Der Ältere schüttelte den Kopf. »Sie haben zehn von uns abgeschlachtet. Robben, Esac, den langen Marten und eine Handvoll mehr. Und während wir durch den Kampf abgelenkt waren, hat die Frau sich in die Akademie geschlichen und einen der Magier getötet.«

»In Wahrheit war die Frau ein Menschendämon, ein Morphus«, warf der andere Wächter ein und nickte, wie um seine eigenen Worte zu bestätigen. »Nachdem sie den Mann umgebracht hatte, wurde sie von ein paar anderen Magiern angegriffen. Bei dem Kampf haben sie sie verletzt, und da hat das Biest sein wahres Gesicht gezeigt.«

»Ist sie etwa tot?«, fragte Ishan.

»Nein, hat sich einfach in Rauch aufgelöst, und weg war sie.«

Ishan war erleichtert, dass der Morphus noch lebte; dass er wieder einmal entkommen war, gefiel ihm weniger.

»Welcher Magier wurde getötet?«, erkundigte sich Ryk.

»Hab gehört, es war irgend so ein armer Wicht, der im Gewölbe gearbeitet hat, Herr«, sagte der größere Wächter. »War sicher bloß zur falschen Zeit am falschen Ort.«

»Unschöne Sache«, murmelte Ryk. »Und um eure Kameraden tut es mir leid.«

Der Ältere winkte ab. »Es trifft doch immer die, die es am wenigsten verdient haben.«

Sie überließen den Wachen ihre Pferde und das Gepäck, überquerten den Innenhof und passierten das zweite Torhaus.

»Was denkt ihr?«, fragte Ryk.

»Abgesehen von den Wachen wurde nur ein einziger Magier getötet«, sagte Kela. »Zufall? Irgendwie kann ich das nicht glauben.«

»Der Morphus hat viel dafür riskiert«, meinte Ishan. »Der

Angriff am Tor kommt mir wie ein Ablenkungsmanöver vor, damit er sich in die Akademie schleichen konnte.«

»Warum hat er sich dann nicht einfach in Rauch verwandelt und sich auf diese Weise Zugang verschafft?«, wandte Kela ein.

»Es gibt Schutzzauber in der Mauer, die das verhindern«, sagte Ryk. »Auch dürfte es ihm genützt haben, dass sich sämtliche Wächter auf den Kampf am Tor konzentriert haben. Auf diese Weise kam er unbemerkt dorthin, wo er hinwollte. Zwischen all den Magiern, Novizen und Dienstboten, die hier leben, fällt ein weiterer Mensch zunächst kaum auf.« Er dachte kurz nach. »Interessant, dass er sich ausgerechnet einen Magier vorgeknöpft hat, der im Gewölbe arbeitet.«

»Was ist dieses Gewölbe?«, wollte Ishan wissen.

Ryk blickte sich um, als wollte er sichergehen, dass sie nicht belauscht wurden, während sie einem gepflasterten Weg folgten, der zwischen zwei Türmen hindurchführte. »Es ist das Herz der Barriere. Mehr darf ich euch nicht über diesen Ort verraten.«

Ishan war stehen geblieben. »Wenn der tote Magier in diesem Gewölbe gearbeitet hat, könnte er …«

»Nicht so laut«, mahnte ihn Ryk und fügte mit gesenkter Stimme hinzu: »Und ja, dort unten hätte er durchaus die Möglichkeit gehabt, die Barriere zu manipulieren und einen Durchgang für den Blutlenker und andere Dämonen zu öffnen.«

»Das wirft gleich ein völlig neues Licht auf seinen Tod«, sagte Kela. »Ein Verräter ist immer ein Risiko, das man früher oder später loswerden will.«

Ryk nickte. »Ich muss noch heute mit Everdale Tilbrock sprechen. Er kann mir sicher mehr darüber erzählen, was hier vorgeht.«

Sie gingen weiter und kamen alsbald zu einem sternförmigen Platz, der um diese Zeit in die Schatten der umliegenden Bauwerke getaucht war. Wie schon die Mauer und die Wachtürme bestanden auch diese aus einem glänzenden grünen Material, das so glatt und fugenlos wirkte, als wäre jedes Gebäude für sich genommen aus einem einzigen großen Stück Kristall geschlagen worden. Ryk erklärte ihnen, dass sie sich im Zentrum der Akademie befänden, dem Ort, wo die Novizen lernten, ihre Gaben zu nutzen. Um diese späte Stunde war auf dem Platz jedoch nichts mehr los, und auch die Unterrichtsgebäude lagen dunkel und verlassen da.

Als Ishan sich langsam um die eigene Achse drehte, beeindruckten ihn am meisten die Türme, die so mächtig waren, dass sie es spielend mit den Ruinen aus der Schlucht der Himmelssäulen aufnehmen konnten. Viele von ihnen waren verwaist, erklärte ihm Ryk auf Nachfrage. Vor allem jene in den äußeren Bereichen der Akademie. Nur noch wenige dienten als Wohnstätten oder beherbergten Bibliotheken, Laboratorien und Studierzimmer.

Kela hatte sich unterdessen den fünf Säulen zugewandt, die sich in der Mitte des Platzes erhoben. Sie waren ebenfalls aus dem grünen Material gefertigt und bildeten einen Kreis. Vor einer war die Veydra stehen geblieben und fuhr mit dem Zeigefinger die Runen nach, die in ihre Oberfläche eingraviert waren. »Es ist die Sprache der Val'kai«, sagte sie zu Ishan, als der sich ihr neugierig näherte.

»Es ist auch die Sprache der Ersten Magier«, fügte Ryk hinzu.

Ishan starrte ihn an. »Ich … ich kann das immer noch nicht ganz nachvollziehen.«

»Versuch, dir einfach vorzustellen, was es heißt, zweitausend Jahre lang unter fremder Tyrannei zu leben, Junge. Das ist eine verdammt lange Zeit, in der ein Volk leicht vergessen kann, wer es einmal war. Nicht nur Wissen, Traditionen und Bräuche gingen in dieser Zeit verloren. Auch unsere Sprache veränderte sich. Sie wurde der der Dämonen immer ähnlicher. Erst nach unserer Rückkehr aus der Gegenwelt begannen wir uns wieder auf uns selbst und auf unsere Vergangenheit zu besinnen. Wir mussten unsere Sprache, unsere Kultur quasi völlig neu entdecken. Hilfe fanden wir in den Ruinen unserer Ahnen, in alten Schriften, die wir retten konnten. Heute, tausend Jahre später, wollen nur noch die allerwenigsten etwas davon wissen, wie weit wir uns den Val'kai angenähert hatten.«

Er legte die Hand auf die Säule, direkt neben Kelas Hand, die sofort zurückzuckte. Einen Moment glaubte Ishan, einen Schatten durch Ryks Augen huschen zu sehen. Doch dann war sein Blick auch schon wieder wie üblich eher genervt und konzentriert, und er sprach weiter: »Die Runen beschreiben die fünf Zweige der Magie, die an der Akademie gelehrt werden, und ihre Entstehungsgeschichte … Aber ich rede mal wieder zu viel.«

»Ein bisschen wie in alten Zeiten, was, Meister Vangur? Nur scheinen mir die beiden nicht jung genug, um deine Novizen zu sein.«

Die drei drehten sich zu dem Sprecher um. Ein Mann in einer Robe trat durch den Kreis der Säulen auf sie zu. Er hatte ein hageres Gesicht und schütteres graublondes Haar. Auf seiner Nase, die aussah, als hätte er sie sich vor vielen Jahren einmal gebrochen, saß eine kleine goldene Brille, die ihn in Ishans Augen mehr wie einen Bibliothekar als einen Magier aussehen ließ.

»Everdale!«, rief Ryk. »Woher wusstest du …?«

»Ein Vöglein hat es mir gezwitschert.« Der Mann namens Everdale schmunzelte.

Ryk lachte auf, und schon fielen die beiden Männer sich in die Arme. »Ich möchte Euch den Obersten meines Ordens vorstellen«, wandte sich der Dämonenjäger an Ishan und Kela. »Das ist Magus Everdale Tilbrock.« Er legte dem Magier eine Hand auf die Schulter. »Everdale, das sind Kela und Ishan.«

»Magus.« Ishan neigte den Kopf.

Kela, die die Hände vor der Brust verschränkt hatte, nickte lediglich.

»Willkommen«, sagte der Magus, dabei betrachtete er Kela eingehend. »Ah, eine Veydra«, sagte er schließlich und rückte seine Brille zurecht. »Es ist lange her, dass ich eine zu Gesicht bekommen habe. Du hast sie angeheuert, Ryk?«

»Kela ist eine Freundin«, erwiderte der Dämonenjäger.

»Natürlich.« Der Magus sah Ryk forschend ins Gesicht. »Bist du wegen des ... Briefes hier, den du mir vor ein paar Wochen geschickt hast?«

»Wir können offen reden, die beiden sind eingeweiht«, sagte Ryk. »Und ja, ich bin deswegen hergekommen. Aber nicht nur. Wir haben den Morphus verfolgt, der euch gestern angegriffen hat.«

»Der Morphus ... Ich fürchte, er ist nur eine von vielen Bedrohungen, denen wir momentan ausgesetzt sind.« Der Magus strich sich durch das Haar. »In letzter Zeit erreichen mich immer häufiger Nachrichten über Sichtungen und Angriffe von Val'kai. Und zwar von allen Inselreichen.« Seine Miene wurde hart. »Die Barriere wurde manipuliert, Ryk. Kein Zweifel.«

»Was ist mit dem Verantwortlichen?«

Der Magus sah sich um. »Nicht hier. Das Thema ist zu heikel. Ich schlage vor, wir ziehen uns in meine Räumlichkeiten zurück. Dort sind wir ungestört. Kommt!«

Mittlerweile war die Abenddämmerung so weit fortgeschritten, dass die Straße, die sie fort vom Platz führte, in ein grünliches Licht getaucht war. Es stammte von Lumineslaternen, die die Wege säumten und umso stärker leuchteten, je mehr das Tageslicht abnahm.

»Du magst diesen Everdale Tilbrock nicht sonderlich, oder?«, raunte Ishan Kela zu, während sie Ryk und dem Magus folgten, die in ein angeregtes Gespräch über die vergangenen Jahre vertieft waren.

»Ich mag überhaupt keine Magier«, sagte Kela. »Sie haben meinesgleichen immer nur ausgenutzt. Ryk ist eine Ausnahme.«

Ishan biss sich auf die Unterlippe. Sollte er es wagen, sie zu fragen? Warum eigentlich nicht? »Läuft da was zwischen euch?«

»Warum findest du es nicht selbst heraus?«, fragte Kela und grinste.

Everdale Tilbrock, Oberhaupt des Ordens der Deret'kai, wohnte im Turm der Eingeweihten, der unweit des Wolkenspalters stand, dem Wahrzeichen der Akademie. Als sie sich diesem näherten, unterbrach der Magier sein Gespräch mit Ryk und gab Ishan und Kela eine kurze Einführung in die Geschichte der Akademie. Sie erfuhren, dass der Wolkenspalter in früheren Tagen die Wohnstätte der Ersten Magier gewesen war und aus Respekt und Ehrfurcht vor ihnen lange Zeit leer gestanden hatte. Seit es jedoch immer weniger Novizen gab, hatte man nach und nach immer mehr Türme und Gebäude auf dem Gelände der Akademie aufgegeben und war enger zusammengerückt. Im Laufe der Zeit waren die Bibliotheken der fünf Zweige sowie die Archive in den Wolkenspalter umgezogen. Auch das Sanktuarium, eine Sammlung Fundstücke und Artefakte aus der alten Welt, nahm mittlerweile mehrere Stockwerke in Beschlag.

Der Turm der Eingeweihten blieb zunächst unsichtbar, denn er wurde vom Wolkenspalter verdeckt. Als er endlich in Sicht kam – Ishan reichte es langsam, sein Bedarf an Wissen über die Akademie war mehr als gedeckt –, entpuppte er sich als gerade einmal halb so hoch wie sein großer Bruder und war zudem sehr viel schlanker. In der prächtigen, mit Lumineslaternen und Runen versehenen Eingangshalle begegneten sie zum ersten Mal anderen Magiern. Blicke folgten ihnen, während Everdale Tilbrock sie zur sogenannten schwebenden Kammer führte. Ein fensterloses, enges Zimmer, durch das plötzlich ein Ruckeln lief, bevor es wie von einem Sturmwind erfasst in die Höhe jagte. Eine Erfahrung, auf die Ishan gerne verzichtet hätte, denn ihm wurde davon so übel, dass er sich übergeben musste.

»Beim ersten Mal ergeht es vielen so, nun ja, zumindest ein paar«, tröstete Everdale ihn, zog ein Stofftaschentuch aus seinem Ärmel und reichte es Ishan.

Das Stockwerk in der Spitze des Turms war dem Obersten Magus vorbehalten. Um es zu betreten, mussten sie nacheinander die schwebende Kammer verlassen, weil sich auf dem Korridor davor Berge aus Büchern stapelten. Lediglich ein schmaler Pfad verlief zu den Gemächern. Ishan wollte sich nicht ausmalen, was im Fall eines Feuers geschehen würde.

Als Letzter betrat er schließlich einen Raum, den der Magus als sein Arbeitszimmer bezeichnete. Die Luft darin war trocken und staubig, bedingt durch die Unmengen an Pergamenten, Schriftrollen und Büchern, die auch hier jeden freien Fleck einnahmen.

Ishan, Kela und Ryk räumten ein paar Sessel frei, die in einem Halbkreis vor einem Kamin standen, und machten es sich darin bequem, während der Magus das Zimmer noch einmal verließ, um kurz darauf mit einem Tablett voller Speisen und Getränken zurückzukehren. Als Tisch benutzte er einen Stapel aus Folianten.

»Bedient euch«, forderte er sie mit einem Lächeln auf.

Ishan lehnte dankend ab. In seinem Magen rumorte es immer noch. Kela griff umso eifriger bei den Hühnerbeinen zu, während Ryk sich lediglich mit einem Glas Wein begnügte. Unterdessen hatte der Magus sich in dem Chaos ebenfalls einen Sitzplatz geschaffen. Er räusperte sich. »Bevor wir zu dem Verräter kommen, würde ich noch gerne wissen, was es mit dem Morphus auf sich hat. Ist es derselbe, über den du mir in deinem Brief berichtet hast?«

»Der Mörder von König Varras. Ja«, bestätigte Ryk. »Ich hoffe, über ihn an den Blutlenker heranzukommen. Es würde mich doch sehr wundern, wenn die beiden nicht zusammenarbeiten.«

Der Magus nickte und sah zu Ishan herüber. »Mein Beileid für Euren Verlust, Hoheit.«

Ishan öffnete den Mund. »Woher …«

»Wissen ist meine Leidenschaft«, erklärte Everdale Tilbrock, nahm seine Brille von der Nase und putzte die Gläser mit einem Zipfel seiner Robe. »Ich bin in der Geschichte der Hohen Häuser ebenso bewandert wie in der der Magie, daher habe ich Euer Gesicht sogleich erkannt. Auch wenn Ihr im Augenblick tatsächlich eher wie einer von Ryks Gehilfen ausseht.« Er deutete auf Ishans Kleidung und schmunzelte.

»Es wäre mir lieber, wenn wir auch weiterhin so tun würden, als wäre er das«, warf der Dämonenjäger ein. »Man kann dieser Tage nicht vorsichtig genug sein.«

»Wie wahr.« Der Magus nickte. »Aber jetzt erzähl mir bitte mehr über die beiden Menschendämonen. Was glaubst du, ist ihr Ziel?«

»Thamaryns Überfall auf Kellwyn …«, sagte Ryk. »Ich glaube nicht, dass diese Idee auf dem Mist des Großfürsten gewachsen ist.« Tilbrock beugte sich interessiert in seinem Sessel vor. »Es gibt einen neuen Berater an seiner Seite«, fuhr der Dämonenjäger fort, »und ich glaube, dass es der Blutlenker ist.«

»Bei Sorons Krähen, was sagst du da?« Ishan war aufgesprungen. »Wieso erfahre ich erst jetzt davon?«

»Weil es bloß ein Verdacht ist, Junge. Und jetzt beruhige dich wieder.«

Grummelnd setzte sich Ishan wieder. Es ärgerte ihn, dass Ryk Geheimnisse vor ihm hatte. Er hatte gedacht, sie wären inzwischen so etwas wie Freunde. Doch streiten würde er deshalb nicht mit ihm. Wenn Ishan eins gelernt hatte, dann, dass es klüger war, den Dämonenjäger einfach reden zu lassen. Auf diese Weise erfuhr man oft mehr, als wenn man ihn bedrängte.

»Reißen die schlechten Nachrichten denn überhaupt nicht ab?«, fragte Tilbrock nun. Er setzte seine Brille wieder auf die

Nase und blinzelte in die Runde. »Wenn es zutrifft, was du sagst, Ryk, kontrolliert der Blutlenker den derzeit gefährlichsten Mann der Schwebenden Reiche und hat so Kellwyn den Krieg gebracht. Uns allen könnte ein ähnliches Schicksal drohen.«

Ryk schüttelte den Kopf. »Wenn es dem Blutlenker bloß darum ginge, Krieg in den Schwebenden Reichen zu stiften, hätte er nicht Kellwyn angegriffen. Dafür ist es viel zu unbedeutend. Wenn *ich* die anderen Regenten zu einem Gegenschlag hätte provozieren wollen, hätte ich Milnfor oder Xe'Neridian überfallen. Dann hätten die Freien Reiche reagieren müssen. Nein, es muss einen anderen Grund geben, warum er Thamaryn dazu gebracht hat, genau dort einzumarschieren.«

»Hm.« Tilbrock begann mit den Fingern auf die Lehne des Sessels einzutrommeln. »Was mir gerade auffällt, Ryk, du hast in deinem Brief gar nicht erwähnt, wann genau du dem Blutlenker zum ersten Mal begegnet bist. Wenn der Dämon tatsächlich hinter all dem steckt, muss er mit den Vorbereitungen schon vor Monaten begonnen haben. Du hast mir erst vor ein paar Wochen von ihm berichtet. Zu dieser Zeit kann er sich längst nicht mehr im Ostwald aufgehalten haben. Willst du mir das erklären?« Die letzten Worte hatte er mit unverkennbarer Schärfe gesprochen.

Der Bücherwurm kann ja richtig wütend werden, dachte Ishan.

Ryk stellte sein Weinglas beiseite. Eine Weile starrte er vor sich hin, bis er schließlich einen Seufzer von sich gab und wieder aufsah. »Du hast recht. Ich bin zum ersten Mal vor vier Monaten auf ihn gestoßen. Es klang nach einem simplen Auftrag, ich sollte im Ostwald ein paar Reißer zur Strecke bringen. Wie sich jedoch herausstellte, wurden sie von dem Blutlenker kontrolliert. Die Bestien töteten zunächst Jailar. Einen Jungen, den ich gerade erst in meine Dienste genommen hatte. Corr war der nächste. Der Blutlenker hat ihm die Kehle zerfetzt, und ich konnte nichts dagegen tun. Nichts. Ich selbst ...« Er stockte. »Ich selbst habe nur knapp überlebt.« Sein Blick bohrte sich in den des Magus. »Versteh doch, ich wollte nicht, dass du jemand anderen schickst, ich wollte den Bastard selbst erledigen.« Er fuhr sich mit den Händen über das Gesicht. »Und ja, es war ein Fehler. Das ist mir inzwischen auch klar.«

Tilbrock funkelte ihn an. »Wärst du nicht mein bester Dämonenjäger, ich wüsste nicht, was ich jetzt tun würde. Aber ich brauche dich, Ryk, und in Zeiten wie diesen mehr denn je. Bilde dir nur nicht ein, die Angelegenheit sei damit erledigt.«

»Verstehe.« Ryk griff erneut nach seinem Weinglas und leerte es in einem einzigen Zug. »Zurück zum Morphus. Im Augenblick bleibt uns nur eine Möglichkeit – wir müssen ihn einfangen. Wir müssen ihn dazu bringen, uns die Pläne des Blutlenkers zu verraten.«

»Einen Morphus fangen? Lebend?«, wiederholte Tilbrock. »Wie willst du das anstellen?«

»Ich weiß es nicht. Ich hatte gehofft, du hast eine Idee.«

»Ich? Nein, ganz sicher nicht. Kein Dämonenjäger war jemals daran interessiert, einen Humanos zu befragen. So viel kann ich dir sagen. Ich werde jedoch gleich nach unserem Gespräch eine Nachricht an die Leiterin unserer Bibliothek schicken. Vielleicht kann sie uns weiterhelfen. Viel Hoffnung würde ich mir allerdings nicht machen.«

»Trotzdem danke«, sagte Ryk. »Übrigens würde ich ebenfalls gerne mit ihr reden. Ich hoffe, dass sie mir auch bei meinen Nachforschungen zum Namen des Blutlenkers weiterhelfen kann.«

»Emeryle kennt die Bibliothek wie niemand sonst. Selbst mit den ältesten Schriften ist sie vertraut. Wenn nicht sie, wird niemand eine Antwort auf deine Fragen finden. Jetzt aber zurück zu unserem Verräter. Es gibt ihn. Genauer gesagt, gab es ihn.«

»Er wurde gestern bei dem Dämonenangriff getötet«, vermutete Ryk.

Der Magus nickte. »Der Mann hieß Kaldor Morrain und war ein Energetyker. Also jemand, der durch Magie Materie beeinflussen kann«, fügte er mit einem Blick auf Ishan und Kela hinzu. »Er gehörte zu den wenigen, die es dieser Tage noch gibt. Seine Begabung war für heutige Verhältnisse beeindruckend, wodurch er prädestiniert für die Arbeit im Gewölbe war. Einem Energetyker fällt es leichter, zu verstehen, wie die magische Barriere arbeitet. Nachdem ich deinen Brief gelesen hatte, Ryk, ließ ich ihn beobachten, weil er mir schon bei anderen Gelegenheiten als Störenfried aufgefallen war. Er war jedoch schlau genug, sich nicht erwischen zu lassen. Eine Prüfung der Barriere, die während seiner Abwesenheit im Gewölbe stattfand, ergab keine Auffälligkeiten. Offenbar hatte er zu diesem Zeitpunkt bereits wieder rückgängig gemacht, was immer er getan hatte, um die Dämonen herüberzuholen. Erst der gestrige Angriff gab mir Gewissheit, dass er der Verräter sein musste, denn er wurde in seinen privaten Räumlichkeiten getötet. Ohne Zweifel war er das Ziel des Morphus.« Everdale Tilbrock schürzte die Lippen. »Aus irgendeinem Grund scheinen seine Verbündeten ihm nicht länger vertraut zu haben.«

»Nicht, dass es mir um diesen Verräter leidtäte – ich wünschte trotzdem, er würde noch leben. So könnte er wenigstens unsere Fragen beantworten.« Ryk lehnte sich in seinem Sessel zurück und schlug die Beine übereinander. »Gibt es Hinweise darauf, warum er es getan hat?«

»Leider nein. Wir waren den ganzen Tag damit beschäftigt, die Toten zu betrauern und Sicherheitsvorkehrungen zu treffen«, sagte Tilbrock. »Ich bin noch nicht einmal dazu gekommen, mich in seinen Räumen umzusehen. Das ist etwas, das ich höchstpersönlich erledigen wollte.«

»Du fürchtest, es könnte noch mehr Verräter geben?«, fragte Ryk.

»Ich fürchte gar nichts, ich bin nur vorsichtig«, erwiderte der

Magus. »Aber falls wir noch auf Antworten hoffen dürfen, werden wir sie am ehesten unter seinen persönlichen Sachen finden.«

»Warum sehen wir sie uns dann nicht gleich an?«, schlug Ryk vor und erhob sich aus seinem Sessel. »Vielleicht erfahren wir noch etwas, das uns nützlich sein könnte, bevor wir uns morgen wieder auf den Weg machen.«

Tilbrock stimmte zu, und so machten sie sich auf den Rückweg zur schwebenden Kammer.

»Ist es wahr, dass der Dämon verletzt wurde?«, fragte Ishan Tilbrock. »Einer der Wächter am Tor hat davon gesprochen.«

»Es scheint so. Ja«, bestätigte dieser.

»Das müsste ihn doch geschwächt haben, oder nicht?«

Dieses Mal war es Kela, die Ishan antwortete: »Kommt darauf an, wie schwer die Wunde ist.«

»Dazu kann ich leider nicht viel sagen, weil er sofort geflohen ist«, meinte der Magus. »Einige Dämonen besitzen starke Selbstheilungskräfte. Wobei man diese nicht mit der echten Heilmagie vergleichen kann, über die die Val'kai der ersten Kaste verfügen.« Er zuckte entschuldigend die Achseln.

Erneut bestiegen sie die schwebende Kammer. In der Zwischenzeit hatte jemand, vermutlich ein Diener, sie von den Überresten von Ishans Mageninhalt gereinigt. Als die Kammer sich in Bewegung setzte, brach Ishan erneut der Schweiß aus. Wenigstens behielt er dieses Mal jedoch im Magen, was sich noch darin befand. Sobald die Kammer das Erdgeschoss erreichte, stürzte er an den anderen vorbei nach draußen. In der Eingangshalle blieb er stehen, stützte sich auf seinen Knien ab und atmete mehrmals tief durch.

»Alles in Ordnung?« Kela trat neben ihn und legte ihm eine Hand auf den Rücken.

Er sah auf und grinste schwach. »Bestens.«

Der Magus führte sie in einen Korridor, der von der Halle abging, und vorbei an einer Reihe von Türen, bis er vor einer stehen blieb, auf die eine magisch glühende Rune aufgetragen war. Vermutlich sollte sie Unbefugte am Eintreten hindern. Everdale Tilbrock hob ihre Wirkung auf, indem er die Hand auf sie legte und ein Wort flüsterte, das Ishan nicht verstand. Danach öffnete er die Tür, und sie traten ein. Der Raum war in das Licht weißer Luminesaugen getaucht. Ishan registrierte als Erstes die Blutlache auf dem Boden. Sie war bereits eingetrocknet und wirkte auf den dunklen Bodendielen beinahe schwarz. Ein Schrank, der dem Bett gegenüberstand, war durchwühlt worden. Auch eine Kommode, die gleich rechts von der Tür stand. Zumindest die obersten beiden Schubladen. Die anderen waren geschlossen. Entweder hatte der Morphus gefunden, wonach er gesucht hatte oder war an dieser Stelle unterbrochen worden.

»Der Dämon wurde von ein paar Magiern überrascht, die von Kampfgeräuschen angelockt wurden«, sagte Tilbrock, als hätte er Ishans Gedanken gelesen. »Einer von ihnen befindet sich in der Ausbildung zum Dämonenjäger und konnte den Morphus mit einem magisch aufgeladenen Dolch verletzen. Daraufhin floh dieser ins Freie, wo er sich vor den Augen seiner Verfolger in Rauch auflöste und vom Wind davongetragen wurde.« Er machte eine kurze Pause. »Nachdem dann die Animalia am Tor von den Wächtern getötet worden waren, sandte ich Patrouillen aus, die das Gelände nach weiteren Eindringlingen absuchen sollten. Eine entdeckte, dass die Nebenpforte des Westtors von innen aufgebrochen worden war. Es gab dort auch eine frische Blutspur. Offenbar ist der Morphus durch diese Pforte entkommen, nachdem er die Schutzzauber nicht in seiner Rauchform hätte überwinden können.«

Kela schnupperte in die Luft. »Der Dämon war definitiv hier. Ich kann ihn über das Blut des Magiers hinweg riechen.« Sie wandte sich Ryk zu, der mit konzentrierter Miene in der Mitte des Raumes stand. Ishan konnte sehen, wie die Augen des Dämonenjägers sich in ihren Höhlen bewegten, während er jedes Detail um ihn herum erfasste. Es gab noch eine zweite Tür, an der sein Blick kurz hängen blieb. Sie stand ein Stück offen und zeigte einen leeren Raum. Vielleicht eine Meditationskammer, wie Ishan vermutete.

Plötzlich setzte Ryk sich in Bewegung und ging zu einer Holztruhe, die unter dem einzigen Fenster des Raumes stand. Er hockte sich hin und strich mit den Fingerspitzen über die Dielen davor und daneben. »Hier gibt es überall Kratzspuren, als wäre die Truhe des Öfteren verschoben worden.«

Ishan, Kela und der Magus traten näher, als Ryk die Truhe packte und beiseitehievte. Er brauchte nicht lange, um herauszufinden, dass eines der Dielenbretter darunter locker war. Er hob es an. Darunter kam ein dunkles Loch zum Vorschein.

»Warte!«, mahnte Tilbrock, als Ryk hineingreifen wollte. »Ich habe ein Luminesauge dabei. Wir sollten erst prüfen, ob es versteckte Fallen gibt.« Er zog den Stein aus einer Tasche seines Gewandes, entfachte sein Leuchten und reichte ihn dem Dämonenjäger weiter.

»Ich kann nichts Auffälliges entdecken«, erklärte dieser einen Augenblick später und griff in die Vertiefung.

»Und?«, wollte Kela wissen.

Ishan hörte Münzen klimpern.

»Hier ist eine Schatulle, randvoll mit diversen Geldstücken. Außerdem ein Pergament und …« Ryk stieß einen Pfiff aus und zog die Hand wieder heraus. Darin hielt er einen Kristall, der die Form einer Pyramide hatte. Jede der vier Seiten zeigte eine andere Rune.

Ishan beugte sich über die Schulter des Dämonenjägers. »Was ist das?«

Es war jedoch Tilbrock, der antwortete. Seine Stimme bebte

vor Erregung. »Ein Echophon. Eine seltene Kostbarkeit aus den Tagen der Ersten Magier. Sie haben solche Kristalle dazu genutzt, um über größere Entfernungen hinweg zu kommunizieren.«

»Dieser Morrain muss mächtige und wohlhabende Verbündete haben, wenn er in Besitz so einer Apparatur war«, sagte Ryk. Er reichte das Echophon an Tilbrock weiter, der es mit zitternden Händen entgegennahm und sagte: »Seit Jahrhunderten gelten sie als zerstört oder verschollen. Ich dachte immer, es würde nur noch ein einziges existieren. Und zwar jenes, das zusammen mit den anderen Relikten in den Räumen des Sanktuariums aufbewahrt wird.«

»Was ist mit dem Pergament?«, warf Kela ein.

Ryk griff erneut in das Versteck und holte das Schriftstück hervor. Es war sorgfältig gefaltet und mit einem Band verschnürt. Er drehte es hin und her. »Kein Siegel.«

Kela schnalzte mit der Zunge. »Mach es nicht so spannend – öffne es!«

Ryk erhob sich, seine Knie knackten, und er verzog kurz das Gesicht. Das Luminesauge reichte er an Kela weiter, bevor er ein Messer aus seinem Gürtel nahm und das Band durchschnitt. Das Pergament knisterte, als er es entfaltete.

Die drei drängten sich um ihn zusammen, doch der Dämonenjäger hielt es so, dass nur er den Text lesen konnte.

»Es ist ein Geständnis«, verkündete er schließlich. »Kaldor Morrain schreibt, dass es seine Schuld sei, dass die Menschendämonen in die Schwebenden Reiche gelangt sind. Dass er es bedauert, aber auch, dass er auf Anweisung gehandelt hat.« Der Dämonenjäger sah auf. »Er muss geahnt haben, dass sein Leben in Gefahr war, und hat das Bekenntnis für den Fall hinterlegt, dass ihm etwas zustoßen würde.«

»Dann wissen wir jetzt, wonach der Dämon gesucht hat«, sagte Kela.

»Und was steht noch darin?«, wollte Ishan wissen. »Wer hat ihm befohlen, die Dämonen durch die Barriere zu lassen?«

»Immer mit der Ruhe, Junge.« Ryk reichte den Brief an Tilbrock weiter. Dieser überflog ihn, wobei er mit jeder Sekunde blasser wurde. »Bei der Macht der Ersten«, murmelte er anschließend und faltete das Pergament wieder zusammen. Schweißperlen standen ihm auf der Stirn, und auf seinen Wangen hatten sich rote Flecken gebildet. »Er schreibt, er habe es im Auftrag der To'Dhana getan. Ryk, womöglich hast du all die Jahre über recht gehabt, und es gibt den Kult wirklich.«

Ryk zeigte ein Lächeln.

»Heißt das, der Dämon arbeitet für die To'Dhana? Aber was ist dann mit Thamaryn?«, rief Ishan erregt. »Ich bin sicher, dass er meinen Vater auf dem Gewissen hat!«

Tilbrock bedachte ihn mit einem sonderbaren Blick. Als er den Mund öffnete, um etwas darauf zu erwidern, kam Ryk ihm zuvor. »Es ist ein Schuldeingeständnis, Junge. Was willst du mehr?« Der Dämonenjäger verschränkte die Arme vor der Brust. »Wir wissen jetzt, dass die To'Dhana hinter allem stecken. Was das im Einzelnen bedeutet, müssen wir erst noch herausfinden.«

»Ist das so?« Ishan wandte sich dem Obersten Magus zu, der Zuflucht hinter einem Taschentuch gesucht hatte, mit dem er sich das Gesicht tupfte. »Warum habt Ihr mich gerade so merkwürdig angesehen? Was steht noch in dem Brief?«

Tilbrock wechselte einen Blick mit Ryk, bevor er sagte: »Nichts, was im Augenblick von Bedeutung wäre.«

Mit einem Schnauben fuhr Ishan zu Kela herum.

»Mich musst du nicht fragen«, wehrte sie ab. »Ich weiß genauso wenig wie du.«

Verdammte Magier! Ishan warf Ryk einen letzten zornigen Blick zu und stürmte aus dem Raum.

39

Nachthimmel, Kellwyn

29. Jul, 1026 n. d. Zweiten Dämonenkrieg

Einen Tag hatte sie mit dem flinken kleinen Himmelschiff von Dagoras nach Kellwyn gebraucht. Die Botengleiter schienen jedoch nicht dafür gemacht, längere Strecken zurückzulegen. Das Licht, das durch die Ritzen unter ihren Füßen schimmerte, hatte sich verändert. Anfangs war es noch von gleichmäßiger Helligkeit gewesen. In den vergangenen Stunden war es jedoch zunehmend schwächer geworden, und seit einer Weile hatte es zu flackern begonnen. An. Aus. An. Aus. An. Aus.

Wie ein langsam ersterbendes Herz, dachte Catara.

Auch das Schnurren, das aus dem Inneren des Schiffes drang, war mit der Zeit leiser geworden. Vielleicht ging ihm schlicht die Energie aus. Infolgedessen glich der Flug inzwischen einem Ritt auf einem sturmgepeitschten See. Es würde wohl ihre letzte Reise mit dem Gleiter sein. Ohne neue Energie – oder was auch immer ihm fehlte – würde sie ihn kein weiteres Mal in die Lüfte bekommen. Wirklich traurig war sie darüber nicht. Das Geschaukel schlug ihr inzwischen gewaltig auf den Magen.

Catara saß im Heck des Luftschiffes und hielt mit der Rechten das Ruder auf Kurs. Der Wind zerrte an Lytas langem Haar. Nur die Lederuniform des satuoanischen Piloten verhinderte, dass sie vor Kälte mit den Zähnen klapperte.

Dagoras hatte sich als Enttäuschung herausgestellt. Als Catara dort in der Nacht zuvor angekommen war, hatte sie erfahren müssen, dass Herzog Roadan und Graf Belfane vom Flussreich Ipstat einem Befehl von Thamaryn folgend nach Kellwyn gereist waren. Noch war Catara sich nicht sicher, ob es ihren Auftrag erleichtern oder erschweren würde, dass die verbliebenen drei Mitglieder des Fünferbundes sich nun an einem Ort befanden.

Sie gähnte und streckte die Beine aus, die sich ganz steif anfühlten. Unter ihr war alles schwarz, denn sie flog abseits der Feuerflüsse, um nicht entdeckt zu werden. In den vergangenen Stunden hatte sie sich an den Sternen orientiert. Von Dagoras aus war Catara nach Südosten geflogen, immer dem Sternbild des Nachtwächters entgegen, bis sich unter ihr im Schein des Mondes das Inselreich Kellwyn mit seinen Bergen, Wäldern und Städten abgezeichnet hatte. Anschließend war sie eine Zeit lang der östlichen Küstenlinie gefolgt, bis vor ihr im Dunkel die Leuchtfeuer im Hafen von O'Shan'wa aufgetaucht waren und ihr die reetacianischen Kriegsschiffe offenbart hatten, die dort vor Anker lagen.

Mittlerweile flog sie dicht über dem Dschungel hinweg. Links vor ihr lag die kellwynische Hauptstadt, über die die Herrscherpyramide im Norden der Stadt wie ein Leuchtfeuer aufragte. Auf jeder der sieben Terrassen brannten Dutzende Feuerschalen, zwischen denen sich dunkle Silhouetten bewegten. Wächter. Sich ihr noch weiter zu nähern, war viel zu riskant. Aus diesem Grund plante Catara auch, im Schutz der alten Stufenpyramide zu landen, die irgendwo hier am Rande des Dschungels liegen musste. Hoffte sie jedenfalls. Es war Cataras erster Besuch auf Kellwyn.

Zumindest in der Theorie war sie mit den örtlichen Gegebenheiten vertraut. Während ihrer Ausbildung zur Assassine hatte sie sich Wissen über jede Inselwelt der Schwebenden Reiche angeeignet: Geschichte, Gesetzgebung, Gepflogenheiten, Geografie, Machtstrukturen und vieles mehr.

»Na, endlich«, murmelte sie und beugte sich ein Stück vor. In der Tiefe zeichnete sich die Ruine wie ein unförmiger Buckel zwischen den Bäumen im Dunkel der Nacht ab. Doch etwas gefiel ihr gar nicht – es gab dort unten kaum Platz zum Landen. Wenn sie nicht achtgab, kam sie der Ruine zu nahe oder wurde vom Wind abgedrängt, direkt hinein in die Bäume. Mit etwas Glück brach sie sich das Genick. Wenn sie Pech hatte, nur die Beine, sodass sie über Tage hinweg elendig an ihren Verletzungen krepieren würde. Oder sie gäbe einen Festschmaus für die Raubtiere ab. Catara versuchte, sich daran zu erinnern, welche es auf Kellwyn gab. Stattdessen fiel ihr ein, dass das Inselreich für seine Vielzahl an Gifttieren wie den Witwenmacher oder den Purpurbeißer bekannt war. Widerliches Kriechgetier. Sie schauderte. Es half jedoch nichts, die Landung weiter hinauszuzögern. Je länger sie am Himmel blieb, desto größer war das Risiko, entdeckt zu werden.

Catara hatte eine freie Fläche zwischen der Ruine und dem Dschungel ausgemacht. Sie war kaum groß genug zum Landen, eine andere Möglichkeit gab es jedoch nicht. Sie leitete den Sinkflug ein, indem sie das Segel raffte, als mit einem Mal das Licht unter ihren Füßen erlosch. Ab da ging alles schief: Ein Ruckeln lief durch den Gleiter, er neigte sich zur Seite und steuerte geradewegs in die Wipfel des Dschungels hinein.

Catara fluchte, als Äste von überallher wie die Arme von Titanen auf das Schiff einschlugen. »Scheiße, scheiße, scheiße!« Verzweifelt klammerte sie sich mit der einen Hand an die Ruderpinne, während sie mit der Linken ihr Gesicht vor dem Geäst zu schützen suchte. Über ihr barst etwas, und der Mast mit dem Segel existierte nicht länger. Auch unter ihren Füßen splitterte Holz. Der Gleiter ächzte auf und brach endgültig auseinander. Catara wurde nach vorne geschleudert und schrie vor Schreck und Schmerz auf, als Laub und schweres Astwerk ihr auf Brust, Rücken und Beine einprügelte, während sie fiel und fiel ...

Als sie auf dem Waldboden aufschlug, fühlte es sich an, als hätte die Erde selbst ihr einen Tritt in den Rücken gegeben. Alle Luft wurde ihr aus der Lunge gepresst. Ein *Uff!* kam ihr gerade noch über die Lippen, dann verlor sie auch schon das Bewusstsein.

Als Catara die Augen öffnete, war sie sich nicht sicher, wie viel Zeit vergangen war. Minuten? Stunden? Immerhin war es noch Nacht. Sie drehte den Kopf und erkannte Umrisse und Schemen. Baumstämme und ... vielleicht Sträucher? Sie roch Erde, feucht und modrig. Der Dschungel. Jetzt erinnerte sie sich wieder. Vielleicht hatte sie ja Glück und sie war nicht allzu weit von der Ruine entfernt abgestürzt.

Behutsam bewegte sie Arme und Beine. Sie schmerzten, schienen jedoch nicht gebrochen. Sie versuchte, sich aufzurichten, und Schmerz schoss ihre Wirbelsäule hinauf. Catara fluchte, biss die Zähne zusammen und stemmte sich hoch. Kaum, dass sie saß, erfasste sie Schwindel, und Schweiß brach ihr überall am Körper aus. Nichtsdestotrotz schien sie den Absturz ohne größere Verletzungen überlebt zu haben. Einmal abgesehen davon, dass sie sich fühlte, als hätte ein caldoragischer Boxer über Stunden hinweg seinen Frust an ihr abtrainiert.

Plötzlich drang ein Geräusch an ihr Ohr, das sie an viele kleine Füße erinnerte, die über trockenes Laub kratzten. Das Bild einer Kodo-Stachellarve kam ihr in den Sinn, und sie sprang hastig auf. Zu schnell. Dieses Mal war der Schwindel so stark, dass sie erneut zu Boden ging und sich die Rippen an einem Stein oder einer Baumwurzel prellte. »Verfluchter Scheißwurm!«, zischte sie zwischen zusammengebissenen Zähnen hervor.

Sobald der Schmerz nachließ, tastete sie sich voran, bis sie einen Baum fand. An ihm zog sie sich auf die Füße. Ihre ersten

Schritte waren noch unsicher wie die eines Kleinkindes, das gerade das Laufen lernt. Doch schon bald fand sie ihren Rhythmus wieder. Sie blickte hinauf zum Sternenhimmel. Nur ein Ausschnitt war zwischen den Wipfeln der Riesenbäume zu erkennen, aber er reichte, um Catara die Richtung zu weisen. Der Dschungel lag im Osten der Stadt. Wenn sie also nicht allzu weit vom Kurs abgekommen war, wovon sie nicht ausging, musste sie sich lediglich ein kurzes Stück nach Westen durchschlagen, um zurück nach O'Shan'wa zu finden.

Ihren geschundenen Körper ignorierend, bahnte Catara sich ihren Weg durch das Unterholz. Unter den Bäumen war es warm und schwül. Und der Boden war so weich und nachgiebig, als würde sie über dicke Lagen aus Laub laufen. Durch die hohe Luftfeuchtigkeit schwitzte sie stark, und das Atmen fiel ihr schwer, obwohl das auch vom Sturz herrühren konnte. Lästig waren auch die immer wieder wie aus dem Nichts auftauchenden Wurzeln der Bäume, die sich mancherorts wie ein Netz aus dicken Wülsten über den Boden spannten und sie immer wieder zum Stolpern brachten. Am beunruhigendsten waren aber die Laute, die um sie herum durch die Nacht echoten. Vor allem dieses Keckern, auf das fast immer etwas folgte, das sich am ehesten mit einem verrückten Gelächter beschreiben ließ. Dazu dann noch dieses wahnsinnig machende Klacken, das abwechselnd aus verschiedenen Richtungen zu kommen schien. Als würde sich da draußen etwas miteinander verständigen.

Wo sind bloß die verfluchte Pyramide und die Stadt!, dachte sie. War sie in die falsche Richtung gelaufen? Sie blieb stehen und rieb sich den Schweiß aus den Augen. Wenn sie nur nicht so erschöpft wäre. Eine kleine Aufmunterung täte ihr jetzt gut. Bestimmt fand sich was Passendes unter ihren Phiolen. O nein! Ihre Hand ruckte zu ihrer linken Seite und ertastete dort eine Auswölbung unter dem Leder der Pilotenkluft. Sie seufzte.

Wenigstens das Futteral und sein kostbarer Inhalt waren ihr geblieben. Ihre Hand glitt hinab zu ihrem Gürtel. Catara lächelte. Auch der Dolch war noch da. Die übrigen Messer hatten sich zusammen mit dem Rest ihrer Habseligkeiten sowie ihren Vorräten in einem Beutel befunden, den sie durch den Absturz verloren hatte.

Catara öffnete die Schnüre, die die Pilotenjacke verschlossen, und ging die Phiolen in dem Futteral durch, bis sie eine gefunden hatte, in der es leise klapperte, wenn man sie schüttelte. Sie öffnete diese und schüttete ein paar der sich darin befindlichen Perlen auf ihre Hand. Zwei davon schluckte sie, den Rest gab sie zurück in die Phiole und steckte alles wieder ein. Es dauerte nicht lange, bis sie die stimulierende Wirkung der Pillen spürte. Ihre Gedanken waren mit einem Mal viel klarer, und ihr Körper strotzte vor Energie. Das Extrakt aus der Xoric-Knolle war ein Wunderwerk der alchemistischen Kunst, solange man sich nicht allzu sehr um die Nebenwirkungen sorgte. Aber wie immer galt auch hier: Die Dosis macht das Gift.

Catara kam nun schneller voran, und alsbald meinte sie zu erkennen, dass es vor ihr zwischen den Baumriesen heller wurde. Wenige Augenblicke später erreichte sie den Rand einer Lichtung. Zunächst blieb sie im Schutz der Bäume stehen und nahm jedes Detail der Rodung in sich auf. Nichts Aufregendes, Gras und ein paar Ruinen, vom Mondlicht beschienen. Sie wusste nicht, was sie zögern ließ, es waren nur irgendwelche Mauerreste, aber etwas daran störte sie. Catara ließ den Blick ein weiteres Mal über die Lichtung schweifen, bevor sie erneut die Ruine betrachtete. Sie runzelte die Stirn und nahm zwei Steinhaufen näher in Augenschein, die sich links und rechts des Mauerstücks türmten. Auf den ersten Blick wirkte es, als wäre die Mauer an diesen Stellen eingestürzt. Doch während die restliche Ruine von Schlingpflanzen berankt war, wuchs auf den Steinhaufen nichts. *Interessant*. Demnach hatten man sie dort erst vor Kurzem aufgeschüttet. Vielleicht als Sichtschutz? In dem Fall mochte es sich um einen Beobachtungsposten handeln.

Catara runzelte die Stirn. Die Reetacianer hatten ihn ganz sicher nicht eingerichtet. Die Stadt befand sich allem Anschein nach in ihrer Hand, und hier draußen im Dschungel gab es für sie nichts zu beobachten. *Schauen wir doch mal, was passiert.* Catara ging in die Hocke und tastete den Boden nach etwas Festem ab. Da waren Wurzeln, Pflanzen und etwas Glitschiges, bei dem sie sofort zurückzuckte. Schließlich fand sie einen keilgroßen Stein, hob ihn auf und warf ihn, sodass er einen der Bäume auf der anderen Seite der Lichtung traf. Ein *Klong* hallte durch die Nacht.

Es dauerte ein wenig, dann schob sich ein Kopf über die Ruine. Im Mondschein erkannte Catara einen Mann, der in Richtung des Geräusches blickte. Auch wenn es bei diesem Licht nicht ganz eindeutig war, wirkte seine Haut dunkler als die eines Reetacianers, jedoch heller als die eines Sataouaners. Es musste sich um einen Einheimischen handeln. Vielleicht hielten sich ja ein paar Kellwyner hier draußen versteckt. *Gut*, dachte Catara. Wenn sie herausfand, was hier vor sich ging, konnte sie das womöglich zu ihrem Vorteil nutzen.

Sie wartete, bis der Mann wieder in sein Versteck abgetaucht war, bevor sie sich aus den Schatten der Bäume herauswagte. Geduckt schlich sie durch das Gras der Lichtung zu der Ruine, verharrte davor und schaute sich um. Erst jetzt sah sie, dass zu ihrer Linken der Buckel der alten Stufenpyramide zwischen den Bäumen aufragte. Sie hatte mit der Richtung also gar nicht so verkehrt gelegen.

Eine Zeit lang lauschte Catara auf Geräusche aus dem Inneren der Ruine, aber da war nichts. Abgesehen von den Lauten des Dschungels. Sie sank hinab ins Gras und robbte rechts entlang der Mauer, bis sie auf einen der Steinhaufen stieß, der direkt daran anschloss. Als sie sich weiterbewegte, erkannte sie, dass es nicht nur ein Haufen, sondern ein aufgeschütteter Wall war, der in Form eines Halbkreises verlief und so beide Enden des Mauerstücks miteinander verband. Stellenweise hatte ihn jemand mit Laub und Erde bestreut; hier und da waren sogar Farne und Grasbüschel in die Löcher zwischen den Steinen gestopft worden.

Erneut wischte Catara sich den Schweiß von der Stirn. Am Himmel hatte die Pilotenkluft sie vor dem Wind geschützt. Hier unten schwitzte sie darin wie in einem sharigorischen Dampfbad. Sie robbte weiter, bis sie zu einer Stelle in dem Wall kam, wo es einen schmalen Durchgang gab. Sie linste hinein. Der Mann von eben war nirgends zu sehen. Dafür klaffte, verborgen von der Mauer und dem Schutzwall, eine quadratische Öffnung im Waldboden. Ein schwacher orangener Schein drang aus dem Loch. Catara zog eine Braue hoch. Was haben wir denn hier? Sie kroch weiter darauf zu und konnte schon bald sehen, dass die Wände in dem Erdloch mit Brettern verkleidet waren. Offenbar handelte es sich um einen Einstieg in – ja, was eigentlich? – einen Tunnel?

Es gab sogar eine Falltür, mit der er verschlossen werden konnte. Ein dazwischengeklemmter Stock verhinderte dies jedoch.

Catara robbte noch ein wenig näher heran und bemerkte eine Leiter, die an der Innenwand des Tunnels lehnte. Und einen Mann, der an ihrem Fuße im Licht einer Laterne auf dem Boden hockte. Anhand seiner Hautfarbe konnte Catara ihn eindeutig als Kellwyner identifizieren. Er war in eine Wollhose gekleidet, zu der er eine Lederweste über seinem nackten Oberkörper trug. Seine Arme wirkten muskulös. Er vertrieb sich die Zeit, indem er mit einem Stock eigentümliche Symbole vor sich in die Erde ritzte. Catara verzog die Mundwinkel. Eindeutig ein Zivilist. Ein Soldat wäre wachsamer. Letztlich konnte ihr das nur recht sein. So würde sie es einfacher haben.

Sie zog sich wieder zurück und griff sich ein Stück Stein vom Wall. Anschließend brachte sie sich auf der Rückseite des Tunneleingangs in Position, sodass sie von der Falltür verdeckt wurde, und schlug mit dem Stein einmal hart gegen die Mauer. Wenige Augenblicke später tauchte der Kopf des Mannes aus der Tunnelöffnung auf, gefolgt von seinem Oberkörper und einer Armbrust. Catara stürzte vor und zog ihm den Stein über den Hinterkopf. Der Mann fiel die Leiter herab und blieb reglos am Boden liegen. Der Sturz war nicht besonders tief, weshalb sie davon ausging, dass er ihn überlebt hatte.

Sie stieg zu ihm hinab, rollte ihn auf den Rücken und fühlte seinen Puls. Schwach, aber regelmäßig. Sie hockte sich neben ihn auf den Boden, holte das Futteral hervor und entnahm ihm eine Metallphiole mit der Aufschrift *Silberzunge*. Eine Wahrheitsdroge, die aus dem Besitz der alten Westa stammte. Sie zwang die Kiefer des Mannes auseinander und tröpfelte etwas von der klaren Flüssigkeit hinein. Es würde einige Zeit dauern, bis das Mittel Wirkung zeigen würde, also packte sie die Phiole zurück und musterte den Tunnel, der von einer an der Wand befestigten Laterne erhellt wurde. An der Abstiegsstelle war der Tunnel eng, nur vier Fuß breit, doch er vergrößerte sich nach hinten. Catara sah, dass dort die Wände auch nicht mehr aus Erde und Holzverschalung bestanden, sondern aus einem glitzernden Stein. Sie vermutete, dass dieser Teil des Tunnels sehr viel älter war.

Wo er wohl hinführt? Eine Bewegung am Rande ihres Gesichtsfelds ließ Catara zusammenzucken. Es war jedoch bloß ein Käfer, der durch das Loch über ihr geplumpst war und mit zuckendem Fühler auf die Laterne zukrabbelte.

Das war lange genug, beschloss sie und wandte sich wieder dem Mann zu. »Wach auf!« Sie verpasste dem Kellwyner eine Ohrfeige. Als er nicht reagierte, packte sie seine Weste und schüttelte ihn. Endlich stöhnte er schwach und hob seine

Lider. Seine Pupillen waren riesig, sodass seine Augen fast schwarz wirkten. Gut. Das Mittel wirkte. Da es sich dabei um eine Mischung aus einem Wahrheitsserum und einer speziell destillierten, hochkonzentrierten Form der Si'Maryl-Droge, handelte, würde der Mann derart entspannt sein, dass es ihm nicht einmal in den Sinn käme, sich ihren Fragen zu widersetzen.

Wenig später wusste sie, dass er Tovan Ethu hieß, dass er einer Widerstandsbewegung angehörte, die von Prinzessin Iritari Aca Shan angeführt wurde, und gegen die Invasoren kämpfte. Die Prinzessin war anscheinend die letzte Überlebende der einstigen Herrscherfamilie. Sie hatte Männer und Frauen um sich geschart, Flüchtlinge aus O'Shan'wa, die ihr hinab in ein Labyrinth gefolgt waren, das sich unter der Hauptstadt und weite Teile des umliegenden Landes erstreckte. Dieser Außenposten war wie zahllose andere ein Teil davon. Geschaffen worden war es laut Tovan Ethu von ihren Vorfahren. Und er nannte es das Labyrinth der Toten, weil es zu Kammern und Höhlen führte, die voller menschlicher Gebeine waren. »Hunderttausende Schädel, die einen aus dem Dunkel angrinsen«, sagte er, schauderte und lächelte dann wieder selig, als die Droge ihn in ihre Umarmung zurückholte.

Nachdem Catara sich durch ihre Fragen einen Überblick über die Zustände in der Hauptstadt verschafft hatte, wollte sie von Tovan den Zweck dieses Postens am Rande des Dschungels wissen. Wie sich herausstellte, wurden von hier aus Boten aus O'Shan'wa geschleust, die Prinzessin Iritaris Befehle in die Dörfer weiter im Inland trugen, wohin der Krieg noch nicht vorgedrungen war. Oder es wurden Boten, die von dort kamen, hier abgefangen. Einer davon war erst vor Kurzem zurückgekehrt. Er wurde gerade von Tovan Ethus Kameraden, der mit ihm zusammen für die Nachtwache eingeteilt worden war, zur Prinzessin gebracht.

Catara lehnte sich gegen die Bretterwand in ihrem Rücken und wog den Nutzen dieser Informationen ab. Die Prinzessin könnte ihr Schlüssel in den Palast sein, in dem sich Thamaryn und seine Verbündeten mit Sicherheit verkrochen hatten. Sie stieß den Kellwyner mit der Spitze ihres Stiefels an. »Erzähl mir etwas über dich, Tovan. Hast du Familie?«

»Ei-einen Bruder«, sprach er mit schwerer Zunge. »Keral, ein gu-guter Mann.«

»Wo ist er jetzt?«

»Haben … verschleppt, diese Schwei-eine. Für Verhör … Keral ist der Vorsteher in unserm … Viertel.«

Catara nickte. »Was ist mit einer Frau und Kindern?«

Tovan schüttelte den Kopf.

»Freunde?«

»Tot«, krächzte er, und Tränen rannen seine Wangen hinab. »Starben durch das Schwert oder … im Feuer.« Langsam wandte er ihr das Gesicht zu. »Du … bist eine Sataouanerin. Du bist … schön.«

Catara ignorierte seine Bemerkung. Sie musste nachdenken. Mit dem Gesicht von Tovan Ethu hätte sie die Möglichkeit, als Rebell nach O'Shan'wa zu gehen. Er hatte keine Familie. Keine Freunde. Das bedeutete wenig Komplikationen. Allerdings würde man einen Einheimischen wohl kaum mit offenen Armen im Palast willkommen heißen. Im Körper von Sharalas Geliebter könnte sie dort aber auch nicht auftauchen. Es würde nur Misstrauen erregen, denn inzwischen musste man auch hier vom Tod der Herrin des Wüstenreiches gehört haben.

»Feind«, murmelte Tovan und starrte sie an. »Du bist Feind …«

Sie verdrehte die Augen und widmete sich weiter ihren Überlegungen.

Was wäre, wenn sie die Gestalt eines reetacianischen Soldaten annehmen würde? Auf diese Weise könnte sie sich frei in

O'Shan'wa bewegen. Das Problem dabei waren jedoch die Kameraden und Vorgesetzten des Mannes. Wie sollte sie denen erklären, dass sie sich mit einem Mal nicht mehr an ihre Gesichter oder ihre Namen erinnerte? Rodwart war ein kleiner Fisch innerhalb eines überschaubaren Teiches gewesen. Rogen Thal ein einzelgängerischer Kaufmann. Ähnliches galt für die meisten ihrer Opfer. Wenn nötig, hatte sie ein paar Tage damit zugebracht, sie zu beobachten und zu studieren, um sich in ihre Rolle einzufinden. Aber in einem Kriegsgebiet, wo jeder den anderen argwöhnisch im Auge behielt, war das nicht ohne Weiteres möglich. Als einfacher Fußsoldat würde sie nicht in den Palast vorgelassen. Und Thamaryn und seine Verbündeten würden in einer feindlichen, von Widerständlern bedrohten Stadt sicher noch schärfer bewacht als sonst.

Ach, verdammt, das führte doch zu nichts.

Am besten wäre es, sie fand erst einmal heraus, wie sie in den Palast hineinkäme und welche Sicherheitsvorkehrungen es gab. Catara stöhnte. Es würde Tage brauchen, im schlimmsten Fall Wochen, diese Informationen zusammenzutragen. Aber ein guter Plan benötigte immer Zeit. Und jetzt, wo sie der Vollendung ihres Auftrags so nahe war, durfte sie weder durch Unbesonnenheit noch Ungeduld alles aufs Spiel setzen. Das war sie ihrer Herrin schuldig, und auch sich selbst.

In diesem Moment schossen Tovans Hände zu ihr hoch und schlossen sich um ihren Hals. Unter dem Einfluss der Droge war er jedoch unfähig, richtig zuzudrücken. *Narr!*, dachte Catara und zertrümmerte ihm mit der Faust den Kehlkopf. Röchelnd ließ er sie los, fiel zurück auf den Boden und presste sich die Hände auf den Hals. Catara, die Mitleid mit ihm hatte, zog ihr Messer aus dem Gürtel und stieß es ihm in die Brust. Direkt ins Herz. Anschließend schnitt sie ein Stück Haut aus seinem Unterarm heraus. Sie würde es erst einmal als Rebell versuchen. Diese Menschen waren hier zu Hause, kannten jede Straße und jeden

Winkel der Stadt. Und vielleicht gelang es ihr sogar, an die Prinzessin heranzukommen und ihr ein paar Informationen über den Palast zu entlocken.

Catara schob sich das Stück Fleisch in den Mund und würgte es hinunter. Gleich darauf erwachte das Feuer in ihren Eingeweiden, und sie kniff die Augen fest zusammen.

»Catara, Catara, Catara …«

40

Akademie, Nekross
30. Jul, 1026 n. d. Zweiten Dämonenkrieg

Regen prasselte gegen das Fenster. Schwere, harte Tropfen, die die Welt hinter der Scheibe in winzige Stückchen zerschnitten, als blicke man durch ein Kaleidoskop. Vor dem Fenster saß Ryk an einem Tisch und stärkte sich an einem Frühstück, das ihm vor Kurzem von einem Novizen in weißer Robe gebracht worden war. Die Sonne hatte sich an diesem Morgen noch nicht gezeigt. Doch seiner Laune konnte das Unwetter nichts anhaben. Seit Monaten hatte er sich nicht mehr so wohl gefühlt. Selbst seine Knochen, die seit dem Kampf gegen den Blutlenker jeden Morgen beim Aufstehen schmerzten, hatte er heute nicht gespürt. Irgendwie fühlte es sich gut an, hier zu sein – als wäre er nach langer Abwesenheit wieder nach Hause zurückgekehrt.

Ryk konnte nicht genau ausmachen, woran es lag. Vielleicht an dem einzigartigen grünen Stein, aus dem die Mauern des Turmes bestanden, und die im Licht von Luminesaugen schimmerten, als säße er im Inneren eines Juwels. Oder an dem Teppich unter seinen Füßen, der eine Duftmischung aus Alter und schwachem Brandgeruch verströmte – ein beinahe allgegenwärtiger Geruch in der Akademie –, der lange vergessene Erinnerungen weckte. Erinnerungen aus glücklicheren Tagen, als er gerade erst mit der Ausbildung begonnen hatte und sein Onkel und seine Tante noch nicht Opfer der To'Dhana geworden waren.

Er presste die Lippen zusammen, als der alte Schmerz in ihm aufstieg. Aber dann schob er das Gefühl beiseite. Er wollte sich diesen glücklichen Moment, von denen es ohnehin viel zu wenige in seinem Leben gab, seitdem er sich in einem Anflug von Irrsinn von Kela getrennt hatte, durch nichts verderben lassen.

Den letzten Bissen Mandelhonigbrot spülte Ryk mit einem Schluck Met herunter und tätschelte sich anschließend den Bauch. Er war satt, zufrieden und sauber, nachdem er erst vorhin ein Bad genommen hatte. Unter Magiern zu leben, hatte zweifelsohne seine Vorzüge.

Everdale Tilbrock hatte jedem von ihnen ein eigenes Zimmer im Gästestockwerk des Turms der Eingeweihten zugeteilt, das nur ein Stockwerk unter seinem eigenen lag. Bei besserem Wetter hätte sich ihm von hier oben ein grandioser Ausblick auf die Akademie und das Himmelsgebirge geboten.

Eine Weile saß er noch da, mit vor der Brust verschränkten Armen, und starrte hinaus in den Regen, während vor seinem inneren Auge Bilder eines durchtriebenen, jungen Novizen und seiner Freunde vorüberzogen, von dem er sich heute kaum mehr vorstellen konnte, dass es ihn einmal wirklich gegeben hatte. Nach einer Weile schüttelte er den Kopf, klaubte ein paar Krümel Mandelhonigbrot von seinem Teller und ging zu dem Stuhl neben dem Bett, wo seine Stiefel auf ihn warteten.

Er hoffte, dass Ishan sich inzwischen wieder gefangen hatte, nachdem er am Vorabend wütend aus dem Zimmer gestürmt war, weil er den Eindruck gewonnen hatte, sie würden ihm nicht die ganze Wahrheit über das Geständnis von Kaldor Morrain sagen. Ryk seufzte. Ishan mochte seine Fehler haben – wer nicht? –, Dummheit gehörte jedenfalls nicht dazu. Der Magus und er hatten ihm und Kela tatsächlich etwas vorenthalten: In seinem Brief hatte Kaldor Morrain die Identität der Hohepriesterin der To'Dhana preisgegeben. Eine Information von unbezahlbarem Wert, falls sie der Wahrheit entsprach. Und genau darin lag das Problem: Durfte man einem Verräter glauben? Oder handelte es sich bei diesem Bekenntnis am Ende bloß um ein weiteres Komplott und den Versuch, noch mehr Chaos zu stiften?

Wie auch immer die Antwort lautete: Nachdem Kela ebenfalls gegangen war, hatten Ryk und Tilbrock beschlossen, den gesamten Inhalt von Kaldor Morrains Brief nicht eher offenzulegen, bevor sie Beweise für seine Behauptungen gefunden hatten. Aus diesem Grund wollten sie heute ins Gewölbe hinabsteigen, um dort mit ihrer Suche zu beginnen. Sie mussten in Erfahrung bringen, wie es Morrain gelungen war, unbemerkt die Barriere zu manipulieren. Nur so konnten die Magier verhindern, dass dergleichen noch einmal geschähe.

Ryk verließ sein Quartier und machte sich auf den Weg zu Kela. Sie war nur ein paar Türen weiter untergebracht. Ishan hatte sogar das Zimmer direkt neben ihr. Er wollte die beiden bitten, in die Bibliothek zu gehen und die Leiterin, von der der Magus gestern gesprochen hatte, bei ihrer Suche nach Informationen über Morphus-Dämonen zu unterstützen. Vielleicht irrte sich Everdale Tilbrock und es gab doch eine Möglichkeit, den Val'kai festzusetzen. In das Gewölbe wollte und durfte er die beiden ohnehin nicht mitnehmen, hierzu erhielten lediglich ausgebildete Magier und Novizen des sechsten und höchsten Grades Zugang.

Als er vor Kelas Tür stand, strich er Hemd und Hose glatt, die über Nacht gereinigt worden waren, und hob die Faust. Kurz bevor seine Fingerknöchel auf das Holz trafen, hielt er inne. Stimmen? Er runzelte die Stirn und presste das Ohr an die Tür. Das war Kelas Lachen. Die andere Stimme gehörte … *Ishan!* Seine Mundwinkel zuckten, und seine Rechte schloss und öffnete sich mehrmals. Was tat der Junge bei ihr im Zimmer? Hitze löste sich aus dem Energiezentrum nahe Ryks Herzen, als die Magie in seinen Kopf schoss, um sein Gehör zu schärfen.

»... noch ein Stück von dem gebratenen Speck?«, fragte Kela. »Der schmeckt verdammt gut.«

»Längst nicht so gut wie du«, erwiderte Ishan, woraufhin ein Moment der Stille folgte, der mit einem leise schmatzenden Geräusch endete. »Du küsst besser als jede andere Frau, die ich kenne.«

»Ich hatte ja auch vierhundert Jahre Zeit zum Üben.«

Ishan lachte. »Bei Sorons Krähen, heute Nacht hast du mich gleichzeitig durch Himmel und Hölle gehen lassen.«

»Hat es dir etwa nicht gefallen?«

Ryk konnte förmlich sehen, wie dieser Frage ein Schmollmund und der Kleinmädchen-Augenaufschlag folgten, den sie so perfekt beherrschte. Es war Kelas Art, nach Komplimenten zu fischen. So selbstbewusst sie die meiste Zeit über auch auftrat, tief in ihrem Inneren wurde sie von den gleichen Sehnsüchten und Unsicherheiten wie jede andere Frau bestimmt. Vielleicht waren ihre Bedürfnisse in dieser Hinsicht sogar noch ausgeprägter, weil das Schicksal ihr übler mitgespielt hatte als den meisten.

»Gefallen? Es war unglaublich«, platzte Ishan heraus. »Beim ersten Mal dachte ich, ich würde den Verstand verlieren. Wo hast du nur gelernt, wie man ...«

Ryk wich von der Tür zurück. Er hatte genug gehört. Sein Atem ging stoßweise, und er spürte, wie die Magie sich ohne sein Zutun in seinen Fäusten sammelte. Eine Vision blitzte in seinem Kopf auf: Wie er die Tür eintrat, sich diesen Möchtegernfrauenhelden krallte und ihn so lange aus dem Fenster des Turmes hielt – rund fünfhundert Fuß über dem Erdboden –, bis er sich vor Angst selbst bepisste. Ein grimmiges Lächeln verzog Ryks Lippen, während die Knöchel in seinen Fingern knackten.

Verabschiede dich schon mal von deinem ...

»Eins noch«, drang in diesem Augenblick Kelas Stimme an sein Ohr. »Das hier bleibt unter uns, klar?«

»Hast du Angst, der alte Griesgram könnte sonst noch schlechtere Laune bekommen?«

»Ich habe eher Angst, dass er sich zu etwas Dummem hinreißen lässt.«

Es folgte ein Moment der Stille. »Oh, verstehe. Mein Kinn erinnert sich noch gut an das letzte Mal.«

»Er ist nicht mehr derselbe, weißt du. Der Kampf mit dem Dämon hat ihn verändert.« Kela seufzte. »Er ist noch unnahbarer als früher. Wenn du mich fragst, ist ein Teil von ihm …«

Ryk rief die Magie zurück. Er wollte den Rest ihres Satzes nicht mitanhören müssen. Seine Hände zitterten. Nein, er zitterte. Hastig wandte er sich von der Tür ab und ging davon. Bei allen Dämonen der Gegenwelt, was war da nur gerade in ihn gefahren? Kela konnte tun und lassen, was sie wollte und mit wem sie wollte. Wäre er tatsächlich in dieses Zimmer gestürmt, hätte er sich nur zum Narren gemacht.

Er hatte die Treppe erreicht, die hinauf zur Turmspitze führte. Für ein einziges Stockwerk würde er nicht die schwebende Kammer benutzen. Ryk atmete durch, setzte eine neutrale Miene auf und stieg hinauf.

Everdale Tilbrock war nicht allein, als er dessen Arbeitszimmer betrat. Neben ihm stand eine Magierin mit einem langen, spitzen Gesicht und dunkler Lockenmähne, die von einem Stirnreif aus geflochtenem Leder gebändigt wurde. Sie schien ein paar Jahre jünger als Ryk zu sein. Vielleicht war sie ihm deshalb nicht vertraut. Sie trug die Robe einer Meisterin.

»Ryk, mein Freund!« Tilbrock kam ihm entgegen, um ihm die Hand zu schütteln. »Alles in Ordnung? Du siehst aus, als sei dir unterwegs ein Val'kai begegnet.«

Ryk winkte ab. »Es ist nichts.«

Tilbrock musterte ihn, wandte sich dann der Magierin zu. »Ryk, darf ich dir Emeryle vorstellen? Sie ist die Leiterin unserer Bibliothek.«

Ryk nickte. »Es ist mir eine Freude, dich kennenzulernen.«

»Die Freude ist ganz meinerseits«, erwiderte die Magierin. »Ich habe nicht oft die Gelegenheit, einem so berühmten Dämonenjäger zu begegnen.«

»Gut, gut, genug der Höflichkeiten«, sagte Tilbrock und wies auf drei freie Sessel. Sobald sie saßen, faltete er die Hände vor seinem Bauch und räusperte sich. »Ich will nicht lange um den heißen Brei herumreden, Emeryle habe ich dazugeholt, weil ich sie nach deinem Brief gebeten hatte, für mich ein Auge auf Kaldor Morrain zu haben. Sie ist eine Empathin und hat für mich seine Gefühle ergründet. Wir glauben nicht, dass Morrain ein wirklich böser Mensch war. Er schien eher ein Mann zu sein, der vom Ruhm vergangener Tage träumte und sich davon verführen ließ. Aber bitte, Emeryle, erzähle Ryk selbst, was du mir berichtet hast.«

»Wenn ich in seiner Nähe war, nahm ich jedes Mal große Verärgerung und Enttäuschung bei ihm wahr«, sagte Emeryle. »Das spricht für Everdales Vermutungen. Allerdings trug er auch sehr viel Furcht, Reue und Besorgnis in sich. Ich bezweifle, dass er dem Orden und den Menschen ernsthaft schaden wollte.«

Ryk nickte bedächtig. »Das würde zu seinem Geständnis stand und auch dazu, dass er nur ein Handlanger war.«

»Geständnis?«, fragte Emeryle.

»Das ist jetzt nicht wichtig«, erklärte Tilbrock. »Ryk, jetzt wäre die Gelegenheit, Emeryle danach zu fragen, worauf ich dir gestern keine Antwort geben konnte.«

Die Bibliothekarin musterte Ryk neugierig, der sich in seinem Sessel zu ihr vorgebeugt hatte.

»Ich brauche bei zwei Dingen deine Hilfe«, sagte er.

»Nur zu. Ich helfe gerne, wenn ich kann.«

»Zum einen muss ich wissen, ob es einen Bannspruch gibt, der einen Morphus daran hindert, seine Form zu verändern.

Zudem brauche ich deine Unterstützung bei der Übersetzung einiger Runen.« Ohne auf ihre Antwort zu warten, beschrieb Ryk ihr die Tätowierung, die er auf dem Oberkörper des Blutlenkers gesehen hatte. Dabei versuchte er, sich so gut es ging an Details zu erinnern. Einiges blieb allerdings verschwommen.

»Das ist nicht viel«, sagte Emeryle, nachdem er geendet hatte. »Wir wissen, dass ein Val'kai umso höher im Ansehen seines Volkes steht, je komplexer seine Tätowierungen ausfallen. Wenn der Dämon besonders mächtig ist, und davon müssen wir ausgehen, dürften uns die Runen zudem seinen Namen verraten.« Sie nickte und erhob sich. »Ich werde zusehen, was ich herausfinden kann.«

»Ich danke dir«, sagte Ryk. Nachdem sie gegangen war, lehnte er sich wieder in seinem Sessel zurück. »Wie denkst du darüber, was sie uns über Morrain gesagt hat?«

»Nun, Emeryle hat nur bestätigt, was ich schon vermutet habe: Kaldor Morrain war ein törichter Narr und Opfer einer Intrige, aber ganz sicher kein Anhänger der To'Dhana. Andernfalls hätte er keine Reue empfunden.«

»Und der Morphus hätte nicht herkommen müssen, um ihn zu töten«, stimmte Ryk zu. »Was wiederum dafür spricht ...«

»... dass sein Geständnis echt ist«, beendete Tilbrock den Satz. Seine Miene wurde hart. »Sie ist tatsächlich die Hohepriesterin der To'Dhana. Wer hätte das gedacht?«

»Man kann eben niemandem trauen.«

»Und der Kronprinz? Was ist mit ihm?«

Ryk schnaubte. »Der Junge hat eindeutig ein Problem mit Autorität.«

»Nicht nur er.« Tilbrock blinzelte ihm verschmitzt zu, wurde aber gleich wieder ernst. »Viel wichtiger ist: Traust du ihm?«

Ryk musste wieder daran denken, wie er Ishan und Kela vorhin belauscht hatte. Sofort war die Wut auf den Jungen zurück. Aber davon durfte er sein Urteil nicht beeinflussen lassen. Ishan hatte ihm bisher keinen Grund geliefert, ihm zu misstrauen. »Ja, das tue ich.«

»Und der Veydra?«

Ryk reckte das Kinn vor. »Mit meinem Leben.«

»Gut«, sagte Tilbrock, »denn solche Menschen wirst du an deiner Seite brauchen, wenn du gegen die Dämonen ziehst.« Er seufzte. »Ich wünschte, ich könnte dir Verstärkung mitgeben. Seit dem Angriff vor zwei Tagen wage ich es jedoch nicht, auch nur einen einzigen Magier fortzuschicken. Wir wissen nicht, wie viele Menschendämonen dort draußen noch sind.«

»Ich würde genauso entscheiden. Das Gewölbe muss um jeden Preis geschützt werden. Allerdings würde es uns helfen, wenn im Hafen von Athane ein Schiff für uns bereitläge, wenn wir von der Jagd nach dem Morphus zurückkehren. Unser nächstes Ziel wird in jedem Fall Kellwyn sein.«

»Das lässt sich einrichten. Ich erteile noch heute eine Anweisung dazu.«

»Ich danke dir, alter Freund.«

Everdale Tilbrock stemmte sich aus seinem Sessel und strich seine Robe glatt. »Wenn wir schon beim Thema sind: Ich habe Magister Ezekiel unser Kommen angekündigt. Er hat die Aufsicht über das Gewölbe.«

»Der Alte lebt immer noch? Er müsste die Hundert lange überschritten haben.«

Tilbrock lachte. »Ezekiel war schon ein Greis, als ich an die Akademie kam. Unglücklicherweise haben ihn die Jahre nicht sanfter gemacht.«

Als sie nach draußen traten, hatte der Regen aufgehört, dafür schlug ihnen ein feuchter Wind entgegen. Und so wunderte es Ryk auch nicht, dass ihnen auf dem Weg zum Gewölbe, das sich am Fuße des Gebirges auf der rückwärtigen Seite der Akademie befand, nur wenige Menschen begegneten. Früher waren diese

Straßen bei jedem Wetter vor Leben übergequollen. Zu ihren Hochzeiten hatte die Akademie weit über tausend Magier beherbergt und viermal so viele Schüler. Dazu Hunderte Wächter und Dienstboten. Die Besucher und Bittsteller der verschiedenen Inselreiche nicht zu vergessen. In jenen Tagen waren die Plätze, die sie nun überquerten und die still und leer vor ihnen lagen, von Bazaren und Märkten bevölkert gewesen. So erzählte man es sich zumindest, und die Größe der Akademie ließ darauf schließen, dass dem tatsächlich so gewesen war. Zu Ryks Zeiten hatten hier nicht einmal mehr siebenhundert Magier und Novizen gelebt, die Wächter und Dienstboten nicht eingerechnet. Nichtsdestotrotz erinnerte sich Ryk gerne an seine eigenen Jahre an der Akademie zurück: an alte Freunde, frühere Meister und Naomi, die ihm als Erste das Herz gebrochen hatte. Dieser Ort war und würde immer etwas Besonderes für ihn bleiben. Einmalig in den Schwebenden Reichen.

Es dauerte nicht lange, bis sie das zweiflügelige Tor erreichten, hinter dem die Allee der Unvergessenen begann. Es war in eine Mauer eingebettet, die den dahinterliegenden Bereich der Akademie vom Rest des Geländes abschottete. Nur Meister und Novizen, die vor ihrer Abschlussprüfung standen und damit den sechsten Grad erreicht hatten, war es erlaubt, dieses Tor zu passieren. Und das auch nur mit Zustimmung des Obersten Magus. Novizen niedrigerer Ausbildungsgrade blieb das Geheimnis der Barriere verwehrt.

Vier anstatt der üblichen zwei Wächter, die die grünen Uniformen der Akademie trugen und mit sechseinhalb Fuß langen Speeren bewaffnet waren, sorgten dafür, dass dieser Befehl eingehalten wurde. Sobald sie Everdale Tilbrock erkannten, machten sie sich daran, das Tor für ihn zu öffnen.

Nachdem Ryk und der Magus hindurchgeschritten waren, wurden die Flügel gleich wieder hinter ihnen geschlossen. Vor ihnen lag eine vollkommen gerade Straße, die durch einen Hain aus Blaublatteichen führte und von genau einhundert Steinstatuen zu beiden Seiten gesäumt wurde. Bei den Statuen handelte es sich um die Abbilder jener Frauen und Männer unter den Ersten Magiern, die das größte aller Opfer gebracht hatten, nachdem sie diese neue Welt für die Überlebenden des Zweiten Dämonenkrieges geschaffen hatten. Nur Eingeweihte wussten um den Preis, den sie vor über eintausend Jahren gezahlt hatten, um die Freiheit und den Frieden der Schwebenden Reiche zu sichern.

Die Allee endete nach einer Viertelmeile vor einem zweiten Tor, das direkt in den Fuß des Berges eingelassen war. Es war breiter und sehr viel höher als das erste. So, als wäre es einst für Titanen geschaffen worden. Auch hier reagierten die Wächter wortlos, sobald sie den Magus erblickten. Durch die offenen Flügeltüren sah Ryk eine flache Treppe, die hinab in die Gewölbe unter dem Gebirge führte.

»Verdammt lange her, dass ich zuletzt einen Fuß hier reingesetzt habe.« Ryk musterte die Quarzadern, die die Felswände links und rechts der Treppe durchzogen und die im Schein von Luminesaugen wie ein ganzes Universum aus Farben schimmerten.

Auf ihrem Weg in die Tiefe passierten sie drei weitere Pforten. Allesamt bewacht. Es gab jedoch nicht nur menschliche Wächter auf dem Weg zum Herzstück der Barriere, dem Zentrum der Macht. Laut den Chroniken der Akademie hatten die Ersten Magier mächtige Schutzzauber in den Stein des Berges eingewoben, der es den Val'kai angeblich unmöglich machte, diesen Ort zu betreten.

Obwohl sie bereits viele Hundert Stufen hinabgestiegen waren, roch die Luft gleichbleibend frisch. Luftschächte gab es hier unten nicht, sodass nur Magie dafür verantwortlich sein konnte. Schließlich durchschritten sie die letzte Pforte und standen auf einer Galerie. Sie war rund acht Fuß breit und tief in den

Fels hineingearbeitet. Ryk trat an das Geländer, das ebenfalls aus dem Fels gehauen war, und blickte hinaus in eine Kaverne. Sie war so gewaltig und reichte so hoch hinauf, dass weder ihre Decke noch die Kronen der Säulen zu erkennen waren.

»Bei allen Dämonen der Gegenwelt«, sagte er mit rauer Stimme. Nach all den Jahren, die seit seinem letzten Besuch vergangen waren, überwältigte ihn der Anblick noch ebenso sehr wie bei seinem ersten Mal.

Einhundert Kristallsärge standen in zwei langen Reihen zwischen den Säulen rund dreißig Fuß unter ihm auf dem Grund der Kaverne. Jeder Einzelne strahlte heller als eine Truhe weißer Luminesaugen, sodass die Körper jener Männer und Frauen, die seit tausend Jahren in diesen Särgen schliefen, wie in einer Blase aus Licht zu schweben schienen. Dies waren die Unvergessenen. Die hundert Mächtigsten unter den Ersten Magiern, die alles aufgegeben hatten: ihre Familien, ihre Geliebten, Freunde, die Chance auf ein glückliches Leben … All das hatten sie geopfert, um die Barriere zu erschaffen und aufrechtzuerhalten, die die Val'kai seit jenen ersten Tagen der Schwebenden Reiche daran hinderte, von der Gegenwelt in diese zu wechseln.

»Ich wage es gar nicht, mir vorzustellen, was das für eine Existenz sein muss«, murmelte Ryk. »Eingesperrt in diesen Kristall, der sich von ihrer Magie nährt, um damit die Barriere zu speisen.« Er schauderte. Allein die Vorstellung trieb ihm den Schweiß auf die Stirn. »Lebendig begraben für alle Ewigkeit.«

Everdale Tilbrock räusperte sich neben ihm. »Wir wissen nicht mit Sicherheit, ob sie bei Bewusstsein sind.« Aus dem Augenwinkel sah Ryk, wie die Wangenknochen des Magus arbeiteten. »Es gibt hier unten so viele Kammern voller Maschinen und rätselhafter Dinge, die von der magischen Energie der Hundert am Laufen gehalten werden … Doch verstehen wir heutzutage kaum mehr die Hälfte davon.«

»Kaldor Morrain könnte einem dieser Geheimnisse auf die

Spur gekommen sein«, meinte Ryk. »Das würde erklären, wie er die Dämonen durch die Barriere schleusen konnte, ohne das Magister Ezekiel es bemerkt hat.«

»Umso tragischer, dass wir ihn nicht mehr fragen können.« Tilbrock stützte sich mit den Händen auf das Geländer und betrachtete die leuchtenden Körper. »Wir haben so viel vergessen, Ryk. Zu viel, wie ich manchmal fürchte.« Plötzlich sah er uralt aus. Die vorgebeugten Schultern, das verhärmte Gesicht … Sein Amt als Oberster Magus und die Sorge um die Zukunft der Akademie schienen ihn langsam von innen heraus aufzufressen. »Ich weiß nicht, wie lange wir noch durchhalten können. Unter den dreihundert Schülern, die wir dieser Tage haben, finden sich gerade einmal vier, die Begabungen in allen Zweigen der Magie aufweisen. Vier junge Männer und Frauen, die Aussicht darauf haben, die Ausbildung zum Dämonenjäger zu bestehen. Das ist zu wenig, viel zu wenig, um den Val'kai auf Dauer Einhalt bieten zu können.«

Ryk schüttelte es, wenn er an all die Animalia dachte, die zu jeder Zeit durch Löcher und Spalten in der Barriere dringen konnten, um dann Wanderer zu überfallen oder abgelegene Gehöfte und Weiler. Ohne die Dämonenjäger würden die Menschen sich selbst gegen sie verteidigen müssen. Doch welche Chance hatten ein paar Dörfler mit Mistgabeln und Äxten schon gegen ein Rudel Reißer oder Pirscher?

Es gab eine Möglichkeit, diese Öffnungen in der Barriere dauerhaft zu schließen. Es war machbar. Magister Ezekiel könnte alle Risse und Spalten innerhalb weniger Tage versiegeln. Allerdings hatte er – wie alle Hüter des Gewölbes vor ihm – die Anweisung, lediglich dafür zu sorgen, dass es nicht zu viele wurden. Eine bestimmte Anzahl dieser Öffnungen war von den Unvergessenen selbst geschaffen worden. Bei allen übrigen handelte es sich immer häufiger um Folgen von Alter und Abnutzungserscheinungen dieser Anlage.

In der Kammer der Runen existierte in Form eines komplizierten, weitverzweigten Runengeflechts ein Abbild der Barriere, über das diese gesteuert und aufrechterhalten wurde. Beschädigungen an diesen Runen, mochten sie noch so gering sein, konnten ihre Wirkung bereits schwächen, wodurch Risse und Löcher entstanden, durch die Animalia in die Schwebenden Reiche einfallen konnten. Würde man jedoch nicht nur sie, sondern auch jene von den Unvergessenen erzeugten Öffnungen verschließen, bräche die Barriere innerhalb weniger Jahre zusammen. Denn genau durch diese Öffnungen bezogen die Unvergessenen ihre Energie. Jeder Einzelne von ihnen war wie ein Schwamm, der die Magie aus der Gegenwelt aufsaugte, um mit ihr die Barriere zu speisen.

Diese Wahrheit war selbst unter den Magiern nur wenigen Eingeweihten bekannt. Bedeutete sie doch im Umkehrschluss, dass der Verfall der Magie sehr wohl aufgehalten werden konnte. Und mehr noch: Die Magier könnten wieder zu den gottgleichen Wesen aufsteigen, die sie in den ersten Tagen der Schwebenden Reiche gewesen waren. Das Einzige, was sie dafür tun müssten: die Barriere einreißen und die Magie der Gegenwelt anzapfen. Doch mit ihr würden auch die Val'kai zurückkehren. Tausende, Hunderttausende, vielleicht sogar Millionen von ihnen. Ein Krieg wäre unvermeidlich. Und wer wusste schon, wie er dieses Mal ausgehen würde.

»Das war genug Trübsal für einen Tag«, sagte Tilbrock, als hätte er Ryks Gedanken erraten. »Reden wir mit Magister Ezekiel, um zu hören, was er uns zu sagen hat. Außerdem haben du und deine Freunde noch einen Dämon zu jagen.«

Er führte Ryk über die Galerie, vorbei an Türen aus dunklem, eisenbeschlagenem Holz, und blieb am Ende vor einer stehen, die sich augenscheinlich durch nichts von den anderen unterschied. Er klopfte an und öffnete sie. Die Kammer, die in den Fels des Berges geschlagen war, erstrahlte in dem Licht von

Luminesaugen und war angefüllt mit zahllosen Reihen von Regalen. Die Fächer waren mit einem Stoff ausgelegt, auf dem mit Goldnebel gefüllte Glaskugeln ruhten. Jede so groß wie der Kopf eines Mannes. Nebelaugen. Unter jedem von ihnen war ein Messingschildchen auf dem Regalbrett angebracht, das eine Folge von Zahlen und Buchstaben zeigte. Koordinaten, die verrieten, welches Teilstück des Runengeflechts es in der Kammer der Runen überwachte.

»Ezekiel!«, rief der Magus. »Bist du hier?«

Keine Antwort.

Noch einmal rief er seinen Namen, woraufhin es irgendwo polterte, als wäre jemand aus dem Schlaf aufgeschreckt und hätte etwas dabei umgeworfen. »Wer ... wer ist da?«, krächzte eine Stimme hinter einem entfernten Regal hervor.

»Ich bin's, Everdale.«

Gleich darauf waren schlurfende Schritte zu hören, die sich zwischen den Regalreihen hindurch auf sie zubewegten. Ryk verzog das Gesicht. Noch bevor der alte Magister plötzlich hinter dem Regal zu ihrer Rechten hervorkam, konnte er ihn bereits riechen. Eine Mischung aus Schweiß, Urin und eigentümlicherweise Fisch. Doch schlimmer noch, als er roch, sah er aus. Magister Ezekiels Robe war ein ausgeblichener, fleckiger Lumpen mit Brandlöchern und Schweißringen unterschiedlichsten Alters unter den Achseln. Sein Körper war krumm und buckelig, und er klammerte sich beim Gehen an die Regale. Auf seinem Kopf wuchsen vereinzelte Haarbüschel, die lang und strähnig an seinem Schädel klebten. Altersflecken überzogen sein Gesicht wie ein Leopardenfell. Ryk würde dennoch nicht den Fehler begehen, ihn zu unterschätzen. Ezekiels Augen glommen im Licht der Luminesaugen wie Feuerstein und warnten vor einem wachen Verstand. Er grinste, als wüsste er genau, was Ryk über ihn dachte.

»Besucher«, keuchte er. »Die hab ich nicht oft hier unten.« Er blieb dicht vor den beiden stehen. Zu dicht.

Ryk zwang sein Frühstück zurück in den Magen. Darum bemüht, sich nichts anmerken zu lassen, grüßte er den Magister mit einem Nicken. »Hüter des Gewölbes.«

Ezekiel kniff die Augen zusammen, legte den Kopf schräg und schnaubte. »Ich erinnere mich an dich. Ich vergesse nie ein Gesicht.« Er stieß ihm den Zeigefinger vor die Brust. »Du warst dieser Angeber, der nichts als Flausen im Kopf hatte. Bist jedem halbwegs hübschen Mädchen wie ein brünstiger Ziegenbock hinterhergestiegen. Und dann ... dann passierte das mit deinen Eltern.«

»Onkel und Tante«, verbesserte ihn Ryk steif.

Ezekiel nickte. »Schlimme Sache.« Er schüttelte den Kopf und seufzte. »Du warst der Jüngste, dem je erlaubt wurde, das Gewölbe zu betreten. Bedauerlich, welchen Weg du am Ende eingeschlagen hast. Hätte dich hier unten gut gebrauchen können.«

»Und Kaldor Morrain?«

»Ein Idiot!« Magister Ezekiel machte eine wegwerfende Handbewegung. »Nun ja, zumindest kein kompletter. Habe ihn unterschätzt. Als Energetyker hat er mehr von dem verstanden, was hier unten vorgeht, als ich seinem Spatzenhirn zugetraut hätte.« Er zuckte finster die Achseln.

»Wir sind hier, um dir ein paar Fragen über ihn zu stellen«, erklärte Tilbrock.

»Nur zu«, krächzte der Alte.

»Hat er dir gegenüber jemals die To'Dhana erwähnt?«, wollte Ryk wissen.

»Warum sollte er? Das sind bloß Märchen.« Magister Ezekiel starrte den Dämonenjäger einen Moment lang an, als würde er an dessen Verstand zweifeln. »Abgesehen davon mochte ich ihn nicht sonderlich, hat sich für was Besseres gehalten. Also habe ich ihm Arbeiten aufgetragen, bei denen er mir möglichst fern war.«

»Wodurch er erst die Gelegenheit bekam, zu tun, was er getan hat«, sagte Ryk.

»Ich konnte ja nicht wissen, dass er ein Verräter ist!« Ezekiel funkelte ihn böse an.

»Ändern können wir ohnehin nichts mehr daran«, sagte Ryk. »Verrate uns lieber, was mit der Barriere ist!«

»Sie ist stabil, jawohl.« Als Ryk keine Anstalten machte, etwas darauf zu erwidern, zeigte Ezekiel ein zufriedenes Grinsen, als hätten sie eine Art Zweikampf ausgetragen, aus dem er als Sieger hervorgegangen war. »Es wird keine weiteren Durchbrüche von Menschendämonen geben«, brabbelte er weiter. »Auf Everdales Anweisung habe ich die Barriere in den vergangenen Wochen regelmäßigen Überprüfungen unterzogen. Erst gestern habe ich mir jedes Nebelauge einzeln vorgenommen.« Er tätschelte mit seiner knochigen Hand eine der Glaskugeln im Regal neben sich. »Abgesehen von ein paar unbedeutenden Rissen, ist die Barriere sicher.«

»Zur Abwechslung einmal gute Nachrichten«, sagte Ryk. »Die könnten wir öfter gebrauchen.«

Tilbrock räusperte sich. »Hast du inzwischen herausgefunden, wie er es gemacht hat?«

»Natürlich«, blaffte Ezekiel. »Wofür hältst du mich?« Er grummelte etwas Unverständliches vor sich hin, senkte dann den Blick zu Boden und fügte kleinlaut hinzu: »Na ja, zumindest habe ich eine Vermutung. Morrain hat viel Zeit in der Kammer der Runen verbracht. Mir gegenüber hat er immer behauptet, er wolle mehr über die Runensteine und ihre Wechselwirkung lernen.« Er sah wieder auf und zuckte die Achseln. »Ich hielt es für Geschwätz, weil ich dachte, er würde das bloß sagen und in Wahrheit ein Nickerchen halten. Mich hat's nicht gekümmert, weil ich ihn dadurch los war. Tatsächlich muss er seinen Aufenthalt in der Kammer dafür genutzt haben, um herauszufinden, wie man das Runengeflecht manipuliert.«

»Wäre doch besser gewesen, ihn ein wenig genauer im Auge zu behalten, was?«, sagte Ryk.

»Im Nachhinein ist man immer klüger, Dämonenjäger.«

»Es reicht, ihr beiden«, warf Tilbrock ein. An den Alten gewandt, fuhr er fort: »Lässt sich feststellen, wie viele Val'kai Morrain durch die Barriere geschleust hat? Und ob noch mehr als zwei Humanos darunter waren?«

»Hm, hm, hm«, machte Magister Ezekiel und saugte an seiner Unterlippe. »Vermutlich. Es gibt hier unten eine Reihe namenloser Kammern. Schon mein Vorgänger wusste nicht mehr, wozu sie dienen. Morrain hat einige von ihnen regelmäßig aufgesucht.« Er verstummte und kratzte sich das Kinn, bevor er hinzusetzte: »Ich geb's nur ungern zu, doch er könnte es gewusst haben.«

»Das hilft uns jetzt auch nicht mehr.« Der Magus sah Ryk an, der mit den Achseln zuckte, woraufhin Everdale sich wieder dem Magister zuwandte. »Also schön, Ezekiel«, sagte er, »versuch herauszufinden, was Morrain in diesen Kammern getrieben hat. Dieses Wissen könnte uns immer noch von Nutzen sein.«

»Als hätte ich nicht schon genug Arbeit, Everdale. Aber ich will tun, worum du mich gebeten hast. Nur stell sicher, dass du mir das nächste Mal nicht wieder einen solchen Taugenichts schickst.« Der Alte kratzte sich den fleckigen Kopf. »Hm, hm, hm, hätte ihm niemals zugetraut, dass er zu mehr als zum Waschen meiner Wäsche taugt.«

»Hier unten gibt es so einiges, was eine Wäsche vertragen könnte«, murmelte Ryk.

Magister Ezekiel neigte sich zu ihm vor. »Bin hundertundsieben Jahre alt, Dämonenjäger. Glaubst du, da interessiert es mich einen feuchten Furz, was du über mich denkst? Hier unten muss ich auf niemanden Rücksicht nehmen, und meine Tage mit den Frauen sind lange vorbei.«

»Da werde ich dir ganz sicher nicht widersprechen, Hüter des Gewölbes«, entgegnete Ryk.

Der Alte funkelte ihn ein letztes Mal an, bevor er ohne ein Wort des Abschieds wieder zurück zwischen die Regale schlurfte.

»Ich fürchte, unser Besuch hat uns nicht wirklich weitergebracht«, sagte Tilbrock, während sie wieder hinaus auf die Galerie traten.

»Im Gegenteil«, sagte Ryk und warf im Gehen einen Blick auf die Kristallsärge in der Tiefe. »Wir wissen jetzt, dass wir das Gewölbe viel zu lange vernachlässigt haben. Wir waren Narren!« Er drehte sich zu seinem ehemaligen Mentor um. »Wenn ich dir einen Rat geben darf: Stell eine Handvoll Magier zusammen, denen du vertraust, und lass sie die namenlosen Kammern erforschen. Wir müssen vorbereitet sein. Möglicherweise auf das Schlimmste.«

»Du hast recht. Ich habe mich viel zu lange hinter meinen Büchern verkrochen und dabei aus den Augen verloren, was wirklich zählt.« Der Oberste Magus seufzte. »Warum muss immer erst etwas Schlimmes passieren, bevor wir zur Vernunft kommen?«

»War es jemals anders?«

Kurz bevor sie das Tor zur Treppe erreichten, ergriff Tilbrock seinen Arm. »Es gibt noch etwas, über das wir sprechen müssen«, sagte er mit ernster Miene. »Es geht um den Blutlenker, Ryk. Solltest du ein weiteres Mal auf ihn treffen, musst du ihn … *aufhalten*. Wir wissen nicht, was alles passieren könnte, wenn er Kontrolle über einen der Unsrigen gewinnt.«

Ein Schauer jagte Ryks Rücken herab, während er daran dachte, wie hilflos und ausgeliefert er sich gefühlt hatte, als der Blutlenker damals von ihm Besitz ergriffen hatte. Er schluckte. »Das habe ich vor.«

»Ich weiß, ich weiß.« Tilbrock tätschelte seinen Arm. »Aber selbst mit der Veydra und dem Prinzen an deiner Seite ist es möglich, dass ihr unterliegt.« Er blinzelte nervös und wirkte plötzlich so, als fühle er sich nicht wohl in seiner Haut. »Das …

das darf nicht geschehen. Und darum musst du tun, was immer nötig ist, ungeachtet der Konsequenzen. Du verstehst, was ich meine?«

Ryk starrte ihn an. »Du sprichst von einem Bannzauber. Einem Portal, durch das er wieder hinüber in die Gegenwelt gezogen wird.« Er presste die Lippen zusammen. *Geliehene Zeit.* Genauso fühlte sich sein Leben seit dem Kampf mit dem Dämon an. Vielleicht kannte er nun endlich den Grund dafür. Er nickte. »Wenn es keine andere Möglichkeit gibt, soll es so sein.«

»Es tut mir leid«, sagte Tilbrock traurig.

Ryk zuckte die Achseln. »Es ist ja nicht so, als wüsste ich nicht um die Gefahren meines Berufs. Und jetzt lass uns zum Turm zurückkehren, die anderen warten sicher schon auf mich.«

41

Akademie, Nekross
30. Jul, 1026 n. d. Zweiten Dämonenkrieg

Ishan schnürte seine Hose, während Kela auf dem Bett saß und ihr langes rotes Haar zu einem Zopf flocht. Lächelnd beobachtete er sie. Noch immer kam es ihm wie ein Traum vor, dass sie miteinander geschlafen hatten. Er beugte sich vor und hob sein Hemd vom Boden auf, wo Kela es hingeworfen hatte. Er war schon mit vielen Frauen ins Bett gestiegen. Jungen und etwas Reiferen. Edelfrauen und Dienstmägden. Aber keine von ihnen hatte Kelas Temperament gezeigt. Außer – und bei diesem Gedanken erschauderte er – Herrin Sharala, bei der es sich in Wahrheit um den Morphus gehandelt hatte.

Er schob die Erinnerung rasch beiseite, schnappte sich seine Stiefel und ließ sich in einen Sessel fallen, wo er einen nach dem anderen überstreifte. Anschließend blieb er sitzen, das Kinn in die Hand gestützt, und sah zu, wie Kela sich ankleidete. Er wunderte sich, dass sie immer noch nichts von Ryk gehört hatten. Der Morgen war bereits weit fortgeschritten, und selbst der Regen hatte sich verflüchtigt, sodass immer wieder die Sonne durch die sich auflösende Wolkendecke brach.

Auch jetzt fiel ein Strahl durch das Fenster und tanzte über Kelas Haut und ihre Brustwarzen, die von ihrem letzten Liebesakt immer noch gerötet waren. Bei dem Anblick schlug er rasch die Beine übereinander, damit sie nicht sah, dass er schon wieder hart wurde. Niemals hätte er erwartet, dass eine Frau wie sie, die so viel mehr Lebenserfahrung besaß, sich auf jemanden wie ihn einlassen würde. Vergangene Nacht war er sich so manches Mal wie ein Anfänger vorgekommen; allerdings hatte er sich dabei niemals dumm oder gedemütigt gefühlt. Kela hatte es als Spiel gestaltet. Ein Spiel, das ihn vor Lust fast um den Verstand gebracht hätte und das ihm, obwohl er auch nicht völlig unerfahren war, die Hitze in die Wangen trieb, wenn er bloß daran zurückdachte.

Ishan grinste, als Kelas Kopf aus ihrem Oberhemd auftauchte und ihre Blicke sich begegneten.

»Was?«, fragte sie.

»Nichts.« Er grinste sie weiterhin an, bis sie die Augen verdrehte. »Ich hoffe, ich habe keinen Fehler gemacht«, sagte sie und fischte nach ihrem Schnürkorsett. »Kannst du mir mal helfen?«

Sofort war er bei ihr und band mit flinken Fingern die Schnüre. »Mir ist schon gestern Abend aufgefallen, dass du darin äußerst geschickt bist«, merkte sie an. Er küsste ihren Hals, bevor er ihr ins Ohr säuselte. »Alles eine Frage der Motivation.«

Sie lachte. »Ohne Zweifel.«

Plötzlich klopfte es. Kela verpasste ihm mit dem Hintern einen Stoß, sodass Ishan zwei Schritte von ihr forttaumelte, und rief: »Ja, bitte?«

Eine Novizin trat ein. »Ryk Vangur wünscht Euch im Arbeitszimmer des Obersten Magus zu sprechen.«

»Wir werden uns gleich auf den Weg machen«, sagte Kela.

Sobald die Novizin gegangen war, warf Ishan der Veydra einen wütenden Blick zu. »Du dachtest, *er* wäre es!«

»Ich habe dir gesagt, dass ich nicht möchte, dass er hiervon erfährt.«

»Weil du immer noch Gefühle für ihn hast.«

»Weil er ein *Freund* ist«, widersprach Kela scharf, »und ich ihn nicht verletzen möchte.«

»Und ich?« Ishan starrte sie an. »Was bin ich für dich?«

Sie zog beide Brauen hoch. »Du? Ich dachte …« Sie verstummte, und ein seltsamer Ausdruck trat in ihre Augen. »Ich dachte, es wäre bloß um ein bisschen Spaß gegangen.«

Ihre Worte taten weh, obwohl sie es eigentlich nicht sollten. Das verwirrte ihn. Kela war attraktiv, heißblütig, witzig. Mit ihr konnte er so gut reden wie mit keiner anderen Frau bisher. Und er hatte vom ersten Moment an mit ihr schlafen wollen. Aber das alles bedeutete doch nicht …? Er schüttelte den Kopf. Bei Sorons Krähen, was für ein lächerlicher Gedanke.

»Spaß, natürlich«, sagte er und rang sich ein Lächeln ab.

Als sie wenig später nacheinander das Arbeitszimmer des Magus betraten, befanden sich Ryk und Everdale Tilbrock im Gespräch mit einer Frau. Sie hatte dunkles gelocktes Haar und schien einige Jahre jünger als der Dämonenjäger. Nach ihrer Robe zu urteilen, war sie eine Magierin.

»Da seid ihr ja!«, rief der Magus erfreut.

Ryk drehte sich in seinem Sessel zu ihnen um, und als sein Blick Ishan traf, durchbohrte er ihn wie eine Lanze. Die grünen Augen des Dämonenjägers waren beinahe schwarz. Seine Lippen dünn und blutleer. *Er weiß es*, dachte Ishan, und der Schweiß brach ihm aus. Nur zu gut erinnerte er sich an den Kinnhaken, den Ryk ihm verpasst hatte, als er die Kontrolle über sich verloren hatte. *Und wenn schon*, dachte er einen Augenblick später. Was Kela und er taten, ging Ryk nichts an!

»Ich habe euch rufen lassen, damit ihr euch anhören könnt, was uns Emeryle zu erzählen hat«, erklärte der Dämonenjäger ein wenig steif. »Sie ist die Leiterin der Bibliothek.«

Ishan und Kela setzten sich, wobei Ishan den Sessel wählte, der am weitesten von Ryk entfernt war. Kela kannte weniger

Skrupel und setzte sich direkt neben ihn. Sie lächelte dem Dämonenjäger zu, als würde sie seine finstere Stimmung nicht bemerken. Andererseits musste sie ganz sicher nicht fürchten, von ihm verdroschen zu werden.

Ryk wandte sich wieder der Bibliothekarin zu. »Wenn du bitte beginnen würdest.«

Emeryle nickte, schlug die Beine übereinander und legte die Hände auf ihre Oberschenkel. »Aufgrund der Runen, die du mir beschrieben hast, konnte ich auf einen Namen schließen«, sagte sie zu Ryk. »Die Übersetzung war nicht ganz leicht, aber ich bin mir ziemlich sicher, dass es sich bei dem Dämon um Asmaran, einen der sieben Blutgeneräle der Dhana'an handelt. Soweit ich herausfinden konnte, hat er im Ersten Dämonenkrieg unter Inos gedient. Unbeschreibliche Gräuel soll er im Namen seines Herrn begangen haben, bevor die anderen Dhana'an sich schließlich gegen Inos wandten und ihn töteten ...«

»Was sagt Ihr da?«, unterbrach Ishan sie aufgeregt. »Ich dachte immer, alle Götter seien während des Zweiten Dämonenkrieges von den Magiern vernichtet worden.«

Emeryle sah fragend zu Tilbrock, der kaum merklich nickte. »So heißt es offiziell«, sagte sie daraufhin. »Tatsächlich starb Inos bereits zweitausend Jahre früher durch die Hände seiner eigenen Brüder und Schwestern. Gegenüber ihrem Volk behaupteten die Dhana'an, Inos wäre zu einer heiligen Mission aufgebrochen, um zum Ruhme der Val'kai neue Welten zu entdecken und zu erobern. Die Ersten Magier fanden später heraus, dass das eine Lüge war und die falschen Götter sich seiner schon vor langer Zeit entledigt hatten. Aufgrund der Gräuel, die er während des Krieges begangen hat, liegt die Vermutung nahe, dass Inos dem Wahnsinn verfallen war. Damals hatten die Dhana'an damit begonnen, ein gewaltiges Imperium zu errichten. Wir wissen das, weil unsere Welt nicht die einzige war, die sie überfallen und deren Bewohner sie versklavt hatten. Womöglich war Inos so unberechenbar geworden, dass sie in ihm eine Bedrohung für ihre Pläne gesehen hatten.«

»Und warum weiß niemand von all dem?«, fragte Ishan.

»Welchen Unterschied würde das machen?«, ergriff Tilbrock das Wort. »Die Dhana'an sind tot. Das ist die einzige Wahrheit, die zählt. Alles andere würde die Menschen bloß verwirren.«

Ryk räusperte sich. »Sein Name ist also Asmaran, ja? Was ist mit Schwächen? Sind welche bekannt?«

Emeryle schüttelte den Kopf. »Leider konnte ich dazu nichts finden.«

»Und der Morphus? Hattest du wenigstens bei ihm mehr Glück?«

»Offenbar hat kein Magier je versucht, einen von seiner Art gefangen zu nehmen.« Emeryle zuckte bedauernd die Achseln. »Es tut mir leid.«

»Aber ...«, wandte Ishan ein, verstummte allerdings sogleich wieder, als ihn Ryks Blick traf.

Der Dämonenjäger wandte sich wieder Emeryle zu. »Ich danke dir trotzdem. Was du uns über den Blutlenker berichtet hast, passt zu dem, was Ishan und ich in der Schlucht der Himmelssäulen auf Xe'Neridian in Erfahrung gebracht haben. Wir sind dort von einem Mann angegriffen worden, der ein Mitglied der To'Dhana war. Dieser spezielle Zweig des Kults hatte sich der Anbetung von Inos verschrieben. Ich gehe deshalb davon aus, dass dieser Mann für den Blutlenker gearbeitet hat.«

»Everdale hat mich schon darüber informiert, dass der Kult kein Schauermärchen ist, wie bisher alle glaubten«, erwiderte Emeryle und seufzte. »Ich frage mich, was da vor sich geht. Welche Pläne verfolgen der Kult und der Blutlenker?«

»Rache für den Tod ihrer Götter?«, fragte Kela.

»Das macht keinen Sinn, wenn die Dhana'an es doch selbst waren, die Inos getötet haben«, erwiderte Ishan.

»Was nicht bedeutet, dass dieser Asmaran das ebenfalls weiß«, sagte Kela. »Vielleicht träumen die Val'kai aber auch ganz einfach den gleichen Traum wie einst die Dhana'an. Vielleicht haben sie in ihrer magischen Dimension schon vor Jahrhunderten damit begonnen, wieder ein Imperium zu errichten, und der Blutlenker und seine Verbündeten sind bloß Späher, um herauszufinden, ob von uns noch immer eine Bedrohung ausgeht?«

Tilbrock nickte. »Ein durchaus plausibles Szenario.« Er nahm seine Brille von der Nase und begann, sie zu putzen. »Auch wenn es nicht erklärt, warum der Dämon sich in Thamaryns Dienste begeben hat, oder warum er den Großfürsten – höchstwahrscheinlich – dazu gezwungen hat, das Inselreich Kellwyn anzugreifen. Das alles macht keinen Sinn, wenn es dem Blutlenker lediglich um Rache geht. Außer auf Kellwyn befinde sich etwas, das für die Val'kai von großem Nutzen oder Wert wäre.«

»Ich wüsste nicht was«, gestand der Dämonenjäger.

Emeryle krauste die Stirn. »Mir fällt in diesem Zusammenhang nur das Labyrinth der Toten ein. In meiner Zeit als Novizin habe ich eine Abhandlung von Rupert Grimbogg darüber gelesen. Er nannte es einen historisch spektakulären Schauplatz mit einigen ungeklärten Mysterien, glaubte jedoch nicht, dass von dem Labyrinth eine Bedrohung für die Kellwyner ausginge. Doch vielleicht verbirgt sich in seinen Tiefen mehr, als der gute Grimbogg seinerzeit zu wissen glaubte.«

»Wenn uns jemand eine Antwort darauf geben kann, dann ganz sicher der Morphus«, sagte Ishan. Diese Unterredung dauerte für seinen Geschmack schon viel zu lange. »Jetzt, wo er verletzt ist, kann er uns vielleicht nicht so leicht entkommen. Es ist zumindest eine Chance, und ich finde, wir sollten sie nutzen.«

Zu seiner Überraschung stimmte ihm Ryk zu. »Noch ist der Tag erst wenige Stunden alt«, sagte er und erhob sich aus seinem Sessel. »Brechen wir auf.«

Auch Tilbrock stand auf. »Ich werde dafür sorgen, dass man umgehend eure Pferde sattelt und Vorräte für euch zusammenpackt.« Er bedachte Ryk, Kela und Ishan mit einem ernsten Blick. »Ich wünschte, ich könnte mehr tun, als euch lediglich alles erdenkliche Glück für eure Aufgabe zu wünschen.«

Nur wenig später wurden Ryk, Kela und Ishan in der Straße vor dem Turm der Eingeweihten von zwei »alten« Bekannten begrüßt: Urik, der Wächter mit dem Backenbart, sowie sein hochgeschossener Kamerad, der mit ihm am Abend zuvor Dienst am Tor geschoben hatte. Sie führten die Pferde bei sich: Ryks Schimmel, Kelas goldbraunen Hengst und Ishans Fuchsstute, die ihn mit einem neugierigen Stupser begrüßte. Ishan lachte und strich ihr über die Nüstern. Als er die Zügel übernahm, fiel ihm auf, dass die Satteltaschen von frischem Proviant ausgebeult waren.

Die Wächter brachten sie zum Westtor, das in einem Bereich der Akademie lag, der schon lange nicht mehr genutzt wurde. Dort war man auf die Blutspur des Morphus gestoßen und hatte darauf geschlossen, dass er auf diesem Weg geflohen sein musste. Das Tor war bereits offen, und so führten sie ihre Pferde hinaus auf die dahinter beginnende Straße. Außerhalb der Mauern schlug ihnen sofort ein rauer Wind entgegen, Wolkenfetzen galoppierten wie eine Herde Geisterpferde über einen grauen Himmel. Ishan verzog das Gesicht, als er mit einem seiner Stiefel in eine Pfütze trat.

Während er das Wasser abschüttelte, sah er sich um. Zu seiner Linken befand sich ein flacher, mit Geröll überzogener Hang, der zu einem Tannenwäldchen hin abfiel. Rechterhand ragten in weniger als einer Viertelmeile Entfernung die Gipfel des Himmelsgebirges auf. Die drei höchsten waren mit Schnee bedeckt.

»Seht, dort gabelt sich der Weg.« Urik war vorgetreten und deutete die Straße hinunter. »Nimmt man den linken Verlauf, führt's einen in die westliche Tiefebene. Dort gibt es ein Dutzend Dörfer und Weiler. Die Blutspur folgt jedoch der Abzweigung hinauf ins Gebirge. Zumindest war es so, bevor sie heute Nacht vom Regen fortgespült wurde. Geendet hat die Spur nahe einem Felsen, der wie ein altes Mütterchen am Straßenrand kauert. Mehr kann ich Euch nicht sagen.«

Ryk dankte ihm, saß auf, und ohne sich noch einmal umzudrehen ritten sie das Stück bis zur Straßengabelung, wo Kela die Augen schloss, um nach der Fährte des Dämons zu suchen. Kurz darauf bestätigte sie Uriks Worte: Der Morphus war hinauf in die Berge geflohen.

Die Straße war mehr ein Pfad und hob sich kaum von der Umgebung ab. In weiten Serpentinen kroch sie eine Bergflanke hinauf, die mit Schotter und Steinen übersät war, zwischen denen Grasbüschel und krautige Gewächse sprossen. Schon bald kam ein Fels in Sicht, der größer als alle anderen war und aus der Ferne tatsächlich eine gewisse Ähnlichkeit mit einem Großmütterchen hatte. Ryk, der bisher kaum ein Wort mit Ishan und Kela gewechselt hatte, ließ sie absitzen, übergab die Zügel seines Pferdes Kela und begann, den Wegesrand abzulaufen.

»Wonach sucht er?«, fragte Ishan. Statt einer Antwort beugte Kela sich zu ihm und flüsterte: »Er weiß Bescheid, woher auch immer.« Sie warf einen Blick über ihre Schulter, um sich zu versichern, dass der Dämonenjäger sie nicht beachtete. Mittlerweile hatte er den Pfad verlassen und streifte auf dem Hang herum.

Ishan nickte. »Das war mir bereits bei Ryks mörderischem Blick in Tilbrocks Arbeitszimmer klar.«

»Am besten versuchst du, ihn in den nächsten Tagen nicht zu provozieren, dann sollte er sich schon wieder beruhigen.«

»Und wenn nicht?«

»Werde ich mit ihm reden.«

Ishan beugte sich nun seinerseits zu ihr vor und roch an ihrem Haar. »Du riechst verdammt gut«, sagte er mit einem Grinsen.

»Und du bist ein Idiot! Hörst du überhaupt jemals zu? Los, halt die Pferde!« Damit drückte sie ihm die Zügel in die Hand, wirbelte herum und stapfte zu Ryk, der ein Stück über ihnen auf dem Hang in die Knie gegangen war, um etwas am Boden zu betrachten. Die Veydra blickte ihm neugierig über die Schulter. Nach einer Weile sah sie zu Ishan und winkte ihn zu sich. Er sah sich kurz um, band die Pferde an einen einsamen Strauch am Wegesrand an und stieg zu ihnen hinauf. Ryk hatte zwischen ein paar Steinen von Regen und Blut durchweichte Stofffetzen gefunden.

»Der Morphus muss seine Wunde hier gereinigt und verbunden haben«, sagte Ryk. »Darum endet die Blutspur auch hier.«

Kela schnupperte in die Luft. »Nach der Intensität des Geruchs zu urteilen, ist das gut anderthalb Tage her.«

»Was sich mit dem Zeitpunkt des Angriffs auf die Akademie deckt«, sagte Ryk.

»Das ist ziemlich viel Blut«, meinte Ishan. »Wie weit kann er mit einer solchen Wunde kommen?«

Ryk antwortete erst, nachdem er sich einen Knuff von Kela eingefangen hatte. »Schwer zu sagen«, brummte er. »Dämonen sind zäher als Menschen, und seine Magie wird den Heilungsprozess unterstützen.« Er zögerte. »Auffällig ist jedoch, dass er sich nicht erneut in seine Rauchform geflüchtet hat, um etwaige Verfolger abzuschütteln. Vielleicht liegt es am Blutverlust. Eine solche Verwandlung dürfte sehr kräftezehrend sein, was er sich im Augenblick sicher nicht leisten kann. Für uns kann das nur von Vorteil sein.«

»Und durch die Pferde kommen wir schneller als er voran«, sagte Ishan.

»Vergiss nicht, dass Humanos sich sehr viel schneller bewegen als Menschen«, wandte Kela ein. »Aber wie Ryk schon sagte – er muss mit seinen Kräften vermutlich haushalten.«

Ishan nickte, warf dem Dämonenjäger einen unauffälligen Blick zu und schlug anschließend den Kragen seiner Jacke hoch. Er hatte das Gefühl, dass nicht nur das Wetter in den nächsten Tagen kühler ausfallen würde. Die drei kehrten zu ihren Pferden zurück.

Auch wenn die Blutspur des Morphus an dieser Stelle geendet hatte, seine Fährte tat es nicht. Ishan, der wieder auf dem Rücken seiner Stute saß, fiel auf, wie Kela leicht erschauerte, als sie den Duft des Dämons in sich aufnahm. Er fühlte einen eifersüchtigen Stich, obwohl er wusste, wie unsinnig das war. Nachdem sie die Augen wieder geöffnet hatte, bestätigte sie, dass der Morphus weiter der Straße hinauf ins Gebirge gefolgt war. Ryk runzelte darüber die Stirn, während er zu den Gipfeln aufsah. Es schien ihm nicht zu behagen, dass der Dämon die Richtung beibehalten hatte. Ahnte er, wo der Morphus hinwollte?

»Es wäre das Beste, wir könnten ihn einholen, bevor er die Berge wieder verlässt«, sagte Ryk und gab den Befehl zum Weiterreiten.

Am frühen Nachmittag erreichten sie den höchsten Punkt der Gebirgsstraße, den Seherpass, wie Ryk erklärte. Der Name bezog sich in erster Linie auf die unglaubliche Aussicht. Man konnte von hier aus sogar bis nach Athane blicken, das aus dieser Entfernung kaum größer als ein Daumennagel wirkte und wie immer in Nebel gehüllt war. Beeindruckend waren auch die drei Gipfel, die über ihnen aufragten und ihre kalten Schatten auf sie warfen. Wenigstens verlief die Straße fortan ebenmäßig, was es ihnen erlaubte, mit ihren Pferden in schnelleres Tempo zu fallen. Einmal legten sie eine Rast ein, versorgten die Pferde mit Hafer und Wasser und aßen selbst von dem Mandelhonigbrot und dem Dörrobst, das ihnen Everdale Tilbrock hatte einpacken lassen. Seinen Weinschlauch, ebenfalls ein Geschenk der Magier, hatte Ishan schon geleert. Der schwere Rotwein hatte ihm geholfen, sich ein wenig gegen die Kälte abzuschotten, die der Wind von den Gipfeln und Hängen zu ihnen herabtrug. Kela und Ryk schien sie weniger auszumachen. Einmal mehr sehnte sich Ishan nach den warmen Sommern seiner Heimat.

Viele Stunden später hatten sie den Pass hinter sich gelassen und folgten auf der Westseite des Himmelsgebirges einem abschüssigen Pfad. Als schließlich die Dämmerung heraufzog und sie selbst und die Pferde zu erschöpft waren, um noch weiterzureiten, suchten sie Unterschlupf in einer Höhle. Während der Dämonenjäger die Tiere versorgte, suchten Ishan und Kela im letzten Licht des Tages die Umgebung nach Holz und trockenem Gestrüpp für ein Feuer ab. Als sie mit ihrer Ausbeute zur Höhle zurückkehrten, waren die Pferde im hinteren Teil untergebracht, wo sie Kräuter und Gräser fraßen, die Ryk für sie zusammengetragen hatte. Nicht lange, und sie saßen alle an einem Feuer, wärmten sich und aßen noch mehr süßes Brot. Das Schweigen, das schon den Tag über angedauert hatte, setzte sich fort. Zum Teil, weil sie schlicht zu müde zum Reden waren. Zum Teil drückte Ryks Anspannung die Stimmung. Nach einer Weile begann Ishan auf seiner Seite des Feuers unruhig hin und her zu rutschen, während der Dämonenjäger, der ihm gegenübersaß, grimmig in die Flammen starrte.

»Selbst in der belymischen Gruft, in der ich wegen eines Missverständnisses mit einem anderen Dämonenjäger mal für ein paar Monate unterkriechen musste, herrschte eine ausgelassenere Stimmung.« Kelas Versuch, das Eis zu brechen, hatte zur Folge, dass Ryk vom Feuer aufstand und zum Höhleneingang ging, wo er sich mit der Schulter an den Felsen lehnte und hinaus in die Nacht starrte. Die Veydra sah Ishan an und zuckte die Achseln, als wollte sie sagen »Ich hab's probiert.« Sie griff hinter sich, wo ihre Sachen lagen, zog ihre Schlafdecke heran, breitete sie neben dem Feuer aus und machte es sich darauf gemütlich. Eine Weile sah sie den Flammen zu, die prasselnd und knisternd über die Zweige tanzten, bevor ihr die Lider zufielen.

Ishan lehnte sich gegen die Höhlenwand in seinem Rücken, die Füße dem Feuer entgegengestreckt, dessen behagliche Wärme schon bald dazu führte, dass auch ihm immer wieder die Augen zufielen. Aber er mochte noch nicht schlafen, viel lieber wollte er Kelas Gesicht betrachten. Nach vergangener Nacht sehnte er sich erst recht danach, sie zu berühren, zu streicheln und zu küssen. Gleichzeitig musste er daran denken, was sie am Morgen zu ihm gesagt hatte: dass es ihr lediglich um ein wenig Spaß gegangen sei.

Die Erinnerung löste einen bitteren Geschmack in seinem Mund aus. Früher hatte er die Worte selbst oft gebraucht, ohne zu begreifen, wie sich die andere Seite dabei fühlte. *Scheiße!* Er schlug mit dem Hinterkopf gegen den Stein. *Scheiße! Scheiße! Scheiße!* Er konnte nicht einmal wirklich wütend auf Kela sein; irgendwie hatte er geahnt, als er die beiden zum ersten Mal zusammen sah, dass Ryk und sie etwas füreinander empfanden. Er seufzte. Im Grunde war er selbst schuld an seinem Dilemma. Er beugte sich vor und betrachtete Ryk, der ihnen noch immer den Rücken zukehrte. Vielleicht sollte er sich bei ihm entschuldigen. *Vielleicht* – und auch nicht heute. Heute musste er erst einmal seine eigenen Wunden lecken.

Er lehnte sich wieder zurück und schloss die Augen. Dieses Mal wehrte er sich nicht, als der Schlaf über ihn kam.

Vielleicht war es ein Geräusch oder auch das Gefühl einer Gefahr, das ihn weckte. Als er die Augen aufschlug, stand der Dämonenjäger mit gezogenem Schwert über ihm. Die Klinge glühte rot im Widerschein des Feuers. Ryks Augen hingegen schimmerten schwarz wie Onyx. »Nein«, keuchte Ishan und versuchte, an seine eigene Waffe heranzukommen. Bevor er eine Chance hatte, stach Ryk zu.

»Verflucht, was geht hier vor?« Kela war durch Ishans Ausruf aufgeschreckt und starrte entsetzt zu ihnen rüber.

Kein Schmerz. Nur das Trommeln seines Herzens und ein Klingeln in seinem rechten Ohr, wo das Schwert auf die Höhlenwand getroffen war. *Ich lebe noch*, dachte Ishan erleichtert.

Als Ryk die Waffe zurückzog, steckte die Spitze in einer handtellergroßen, metallisch blauen Spinne. Im Todeskampf zappelten ihre Beine. Mit einem Blick auf Ishan, der halb amüsiert, halb verärgert wirkte, übergab Ryk sie den Flammen, in deren Hitze der Körper schnell zu einem schwarzen Etwas zusammenschrumpelte.

»Du ziehst Ärger magisch an, Junge«, sagte er, während er das Schwert an seiner Hose abwischte. »Das war eine Aasfresserwitwe. Übrigens ein besonders prächtiges Exemplar. Vermutlich trächtig.« Er schob das Schwert zurück in die Scheide. »Sie töten mit einem einzigen Biss. Anschließend legen sie ihre Eier in dem Kadaver ab, sodass die Jungtiere sich nach ihrem Schlupf an dem Fleisch sattfressen können, bis sie alt genug sind, selbst auf die Jagd zu gehen.«

»Das ... das ist widerlich«, stöhnte Ishan.

»Dass ich dir das Leben gerettet habe?«, fragte Ryk.

»Du weißt genau, was ich meine«, entgegnete Ishan und blinzelte zu Kela hinüber, die auf ihrer Decke hockte und ihm zunickte. »Danke«, sagte er daraufhin und hielt dem Dämonenjäger die Hand hin.

Ryk betrachtete sie mit unbewegter Miene.

»Dafür schulde ich dir was«, fügte Ishan hinzu.

Ryk sagte nichts und suchte sich einen Platz auf der anderen Seite des Feuers.

Bei Sonnenaufgang setzten sie ihre Reise fort, bis Kela gegen Mittag verkündete, dass der Vorsprung des Morphus beträchtlich geschrumpft war. Die Duftspur war mittlerweile so intensiv, dass sie nur noch einen halben, allerhöchstens einen dreiviertel Tag alt sein konnte.

»Hm«, machte Ryk.

»Was ist?«, fragte Kela.

»Dass wir ihm näherkommen, ist ein gutes Zeichen. Die Entfernung zwischen ihm und uns ist jedoch weiterhin zu groß, um ihn noch auf der Gebirgsstraße abzupassen. Er wird vor uns das Tiefland erreichen.« Ryks Blick verdüsterte sich. »Von dort aus kann er sich überallhin wenden.«

»Sieh es mal aus der Perspektive, alter Brummbär«, erwiderte Kela. »Die Wunde muss dem Morphus nach wie vor zusetzen, denn er hat seine feste Gestalt bisher nicht ein Mal aufgegeben. Andernfalls hätte ich seine Fährte verloren. Dass wir weiter aufholen, könnte sogar bedeuten, dass sein Zustand sich verschlechtert hat.«

Ryk nickte. »Vermutlich hast du recht. Ich gehe viel zu pessimistisch an die Sache heran. Wir kommen gut vorwärts. Und wenn wir uns weiterhin in diesem Tempo an ihn heranarbeiten, könnten wir ihn mit viel Glück bis zum Abend eingeholt haben.« Mit diesen Worten trieb er sein Pferd an und setzte sich wieder an die Spitze ihrer kleinen Gruppe.

Eingeholt. Das Wort echote durch Ishans Geist. Eineinhalb Monate war es her, dass der Dämon seinen Vater ermordet hatte. Vor seinem inneren Auge durchlebte er dessen Tod ein weiteres Mal, fühlte Trauer und Wut. Aber auch die Schuldgefühle, die ihn seit jenem Tag plagten und selbst vor seinen Träumen keinen Halt machten. Plötzlich zitterten seine Hände, und er schloss sie so fest um die Zügel seiner Fuchsstute, dass ihm das Leder in die Haut schnitt. Der Schmerz lenkte ihn ab.

»Alles in Ordnung mit dir?«, fragte Kela, die neben ihm ritt.

»Endlich wird der Morphus bezahlen«, presste Ishan hervor und sah sie an. »Bezahlen.«

Längst machte er sich nicht mehr vor, den Morphus vor den

Kronrat bringen zu können. In der Zeit mit Ryk hatte er gelernt, dass Dämonen zu gefährlich waren, um auch nur einen einzigen von ihnen am Leben zu lassen. Sobald sie erfahren hatten, was sie wissen wollten, musste die Bestie sterben!

42

Königspalast von Calares, Sharigor
31. Jul, 1026 n. d. Zweiten Dämonenkrieg

Königin Madea stand vor dem Spiegel in ihrem Ankleidezimmer und unterzog das Kleid, das sie sich speziell für diesen Tag hatte schneidern lassen, einer kritischen Betrachtung. Zuvor hatten ihr zwei Dienerinnen beim Baden, Ankleiden und Frisieren geholfen, wobei sie es keinen Augenblick lang müde geworden waren, sie erst mit Komplimenten über ihre Schönheit und dann zur Eleganz ihres neuen Kleides zu überhäufen.

»Es schmeichelt Euren Reizen, Majestät.«

»Ganz zu schweigen von der erregenden Wirkung auf die Männer.«

Madea schenkte ihrem Spiegelbild ein Lächeln. Natürlich war sie nicht immun gegen solche Schmeicheleien. Im Gegenteil. Sie genoss sie, genauso wie jede andere Frau. Und warum auch nicht? Trotzdem hatte sie die Dienerinnen fortgeschickt, nachdem sie ihr noch beim Anlegen des Schmucks geholfen hatten, um sich ein eigenes Urteil zu bilden. Unbeeinflusst vom Blendwerk süßer Worte.

Ihr Auftritt musste perfekt sein, da durfte sie sich nicht auf das Gerede zweier Dienerinnen verlassen. Heute war sie nicht die Königin von Sharigor. Heute war sie Madea, die Frau, die mit den Verlockungen ihres Körpers die Falle zuschnappen lassen würde, in die Ruvan con Betanne, Großneffe ihres toten Gemahls, offenen Auges hineinlief.

Ruvan con Betanne hatte ein Bündnis ihrer Häuser in Form einer Heirat vorgeschlagen. Angeblich hatte ihn die Schönheit der Königin schon immer bezaubert und als Ehrenmann fühle er sich verpflichtet, die hilflose Witwe gegen Anfeindungen und Thronräuber zu schützen. Lächerlich. Jeder wusste, dass Ruvan con Betanne es mit seiner Schwester trieb.

Die Wahrheit war, dass er es nur tat, um durch die Verbindung mit Madea zum König von Sharigor aufzusteigen. Vermutlich planten er und seine Schwester bereits, wie sie sie nach Ruvans Thronbesteigung loswerden konnten. Ihr Ratgeber Ephilius hatte ihr dennoch dazu geraten, dem Angebot zuzustimmen.

»Der Narr spielt uns direkt in die Hände, Majestät«, hatte er ihr lächelnd erklärt. »Besser hätte es für uns gar nicht kommen können.«

Natürlich durfte sie Ruvan con Betanne nicht merken lassen, dass sie sein eigenes Intrigenspiel gegen ihn verwenden würde. Um den Schein zu wahren und sein Misstrauen nicht zu wecken, musste Madea sich bei den Vertragsverhandlungen so teuer wie möglich verkaufen. Und dieses Kleid würde ihr dabei helfen.

Es war von einem zarten Elfenbeinweiß wie die Hörner der Lehmbüffel und bestand aus der allerkostbarsten Seide. Kühl und glatt schmiegte sich der Stoff an ihre Haut. Dabei betonte es auf aufreizende Weise ihre Brüste, die sich voll und rund unter dem Stoff abzeichneten. Ein Gürtel aus Gold, Perlen und Diamanten, der bei jedem Schwung ihrer Hüfte verheißungsvoll klimperte, vervollständigte das Bild.

Madea wandte den Kopf zur Seite, um ihre Frisur im Spiegel zu betrachten. Sie hatte sich dazu entschieden, ihre Krone nicht zu tragen, da Ruvan es als Provokation verstehen könnte. Stattdessen hatte sie ihr Haar hochgesteckt. Zwischen den dunklen Locken funkelten ausgewählte, mit Mondstein besetzte Kämme.

Aber selbst mit dieser wenigen Zier sah sie ganz und gar wie eine Königin aus.

»Niemand kann es mit dir aufnehmen«, sagte sie zu ihrem Spiegelbild, wandte sich lachend ab und verließ das Ankleidezimmer.

Sonnenlicht flutete in ihr Gemach durch die hohen Fenster, die eine ganze Wand des Raumes einnahmen. Madea blieb bei einem Tischchen neben einer ihrer Ruhebänke stehen und griff nach einem Kelch mit Samarino, der dort auf ihre Rückkehr gewartet hatte. Sie kostete einen Schluck von dem Wein, der süß und fruchtig ihre Kehle hinabrann. Dabei hing ihr Blick an den dünnen Vorhängen, die vor den Fenstern flatterten, hinter denen sich Calares abzeichnete. Der Wind brachte nach der Hitze des vergangenen Tages Erleichterung. Für die Königin war er jedoch mehr. Ein Omen.

Ein Sturm wird bald losbrechen, dachte sie, *und er wird alles verändern!*

Sie legte sich auf die Ruhebank, die ihr am nächsten stand. Ruvan con Betanne war ein notwendiges Übel. Als Oberhaupt eines der mächtigsten Hohen Häuser von Sharigor verfügte er über Geld und Einfluss. Seine politischen Ansichten waren allerdings rückständig – als König würde er Sharigor in die Isolation führen. Natürlich würde Madea das niemals zulassen. Sie war zu weit gekommen, hatte zu viel aufgegeben, um sich jetzt noch aufhalten zu lassen. Plötzliche Trauer befiel sie, und der Kelch entglitt ihrer Hand. Er schlug auf dem Boden auf, wo der Wein eine blutrote Pfütze bildete. Auch Varras hatte sie geopfert.

Ihr Blick verschwamm. Bei seiner Beerdigung hatte sie nicht geweint, um Stärke gegenüber ihren Feinden zu demonstrieren. Tatsächlich schmerzte sein Verlust mehr, als sie erwartet hatte. Sie vermisste die langen Gespräche mit ihm, die flüchtige, aber sanfte Berührung seiner Lippen auf ihrer Stirn, wenn er sie am Morgen wachküsste. Sie wusste, dass sie sich solche Gedanken nicht erlauben durfte. Ihr war ein anderes Schicksal bestimmt, und allein dafür lebte und atmete sie.

Von Kindesbeinen an war sie dazu erzogen worden, einem vor vielen Jahrhunderten gegeben Versprechen zu dienen, das schwerer wog als ihre eigenen Bedürfnisse und Sehnsüchte. Es spielte keine Rolle, was sie wollte, und würde es auch niemals, denn sie existierte nur aus einem einzigen Grund: um zu dienen. Sie würde die Aufgabe zu einem Ende führen, die vor so vielen Generationen vor ihr ihren Anfang genommen hatte.

»Die Belohnung, die dich erwartet, wird grenzenlos sein«, hatte ihre Mutter stets gesagt, wenn sie ihr als kleines Mädchen vor dem Zubettgehen von der Gegenwelt und der Macht der Dhana'an erzählt hatte.

Inzwischen wusste Madea, dass nichts grenzenlos war: weder Liebe noch Dankbarkeit. Und doch hatte das nichts für sie geändert. Sie war die Frau, zu der man sie gemacht hatte, und sich selbst konnte man nun mal nicht verraten.

»Es wird Zeit, Eure Majestät.«

Madea riss den Kopf hoch. »Ephilius!« Sie hatte ihn nicht kommen hören. Unauffällig wischte sie sich die Tränen aus den Augen.

Ihr Berater trug an diesem wichtigen Tag eine Tunika mit Stickereien und Perlmuttbesatz, die an der Hüfte von einem locker gezurrten Gürtel gehalten wurde. Er wölbte eine Braue, als ihm die Weinlache auf dem Boden auffiel. »Geht es Euch gut?«

»Ein Missgeschick, nicht mehr. Eine der Dienerinnen wird sich schon darum kümmern.« Madea lächelte flüchtig, stand auf und ergriff den Arm, den Ephilius ihr darbot.

»Ich habe Anweisung gegeben, Ruvan con Betanne in das private Audienzzimmer des Königs zu bringen. In seiner Begleitung befinden sich ein Schreiber und zwei seiner Hofschranzen, die ihm als Berater dienen.«

Madea nickte und trat an seiner Seite in den Korridor hinaus.

Die Wächter vor ihren Gemächern salutierten. Sobald sie außer Hörweite waren, wandte sie sich an ihren Berater.

»Ich gehe davon aus, dass Ihr Euch auf Eure Rolle als mein Unterhändler vorbereitet habt, mein alter Freund?«

Ephilius neigte das Haupt. »Eine Ehre, die normalerweise dem Vater der Braut gebührt«, sagte er und geleitete Madea in den Gang, der in den Haupttrakt des Palastes führte. Auch hier salutierten die Wächter, während die Diener demütig zur Seite auswichen. »Wie bedauerlich, dass er vor einigen Jahren von uns gegangen ist«, fuhr er fort. »Ich werde mich bemühen, ihm ein würdiger Vertreter in der Verhandlung um Euren Ehevertrag zu sein.«

»Übertreibt es aber nicht«, mahnte Madea. »Der gute Ruvan soll schließlich das Gefühl haben, als Sieger aus diesem Treffen hervorzugehen.«

»Natürlich, Majestät.« Er zwinkerte ihr listig zu. »Es wird mir ein Vergnügen sein!«

Als Frau war es ihr nicht erlaubt, die Verhandlungen selbst zu führen. Ihr blieb nichts anderes übrig, als schweigend dazusitzen, während Ephilius und ihr zukünftiger Ehegatte miteinander feilschten. Sobald sie eine Einigung erzielt hätten und die Verträge aufgesetzt und unterzeichnet waren, würde die Hochzeitszeremonie folgen. Ein rauschendes Fest, durch das Ruvan zum König über Sharigor aufsteigen würde. Auf diese Weise war sie nicht länger auf Ishan angewiesen, um sich an der Macht zu halten. Und auf ihren zukünftigen Ehemann wartete eine Überraschung in der Hochzeitsnacht, die ihm das Herz ... nun ja, *brechen* würde. Madea lächelte.

Sie hatten das Audienzzimmer des Königs erreicht, und Madea trat zum wohl Hundertsten Mal an den Tisch aus Marmor, der den Saal dominierte und in dessen Oberfläche das Wappen des Herrscherhauses der con Femen eingraviert war: zwei Krähen im Profil, die die Köpfe mit den Schnäbeln nach außen gewandt hatten, während über ihren Häuptern eine Krone schwebte.

Ruvan con Betanne und seine Begleiter waren bereits anwesend, wobei ihr zukünftiger Gatte in dreister Manier auf dem Königsstuhl Platz genommen hatte. Er war aus weißem Marmor gefertigt. Auf der Rückenlehne hockten zwei goldene Krähen mit Rubinen als Augen. Die Berater hatten die Stühle links und rechts von ihm besetzt. Ein Schreiber, mit einer Feder und Pergament ausgestattet, stand in einer Ecke des Raumes.

»Majestät«, begrüßte sie Ruvan con Betanne. »Nehmt doch bitte Platz.« Er wies auf die Stühle ihm gegenüber, als wäre er der Gastgeber.

Ephilius legte eine Hand auf Madeas Arm. Er musste das Zittern gespürt haben, das von ihrer Wut herrührte. Am liebsten wäre sie auf den Großneffen ihres Mannes losgegangen, um ihm die Augen auszukratzen. Stattdessen zwang sie sich zur Ruhe und wartete darauf, dass ihr Ratgeber ihr den Stuhl zurechtrückte.

»Ich freue mich, dass Ihr meinem Vorschlag über ein Bündnis angenommen habt. Das war äußerst weise von Euch«, fuhr Ruvan fort. »Darf ich Euch meine Berater vorstellen?« Er nannte ihre Namen.

Madea nickte den Männern zu, bevor sie sich ihrem zukünftigen Gatten zuwandte. »Ich meine, mich zu erinnern, dass ich lediglich meine Zustimmung zu diesem Treffen gegeben habe, werter Ruvan. Ein Bündnis bedarf eines Vertrages, der bisher noch nicht geschlossen wurde.« Sie hob eine Braue. »Außer mir ist etwas entgangen?«

Das Lächeln ihres Gegenübers wurde eine Spur schmaler. »Gewiss, Majestät.« Er sah Ephilius an, der sich zur Rechten der Königin niedergelassen hatte. »Mir ist zu Ohren gekommen, dass Ihr ein geschickter Verhandlungspartner seid. Ich stehe selbst in dem Ruf, ein gewisses Talent für solche Dinge zu besitzen. Umso mehr freue ich mich über die Gelegenheit, mich heute mit Euch messen zu können.«

»Die Ehre ist ganz meinerseits.« Ephilius neigte den Kopf.

Bevor die Verhandlungen begannen, betraten vier Dienerinnen den Raum und trugen Speisen und Naschereien auf. Darunter aufgeschnittene Aguryafrüchte, deren süßliches Aroma schon bald den gesamten Raum füllten, eine Schüssel gekühlter Glöckchentrauben, auf deren Oberfläche sich Tautropfen gebildet hatten, honiggetränkte Datteln und mit Zuckerguss überzogene Küchlein. Passend dazu wurde ein Samarino aus dem königlichen Weinkeller gereicht.

Madea schnappte sich einen Kelch und lehnte sich in ihrem Stuhl zurück. Mehr konnte sie ohnehin nicht tun. Unterdessen begannen Ephilius und Ruvan con Betanne mit Unterstützung seiner Berater, über die Punkte des Ehevertrages zu verhandeln.

Ephilius war ein Meister des Wortes. Er spielte mit seinen Gegnern, ohne dass sie es merkten. Zu Anfang gab er sich hart und uneinsichtig. Doch je länger das Gespräch andauerte, desto häufiger täuschte er Erschöpfung vor, bat um kurze Pausen und gab sich gelegentlich sogar vergesslich. Zum Ende hin wirkte er gereizt und zeigte sich allzu nachgiebig, als wollte er es nur noch hinter sich bringen. Ruvan con Betanne trug inzwischen eine Art Dauergrinsen zur Schau. Alles schien sich genau nach seinen Vorstellungen zu entwickeln. Als er Madea einen Blick zuwarf, loderte Triumph in seinen Augen.

Freut Euch nur, Narr!, dachte sie. *Umso süßer wird Euer Herz am Ende meinem Verbündeten munden.*

43

Gebirgsstraße, Nekross
31. Jul, 1026 n. d. Zweiten Dämonenkrieg

Je weiter nach unten sie kamen, desto steiler wurden die Felswände, zwischen denen sie der Fährte des Morphus hinab ins Tiefland folgten. Nach der Intensität seines Geruchs zu urteilen, der süß und verlockend wie ein ganzer Garten voll Goldtränen in der Luft hing, konnte sich sein Vorsprung höchstens noch auf fünf oder sechs Stunden belaufen.

Wenn Kela die Augen schloss, sah sie in der Schwärze hinter ihren Lidern nicht länger einen Faden, sondern ein straff gespanntes blutrotes Seil, das ihr die Richtung wies. Es war bisher das einzig Gute an diesem Tag, der ihr ansonsten wie ein Stein auf den Magen drückte.

Kela hätte Ryk am liebsten dafür geohrfeigt, wie er sich Ishan gegenüber benahm. Gleichzeitig nagte das schlechte Gewissen an ihr. Sie hätte wissen müssen, dass der Dämonenjäger so reagieren würde. Doch es war ihr egal gewesen, oder? Sie seufzte. Sie machte sich ernsthaft Sorgen um Ishan. Sie hatte aus einer Laune heraus mit ihm geschlafen. Er war attraktiv und charmant – wenn er wollte. Und ihr gefiel, wie er sie ansah: mit einer wilden Mischung aus Verlangen und Zuneigung. Ein Blick, der ihr Herz jedes Mal zum Wummern brachte. Musste sie sich deswegen Sorgen machen? Sicher nicht. Ishan war temperamentvoll, jung und schön; und sie hatte seit anderthalb Jahren nichts mehr mit einem Mann gehabt, da war es doch ganz normal, dass sie ein wenig Herzklopfen in seiner Nähe bekam.

Kurz sah sie zu ihm rüber – er schien selbst in Gedanken versunken –, bevor sie den Blick wieder nach vorne wandte. Ryk ritt ein Stück voraus. Eine schwarze Gestalt auf einem Schimmel. Der Kontrast hätte nicht härter sein können. Und doch passte es: Der Dämonenjäger war schon immer ein Mann der Widersprüche gewesen. *Verdammter Sturkopf!* Seit dem Morgen hatte er weder mit ihr noch mit Ishan ein weiteres Wort gewechselt.

Um sich abzulenken, betrachtete sie die weite grüne Ebene, die sie bald erreichen würden. Im Südwesten lag eine Stadt, nördlich davon ein Wald aus roten Bäumen, der im Licht der Sonne einem Meer aus Flammen glich. Den Dämon konnte sie nirgends entdecken. Was nichts hieß. Er mochte sich in den Schatten der Felswände und Klüfte bewegen, die bis hinab ins Tiefland reichten. Vielleicht irrte sie sich aber auch, und er war ihnen weiter voraus, als sie glaubte und hatte bereits die Stadt erreicht. Oder war er eher in den Wald geflohen? Wenn sie verletzt wäre, würde sie sich von den Menschen fernhalten. Und ein Dämon dachte bestimmt nicht viel anders als eine Veydra.

Gegen Mittag gingen die Felsen in einen flachen, von dornigem Gestrüpp und knorrigen Bäumen bewachsenen Hang über. Sie hatten das Himmelsgebirge hinter sich gelassen. Die Straße war nun wieder besser, sodass sie mit ihren Pferden, die sie fast den gesamten Abstieg über nur im Schritt reiten konnten, in einen Galopp verfallen waren, den sie beibehielten, bis sie zu einem Bach am Rande der Ebene kamen. Dort hielten sie, um die Tiere zu tränken und ihre Wasservorräte aufzufüllen. Kelas empfindliche Nase nahm Rauch wahr, der von der Stadt zu ihnen herüberwehte.

»Lunagaard«, sagte Ryk, der neben ihr stand und die Flanke seines Schimmels tätschelte. »Sie wurde über einer Erdmine errichtet, die das größte je entdeckte Vorkommen an Mondsteinen birgt, aus denen die Magier die Luminesaugen herstellen.«

»Was ist mit dem Morphus?«, fragte Ishan, der sich zusammen mit seiner Stute links von Kela gestellt hatte. Er schien diese Position sehr bewusst ausgewählt zu haben, um Ryk aus dem Weg zu gehen. »Ist er in diese Stadt gegangen?«

»Nein.« Es war so, wie Kela vermutet hatte. Sie wies mit der Hand gen Norden, wo sich der Wald wie ein flammender Wall erhob.

»Der Rotwald also«, brummte Ryk.

Seine Mundwinkel zuckten, und er schien mit einem Mal noch finsterer Laune zu sein. Warum, wusste Kela nicht zu sagen. Allerdings war sie sich sicher, dass dieses Mal weder sie noch Ishan daran Schuld hatten.

»Das ist nicht alles«, fügte sie hinzu. »Der Blutgeruch ist auf den letzten Meilen intensiver geworden«, beinahe hätte sie verlockender gesagt, »obwohl uns immer noch ein paar Stunden trennen.«

»Du meinst, seine Wunde hat sich wieder geöffnet?«, fragte Ryk.

»Es scheint so.«

»Der Morphus muss schon ziemlich verzweifelt sein, wenn er sich nicht einmal mehr Zeit nimmt, sie ordentlich zu verbinden«, meinte Ishan daraufhin.

»Oder er ist davon überzeugt, bald in Sicherheit zu sein«, entgegnete Ryk, ohne den Jungen anzusehen. Er rieb sich die Bartstoppeln an seinem Kinn.

»Du denkst, auch in diesem Wald könnten Animalia sein, deren Schutz er sucht?«, fragte Kela.

»Möglich.«

Sie runzelte die Stirn. »Das ist es aber nicht, was du glaubst, oder?« Sie stieß ihn mit dem Ellbogen in die Seite. »Sag schon, was du denkst!«

Ryk atmete hörbar aus. »Es kam mir gleich seltsam vor, als er den Weg ins Gebirge einschlug. Das machte keinen Sinn. Dort gab es nichts für ihn, und er musste fürchten, verfolgt zu werden. Ich hätte erwartet, dass er zurück nach Athane geht, um dort an Bord eines Schiffes die Insel zu verlassen. Nun frage ich mich, ob es ihm überhaupt möglich ist, unter Menschen zu gehen.«

»Was meinst du?«, fragte Kela.

»Wenn er schon nicht mehr in der Lage ist, sich in Rauch zu verwandeln, könnte durch seine Wunde auch seine Gestaltwandlerfähigkeit beeinflusst sein. Mit anderen Worten: Der Morphus kann nicht länger verbergen, dass er ein Dämon ist.«

»Daran habe ich noch gar nicht gedacht«, sagte Ishan. »Hat es ihn deshalb in den Wald verschlagen?«

Der Dämonenjäger starrte weiterhin auf die fernen Bäume. »Es gibt andere Wälder, in die er hätte gehen können, wenn es ihm bloß um ein Versteck gegangen wäre. Nein, ich fürchte, es hat einen anderen Grund, warum er zum Rotwald wollte.« Er schüttelte den Kopf. »Dieser verdammte Morphus, so dumm kann nicht einmal er sein.«

»Bei allen Dämonen der Gegenwelt, wovon sprichst du?«, wollte Kela wissen. »Jetzt sag schon!«

Ryk sah sie an. »Von der verbotenen Stadt.«

44

Rotwald, Nekross
31. Jul, 1026 n. d. Zweiten Dämonenkrieg

Die Stämme der Bäume waren silberweiß wie die von Birken, jedoch ungleich kräftiger. Ihre Blätter, groß wie die Hände eines Mannes, schimmerten in kräftigen Rottönen. Und sie raschelten und wisperten, obwohl kein Wind ging. Ishan erinnerte das Geräusch an das Prasseln von Flammen. Instinktiv erwartete er, dass es in dem Wald nach Feuer und Asche riechen würde, stattdessen war die Luft leicht und süß.

Den Waldboden bedeckten Blätter von vielen Wintern, aber statt braun waren sie schwarz, und sie zerfielen unter den Hufen der Pferde zu Staub. Anzeichen von Tieren konnte Ishan nirgends entdecken, trotzdem meinte er, gelegentlich eine Bewegung aus dem Augenwinkel wahrzunehmen. Doch wann immer er sich danach umblickte, war da nichts.

Andere Arten von Bäumen oder Pflanzen gab es in diesem Wald nicht. Das Unterholz bestand lediglich aus Schösslingen. Auch Pfade schien es hier nicht zu geben. Es war ein ganz und gar eigentümlicher Ort, der bei Ishan Unbehagen auslöste und ihm dennoch vage vertraut vorkam, obwohl er niemals zuvor auf Nekross gewesen war. Dann fiel es ihm wieder ein.

Er kannte diesen Wald aus einem Märchen seiner Kindheit, allerdings hieß er da *Wald der Drachenbäume*. Darin wurde erzählt, dass er ein Geschenk der Ersten Magier an die Wandelnden Träumer war, die im Zweiten Dämonenkrieg mit den Zauberern gegen die Dhana'an gekämpft hatten. Auch sie waren Sklaven der Dämonen gewesen und die Letzten ihrer Art. Nicht einmal hundert von ihnen sollen den Krieg überlebt haben; doch waren es ihre Visionen gewesen, die den Ersten Magiern den Weg zu den geheimen Zitadellen der Dhana'an gewiesen hatten. Ohne sie hätte der Krieg wohl sehr viel länger gedauert und sehr viel mehr Menschenleben gefordert. In manchen Geschichten lebten die Wandelnden Träumer noch heute, scheu und zurückgezogen in den Schatten dieses Waldes, wo sie eine Stadt aus lebenden Bäumen bewohnten und von der Zukunft träumten.

Ryk führte ihren kleinen Trupp wie immer an. In den letzten Stunden schien er sich völlig in sich selbst zurückgezogen zu haben. Bevor sie in den Wald geritten waren, hatte Kela ihn noch gefragt, was es mit der verbotenen Stadt auf sich habe. »Ihr erfahrt es früh genug. Oder auch nicht. Erst werden wir herausfinden, ob der Morphus wirklich dorthin gegangen ist«, war alles, was er sich hatte entlocken lassen.

Ishan sah zu Kela hinüber, die ein Stück vor ihm ritt. Da es unter den Bäumen angenehm warm war, hatte sie ihr Schnürkorsett abgelegt und trug nur ein leichtes Leinenhemd, dessen Ärmel sie hochgekrempelt hatte. Dazu eine Hose und Lederstiefel. Es war die Kleidung eines Mannes, aber selbst darin sah sie atemberaubend aus. Doch war es nicht nur ihre Schönheit, die ihn beeindruckte, sondern auch ihre Gabe. Ohne ihre Hilfe wären sie dem Morphus niemals so nahe gekommen, wie sie es inzwischen waren.

Kurz darauf entdeckten sie das Blut des Dämons. Scharlachrot starrte es ihnen von der hellen Rinde eines Baumes entgegen. Der Anblick irritierte Ishan. Er hatte nicht damit gerechnet, dass das Blut der Humanos dem der Menschen so ähnlich sah. Doch Kela ließ auf seine Nachfrage keinen Zweifel daran, dass es vom

Morphus stammte. Anscheinend hatte sich der Dämon für eine Rast an dem Baum angelehnt.

»Er wird schwächer«, sagte sie, nachdem sie von ihrem Pferd abgestiegen und den Geruch des Blutes in sich aufgesogen hatte. »Ohne Pferde könnte ein Mensch nicht mit ihm mithalten, aber für einen Dämon kommt er nur langsam voran. Drei oder vier Stunden, weiter kann er uns nicht mehr voraus sein.«

Von da an stießen sie immer häufiger auf Blutspuren, was Ishan mit der Zeit beunruhigte. Wenn der Dämon so weitermachte, trieb er sich am Ende noch selbst in den Tod, bevor sie ihn einholen konnten. Dabei ritten sie bereits so schnell, wie es ihnen das Unterholz und die nah beieinanderstehenden Stämme erlaubten.

»Halt!«, rief Ryk schließlich.

Ishan blickte auf. Der Dämonenjäger hatte gestoppt. Kela schloss auf und brachte ihr Pferd neben ihm zum Stehen. In diesem Moment warf Ishans Stute, ein eher ausgeglichenes Tier, den Kopf zurück und wieherte ängstlich. Ishan fasste die Zügel fester, presste ihr die Absätze seiner Stiefel in die Flanken und zwang sie an Kelas Seite.

Ein paar Schritte vor ihnen war der Wald wie verwandelt.

Die Härchen in Ishans Nacken stellten sich auf, als er die Bäume betrachtete, die keine Blätter mehr trugen und deren Stämme ihr Weiß gegen ein Grau eingetauscht hatten. *Als wären sie versteinert*, dachte er, bevor er bemerkte, wie sich einige Äste im Wind bewegten.

»Der Morphus ist weiter in dieser Richtung unterwegs?«, fragte Ryk.

Kela nickte, dann fragte sie leise: »Was ist mit den Bäumen?«

»Sie sind tot.« Ryks Pferd bleckte wiehernd die Zähne. »Dieser verfluchte Gestaltwandler!«, brach es aus ihm heraus. »Ich hätte nie gedacht, dass er das wagen würde.«

»Es reicht«, platzte Kela heraus. »Was ist hier los? Zuerst

sprichst du von einer verbotenen Stadt, über die du uns nichts verraten willst. Und nun stehen wir vor einem Wald aus toten Bäumen. Sag jetzt nicht, das hätte nichts miteinander zu tun.«

Doch anstatt ihr zu antworten, sprang der Dämonenjäger vom Rücken seines Pferdes und drückte der verdutzten Veydra die Zügel in die Hand. »Wartet hier«, sagte er und marschierte davon.

Ishan beobachtete, wie Ryk einen Herzschlag lang zögerte, bevor er zwischen die toten Bäume trat, so, als fürchtete er, dass das, was sie befallen und ihres Lebens beraubt hatte, auch auf ihn übergehen könnte. Gleich darauf schritt er umso energischer aus, als versuchte er, dadurch seine kurzzeitige Schwäche zu überspielen. Staubwölkchen, die von verrottetem Holz und Laub stammten, wirbelten um seine Stiefel.

Ishan schüttelte düster den Kopf. »Warum redet er nicht mit uns? Was ist das für ein Ort?«

»Wenn ich das wüsste.« Kela streichelte beruhigend den Hals ihres Hengstes. »Nekross ist eines der Inselreiche, von denen ich mich immer ferngehalten habe.«

Ishan sah wieder nach vorne und musste einige Sekunden lang suchen, bis er Ryk entdeckte. Er hockte in einiger Entfernung zwischen den Bäumen und betrachtete etwas am Boden. Durch die dunkle Lederkluft und das schwarze Haar verschmolz er beinahe mit seiner Umgebung. Nach einer Weile hob der Dämonenjäger den Kopf und blickte tiefer in den toten Wald hinein, bevor er sich wieder auf den Rückweg machte. Wortlos nahm er Kela die Zügel seines Pferdes ab und schwang sich auf dessen Rücken. Ein eigentümlicher Geruch umwehte ihn, der Abscheu bei Ishan hervorrief, und auch Ryks Schimmel tänzelte nervös unter ihm.

»Ich wollte sicher sein, dass der Morphus die Richtung auch wirklich beibehalten hat, bevor ich euch an diesen Ort führe«, sagte er.

»Hat er?«, fragte Kela.

»Ich habe noch mehr Blut gefunden und im Staub die Abdrücke sechszehiger Füße.« Er presste die Lippen zusammen, bis sie eine dünne Linie in seinem Gesicht bildeten. »Die Fährte führt nach Westen. Und noch etwas.« Er sah die beiden an. »Der Dämon ist nicht länger allein unterwegs. Dort drüben bei den Bäumen sind Spuren von Tatzen.«

»Tierdämonen?«, fragte Ishan, obwohl er die Antwort ahnte.

»Reißer oder Dämonenhunde, das ließ sich nicht eindeutig erkennen. Sie müssen sich hier an der Grenze zum toten Wald aufgehalten haben.« Er fluchte und blickte wieder nach vorne. »Das ist Wahnsinn! Der Morphus wird sich und uns noch umbringen, wenn er die Richtung beibehält. Was erhofft er sich bloß davon? Glaubt er etwa, die Portale würden noch funktionieren?«

»Portale? Verdammt, Ryk, wovon redest du?« Kela funkelte ihn an. »Geht es um diese verbotene Stadt? Was ist das Problem mit ihr?«

»Die Magier haben im Laufe der Zeit viele Geheimnisse angehäuft, und diese Stadt ist eines davon.« Ryk biss sich auf die Unterlippe. »Verdammt, eigentlich dürftet ihr nicht einmal von ihrer Existenz wissen. Aber es geht nicht anders. Ihr müsst erfahren, worauf ihr euch einlasst, wenn ich euch in dieses verdorbene Land führe.« Er sah sie an, ernst und bedrückt. »Wo beginne ich am besten?«

»Wie wäre es am Anfang?« Kela zuckte die Achseln.

»Wäre wohl das Vernünftigste, was?« Ryk holte tief Luft und begann zu erzählen. Zunächst ein wenig stockend, als wäre er noch immer nicht ganz sicher, ob er es wirklich tun sollte. »Vor neunhundert Jahren kam es zu einer Spaltung der Akademie. Eine Gruppe von rund fünfhundert Magiern war mit der Führung des Ordens nicht länger zufrieden. Sie teilten die Ansicht, dass sie sich von den Unfähigen, wie sie die nicht magischen

Menschen nannten, zu sehr in ihre weltlichen Probleme hineinziehen ließen. Daher forderten sie eine Abwendung von der bisherigen Politik des Ordens. Die Magier sollten sich vom Rest der Schwebenden Reiche abschotten, um sich fortan ausschließlich der Erforschung der Magie und anderer arkaner Kräfte zu widmen.

Begünstigt wurde diese radikale Strömung von dem Umstand, dass ungefähr zum selben Zeitpunkt erste Anzeichen für den Verfall der Magie auftraten. Es wurden Kinder geboren, die im Gegensatz zu ihren Eltern schwächere oder auch nur einseitige Begabungen aufwiesen. Zwar handelte es sich vorerst um einige wenige Einzelfälle, nichtsdestotrotz löste das bei vielen Ordensmitgliedern Besorgnis aus. Plötzlich drohten aus ›Göttern‹ wieder Menschen zu werden. Der Orden verweigerte sich jedoch den Forderungen der Fünfhundert, und so verließen sie die Akademie und gründeten eine eigene Stadt. Deret'arcanis, die später einmal die verbotene Stadt heißen sollte.«

»Ein Name, der nicht gerade ein gutes Ende verheißt«, warf Kela ein.

»Großes ereignete sich in Deret'arcanis, aber auch Schreckliches.« Ryk strich gedankenverloren über den Hals seines Schimmels, der wieder zu tänzeln begonnen hatte. »Wir wissen, dass die Val'kai nicht nur unsere Welt ausgeblutet haben, sondern auch noch andere. Was die Vermutung nahelegt, dass noch viele weitere neben den Schwebenden Reichen und der Gegenwelt existieren. Eine Vorstellung, die die Fünfhundert verlockte, mehr über diese Welten herausfinden zu wollen. Eines Tages gelang es ihnen, Pforten zu einigen von ihnen zu öffnen. In der dritten oder vierten Welt trafen sie schließlich auf Kreaturen, die noch arglistiger als die Val'kai waren. Geblendet vom Versprechen einer Macht, die selbst die Ersten Magier nicht besaßen, ließen sie sich von ihnen täuschen. Diese Kreaturen, die Ältesten, wie sie sich nannten, boten ihnen die Herrschaft über Leben und Tod! Selbst als die Fünfhundert erfuhren, dass diese Macht nur durch Blutmagie ausgeübt werden konnte, schreckte sie das nicht ab.

Zunächst waren es nur Tiere, die auf ganz Nekross verschwanden, später Kinder und schließlich ganze Familien. Dazu kam, dass in den Wäldern und Mooren des Nordens mit einem Mal Bestien umgingen, die so grausam und unnatürlich waren, dass ihr bloßer Anblick Menschen in den Wahnsinn treiben konnte. Es war eine dunkle, verdorbene Zeit, und der Orden glaubte zuerst, die Val'kai steckten dahinter. Fast zu spät erkannten sie, dass die Fünfhundert in Wahrheit für diese Schrecken verantwortlich waren.

Also holte der Orden zum Gegenschlag aus, bevor ihre Stärke noch weiter anwachsen konnte, und vernichtete Deret'arcanis und seine Bewohner in einem Feuersturm. Anschließend versiegelten sie die Portale und töteten die Kreaturen, soweit sie ihrer habhaft werden konnten. Über die Ruinen von Deret'arcanis verhängten sie ein Verbot: Weder sollte über diesen Ort gesprochen noch sollte er jemals wieder betreten werden. Und was die Blutmagie angeht, so wurde alles Wissen, das die Fünfhundert darüber angesammelt hatten, ausgelöscht.«

»Bei allen Dämonen, kein Wunder, dass die Magier so eine Sache lieber für sich behalten wollen«, erklärte Kela betroffen. Sie schüttelte den Kopf und nickte in Richtung der toten Bäume. »Nur lässt sich so etwas schwer verbergen. Schließlich schaut dieser Wald nach neunhundert Jahren immer noch so aus, als hätte das Feuer erst vor Kurzem gewütet.«

»Natürlich wissen die Menschen, dass hier irgendwann einmal etwas Schlimmes passiert sein muss, weshalb sie diesen Ort auch instinktiv meiden. Nur Narren, wie wir es sind, würden dieses Land freiwillig betreten.« Ryk lachte rau auf. »Und es war nicht das Feuer, dass diesen Wald zerstört hat, sondern die Blutmagie. Die Magier haben diesem Land innerhalb eines

Radius von zehn Meilen um Deret'arcanis alles Leben ausgesaugt. Niemals wieder wird darauf etwas wachsen. Kein Tier kann hier lange überleben.«

»Wie gefährlich ist es, diesen Ort zu betreten?«, fragte Ishan.

Ryk warf ihm einen unlesbaren Blick zu. »Wenn ich ehrlich sein soll, weiß ich es nicht. Dieses Land wird nicht umsonst gemieden. Es gibt Gerüchte, dass dort etwas zurückgeblieben ist. Etwas, das einst durch die Portale kam, selbst durch das Feuer nicht getötet wurde und die Jahrhunderte überdauert haben soll.«

»Das klingt ziemlich gruselig«, meinte Kela.

»Mir gefällt es genauso wenig«, sagte Ryk.

Ishan schüttelte den Kopf. »Ich verstehe einfach nicht, warum der Morphus hierhergekommen ist?«

»Die Portale«, sagte Ryk düster. »Nach dem Angriff auf die Akademie musste er damit rechnen, dass man ihn verfolgen würde. Was auch immer sein ursprünglicher Plan gewesen ist, er wurde durch seine Verletzung hinfällig. Vielleicht hat der Dämon Gerüchte über die verbotene Stadt gehört. Womöglich sogar von den To'Dhana selbst, die ohnehin mehr über uns Magier zu wissen scheinen, als uns lieb sein kann. Und nun scheint er in seiner Verzweiflung zu hoffen, eines dieser Portale für seine Flucht nutzen zu können. Anders weiß ich mir sein Verhalten nicht zu erklären.«

»Sagtest du nicht, die Magier hätten die Portale unbrauchbar gemacht?«, wandte Kela ein.

»So heißt es wenigstens.«

Kela seufzte, reckte dann aber das Kinn vor. »Was auch immer uns in diesem toten Wald erwartet. Nach den Strapazen der letzten Wochen dürfen wir auf keinen Fall zulassen, dass der Dreckskerl am Ende noch triumphiert. Holen wir ihn uns, Jungs! Was sagt ihr?«

»Ganz deiner Meinung«, sagte Ishan.

»Dann mal los.« Ryk nickte. »Er mag uns nur noch wenige Stunden voraus sein, trotzdem will ich ihn stellen, bevor die Sonne untergeht. Die Vorstellung, dass wir im Dunkeln gegen eine Horde Reißer oder was auch immer antreten müssen, gefällt mir überhaupt nicht.«

Doch die Pferde weigerten sich anfangs, das tote Land zu betreten. Sie rollten die Augen und bäumten sich auf, um ihre Reiter abzuwerfen. Als Ishan sein Tier die Stiefel in die Seite trieb, drehte es sogar den Kopf und schnappte nach ihm. »Bei Sorons Krähen, was ist bloß in dich gefahren?«

Am Ende hatte Kela den richtigen Riecher, und sie rieben etwas von ihrem Siaminzöl auf die Nüstern der Tiere. Nur ganz wenig, doch es half, denn es war der Geruch gewesen, der die Pferde nervös gemacht hatte. Mittlerweile verstand Ishan auch, warum. Während sie zwischen den toten Bäumen ritten, musste er sich regelrecht zwingen, zu atmen. Die Luft schmeckte nach Fäulnis, nach Verwesung und Tod. Es war, als würde man über ein Feld aus verrottendem Fleisch reiten, obwohl es nur Erde und Staub waren, die unter den Hufen der Pferde aufwirbelten. Kela traf es von ihnen am schlimmsten. Einmal hatte sie sich bereits übergeben, dennoch weigerte sie sich, das Siaminzöl selbst zu benutzen. So kurz vor dem Ziel wollte sie die Fährte des Morphus nicht noch verlieren.

Je weiter sie vordrangen, desto offensichtlicher wurde der Verfall des Landes. Vier Meilen zuvor hatten die Bäume ihre Äste noch wie Skelettfinger in den Himmel gereckt. Jetzt ritten sie nur noch zwischen Stümpfen hindurch, die von schwarzgrauem Staub umweht wurden.

Die Sonne stand mittlerweile tief am Horizont und erinnerte an eine feurig glühende Goldmünze. Wenn Ishan die Augen zusammenkniff, konnte er erkennen, dass das Land vor ihnen aus nur noch mehr Staub und ein paar düsteren Erhebungen bestand. Von Deret'arcanis waren sie nach wie vor viele Meilen entfernt, wie ihnen Ryk versicherte. Und der Morphus? Von ihm war immer noch nichts zu sehen.

Im letzten Licht des Tages führte Kela sie auf eine der Erhebungen zu. Ishan schluckte, als er beim Näherkommen erkannte, dass es sich um die Ruine eines Turms handelte, der sich wie eine geschmolzene Kerze zur Seite neigte. Daran angegliedert war eine Halle, die nur noch zum Teil stand. Vor der Ruine ragten Reste von Säulen und Mauern aus dem Erdboden. Im Hintergrund nichts als wüste Ebene.

»Was ist das?«, fragte er.

Ryk musterte das Gebäude grimmig. »Ein ehemaliger Außen- oder Wachposten von Deret'arcanis würde ich mal vermuten.«

Sie hatten in einem ausgetrockneten Flussbett gestoppt, das rund einhundert Schritte von der Ruine entfernt lag. Ishans Fuchsstute scharrte mit dem Vorderhuf im Staub, als könne sie das Wasser riechen, dass einst hier durchgeflossen war.

»Der Morphus ist da drinnen«, sagte Kela. »Jedenfalls führt seine Fährte darauf zu.« Sie blickte kurz zu Ryk. »Und du hattest recht. Er ist nicht allein. Ich rieche Animalia.«

»Was machen wir jetzt?«, wollte Ishan wissen.

Ryk wandte sich an Kela. »Was schätzt du? Wie viele sind es?«

Sie schloss die Augen und sog tief die Luft ein. »Ich rieche Dämonenhunde. Vermutlich ein Rudel. Mindestens vier. Eher mehr. Außerdem noch …« Sie runzelte die Stirn. »Da ist ein weiterer Tierdämon, aber ich kann dir nicht sagen, um welche Art es sich handelt. Der Geruch ist mir nicht vertraut.« Sie öffnete die Augen wieder.

»Das gefällt mir nicht«, sagte Ryk. Er sah wieder zur Ruine.

»Wir sollten uns anschleichen«, meinte Ishan. »Und uns dann einen Überblick verschaffen.«

Ryk lachte leise. »Es würde mich wundern, wenn die Dämonenhunde uns nicht längst gewittert haben. Vermutlich hält der Morphus sie zurück und wartet auf eine Gelegenheit zum

Angriff.« Er schwang sich aus dem Sattel seines Pferdes. Ishan und Kela stiegen ebenfalls ab. »Wir lassen die Pferde hier zurück«, entschied Ryk. »Wir können nicht riskieren, dass sie verletzt werden.«

Sie banden die Tiere an einen Felsen im Flussbett. Ryk gab sein Schwert und einen seiner magisch aufgeladenen Dolche an Kela weiter. Er selbst behielt die Armbrust, legte einen Bolzen ein und spannte sie. Ishan zog das Schwert, das früher einmal Jailar gehört hatte. Hoffentlich würde es ihm mehr Glück bringen.

»Ich gehe voraus, ihr bleibt hinter mir«, sagte Ryk. »Und haltet euch bereit, von nun an könnten wir jederzeit angegriffen werden.«

Sie marschierten los. Ishan versuchte zu ignorieren, dass sein Hintern und die Innenschenkel seiner Waden von zwei Tagen im Sattel wundgeritten waren. Angesichts dessen, was ihnen bevorstand, war das ohnehin das kleinste seiner Probleme. Je näher sie der Ruine kamen, desto mehr hatte er das Gefühl, nicht mehr richtig schlucken zu können. Seine Kehle fühlte sich wie ausgedörrt an. Seine Hände waren dagegen feucht, weshalb er das Schwert kurzzeitig in seine Linke nahm, um die Rechte an der Hose trocken zu wischen.

Gleich werde ich dem verdammten Dämon gegenübertreten, der meinen Vater auf dem Gewissen hat! Er wusste, er sollte zornig sein, stattdessen hatte er Angst. Weniger vor dem Morphus als vor dem *danach*. Würden seine Schuldgefühle mit dem Dämon sterben oder würde er sie für den Rest seines Lebens mit sich herumschleppen? Immer vorausgesetzt sie überlebten. Er sah zu Kela, die links von ihm durch den schwarzen Staub schritt. Und schlagartig war seine Wut zurück. *Natürlich werden wir überleben!*, sagte er sich und fasste das Schwert fester.

Es waren nur noch fünfzig Schritte bis zur Ruine. Doch weder der Morphus noch einer der Dämonenhunde hatte sich bisher gezeigt.

»Was hat das Biest vor?«, raunte Kela Ryk zu.

»Wenn der Morphus schlau ist, wartet er, bis wir in der Ruine sind, wo seine Freunde leichter über uns herfallen können.« Der Dämonenjäger hob seine Armbrust. Die Eisenspitze des Bolzens glühte im Licht der letzten Sonnenstrahlen. »Dass er selbst kämpfen wird, bezweifle ich. Wäre er einigermaßen bei Kräften, hätte er längst seine physische Gestalt aufgegeben oder angegriffen.«

Dreißig Schritte.

Sie stiegen über die Reste einer Mauer hinweg. Dahinter ragten zwei Reihen aus Säulenstümpfen aus dem Staub – ein ehemaliger Portikus vielleicht –, zwischen denen sie nun auf den Turm und die angegliederte Halle zugingen. Als Ishan eine der Säule im Vorübergehen berührte, zerbröselte der Stein unter seinen Fingern. Er schauderte.

Zwanzig Schritte. Und noch immer kein Dämon, kein Knurren oder Fauchen.

»Sie sind hier«, flüsterte Kela angespannt. »Ich kann sie riechen.« Sie stieß Ryk von hinten an. »Deine Magie?«

»Ist bereit«, erwiderte er, ohne sich umzudrehen.

»Gut.«

Ishan warf ihr einen Blick von der Seite zu. Kelas Kiefer wirkten angespannt, doch er konnte keine Furcht in ihren großen, wunderschönen Augen erkennen. Immerhin war sie eine Veydra, und so, wie sie ihr Schwert hielt, verriet ihm, dass sie eine solche Waffe nicht das erste Mal benutzte.

Sie hatten die Ruinen erreicht. Ryk überprüfte seine Armbrust. Kela ließ ihr Schwert mit lockerem Handgelenk kreisen. Ishan wischte sich ein letztes Mal die Hände trocken.

Der Dämonenjäger wies auf ein Loch in der Längsseite der Hallenmauer, das aussah, als hätte ein Riese an dieser Stelle seine Faust im Gemäuer versenkt. Geduckt schlichen sie darauf zu, bis Ryk so nahe war, dass er einen Blick hineinwerfen konnte.

Anschließend gab er seinen Gefährten mit einem Handzeichen zu verstehen, dass er die Halle als Erster betreten würde und sie warten sollten, bis er sie rief. Bevor Ishan auch nur nicken konnte, war Ryk durch die Öffnung gestiegen.

Ishan rückte bis zum Rand des Lochs vor. Ebenso Kela, die sich an ihn drängte. Der Boden der Halle war mit Trümmern von Säulen und Deckenstücken übersät, zwischen denen Ryk sich geräuschlos hindurchbewegte. Ein Stück vor dem Dämonenjäger stand eine Statue auf einem Podest, die von der Zerstörung des Ortes völlig unberührt schien. Ihr Anblick jagte Ishan einen Schauer den Rücken hinab. Mit ihren vielen Tentakeln und Mäulern bot sie einen so fremdartigen und widernatürlichen Anblick, dass er das Gefühl hatte, etwas Uraltes und Böses greife nach seinem Herzen. Hastig wandte er den Blick ab und erkannte, dass Ryk stehen geblieben war.

Er hatte sich nach links gewandt und die Armbrust auf etwas gerichtet, das außerhalb von Ishans Sichtfeld war.

Der Morphus! Für Ishan gab es kein Halten mehr. Er stürmte durch das Loch und rannte zum Dämonenjäger, dicht gefolgt von der Veydra, die ein halblautes »Verdammt, was ist so schwer daran zu verstehen, dass wir warten sollen!« ausstieß.

Ishan hatte Ryk fast erreicht, als er endlich sah, worauf die Armbrust des Dämonenjägers wies. Er blieb wie erstarrt stehen. Zwischen Säulenstümpfen und Trümmerstücken hindurch blickte er in einen Teil der Halle, der weitestgehend intakt war. Dort befand sich ein gut acht Fuß langer und etwas über drei Fuß hoher Quader, der über eine dreistufige Treppe erreicht werden konnte. Ein Altar. Davor lag der Dämon, mit dem Rücken gegen den Quader gelehnt. Eine ausgemergelte Kreatur, die von einem schwachen Schimmern umgeben war. Nackt, bis auf einen Lendenschurz. Ihren Oberkörper bedeckte ein verschlungenes Muster aus goldenen Runen. Die Klauen hielt der Morphus auf seinen Bauch gepresst. Blut rann zwischen seinen

Fingern hervor. Aus seinen Nüstern drang ein ungesundes Rasseln.

Ishan hatte den Morphus in dieser Gestalt nur ein einziges Mal gesehen, kurz nachdem er seinen Vater ermordet hatte.

»Ah, Gäste«, begrüßte sie der Val'kai mit einer Stimme, die so rau und kratzig wie die eines Heiseren klang. Erst jetzt öffnete er die Lider. Darunter kamen seine Augen zum Vorschein: schwarz, boshaft und fiebrig.

»Hatte ich euch nicht gesagt, ihr sollt warten?«, brummte Ryk Ishan und Kela an, die inzwischen zu ihm aufgeschlossen hatten. Er trat zwischen dem Schutt hindurch auf den Dämon zu, die Armbrust weiterhin im Anschlag. Ishan ging direkt hinter ihm, aber auch nur, weil es durch die Trümmer zu eng war, um neben ihm zu gehen. Kela folgte als Letzte. Immer wieder blickte sich Ishan um, konnte jedoch nirgends einen Hinweis auf die Animalia entdecken, die Kela zuvor gerochen hatte.

Vor der untersten Stufe, die hinauf zum Altar führte, blieben sie stehen, sodass sie sich auf Augenhöhe mit dem halb liegenden, halb sitzenden Dämon befanden. Ryks Blick glitt von ihm zu dem Steinbogen im Hintergrund. Ishan fiel er erst jetzt auf.

Der Bogen konnte es an Höhe gut und gerne mit dem Haupttor der Akademie aufnehmen. Nur führte er nirgendwo hin, denn gleich dahinter lag die Außenmauer der Halle.

»Ich hatte also recht«, sagte Ryk. »Du hast tatsächlich geglaubt, du könntest durch ein Portal der Blutmagier entkommen.«

»Einen Versuch ... war es wert«, erwiderte der Dämon. »Was hatte ich schon zu ... verlieren?«

Ryk schnaubte. »Sie wurden schon vor Jahrhunderten unbrauchbar gemacht.«

Noch vor ein paar Stunden war er sich dessen nicht so sicher, dachte Ishan.

Ryk setzte einen Fuß auf die erste Stufe. »Wo verstecken sich deine Schoßhündchen?«

Der Dämon entblößte nadelspitze Zähne, zwischen denen eine gespaltene blaue Zunge vor und zurück zuckte. Anstelle einer Antwort, wandte er seine Fratze Ishan zu. »Mein hübscher Prinz, du hast es wohl nicht ohne mich ausgehalten, was?« Ein krächzendes Lachen entstieg seiner Kehle.

»Du …«, knurrte Ishan und riss sein Schwert hoch.

»Nicht!« Kela packt seinen Arm. Sie war stärker, als er vermutet hatte. »Lass dich nicht provozieren.«

Ishan starrte sie einen Moment an, bevor er nickte und die Waffe wieder senkte.

»Haben wir da etwa eine Veydra?« Die Nüstern des Morphus blähten sich auf, und er sog geräuschvoll die Luft ein. »So konntet ihr … mich also finden. Nicht schlecht, Ryk Vangur.«

Der Dämonenjäger furchte die Stirn. »Du weißt, wer ich bin?«

»Die … die To'Dhana hatten stets ein Auge auf dich, Magier. In der Vergangenheit standest du einige Mal kurz davor, ihr Geheimnis aufzudecken. Doch anstatt dich zu töten, was … den Argwohn des Ordens geweckt hätte, entschieden sie sich dazu, dich mit Halbwahrheiten und zweifelhaften … Beweisen zu füttern. Auf diese Weise wurden die anderen Magier … es irgendwann leid, deinem Geschwätz … über einen Kult zu lauschen, an den außer dir niemand glauben wollte.« Der Dämon lachte schrill auf und verfiel dann in einen Husten. Blutiger Speichel quoll ihm über die Lippen und rann hinab zu seinem Kinn. »Du … du kannst dich glücklich … schätzen. Andere kamen nicht so leicht davon.«

»Wie meine Familie?«

»Das war etwas … anderes.« Der Morphus stieß ein Zischeln aus. »Sie … sie haben die To'Dhana verraten und sich von ihnen abgewandt, nachdem sie … nachdem sie einst zu ihnen gehört hatten. Das konnten unsere … Verbündeten nicht dulden. Es hat zwar Jahre gedauert, deine Eltern und später … deine Zieheltern aufzuspüren. Aber … Verrat wird nicht geduldet.«

Ishans Kopf fuhr zum Dämonenjäger herum. Dessen Familie hatte selbst zu den To'Dhana gehört?

Ryk war blass geworden. »Das ist eine Lüge! Sie hätten niemals …«

»Glaub, was du … willst, Mensch«, fiel ihm der Morphus ins Wort. »Für mich macht es keinen … Unterschied.«

Ishan sah, wie sich Ryks Augen vor Zorn verdunkelten. »Also bist du nichts weiter als ein Diener des Kultes?«

Der Dämon bleckte die Zähne. Er schien auf diese Weise zu lächeln. »Tö-törichter Mensch!«, keuchte er, und ein Beben lief durch seinen Körper. Ishan fiel auf, dass immer mehr Blut zwischen den Klauen des Dämons hervorströmte. »Natürlich arbeitet der Kult für mei… meinen Herrn.«

»So etwas hatte ich schon erwartet. Und Kaldor Morrain? Ihr habt ihn getäuscht, nicht wahr? Doch am Ende hat der Narr die Wahrheit erkannt!«

»Er wusste zu viel«, krächzte der Dämon.

»Wie die Identität der Hohepriesterin?«

Die Augen des Dämons verengten sich.

Jetzt war es Ryk, der lächelte. »Du siehst, dein Opfer war völlig umsonst, Dämon. Wir kennen die Wahrheit.«

Plötzlich schoss der Morphus mit ausgestreckten Klauen auf den Dämonenjäger zu. Ishan konnte der Bewegung kaum mit den Augen folgen. Im selben Moment tauchte Kela wie aus dem Nichts auf der zweiten Stufe auf, genau zwischen Ryk und dem Dämon, und presste diesem die Klinge ihres Schwerts an die Kehle. Der Morphus erstarrte, sackte dann auf die Knie und ließ die Klauen sinken. »Ich … ich hätte ahnen müssen«, keuchte er, und ein ganzer Schwall Blut sprudelte bei diesen Worten über seine Lippen, »dass du den … Kampfgeist deines Vaters … hast. Ich kann seine Art an dir … riechen, Veydra.«

»Schweig!«, fauchte Kela. Voller Wut drängte sie den Dämon zurück, bis er wieder vor dem Altar kauerte. Blut tropfte von seinem Kinn, floss aus der Bauchwunde über seinen Unterleib und auf seine Oberschenkel. Jeder Atemzug wurde von einem Röcheln begleitet. Der Angriff musste ihn alles gekostet haben, was er an Kraft noch besessen hatte. Ishan klopfte das Herz, als er begriff, dass der Dämon, der seinen Vater getötet hatte, im Sterben lag.

»Es ... es spielt keine Rolle mehr, dass ... dass du ihren Namen kennst«, krächzte der Morphus, »denn das Versteckspiel nähert sich seinem ... Ende.«

Ishan hatte genug gehört. Ryk hatte seine Antworten bekommen. Jetzt war er an der Reihe. Er nahm die drei Stufen mit einem Satz und baute sich Kela gegenüber auf der anderen Seite des Dämons auf. Die Spitze seines Schwertes senkte er auf dessen Brust. »Antworte mir, Biest! Warum hast du meinen Vater getötet? Hat Thamaryn dir das befohlen? Ist er ein Anhänger der To'Dhana?«

Der Morphus drehte leicht den Kopf und fixierte Ryk mit seinem Blick. »Er weiß es nicht ... oder? Aber du ... du weißt es. Ich lese es in deinen Augen.« Nun sah er wieder Ishan an. »Mein armer, kleiner Prinz ... Sie hatte recht, als sie dich einen gutgläubigen ... Narren nannte.«

Sie? Von wem sprach er? »Ich bin deine Lügen leid«, knurrte Ishan. »Die Wahrheit, Morphus oder ...«

»Oder ... was? Du tötest mich?« Er hustete erneut, und noch mehr Blut ergoss sich auf seine Brust. »Glaubst ... glaubst du, ich weiß nicht, wie es um ... mich steht?« Er schloss die Lider, sprach aber weiter. »Du hast mir ... ein Geschenk gemacht, damals in ... Ar-Arville.«

Kela sah Ishan mit hochgezogenen Brauen an. Er ignorierte es. Niemals durfte sie erfahren, was zwischen ihm und dem Morphus vorgefallen war. »Dafür ... will ich dir etwas zurückgeben.« Er öffnete die Augen und starrte Ishan an. »Mein … mein Gebieter, Asmaran, kontrolliert Großfürst Thamaryn. Der Irrsinn, der ihn nach dem Tod seiner Frau … befallen hat, macht ihn für die Begabung meines Herrn besonders … anfällig. Du siehst, er … er ist nur eine Marionette. Wenn du Rache willst, mein kleiner Prinz, musst du … musst du Asmaran selbst töten.«

Ryk verzog die Lippen. »Du verrätst deinen eigenen Herrn? Wen willst du das glauben machen?«

Der Dämon wandte Ryk seine Fratze zu. »Ihr könnt ihn ohnehin nicht besiegen … Kein Mensch … kein Magier. Selbst du nicht, Kela. Versucht es … nur und sterbt dabei!«

»Warum erzählst du es uns dann?«, wollte Ishan wissen.

»Weil es … meine letzte … Freude in dieser Welt sein soll, zu wissen, dass ihr die Wahrheit kennt … und doch machtlos dagegen seid.«

»Noch eine Sache – warum Kellwyn?«, wollte Ryk wissen. »Es ist niemals ein Zufall, dass es Asmaran und Thamaryn dorthin verschlagen hat.«

»Zufall? Nein, sicher nicht.« Der Dämon hustete. »Auf Kellwyn verbirgt sich … die letzte Ruhestätte des Dhana'an Inos. Nach dem Ersten Dämonenkrieg ließen die anderen Götter ihn dort … in einer verborgenen Gruft zurück. Asmaran, der einst Inos Blutgeneral war, ist auf der Suche … nach ihr.«

»Was?« Ryk nahm die restlichen Stufen und stieß Ishan beiseite. »Warum will er sie finden? WARUM?« Das letzte Worte hatte er gebrüllt.

Der Dämon verzog seine blutigen Zähne zu einem schauderhaften Grinsen. »Um … um Inos neues … Leben einzuhauchen.«

»Unmöglich«, rief Ryk. »Er ist tot! Tot! Alle Dhana'an sind tot.«

»Menschen«, krächzte der Dämon. »Was wisst ihr schon … über die Dhana'an?«

Ishan sah, dass Ryks Hände zitterten. Der Dämonenjäger ließ die Armbrust sinken und fuhr sich mit der Rechten über das Gesicht. *Verdammt*, dachte Ishan. Was kümmerte ihn das Geschwätz über diesen Inos? »Was hat das alles mit meinem Vater zu tun?«, platzte er heraus. »Sag mir endlich, warum du ihn getötet hast?«

»Weil er ... im ... Weg war. Weil er den ... Freien ... Reichen Stärke und Einheit ... brachte. Weil sein Tod ... die Menschen ... schwächen ... würde.«

Bevor Ishan darauf reagieren konnte, schüttelte Ryk den Kopf. »Ich traue dir nicht, Dämon! Du magst bis zu einem gewissen Grad die Wahrheit sagen. Dafür spricht, dass die Geschehnisse der letzten Monate sich einfach zu gut in deine Geschichte einfügen. Und doch bin ich mir sicher, dass du in anderer Hinsicht lügst. Deinesgleichen würde es niemals wagen, einen Val'kai der ersten Kaste zu verraten. Nicht nach allem, was wir über euch wissen.«

»Alles ändert sich, Ma-Magier. So ist ... der Lauf der Dinge. Selbst ihr seid ... nicht mehr, was ihr einst ... wart.«

Ryk ging neben dem Morphus in die Knie. »Weißt du, was ich glaube? Du *willst*, dass wir Asmaran finden und töten.« Er sah dem Morphus in die übergroßen Augen. »Warum? Er ist von deinem Blut. Ein mächtiger Anführer deines Volkes.«

»Auch wir ... sind nicht mehr, was wir einmal ... waren.« Der Morphus schloss zischelnd die Augen. »Vielleicht ... sollte ich euch besser doch ... töten.« Er riss sie wieder auf – plötzlich waren sie golden von den Sternen, die darin tanzten. Gleich darauf stieß er einen Schrei aus, so schrill und unmenschlich, dass Ishan beinahe seine Waffe hätte fallen lassen, um sich die Hände auf die Ohren zu pressen.

»Nein!«, schrie Kela und rammte dem Dämon das Schwert in die Brust. Der Morphus verstummte und sackte in sich zusammen. Einen Wimpernschlag später wurden die Runen auf seinem Oberkörper schwarz und zerflossen wie Tinte, über die man einen Becher Wasser vergossen hatte. Der Dämon war tot. Seine linke Klaue klatschte neben ihm auf den Boden. Darin lag eine kleine, blutverschmierte Kristallpyramide. Ein Echophon. Er musste es kurz vor ihrer Ankunft benutzt haben. Die To'Dhana waren also vorgewarnt. Womöglich auch Asmaran. Trauen konnte man dieser Kreatur nicht.

»Warum?«, brach es in diesem Moment aus Ishan heraus. *Er* hatte den Dämon töten wollen. *ER*.

Kela war blass geworden. »Dieser Schrei«, sagte sie. »Damit hat er die Dämonenhunde gerufen!«

Aus dem Augenwinkel registrierte Ishan, wie Ryk nach dem Echophon griff. In dem Moment, in dem sich seine Finger darum schlossen, wurde auch der letzte Rest Tageslicht von der anbrechenden Nacht verschluckt, und Dunkelheit legte sich über die Halle. »Verschwinden wir«, sagte er. »Mit etwas Glück schaffen wir es noch rechtzeitig zu den Pferden.«

45

Verbotene Stadt, Nekross
31. Jul, 1026 n. d. Zweiten Dämonenkrieg

Der Vollmond stand wie ein großes blindes Auge am Nachthimmel und tauchte die Ruine in sein kaltes Licht. Wolken verdeckten einen Teil der Sterne, der Wind hatte aufgefrischt und wirbelte Staub vom Boden auf.

Ryk, Kela und Ishan waren nur wenige Schritte weit gekommen, als ein Grollen aus dem Schatten des Turmes drang, der zu ihrer Rechten lag. Ryk blieb stehen und richtete seine Armbrust aus. »Bei allen Dämonen der Gegenwelt«, zischte er, »da sind sie schon!« Das Seelenfeuer in seiner Brust loderte auf, als er sich aufs Sehen konzentrierte. Sofort fächerte sich die Dunkelheit vor ihm auf, sodass er fünf Dämonenhunde zählen konnte, die am Fuße des Turmes standen und mit gesenkten Köpfen und zurückgezogenen Lefzen zu ihnen herüberstarrten.

Die Varu'kesh, wie sie in der Gegenwelt hießen, hatten breite Brustkörbe, die durch einen äußeren Knochenpanzer geschützt wurden. Ihre Köpfe wirkten im Vergleich zu den Körpern klein und schlank und erinnerten an tárnosarische Schakale. Sie hatten einen Kamm aus Stacheln, der zwischen ihren Ohren ansetzte und über ihre Rücken verlief. Die Haut selbst war von einem fleckigen Graubraun.

»Sie müssen die ganze Zeit über in der Nähe gelauert haben«, sagte Kela. »Ich wusste doch, dass ich mich nicht getäuscht hatte.«

Die Dämonenhunde setzten sich in Bewegung. Staub wirbelte um ihre Tatzen, als sie hinaus ins Mondlicht glitten.

»Was jetzt?«, fragte Ishan.

»Kämpfen!« Ryk schwenkte die Armbrust ein Stück zur Seite, sodass der Bolzen auf die vorderste Kreatur zielte. Sie war noch gut dreißig Schritte entfernt. »Und hoffen, dass sie schon gefressen haben, das macht sie träger.« Er warf einen Blick zu Ishan und Kela, die neben ihm Stellung bezogen hatten. Sie standen breitbeinig, um einen festeren Stand auf dem weichen Untergrund zu haben. Die Schwerter hielten sie vorgestreckt. Für seinen von der Magie geschärften Blick schimmerten die beiden Klingen eisblau im Schein des Mondes. Ebenso wie der Dolch, den er Kela gegeben hatte, und dessen Griff sie nun fest mit der Linken umklammerte.

»Kämpfen sie wie Wölfe?«, fragte Ishan, ohne den Blick von den näher rückenden Dämonenhunden zu nehmen. »Falls es ein Alpha-Tier gibt und wir es töten …«

»Keine Hierarchie«, fiel ihm Ryk ins Wort. »Bei Dämonenhunden sind alle Rudelmitglieder gleichrangig.« In diesem Moment zerriss ein tiefes Grollen die Nacht. Es vibrierte in Ryks Brust – selbst die Dämonenhunde blieben stehen und drehten die Köpfe. Dort, hinter dem halb geschmolzenen Turm kam ein weiterer Dämon hervor.

»Das hat uns gerade noch gefehlt!«, sagte Ryk. Es war ein Ken'drac. Er hatte erst ein einziges Mal im Leben gegen einen von ihnen gekämpft. Damals war er noch in der Ausbildung zum Dämonenjäger gewesen und kaum älter als Ishan. Er hatte seinen Ausbilder auf einem Sonderauftrag begleitet, der sie nach Onques geführt hatte. Das Reich der lebenden Steine und Felsenhäuter.

»Bei Sorons Krähen«, stöhnte Ishan. »Ich hätte heute Morgen mein Testament machen sollen.«

»Das war es, was ich vorhin gerochen habe. Ein Greifer!«

Selbst vierhundert Jahre Lebenserfahrung konnte das Beben in Kelas Stimme nicht verbergen. Sie lächelte gequält, als sie Ryks Blick auffing. Und er verstand sie nur zu gut. Die Bestie bereitete nicht nur ihr Magenschmerzen.

Der Greifer gehörte der Primatengattung an, lief aufrecht auf zwei Beinen und stützte sich dabei auf seinem unteren Armpaar ab. Mit dem zweiten Paar trommelte er sich gerade auf die Brust und brüllte seinen Zorn in die Nacht hinaus. Das Untier maß gut neun Fuß.

Die Dämonenhunde wichen auseinander, als der Greifer mit stampfenden Schritten auf Ryk und seine Gefährten zuhielt.

Mal sehen, wie lange ich ihn damit beschäftigen kann. Ryk drückte den Abzug seiner Armbrust. Mit einem Zischen schickte die Sehne den Bolzen auf den Weg. Die Metallspitze glühte im Flug auf. Als sie sich in den Hals des Dämons bohrte, sprühte sie Funken.

Der Greifer brüllte vor Schmerz auf, als die Magie das Fleisch um den Bolzen herum auflöste. Jede andere Kreatur hätte einen solchen Treffer nicht überlebt. Der Morphus hatte sich jedoch starke Verbündete gesucht: Das Muskelgewebe eines Greifers war so dick, dass es wie ein Harnisch wirkte. Der Bolzen steckte darin fest und fügte dem Dämon Schmerzen zu. Das war aber auch schon alles. Vielleicht, wenn Ryk einen Schmiedehammer zur Hand hätte und der Greifer ihn gewähren ließe, könnte er den Bolzen tief genug in dessen Körper treiben, um ihn zu töten. Aber diesen Gefallen würde ihm die Kreatur ganz sicher nicht tun.

Der Greifer brüllte noch lauter und versuchte, mit seinen Händen nach dem Pfeil zu greifen. Seine Pranken waren allerdings zu groß für den kurzen Schaft. Er bekam ihn nicht richtig zu packen, was ihn noch wütender zu machen schien. Während er es weiter probierte, begann er vor Frustration mit den Füßen auf den Boden zu stampfen. Greifer waren nicht sonderlich intelligent. Trotzdem würde ihn das nur eine Zeit lang aufhalten. Das Problem mit dieser Dämonenart war: Sie besaßen nur wenige Schwachstellen. Ryks Ausbilder war es gelungen, den Greifer auf Onques zu töten, indem er ihm eine Klinge durchs Maul direkt ins Hirn gestoßen hatte. Ein Sieg, den er mit dem eigenen Leben bezahlt hatte. Kurz bevor es mit dem Greifer zu Ende gegangen war, konnte er den Magier noch mit einer seiner Pranken packen und hatte ihm den Schädel zerquetscht.

Eine andere Schwachstelle des Dämons waren die Augen. Nur waren sie winzig; selbst mit Ryks geschärfter Sicht wäre ein solcher Treffer ein Glücksfall. Und Glück gehörte nicht gerade zu den Dingen, die er in rauen Mengen mit sich im Gepäck herumschleppte.

Mittlerweile hatte das Blut, das aus der Wunde des Greifers sickerte, die Dämonenhunde aufgestachelt. Drei von ihnen hatten die Schnauzen in Richtung des Greifers gereckt und schnüffelten die Luft. Ohne den Morphus, der sie kontrollierte, gewannen ihre Instinkte wieder die Oberhand. Dämonenhunde waren eine revierbildende Spezies. Eindringlinge wurden gnadenlos getötet. Ryk, Kela und Ishan schienen ebenfalls in diese Kategorie zu fallen, denn die übrigen beiden Dämonenhunde nahmen sie ins Visier.

In ihren Augen – weiß glühend, wie die von Reißern –, loderte eine unheimliche Schläue, während sie über eine Mauer hinwegsetzten und auf sie zuhetzten. Noch sieben Schritte, da teilten sie sich plötzlich auf. Der eine wandte sich nach links, der andere nach rechts. Ryk, der zwischenzeitlich nachgeladen hatte, richtete seine Armbrust auf den Dämonenhund, der ihm am nächsten war, und drehte sich mit ihm mit. Rechts von ihm taten Kela und Ishan das Gleiche bei dem anderen.

Ryk musste warten, bis das Biest nahe genug war, andernfalls würde der Bolzen den Knochenpanzer vor dem Brustkorb des Dämons nicht durchschlagen.

Na, komm schon! Greif endlich an!

Der Dämonenhund war zwischen zwei Säulenresten stehen geblieben, starrte Ryk an und stieß dabei ein Knurren aus, das aus den Tiefen seines Körpers aufstieg. Nur zögerlich, so, als ahne er etwas, machte er einen Schritt auf Ryk zu. Ein Zähnefletschen, ein zweiter Schritt. *Jetzt*, dachte der Dämonenjäger und drückte den Abzug seiner Armbrust. Im selben Moment stieß das Biest sich vom Boden ab. Der Bolzen schoss ins Leere – der Dämon auf Ryk zu.

Ryk warf sich zur Seite. Zu spät fiel ihm ein, dass er dadurch Kela und Ishan dem Angriff des Dämonenhunds preisgab. Er wollte ihnen eine Warnung zurufen, als er eine Bewegung aus dem Augenwinkel wahrnahm, noch bevor er auf der Erde aufschlug. *Kela!* Stöhnend wälzte er sich herum. Die Veydra benötigte keine Magie, um sich übermenschlich schnell zu bewegen. Als der Körper des Dämonenhunds auf dem Boden aufkam, war er bereits tot. Seitlich aus seinem Hals ragte Ryks Dolch, den Kela bis zum Heft darin versenkt hatte. Eine dünne Rauchfahne stieg aus der Wunde auf.

Kela zwinkerte ihm über den Kadaver hinweg zu, als Ishan rechts hinter ihnen aufschrie. Ryks Kopf fuhr herum. Der zweite Dämonenhund hatte sich auf den Jungen gestürzt und seine Reißzähne in dessen rechten Oberschenkel geschlagen. Ishans Gesicht war vor Schmerz verzerrt, während er verzweifelt an dem Schwert riss, das er zwischen die Schulterblätter des Dämons getrieben hatte, wo es sich in den Knochen verhakt haben musste.

Kela stieß ein Zischen aus, schoss vor und stieß dem Dämon ihre Klinge in die Rippen, die nicht durch den Brustpanzer geschützt waren. Die Waffe drang bis zum Heft in den Körper ein. Der Dämon erbebte, dann gaben seine Beine unter ihm nach, und er sackte in sich zusammen. Dabei riss er Ishan mit sich zu Boden.

Ryk kämpfte sich hoch und warf einen Blick auf den Greifer, der sich, rasend vor Schmerz, einen Kampf mit den verbliebenen drei Dämonenhunden lieferte. Aus dieser Richtung drohte ihnen wenigstens vorerst keine Gefahr. Er lief zu seinen Gefährten. Kela war bereits bei Ishan, hatte mit den Händen den Ober- und Unterkiefer des toten Dämonenhunds gepackt und versuchte nun, ihn aufzubrechen. Ihr Gesicht war vor Anstrengung verzerrt.

Gerade als er neben ihr auf die Knie fiel, barst der Kieferknochen, und Ishans Bein war frei. Sofort strömte Blut aus der Wunde. Viel Blut. Kela packte den Dämonenhund, zerrte ihn von Ishan fort und kehrte sofort an seine Seite zurück. Der Junge hatte die Lider geschlossen und stöhnte. Ryk wollte gerade eines anheben, um einen Blick in seine Augen zu werfen, als er in der Bewegung erstarrte. Das Blut des Dämonenhundes hatte sich unter Kelas Knien mit dem Staub zu einer schlammigen Pampe vermischt. Doch als Ishans Blut auf den Boden traf, wurde es von dem toten Land regelrecht aufgesogen, wie Regen, der nach Jahrhunderten der Trockenheit auf Wüstenboden fällt. Im gleichen Moment spürte er es durch die Sohlen seiner Stiefel: ein Wummern, ähnlich dem Schlag eines Herzens. Und dann wieder und wieder … Sofort kamen ihm die Geschichten über die Menschenopfer, von denen die Blutmagier ihre Macht bezogen hatten, in den Sinn. Ein Rest dieser finsteren Magie musste nach all der Zeit noch immer in der Erde stecken und war von Ishans Blut geweckt worden.

Kelas Kopf fuhr zu ihm herum. »Hast du das auch …«

Er nickte. »Und nicht nur ich.« Er deutete mit der Armbrust in Richtung des Greifers und der Dämonenhunde. Sie hatten voneinander abgelassen und starrten zu ihnen herüber. Für einen Moment standen sie vollkommen reglos da, bevor sie sich in Bewegung setzten und auf sie zuliefen. Ryk sprang auf, trat zwei Schritte vor und legte einen neuen Bolzen auf. Ein Blinzeln später stand Kela mit ihrem Schwert in der Hand bei ihm. Immer noch ein wenig außer Atem von ihrem letzten Kampf und mit dem Blut von zwei Dämonen bespritzt. Sie hatten sich so gestellt, dass sie Ishan mit ihren Körpern vor den Angreifern abschirmten.

»So ähnlich habe ich es mir immer vorgestellt, als wir noch zusammen waren«, sagte Kela und lächelte seltsamerweise.

»Was meinst du?«

»Unseren Tod: Seite an Seite. Damals fand ich das romantisch.«

Er verdrehte die Augen. »Was ist am Tod schon romantisch?«

»Dass ich nicht allein sterbe.«

Ryk zog eine Braue hoch. Auf so einen Gedanken konnte auch nur eine Veydra kommen.

Der Greifer hatte wieder zu brüllen begonnen. Gleichzeitig trommelte er mit den Fäusten auf seinen Brustkorb ein. Den Bolzen, der noch immer in seinem Hals steckte, schien er vergessen zu haben. Die Dämonenhunde folgten ihm, hielten sich jedoch ein Stück hinter ihm. Ihre Nasen zuckten vor Erregung. Vielleicht rief sie das Blut ihrer Artgenossen, vielleicht auch das von Ishan.

»Und jetzt?«

»Werde ich dem Schreihals erst mal sein Maul stopfen«, erwiderte Ryk, legte die Armbrust an und zielte auf das Gesicht des Greifers. Noch zehn Schritte und er hätte sie erreicht. Ryk ließ sich davon jedoch nicht aus der Ruhe bringen. Er wartete. Sieben Schritte. Erneut stieß der Dämon sein Drohgebrüll aus. Und Ryk schoss.

Aus dieser Entfernung konnte er sein Ziel unmöglich verfehlen, weshalb der Bolzen den Greifer mitten ins Maul traf. Wie von einer unsichtbaren Faust getroffen flog der Dämon nach hinten und krachte gegen die Reste einer Mauer. Dabei hätte er fast einen der Dämonenhunde zerquetscht. Das Biest sprang jedoch rechtzeitig zur Seite.

Der Greifer wälzte sich zwischen Schutt und Steinen am Boden und schlug immer wieder auf sein eigenes Maul ein, in dem der Pfeil verschwunden war. Offenbar steckte er tief genug, dass der Greifer ihn nicht erreichen konnte, war aber, da der Schusswinkel zu flach ausgefallen war, nicht bis in sein Hirn vorgedrungen. Ryk hatte auch nicht wirklich erwartet, dass der Schuss den Greifer töten würde. Er hatte den einzigen Zweck gehabt, mehr Zeit für sich und Kela zu erkaufen, sodass sie sich zunächst einmal um die drei Dämonenhunde kümmern konnten.

Dummerweise hatte das Schicksal ihrer Kameraden sie vorsichtiger gemacht. Anstatt weiter vorzurücken, zogen sie sich hinter die Mauer zurück, vor der der Greifer sich am Boden wälzte, und liefen dort knurrend auf und ab. Sie schienen unentschlossen.

Kommt nur, ihr blöden Köter, dachte Ryk. *Ich habe noch jede Menge … Dreck, verdammter!*

Warum hatte er nur noch einen einzigen Bolzen? Wo war der Rest? Er versuchte, sich daran zu erinnern, wie viele er sich vorhin gegriffen hatte, bevor sie zur Ruine aufgebrochen waren, konnte es aber beim besten Willen nicht. Fluchend legte er den letzten Pfeil auf, spannte die Sehne und warf einen Blick über die Schulter, wo der Junge blass und mit geschlossenen Augen am Boden lag. Seine Hose war dunkel von seinem Blut. Die Erde unter ihm wirkte jedoch so trocken wie ein Schwamm, der alle Flüssigkeit aufgesogen hatte. Das gefiel Ryk nicht. Ebenso wenig, dass Ishan das Bewusstsein verloren hatte.

»Warum greifen sie verflixt noch mal nicht an?«, fluchte Kela vor Anspannung.

»Sie warten.«

»Sie sollen …« Kela brach ab und fing mit einem Mal an zu lachen.

Ryk, der sich wieder nach vorne gewandt hatte und ganz auf die Varu'kesh konzentrierte, runzelte die Stirn. »Was ist?« Die

Veydra antwortete nicht. Und die Dämonenhunde – sie verharrten plötzlich mitten in der Bewegung und starrten mit ihren weiß glühenden Augen zu ihnen herüber. *Da stimmt was nicht …* Er fuhr zu Kela herum, und bei ihrem Anblick gefror sein Magen zu einen Klumpen Eis. Ihre Augen waren rot, und zwischen ihren Lippen zuckte etwas, das nur noch entfernt an eine menschliche Zunge erinnerte. *Nein, nein, nein, das darf nicht sein!*

Er sah, wie ihre Nasenflügel vor Erregung bebten. Blut. Überall war Blut. Auch auf Kela selbst und dann noch die Kadaver der Dämonen. Das alles musste zu viel für sie sein. Zu viel Kampf, zu viel Gewalt. Ryk packte sie am Unterarm und zerrte sie zu sich herum. »Lass es nicht zu! *Er* darf auf keinen Fall die Oberhand gewinnen!«

Da stieß der Greifer einen eigentümlich röchelnden Laut aus. Wie zur Antwort jaulten die Dämonenhunde auf. *Sie können ihn riechen*, schoss es Ryk durch den Kopf. Den Tod auf zwei Beinen! »Du bist stärker als *er*, hörst du, Kela?« Verzweifelt schüttelte er sie. »Stärker!«

Langsam verzogen sich ihre Lippen zu einem Lächeln, bei dem sich Ryk die Nackenhaare sträubten. *Nein!* Er riss die Armbrust hoch, doch Kela war schneller und schlug sie beiseite. Der Bolzen sirrte in die Nacht davon, es war sein letzter gewesen. Ryk starrte in das Gesicht der Veydra und schluckte. »Kela, bitte«, flüsterte er und beobachtete, wie das rote Feuer ihrer Augen sich als winzige Ströme in die umliegende Haut ergoss, die sich unter dieser Berührung schwarz verfärbte. Es war zu spät. Zu spät. *Er* würde die Oberhand über sie gewinnen.

»Du hast recht«, sagte er plötzlich. »Ich hatte Angst, darum bin ich damals weggelaufen. Angst, dich zu verlieren und es nicht ertragen zu können. Also bin ich gegangen. Aber da war es längst zu spät. Verdammt, Kela, ich habe nichts im Leben so sehr bereut.« Er schloss die Augen und küsste sie. Ein scharfer Schmerz fuhr ihm durch die Unterlippe, als sie zubiss. Er zuckte jedoch nicht zurück, küsste sie immer weiter, erst als sie ihn von sich fortstieß, riss er die Lider auf und blickte in zwei vor Wut blitzende grüne Augen.

Grün!

»Du verfluchter Scheißkerl, eineinhalb Jahre hast du für diese Erkenntnis gebraucht?«

Beinahe hätte er vor Erleichterung gelacht. Da jaulten die Dämonenhunde erneut auf. Warum? Es gab keinen Grund mehr. Außer … Er wirbelte herum. Es war der Greifer. Die Erde unter ihm war nicht länger fest, sondern hatte sich in eine träge, ölig schimmernde Masse verwandelt. Bis zu den Schultern war er bereits darin eingesunken, sodass nur noch seine Arme und der Kopf herausschauten. Er schlug um sich, während aus seinem Maul, in dem nach wie vor der Bolzen steckte, ein Röcheln und Wimmern drang.

»Sag mir, dass ich träume«, murmelte Kela.

Ryk war zu sehr gebannt von dem Anblick, um etwas darauf zu erwidern. Gerade war es dem Greifer gelungen, eine Klaue in die Mauer neben ihm zu schlagen. Für einen Moment sah es so aus, als könnte er sich daran aus der öligen Masse herausziehen. Doch da formte die Masse Tentakel aus, die wie tastende Fühler am Oberkörper und an den Armen des Dämons emporkrochen. Der Greifer wehrte sie ab, doch wurden es immer mehr und mehr, und dann erreichten ein paar von ihnen sein Gesicht. Kaum hatten sie den Mund und die Augen erspürt, bohrten sie sich wie Speerspitzen hinein. Der Dämon zuckte noch einmal und erschlaffte, woraufhin die Tentakel ihn in die Tiefe zerrten, bis er ganz unter der öligen Oberfläche verschwunden war.

Ein letztes Mal jaulten die Dämonenhunde auf, bevor sie in die Nacht davonjagten.

»Verschwinden wir!« Ryk hatte die Worte kaum ausgesprochen, als die Masse sich auch schon zusammenzog und in die Höhe wuchs, um eine Gestalt mit annähernd menschlichen

Umrissen zu formen. Die Kreatur war gut sieben Fuß groß. Und obwohl sie keine Augen oder Gesichtszüge besaß, hatte Ryk das Gefühl, dass sie ihn ansah.

Neben ihm keuchte Kela vor Entsetzen.

Die Kreatur machte einen Schritt in ihre Richtung. Berührte ihr Fuß den Boden, zogen Kreise aus Wellen über ihren Körper wie bei einem Teich, in den man einen Stein geworfen hat. Gesichter stiegen wie aus großer Tiefe auf, pressten sich gegen die schwarz schimmernde Oberfläche ihrer äußeren Form, die Münder zu lautlosen Schreien geöffnet. Auch der Greifer war darunter.

Die Statue in der Halle, dachte Ryk, sie hatte diese Kreatur gezeigt. »Hinter mich«, befahl er und wich zusammen mit Kela so weit zurück, bis er an einen von Ishans Stiefeln stieß. Das musste genügen. Er streckte den Arm vor, und eine Stichflamme schoss aus seiner Handfläche auf. »Dies ist das Zeichen von Kalrym!«, rief er der Albtraumgestalt entgegen. Er wusste nicht, ob der Zauber bei ihr wirken würde. Er wusste nur, dass im Schein der Flamme von Kalrym weder Lügen noch Böses bestehen konnte.

Tatsächlich verharrte die Kreatur am Rande des Lichtkegels, den der Zauber in die Nacht warf. Aus nicht vorhandenen Augen schien sie Ryk weiterhin anzustarren, während ihr Körper immer wieder die Gesichter all jener Opfer nachbildete, die sie im Laufe ihrer unseligen Existenz verschlungen hatte.

»Wird sie das aufhalten?«, fragte Kela hinter ihm.

»Wie ich schon am Tor der Akademie sagte: Die Flamme von Kalrym ist ein reiner Zauber, dagegen ist dieses *Ding* einer unreinen Magie entsprungen. Blutmagie. Sie ist böse und arglistig. Trotzdem glaube ich nicht, dass es sie lange aufhalten kann.« Mit einem Blick über seine Schulter versicherte er sich, dass der bewusstlose Ishan sich ebenfalls im Schutz des Lichtscheins befand.

Die Kreatur hatte sich nicht von der Stelle bewegt. Nun hob sie ihre Hände. Die Finger zuckten wie Schlangen, während sie sich langsam zu langen, dünnen Tentakeln auswuchsen. Diese tasteten über die Glocke aus Licht, die Ryk und seine Gefährten vor ihrem Zugriff schützten, als bestände sie aus einem festen Material.

»Was macht sie da?«, wollte Kela wissen.

»Nach Schwachstellen suchen.«

»Warum habe ich auch gefragt?«

Endlich zog die Kreatur ihre tastenden Finger wieder ein, und Ryk atmete auf. Sie schien aufgegeben zu haben. Oder doch nicht? Plötzlich klaffte ein Spalt in ihrem Gesicht auf, wo bei einem Menschen gewöhnlich der Mund saß, und bildete sich zu einem dunklen, zahnlosen Schlund aus. Was folgte, war ein Schrei, als hätten sich Hunderte von Stimmen zu einem einzigen qualvollen Crescendo vereint. Der Schweiß brach Ryk aus allen Poren aus, und er zitterte am ganzen Körper, während er mit aller Macht dagegen ankämpfte, sich die Hände auf die Ohren pressen zu wollen. Ohne die Flamme von Kalrym wären sie verloren.

Nach einer Ewigkeit, wie es ihm schien, verstummte die Kreatur, drehte sich um und verschwand in die Richtung, in die die Dämonenhunde geflohen waren.

Kelas Hand legte sich auf Ryks Schulter, und er zuckte unter der Berührung zusammen. »Was war das für ein Monster?« Er drehte sich zu ihr um. Im Licht der Flamme wirkte ihr Gesicht geisterhaft bleich. »Etwas, das hier vor langer Zeit zurückgeblieben ist und nicht sterben wird, solange dieses Land existiert. Ishans Blut, Menschenblut, muss es angelockt haben. Mehr kann ich dir auch nicht sagen.«

Kela nickte schwach. »Wir hatten verdammtes Glück, dass es uns nicht zuerst angegriffen hat.«

»Das war kein Glück«, sagte Ryk. »Sie muss meine Magie

gespürt haben. Vielleicht dachte sie, ich hätte sie durch Ishans Blut gerufen, um die alten Zeiten wiederaufleben zu lassen, und hat sich den Greifer geholt, weil sie ihn für meinen Feind hielt. Aber dann hat sie wohl mein Entsetzen gespürt, und ihr wurde klar, dass ich kein neuer Verbündeter bin.« Er schauderte. »Und jetzt schnappen wir uns den Jungen und hauen ab, bevor dieses Ding zurückkehrt.«

Die Pferde waren unverletzt und noch immer an dem Felsen gebunden, an dem sie sie zurückgelassen hatten. Ein Stück abseits von ihnen legte Ryk den Jungen behutsam auf dem Boden ab. Ishans Gesicht war blass und schweißüberströmt. Die Augen hinter den Lidern zuckten unruhig in ihren Höhlen.

»Hier.« Ryk gab Kela einen seiner Dolche und wies sie an, Ishans Hose an der Stelle aufzuschlitzen, wo der Dämonenhund sich in seinen Oberschenkel verbissen hatte. Er selbst konnte es nicht tun, da um die Finger seiner rechten Hand noch immer die Flamme von Kalrym tanzte. Er traute der Kreatur nicht.

Kela fühlte Ishans Stirn und Handgelenk. »Er hat Fieber«, murmelte sie, »und sein Puls ist viel zu hoch.« Anschließend machte sie sich daran, die Wunde freizulegen. »Verflixt, das sieht nicht gut aus.«

Ryk beugte sich über Ishan. Die Bisswunde wirkte nicht so übel, wie er befürchtet hatte. Aber er verstand, was die Veydra meinte. Sie hatte bereits zu riechen begonnen.

»Die Blutseuche! Ich dachte es mir schon, als der Junge bewusstlos wurde. Einige Dämonenhunde übertragen sie.« Er krauste die Stirn. »Wenn wir ihn nicht zu einem Heiler schaffen, wird er das Bein verlieren.«

Kela hob den Blick. »Kannst du gar nichts für ihn tun?«

»Du weißt, wie es um meine Heilkräfte bestimmt ist.«

»Und wo sollen wir mitten im Nirgendwo einen Heiler herbekommen?« Sie klang aufgebracht.

»Unsere einzige Chance ist Lunagaard. In einer Minenstadt gibt es immer einen Heiler, falls es mal zu einem Unglück kommt.«

Kela biss sich auf die Unterlippe und nickte. Im Schein der magischen Flamme verband sie Ishans Wunde mit einem Tuch, das sie aus ihrer Satteltasche geholt hatte. Ihre Finger arbeiteten flink, dennoch entging Ryk nicht, dass sie zitterten.

»Der Junge wird schon wieder.«

Sie verknotete die beiden Enden des Verbands miteinander und schüttelte müde den Kopf. »Es ist meine Schuld. Ich hätte an seiner Seite bleiben sollen.«

»Red keinen Unsinn! Ich habe Ishan schon kämpfen gesehen. Er kann gut auf sich selbst aufpassen. Außerdem wäre der Dämonenhund euch in den Rücken gefallen, hättest du ihn nicht getötet.«

»Mag sein, aber ich habe Zeit mit Reden verschwendet. Verdammt!« Sie schob sich eine Strähne aus dem Gesicht, die sich aus ihrem Zopf gelockert hatte. »Ich hätte in meinen Wald zurückkehren sollen, anstatt mit euch zu gehen. Dort war das Leben weniger kompliziert.«

»Abgesehen von ein paar Pirschern, die dir ans Leder wollten.«

Sie stand auf und trat dicht vor ihn. »Wenigstens würden sie mir kein überraschendes Liebesgeständnis machen.«

Ryk zuckte zurück. Das hatte gesessen. »Verstehe«, sagte er steif.

Ohne weitere Worte legten sie Ishan über den Sattel seiner Fuchsstute. Sie banden ihn mit einem Seil fest, damit er nicht herunterfallen konnte, saßen auf und ritten los. Es war Kela, die Ishans Stute am Zügel führte. Die Flamme von Kalrym hatte der Dämonenjäger inzwischen gelöscht. Ihr Schein reichte nicht weit genug, um sie und die Pferde zu schützen. Und da er nicht wusste, was sie in diesem Albtraumland noch erwarten mochte, musste er mit den spärlichen Resten seiner Magie sorgsam umgehen.

Könnte er ein wenig schlafen, würde sich sein Seelenfeuer wieder zu voller Stärke regenerieren. Doch daran war im Augenblick nicht zu denken. Der Mond schien hell genug, um ihnen den Weg zurück zum Rotwald zu weisen. Immer wieder sah Ryk sich nach allen Seiten um, während sie durch die Dunkelheit ritten. Niemand schien sie zu verfolgen, trotzdem fand er keine Entspannung. Zu viel ging ihm im Kopf herum. Hatte der Morphus die Wahrheit über seine Familie gesagt? Waren seine Eltern sowie Onkel und Tante tatsächlich Mitglieder der To'Dhana gewesen? Es würde erklären, warum der Kult ihren Tod gewollt hatte. Andererseits konnte er nicht sicher sein, wie weit er dem Dämon trauen durfte. Es mochte bloß eine weitere Lüge, eine von vielen, sein, die er ihnen aufgetischt hatte. Er seufzte. Vielleicht wurde es auch allmählich Zeit, die Vergangenheit ruhen zu lassen. Insbesondere, da die Gegenwart schon aufreibend genug war. So wie sein Geständnis gegenüber Kela.

War es ein Fehler gewesen? Hatte er es nur getan, weil sie in Gefahr gewesen waren? Ryk rief sich den Kuss zurück vor Augen. Er hatte etwas in ihr berührt. Sonst wäre es ihr nicht gelungen, *ihn* in die dunkelsten Winkel ihrer Seele zurückzuschicken. Er presste die Lippen zusammen. Er hatte nicht erwartet, dass ihre Zurückweisung ihn so hart treffen würde.

Vielleicht wäre es ja besser gewesen, es hätte nicht funktioniert. Und Kela hätte sich verwandelt. Dann wäre er jetzt tot, was möglicherweise gar nicht so übel wäre. Immerhin hätte er dadurch seinen Frieden, und vor allen Dingen nicht diese vermaledeiten Kopfschmerzen, die ihn immer überkamen, wenn er die Frauen, und insbesondere Kela, zu verstehen versuchte. Nach dem Stand des Mondes musste es bereits nach Mitternacht sein, als der Wald der Wandelnden Träumer vor ihnen auftauchte. Schwach leuchteten die Bäume im Dunkel und wiesen ihnen den Weg. Ryk war erleichtert, als sie unter sein Blätterdach einkehrten. Augenblicklich fiel das bedrückende Gefühl, das ihn durch das tote Land begleitet hatte, von ihm ab, und er konnte sich ganz der warmen, lichten Präsenz dieses Ortes hingeben.

Noch immer waren sie mehrere Stunden von der Minenstadt entfernt, die auf einer Ebene südlich vom Rotwald lag. Ryk orientierte sich an den Sternen, um die Richtung zu bestimmen. Anschließend ritten sie so schnell, wie sie es im dichten Wald wagten. Gelegentlich warf er einen Blick über seine Schulter, um sich zu versichern, dass Kela noch immer hinter ihm war. Sie führte Ishans Pferd am Zügel und sah inzwischen so müde aus, wie er sich fühlte. Der Zustand des Jungen war unverändert. Noch immer hatte er das Bewusstsein nicht wiedererlangt. Was Ryk nicht wirklich überraschte. Die Blutseuche war ein tückisches Gift. Er hatte Kela angelogen – der Junge konnte sehr viel mehr als nur sein Bein verlieren. Einmal legten sie eine kurze Rast ein, um sich zu erleichtern, und damit Kela dem Jungen etwas Wasser einflössen konnte. Mittlerweile glühte sein Körper vom Fieber. Dann ritten sie auch schon weiter.

Immer wieder suchte Ryk zwischen den Wipfeln der Rotbäume nach dem Mond, um einzuschätzen, wie viel Zeit inzwischen verstrichen war. Der Kampf und die Flamme von Kalrym forderten allmählich ihren Tribut von ihm. Ryk fühlte sich ausgezehrt, und die Erschöpfung wuchs mit jeder Meile, die sie zurücklegten und in der ihm keine Ruhe vergönnt war. Das Leben des Jungen hatte jedoch Vorrang.

Im gleichen Maße, wie seine Müdigkeit wuchs, nahm das Wispern und Rascheln im Geäst der Bäume über ihm zu und vereinte sich alsbald mit dem Flüstern des Windes zu einer einschläfernden Melodie. Immer häufiger fielen Ryk beim Reiten die Augen zu und jedes Mal, wenn er sie wieder öffnete, schien der Wald unschärfer, hatte sich das Glühen der Blätter verstärkt, und die Luft, die er einatmete, an Süße und Leichtigkeit dazugewonnen. Alsbald war ihm zumute, als ritte er durch einen Traum. Der Empath in ihm spürte, wie etwas seinen Geist berührte. Sanft wie ein Frühlingshauch und weit entfernt von der rohen Gewalt des Blutlenkers. Ryk wehrte sich nicht dagegen, denn es war kein Angriff. Im Gegenteil. Er öffnete sich der Berührung, und eine Flut von Bildern strömte auf ihn ein. Sie zeigten ihm sein Tal und den Nebelgeist, der aus dem See aufstieg und feste Gestalt annahm. Gleich darauf wechselte die Szenerie, und er blickte auf ein karges rotes Land. Dort sah er sich selbst, wie er verletzt am Boden lag, dem Tod nahe, über ihm der Blutlenker. Fern im Hintergrund eine Stadt, umgeben von einem Ring aus Flammen. Für einen Moment konnte er ihre Hitze auf der Haut spüren, dann stolperte sein Pferd über eine Baumwurzel, und Ryk schreckte auf. Die fremde Stadt war verschwunden. Er selbst saß wieder auf dem Rücken seines Pferdes. Hellwach und mit klopfendem Herzen. Plötzlich wichen vor ihm die Bäume auseinander, und er galoppierte hinaus auf eine Ebene. In der Ferne glommen ein paar Lichter, wo sich die Silhouette Lunagaards gegen den Sternenhimmel abhob.

Ryk wandte sich im Sattel um und blickte zurück. Was war da gerade passiert? Hatte er geträumt? Es hatte so real gewirkt. Als Kela im nächsten Moment mit Ishan an ihm vorüberzog, kehrte Ryk dem Wald endgültig den Rücken. Er beugte sich über den Hals seines Schimmels und jagte ihnen hinterher.

46

Lunagaard, Nekross
31. Jul, 1026 n. d. Zweiten Dämonenkrieg

Der Nordweg, der Nekross' Süden mit den Pfahlbaustädten des Nordens verband, nahm seinen Anfang vor den Mauern von Lunagaard. Die Straße, die sich in der Dunkelheit vor ihnen aufgetan hatte, fraß sich wie ein erstarrter Fluss durch die Grasebene. Erde und kleine Steine spritzten unter den Hufen ihrer Pferde auf, während sie auf das Nordtor der Minenstadt zugaloppierten, zwei hohe, mit Eisenbeschlägen verstärkte Holzflügel, über denen das von Luminesaugen beleuchtete Stadtwappen, ein Sichelmond mit zwei sich kreuzenden Spitzhacken, prangte.

Ryk zügelte sein Pferd, sprang aus dem Sattel und hämmerte mit der Faust gegen die Pforte, die in den rechten Torflügel eingelassen war. »Wieso dauert das so lange?«, schimpfte Kela. Sie war ebenfalls abgestiegen und hielt ihr und Ishans Pferd am Zügel. Die Tiere schnaubten vor Erschöpfung. Ihre Flanken waren schweißnass, Schaum troff ihnen vom Maul.

»Aufmachen!«, brüllte Ryk und hämmerte erneut auf die Pforte ein.

»Beim Auge der Nacht, wollt Ihr die ganze Stadt wecken?«, grollte es auf der anderen Seite des Tores. Gleich darauf öffnete sich eine Sichtluke. Argwöhnisch blitzende Augen, die zu einem breiten, unrasierten Gesicht gehörten, inspizierten sie. »Wie lauten Eure Namen und was wollt Ihr?«, wollte der Torwächter wissen.

Um Zeit zu sparen, beschwor Ryk zum zweiten Mal in dieser Nacht die Flamme von Kalrym herauf und erklärte dem Wächter in ihrem Licht, dass ihr Freund nach dem Angriff eines Dämonenhunds unter der Blutseuche litt und dringend die Hilfe eines Heilers benötigte.

»Verzeiht, mein Herr, ich konnte ja nicht ahnen, dass Ihr ein Magier seid«, sagte der Wächter, während er ihnen hastig die Pforte öffnete. »Aber dieser Tage kann man nicht vorsichtig genug sein. Unruhige Zeiten, Ihr versteht? In letzter Zeit kommt es immer häufiger zu Dämonensichtungen.«

Er beschrieb ihnen den Weg ins Westviertel, wo der Eingang zu den Mondsteinminen lag und wo auch Morrotha, der Heiler der Stadt, sein Haus hatte. Sie dankten ihm, dann machten sie sich auf den Weg. Während seiner Studienzeit auf Nekross war er im Auftrag der Akademie mehrmals in Lunagaard gewesen, weshalb sie nicht lange nach der richtigen Straße zu suchen brauchten. Zudem beleuchtete eine Lumineslaterne das Haus des Heilers. Die goldene *Medica*-Rune auf der Tür reflektierte ihr Licht.

Ryk klopfte. Es dauerte nicht lange, und er hörte Schritte aus dem Inneren des Hauses. Wenig später öffnete ein schlanker schwarzhäutiger Mann in grauen Beinkleidern und einem hastig übergestreiften Hemd die Tür.

»Was gibt es?«, fragte er mit einem harten norsahischen Akzent. Er war jung. Höchstens Mitte zwanzig. Seine Augen strahlten jedoch die Ruhe und Zuversicht eines älteren Mannes aus.

»Du bist Morrotha?«

Der Mann nickte. Ryk trat zur Seite, um den Blick auf Kela und die Pferde freizugeben. Er wies auf den bewusstlosen Ishan, den die Vydra bereits losgebunden hatte. »Der Junge hat die Blutseuche.«

Morrotha trat an Ryk vorbei. Seine nackten Sohlen klatschten auf dem Straßenpflaster. Flüchtig berührte er Ishans Stirn und hob eines seiner Lider. »Die Sache ist ernst. Welcher Dämon ist dafür verantwortlich?«

»Ein Varu'kesh«, erklärte Ryk.

»Bringen wir ihn ins Haus.« Mit Ryks Hilfe hievte der Heiler den Jungen aus dem Sattel. »Du kannst die Pferde hinter dem Haus anbinden und versorgen«, sagte er zu Kela. Anschließend trugen sie Ishan in den ersten Stock.

»Nyma? Nyma?«, rief Morrotha durch den Flur, der ebenfalls von einem Luminesstein erhellt wurde. »Ich brauche eine Schüssel mit heißem Wasser!« An Ryk gewandt meinte er: »Die zweite Tür auf der linken Seite.«

Sobald sie den Raum betraten, leuchtete eine Lumineslaterne auf, die auf einer Kommode gegenüber dem Bett stand. Andere Möbel gab es nicht. Sie hatten Ishan gerade auf dem Bett abgelegt, als Kela hereinstürmte. Sie warf das Gepäck auf den Boden neben der Tür und eilte an Ishans Seite.

»Ich muss noch ein paar meiner Sachen holen«, erklärte Morrotha. »In der Zwischenzeit könnt ihr euren Freund entkleiden. Meine Frau müsste jeden Moment hier sein. Sie wird euch helfen, ihn von dem ganzen Schmutz und Blut zu befreien.«

Er war kaum gegangen, als eine hübsche Onquesierin mit hellem Teint und den schräg stehenden Augen ihres Volks im Zimmer erschien. Sie war in ein Leinengewand gekleidet und trug mehrere Handtücher sowie eine Schüssel mit Wasser bei sich, über der Dampfschwaden tanzten. »Ich bin Nyma«, stellte sie sich mit einem Lächeln vor, bevor sie zum Bett ging und sich neben Ishan kniete. Die Schüssel stellte sie auf dem Boden ab.

Während die beiden Frauen den Jungen wuschen, baute sich Ryk am Kopfende des Bettes auf. Ishan hatte angefangen, im Schlaf zu sprechen. Immer wieder fiel der Name seines Vaters. Ryk hätte ihm gerne ein wenig Ruhe geschenkt. Aber nachdem der Blutlenker in seinen Geist eingedrungen war, hatte er seine empathischen Fähigkeiten nicht mehr genutzt. Und er konnte sich auch jetzt nicht dazu durchringen, sie bei einem anderen Menschen einzusetzen. Mehrmals warf er einen Blick zur Tür und fragte sich, wo der Heiler blieb. »Na, endlich«, brummte er, als Marrotha zurückkehrte.

Marrotha hielt ein Tablett in den Händen, auf dem mehrere Fläschchen mit verschiedenfarbigen Flüssigkeiten und ein paar Tonkrüge, die einen Duft nach Kräutern verströmten, standen. »Das muss genügen«, sagte er zu Kela und seiner Frau, die daraufhin vom Bett zurücktraten.

Als der Heiler den Verband um Ishans rechten Oberschenkel löste, verbreitete sich sofort ein süßlicher Geruch im Raum. »Hm.«

»Kannst du ihm helfen?«, fragte Kela. Mit der Rechten umklammerte sie noch immer das Handtuch, mit dem sie Ishan gesäubert hatte.

»Ich bin Morrotha«, erwiderte der Heiler, als wäre das Erklärung genug. Er nahm eines der Fläschchen von dem Tablett, das er aufs Fußende des Bettes abgestellt hatte und tröpfelte etwas davon auf ein frisches Handtuch, das ihm seine Frau reichte. Anschließend reinigte er damit die Wunde.

Ishan stöhnte und warf den Kopf umher.

»Die Zähne des Dämonenhunds sind tief in das Gewebe eingedrungen, scheinen aber keinen größeren Schaden bei den darunterliegenden Muskeln angerichtet zu haben«, meinte Morrotha, als er fertig war. »Das zu heilen, sollte das geringste unserer Probleme sein. Mehr als eine Narbe wird er nicht zurückbehalten.«

»Was ist mit der Blutseuche?« Ryk war mit verschränkten Armen neben ihn getreten.

»Die bereitet mir sehr viel mehr Sorgen. Ohne einen starken Heilzauber könnte er sterben.«

»Wie stark?«, hakte Ryk nach.

»Die Kraft meines eigenen Seelenfeuers reicht dafür nicht aus.« Die Miene des Heilers wurde ernst. »Wie steht es um das deine? Du siehst erschöpft aus.«

Es überraschte Ryk nicht, dass Morrotha die Magie in ihm gespürt hatte. Ein Heiler besaß besondere Einsichten in seine Mitmenschen. »Ein wenig ist noch übrig.«

»Gut, ich brauche alles, was du mir geben kannst.«

»Dann soll es so sein.«

»Was kann ich tun?« Kela knetete nervös den Lappen in ihren Händen.

Der Heiler nahm aus einem der Tonkrüge drei weiße Blätter, die sich durch das Trocknen eingerollt hatten. »Brüh davon einen Tee auf und achte darauf, dass das Wasser richtig kocht, bevor du sie hineingibst. Falls der Zauber allein nicht ausreicht, könnte der Weißtee dabei helfen, die Blutseuche aus seinem Körper zu spülen.« Er gab seiner Frau ein Zeichen, dass sie Kela in die Küche begleiten sollte.

»Ich habe noch nie von einem Tee gehört, der bei Blutseuche hilft«, merkte Ryk an, sobald sie allein waren.

Morrotha lächelte. »Weißtee ist gut bei Kopfschmerz und Übelkeit. Ich wollte bloß, dass sie beschäftigt ist. So hilft sie uns am besten. Und jetzt lass uns beginnen!«

Ryk ging um das Bett herum und platzierte sich so, dass er dem Heiler direkt gegenüber kniete. Die flachen Hände legte er auf Ishans Körpermitte. Direkt unter dem Brustkorb, wo bei einem Magier das Seelenfeuer saß.

Morrotha legte seine Hände rechts und links neben die Bisswunde in Ishans Oberschenkel. Dann suchten seine Augen die von Ryk. »Bereit?«

Er nickte und fühlte im selben Moment das Erwachen von Morrothas Magie. Im Gegensatz zu der des Blutlenkers, die wie eine plötzliche Stichflamme über ihn gekommen war, ging von der des Heilers eine sanfte, pulsierende Wärme aus. Er beobachtete, wie sich an den Wundrändern der Löcher, die die Zähne des Dämonenhundes in der Haut des Jungen hinterlassen hatten, frisches Gewebe zu bilden begann. Innerhalb weniger Herzschläge schlossen sich die Bissspuren, sodass lediglich runde blassrosa Male auf der Haut zurückblieben. Es war noch der einfache Teil des Heilungsprozesses.

Ishans Augen waren weiterhin geschlossen. Schweiß bedeckte sein Gesicht. Seine Lippen bewegten sich, aber die Worte waren nicht länger zu verstehen. Im nächsten Augenblick zuckte Ryk zusammen, als ein Ziehen unterhalb seines Brustkorbs einsetzte. Zunächst sanft, dann rasch fordernder. Morrotha griff auf sein Seelenfeuer zu. Über seine Hände konnte Ryk wahrnehmen, wie sich die Magie des Heilers in Ishans Körper ausbreitete. Sie ähnelte Tausenden winziger Lichtfühler, die umhertasteten, die Keime der Blutseuche aufspürten und verschlangen. Ryk sah zu dem Heiler. Schweiß rann ihm übers Gesicht, und auch sein Hemd wies feuchte Flecken auf.

Je schwächer Morrotha wurde, desto stärker nährte sich der Zauber von Ryks Seelenfeuer. Immer schneller wurde ihm Energie entzogen. Inzwischen züngelte die Flamme seines Seelenfeuers wild umher, sträubte sich gegen den fremden Zugriff. Aber Ryk hielt die Verbindung zu Morrotha. Er musste.

Der Heiler schnaufte. »Die Blutseuche ist weiter fortgeschritten, als es nach ein paar Stunden der Fall sein dürfte. Doch wenn ich jetzt aufhöre, ist das Schicksal des Jungen ungewiss.«

Das tote Land, dachte Ryk. Irgendwie musste es Ishans Zustand beeinflusst haben. »Niemand hat gesagt, dass du aufhören sollst«, presste er hervor.

»Dein Seelenfeuer …«

»… soll meine Sorge sein.« Ryk betrachtete Ishans bleiches Gesicht. Und plötzlich spielte es keine Rolle mehr, dass er und Kela miteinander geschlafen hatten. In seinem Leben hatte es schon zu viele Tote gegeben, für die er sich verantwortlich fühlte. Ryk mochte ein Sturkopf sein, aber das hatte ihn nie davon abgehalten, das Richtige zu tun. Und was hatte der Junge schon anderes gemacht, als seinen Gefühlen Kela gegenüber nachzugeben. Für so etwas sollte niemand bestraft werden. Ryk blickte in sich hinein. Sein Seelenfeuer war heruntergebrannt. Der Kampf gegen die Val'kai, die Flamme von Kalrym hatten ihm viel abverlangt, und ihm war keine Chance geblieben, sich zu regenerieren. *Geliehene Zeit*, dachte er. So fühlte sich sein Leben seit dem Kampf mit dem Blutlenker an. Er glaubte schon lange, dass er nur deshalb überlebt hatte, damit er den Dämon noch zur Strecke bringen konnte. Seine letzte große Aufgabe als Dämonenjäger. Was machte es da schon, wenn er ein paar Jahre opferte, um den Jungen zu retten? Jahre, die ihm nicht einmal wirklich gehörten. Er schluckte. »Ich will, dass du ihn heilst«, sagte er mit befehlsgewohnter Stimme und führte dem Seelenfeuer von seiner Lebensenergie zu. Die Flamme loderte auf, und frische Magie strömte dem Heilzauber zu.

»Genug«, stieß Morrotha nur Augenblicke später hervor. Er riss die Hände von Ishans Bein los, und Ryk sackte stöhnend nach vorne. Seine Stirn lag auf dem Bett. Ihm schwindelte, und er zitterte so heftig, als hätte er einen See aus Eiswasser durchschwommen. Er spürte, wie sich jemand über ihn beugte. Seidiges Haar, das seinen Nacken kitzelte.

»Was hast du getan, du Idiot?« Kelas Stimme dicht an seinem Ohr. Wann war sie zurückgekehrt? Er hatte es gar nicht mitbekommen.

Mühsam drehte er den Kopf zur Seite, blinzelte und blickte in ihr wunderschönes, von roten Locken umrahmtes Gesicht. Sie musste ihren Zopf aufgemacht haben, zu dem sie ihr Haar die vergangenen beiden Tage gebunden hatte. Er wünschte, sie würde ihn anlächeln, stattdessen funkelten ihre grünen Augen. Sie schien tatsächlich zornig zu sein.

»Es … ging … nicht … anders«, erwiderte er.

Sie half ihm auf, indem sie ihren Kopf unter seinen linken Arm schob, die Hand um seine Taille legte und ihn auf die Füße zog. Es fiel ihr erstaunlich leicht, aber sie war ja auch eine Veydra.

»Was ist … mit dem … Jungen?«, wollte er wissen. Das Zittern hatte nachgelassen, trotzdem war er so schwach, dass er ohne Kelas Hilfe nicht allein hätte stehen können. Er betrachtete Ishans Gesicht. Es war immer noch blass, sein Schlaf wirkte allerdings ruhiger.

»Du bist ein Narr!«, schimpfte Morrotha, der noch immer auf der anderen Seite von Ishans Bett kniete. Er sah wie ein Mann aus, der seit einer Woche nicht geschlafen hatte. »Hast du auch nur die geringste Vorstellung davon, was dich das gerade gekostet hat?«

Das hatte Ryk. »Der Junge.«

Der Heiler stieß ein Seufzen aus, bevor er sich hochstemmte und auf die Bettkante hockte. Er berührte Ishans Stirn, schloss für einen Moment die Augen und öffnete sie gleich darauf wieder. »Es geht ihm gut.« Er sprach langsam. Dann fixierten seine dunklen Augen Kela. »Beide sollten mindestens einen Tag ruhen«, sagte er zu ihr. »Zwei wären besser.«

»Ich sehe, was ich tun kann, um diese beiden Dickköpfe davon zu überzeugen«, versprach Kela.

»Gut, und sorg dafür, dass du selbst auch etwas Schlaf bekommst.« Morrotha fuhr sich mit den Händen über das Gesicht. Selbst diese kleine Geste wirkte bei ihm, als würde sie ihn alles an Kraft kosten, was er noch hatte. »Nyma hat dir eure Zimmer gezeigt?«

»Ja, keine Sorge.«

Kela schleppte Ryk auf den Flur und in das gegenüberliegende Zimmer. Dort setzte sie ihn auf dem Bett ab. Der Raum war in das Licht einer Lumineslaterne getaucht und ähnlich karg eingerichtet wie der andere. *Ein weiteres Krankenzimmer*, dachte Ryk. Das passte.

Kela hockte sich vor ihn und half ihm aus den Stiefeln. Danach deckte sie ihn zu. Zuerst schien es, als wollte sie gleich wieder gehen. Schließlich setzte sie sich zu ihm aufs Bett, neigte den Kopf leicht zur Seite und streckte die Hand aus, um ihm durch das Haar zu fahren. »Wenn du so weitermachst, bist du mit Mitte vierzig so grau wie ein alter Mann.«

Ryk hätte diesen Moment gerne genutzt, um ihr zu sagen, dass er nie aufgehört hatte, sie zu lieben. Doch er wusste, dass er damit bloß Salz in die Wunde streute. Also schwieg er.

Ja, er liebte sie, und das nicht nur, weil sie eine Veydra war, sondern weil sie die Einzige war, die verstand, was es bedeutete, er zu sein. Aber jeder Tag, den er mit ihr zusammen wäre – als Liebender, nicht als Gefährte – würde seine Furcht nähren, er könnte sie eines Tages verlieren. Und so würde früher oder später, wie schon einmal, der Moment kommen, da diese Furcht so groß geworden war, dass er keine Luft mehr zu bekommen glaubte und davonlief. Das durfte er ihr nicht antun. Nicht noch einmal. »Geh zu ihm«, sagte er müde. »Er braucht dich jetzt nötiger.«

Sie sah ihn lange an. »Lügner«, sagte sie, beugte sich zu ihm hinab und küsste ihn auf die Stirn. »Trotzdem hast du recht. Wir hatten unsere Zeit. Sie war gut, und ich bereue nichts … bis auf das Ende.« Sie stand auf und verließ das Zimmer.

Eine Zeit lang starrte er die Tür an und stellte sich vor, wie Kela auf der anderen Seite des Flurs in Ishans Bett kroch und sich an ihn schmiegte. Er malte es sich so lange aus, bis die Vorstellung zu schmerzhaft wurde. Ryk presste die Lippen zusammen, rollte sich auf die Seite und schloss die Augen. Der Schlaf würde ihn vergessen lassen, wenigstens für ein paar Stunden, und er würde ihm seine Magie zurückbringen, von der er sicher war, dass er sie in den nächsten Tagen bitter nötig hatte.

Am Nachmittag des folgenden Tages saß Ryk zusammen mit Morrotha in dessen Arbeitszimmer. Viele Stunden hatte er geschlafen, trotzdem fühlte er sich immer noch etwas schwach und steifbeinig. Nach dem Frühstück hatte er das Haus des Heilers verlassen, um Sonne zu tanken, ein wenig für sich allein zu sein und nach den Strapazen der vergangenen Tage einmal so richtig durchzuatmen. Dabei hatte er auch ein paar Erledigungen in der Stadt gemacht. Darunter Pfeile für seine Armbrust sowie eine neue Hose für Ishan. Morgen würde alles zum Haus des Heilers geliefert werden. Auch hatte er schon begonnen, ihre Reise nach Kellwyn zu planen.

Für Ryk stand mehr denn je fest, dass sie sich diesem Asmaran stellen mussten. Selbst wenn nur ein Drittel dessen stimmte, was der Morphus ihnen erzählt hatte, musste er um jeden Preis aufgehalten werden. Die Auferstehung nur eines einzigen Dhana'an war für die Schwebenden Reiche ungleich gefährlicher als ein Krieg zwischen Thamaryns Fünferbund und den Freien Reichen. Abgesehen davon hatte Ryk immer noch eine Rechnung mit dem Dämon offen!

Doch zunächst musste er den Heiler bezahlen. Morrotha, der dunkle Ringe unter den Augen hatte, musterte Ryk sorgenvoll.

»Du siehst kaum besser aus als heute Nacht, Dämonenjäger!«

»Dann haben wir ja etwas gemeinsam«, erwiderte Ryk und griff nach seinem Geldbeutel. »Was schulde ich dir?«

Morrotha winkte ab. »Du hast den Preis bereits bezahlt, und er war hoch, wenn ich es so sagen darf. Ich wage mir kaum vorzustellen, wie viele Lebensjahre du aufgegeben hast, um den Jungen zu retten.«

Sie saßen in zwei Sesseln, die vor einem Kamin standen, in dem um diese Jahreszeit kein Feuer brannte.

»Heute Vormittag ist mir bei einem Blick aus dem Fenster der Vogelhort hinter deinem Haus aufgefallen«, sagte Ryk, ohne auf

Morrothas Bemerkung einzugehen. »Du stehst in regelmäßigem Kontakt mit der Akademie?«

»Das stimmt. Ich bin nicht nur der hiesige Heiler, sondern habe auch die Aufsicht über die Mine. Jeden Monat schicke ich einen Bericht über die geförderte Menge an Mondsteinen an den Obersten Magus.«

»Wäre es möglich, dass ich mir einen deiner Botenvögel borge? Ich habe eine wichtige Nachricht für Everdale Tilbrock.«

Morrotha bejahte.

»Ausgezeichnet«, erklärte Ryk, als die Tür sich öffnete und Nyma mit zwei dampfenden Bechern eintrat, von dem sie einen Ryk reichte, den anderen ihrem Mann.

»Qilwin-Tee«, sagte sie mit einem Lächeln. »Ihr seht beide so erschöpft aus, da dachte ich, ihr könntet etwas Belebendes gebrauchen.«

Ryk dankte ihr und kostete von dem Tee. Er schmeckte bitter, aber nach ein paar Schlucken spürte er bereits die erfrischende Wirkung des Getränks. Er wartete, bis Nyma das Zimmer verlassen hatte, dann bat er Morrotha um zwei Bögen Papier.

»Natürlich.« Der Heiler erhob sich und deutete auf seinen Schreibtisch, auf dem es neben mehreren Dokumenten- und Bücherstapeln auch ein Tintenfässchen mit einer Feder gab. »Papier findest du in der obersten Schublade. Wenn du sonst noch etwas brauchst, rufe nach mir. Ich werde in der Zwischenzeit noch einmal nach dem Patienten sehen.« Damit ließ er Ryk allein.

In seinem ersten Brief berichtete er dem Obersten Magus vom Tod des Morphus und was sie durch diesen über den Blutlenker Asmaran erfahren hatten. Zudem bat er seinen ehemaligen Mentor darum, einen Brief an den kellwynischen Dämonenjäger zu schicken und ihn von ihrem Kommen zu unterrichten. Im Kampf gegen den Blutlenker würden sie alle Hilfe benötigen, die sie bekommen konnten. Dass einer der reetacianischen Soldaten den Botenvogel abfing, fürchtete Ryk nicht. Die Nachricht könnte ja für Thamaryn oder einen seiner Verbündeten bestimmt sein. Sollte es dennoch passieren, würde die Nachricht niemand außer einem Magier lesen können, da sie für Fälle wie diesen in einem speziellen Code des Ordens verfasst wurde.

Bevor er zum zweiten Bogen Papier griff, holte Ryk das Echophon aus seiner Hosentasche, das sie dem Morphus abgenommen hatten und an dem noch immer sein Blut klebte. Er stellte die kleine, vierseitige Pyramide vor sich auf den Schreibtisch. Er würde Morrotha bitten, sie bei Gelegenheit an Tilbrock weiterzugeben. Danach machte er sich an den zweiten Brief, der an Veitt weitergeleitet werden sollte.

Mein lieber Veitt,

dies ist vermutlich das letzte Mal, dass du von mir hörst. Meine einzige Hoffnung, den Blutlenker zu schlagen, ist ein Portal, durch das ich ihn in die Gegenwelt bannen kann. Du weißt um den Preis dieser Magie. Selbst in den alten Zeiten war eine ganze Handvoll Magier nötig, um einen stabilen Durchgang zu schaffen.
Bestimmt wird der Orden in Bälde einen neuen Dämonenjäger nach Xe'Neridian schicken, der meinen Platz einnimmt. Sei ihm in diesen schwierigen Zeiten die gleiche wertvolle Stütze, die du auch mir immer warst.

Leb wohl, mein Freund,
Ryk Vangur

Er hätte bei dem Wort »Freund« beinahe gezögert. Tatsache war jedoch, dass er es Veitt schuldete. Er war stets mehr als sein Gehilfe gewesen. Ein Verbündeter, ein Gefährte, die Stimme seiner Vernunft – all das, was einen Freund ausmachte.

Nachdem er die Briefe zusammengerollt und versiegelt hatte, ließ er sie auf Morrothas Schreibtisch zurück und stieg in den ersten Stock des Hauses hinauf, wo er Kela bei Ishan vorfand. Der Junge saß aufrecht im Bett und löffelte eine Suppe. Sein Haar, das in den vergangenen Wochen gut gewachsen war, wirkte zerzaust. Er war immer noch sehr blass. Doch in dem Blick, den er Ryk zuwarf, spiegelte sich Respekt.

»Kela hat mir gesagt, was du für mich geopfert hast«, sagte er. »Das hättest du nicht tun sollen.«

»Es war meine Entscheidung.«

Ishan öffnete den Mund, als würde er widersprechen wollen, aber am Ende nickte er bloß. »Danke.«

Er wird langsam erwachsen, dachte Ryk. »Du hast diese Chance verdient«, sagte er und reichte Ishan die Hand. »Es tut mir leid, wenn ich in den letzten Tagen etwas ruppig zu dir war. Ich hatte kein Recht dazu.«

Der Junge sah ihn mit großen Augen an, bevor er die Hand hastig ergriff. »An deiner Stelle hätte ich nicht anders reagiert.«

»Männer«, murmelte Kela und seufzte. »Wurde auch Zeit.« Sie wandte sich Ryk zu. »Wo hast du gesteckt? Ich habe vorhin nach dir geschaut, und du warst nicht in deinem Zimmer.«

»Ich hatte noch ein paar Dinge zu erledigen.«

Ishan ließ seine Suppenschüssel sinken. »Wie geht es jetzt weiter?«

»Egal, ob der Morphus die Wahrheit gesagt hat oder nicht, ich kann das Risiko nicht eingehen, den Blutlenker frei herumlaufen zu lassen. Ich muss mich ihm stellen.«

Die beiden hoben sogleich zum Protest an. »Auf keinen Fall gehst du ohne uns«, erklärte Kela.

Ishan nickte zustimmend.

Ryk lächelte schwach. »Ich hatte es auch nicht vorgehabt.« Er setzte sich ans Fußende des Bettes.

»Ich habe über die Worte des Morphus nachgedacht«, sagte

Kela. »Wenn es stimmt, dass der Blutlenker den Dhana'an Inos wiedererwecken will, warum erst jetzt? Warum nicht schon vor tausend oder fünfhundert Jahren?«

»Ich habe mich das auch schon gefragt«, bekannte Ryk. »Und bin zu der Überzeugung gelangt, dass sie das tatsächlich schon früher versucht haben. Denkt nur an Zaragoth, den Fluchbringer, der vor dreihundert Jahren die Barriere überwand, bevor wir sie verstärkt haben. Und an all die Menschendämonen vor ihm. Wir haben sie stets bekämpft und geglaubt, sie wären gekommen, um Chaos zu stiften und ihre Rachsucht an den Menschen auszulassen. Stattdessen könnten sie nach Inos gesucht haben. Möglicherweise haben die Val'kai in den ersten Jahrhunderten nach dem Zweiten Krieg nicht einmal selbst gewusst, was wirklich mit ihm passiert war. Die Dhana'an hatten ihnen schließlich weisgemacht, er wäre ausgezogen, neue Welten zu erobern.«

»Dämonen, die Dämonen verraten.« Kela schüttelte den Kopf. »Das hat es früher nicht gegeben. Vielleicht ist ja das der Grund, warum Asmaran den Dhana'an Inos zurückholen will. Um die alte Ordnung wiederherzustellen.«

Ryk hob die Hände. »Alles ist möglich. Wir wissen nicht, was in der Gegenwelt vor sich geht.«

Ishan seufzte.

»Was ist?«, wollte Ryk wissen.

»Was, wenn Thamaryn wirklich unter der Kontrolle des Blutlenkers steht?«, fragte Ishan. »Wäre er in dem Fall nicht genauso ein Opfer wie mein Vater?«

»Ein Opfer? Nach allem, was du mir über den Großfürsten erzählt hast, ist er vieles, aber kein Opfer. Der Blutlenker hält sich seit rund vier Monaten in den Schwebenden Reichen auf, während Thamaryn und seine Verbündeten schon sehr viel länger für den Krieg rüsten. Vielleicht war es nicht seine Entscheidung, in Kellwyn einzufallen. Doch wenn es nicht dieses Inselreich gewesen wäre, dann ein anderes. Wie du schon gesagt hast: Thamaryn wollte diesen Krieg!«

»Du hast recht«, sagte Ishan, nickte entschieden und warf die Bettdecke zurück. »Wann brechen wir auf?«

»Nicht so schnell, Junge! Eine weitere Nacht Ruhe wird uns allen guttun«, sagte Ryk. *Besonders mir*, fügte er in Gedanken hinzu. Ishans Heilung zehrte immer noch an ihm.

»Außerdem brauchst du unbedingt eine neue Hose«, sagte Kela trocken.

»Oh.« Ishan wurde rot und zog sich die Decke hastig wieder über.

47

O'Sha'wa, Kellwyn
4. Augus, 1026 n. d. Zweiten Dämonenkrieg

Catara atmete durch, in der Hoffnung, das beklemmende Gefühl in ihrer Brust zu vertreiben. War es überhaupt ihres? Oder das von Tovan Ethu? Vor fünf Nächten hatte sie das Aussehen und das Leben des kellwynischen Rebellen übernommen, der einen der Zugänge zum Labyrinth der Toten unter der Stadt O'Shan'wa überwacht hatte. Verdammt, was war nur los mit ihr?

In den letzten Wochen hatte sie mehr und mehr das Gespür dafür verloren, zwischen ihren eigenen Gefühlen und denen ihrer Opfer zu unterscheiden. Nicht einmal mehr in ihren Träumen fand sie Ruhe. Immer öfter glichen sie Reisen durch fremde Leben, in denen sie zu der anderen Person wurde und ganz und gar vergaß, dass sie Catara von den Keesa war. Jedes Mal schreckte sie schweißgebadet und wimmernd auf. Inzwischen legte sie sich nur noch nieder, wenn die Erschöpfung so groß war, dass selbst ihre Furcht vor diesen Träumen nicht mehr verhindern konnte, dass ihr die Augen zufielen.

Früher waren die Erinnerungen ihrer Opfer mit dem alten Körper verschwunden, sobald sie einen neuen geraubt hatte. Aber früher hatten auch Wochen und Monate zwischen einem Gestaltwandel und dem nächsten gelegen. Seitdem sie vor rund sechs Wochen von Sharigor aufgebrochen war, hatte sie ihr

Aussehen öfter gewechselt als manche Edeldame an Königin Madeas Hof ihre Unterkleider. Und das hatte etwas in ihr bewirkt.

Sobald dieser Auftrag erledigt ist und ich wieder zur Ruhe gekommen bin, wird alles wieder gut, sagte sie sich und konzentrierte sich auf das Hier und Jetzt.

Im Lichtschein der Fackel folgte sie einem Gang mit gemauerten Wänden. Er war Tausende Jahre alt, stellenweise glitzerte der Stein, als hätte man Sternenstaub darübergestreut. In unregelmäßigen Abständen tauchten Abzweigungen aus der Finsternis vor ihr auf. Gelegentlich auch Stufen, die tiefer hinab in die Erde führten, oder Durchgänge, die zu Steinkammern gehörten, von denen einige – das wusste sie inzwischen – mit menschlichen Gebeinen gefüllt waren, andere mit Statuen von Götzenbildern, die eine Schlange mit Flügeln zeigte oder eine Art Monster mit Hundekopf und eigentümlich verdrehten Füßen. Manche Kammern enthielten einfach nur Tonkrüge und -schalen, häufig zerbrochen. Es gab jedoch auch solche, die vollkommen leer waren oder eingestürzt, sodass man eine Halde aus Schutt und Erde vor der Nase hatte, wenn man einen Blick hineinwarf.

So feucht und heiß es auf der Oberfläche dieser Insel war – hier unten im Labyrinth herrschte eine angenehme Kühle, und die Luft war erstaunlich frisch. Eigentlich hätte das nicht sein dürfen. Immerhin verlief der Tunnel, dem sie gerade folgte, rund sechzig Fuß unter der Erde und besaß keine Luftschächte. Und trotzdem behagte es Catara hier unten nicht. Die Dunkelheit, die Stille und die Nähe zu den Toten stimmten sie melancholisch. Oder waren das Tovans Gefühle? Sie seufzte und warf einen Blick zu Sola Mohawic hinüber, der neben ihr herschlurfte. Falls er es gehört hatte, so zeigte er keine Reaktion.

Mit seinen dicken Lippen und den hervorquellenden Augen, die so öde wirkten wie die Große Leere selbst, sah ihr Begleiter aus wie eine Kröte. Gebaut war er ähnlich wie sie: mittelgroß, breite Schultern und dunkles glattes Haar. Er war in eine Stoffhose gekleidet. Seine Stiefel und die Weste, die er über der nackten Brust trug, waren aus einem Leder gefertigt, das Catara nicht kannte. Vermutlich eine Tierart, die im Dschungel an der Grenze zur Stadt lebte.

Tovan Ethu hatte das Gleiche getragen, bevor sie ihn seiner Kleidung beraubt und in einem Erdloch am Rande der Lichtung verscharrt hatte. Danach war sie zu dem Versteck zurückgekehrt und hatte seinen Posten eingenommen. Bald darauf war eine Patrouille von reetacianischen Soldaten auf der Lichtung aufgetaucht. Vielleicht hatte der Absturz des Luftschiffes sie angelockt. Vielleicht liefen sie diese Route auch regelmäßig ab. Catara hatte sich bereits aufs Kämpfen eingestellt, als die Soldaten sich bis auf wenige Schritte der Ruinenmauer und dem dahinter verborgenen Tunnel genähert hatten. Doch dann war etwas Sonderbares geschehen. Trotz der schlampigen Tarnung hatten die Männer ihrem Versteck keine Beachtung geschenkt. Jedes Mal, wenn sie hinsahen, schien etwas ihre Blicke davon abzulenken und sie wandten die Köpfe in eine andere Richtung. Kurz darauf waren sie auch schon wieder im Dschungel verschwunden gewesen.

Bei Sonnenaufgang war Tovans Wachablösung aufgetaucht. Ein Mann und eine Frau. Ihre erste Prüfung. Catara hatte den beiden erklärt, dass eine reetacianische Patrouille in der Nacht aufgetaucht und unverrichteter Dinge weitergezogen sei, woraufhin die Frau die Schultern gezuckt und gemeint hatte: »Das Labyrinth beschützt uns.«

Es war eine eigentümliche, ein wenig unheimliche Antwort gewesen. Catara hatte sie darauf zurückgeführt, dass die Kellwyner einfache Menschen waren, die in solchen Ammenmärchen Stärke suchten. Danach war sie dem Tunnel gefolgt, durch den ihre Ablösung zu ihr gestoßen war. Er hatte sie in die Tiefe geführt, zu einer Treppe, die sie hinabgestiegen war. Immer weiter und weiter, bis sie auf eine Kammer mit einem Brunnenschacht gestoßen war. Dort hatte sie eine Gruppe alter Frauen und Mädchen angetroffen, die damit beschäftigt gewesen waren, Eimer und Tonkrüge mit Wasser zu füllen. Catara hatte angeboten zu helfen und war dann mit ihnen zusammen zum Lager der Rebellen zurückgekehrt.

Die Kellwyner waren ein närrisches Volk in Cataras Augen. Misstrauen schien ihnen fremd, wenn man nicht gerade wie ein Reetacianer aussah. Aber was erwartete sie von Menschen, die vor dem Einfall von Thamaryns Truppen für ihre Gastfreundschaft berühmt waren? Sola Mohawic neben ihr war ein ganz besonderes Exemplar von einem Kellwyner. Die meiste Zeit über schien er in Träumereien versunken und reagierte nur, wenn man ihn direkt ansprach. In den Tagen, die sie bereits bei den Rebellen zubrachte, hatte Catara beobachten können, dass er für die meisten Arbeiten nichts taugte. Beim Kochen ließ er das Essen anbrennen, beim Wäschewaschen stellte er sich dümmer an als ein Kleinkind. Gab man ihm jedoch gar nichts zu tun, wurde er unruhig und zuweilen sogar aggressiv. Aus diesem Grund teilte man ihn zumeist einer Patrouille zu. Heute war das Los auf Tovan Ethu, und damit Catara, gefallen. Zuerst hatte sie sich gesträubt. Sie wäre lieber allein gegangen, wie schon an den Tagen zuvor. Die Stille im Labyrinth gab ihr Gelegenheit zum Nachdenken, während sie im Chaos und Lärm des Lagers kaum einen Gedanken fassen konnte. Zum Glück hatte sich herausgestellt, dass Sola so selten etwas sagte, dass sie die meiste Zeit über vergaß, dass er überhaupt an ihrer Seite war.

Nach wie vor suchte sie einen Weg, um an Thamaryn und seine Verbündeten, Graf Roadan und Herzog Belfane, heranzukommen, deren Feuerreiter vor drei Tagen im Hafen von O'Shan'wa eingelaufen waren. Ein Späher hatte davon im Lager berichtet. Sehr viel schwieriger war es, an Informationen über den Palast zu kommen und was darin vor sich ging. Von den anderen Rebellen hatte sie durch vorsichtiges Nachfragen erfahren, dass derzeit niemand in die Herrscherpyramide hineingelassen wurde. Reetacianische Offiziere waren die Einzigen, die noch Zugang besaßen, und diese befanden sich wegen der Rebellen immer in Begleitung eines Wachtrupps. Am Haupttor mussten sie diesen allerdings zurücklassen und ihren Weg allein fortsetzen.

Solche Vorsichtsmaßnahmen grenzten schon an Paranoia, nachdem jedoch zwei von Thamaryns engsten Verbündeten durch Catara ermordet worden waren, hatte der Großfürst auch allen Grund dazu, sich zu ängstigen. Selbst Boten mussten ihre Nachrichten an die Torwächter aushändigen, die stets zu viert waren, sodass sie nicht überwältigt werden konnten, ohne dass einer von ihnen Alarm geschlagen hätte. Zudem überwachten die Männer auf den höher gelegenen Terrassen alles, was sich direkt vor der Pyramide und in den Straßen, die zum Palast führten, abspielte. Bei der kleinsten Unregelmäßigkeit bliesen sie in ihre Hörner, von denen jeder eins am Gürtel trug. Als Folge stürmte eine zwanzigköpfige Wachmannschaft nach draußen, um alles niederzumetzeln, was ihnen in die Quere kam. Auch Lebensmittel waren in den letzten Tagen nicht in den Palast geliefert worden. Anscheinend hatte man dort einen Vorrat angelegt.

Es sah tatsächlich so aus, als wäre die Herrscherpyramide nach außen hin völlig abgeriegelt.

Eine Hoffnung gab es für Catara noch: die Prinzessin der Kellwyner. Die rechtmäßige Herrscherin über dieses Inselreich, nachdem der Rest ihrer Familie den Tod gefunden hatte. Über sie erzählten sich die Rebellen, dass ihr die Flucht aus der Pyramide gelungen war, obwohl reetacianische Truppen das gesamte Gelände umstellt hatten. Die Kellwyner hielten es für eine Art Wunder. Catara glaubte an eine sehr viel weltlichere Lösung: einen geheimen Fluchttunnel. Vermutlich war die Prinzessin durch diesen entkommen, während ihre Soldaten und ihre Dienerschaft die Feinde aufgehalten hatten. Vorhin hatte sie Sola auf diese Idee angesprochen, woraufhin er sie mit diesen Glubschdingern von Augen angesehen und gemeint hatte: »Viele Wege führen in und aus dem Labyrinth heraus, Tovan. Das müsstest du doch am besten wissen.«

Weitere Fragen hatte sie sich aufgrund von Solas Worten verkniffen. Möglicherweise war das nur so von ihm dahergesagt gewesen, möglicherweise wusste das Krötengesicht auch mehr über Tovan als Catara selbst. Sie hatte versucht, ein paar seiner Erinnerungen heraufzubeschwören. In der Hoffnung, sie könnten ihr Antworten liefern. Doch es waren nur Gesichter von Männern und Frauen darunter gewesen, mit denen ein Gefühl des Verlusts und tiefen Schmerzes einhergegangen war, weshalb Catara keine weiteren Versuche unternommen hatte. Die Prinzessin führte die Rebellen an und lebte auch mit ihnen zusammen in ihrem Hauptlager, einer gewaltigen Kaverne tief unter der Erde, dem ältesten Teil des Labyrinths. Allerdings war sie ständig von Leibwächtern umgeben, und Tovan Ethu schien zu unbedeutend, als dass man ihn zu ihr vorlassen wollte. Einmal abgesehen davon: Selbst wenn Catara sich die Gelegenheit geboten hätte, Iritari nach einem solchen Geheimgang zu befragen, warum sollte die Prinzessin ihr davon erzählen? Warum sollte sie überhaupt mit jemandem darüber reden, der nicht in dieses Geheimnis eingeweiht war? Catara hätte sich nur verdächtig gemacht und dadurch ihre Freiheit und ihre Mission riskiert.

Trotzdem gibt es eine Lösung, dachte sie nun. Es gab immer eine. Bisher war sie nur noch nicht darauf gestoßen. Sie blieb stehen, als sich der Tunnel vor ihr teilte. Sola tat es ebenfalls. Er stand einfach neben ihr und starrte wie ein geistloses Ding vor sich hin. Catara biss sich auf die Unterlippe, während sie zwischen den Tunneln hin und her blickte. Dieser Route folgte sie heute zum ersten Mal. Sie war ihr von Aruna zugeteilt worden, einem ehemaligen Distriktvorsteher, der mittlerweile die Patrouillen koordinierte und davon ausgegangen war, dass Tovan Ethu die Route von früheren Streifzügen kannte. Sie versuchte, sich daran zu erinnern, was er ihr über die Tunnel gesagt hatte. Es war nicht viel. Vor allem nichts, was ihr in dieser Situation weiterhelfen konnte.

Das Licht ihrer Fackel offenbarte keine Unterschiede zwischen den Tunneln. Beide waren gleich breit und hoch und besaßen eine gewölbte Decke. Verflucht! Konnte sie es wagen, Sola zu fragen? Sie sah zu ihm hinüber. Sein Krötengesicht war vollkommen ausdruckslos, dennoch musste er ihren Blick gespürt haben, denn plötzlich fragte er: »Gibt es ein Problem?«

Catara zuckte beim Klang seiner Stimme zusammen, die unnatürlich laut in der Stille klang. Nun drehte er ihr auch noch das Gesicht zu und starrte sie mit seinen hervorquellenden Augen an. Spontan entschied sie sich für den rechten Gang. Als Sola ihr ohne Widerspruch folgte, erlaubte Catara sich ein Lächeln. Offenbar hatte sie die richtige Wahl getroffen. Sie schritt schneller voran und hätte beinahe zu Pfeifen begonnen – das musste eine Angewohnheit Tovans sein. Wenn sie den modrigen Geruch und die Gebeine ignorierte, erinnerte sie das Labyrinth sogar ein wenig an zu Hause, die Felsenstadt der Keesa. Nur herrschte dort aufgrund der Leuchtpilze eine hellere und freundlichere Atmosphäre, und die Essensgerüche und vielen Stimmen kündeten von Leben, während sie im Labyrinth von Dunkelheit und Tod umgeben war. Sie streifte mit der Linken den Stein der Tunnelwand. Er war rau, aber nicht so kühl, wie er eigentlich hätte sein müssen. Dies war eine der Merkwürdigkeiten dieses Ortes. Und davon gab es noch viele mehr. Im Grunde war das Labyrinth eine Unterwelt, die sich über viele Meilen erstreckte und deren Gänge nicht bloß unter der Stadt verliefen, sondern sich teilweise bis weit ins Landesinnere erstreckten – wenn sie nicht gerade eingestürzt waren oder an einer Erdspalte endeten, die den Tunnel irgendwann einmal unterbrochen hatte. Außerdem gab es Treppen. Überall. Sie führten viele Stockwerke unter die Erde, wo es noch mehr Tunnel und Steinkammern gab und Kavernen gefüllt mit Knochen. Zehntausende, Hunderttausende Gebeine. Das gesamte Ausmaß des Labyrinths schienen die Kellwyner nicht einmal selbst zu kennen. Manche Regionen mieden sie bewusst und wollten auch nicht über den Grund dafür sprechen. Wenn Catara ihnen dennoch etwas zu entlocken versuchte, trat augenblicklich Furcht in ihre Augen, und sie befahlen ihr, zu schweigen.

Dennoch war sie froh, dass sie nach ihrem Absturz im Urwald auf einen Zustieg zum Labyrinth gestoßen war. An der Oberfläche hätte sie leicht ins Kriegsgeschehen hineingezogen werden können, da war es trotz allem hier unten sicherer für sie. Inzwischen wusste sie, dass es solche Zustiege ins Labyrinth allerorts innerhalb und außerhalb von O'Shan'wa gab. Die meisten waren in den Kellern von Häusern und an heiligen Stätten der Kellwyner verborgen, und wenn man den Rebellen glauben wollte, schützte das Labyrinth sie mit seiner ganz eigenen Magie. Wurde dennoch mal ein Eingang von den Reetacianer entdeckt, brachten die Rebellen den Tunnel zum Einsturz.

»Ende«, sagte Sola.

Catara blickte auf und blieb stehen. Nur ein paar Schritte vor ihr befand sich eine Felswand mit dem Relief einer Götzengestalt mit Hundekopf, die von einem Reigen sich windender und tanzender Skelette umgeben war. »Scheiße!«, platzte sie heraus.

Sola sah sie erneut mit seinen Krötenaugen an. »Warum den rechten? Warum nicht den linken? Letztes Mal hast du Sola gesagt, dass dies eine Sackgasse ist.«

Sie warf ihm einen giftigen Blick zu. »Ich wollte bloß testen, ob du aufgepasst hast. Und jetzt stelle ich fest, das hast du nicht!«

Er sah sie an, und seine Lippen verzogen sich zu einem Lächeln, das Catara bei jedem anderen als arglistig bezeichnet hätte. »Du bist … anders.« Er nickte.

»Was meinst du damit?« Catara macht mit der Fackel einen drohenden Schritt auf ihn zu. Sola schien davon unbeeindruckt, oder er erkannte die Gefahr nicht.

»Die letzten Male hat Tovan Ethu geredet, immerzu geredet, bis Sola der Kopf wehgetan hat«, sagte er. »Heute nicht.«

»Weil ich nicht in der Stimmung bin.«

»Nein«, sagte Sola. »Du bist anders. Ich spüre …« Plötzlich ruckte sein Kopf herum, und er starrte zurück in die Richtung, aus der sie gekommen waren. Dabei wurden seine Augen größer und größer.

»Was ist?«, fragte Catara.

Er antwortete nicht.

»Hast du was gehört?« Catara lauschte, aber Solas keuchende Atemstöße verschluckten jedes andere Geräusch, falls denn da eines war. Sie ging ein paar Schritte zurück in den Tunnel.

Der Rebell lief ihr nach. »Lass Sola nicht allein.« Angst schwang in seiner Stimme mit.

»Still, du Idiot«, fauchte Catara. »Was ist es, was du gehört hast?«

Er starrte wieder in die Finsternis, die die Welt außerhalb des Fackelscheins verschlungen hatte. Zuerst glaubte sie, er würde ihr wieder nicht antworten, doch dann wandte er ihr das Gesicht zu. »Ich sehe nicht. Ich höre nicht.« Er schüttelte den Kopf und legte die Hand auf sein Herz. »Sola fühlt, dass wir nicht allein sind.«

»Du redest Unsinn!« Sie schnaubte. Dieser Sola war nicht ganz richtig im Oberstübchen. Trotzdem konnte er recht haben. Sie fühlte selbst etwas. Ein leises Gefühl der Bedrohung. »Ab jetzt kein Wort mehr, verstanden?«

Er nickte und presste die Froschlippen zusammen.

Am liebsten hätte sie die Fackel gelöscht, weil man sie dadurch schon von Weitem sehen konnte. In dem Fall würde sie sich jedoch blind durch die Finsternis bewegen müssen. Was ihr mit Sola an der Seite wenig verlockend erschien. Seine Angst würde ihn so laut atmen lassen, dass sie nichts anderes außer ihm hören würde. Kurz spielte sie mit dem Gedanken, ihn zurückzulassen. Vermutlich würde er ihr dennoch folgen. Um ihn davon abzuhalten, müsste sie ihn schon töten.

Etwas in ihr sträubte sich dagegen. Dieses Mal war sie sicher, dass es von Tovan Ethu ausging. Mittlerweile war sie wieder auf die Abzweigung gestoßen, die sie einige Minuten zuvor passiert hatten. Catara trat in ihr Zentrum, blieb stehen und starrte zuerst in den einen Gang, anschließend in den anderen. Neben ihr schnaufte Sola. Die Augen riesengroß vor Angst. »Was spürst du?«, fragte sie.

Er sah sie an, am ganzen Körper zitternd. Seine Lippen bewegten sich, doch kein Laut kam darüber. »Sprich schon, du Idiot!« In diesem Moment zerfetzte ihm ein Bolzen die Kehle und schlug rechts von Catara in die Tunnelwand ein. Zwei, drei Sekunden lang stand Sola reglos da, während das Blut ihm über die Brust strömte. Tränen in den dunklen Augen. Dann brach er zusammen.

»Ich ergebe mich!«, rief Catara ins Dunkel. Für eine Flucht war es zu spät, weshalb aufgeben ihre einzige Chance war, wenn sie hier unten nicht sterben wollte. Vorausgesetzt, die unsichtbaren Eindringlinge waren überhaupt auf Gefangene aus. Sie hob ihre Schwerthand zum Zeichen, dass sie nicht nach der Waffe greifen würde, die an ihrer Seite hing. Mit der anderen hielt sie die Fackel hoch. Ein metallisches, allmählich lauter werdendes Klirren näherte sich ihr von rechts aus dem Haupttunnel. Kurz darauf traten fünf Männer aus der Dunkelheit heraus. Ihre Köpfe waren durch Kettenhauben geschützt, die lediglich ihre Gesichter freiließen, denen das Eisen einen grimmigen

Ausdruck verlieh. Kettenhemden schauten unter weißen Überwürfen hervor, auf denen das reetacianische Wappen prangte: ein roter Adler auf goldenem Hintergrund.

Drei der Männer waren mit Armbrüsten bewaffnet. Zwei zielten auf Catara, während der dritte einen neuen Bolzen auflegte. Ein vierter hielt eine Fackel, von der ein Rauchfaden aufstieg. Er musste sie erst vor Kurzem ausgetreten haben.

Der letzte Mann war mit einem Einhänder bewaffnet. Es handelte sich wohl um den Anführer. Er schob sich an den Armbrustschützen vorbei und blieb mit Abstand zu Catara auf der Kreuzung stehen. Der Rest seiner Männer baute sich links und rechts von ihm auf.

Er hatte kupferfarbene Augen, was bei Reetacianern, insbesondere beim gemeinen Volk, keine Seltenheit war. Kurz ruhte sein Blick auf Sola, der bäuchlings zwischen ihnen auf dem Boden lag.

»Sieht aus, als hätten wir einen dieser dreckigen Rebellen erwischt.« Der Anführer fixierte Catara. »Und es springt sicher eine hübsche Belohnung für uns raus, wenn wir ihn Sarazas bringen.« Er deutete mit der Schwertspitze auf sie und grinste. »Der General hat ein Händchen dafür, solche wie dich zum Reden zu bringen.«

Einer der Soldaten lachte. Die anderen drei sahen beklommen drein.

Barthomae Sarazas. Catara erinnerte sich daran, über ihn gelesen zu haben, als sie sich auf diese Mission vorbereitet hatte. Er war der Oberbefehlshaber der reetacianischen Streitkräfte und hatte eine Neigung zur Gewalt. Allerdings überraschte das wohl kaum bei einem Mann, der Großfürst Thamaryn diente. Catara betrachtete die Soldaten. Ob sie die Geschichten über das Labyrinth kannten, die die Kellwyner sich erzählten?

»Falls ihr es lebend wieder hier rausschafft«, sagte sie wie nebenbei. An der Reaktion der Männer, die plötzlich nervöse

Blicke in die Dunkelheit außerhalb des Fackelscheins warfen, erkannte sie, dass die Gerüchte auch ihnen zu Ohren gekommen waren. Gut.

»Altfrauengeschwätz«, fuhr sie der Anführer an. Seine Stimme mochte hart klingen, doch seine Augen verrieten ihn. Seine Pupillen waren inzwischen so groß, dass das Kupfer nur noch einen dünnen Ring darum bildete. »Nehmt dem Rebellen Fackel, Schwert und Messer ab!«, befahl er seinen Männern.

Ja, kommt nur näher, dachte Catara und lächelte innerlich.

Plötzlich nahm sie vor sich auf dem Boden eine Bewegung wahr. Winzig und unbemerkt von den Reetacianern. Im ersten Moment führte sie es auf eine Täuschung des Feuerscheins zurück, aber dem war nicht so. Tropfen von Solas Blut, erfüllt von einem unheimlichen Eigenleben, krochen über den Steinboden direkt auf sie zu. Was ging da vor sich? Sie wollte zurückweichen, doch dann würde ihr einer der Armbrustschützen – oder auch alle drei – einen Bolzen durch die Brust jagen. Erst auf den zweiten Blick bemerkte sie, worauf sie stand, und eine Gänsehaut lief ihren Rücken hinab: Es war ein Relief des hundeköpfigen Götzenbilds, das sie auch schon in der Kammer gesehen hatte. Abgenutzt von zahllosen Füßen, die im Verlauf von Jahrtausenden darüber hinweggeschritten waren. Im selben Augenblick, da die Soldaten ihr die Fackel und das Schwert entrissen, erreichte Solas Blut das Götzenbild.

Wind, warm wie Atem, brauste durch alle drei Tunnel auf sie zu, riss ihnen an Haaren und Kleidung und zwang der Flamme einen wilden Tanz ab. Die Reetacianer blickten sich verschreckt um, bis ihnen ihr Anführer befahl weiterzumachen. Sofort wandten sich die Soldaten wieder Catara zu und nahmen ihr auch noch das Messer an ihrem Gürtel ab. Catara wehrte sich nicht. Sie war erstarrt. Auf den Wänden der Tunnel hinter den Reetacianer bildeten Licht und Dunkelheit mit einem Mal Schattenhände aus, die über Wände direkt auf die Männer zujagten.

Cataras Herz raste. Was ging hier vor? Erneut fegten Windstöße durch die Tunnel über sie hinweg, stärker und rauer als die vorherigen, und dieses Mal erlosch die Fackel. Schwärze senkte sich auf sie herab. Links von ihr fluchte einer der Reetacianer.

»Der Gefangene!«, rief der Anführer. Sie hörte seine Schritte und wie er über Solas Leiche stolperte. Und dann begann der erste Mann zu schreien.

Gleich darauf fiel ein zweiter mit ein, und schließlich schrien alle. Ihre Stimmen waren schrill, unmenschlich hoch und rissen an Cataras Trommelfell. Sie spürte, dass etwas um sie herum mit den Männern vorging. Und auch wenn sie selbst nicht angegriffen wurde, verfiel sie in Panik. Sie wollte nur noch weg von diesem Ort. Sie warf sich nach rechts, wo sie mit einem der Männer zusammenprallte und stieß ihn beiseite. Sie stolperte weiter und krachte nur wenige Schritte später gegen eine Mauer. Es konnte nur der Haupttunnel sein, durch den sie ursprünglich hierhergekommen war. Catara ignorierte den Schmerz und tastete sich hektisch an der Steinwand entlang durch die Finsternis. Weiter und immer weiter, bis die Schreie allmählich hinter ihr verklangen. Dann erst blieb sie stehen. Ihre Beine zitterten, der Puls hämmerte ihr in den Ohren. Was war da geschehen?

Als die Beine unter ihr nachgaben, sackte Catara gegen das Mauerwerk und schloss die Augen. Augenblicklich nahmen die Bilder der Knochenberge in ihren Gedanken Gestalt an, über die sie am zweiten Tag ihrer Ankunft im Labyrinth gestolpert war. Zu dem Zeitpunkt hatte sie sich von den anderen Rebellen abgesetzt, um sich mit der Umgebung um das Hauptlager herum vertraut zu machen. Dabei war sie auf eine Treppe gestoßen. Tiefer und tiefer hatte diese sie geführt, bis sie am Ende im Eingang zu einer Kaverne gestanden hatte.

Das Licht ihrer Fackel war auf einen Garten aus Kristallen gefallen, die daraufhin wie die Luminesaugen der Magier in allen Farben des Regenbogens aufgeleuchtet und die Knochenberge im hinteren Teil der Höhle enthüllt hatten. Hunderttausende menschlicher Gebeine. So viel Tod, geballt auf engstem Raum, das konnte nicht gut sein. Catara wimmerte leise und sank zu Boden, wo sie das Gesicht in den Händen vergrub. Irgendetwas musste dort unten zurückgeblieben sein, hatte sich dem Tod widersetzt oder war gar aus ihm hervorgegangen. Und dieses etwas schien über das Labyrinth und die Kellwyner zu wachen. Ein Zittern durchlief sie.

Auch die Keesa glaubten, dass ihre Ahnen über sie wachten. Catara hatte das nie getan. Nein, das stimmte nicht, sie hatte nur aufgehört, daran zu glauben. Und jetzt fragte sie sich, ob das nicht voreilig gewesen war.

48

Feuerfluss, Nekross
6. Augus, 1026 n. d. Zweiten Dämonenkrieg

Es war kurz nach Mitternacht, der Himmel hatte aufgeklart, und entweder würde diese Nacht sie zu Helden machen oder sie starben, und niemand würde je erfahren, was sie versucht hatten. In Ishans Herz brodelte ein Sturm aus Emotionen. Er fühlte Panik, aber auch Zuversicht, sehnte sich nach Rache und fürchtete zugleich, wieder zu verlieren, was er gerade erst mit Kela gefunden hatte. Die ganze Reise vom Inselreich der Magier bis kurz vor Kellwyn hatten sie in Kelas Kajüte verbracht, hatten sich geliebt, hatten geredet und jede Sekunde genossen. Auch wenn sie ihm offen gesagt hatte, dass sie nach diesem Abenteuer – sollten sie es überleben – in ihre Hütte im Wald zurückkehren würde, so war sie doch einverstanden gewesen, dass er sie dort besuchte. Das machte ihm Hoffnung.

Vielleicht lag es an all diesen widersprüchlichen Gefühlen, dass ihm dieser Augenblick so unwirklich vorkam, dass er plötzlich einfach draufloslachte. Zumindest einen Herzschlag lang, dann verschluckte er sich am Flusswasser. Verdammt!

Die Strömung wirbelte ihn umher wie ein Stück Treibholz, während er darum kämpfte, über Wasser zu bleiben und Kela und Ryk nicht aus den Augen zu verlieren – zwei Köpfe, schwarz und gesichtslos, die vor ihm über das dunkle Wasser tanzten. Der Feuerfluss, der immer noch unangenehm heiß war, trug sie auf die fernen Lichter im Hafen von O'Shan'wa zu und damit fort von der *Seelenfeuer*, ihrem Schiff, und dem Gefecht, das dieses sich gerade mit reetacianischen und Dragosi-Kriegsschiffen lieferte. Ein Ablenkungsmanöver, das es ihnen erst ermöglicht hatte, ungesehen am Feind vorbeizukommen.

Ishan warf einen Blick zurück. Rund hundert Fuß lagen zwischen ihm und der *Seelenfeuer*. Sie hatte eines der feindlichen Schiffe in voller Fahrt gerammt, und er sah, dass jenes sich inzwischen gefährlich zur Seite neigte. Der Rumpf musste beim Zusammenstoß aufgebrochen sein und lief nun mit Flusswasser voll. Den Reetacianern an Bord, ein paar Wachen und ein Teil der Besatzung, waren sofort zwei Kriegsschiffe aus Thamaryns Flotte zu Hilfe gekommen, sodass die *Seelenfeuer* inzwischen von drei Seiten durch den Feind eingekeilt war.

Über das Rauschen der Strömung hinweg drangen Kampfgeräusche an Ishans Ohr. Ausrufe, Waffengeklirre, Schmerzensschreie – die *Seelenfeuer* war geentert worden. Die Männer auf dem Schiff waren Matrosen, keine Krieger. Gegen richtige Soldaten hatten sie keine Chance. *Sie werden sterben*, dachte Ishan, und vermutlich hatten sie es von Anfang an geahnt. Der Gedanke schnürte ihm die Kehle zu.

Erneut zerrte ihn der Fluss unter Wasser. Als Ishan prustend wieder auftauchte, waren Kela und Ryk ein gutes Stück von ihm entfernt. Er fluchte und fing an zu schwimmen, damit der Abstand zwischen ihnen nicht noch größer wurde. Über den Kampf und das Wasserrauschen würde ihn schon niemand hören. Natürlich hatte Ryk die Idee zu dieser selbstmörderischen Aktion gehabt. Wer sonst? Allerdings musste Ishan dem Dämonenjäger zugutehalten, dass ihnen in Anbetracht der Umstände keine große Wahl geblieben war.

Am Nachmittag hatten sie sich mit der *Seelenfeuer* der Insel Kellwyn so weit angenähert, dass sie die Kriegsflotte hatten ausmachen können, die gut eine Viertelmeile vor der Hafeneinfahrt ankerte. Niemals wären sie unbemerkt an ihr vorbeigekommen. Die Reetacianer hätten sie vorher abgefangen, und ihre Mission wäre damit zum Scheitern verurteilt gewesen. Sie hätten auch Cah'tuala im Norden von Kellwyn anlaufen können. Allerdings hätte das einen eineinhalbwöchigen Fußmarsch durch den Dschungel bedeutet, um die Hauptstadt zu erreichen, ihr eigentliches Ziel. Zeit, die ihnen nicht blieb, wenn es stimmte, was der Morphus behauptet hatte und Asmaran tatsächlich auf der Suche nach der Grabstätte des Inos war. Und so hatte Ryk einen Plan ersonnen, der vorsah, dass sie sich vom Fluss bis kurz vor die Hafeneinfahrt tragen ließen, wo sie dann an Land gehen würden, um sich im Schutz des Dunkels in die Hauptstadt zu schleichen, während die *Seelenfeuer* und seine Mannschaft die Kriegsschiffe ablenkte. Dass die Besatzung dabei umkommen würde, hatte der Dämonenjäger so sicher nicht geplant, trotzdem musste er sich dieses Risikos bewusst gewesen sein.

Mittlerweile hatte Ishan den Abstand zu seinen Freunden so weit aufgeholt, dass er sich wieder treiben ließ. Ihm fiel auf, dass das Wasser kühler geworden war. Gleichzeitig verriet ihm ein Glucksen und Plätschern, dass sie die Grenze zum Inselreich passiert hatten. Das Wasser strömte nicht länger durch die Große Leere, sondern wieder durch ein Bett aus Schlamm und Kies. Es rieb sich an den Steinen, dem Schilf und dem Buschwerk eines festen Ufers. Unwillkürlich entspannte Ishan sich ein wenig. Auch wenn die Feuerflüsse bei Nacht als ungefährlich galten, konnte man nie wissen, ob die Magie, die ihre Form und Fließrichtung bestimmte, nicht doch eine unerfreuliche Überraschung bereithielt.

Obwohl es erst Minuten her sein konnte, dass sie vom Schiff in den Fluss gesprungen waren, kam es Ishan vor, als trieben sie seit Stunden im Wasser. Die nasse Kleidung zerrte an ihm, genauso wie der Sack auf seinem Rücken, trotz der daran befestigten, mit Luft gefüllten Weinschläuche. Als das ipstatische Kriegsschiff, dessen Masten sie am Nachmittag mit dem Fernglas ausgemacht hatten, vor ihm auftauchte, hielt er den Atem an. Düster und bedrohlich ragte es vor dem zum Teil bewölkten Sternenhimmel auf. An Deck brannte nur eine einzige Laterne. Zwar konnte Ishan niemanden in ihrem Schein ausmachen, trotzdem war er sicher, dass es Männer an Bord gab, die das Kampfgeschehen flussaufwärts beobachteten.

In diesem Moment nahm Ishan aus dem Augenwinkel wahr, wie Ryk eine Faust aus dem Wasser reckte. Das Zeichen! Der Dämonenjäger wollte an Land gehen, bevor sie dem Schiff noch näher kamen.

Ishan streckte die Arme vor und schwamm hinter den anderen auf das rechte Ufer zu. Schon bald brannten die Muskeln in seinen Armen und Schultern, so sehr zerrte die Strömung an ihm. Doch er biss die Zähne zusammen, bis die Kiefer knirschten, und strampelte umso heftiger mit den Füßen. Das Rauschen des Flusses würde die Geräusche schon schlucken. Dann, endlich, spürte er Grund unter sich. Er grub seine Zehen in den schlammigen Boden, der mit Steinen und Muscheln durchsetzt war, und stellte sich auf. Das Wasser reichte ihm bis zur Hüfte und riss weiterhin an ihm und dem Sack.

Bei Sorons Krähen! Jeder Schritt Richtung Ufer fühlte sich an, als kämpfte er sich durch Sirup, der sich wie Tentakel um seine Beine wand, im Versuch, sie ihm unter dem Körper wegzuziehen. Wo waren die anderen? Er kniff die Augen zusammen und entdeckte zu seinem Erstaunen, dass sie bereits zwischen den Felsen am Ufer standen und ihm zuwinkten. Wie hatten sie …? Da dämmerte ihm, dass Ryk seine Magie benutzt haben musste, um seine Körperkräfte zu steigern. Und Kela war nun mal eine Veydra.

Auf den letzten Metern kam sie ihm entgegengewatet und reichte ihm die Hand. Auch wenn die Geste ein wenig an seinem Stolz kratzte, war er erleichtert und packte zu, um sich von ihr an Land helfen zu lassen, wo er auf einen Felsen sank und darauf wartete, dass das Zittern in seinen Oberschenkeln nachließ. Wasser lief ihm aus dem Haar und aus seiner Kleidung.

»Bringen wir etwas mehr Abstand zwischen uns und das Kriegsschiff«, mahnte Ryk leise. »Dann können wir unser weiteres Vorgehen besprechen.«

Er und Kela waren schon zum Aufbruch bereit. Ishan streifte den Sack vom Rücken und öffnete ihn. Als Erstes kramte er seine Stiefel hervor, goss das Flusswasser aus und zog sie über. Danach folgten seine Waffen, ein Schwert und zwei Dolche. Er legte die Klinge an, befestigte einen der Dolche am Gürtel und verbarg den anderen in seinem Stiefel. Den Sack und die luftgefüllten Weinschläuche stopfte er zwischen ein paar Felsen.

Die Böschung, die auf das Ufer folgte, war steil, aber nicht besonders hoch, trotzdem war Ishan völlig außer Atem, als er oben ankam. Hitze war er gewöhnt, aber die Luft hier auf Kellwyn war zudem schwer von Feuchtigkeit. Ryk keuchte ebenfalls. Kelas Atemzüge hingegen nahm er nicht einmal wahr, obwohl sie gleich neben ihm stand.

Ein dunkler Schleier aus Wolken hatte sich vor den Mond geschoben, sodass sein Licht kaum ausreichte, den Streifen aus Gras, Sträuchern und Felsen vor ihnen zu erhellen. Ryk drängte sie weiterzugehen, weg vom Schiff und geradewegs auf den Dschungel zu, der wie ein titanenhafter schwarzer Wall hinter dem Grünstreifen aufragte. Die Schwüle unter den Bäumen war würzig, durchmischt mit Aromen von Blüten, die die Nacht vor ihnen verbarg. Der Boden federte unter ihren Schritten. Ishan hatte Mühe, mit seinen Freunden mitzuhalten. Ihre Fähigkeiten erlaubten ihnen, sich zielsicher durch die Dunkelheit zu bewegen, während er selbst sich mit Händen und Füßen vorantastete und trotzdem immer wieder stolperte. Fast wäre er in Ryk hineingelaufen, als dieser plötzlich stehen blieb. Kela bewahrte ihn im letzten Moment davor, indem sie ihn am Arm packte.

»Hier zwischen den Bäumen sollten wir sicher sein«, erklärte Ryk und atmete durch. »Jetzt zu unserem Plan … Wie ihr wisst, habe ich Tilbrock gebeten, Mortos Dex in einem Brief unser Kommen anzukündigen. Keine Ahnung, ob er sich noch an mich erinnert. Als ich noch jünger war, habe ich zwei-, dreimal mit ihm zusammengearbeitet. Er ist ein fähiger Dämonenjäger und könnte uns im Kampf gegen Asmaran helfen, deshalb wird er auch unsere erste Anlaufstelle sein.«

»Ich weiß, wir hatten die Diskussion schon auf der *Seelenfeuer*«, wandte Kela ein. »Ich sag's trotzdem noch mal: Was, wenn er tot ist? Auf Kellwyn herrscht immerhin Krieg.«

Ryk schnaubte. »Und ich sage dir das Gleiche wie schon beim ersten Mal: niemals! Mortos Dex haut so schnell nichts um.«

»Trotzdem bleibt ein Problem, Ryk«, mischte sich nun auch Ishan ein. »Wie finden wir ihn? Vom Kapitän der *Seelenfeuer* wissen wir, dass seit Beginn der Eroberung nur noch wenige Kellwyner in O'Shan'wa leben. Einige sind mit Schiffen geflohen oder ins Inland. Die meisten Überlebenden haben sich in das Labyrinth unter der Stadt zurückgezogen, von wo aus sie die Reetacianer bekämpfen.«

»Die Rebellen, hm, ja«, sagte Ryk. »Sie könnten uns nützlich sein, wenn wir sie als Verbündete gewännen.«

»Wenn sie uns nicht vorher erschlagen oder erschießen«, wandte Ishan ein. »Wie sollen sie wissen, dass wir Freunde sind? Zunächst sollten wir davon ausgehen, dass sie genauso ein Problem für uns darstellen wie die Reetacianer.«

»Ach, Junge, du machst es dir viel zu kompliziert. Ich habe schon gegen Dämonen gekämpft – da lass ich mich von ein paar Rebellen und Soldaten nicht aufhalten.«

»Du sprichst und denkst wie ein Dämonenjäger, und du bist ja auch einer«, sagte Ishan. »Doch das hier ist Kriegsgebiet. Mir ist klar, dass ich jung bin und noch nicht so viel Lebenserfahrung wie du habe, Ryk. Trotzdem weiß ich, wovon ich rede.

Mein Vater wollte, dass ich lerne, wie ein Anführer zu denken. Dazu gehörte auch eine militärische Ausbildung. Vertrau mir, wenn ich dir sage, das ist anders. Wenn wir nicht vorsichtig sind, bekommen wir es hier nicht nur mit einer Handvoll Reißer zu tun, sondern mit einer ganzen Armee Reetacianer.«

Zunächst kam kein Ton von Ryk. Ishan merkte bereits, wie ihm vor Nervosität der Schweiß ausbrach. Eine kleine Ewigkeit später räusperte sich der Dämonenjäger und meinte: »Ich geb's ja nicht gerne zu, aber du könntest recht haben.« Er seufzte. »Vorhin hat die Ungeduld aus mir gesprochen. Der Blutlenker ist so verdammt nahe, und eigentlich will ich es nur noch zu Ende bringen.« Und dann geschah etwas, mit dem Ishan niemals gerechnet hätte. Ryk fragte ihn nach seiner Meinung. »Was schlägst du vor?«

Zum allersten Mal seit ihrem Aufbruch aus dem Tal hatte Ishan das Gefühl, das Ryk ihn als vollwertiges Mitglied der Gruppe betrachtete und nicht länger als eine Art Anhängsel. Nicht nur, weil er seine Meinung hören wollte, sondern weil er ihn in Gegenwart von Kela danach fragte. Das war ein verdammt gutes Gefühl.

»Zunächst einmal stimme ich Kela zu«, sagte er. »Wir können nicht sicher sein, dass Mortos Dex noch lebt. Wenn ich jedoch bedenke, gegen wen wir kämpfen – einen Dämon der ersten Kaste –, könnten wir einen zweiten Dämonenjäger auf unserer Seite gut gebrauchen. Wir sollten uns zumindest nach ihm umhören, ohne allzu viel Zeit in die Suche nach ihm zu investieren, denn die haben wir nicht.

Ich schlage vor, dass wir uns als Erstes einen Überblick über die Situation in der Stadt verschaffen – wo stehen die Truppen, sind Patrouillen in den Straßen unterwegs. Am besten schauen wir uns dafür nach einem erhöhten Aussichtspunkt um. Danach entscheiden wir, wie es weitergeht.«

»Klingt vernünftig«, meinte Kela und verpasste ihm einen

Knuff auf den Arm. »Wusste gar nicht, was alles in der steckt, Ishan.«

»Machen wir es so«, sagte Ryk.

Sie gingen los. Der Dämonenjäger voran, während Kela an Ishans Seite blieb, um ihm in der Dunkelheit den Weg zu weisen. Nach ein paar Schritten beugte sie sich zu ihm rüber. »Ich bin beeindruckt«, flüsterte sie ihm zu. »Und Ryk zweifelsohne auch.«

Ishan grinste. So stolz hatte er sich schon lange nicht mehr gefühlt.

Ryk entdeckte schon bald eine Anhöhe am Rande des Dschungels, die ein gutes Stück über den Fluss aufragte und freie Sicht auf den Hafen und die dahinterliegenden Viertel versprach. Büsche und Schösslinge, die auf dem Hügel wuchsen, boten ihnen Schutz vor Entdeckung. Auf dem Weg nach oben wurde Ishans Blick von einem Punkt ein Stück den Fluss aufwärts angezogen, wo die Nacht taghell erleuchtet war. Was er dort sah, schnürte ihm die Kehle zu. Es war die *Seelenfeuer*, und sie stand in Flammen. Hastig wandte er das Gesicht ab und schritt weiter.

Oben angekommen, hockte er sich hinter einen Strauch und schob ein paar Äste beiseite, um einen besseren Blick auf O'Shan'wa zu haben. Feuerschalen loderten hell auf der Kaimauer und tauchten die vor Anker liegenden Kriegsschiffe und Gebäude in ihren Schein. Trotz der späten Stunde patrouillierten dort noch zahlreiche Soldaten. Meist Reetacianer, aber auch Dragosi und Ipstater, wie er an den Uniformen erkannte. Die Stadtbezirke dahinter lagen überwiegend im Dunkeln. Abgesehen von den Lichtern der Fackeln, die in der Ferne zwischen geschwärzten Mauern und Ruinen hindurchzogen und ihm verrieten, dass noch mehr Patrouillen in der Stadt selbst unterwegs waren. Ganz automatisch wurde Ishans Blick vom Norden der Stadt angezogen, wo die von Dutzenden und Aberdutzenden Feuern angestrahlte Herrscherpyramide über allen anderen

Gebäuden aufragte. Trotz der Entfernung konnte er auf jeder der Stufen eine Vielzahl von Wächtern ausmachen. Ohne Frage hatte Thamaryn sich dort verschanzt. Und damit auch der Blutlenker.

Leicht würde es nicht werden, an die beiden heranzukommen. Sie würden die Hilfe eines Einheimischen brauchen, der sich hier auskannte. Die Hilfe von Mortos Dex.

»Die ganze Stadt riecht nach Asche und Tod«, murmelte Kela, als sie genug gesehen hatten und wieder von der Anhöhe herabstiegen. Sie gingen so dicht nebeneinander, dass Ishan spürte, wie sie erschauderte.

»Nun, wie schätzt du die Lage ein?«, fragte Ryk.

»Die Gewalt, mit der die Stadt zerstört wurde, muss furchtbar gewesen sein. Ganze Viertel sind niedergebrannt. Viele Menschen müssen gestorben sein«, sagte Ishan und schluckte gegen den Kloß an, der sich bei dieser Vorstellung in seiner Kehle bildete. »Ein … ein solches Ausmaß an Zerstörung hatte ich nicht erwartet.«

»Keiner von uns hat das«, sagte Ryk, dessen Stimme ganz rau klang. »Und darum werden wir nicht nur Asmaran, sondern auch Thamaryn unschädlich machen.«

»Ja, das werden wir«, stimmte Ishan zu. »Und wir brauchen einen starken Verbündeten vor Ort. Ryk, auf dem Schiff hast du gesagt, dass das Haus von diesem Mortos im Nordosten der Stadt liegt. Selbst wenn wir ihn nicht antreffen, dann vielleicht einen Freund oder Nachbarn, der uns sagen kann, was aus ihm geworden ist.«

»Was denkst du, Kela?«, wandte sich der Dämonenjäger an die Veydra.

»Ich sehe es inzwischen wie ihr«, sagte sie. »Wir werden alle Hilfe brauchen, die wir kriegen können, um an diesen verflixten Dämon und seine Verbündeten heranzukommen.«

»Da das geklärt ist, schlage ich vor, dass wir uns weiter im

Schutz des Dschungels bewegen«, meinte Ishan, »und ihn erst östlich der Stadt wieder verlassen, um dort ungesehen hineinzuschlüpfen. Du kennst den Weg zu seinem Haus, Ryk?«

»Ja, ich denke schon.«

Ishan hielt den Atem an, als die Soldaten so dicht an ihrem Versteck vorübergingen, dass er nur die Hand hätte ausstrecken müssen, um das Schwert desjenigen zu ergreifen, der ihm am nächsten war. Im Licht der Fackel sah er drei Männer mit Helmen, Kettenhemden und dem reetacianischen Wappen auf den Uniformen. Ausgelassen schwatzten sie miteinander. Offenbar glaubten sie nicht, dass von den Ruinen der Häuser und Werkstätten eine Gefahr für sie ausging. Ohne Eile spazierten sie an dem Hauseingang vorüber, in dessen Schatten Ishan, Kela und Ryk sich geflüchtet hatten, als der Nachtwind ihre Stimmen herangetragen hatte.

Die Mauer, an die Ishan sich presste, roch nach Ruß. Aus dem hinteren Bereich der Ruine kroch ihm Verwesungsgestank in die Nase. Auf den Straßen selbst lagen keine Toten. Vermutlich hatte man sie zusammengetragen und verbrannt. Doch in den Häusern mochten noch Hunderte Leichen liegen. Männer, Frauen, Kinder – verbrannt oder begraben unter Stein und Schutt. Ishan ballte die Fäuste, wenn er an all das Leid dachte, das Thamaryn und der Blutlenker über Kellwyn gebracht hatten.

Am liebsten hätte er seine Waffe gezogen und sich mit einem Aufschrei auf die Soldaten gestürzt, um dem Zorn Luft zu machen, der in seinen Eingeweiden wütete. Ähnlich war es ihm schon bei den anderen beiden Patrouillen ergangenen, denen sie ausgewichen waren. Mit jedem Mal wurde es schwerer.

»Weiter«, flüsterte Ryk, nachdem die Stimmen der Soldaten verklungen waren. Er führte sie in dieselbe Richtung, in die auch die drei Männer gegangen waren, bog jedoch am Ende der

Gasse nach rechts ab. Auch in dieser Straße roch es nach Rauch. Die Häuser schienen weitestgehend unbeschädigt, dennoch brannte hinter keinem der Fenster ein Licht. Vielleicht hatten ihre Bewohner sie aufgegeben oder hockten im Dunkeln, aus Furcht, die Aufmerksamkeit der Soldaten zu erregen. Ishan wünschte sich, er hätte Ryks Luminesauge eingesteckt, bevor sie die *Seelenfeuer* verlassen hatten; immer wieder stolperte er über das unebene Straßenpflaster oder etwas, das im Dunkeln unsichtbar für ihn blieb. Natürlich wusste er, wie unsinnig dieser Wunsch war, weil das Leuchten des magischen Steins sie bloß verraten hätte. Doch anders als Kela und Ryk, die aufgrund ihrer Abstammung oder Magie nachts keine Sehprobleme hatten, hatte er das sehr wohl.

Als Ishan sich zum bestimmt hundertsten Mal das Schienbein an einer niedrigen Mauer – oder was auch immer ihm da im Weg war – anstieß, ballte er die Fäuste, sah zum Himmel auf und verfluchte in stummem Frust die Wolken, ohne die ihm wenigstens der Mondschein geblieben wäre. Er hoffte nur, dass es bis zum Haus des kellwynischen Dämonenjägers nicht mehr allzu weit war. In diesem Moment beugte sich Kela, die mit Ryk dicht vor ihm ging, zu dem Dämonenjäger rüber und wisperte ihm etwas ins Ohr.

Bevor Ishan nachhaken konnte, was los sei, raunte sie auch ihm ein »Wir werden verfolgt!« zu.

»Woher weißt du das?« Nur undeutlich sah er, wie sie den Arm hob und sich an die Nase tippte. Er nickte und legte die Rechte auf den Knauf seines Schwerts. »Soldaten?«

»Wenn wir sie nicht abhängen können, werden wir es früher oder später wohl herausfinden.«

Ryk war während ihres kurzen Wortwechsels um eine Hausecke verschwunden, und sie beeilten sich, ihn einzuholen. Die Gasse, die sie betraten, war schmal, sodass sie nur hintereinander gehen konnten. Ishan folgte erneut als Letzter. Kela hatte zunächst angeboten, ihn zu führen, aber Ryk hatte verlangt, dass sie sich – genau wie er – ganz auf ihre Sinne konzentrierte. Ein paar Prellungen würde Ishan schon verkraften, viel gefährlicher wäre es, wenn sie unverhofft einer Patrouille in die Arme liefen, weil einer von ihnen abgelenkt war.

»Habt ihr das auch gehört?«, zischte sie und blieb so unvermittelt stehen, das Ishan gegen sie lief.

»Wovon …«

»Scht.«

Fackellicht tauchte hinter ihnen in der Gasse auf. Gefolgt von einem lauten »He, ihr da, sofort stehen bleiben!«.

Kela fluchte.

Ishan zählte fünf Soldaten. Zwei Armbrustschützen, die gerade ihre Waffen auf sie richteten, während der Fackelträger und die letzten beiden Männer ihre Schwerter zogen. »Dreckige Rebellen!«, rief einer.

Ishans Hand zuckte zu seinem Schwert. Er wollte es gerade ziehen, als er gegen die Hauswand gestoßen wurde. Ryk stand plötzlich neben ihm, als wäre er geradewegs aus dem Boden geschossen. Ein Klicken, und der Bolzen in seiner Armbrust jagte davon. Schon ging der Fackelträger mit einem Aufschrei zu Boden und begrub die Flamme unter sich. Dunkelheit legte sich wieder über die Gasse.

»Weiter, Junge!« Ryk verpasste Ishan einen Stoß, der ihn vorwärtstaumeln ließ. Dieses Mal packte ihn Kela bei der Hand und zog ihn hinter sich durch die Gasse. Sie warnte ihn, wenn irgendetwas in ihrem Weg auftauchte oder zerrte ihn darum herum. Doch gerade, als Ishan dachte, sie hätten die Soldaten abgehängt, ertönte hinter ihnen ein Horn durch die Nacht. Nur ein paar Augenblicke später antworteten zwei andere irgendwo vor ihnen.

»Bei allen Dämonen der Gegenwelt«, zischte Ryk. »Schneller, Ishan, schneller!«

Die Gasse endete abrupt und öffnete sich zu einem weitläufigen Platz hin, der in kaltes Sternenlicht getaucht war, während der Mond weiterhin hinter Wolken lag. Keuchend blieb Ishan stehen. »Wohin, Ryk?«, wollte Kela wissen, als der Dämonenjäger neben ihnen auftauchte. Bevor er antworten konnte, brachen zwei Patrouillen von jeweils drei und fünf Soldaten aus den Straßen auf der gegenüberliegenden Seite des Platzes hervor. Das Licht ihrer Fackeln tanzte über ausgebrannte Ruinen und verlieh ihnen ein gespenstisches Aussehen.

»Das muss unser Glückstag sein«, murmelte Ryk.

»Fünf Mann hinter uns, acht von vorne ... die nehmen uns in die Zange.«

»Es sind zu viele«, sagte Ishan. »Und wenn wir kämpfen, wird der Lärm nur noch mehr von ihnen anlocken.« Während die Soldaten bereits auf den Platz hinausstürmten, suchte Ishan nach einem Ausweg. Ein Stück rechts von ihnen verlief eine Gasse zwischen zwei hohen, schmalen Bauwerken, die vom Platz fortführte. Sie lag immer noch dunkel da, was bedeutete, dass sich ihnen aus dieser Richtung niemand näherte. »Dorthin!«, rief er und lief auch schon los.

Schritte verrieten Ishan, dass ihm Kela und Ryk folgten. Wütende Schreie hallten hinter ihnen durch die Nacht; kurz bevor Ishan in die Gasse eintauchte, sirrte etwas dicht an seinem Kopf vorbei, bevor es in die Hauswand links von ihm einschlug. Er rannte unbeirrt weiter – bis ihn nach gut fünfzig Schritten eine Barrikade aus Holz, Steinen und einem Fuhrwerk stoppte.

»Schöne Scheiße!«, fluchte Kela, als sie zu ihm aufholte.

Ryk war kaum stehen geblieben, als er auch schon seine Armbrust hochriss. »Wer seid ihr?«, stieß er hervor.

Da erst registrierte Ishan, was der Dämonenjäger und sicher auch Kela durch ihre verstärkten Sinne bereits vor ihm erkannt hatten: Sie waren nicht allein! Aus den Schatten links von ihnen lösten sich Gestalten. Drei, fünf, acht ... alle hielten Schwerter,

Äxte und Armbrüste in den Händen. Helme trugen sie allerdings nicht, und das Klirren von Kettenhemden fehlte ebenfalls.

Ishan zog trotzdem sein Schwert.

»Ihr Geruch«, sagte Kela. »Sie waren es, die uns vorhin verfolgt haben.«

»Wir hab'n nicht vor, euch was zu tun«, sagte eine Stimme, die so rau klang, als würde man zwei verrostete Schwerter aneinanderreiben. Sie gehörte dem Mann, der als letzter vorgetreten war. Ein dunkler Umriss, groß und breit wie ein sharigorischer Bär.

»Wer seid ihr?« Ishan zielte mit der Schwertspitze auf den Sprecher.

Wieder dröhnte ein Horn durch die Nacht.

»Verdammt, die kriegen uns, wenn wir nicht auf der Stelle verschwinden«, platzte Kela heraus. »Sie waren nur ein Stück hinter uns.«

»Ihr zwei hinter die Barrikade«, der Sprecher wies auf die Gestalten mit den Armbrüsten. »Haltet die Reetacianer so lange auf, wie's nur geht. Der Rest mit mir, wenn ihr eure Ärsche retten wollt!«

»Dacht ich's mir doch. Das klingt schon eher nach dir, Mortos.« Ryk drückte Ishans Arm mit dem Schwert herunter und senkte auch seine Armbrust. »Tun wir, was er sagt!«

»Aber …«

»Vertrau mir!«

Während die Armbrustschützen auf die Barrikade kletterten und dahinter verschwanden, nahm der Rest von Mortos' Leuten sie in ihre Mitte. Genau in dem Moment, als die reetacianischen Soldaten sie erreichten, tauchten sie gemeinsam in die Schatten ein, aus denen die fremden Männer zuvor getreten waren.

Ein Sirren drang an Ishans Ohr, woraufhin einer der Soldaten hinter ihnen aufschrie. Ishan ging rasch weiter. Vor ihm tat sich ein schmaler Durchgang in der Dunkelheit auf, der zwischen zwei Gebäuden verlief. Sie folgten ihm bis zu seinem Ende und kamen auf einer Straße hinaus, die ungleich breiter war. Die Häuser hier zeigten keine Brandspuren. Vereinzelt glaubte Ishan sogar einen Lichtschimmer hinter einigen der Fenster zu erkennen, an denen sie vorüberkamen. Sobald sie Stimmen hörten oder Fackelschein vor oder hinter sich entdeckten, flohen sie in das nächste Gebäude oder in eine der Ruinen, an denen sie immer wieder vorüberkamen. Sobald die Patrouille weitergezogen war, setzten sie ihren Weg fort.

»Wir sind da«, verkündete Mortos mit seiner rostigen Stimme. Sie standen in einem Hinterhof. Im Schein der Himmelsgestirne konnte Ishan keine Rußspuren an den Mauern und Gebäuden erkennen. Offenbar hatte hier kein Feuer gewütet. Die Gruppe hielt sich nah bei einem flachen Gebäude auf. Fensterlos und mit einem schmalen, niedrigen Eingang, der wie ein Loch anmutete. Vielleicht ein Lager. Ishan warf einen Blick über die Schulter, zurück zu der Gasse, die sie an diesen Ort geführt hatte. Wie zufällig wurde sie von den Begleitern des kellwynischen Dämonenjägers blockiert, die hinter ihnen Stellung bezogen hatten. Er runzelte die Stirn. Das gefiel ihm nicht. Hatten sie einen Fehler damit gemacht, dem kellwynischen Dämonenjäger zu vertrauen? Ryk hatte nach eigener Aussage schon seit Jahren nichts mehr mit ihm zu tun gehabt. Vielleicht war er inzwischen ein ganz anderer als der, an den Ryk sich erinnerte.

»Was machen wir hier?«, fragte Ishan scharf, wenn auch mit gesenkter Stimme.

»Das würde mich auch interessieren«, sagte Ryk. »Und wer sind überhaupt deine Begleiter?«

»Rebellen«, antwortete Mortos. Nun, da er neben Ryk stand, sah Ishan, dass er selbst diesen um gut einen Kopf überragte. »Ehemalige Bewohner O'Shan'was, die die reetacianischen Besatzer und ihre Verbündeten bekämpfen. Und wir sind hier, weil's in diesem Hinterhof einen Eingang ins Labyrinth gibt, in dem wir Zuflucht vor dem Feind gefunden haben.«

»Das Labyrinth der Toten«, murmelte Ryk. »Und ein Dämonenjäger, der sich einer Rebellion angeschlossen hat. Du wusstest mich schon immer zu überraschen, mein Freund.«

Der große Mann zuckte die Achseln. »Wir werden alle älter, Ryk. Auch wenn ich nicht auf Kellwyn geboren wurde, betrachte ich's inzwischen als meine Heimat. Hab immer gehofft, hier in Ruhe meine letzten Tage verbringen zu können. Bis diese reetacianischen Schweinehunde aufgetaucht sind.«

»Genau wegen denen sind wir ...«

»Reden wir an einem sicheren Platz weiter, Ryk«, unterbrach Mortos ihn. »Wir stehen schon viel zu lange hier herum.«

Der kellwynische Dämonenjäger führte sie zur Rückseite des flachen Gebäudes. Dort stand ein halbes Dutzend Holzfässer herum, die Mortos mit seinen Begleitern beiseiterollte. Im Licht der Sterne erkannte Ishan Bretter, die darunter zum Vorschein kamen. Die Rebellen zogen sie beiseite, und ein Loch wurde erkennbar, und als Mortos Stück für Stück darin verschwand, begriff Ishan, dass es sich um eine Treppe handeln musste, die in einen Kellerraum führte. Ryk und Kela folgten dem Dämonenjäger. Ishan blieb dicht hinter ihnen, wobei er sich mit den Füßen vorantastete. Nach ihm kamen die Rebellen. Zumindest vier von ihnen. Einer blieb zurück, um den Zugang wieder zu tarnen.

Ein Quietschen verriet Ishan, dass Mortos eine Tür am Ende der Treppe geöffnet haben musste. Als er kurz darauf selbst hindurchtrat, nahm er als Erstes den Geruch von Holz und Lehm wahr. Sehen konnte er nichts, es war stockfinster. Als sich plötzlich Finger um seinen rechten Oberarm schlossen, zuckte er zusammen.

»Ich bin's«, sagte Kela und zog ihn ein Stück mit sich. Die Schritte von Mortos' Begleitern folgten ihm nach. Erneut drang das Quietschen an Ishans Ohr. Nur einen Herzschlag später flammte ein bläuliches Licht auf. Ishan kniff die Augen zusammen, bis sie sich an die Helligkeit gewöhnt hatten. Bei der Lichtquelle handelte es sich um ein Luminesauge, das in der ausgestreckten Hand eines Mannes lag, dessen Haar und Bart die Farbe von Eisen hatte. Sein Gesicht war vernarbt, wettergegerbt und faltig wie altes Pergament. Von seinem linken Auge war ihm nicht mehr als eine fleischfarbene Höhle geblieben. Mortos Dex. Der kellwynische Dämonenjäger war in braunes Leder gekleidet. Von den Stiefeln über die Hose bis hin zur Jacke.

»Was sieht mein Auge da? Eine Veydra«, sagte Mortos, als sein Blick auf Kela fiel. »Wusste gar nicht, dass du einen so guten Geschmack hast.« Mit einem Lachen schlug er Ryk auf die Schulter.

Kela hatte die Arme vor der Brust verschränkt. »Ein Dämonenjäger mit Humor. Wusste gar nicht, dass es sowas gibt.«

»Humor, und einige Dinge mehr, die dir gefallen könnten, meine Süße.« Er fasste sich in den Schritt und zwinkerte ihr anzüglich zu.

Ishan ballte die Fäuste und schob sich vor Kela. »Was sollte sie schon mit einem alten Faltensack wie dir wollen?«

Mortos brach in Gelächter aus. »Und wen haben wir hier?«

»Ishan con Femen.« Er reckte das Kinn vor. »Ich bin der sharigorische …« Plötzlich brach er ab. Sein Titel hatte schon Ryk nicht beeindruckt. Vor einem Mann wie Mortos Dex würde er sich damit bloß lächerlich machen.

Mortos hob eine Braue. »Sharigorischer *was?*«

»Liebhaber«, warf Kela ein und trat hinter Ishan hervor. »Ihr habt uns verfolgt, ich konnte euch riechen.« Sie fixierte Mortos. »Warum habt ihr euch nicht schon früher zu erkennen gegeben?«

»Na, weil ich sichergehen wollte, dass ihr wirklich diejenigen seid, für die ich euch gehalten habe.« Mortos rieb sich die Nase und verschränkte danach die Arme vor der Brust, die gut doppelt so breit waren wie Ishans.

»Dann hast du die Nachricht erhalten?«, fragte Ryk hoffnungsvoll. »Ich hatte Everdale Tilbrock gebeten, dir zu schreiben.«

Mortos nickte. »Schon vor ein paar Tagen. Zwischendurch schaue ich immer mal wieder bei meinem Haus vorbei, ob ein Botenvogel eingetroffen ist. Ansonsten verbringe ich den Großteil meiner Zeit im Untergrund.« Plötzlich funkelte es in seinem einen Auge. »Sag mir, Ryk, was hat der alte Tilbrock damit gemeint, dass ein Kal'Seth hinter dem Angriff auf Kellwyn steckt?«

»Genau das, was er geschrieben hat.« In knappen Worten schilderte Ryk den Verrat von Kaldor Morrain, der einer unbekannten Zahl von Menschendämonen ermöglicht hatte, die Barriere zu passieren. Anschließend erzählte er ihm von dem Morphus, durch den sie von Asmarans Plänen erfahren hatten.

Ishan, der das alles schon kannte, nahm in der Zwischenzeit die vier Kellwyner in Augenschein, die sich in Mortos' Begleitung befanden. Erst jetzt sah er, dass es sich um drei Männer und eine Frau handelte. Ihre Hautfarbe war dunkler als die des Dämonenjägers, und sie hatten breite Gesichter. Ihre Haare schimmerten schwarz und fielen ihnen bis auf die Schultern. Die Männer trugen Stiefel, Stoff- oder Wollhosen und Lederwesten über der nackten Brust. Die Frau war ähnlich gekleidet, statt einer Weste trug sie jedoch ein ärmelloses Oberhemd, das an der Hüfte durch einen Gürtel gehalten wurde. Ihre Bewaffnung bestand aus reetacianischen Kurzschwertern, die sie gefallenen Soldaten abgenommen haben mussten, sowie aus Bögen und Armbrüsten, die sie entweder in den Händen hielten oder auf die Rücken geschnallt hatten. In ihrer Machart erinnerten sie ihn an Ryks Armbrust, und nun fiel ihm wieder ein, dass die Kellwyner für ihr Geschick in der Herstellung von Jagdwaffen bekannt waren.

Als er ihnen nacheinander ins Gesicht sah, erkannte er Bauern und Handwerker, aus deren Augen ihm Furcht und Misstrauen entgegenschlugen. Zumindest bei drei von ihnen. Der vierte Kellwyner stand ein wenig abseits der Gruppe. Er lehnte an einem Stapel Brennholz, der ganze Keller war damit gefüllt, und starrte Ishan mit unbewegter Miene an. Obwohl der Mann ihm fremd war, kam ihm etwas in seinem Blick auf beunruhigende Weise vertraut vor.

Ishan trat auf ihn zu. »Wie ist dein Name?«

Der Kellwyner zögerte. »Tovan, Herr«, antwortete er schließlich und sah zu Boden.

Ishan runzelte die Stirn. Die plötzliche Schüchternheit kam überraschend, und er nahm sie dem Mann nicht ab. Er wollte deshalb schon etwas zu ihm sagen, überlegte es sich aber dann anders. Vermutlich waren seine Nerven bloß überreizt, und er sah bereits Gespenster, wo keine waren.

»Da leck mir doch einer den haarigen Arsch«, rief Mortos in diesem Moment aus. Offenbar hatte Ryk seinen Bericht beendet. »Und dieser Asmaran kontrolliert den Großfürsten?«

Ishan musterte Tovan, der immer noch nicht aufzusehen wagte, ein letztes Mal, bevor er mit einem Achselzucken an Kelas Seite zurückkehrte.

»Wir gehen davon aus«, sagte Ryk. »Was den Rest des Fünferbundes angeht … Wir können nicht ausschließen, dass es bei ihnen nicht genauso ist.«

Mortos kratzte sich den Bart. »Ein Blutlenker, hm. Kein Wunder, dass Thamaryn dem Wahnsinn verfallen ist.« Er kniff sein Auge zusammen und musterte Ryk aufmerksam. »Würd' mich überraschen, wenn du bloß gekommen wärst, um mir das persönlich mitzuteilen.«

»Tatsächlich sind wir hier, um dem ganzen Spuk ein Ende zu bereiten«, sagte Ryk. »Nur schaffen wir das nicht allein.«

»Ich soll euch also helfen, den Blutlenker zu töten, ja?« Mortos schnalzte mit der Zunge. »Tja, das klingt nach einer Herausforderung, die mir gefallen könnte. Hast du schon einen Plan?«

»Das wäre zu viel gesagt«, gestand Ryk ein. »Dieser Asmaran ist mächtig. Einer der ganz Alten. Wenn wir gegen ihn eine Chance haben wollen, müssen wir ihn überraschen und töten, bevor er reagieren kann.«

»Anders ausgedrückt, für unsere Seite sieht's ziemlich beschissen aus.« Mortos stieß ein grollendes Gelächter aus. »Das hat mir schon immer an dir gefallen, Ryk: keine halben Sachen.«

Ryk ignorierte die Bemerkung. »Wir vermuten, dass Thamaryn und der Dämon sich in der Herrscherpyramide aufhalten.«

»Der Großfürst ganz sicher«, bestätigte Mortos.

»Und wo der ist, ist Asmaran bestimmt nicht weit«, fügte Kela hinzu.

»Also, was sagst du, Mortos?«, sagte Ryk. »Bist du dabei?«

»Da fragst du noch?« Der einäugige Dämonenjäger grinste. »Klar mache ich mit. Hatte von Reißern und Pirschern ohnehin die Schnauze voll. Und jetzt bringe ich euch erst mal zur Prinzessin.«

Prinzessin? Ishan runzelte die Stirn und rief sich in Erinnerung, was er über das Hohe Haus der kellwynischen Fürstenfamilie wusste. Es gab zwei Prinzen und eine Tochter, die etwas jünger als er sein musste. »Was ist mit dem Rest der Familie?«

Mortos' Miene verfinsterte sich. »Tot, soweit wir wissen. Iritari Aca Shan ist die einzige Überlebende und somit die rechtmäßige Regentin von Kellwyn. Wenn wir in den Palast wollen, brauchen wir ihre Hilfe. Auf den üblichen Wegen kommen wir da zurzeit nicht rein. Außerdem muss sie erfahren, gegen wen sie in Wahrheit kämpft.«

Er winkte seine Begleiter heran. Auch Tovan trat vor. Da war etwas an ihm, das Ishan nach wie vor störte, ohne dass er den Finger darauf hätte legen können. Mit gerunzelter Stirn beobachtete er, wie Mortos mit den vier Rebellen Reisigbündel und einen Holzstapel beiseiteräumte. Dahinter kam ein Durchbruch in der Mauer zum Vorschein. Kaum mehr als ein Loch.

»Ein Einstieg zur kellwynischen Unterwelt. Auch Labyrinth der Toten genannt«, erklärte Mortos. »Als ich vor über dreißig Jahren herkam, um die Nachfolge des damaligen Dämonenjägers anzutreten, hörte ich viele Geschichten über diesen Ort. Die Kellwyner glauben genauso wenig an Götter, wie wir es tun. Aber das Labyrinth ist ihnen heilig. Und ich verstehe, warum. Es … es lebt.« Bei diesen Worten grinste er verlegen. »Fragt mich nicht, ich kann es euch nicht erklären. Ich weiß nur eines: Als die Ersten Magier die Schwebenden Reiche aus den Bruchstücken der alten Welt erschufen, machten sie Orte wie das Labyrinth zu einem Teil davon. Irgendetwas werden sie sich schon dabei gedacht haben.«

»Ganz ehrlich, Mortos, manchmal bin ich mir dessen nicht mehr so sicher.« Ryk seufzte. »Diese Welt entstand aus der Not heraus, Hunderttausenden Menschen eine neue Heimat zu geben. Die Magier taten, was dazu nötig war. Und sie besaßen die Macht dazu. Doch auch ein Kleinkind kann ein Feuer entfachen, wenn man ihm alchemistische Zündelhölzer in die Hände drückt. Es bedeutet aber längst nicht, dass es deshalb auch die Natur des Feuers begriffen hätte.«

»Blasphemie!«, rief Mortos, lachte auf und legte eine Pranke auf Ryks Schulter. »In früheren Tagen hätte man dich jetzt aus dem Orden geworfen. Zum Glück sind diese Zeiten vorbei, und vielleicht hast du ja sogar recht.« Er bückte sich und verschwand in der Öffnung. »Immer mir nach, Freunde«, rief er ihnen aus dem Tunnel zu.

49

Labyrinth der Toten, Nekross
6. Augus, 1026 n. d. Zweiten Dämonenkrieg

Die Luft im Tunnel roch frisch und fühlte sich warm auf seiner Haut an, was umso erstaunlicher war, da sie sich rund zweihundert Fuß unter der Erde bewegten. Ryk schwitzte sogar ein wenig, obwohl er das nicht nur dem Klima im Labyrinth der Toten zuschrieb. Immerhin war er auf dem Weg zur Herrscherpyramide im Norden der Stadt, wo er sich endlich dem Blutlenker stellen würde. Wie lange hatte er darauf gewartet.

Der Schein des Luminesauges, das Mortos trug, tanzte über die Wände und Decke des Tonnengewölbes und entlockte ihm ein Funkeln, als wäre der Stein mit winzigen Kristallen gespickt. Eine trügerische Schönheit. Dieser Ort war nicht so harmlos, wie er auf den ersten Blick wirkte. Die Dunkelheit am Rande des Lichtschimmers schien manchmal schneller vorzurücken als der Schein des Luminesauges. Gelegentlich registrierte Ryk aus dem Augenwinkel auch mehr Schatten an den Wänden, als sie Personen waren. Wenn er jedoch genauer hinsah, stimmte die Anzahl plötzlich wieder. Kela und Ishan, die links und rechts von ihm gingen, bekamen davon nichts mit, denn sie hingen ihren eigenen Gedanken nach. Obwohl ihre Augen starr auf Mortos' Rücken gerichtet waren, bezweifelte Ryk, dass sie ihn wirklich sahen. Vermutlich suchten sie Ablenkung in Erinnerungen aus besseren Tagen oder fochten gar mit ihren inneren Dämonen: Angst und Rachsucht.

Neben Mortos ging ein Mann, der von allen Kellwynern, die ihnen bisher begegnet waren, am ehesten einem Krieger glich. Er war jung, muskulös und trug ein Schwert mit einer kurzen, jedoch ungewöhnlich breiten und schweren Klinge am Gürtel. Der Name des Mannes lautete Laarn, und er war ihr Führer durch das Labyrinth. Zwar kannte sich auch Mortos hier unten aus, aber nicht dort, wohin der junge Krieger sie bringen würde.

»Es gibt einen geheimen Verbindungstunnel zwischen dem Palast und dem Labyrinth«, hatte Iritari Aca Shan ihnen berichtet, nachdem sie sich von Mortos die Lage hatte erklären lassen und zu dem Schluss gekommen war, dass sie Ryk und seinen Gefährten trauen konnte. »Er ist jahrhundertealt und wurde lange nicht benutzt. Mein Leibwächter Laarn kann ihn euch zeigen. Er und seine Kameraden haben mich auf meiner Flucht begleitet, als Thamaryns Truppen den Palast stürmten. Außer ihnen, mir und ein paar Eingeweihten sind sie die Einzigen, die den Zugang kennen.«

Mortos musste der Prinzessin angekündigt haben, dass ein befreundeter Dämonenjäger und seine Gefährten auf dem Weg nach Kellwyn waren, andernfalls hätte sie sie sicherlich nicht so bereitwillig empfangen. Insbesondere nicht zu solch später Stunde. Eine Dienerin hatte Iritari geweckt. Nichtsdestotrotz war die Begrüßung zwischen dem kellwynischen Dämonenjäger und der Prinzessin herzlich ausgefallen. Eine Umarmung, begleitet von ein paar neckischen Worten. Ein Verhältnis, wie es gewöhnlich zwischen Onkel und Nichte herrschte. Dass sie nicht miteinander verwandt waren, wusste Ryk, da Mortos von Caldorag stammte. Einer entlegenen Insel im Nordosten der Schwebenden Reiche. Offenbar hatte er der Fürstenfamilie sehr nahegestanden.

Iritari Aca Shan versteckte sich mit den Resten ihres Volks im ältesten Teil des Labyrinths. Er lag viele Hundert Fuß unter der Erde und bestand dort unten noch aus einer Vielzahl natürlicher Gänge und Höhlen. In einer der größten Kavernen lebten die Rebellen, Tausende von ihnen. Sie hatten sich aus Stoffen und Decken Zelte und Lager gebaut. Es gab Feuerstellen, an denen sie gemeinschaftlich kochten, Orte, wo Wäsche gewaschen und Waffen hergestellt wurden. Die Prinzessin und zwei junge Frauen, die ihr dienten, bewohnten ein kleines System angrenzender, karg möblierter Steinkammern, das durch einen langen Tunnel vom Rest der Höhlenwelt getrennt war. Der Zugang wurde von ihren Leibwächtern bewacht. Vier Männer, die von ähnlicher Statur wie Laarn waren.

Iritari selbst hatte sich als eine energische junge Frau von sechzehn Sommern entpuppt. Und nur ein Narr hätte sich von ihrer zierlichen, fast schon zerbrechlichen Erscheinung täuschen lassen. Ein Blick in ihre Augen hatte Ryk verraten, dass er das Reden besser Mortos überließ. Der Überfall auf ihre Heimat hatte die Prinzessin misstrauisch gegenüber Fremden gemacht. Doch aufgrund ihres Freundschaftsverhältnisses war es dem kellwynischen Dämonenjäger schnell gelungen, Iritari von der Wichtigkeit ihrer Mission zu überzeugen. Vor allem, dass sie noch in dieser Nacht gegen den Blutlenker vorgehen mussten. Wenn sie bis Tagesanbruch warteten, würde er von dem Angriff des nekrossanischen Schiffes auf Thamaryns Flotte erfahren. Zweifelsohne würde er nicht lange brauchen, um zu erkennen, dass es sich um ein Ablenkungsmanöver gehandelt haben musste. Nach ihrem Gespräch mit der Prinzessin hatten sie sich noch rasch an ein paar kellwynischen Speisen gestärkt und waren dann in Begleitung des Leibwächters aufgebrochen. Ryk schätzte, dass das gerade einmal eine halbe Stunde her sein mochte.

Wenn ihn sein Zeitgefühl nicht allzu sehr täuschte, ging es auf die fünfte Stunde nach Mitternacht zu. Morgengrauen konnte nicht mehr fern sein. Nur gut, dass mittlerweile seine Kleidung vom Bad im Fluss getrocknet war, was es sehr viel angenehmer machte, die Ledermontur zu tragen.

Plötzlich berührte Kela ihn am Arm. »Es sind Schritte hinter uns«, raunte sie ihm zu.

Ryk vertraute Kela, weshalb er sein Seelenfeuer auch nicht entfachte, um selbst zu lauschen. Er wollte seine Magie für den Kampf mit dem Blutlenker aufsparen. »Ein Verfolger?«

Ishan wandte ihnen neugierig das Gesicht zu.

Kela schüttelte den Kopf. »Wer immer es ist, er gibt sich keine Mühe, unbemerkt zu bleiben.«

»Wenn das so ist, finden wir heraus, was er will.« Ryk gab Mortos und Laarn Bescheid, dass sie stehen bleiben sollten. Anschließend rief er in die Dunkelheit im Tunnel hinter ihnen: »Zeige dich!«

Es dauerte nicht lange, bis eine vertraute Gestalt in den Schein des Luminesauge trat.

»Tovan Ethu«, grollte Mortos und schob sich zwischen Ryk und Ishan hindurch. »Habe ich dir nicht gesagt, du sollst zusammen mit den anderen im Lager bleiben?« Er stemmte die Hände in die Seite. »Was tust du hier?«

Der junge Mann war stehen geblieben. Seine Augen fixierten jeden Einzelnen von ihnen mit einem unergründlichen Blick. Zu dem Kurzschwert, das bereits vorhin an seinem Gürtel befestigt gewesen war, hatte er sich eine Axt auf den Rücken geschnallt.

»Ich möchte mitkommen«, sagte er. »Die Reetacianer haben meinen Bruder gefangen genommen und das Viertel, in dem ich gelebt habe, niedergebrannt. Ich will, dass sie dafür bezahlen. Nur deshalb bin ich zu den Rebellen gegangen. Und wenn es stimmt, dass dieser … dieser Dämon für unser Leid verantwortlich ist, will ich ihm dafür den Schädel spalten.« Tovan griff über die Schulter und zog seine Axt. Sein Gesicht zeigte eiserne Entschlossenheit.

»Deine Waffe wird den Blutlenker nicht mehr beeindrucken, als wenn du ihm ins Gesicht furzt«, knurrte Mortos. »Du hast keine Ahnung, du Narr!«

Die Prinzessin hatte angeboten, ihnen noch mehr Männer als Verstärkung mitzugeben. Ryk hatte jedoch abgelehnt. Im Kampf gegen Asmaran wären ihnen die unausgebildeten Rebellen keine Hilfe. Es würde sich anfühlen, als führte er eine Herde Lämmer zur Schlachtbank.

Mit diesem Tovan Ethu verhielt es sich jedoch anders. Er strahlte eine Entschlossenheit und Härte aus, die den meisten Kellwynern fehlte, weshalb Ryk überzeugt war, dass er ihnen weiter folgen würde, selbst wenn sie ihn zurückschickten.

»Soll er mitkommen«, sagte er zu Mortos. »Auf diese Weise können wir ihn wenigstens im Auge behalten.«

»Vielleicht ist das sogar besser«, murmelte Ishan, der den Mann mit gerunzelter Stirn betrachtete. Irgendetwas schien ihn zu beschäftigen.

»Hab Dank, fremder Dämonenjäger, du wirst deine Entscheidung nicht bereuen.«

Tovan steckte seine Axt wieder fort und folgte ihnen, während Laarn sie durch einen Irrgarten von Abzweigungen und Treppen führte. Ryk hatte längst jedes Gefühl dafür verloren, wo im Labyrinth sie sich gerade befanden. Bewegten sie sich auf die Pyramide zu? Oder fort? Mit Sicherheit war Ersteres der Fall. Er hätte es jedoch nicht mit Bestimmtheit zu sagen vermocht. Mussten sie mancherorts mehrere Treppen hinab in die Tiefe steigen, ging es an anderer Stelle wieder aufwärts. Dabei kamen sie immer wieder an Kammern und Höhlen vorüber, die mit Knochen gefüllt waren. Gelbes und braunes Gebein zersetzt von Alter und Ungeziefer. Gelegentlich entdeckte Ryk am Rande des Lichtscheins Tongefäße und Skulpturen, die trotz seiner Anspannung den Forscher in ihm ansprachen. Er hatte nicht geahnt, wie präsent die Vergangenheit der alten Welt auf Kellwyn war.

Einige Gänge, so erklärte ihnen Laarn zwischendurch, müssten sie meiden und einen Umweg dafür in Kauf nehmen. Eine Gefahr lauere darin. Auf Ryks Nachfrage, was er damit sagen wolle, schüttelte der Leibwächter nur den Kopf und sagte: »Die Val'kai sind nicht das einzige Übel, Dämonenjäger.« Mehr ließ er sich nicht entlocken.

Ryk verstand mittlerweile, was Mortos damit meinte, dass das Labyrinth lebe. Sie hatten auf ihrem Weg Tunnel passiert, durch die ein warmer Luftzug geweht war, der ihm wie der Atemhauch eines gewaltigen Lebewesens vorgekommen war. Dafür mochte es noch eine natürliche Erklärung geben, nicht so für das Gefühl, von den Schatten selbst belauert zu werden. So, als ob Tausende unsichtbarer Augen ihnen auf Schritt und Tritt folgten.

»Du fühlst es auch, nicht wahr?«, sagte Kela, als er sich wieder einmal umsah.

Der Dämonenjäger nickte düster.

»Ich weiß, was ihr meint«, murmelte Ishan, der mit der Rechten seinen Schwertgriff umklammerte. »Ich kann gar nicht sagen, wie froh ich bin, wenn wir erst wieder aus diesem Labyrinth raus sind.«

Mortos, der ihnen offensichtlich zugehört hatte, ließ sich zwei Schritte zu ihnen zurückfallen. »So geht es vielen Fremden, die das erste Mal hier unten sind. Für das Labyrinth seid ihr Eindringlinge, und das lässt es euch spüren. Aber solange ihr an diesem Ort kein Blut vergießt, seid ihr verhältnismäßig sicher.«

Ein paar Abzweigungen und Treppen später blieb Laarn vor einem Gang stehen, der derart schmal war, dass er nicht für Menschen geschaffen schien. »Wir sind fast da«, verkündete er mit gesenkter Stimme. »Ich muss euch jetzt bitten, keinen unnötigen Lärm zu machen. Wir sind in einem Teil des Labyrinths, in dem ihr leicht etwas anlocken könntet, dem wir lieber nicht begegnen wollen.«

Ryk machte sich gar nicht erst die Mühe nachzuhaken. Er war sicher, dass Laarn ihm abermals nicht antworten würde.

Der Kellwyner betrat den Tunnel als Erster. Gefolgt von Mortos. Er war der Kräftigste von ihnen und hatte die größten Probleme, sich hindurchzuzwängen, obwohl er seitlich ging und den Bauch einzog. Einmal blieb er kurz stecken, woraufhin er das Fluchen anfing. Laarns Kopf schnellte augenblicklich zu ihm herum. »Nicht an diesem Ort, Meister Mortos«, mahnte er.

»Ich bin ja schon still«, brummte der kellwynische Dämonenjäger.

Der Gang endete in einer lang gezogenen Steinkammer ohne weitere Ausgänge. Ryk sog die Luft ein. Es roch hier irgendwie streng, fast wie in der Höhle eines Bären oder Wolfsrudels. Nur gab es hier weder Fäkalien noch Essensreste. Im Staub auf dem Boden konnte er Fußabdrücke ausmachen. Sie stammten von Menschen und schienen schon älter zu sein, denn neuer Staub hatte sich bereits über sie gelegt. Vermutlich hatten die Prinzessin und ihre Leibgarde, die hier vor Wochen durchgekommen sein mussten, sie hinterlassen. Als Laarn die gegenüberliegende Wand ansteuerte, gingen Ryk und die anderen ihm hinterher. Es fühlte sich sicherer an zusammenzubleiben.

Im Licht des Luminesauges wurde alsbald die Silhouette einer Götzengestalt mit Hundekopf offenbar, die in den Stein der Mauer gemeißelt war und zu deren Füßen Skelette einen wilden Reigen aufführten. Laarn blieb vor dem Relief stehen und stieß seinen Zeigefinger erst in die rechte und danach in die linke Augenhöhle der Kreatur. Im ersten Moment geschah nichts, dann erbebte die Kammer plötzlich. Staub rieselte von der Decke, und ein Knirschen ging durch die Kammer, das an Ryks Nerven zerrte. Im nächsten Moment zeichnete sich ein quadratischer Ausschnitt vor ihnen in der Wand ab, der langsam im Boden versank. Dahinter kam ein verborgener Treppenaufgang zum

Vorschein. Der schmale Schacht war voller Spinnweben. Die ersten überhaupt, die Ryk im Labyrinth sah.

»Die Stufen führen in das unterste Stockwerk der Pyramide«, sagte Laarn, nachdem wieder alles ruhig geworden war.

»Müssen wir mit Wächtern rechnen?«, fragte Ryk.

»Nicht an diesem Ort«, erwiderte der Leibwächter mysteriös und machte sich an den Aufstieg.

Ryk ging als Nächster, und auch wenn er sich nicht extra nach ihnen umsah, spürte er die Nähe seiner Freunde und die Tovans.

Er zählte dreißig Stufen, bis das Licht von Mortos' Luminesauge eine Steinplatte über ihren Köpfen offenbarte. Das Ende der Treppe. Auch hier gab es einen versteckten Mechanismus, den Laarn aktivierte. Die Platte schwang mit einem Knirschen beiseite, und Ryk kletterte hinter dem Leibwächter aus der Öffnung.

Sie befanden sich in einer Gruft. Eine massive, fensterlose Halle, in der es nach Staub, Knochen und vergessenen Heldentaten roch. Als Ryk sich zu seinen Gefährten umdrehte, sah er, dass der Zugang zum Labyrinth als Sarkophag aus Stein getarnt war, der in einer Reihe zwischen vielen anderen stand. Zuschauen zu müssen, wie Mortos, Kela, Ishan und Tovan hintereinander dem Grab entstiegen, eingestaubt und mit Spinnweben im Haar, erschien ihm beinahe wie ein Omen. Sein Magen krampfte sich zusammen, und er musste an den blutroten Sonnenaufgang vor so vielen Monaten denken, auf den Corrs und Jailars Tod gefolgt waren.

Nein, sagte er sich. *Nein!* Er war noch nie abergläubisch gewesen, und er wollte jetzt nicht damit anfangen. Er fuhr herum und betrachtete ihre Umgebung, die in den Schein des Luminesauge getaucht war. Über den meisten Sarkophagen ragten Statuen auf. Lebensgroße Männer wie Frauen mit freundlichen, mutigen, strengen und zuweilen auch grausamen Gesichtern.

»Hier ruhen die einstigen Fürsten und Fürstinnen von Kellwyn«, sagte Laarn, der neben ihn getreten war. »Die Gruft liegt tief unter der Herrscherpyramide. Nur selten kommt jemand hierher, und der neue Herr der Stadt hat ganz sicher keinen Grund dazu. Dort drüben befindet sich ein Aufgang.« Er wies auf einen Torbogen, dessen Umriss gerade noch am Rande des Lichtscheins zu erkennen war. »Diese Treppe führt zu den noch tiefer gelegenen Gräbern und auch hinauf in den Palast.«

Während Laarn den Zugang zum Fluchttunnel verschloss, trat Ryk zu seinen Freunden. Kela und Ishan waren in ein Gespräch vertieft, und er kam nicht umhin, das Gesagte zu hören.

» ... all diese Gräber erinnern mich daran, dass ich mich von meinem Vater nicht einmal verabschieden konnte.« Der Junge klang verbittert. Das hatte er noch nie getan. »Stattdessen werde ich ihn mein Leben lang vor mir sehen wie in seinen letzten Augenblicken ... den Dolch des Verrats im Herzen und sein Blut an meinen Fingern.«

»Das muss hart sein«, erwiderte Kela. Sie lehnte ihren Kopf an seine Schulter. Doch Ishan schien es gar nicht wahrzunehmen.

»Asmaran und Thamaryn werden dafür bezahlen«, sagte er.

Als Ryk den Schmerz und Zorn in Ishans Stimme hörte, kamen ihm Zweifel, ob es richtig gewesen war, ihm den wichtigsten Teil von Kaldor Morrains Brief vorzuenthalten. Wenn es stimmte, was der Magier darin behauptete, reichte der Verrat, der an Ishan und seinem Vater begangen wurde, sehr viel tiefer, als der Junge ahnte. Verdiente er da nicht die Wahrheit?

Auf der anderen Seite würde Ryk dadurch seinen Schmerz nur noch vergrößern. Nein, das konnte er ihm nicht antun. Nicht so kurz vor einem Kampf, der von ihnen allen höchste Konzentration erforderte. Ryk schluckte. Wenn alles vorbei war und sie noch lebten, würde er es ihm erzählen. Das schwor er sich.

Er wandte sich von den beiden ab und ging in Richtung Torbogen, wo Laarn bereits wartete. »Also gut«, sagte er, als alle ihn ansahen, »von jetzt an keinen Mucks mehr, verstanden? Das Überraschungsmoment ist unser einziger Vorteil.«

»Einen Augenblick noch.« Mortos zog sein Schwert. Es war fünf Fuß lang und besaß eine Klinge, die so breit wie Ryks Arm war. »Reißen wir diesem Bastard von einem Blutlenker den faltigen Arsch auf, was, Jungs?« Er räusperte sich und fügte mit einem Zwinkern an Kela hinzu. »Und Mädel.«

Ryk nickte. Er blickte in die Gesichter seiner Gefährten und las Furcht, aber auch Zuversicht darin. Sie konnten es schaffen, sagte er sich. Nein, sie *würden* es schaffen. Plötzlich war er sich ganz sicher. Warum sonst hätte er seinen ersten Kampf gegen Asmaran überleben sollen, wenn nicht zu dem Zweck, ihn am Ende doch noch zu besiegen? Bei ihrer ersten Begegnung hatte der Blutlenker ihn überrascht. Ryk war unvorbereitet gewesen. Jetzt wusste er, worauf es ankam: zuschlagen und töten. Ganz einfach. Oder nicht?

»Hat jemand Tovan gesehen?«, fragte Ishan plötzlich.

»Was meinst du? Er war gerade noch hier.« Ryks Blick irrte durch die Gruft. Er konnte den jungen Kellwyner nirgends entdecken. »Bei allen Dämonen der Gegenwelt, nicht auch das noch!«

50

Herrscherpyramide von O'Shan'wa, Kellwyn
6. Augus, 1026 n. d. Zweiten Dämonenkrieg

Der Tag hatte mit drei Toten begonnen, und sie würden nicht die einzigen bleiben. Catara blickte auf Graf Roadan von der Waldinsel Dagoras hinab, einen stämmigen Mann mit wildem Bartwuchs. Auf seinem Wams prangte ein feuchter Fleck, wo ihn Catara mit einem reetacianischen Offiziersschwert durchbohrt hatte. Er lag auf einem Berg aus Kissen. In Reichweite zu ihm stand ein niedriger Tisch mit Platten, auf denen sich Leckereien stapelten: Pasteten, Erdbeerküchlein, geröstetes Zuckerbrot und in Honig gebackene Früchte. Noch im Tode umklammerte Roadans Hand den Weinkelch, aus dem er gerade hatte trinken wollen.

Auf der anderen Seite des Tisches lag Herzog Belfane vom Flussreich Ipstat in einem ganz ähnlichen Zustand. Ein Schnitt zog sich quer über seine Kehle. Er hatte um sich getreten, während er ausgeblutet war. Dadurch war er in sein Kissenlager eingesunken, sodass er noch kleiner und schmächtiger wirkte, als er ohnehin war.

Fast wie ein Kind, dachte Catara und rümpfte die Nase. Ein Kind, das sich die Hosen vollgeschissen hatte.

Einen Grund, Catara zu misstrauen, hatten die Regenten nicht gehabt. Schließlich war sie nicht länger Tovan Ethu, der Kellwyner, der in der Schlacht um seine Heimat alles verloren hatte, sondern ein reetacianischer Offizier. Ein hochgewachsener, stolzer Mann im Kettenhemd.

Die anderen abzuschütteln war in dieser Gruft voller Halbschatten und Statuen nicht sonderlich schwer gewesen – während Prinz Ishan und seine Verbündeten sich noch besprochen hatten, war sie davongeschlichen und hatte sich auf die Suche nach einem neuen Körper und Gesicht gemacht. Sie hatte die Gruppe und vor allem den Prinzen nicht gerne zurückgelassen. Ishan überhaupt hier auf Kellwyn zu sehen, hatte sie überrascht. War er ihr bisher immer wie ein verwöhnter Junge vorgekommen, so wirkte er seit ihrer letzten Begegnung verändert. Erwachsener. Dunkler. Mehr wie ein Mann.

Vielleicht würde eines Tages ja doch noch ein passabler Regent aus ihm werden. Irgendwie wünschte sie es ihm sogar. Nach allem, was er in der Zwischenzeit durchlebt hatte, mochte er verstanden haben, wie bedeutsam dieser Friede für die Schwebenden Reiche war. Ein Frieden, für den auch Catara bereit war, alles zu tun und zu opfern.

Nachdem sie die Gruft hinter sich gelassen hatte, war sie hinaus in die Gänge des Palastes geschlichen. Der Morgen war längst angebrochen. Sie hatte ferne Stimmen gehört, die Schritte von Stiefeln und andere Geräusche, die auf die Gegenwart von Menschen schließen ließen, wodurch es umso dringlicher geworden war, eine neue Gestalt anzunehmen. Über den Offizier war sie in einem Seitengang nahe dem Palasttor gestolpert. Er hatte sich in diesen zurückgezogen, um sich in eine der Amphoren zu erleichtern, die dort für die Wachmannschaft bereitstanden. Er schnürte sich gerade die Hose zu, als Catara sich von hinten an ihn herangeschlichen und ihm mit Tovans kräftigen Händen das Genick gebrochen hatte. Nach ihrer Verwandlung war alles gleich viel einfacher geworden. Den erstbesten Wächter, der ihr über den Weg gelaufen war, hatte sie nach den Regenten befragt und erfahren, dass Graf Roadan und Herzog

Belfane im Gästegemach des Palastes verweilten, wo sie seit vergangenen Abend ihre Langeweile und Frustration im Wein ertränkten, während Thamaryn sich wieder einmal im Thronsaal *austobte.* »Ich habe Angst, Herr. Es wird von Tag zu Tag schlimmer mit ihm. Selbst seine Verbündeten gehen ihm aus dem Weg«, hatte der Wächter ihr erklärt.

Roadan und Belfane waren ihr als die leichteren Opfer erschienen, also hatte Catara sich zunächst um sie gekümmert. Als Erstes hatte der Diener, der jetzt hinter ihr auf dem Steinboden lag, daran glauben müssen. Danach waren die Regenten gefolgt, deren Gedanken und Körper von der durchzechten Nacht so träge gewesen waren, dass das Ende rasch über sie gekommen war. Roadan hatte noch den Mund geöffnet, um einen Hilfeschrei auszustoßen, nur hatte ihm das auch nichts genützt. Ihre Klinge war schneller gewesen.

Catara wischte das Schwert an der Hose des Grafen ab und steckte es wieder ein. *Einer noch*, dachte sie und tastete nach dem Beutelchen, das an ihrem Gürtel hing. Es beruhigte sie, das spröde Leder zwischen ihren Fingern zu spüren. Ursprünglich war es der Geldbeutel des Offiziers gewesen. Jetzt befand sich etwas sehr viel Bedeutsameres als ein paar Münzen darin: ihre Hoffnung, Königin Madeas Auftrag zu einem erfolgreichen Ende zu führen. Denn zweifelsohne würde Thamaryn keine so leichte Beute wie diese beiden Gestalten abgeben. *Und warum bist du dann noch nicht auf dem Weg zu ihm?*, fragte sie sich. Ihr war bewusst, dass sie ein Risiko einging, wenn sie noch länger hierblieb. Als sie ihre Hände hob und daraufblickte, sah sie, dass sie zitterten. Catara verfluchte sich für diese Schwäche und ballte sie zu Fäusten. »Was ist bloß los mit dir, du Miststück?«

Sicher brauchte sie bloß eine Atempause, um sich für den letzten Akt zu sammeln. Oder hatte sie am Ende Angst? Gewiss nicht vor dem Tod. Eher davor, ihre Herrin zu enttäuschen. Die

Kehle wurde ihr eng. *Luft*, dachte sie, stolperte um den Kissenberg mit der Leiche herum und auf das mittlere von drei Fenstern zu.

Es war quadratisch, ohne Glas oder Gitter, und von klobigen grauen Steinen eingerahmt, die die Außenmauer der Pyramide bildeten. Catara atmete durch. Sie roch den Dschungel, Rauch und Tod. Unter ihr lag O'Shan'wa, von Feuer geschwärzte Ruinen. Noch vor Kurzem hatte die Stadt von Leben pulsiert: Menschen, die ihrer Arbeit nachgingen, Marktschreier, die mit ihren Waren lockten, Essensgerüche, die sich mit dem Gestank von Unrat vermischten ... All das gehörte der Vergangenheit an. Jetzt, wo die Bewohner getötet, geflohen oder in den Untergrund gegangen waren.

Eine Woche hatte sie in dem Labyrinth unter der Stadt zugebracht, hatte von Brot, Mais und Eselsmilch gelebt, war Zeuge der mysteriösen Macht des Labyrinths geworden, das über die Kellwyner wachte, und hatte dabei stets nach einer Möglichkeit gesucht, ihre Mission zu einem Ende zu führen. Es hatte nicht gut ausgesehen. Überhaupt nicht. Und dann waren Ishan und seine neuen Freunde, dieser misstrauische Dämonenjäger sowie eine wunderschöne Frau, wie aus dem Nichts aufgetaucht und hatten ihr die Chance geboten, nach der sie so verzweifelt gesucht hatte. Es war schon eine seltsame Fügung, dass sich ihr Pfad mit dem des Prinzen hier, inmitten von Krieg und Wahnsinn, erneut gekreuzt hatte. Oder war es eher ein Zeichen?

Das Einzige, was ihr nicht behagte, war die Sache mit dem Dämon, über den die Gruppe gesprochen hatte. Die Frau an Ishans Seite – diese Kela – hatte behauptet, dass dieser Blutlenker stets ein Auge auf den Großfürsten habe. Eine unerwartete Neuigkeit, wenn sie denn stimmte. Doch wie es aussah, wollten sich Ishan und seine Gefährten um den Dämon kümmern. Also war das nichts, um was sie sich sorgen musste. Zumindest nicht allzu sehr. »Und jetzt geh und bring es verdammt noch mal hinter dich, Catara Fiers!«

Um zum Thronsaal zu kommen, musste sie über viele Treppen bis in die fünfte Ebene der Pyramide hinaufsteigen. In den Fluren und Gängen des Palastes begegnete sie immer wieder reetacianischen Wachen. Sie erwiderte den Gruß, den man ihr – oder dem Offizier, dessen Namen sie nicht einmal kannte – entgegenbrachte, jedes Mal mit der Selbstsicherheit eines Mannes, der eine Aufgabe hatte, die ihn dazu berechtigte, genau in diesem Teil des Palastes unterwegs zu sein. Dragosi oder Ipstater, Gefolgsleute von Roadan und Belfane sah sie nur wenige. Sataouaner und Riftaner überhaupt nicht. Thamaryn schien kein großes Vertrauen in die Krieger seiner Verbündeten zu haben.

Den Gang zum Thronsaal erkannte sie daran, dass er breiter und höher als alle vorherigen war. Zudem reihten sich entlang der Wände Statuen früherer Regenten. Auf den Sockeln zu ihren Füßen brannten Feuerschalen; der Rauch, der von den Flammen aufstieg, kratzte Catara im Hals. Sie war auf halbem Weg zum Tor, als einer der Flügel aufschwang. Zwei Soldaten zerrten den Leichnam eines nackten Mannes an den Füßen heraus. Sein Körper war von Stich- und Schnittwunden übersät. Das Blut, das daraus strömte, hinterließ eine feuchte Schleifspur auf dem Steinboden.

Catara blieb stehen. »Was ist passiert?«

»Der Unglückliche hat dem Großfürsten sauren Wein eingeschenkt«, antwortete der ältere der beiden Soldaten. Seiner Stimme war die Abscheu über die Tat deutlich anzuhören. Er warf einen Blick über die Schulter, um sich zu versichern, dass das Tor wieder geschlossen war und die davor postierten Wachen kein Interesse an ihnen zeigten. »Er ist schon der zweite Tote an diesem Morgen, Hauptmann«, flüsterte er dann. »Der Großfürst ist in keiner guten Stimmung.«

Und sie wird nicht besser werden, wenn er erst sieht, welche Überraschung ich für ihn bereithalte, dachte Catara. Laut sagte sie: »Macht weiter, Soldaten!« Sie wartete, bis die Männer sich ein Stück entfernt hatten, bevor sie auf das Tor zuging. Die Wächter öffneten ihr die Flügel, und mit einem flauen Gefühl im Magen trat sie ein.

Es war ein lang gezogener und hoher Raum. Säulen markierten den Weg zum Thron, bei dem es sich um einen wuchtigen Steinklotz mit Rückenlehne handelte, der am Kopfende der Halle auf einem Podest stand. Großfürst Thamaryn saß auf dem Platz, von dem aus einst Kadin Aca Shan sein Reich regiert hatte, und sprach mit jemandem zu seiner Rechten. Nur dass da keiner war. Im Hintergrund hatten jeweils vier Männer zu beiden Seiten des Thrones Aufstellung bezogen. Thamaryns Leibgarde. Im Gegensatz zu gewöhnlichen Soldaten trugen sie rote Umhänge, die an den Schultern mit Silberbroschen an ihren Schutzharnischen befestigt waren.

Zu viele, dachte Catara. Instinktiv berührte sie das Beutelchen an ihrem Gürtel.

Je näher sie dem Großfürsten kam, desto offensichtlicher wurde sein Wahnsinn. Sein einst goldblondes Haar hing strähnig und blass an seinem Kopf herab. Die Fingernägel waren blutig gekaut. Die meisten der Worte, die er von sich gab, waren Gebrabbel, zwischendurch glaubte Catara, den Namen seiner Frau herauszuhören. Arytea. Den reetacianischen Herrscher so zu sehen, machte es ihr nicht schwer, zu glauben, dass er von einem Dämon besessen war. Was würde ihre Herrin dazu sagen, wenn sie ihr davon erzählte?

Catara trat aus den Schatten der letzten Säulen heraus. Die Stufen, die hinauf zum Podest führten, waren nur noch wenige Schritte von ihr entfernt. Ihr Atem ging jetzt schneller. Plötzlich fuhr Thamaryns Kopf zu ihr herum, und fast wäre sie zurückgeschreckt. Seine Pupillen waren riesig, sodass seine Augen fast schwarz wirkten. Die Iris existierte nur noch als dünner blauer Ring.

»Was … was willst du?«, schrie er sie an. »Bist du hier, um mich zu töten?« Speichel rann sein Kinn hinab und tropfte in seinen Schoss. Die weiße Uniform, die er trug, war fleckig von Wein und Essen. Kurz streifte Cataras Blick den blutigen Kleiderhaufen zu Thamaryns Füßen. Sie verneigte sich. »Ich komme mit dem Bericht von vergangener Nacht, mein Fürst. Es gab einen Angri…«

»MAJESTÄT«, kreischte Thamaryn und stieß mit dem Zeigefinger in ihre Richtung. »Es heißt Eure Majestät! Außerdem hat mir Asmaran längst davon berichtet.« Er fixierte sie mit seinem Blick. »Vielleicht sollte ich dich lieber …«

In diesem Moment kehrten die beiden Soldaten zurück, denen Catara vor dem Thronsaal begegnet war. Vermutlich hatten sie die Leiche in einen anderen Raum geschafft und überließen es den Dienstboten, für ihre Beseitigung zu sorgen. Sofort wandte sich Thamaryns Aufmerksamkeit ihnen zu. Obwohl auch sie die roten Mäntel seiner Leibgarde trugen, schien er sie nicht gleich zu erkennen. Sein Kopf wackelte von einer Seite zur anderen, während er sie beäugte. »Seid ihr hier, um … mich zu … töten?«

Catara nutzte die Ablenkung, um sich wieder zwischen die Säulen in ihrem Rücken zurückzuziehen. Kurz überzeugte sie sich davon, dass die Aufmerksamkeit aller auf Thamaryn ruhte, bevor sie auf einen schmalen Durchgang zuhielt, der auf halbem Weg zum Thron lag und von zwei Feuerschalen flankiert wurde. Er war ihr beim Betreten der Halle aufgefallen.

Sie schlüpfte zwischen den Feuerschalen hindurch und betrat einen Gang, der nach wenigen Schritten vor einer Tür endete. Sie war unverschlossen, dahinter lag das private Audienzzimmer Kadin Aca Shans. Ein Sonnenstreifen fiel durch eine Öffnung nahe der Decke und tauchte eine kleinere Ausgabe des

Thrones aus der Halle in helles Licht, um den in einem Halbkreis mehrere Sitzbänke aus Stein standen. Sie schloss die Tür hinter sich und ließ den Blick umherschweifen. In Nischen entlang der Wände standen Skulpturen, die an die Götzen im Labyrinth erinnerten. Catara ging an ihnen vorüber und blieb vor dem Thron stehen. Der Platz bis zu den Bänken schien ihr ausreichend genug für das, was sie als Nächstes tun würde. Mit zitternden Fingern nahm sie das Lederbeutelchen von ihrem Gürtel, öffnete es und zog den Dämonenfinger daraus hervor. War sie einer Eingebung gefolgt, als sie ihn damals bei dem Schwarzmeister auf Rifta gekauft hatte? Musste sie wohl.

Sie starrte auf das verschrumpelte Stück Fleisch mit der Kralle am oberen Ende, die im Sonnenlicht wie Onyx schimmerte. Catara hasste den Dämon Zaragoth für das, was er den Keesa angetan hatte. Und sie hasste mit ihm auch alle anderen Val'kai. Doch sie wusste auch von ihrer Überlegenheit gewöhnlichen Menschen gegenüber. Sie waren schneller, stärker und tödlicher als der beste Krieger. Vollkommene Attentäter. Dieser Finger stammte zwar von einem Tierdämon, aber einem sehr mächtigen und sehr tödlichen.

Catara hatte niemals den Wunsch verspürt, sich in einen Dämon zu verwandeln. Dafür verabscheute sie diese Bestien zu sehr, und dennoch schien es ihr in diesem Moment der einzige Weg, die zehn Leibwächter des Großfürsten zu überwinden. Als Mensch konnte sie es unmöglich mit allen gleichzeitig aufnehmen. Sie knirschte mit den Zähnen. Sie wusste nicht einmal, ob etwas passieren würde, wenn sie von dem Dämonenfleisch aß. Vielleicht würde sie es sogar umbringen? Sie schloss die Faust um den Finger.

Trotzdem würde sie es für ihre Herrin tun. Für die Liebe, die sie ihr gegenüber empfand. Und für den Frieden in den Schwebenden Reichen. Mit einem Lächeln dachte sie an Königin Madeas Worte, an das warme Gefühl des Stolzes, die sie jedes Mal aufs Neue in ihrer Brust erzeugten: »Du und ich, Catara, wir sind das Zünglein an der Waage!«

O ja, sie würde dafür sorgen, dass am Ende alles gut wurde. Das war Cataras Chance, all die Tode jener wiedergutzumachen, die durch ihre Hand gestorben waren und es nicht verdient hatten. Nein, sie war keine Schlächterin. Die Ereignisse der vergangenen Wochen mochten sie zu einer gemacht haben, aber sie war keine.

»Für Euch, meine Herrin«, flüsterte sie und versenkte ihre Zähne in den Dämonenfinger.

Das Fleisch schmeckte nach dem Salz, in dem es so lange gelegen hatte. Und es war so trocken, dass sie mehrmals schlucken musste. Doch kaum, dass es ihre Kehle herabgerutscht war, erwachte der Fluch des Zaragoth. Mächtiger denn jemals zuvor brach seine Wirkung über sie herein. Dieses Mal fühlte sie keinen Schmerz, nur ein dunkles, berauschendes Gefühl der Lust, als die Flammen ihren Körper verzehrten.

»Catara, Catara, Ca...«

Sie verstummte. Jenes Mantra, das ihr durch jede Verwandlung gefolgt war, das sie stets davor bewahrt hatte, sich selbst zu vergessen, schien plötzlich bedeutungslos. Es wurde von einem Gefühl unbändiger Freiheit hinweggespült, als ihr neuer Körper sich ausformte. Haut, samtig rot wie ein Sonnenaufgang, legte sich über ihr Fleisch und spannte sich über sehnige, unendlich geschmeidige Muskeln. Sie sprang auf, und ein eigentümlich fremdartiger Laut entstieg ihrer Kehle. Sie brauchte einen Augenblick, um zu begreifen, dass sie lachte.

Ja, die Klaue hatte einem Tierdämon gehört, aber so fühlte sie sich nicht. Ihr Geist war niemals zuvor wacher, ihre Gedanken niemals zuvor klarer gewesen. Sie blickte auf Finger, doppelt so lang wie ihre alten, und spürte eine ungeheure Kraft in ihnen. Als sie eine Hand ins Sonnenlicht hielt, schimmerten die Dornen auf ihren Fingerkuppen wie schwarzes Metall. Und sie wusste, sie war etwas Neues, etwas noch nie Dagewesenes. Wieder lachte sie. Nichts würde ihrer Kraft widerstehen können. Nicht einmal die Harnische der Leibwächter. Sie fuhr sich mit der Zunge über ihre Zähne, spitz und tödlich. Allmählich glaubte sie zu verstehen, wie sich Zaragoth fühlen musste und warum das Schicksal von Menschen ihn so wenig berührte.

Die Flammen hatten ihre Kleidung verzehrt. Es spielte keine Rolle. Sie hätte sie ohnehin nur behindert, und ihre Nacktheit fühlte sich natürlich und richtig an.

Die Tür schien kein Gewicht zu haben und zerbrach an der Wand, als sie sie aufstieß. Ihr Körper strotzte vor Kraft, gleichzeitig besaß sie eine solche Kontrolle über ihn, dass jeder Schritt ihr wie ein leichtfüßiger Tanz erschien. Sie jagte durch den Gang und hinaus in den Thronsaal. Die Männer der Leibgarde schrien auf, als sie ihrer ansichtig wurden, rissen ihre Schwerter aus den Scheiden und bildeten einen Schutzwall um Thamaryn.

Catara konnte ihre Furcht wittern und den Urin, als einer sich bei ihrem Anblick einnässte, als sie sich ihnen näherte. Ein Mann, bei dem es sich vermutlich um den Hauptmann der Garde handelte, brüllte den Befehl zum Angriff. Die Gardisten stürmten vor, und Catara tänzelte zwischen sie. Dabei bewegte sie sich so schnell, dass die Welt um sie herum sich zu verlangsamen schien. Sie hatte gehört, dass Menschendämonen diese Fähigkeit besaßen, und es war überwältigend. Ihre Füße berührten kaum den Boden, während sie zwischen Körpern und unter Schwertern hindurchglitt, die sich träge wie Blätter in einer Frühlingsbrise bewegten.

Sie lachte, weinte und lachte, als ihre Klauen Kehlen aufrissen, durch Harnische und Körper stießen, Gliedmaßen brachen oder abrissen. Die Schreie der Verletzten und Sterbenden waren süße Musik in ihren Ohren, wenn auch nicht so süß wie das Blut, mit dem sie schon bald von oben bis unten bespritzt war und das auch ihre Lippen benetzte. Gierig leckte sie es auf. Das

Tor zum Thronsaal flog auf, weitere Wachen, aufgeschreckt vom Kampflärm und von den Rufen der Hörner, strömten hinein und ... starben.

Alle starben sie, starben und starben und starben, bis schließlich niemand mehr nachkam und sie mit Thamaryn allein war.

Catara watete durch Blut, Gliedmaßen und Körper auf den Großfürsten zu. Sie konnte nicht sagen, wann er das verrückte Gebrabbel eingestellt hatte, doch nun saß er völlig ruhig da, die Hände auf den Lehnen seines Throns und lächelte. Er versuchte nicht einmal, sich zu wehren, als ihre Hände, feucht von Blut, sich um sein Gesicht legten. Er sah sie einfach nur an. Stumm und erwartungsvoll. Catara drückte zu. Sie hörte ein Knirschen, gefolgt von einem Knacken, als der Schädel dem Druck nachgab. Blut rann aus Thamaryns Ohren, seiner Nase. Doch er lächelte immer noch.

»Bald sind wir wieder vereint, Arytea«, flüsterte er mit einem Mal ganz klar, und sein Blick ging geradewegs durch Catara hindurch. Mit einer letzten Kraftanstrengung ihrerseits zerbarst sein Kopf zwischen ihren Fingern. Knochensplitter bohrten sich in ihre Handflächen, ritzten ihre Haut. Sie spürte es kaum. Thamaryn kippte zur Seite. Sein Leichnam hing schlaff über der Lehne des Throns, während sein Blut sich mit dem seiner Männer vermischte.

Catara sah auf ihre Hände hinab. Die Röte, vermischt mit Resten von Thamaryns Gehirn, regte ihren Hunger an. Ihre Zunge schoss vor und schleckte die weichen Klümpchen von ihren Fingern. Sie schauderte. Niemals zuvor hatte sie etwas Köstlicheres geschmeckt. Es war diese Empfindung, die das letzte Fünkchen Menschlichkeit in ihr aufbegehren ließ. Plötzlich sackten ihre Hände herab, und ein Beben lief durch ihren Körper.

Was hatte sie getan? Sie riss die Augen auf und fuhr herum. Der Thronsaal war voller Leichen. Zerfetzt, entstellt, verstümmelt. Ein Anblick, der weit grausiger war als jedes Kriegsschlachtfeld. Catara fiel auf Hände und Knie und erbrach sich. Als sie sah, was sich alles in ihrem Magen befunden hatte, übergab sie sich noch ein weiteres Mal. Schluchzend kroch sie von ihrem Mageninhalt fort, kroch durch all das Blut und die Toten, bis sie das Ende des Saales erreichte, wo sie sich in einer Ecke zusammenrollte. Tränen rannen ihr über die Wangen, benetzten ihre Lippen.

Sie hätte nicht sagen können, ob Minuten oder Stunden vergangen waren, als sie schließlich versiegten. Auch das Zittern hatte aufgehört. Sie richtete sich auf, zog die Knie an den Körper, schlang die Arme darum und legte den Kopf darauf ab. In diesem Moment war es ihr gleichgültig, ob man sie fand und tötete. Sie war ein Monster, und Monster verdienten es, zu sterben. Doch plötzlich runzelte sie die Stirn. Warum hatte sie sich nicht verwandelt? Warum war sie nicht zu Thamaryns Ebenbild geworden, nachdem sie von seinem Fleisch gekostet hatte? Lag es daran, dass sie ein Dämon war? Machte das einen Unterschied? Es musste wohl so sein. Aber nun wollte sie nicht länger einer sein.

Erinnere dich, Catara, dachte sie. *Erinnere dich daran, wer du bist!* Doch alles, was sie sah, waren in Todesangst aufgerissene Augen, Münder, die schrien, Armstümpfe, die zuvor ein Schwert gehalten hatten. Die Bilder erregten sie. Wenn auch nicht den menschlichen Teil in ihr, der Abscheu und Übelkeit empfand und der sich selbst zu retten versuchte, indem er Catara mit der schmerzlichsten all ihrer Erinnerungen konfrontierte: Darval.

Sie zischelte und kratzte sich mit den Klauen über den Hinterkopf. Wieder und wieder. Warmes Blut rann ihr die Wangen hinab und tropfte in ihren Schoss. Trotzdem konnte sie nicht aufhören, an ihn zu denken.

Vor Darval war sie niemals einem Menschen begegnet, der

kein Keesa war. Kein Wunder, dass sein Gesicht ihr als das Schönste erschienen war, was sie je in ihrem Leben gesehen hatte. Siebzehn Sommer hatte sie damals gezählt und nur die Felsenstadt und das Tal gekannt. Über Wochen hatte sie ihn gepflegt, war Tag wie Nacht an seiner Seite geblieben, obwohl selbst Amaldis, die Schamanin ihres Stammes, ihn bereits aufgegeben hatte. Am Ende überlebte Darval, weil sie alles für ihn gegeben hatte: all ihr Können, all ihr Wissen als Heilerin und all ihre Liebe. Als er die Augen aufschlug, dankte er es ihr mit einem Lächeln, das ihr endgültig das Herz stahl. Niemals zuvor war Catara glücklicher gewesen, und als er schließlich ging, versprach er ihr, binnen zwei Monaten zurückzukehren. Er wollte bloß heimkehren, um seine Eltern wissen zu lassen, dass er noch lebte und dass er sein Glück gefunden habe. Eine Lüge. Vielleicht glaubte er, er schulde sie ihr. Tatsache war jedoch: Er kehrte nie zu ihr zurück.

Erst viele Jahre später sahen sie einander wieder, denn Darval sollte ihre Abschlussprüfung als Assassine werden.

Zunächst hätte ihre Suche nach ihm Catara beinahe den Tod gebracht, wäre Königin Madea nicht gewesen. Aus Dankbarkeit, dass die Königin ihr das Leben gerettet und ein neues geschenkt hatte, hatte sie ihr ihre Geschichte anvertraut. Alles. Selbst das dunkelste Geheimnis der Keesa: die Fähigkeit, einem anderen Menschen die Gestalt zu stehlen, wenn man ihn tötete und von seinem Fleisch aß. Erst ihre Herrin hatte Catara begreiflich gemacht, wie bedeutsam und mächtig diese Gabe für sie selbst, das hässliche und zurückgestoßene Mädchen, sein konnte. »Verstehst du denn nicht, liebes Kind, dass du alles und jeder sein kannst? Siehst du nicht, was du, was *wir*, dadurch bewirken könnten? Großes, sage ich dir. O ja, Großes.« Mit einem warmen Lachen hatte sie Cataras Hände ergriffen und hinzugefügt: »Gemeinsam werden wir die Welt zum Besseren wenden. Du vertraust mir doch, oder?«

Natürlich hatte Catara ihr vertraut.

»Oh, Kind, ich sage dir, es kann nur Schicksal sein, das wir uns begegnet sind.« Und so hatte Catara zugestimmt, sich zur Assassine ausbilden zu lassen. »Du wirst bedeutender sein als je eine Keesa vor dir!«

Fünf Jahre lang hatte Catara die unterschiedlichen Arten des Tötens gelernt. Wie man ein Leben mit bloßen Händen nahm, mit der Waffe und Gift. Anfangs hatte sie Klinge, ihren Meister, lediglich auf seinen Aufträgen begleitet und zugesehen, später dann selbst Hand angelegt. Aber immer nur in seiner Gegenwart und bei Menschen, die sie nicht gekannt hatte. Das hatte es leichter gemacht. Schließlich war jedoch der Tag gekommen, an dem sie unter Beweis stellen sollte, dass sie würdig war, selbst eine Assassine genannt zu werden. Der Tag, an dem sie ihr erstes eigenes Opfer wählen sollte.

Es musste jemand sein, den sie kannte, der Bedeutung für sie hatte, um so ihre Loyalität gegenüber Königin Madea unter Beweis zu stellen. Die Wahl war ihr nicht besonders schwer gefallen. Catara hatte nie wirklich aufgegeben, nach Darval zu suchen, dem Mann, der ihr einst das Herz gebrochen hatte. Und so hatte sie schon vor einer Weile herausgefunden, dass er inzwischen auf Onques lebte, wo er mit der jungen Witwe eines wohlhabenden Weingutbesitzers verheiratet war und eine hübsche kleine Tochter hatte. Früher hatte sie auch immer Kinder haben wollen.

Als Catara ihm schließlich gegenübergestanden hatte, war sie jedoch nicht fähig gewesen, ihn zu töten. Eine Strafe hatte er dennoch verdient, und so hatte sie ihm sein Gesicht mit einem Hauch von Nyxstaub verätzt, auf dass er äußerlich genauso hässlich wie im Inneren sein sollte. Doch anstatt es wie ein Mann zu tragen, hatte er sie angefleht, ihn von diesem abscheulichen Dasein zu erlösen.

Das war der Moment gewesen, in dem der Hass sie überwältigt hatte, denn seine Worte hatten ihr gezeigt, dass er sie – die hässliche Keesa – niemals wirklich geliebt haben konnte. Trotzdem gab sie ihm einen schnellen Tod. Einen Tod, der alles für Catara änderte, denn mit ihm starb das Mädchen endgültig, das sie einst gewesen war, und auch die junge Frau, zu der sie mittlerweile herangewachsen war.

Er war der Erste, der Allererste, dessen Gesicht und Körper sie stahl, von dessen Fleisch sie aß, um zu der Assassine zu werden, die Königin Madea immer in ihr gesehen hatte. Doch damit verlor sie auch die Möglichkeit, jemals wieder zu ihrem Stamm zurückkehren zu können. In den Augen der Keesa war es ein Frevel, sich Zaragoths Fluch hinzugeben. Würde sie es dennoch wagen, müsste Amaldis bloß einen Blick auf sie werfen, um die Wahrheit zu erkennen. Und dann drohte ihr der Tod. So friedlich die Keesa waren, einen solch abscheulichen Verrat duldeten selbst sie nicht.

Catara schluckte gegen das raue Gefühl in ihrer Kehle an, hob den Kopf und blinzelte in das Licht einer Fackel. Sie hatte viele Fehler gemacht. Vielleicht zu viele. Sie konnte so nicht weitermachen, doch zuerst musste sie zu ihrer Herrin heimkehren und ihr von allem berichten. Die Königin würde es verstehen, und sie würde ihr vergeben. Alles.

Sie atmete durch und wischte sich mit den Handrücken die letzten Spuren der Tränen fort. Es war Zeit, mit ihrer Vergangenheit abzuschließen und die Frau wiederzufinden, die sie Darval geopfert hatte. Wenn jemand das verstand, dann Königin Madea – sie hatte selbst viel verloren. Gemeinsam würden sie sich Halt geben und einander Trost spenden. Und während dieser Funken Hoffnung allmählich zu einer wärmenden Flamme in Cataras Herz heranwuchs, veränderte sich auch ihre Gestalt. Sie sank in sich zusammen, ihre Haut wurde grau und schlaff, und obwohl sie nun wieder eine Keesa war, fühlte sie sich zum ersten Mal seit langer Zeit wieder ganz wie sie selbst.

»Ich bin Catara Fiers«, sagte sie laut, und sie würde es für den Rest ihres Lebens bleiben. Und um niemals zu vergessen, was heute geschehen war, würde sie den Rest des Dämonenfingers fortan bei sich tragen. Als mahnende Erinnerung an das Monster, zu dem sie niemals hätte werden dürfen.

51

Herrscherpyramide von O'Shan'wa, Kellwyn
6. Augus, 1026 n. d. Zweiten Dämonenkrieg

Idiot!, schimpfte Ryk sich in Gedanken. Er hätte wissen müssen, dass dieser Tovan Ethu Ärger bedeutete. Er war anders als die anderen Kellwyner. Sein Blick hatte keine Trauer gezeigt. Keine Verzweiflung. Keine Hoffnungslosigkeit. Nur Entschlossenheit. Und da war eine Härte in seinen Augen gewesen, die ihm verraten hatte, dass dieser Mann schon früher getötet hatte. Deshalb war er auch bereit gewesen, ihn mitzunehmen. Jetzt bereute er seine Entscheidung.

Ryk ging neben Laarn, der inzwischen Mortos' Luminesauge trug, nachdem der kellwynische Dämonenjäger in der Gruft sein Schwert gezogen hatte und es auch nicht wieder wegstecken wollte. Die Steinstufen, die sie emporstiegen, waren mit Staub bedeckt, in dem sich zahlreiche Fußabdrücke abzeichneten. Darunter auch sicher die von Tovan. *Dieser Dreckskerl!* Er musste von Anfang an eigene Pläne verfolgt haben. Doch für einen Verräter, der sie an die Reetacianer verkaufen würde, hielt Ryk ihn nicht. Ebenso wenig für einen Spion des Blutlenkers. In beiden Fällen hätte Tovan es sich einfacher machen können, wenn er auf direktem Weg zum Palast gegangen wäre, um ihre Feinde zu warnen. Ryk befürchtete vielmehr, dass Tovan auf eigene Faust versuchen würde, seinen Bruder, von dem er gesprochen hatte, aus dem Kerker zu befreien. Nur allein hatte er keine Chance – die Reetacianer würden ihn erwischen, was auch Folgen für sie hatte. Die Wachen wären alarmiert und würden die Herrscherpyramide nach weiteren Eindringlingen absuchen.

Ryk fluchte.

»Bitte, Herr.« Laarn deutete mit angespannter Miene nach oben, zum Ende der Treppe, wo sich Wachen aufhalten mochten. Ryk verstummte, und wenig später endeten die Stufen vor einer Pforte, die einen Spalt breit offen stand. Demnach war Tovan auch hier entlanggekommen.

Ryk legte dem Leibwächter eine Hand auf die Schulter und bedeutete ihm, mit den anderen zu warten, während er als Erster durch die Tür trat. Der Gang dahinter war in Schatten getaucht und kreuzte in rund zwanzig Schritten Entfernung einen weiteren Korridor, der von Feuerschein erhellt wurde. Ryk ließ kurz sein Seelenfeuer auflodern und prüfte die Umgebung. Er roch den Schweiß seiner Begleiter, und ihr Herzschlag pulsierte ihm in den Ohren. Insbesondere der von Ishan, der von allen am aufgeregtesten war. Ryk schob die Eindrücke beiseite und konzentrierte sich auf die Geräusche des Palastes. Ferne Schritte und Stimmen. In ihrer unmittelbaren Nähe schien jedoch niemand zu sein. Gut. Er dämpfte sein Seelenfeuer, um Magie zu sparen, und winkte die anderen zu sich heraus.

»Wo genau sind wir?«, raunte Ryk Laarn zu, sobald dieser neben ihm stand.

»Auf der rückwärtigen Seite des Palastes, Dämonenjäger.« Der Leibwächter sprach mit gesenkter Stimme. »Von hier aus können wir fast überallhin. Unser einziges Problem sind die Wachen.«

»Was hast du vor, Ryk?«, fragte Kela.

Er starrte zum Feuerschein am Ende des Ganges. Was würde er dafür geben, zu wissen, wie viele Wächter wo positioniert waren oder wann sie ihre Runden machten. »Kannst du den

Dämon riechen?« Er hatte Kela gebeten, kein Siaminzöl zu benutzen. Damit sie den Blutlenker für ihn aufspüren konnte.

»Ja, aber der Geruch ist schwach«, wisperte sie zurück. »Er muss aus einem der anderen Gänge stammen.«

Ryk nickte. »Merkt es euch, unsere oberste Priorität ist der Blutlenker! Was immer passiert, geht den Soldaten des Großfürsten aus dem Weg.« Bei diesen Worten sah er kurz zu Ishan und Mortos. »Sollte sich ein Kampf nicht vermeiden lassen, tötet schnell und präzise. Wenn auch nur einer der Männer Alarm schlägt, war es das, verstanden? Unsere einzige Chance liegt darin, Asmaran zu überraschen.«

Kela und Mortos nickten, sie waren seine beiden stärksten Kämpfer. Auch Ishan hatte sich bereits bewiesen. Laarn konnte Ryk am allerwenigsten einschätzen. Sicher kämpfte er besser als die meisten anderen Kellwyner. Kadin Aca Shan hätte ihn sonst kaum zum Leibwächter seiner Tochter ernannt. Allerdings hatte er seine Pflicht ihnen gegenüber bereits erfüllt, indem er sie durch das Labyrinth zu der Herrscherpyramide geführt hatte.

»Du hast uns gute Dienste geleistet, Laarn«, sagte Ryk zu dem Kellwyner. »Aber das ist unser Kampf, du kannst zu deiner Herrin zurückkehren.«

»Nein, Dämonenjäger, das ist auch mein Kampf.« Der Leibwächter legte die Hand auf den Knauf des Schwertes, das an seiner Seite hing. »Wie könnte ich die Prinzessin besser beschützen, als den Dämon zu töten?«

»Gut gesprochen!«, erklärte Mortos grinsend.

Ryk nickte. »Dann soll es so sein.«

Durch den Feuerschein aus dem Nachbargang war es hell genug, sodass Laarn das Luminesauge an den kellwynischen Dämonenjäger zurückgab, der es löschte und in eine seiner Gürteltaschen stopfte. Der Leibwächter zog nun seine Waffe. Wer es noch nicht getan hatte, folgte seinem Beispiel. Ryk prüfte seine Armbrust und horchte ein letztes Mal in sich hinein, ob er bereit für den Kampf gegen den Blutlenker war. Kopf und Herz sagten ja, seine Hände zitterten jedoch unmerklich. Er ignorierte es und führte sie zum Ende des Ganges, wo er einen Blick in jede Richtung warf und dann vortrat. Merkwürdig. Niemand hielt sich in dem Korridor auf, der sehr viel breiter und höher war als der Gang, den er gerade verlassen hatte. Nicht einmal Wachen. Das gefiel ihm nicht. War Tovan am Ende geschnappt worden, und nun wusste man über sie Bescheid? Führte er seine Gefährten womöglich in eine Falle? Er biss sich auf die Unterlippe und sann einen Herzschlag lang über diesen Gedanken nach, bevor er ihn beiseiteschob. Es gab noch eine andere Erklärung: Dieser Bereich der Pyramide war zu unbedeutend, um an jeder Ecke Wachen zu postieren. Und mit Dutzenden von Wächtern, die die Zugänge und Terrassen der Pyramide bewachten, rechnete vermutlich niemand damit, dass Gefahr von innerhalb der Mauern drohen könnte. Außerdem befanden sich der Thronsaal und die Gemächer der Fürstenfamilie, die inzwischen von Thamaryn, seinen Verbündeten sowie dem Blutlenker bewohnt wurden, auf den höher gelegenen Ebenen der Pyramide. Dort waren sicher sehr viel mehr Wachen unterwegs.

»Wohin nun?« Ishan klang nicht nur ungeduldig, er sah auch aus, als könnte er es kaum mehr erwarten, zu kämpfen.

Ryks Blick wanderte von ihm zu Kela, und er nickte ihr zu. Sie kam zu ihm und schnupperte erst in die eine, dann in die andere Richtung. Zu beiden Seiten des Korridors brannten in Nischen entlang der Wände Feuerschalen, die ihr Licht auf die dunklen Steinquader der Mauern warfen. Während der Gang links nach einem kurzen Stück abknickte, führte der rechts auf ein Tor zu, dessen Flügel offen standen. Ryk war zu weit weg, um mehr als einen Ausschnitt des Raumes sehen zu können, der sich dahinter erstreckte. Flecken goldenen Tageslichts, die sich auf dem Boden abzeichneten, verrieten ihm, dass es dort Fenster gab. Der Morgen war über Kellwyn heraufgezogen.

»Wie … wie kann das sein«, murmelte Kela in diesem Moment. Ryk fuhr zu ihr herum. »Was meinst du?«.

»Ich rieche die Fährten von zwei Dämonen. Die eine ist frisch und stammt vermutlich vom Blutlenker. Die andere«, sie zögerte und runzelte die Stirn, »gehört ebenfalls einem Humanos, ist aber deutlich schwächer, als hätte er diesen Ort schon vor einer Weile verlassen.«

»Der Morphus?«, schlug Ishan vor. Er, Mortos und Laarn waren zu ihnen getreten.

Kela schüttelte den Kopf. »Es ist kein Geruch, den ich kenne.«

Also sind es jetzt schon drei Menschendämonen, die durch Kaldor Morrains Leichtsinn die Barriere überwinden konnten, dachte Ryk. *Verdammt!* »Seid jetzt alle mal still«, wisperte er und fachte sein Seelenfeuer wieder an.

Im nächsten Augenblick waren die Flammen in den Feuerschalen so scharf umrissen, als hätte jemand sie mit einer Klinge aus einem Stück goldenen Sonnenlichts geschnitten, und der Stein der Wände schimmerte in Grau- und Blautönen. Ryk blendete die Eindrücke aus und konzentrierte sich ganz auf sein Gehör, wobei er die Laute, die von seinen Gefährten ausgingen, ignorierte. Nichts. Selbst die Stimmen und Schritte, die zuvor noch aus anderen Teilen des Palastes an sein Ohr gedrungen waren, schienen inzwischen verstummt. Das konnte nicht sein! Nicht bei all den Menschen, die an diesem Ort lebten.

Plötzlich stieß Ryk hart den Atem aus. Ihm war klar geworden, woran ihn das erinnerte. An den Tag, als er Corr und Jailar verloren hatte. Damals im Ostwald hatte ihn die Magie des Blutlenkers getäuscht, sodass er nicht gemerkt hatte, wie nahe der Feind tatsächlich war. »Er weiß, dass wir hier sind«, keuchte Ryk auf. »Wir müssen verschwin…«

»So sehen wir uns wieder, Magier«, echote Asmarans Stimme durch den Korridor. Ein Krächzen, das der Kehle eines Heiseren entstiegen zu sein schien. Wie aus dem Nichts war der Dämon unter dem Tor aufgetaucht. Den Kopf leicht vorgeneigt, sodass das Gesicht unter der Kapuze im Schatten lag. Die Arme hielt er vor dem Bauch, wobei er die Hände in die Ärmel geschoben hatte. Innerhalb von Augenblicken stürmten mehr als zwanzig Soldaten an dem Blutlenker vorbei in den Gang und bezogen dort Stellung. Die vorderste Reihe zielte mit ihren Armbrüsten auf Ryk und seine Gefährten. Die Soldaten dahinter hielten Schwerter. Tödliche Einhänder, deren Klingen vom Feuer angestrahlt wurden. »Dein Blut verbindet uns immer noch, Dämonenjäger. Aus diesem Grund konnte ich auch spüren, wie du dich dem Palast genähert hast. Anfangs war ich überrascht, dass du hier auf Kellwyn bist. Offenbar hatten sie recht – es steckt mehr in dir, als es auf den ersten Blick scheint.«

Kelas Kopf flog zu Ryk herum. »Er hat von deinem Blut getrunken? Bei allen Dämonen der Gegenwelt, das hättest du uns sagen müssen!«

Ja, das wäre schlauer gewesen, hallte Asmarans Stimme durch Ryks Geist, während er zwischen den Soldaten hindurchging und sich vor ihnen positionierte. *Du hast nicht gewusst, dass die Bande so stark sind, nicht wahr? Närrischer Magier, ihr habt so vieles vergessen.* Ein Zischeln, das entfernt an ein Lachen erinnerte, drang unter der Kapuze hervor. *Und jetzt werft eure Waffen fort und ergebt euch!*

Nein, schrie Ryk in Gedanken, als sich gegen seinen Willen seine Finger öffneten. Die Armbrust, die er darin gehalten hatte, entglitt ihm und schlug auf dem Boden auf.

»Was tust du da, Ryk?«, platzte Ishan heraus. »Du willst doch nicht etwa aufgeben?«

»Er kann nicht anders«, knurrte Kela, ohne den Dämon aus den Augen zu lassen. »Der Blutlenker – er muss die Kontrolle über ihn übernommen haben.«

In diesem Moment stieß Mortos Ryk beiseite und baute sich schützend vor der Gruppe auf. Den Griff des Schwertes mit beiden Händen umklammernd, die Spitze auf den Blutlenker gerichtet.

»Gib ihn frei, du dreckiger Val'kai!« Auf den Gesichtern der Soldaten zeigte sich keinerlei Regung, als Mortos den Berater des Großfürsten als Dämon bezeichnete. Sie mussten ebenfalls unter Asmarans Einfluss stehen. »Diese Männer werden dich nicht vor mir beschützen können«, fügte Mortos drohend hinzu.

Ryk fühlte bei dem kellwynischen Dämonenjäger ein Aufwallen von Magie. Er wollte ihn warnen, dass auch Asmaran es spüren konnte, aber seine Zunge weigerte sich, ihm zu gehorchen. Mortos' Gestalt verschwamm vor seinen Augen, als er übermenschlich schnell auf den Blutlenker zustürzte.

Sofort kam Asmarans Wille über Ryk. *Töte ihn!*, echote es durch seinen Geist. Ryk konnte nicht anders. Er musste gehorchen. Das Seelenfeuer in seiner Brust explodierte förmlich, als er dessen Macht anrief, um seine Reflexe zu steigern. Schon packte seine Rechte eines der Messer an seinem Gürtel und warf es.

Dank seiner Magie sah er, wie sich Mortos, das Schwert erhoben, vom Boden abstieß und auf den Dämon zusprang, um ihm den Schädel zu spalten. Im selben Augenblick bohrte sich das Messer bis zum Heft in seine Seite. Die Gewalt, die hinter dem Wurf steckte, riss den kellwynischen Dämonenjäger aus der Bewegung. Mortos wurde herumgewirbelt. Sein Blick traf auf den von Ryk, bevor er einen Herzschlag später mit dem Hinterkopf auf eine steinerne Feuerschale krachte. Was folgte, war ein Knacken, das für einen Moment so vollständig Ryks Bewusstsein füllte wie der Schlag einer Glocke. Mortos' Augen brachen. Das Schwert flog ihm aus den Händen und rutschte noch ein Stück über den Boden weiter, bevor es zu Füßen eines Armbrustschützen liegen blieb.

»Nein!«, stieß Kela hervor.

Ryk starrte Asmaran an. Er wollte seinen Hass herausbrüllen, wollte den Dämon töten, ihn mit seinen eigenen Händen erwürgen. Stattdessen war er zur Bewegungslosigkeit verdammt.

»Du hättest nicht herkommen sollen, Magier«, krächzte der Blutlenker. »Wie ich dir schon einmal sagte: Ihr seid schwach geworden, zu schwach. Es gibt nichts, was du tun kannst, um mich aufzuhalten.«

Ryk stöhnte auf, als der Wille des Dämons ihn freigab. Er fiel auf die Knie und schlang die Arme um den Oberkörper, als ein überwältigendes Gefühl von Selbsthass und Scham über ihn hereinbrach.

Was habe ich getan? Was habe ich nur getan? Er hob den Kopf, in der Hoffnung auf Beistand und vielleicht auch Vergebung, doch Kelas, Ishans und Laarns Gesichter zeigten Entsetzen und Unglauben. »Ich ... ich wollte das nicht.« Er biss sich auf die Unterlippe und verstummte. Er wusste selbst, wie es klang. »Bitte«, versuchte er es noch einmal bei Kela. Sie war die Einzige von den dreien, die wirklich verstand, was gerade geschehen war.

»Du hättest es uns sagen müssen«, war alles, was sie sagte, bevor sie den Blick abwandte.

»Entwaffnet sie«, befahl Asmaran den Schwertträgern, während die Armbrustschützen sie weiterhin anvisierten. »Bringt den Dämonenjäger und seine Gefährten in meinen Verhörraum. Den Kellwyner sperrt in den Kerker. Ich werde ihn später befragen, womöglich kann er uns Informationen über die Rebellenplage liefern.«

52

Herrscherpyramide von O'Shan'wa, Kellwyn
6. Augus, 1026 n. d. Zweiten Dämonenkrieg

Der Raum besaß eine quadratische Grundform. Die Steinmauer rechts der Tür verlief in einem Fünfundsiebzig-Grad-Winkel schräg zur Decke. Es musste sich um eine Außenmauer der Pyramide handeln. Fenster gab es keine, und so schwebten unter der Decke mehrere Glaskugeln in einer Wolke aus Dunst. Ein Anblick, der Ryk an die Lichterstürme der Großen Leere erinnerte. In den Kugeln loderten Flammen und füllten den Raum mit ihrem Licht. Es hatte die gleiche goldene Färbung wie die Runen auf Asmarans Oberkörper.

Der Blutlenker stand in der Mitte des Verhörraums und hatte seinen Kapuzenumhang abgelegt, jetzt, da sie – bis auf zwei Wachen mit leeren Blicken, die an der Tür warteten – allein mit ihm waren. Das Runengeflecht auf Asmarans Körper glühte und hüllte seine ausgemergelte und geschlechtslose Gestalt in eine Art Aura. Seine Augen, unnatürlich groß und schwarz, fixierten seine Gefangenen. Hin und wieder glühten Wirbel aus Lichtern darin auf, als wären sie Fenster zu fernen Galaxien. Der Anblick hätte etwas Ehrfurchtgebietendes gehabt, hätte es sich nicht um einen Dämon gehandelt.

Ryk starrte zurück. Worauf wartete der Blutlenker? Seit sie in diesen Raum gebracht worden waren, hatte er nicht mehr zu ihnen gesprochen. Seine Miene wirkte ausdruckslos. Gelegentlich zuckte seine Zunge hervor, als schmecke er die Luft im Raum. Vielleicht weidete er sich am Geruch ihrer Furcht, vielleicht sammelte er auch seine Kräfte oder wollte mit seinem Verhalten Furcht bei ihnen schüren. Selbst aus Ryks Gedanken hielt er sich fern, trotzdem konnte er die Präsenz des Blutlenkers auch weiterhin am Rande seines Bewusstseins spüren.

Er versuchte, ein wenig seine Schultern zu lockern, die von der unnatürlichen Haltung schmerzten. Ohne Erfolg. Eisenschellen schlangen sich um seine Hand- und Fußgelenke, die mit straff gespannten Ketten in der Wand verankert waren. Eine fünfte Schelle lag wie ein Kragen aus Metall um seinen Hals und presste ihn an das Mauerwerk in seinem Rücken. In all diesen Fesseln spürte Ryk die Magie des Dämons. Ihre Hitze brannte auf seiner Haut und verhinderte, dass er und Kela sie mit ihren Kräften sprengten.

Ryk drehte den Kopf ein wenig nach rechts, wo seine Freunde in gleicher Weise wie er an die Wand gekettet waren. Ishan wurde von Kela verdeckt, auf deren Stirn der Schweiß stand. Den Blick hielt sie gesenkt, als ertrüge sie die Gegenwart des Blutlenkers nicht länger. Wenn einer von beiden verzweifelt war, so ließen sie es sich nicht anmerken. Weder jammerten sie noch flehten sie um Gnade.

Ryk dachte an sein letztes Gespräch mit Everdale Tilbrock zurück, bevor sie die Akademie verlassen hatten. »Aber selbst mit der Veydra und dem Prinzen an deiner Seite ist es möglich, dass ihr unterliegt«, hatte der Magus zu ihm gesagt. »Das … das darf nicht geschehen. Und darum musst du tun, was immer nötig ist, ungeachtet der Konsequenzen.«

Ein Portal. Davon hatte er gesprochen.

Nein, dachte Ryk. Der Zauber würde sie alle in Gefahr bringen. Außerdem würde der Blutlenker es merken, wenn er ihn direkt unter seiner Nase wob. *Das Portal muss mein letzter Ausweg bleiben*, entschied er. *Wenn ich uns schon opfere, dann will ich auch sicher sein, dass ich Erfolg damit habe.*

Links von ihm war Platz für zwei weitere Gefangene. Der Stein dort zeigte Spuren von getrocknetem Blut. Wenn Ryk den Behauptungen des Morphus glauben wollte, die er ihnen gegenüber im toten Land aufgestellt hatte, suchte Asmaran nach dem Grab des Inos, das hier auf Kellwyn verborgen sein sollte. Vermutlich stammte das Blut von Einheimischen, die er gefoltert hatte, um mehr darüber zu erfahren. Oder aus Vergnügen und um sie gefügiger zu machen, bevor er sie letztlich seinem Willen unterworfen hatte. Bisher schien er das Grab nicht gefunden zu haben. Andernfalls wäre er ganz sicher nicht hier bei ihnen, sondern hätte sich seinem Herrn bereits zu Füßen geworfen. Ryk wandte den Blick von dem Dämon ab und ließ ihn schweifen. Der Raum war ohne Möbel. Nicht einmal Folterinstrumente gab es. Nichts, durch das er sich einen Vorteil hätte verschaffen können. Es sah nicht gut für sie aus.

»Was willst du von uns?«, rief er dem Blutlenker zu, als er die Geduld verlor.

Asmaran sah ihn an und entblößte mit einem Lächeln seine Zähne. Dreckiger Dämon! Er musste nur darauf gewartet haben, dass einer von ihnen das Schweigen brach. Wahrscheinlich wertete er das als einen Sieg für sich. Der Gedanke erzürnte Ryk noch mehr, obwohl er wusste, dass der Blutlenker mit dieser Geste genau das beabsichtigt hatte. Er riss an seinen Ketten, bis das Metall ihm in die Haut schnitt. Anschließend spuckte er in Asmarans Richtung. Doch selbst wenn der Dämon sich dadurch an seine Demütigung nach ihrem Kampf im Ostwald erinnert fühlte, so zeigte er es nicht. Gemächlich näherte er sich Ryk, wobei die Krallen an seinen sechs Zehen bei jedem Schritt auf dem Steinboden klackten.

»Der Dämonenjäger, eine Veydra und der verlorene Sohn.« Sein Blick streifte Ishan. »Eine Zeit lang hat die Hohepriesterin überall in den Schwebenden Reichen nach dir gesucht. Mittlerweile haben sich ihre Pläne jedoch geändert.« Er wandte sich wieder Ryk zu. »Einer ihrer Spione erwies sich als äußerst redselig, nachdem ich ihn gefügig gemacht hatte.« Er blieb auf Abstand zu Ryk stehen und neigte den Kopf von einer Seite zur anderen. »Hast du wirklich geglaubt, mich aufhalten zu können, Magier?«

Ryk ignorierte die Frage. »Du willst etwas von uns, sonst hättest du uns längst getötet!«

»Ich will Informationen, was sonst?«

»Und worauf wartest du dann noch?«

»Nicht so ungeduldig, Magier.« Asmaran sah über seine Schulter zu den Wachen an der Tür. Ohne dass er ein Wort gesagt hätte, setzten sie sich in Bewegung. Noch während sie gingen, zogen sie die Dolche aus ihren Gürteln. Der eine ging zu Ishan. Ryk sah nicht, was er dort tat, auch wenn er es sich denken konnte. Der zweite trat zu Kela und presste ihr die Spitze des Messers seitlich an den Hals. Knapp über dem Eisenkragen.

»Lass sie in Frieden, Dämon! Du hast doch mich!« Es war seine Schuld, dass sie gefangen worden waren, weil er darin versagt hatte, sie zu beschützen. Nun sollten sie wegen ihm nicht auch noch leiden müssen. Verzweifelt rief er seine Magie herbei, sandte sie in seine Glieder, um Muskeln und Knochen zu stärken und riss und zerrte erneut an den Ketten. Sie schlugen gegen den Stein, hielten seiner Kraft jedoch stand. Asmaran lachte zischelnd. »Wenn du ihnen etwas antust, bringe ich dich dafür um, Dämon!«

»Ich habe nicht vor, sie zu töten«, krächzte Asmaran. »Jedenfalls so lange nicht, wie du kooperierst.«

Ryk rief seine Magie zurück und starrte den Blutlenker wieder an. Weshalb zwang er ihn nicht dazu, ihm seine Fragen zu beantworten, so, wie er ihn vorhin gezwungen hatte, Mortos zu töten? Hier stimmte doch etwas nicht. Behutsam tastete er sich an Asmarans Geist heran, den er wie einen Schatten am Rande seines Bewusstseins wahrnahm. Vielleicht funktionierte die Verbindung ja auch andersherum und er konnte auf diese Weise herausfin… Plötzlich stieß der Blutlenker ein Fauchen aus, und seine Zunge peitschte in Ryks Richtung. Schmerz explodierte hinter seiner Stirn. Er stöhnte auf, und Tränen schossen ihm in die Augen.

»Wage das nie wieder, Magier!«

Ryk blinzelte den Dämon an und rang sich ein Lächeln ab. Asmarans Abwehr war einen Herzschlag zu spät erfolgt. Als er seinen Geist berührt hatte, hatte er Erschöpfung und Wut gespürt. Und aus irgendeinem Grund auch Furcht. Der Blutlenker musste sich stärker verausgabt haben als gewollt, als er ihn vorhin dazu genötigt hatte, Mortos zu ermorden. Und da begriff Ryk.

»Es sind zu viele, nicht wahr?«, sagte er und sah zu den beiden Wächtern, die seine Freunde bedrohten. »Es sind ja nicht nur diese beiden, sondern noch jede Menge anderer Männer, deren Argwohn du Tag für Tag für Tag beschwichtigen musst, weil sie sich fragen, wer der Mann ist, der so viel Macht über Thamaryn ausübt und dennoch niemals sein Gesicht zeigt.« Die Soldaten vorhin hatten nicht ganz so lethargisch wie diese beiden Wächter gewirkt, und dennoch hatten auch sie nicht einmal mit der Wimper gezuckt, als Mortos Asmaran einen Val'kai genannt hatte. »Und wie mir zu Ohren gekommen ist, verfällt Thamaryn immer mehr dem Wahnsinn. Gar nicht so leicht, einen Verrückten unter Kontrolle zu halten, hm?«

Kela lachte leise. Ryk war erleichtert, ihre Stimme zu hören. Er hatte schon befürchtet, sie und Ishan hätten aufgegeben.

Asmaran fauchte, ließ jede Vorsicht fallen und stürzte sich auf Ryk. Als er seine Klaue in Ryks Brust schlug und die Krallen sich durch Leder und Stoff bohrten und tief in das Fleisch darunter drangen, biss Ryk sich auf die Zunge, um nicht laut aufzuschreien. Ein Beben lief durch seinen Körper.

»Für jemanden, der behauptet, dass ihm seine Freunde am Herzen liegen, spielst du erstaunlich leichtfertig mit ihrem Leben!«, zischelte der Dämon, wobei seine Zunge Ryks Wange streifte.

»Du ... du wirst uns ohnehin töten, wenn du erst hast, was du ... willst«, sagte der Dämonenjäger vor Schmerz keuchend.

Zu seinem Erstaunen lachte Asmaran. »Dieses Mal irrst du dich, Magier«, erwiderte er, und goldene Lichter tanzten in seinen Augen. »Lebendig bist du von sehr viel größerem Nutzen für mich!«

War das sein Ernst? Ryk suchte nach der Wahrheit in Asmarans Fratze, entdeckte jedoch nichts als Bosheit darin. Auf der anderen Seite hatte der Blutlenker ihn nach ihrem Kampf im Ostwald verschont. Vielleicht konnte er aus dieser Information ja noch einen Vorteil schlagen.

»Also gut, ich werde kooperieren«, sagte er mit zittriger Stimme, »aber nur unter einer Bedingung: Für jede Antwort, die ich dir gebe, wirst du eine meiner Fragen beantworten.«

Asmarans Nüstern blähten sich auf. »Närrischer Mensch, was hätte ich dadurch zu gewinnen?«

»Zeit«, erwiderte Ryk. »Je länger das hier braucht, desto mehr Kraft wird es dich kosten – und das kannst du dir nicht leisten. Was, wenn Thamaryns Männer oder der Großfürst deinem Einfluss entschlüpfen?« Er sah dem Dämon in die Augen. »Zudem gebe ich dir mein Wort, dass ich jede deiner Fragen ehrlich beantworten werde.«

»Wie großzügig von dir«, spöttelte Asmaran und bohrte die Spitzen seiner Krallen noch ein wenig tiefer in Ryks Brust. Der Dämonenjäger stöhnte. »Du solltest dir mehr Sorgen um dich selbst machen, Magier. Ich könnte dir jederzeit das Herz herausreißen und es an deine Freunde verfüttern. Ihr Wille wäre schnell gebrochen. Und dann würde ich sie ganz genüsslich jeden einzelnen Bissen durchkauen lassen und mich an den Qualen weiden, die sie dabei erleiden.« Er bleckte die Lippen und neigte den Kopf von einer Seite zur anderen. »Was hältst du von diesem Vorschlag?«

»War ... war das ein Ja?«

Asmaran runzelte die Stirn und zuckte schließlich die Achseln. »Warum nicht?« Er löste seine Krallen aus Ryks Brust, der daraufhin aufatmete, und trat von ihm zurück.

»Vertrau ihm nicht«, wisperte Kela trotz des Messers an ihrem Hals. »Er wird dich betrügen!«

Ryk drehte den Kopf, bis er sie sehen konnte. Ihr Gesicht wirkte blass, aber entschlossen und – wie immer – wunderschön. »Was habe ich schon zu verlieren?« Er zwinkerte ihr zu und sah wieder den Blutlenker an.

»Arbeitet ihr für die Hohepriesterin?«, lautete die erste Frage des Dämons.

Sie irritierte Ryk. Waren die To'Dhana denn nicht Asmarans Verbündete? »Nein«, sagte er. Danach fragte er: »Wieso mussten meine Gefährten damals im Wald sterben? Mich aber hast du am Leben gelassen, warum?«

»Das sind zwei Fragen, Magier. Und darum erhältst du auch nur eine Antwort: Diese Männer haben meine Wächter angegriffen.«

»Die Reißer«, murmelte Ryk und schnaubte. »Diese Bestien hatten es verdient. Sie haben Menschen getötet. Holzfäller mit Frauen und Kindern, die jetzt ohne Väter sind.«

Asmaran verzog die Lippen. »Warum seid ihr hier?«

»Um dich aufzuhalten. Du willst den Dhana'an Inos zurückholen!« Hätte Ryk es nicht besser gewusst, hätte er geglaubt, für einen Moment so etwas wie Erstaunen über die Fratze des Dämons huschen zu sehen. Aufmerksam fuhr er fort: »Wir wissen, dass du ihm im Ersten Dämonenkrieg als Blutgeneral gedient hast. Du bist sein Lakai. Und jetzt bin ich wieder dran: Warum hast du mein Leben auf Xe'Neridian verschont?«

»Weil …« Asmaran warf einen Blick zu Kela herüber. »Weil sie es gesagt haben.«

»Wer sind …«

»Wo steckt Zaragoth?«, fiel ihm Asmaran ins Wort. »Wo hat sich dieser blutrünstige Leichenwurm verkrochen?«

Zaragoth? Ryk kniff die Augen zusammen. Das war doch ein Trick. »Du meinst den Fluchbringer?«

»Wenn ihr ihn so nennt, dann ja: Zaragoth, der Fluchbringer!«

Ryk schluckte und spürte, wie sich sein Adamsapfel an dem Eisenkragen rieb. »Er ist hier?« *Bei allen Dämonen der Gegenwelt, was hat dieser Verräter Kaldor Morrain nur angerichtet? Gleich zwei Val'kai der Ersten Kaste in den Schwebenden Reichen?* »Du … du lügst!«, platzte er im nächsten Moment heraus. »Das kann nicht sein. Wir hätten davon erfahren.«

Asmaran musterte ihn mit neu erwachtem Interesse. »Entweder beherrschst du dieses Spiel sehr viel besser, als ich dachte, Magier. Oder …« Ryk spürte, wie der Schatten am Rand seines Bewusstseins wuchs. Druck entstand hinter seiner Stirn, und für einen Moment dröhnte ihm der Herzschlag des Dämons in den Ohren. »Oder du bist der größte Narr, der mir je untergekommen ist.« Der Druck ließ gleich darauf wieder nach, und auch der Herzschlag verstummte wieder.

»Es scheint, als wärst du tatsächlich ahnungslos«, zischte Asmaran. »Dabei besaßen die Magier einst die Macht und die Weitsicht der Dhana'an. Nichts entging ihrer Aufmerksamkeit. Was ist nur aus euch geworden?«

»Alle Götter stürzen irgendwann«, keuchte Ryk.

Asmaran verzog den Mund. »Was soll ich nur mit dir machen, Dämonenjäger? Sie sagten mir, ich würde dich daran erkennen, dass du der erste Magier nach über tausend Jahren wärst, der mein Blut zum Fließen bringt. Tatsächlich ist es dir im Ostwald gelungen, mich zu verletzen.« Er zögerte. »Sie sagten mir auch, du seist wichtig«, fügte er schließlich hinzu. »Aber nicht, dass ich dir vertrauen soll.«

»Von wem redest du, verdammt noch mal?«

Asmaran sah ihn eine Weile stumm an, bevor er den Kopf in Richtung seiner Freunde drehte. »Dein junger Begleiter ist durch und durch Mensch. Ihn zu kontrollieren, wird mich weniger Kraft kosten.« Er setzte sich in Bewegung, und erneut klackten seine Fußkrallen auf dem Stein.

»Was soll das?«, schrie Ryk ihm hinterher. »Ich dachte ...«

Asmaran blickte zu ihm zurück. »Was dachtest du? Dass ich ein Narr sei? Warum sollte ich mich mit den Worten eines einzigen Gefangenen zufriedengeben, wenn ich noch zwei weitere habe?«

»Verfluchter Hurensohn!«

Der Blutlenker zuckte die Achseln und blieb vor Ishan stehen. Den Wächter schickte er zu Ryk. »Sei gewarnt, Magier, ich spüre es, falls du etwas Dummes versuchen solltest.«

Der Soldat schien durch ihn durchzusehen, während er ihm die Klinge an den Hals presste. Ryk unterdrückte ein Schaudern. Aus dem Augenwinkel beobachtete er Asmaran. Der Junge wurde von Kela und dem Wächter, der sie bedrohte, verdeckt. Die Fragen, die der Dämon Ishan stellte, unterschieden sich kaum von denen, auf die er schon Antworten von Ryk verlangt hatte.

»Ich bin hier, um den Tod meines Vaters zu rächen!«, spie Ishan dem Blutlenker entgegen.

Asmaran zischte. »Es war Königin Madea, die Hohepriesterin der To'Dhana, die den Tod deines Vaters befohlen hat. Und du willst mir weismachen, du hättest das nicht gewusst?«

»Dreckiger Lügner! Warum sollte sie das tun? Sie hat ihn gelie...!« Ishans Stimme brach, als sei ihm plötzlich eine Erkenntnis gekommen. Einen Moment später schrie er: »Ryk, du Hund, das war es, was in Morrains Brief stand!«

Aus Kelas Augen traf Ryk ein harter Blick. »Du hättest es ihm sagen müssen.«

Ryk schwieg. Was hätte er auch antworten sollen? Er wusste selbst, dass sie recht hatte.

»Aber ... aber der Morphus hat gesagt, er wäre dein Diener, Dämon«, stammelte der Junge, nun verzweifelt. »Er hat ... hat es selbst zugegeben.«

»Jeder Morphus ist ein Diener Zaragoths«, erwiderte der Blutlenker. »Kein Einziger dieser niederträchtigen Parasiten würde auch nur eine Klaue für mich krumm machen.« Hörbar stieß er die Luft durch seine Nüstern aus. »Sag mir, Mensch, was hätte ich vom Tod deines Vaters?«

In diesem Augenblick begriff Ryk, dass Asmaran die Wahrheit sagte. Die Val'kai waren in Kasten organisiert. Zaragoth, der Fluchbringer, war das Oberhaupt der Morphus-Dämonen, und daher würden sie auch niemals einem anderen Val'kai dienen. Sein Gefühl hatte ihn nicht getrogen: Der Morphus hatte sie belogen oder die Wahrheit zumindest so weit verdreht, dass sie seinen Zwecken nützlich war. Wenn Asmaran nicht auf Kellwyn war, um den falschen Gott Inos zu erwecken, was tat er dann hier?

Ryk sah aus dem Augenwinkel, wie eine von Asmarans Klauen vorzuckte. Ishan stöhnte. Einen Moment später leckte der Dämon das Blut des Jungen von seinen Fingern. »Mein«, fauchte er und drang in Ishans Geist ein. Die Magie, die dabei von dem Blutlenker ausging, wogte über Ryk hinweg. Die Härchen auf seinen Unterarmen stellten sich auf. Er hörte, wie Ishan aufkeuchte, wie die Ketten rasselten, als er sich gegen den Willen des Dämons stellte.

Ryk schloss einen Moment die Augen. So tapfer der Junge auch kämpfen mochte, am Ende würde Asmaran gewinnen.

»Du musst etwas tun!«, forderte Kela Ryk auf. Er öffnete die Augen und sah sie an. Ihr Kopf war zu ihm herumgeruckt. Bei der Bewegung hatte die Spitze des Dolches ihren Hals geritzt, sodass ein feiner Blutstrom ihre Haut hinabrann.

»Da ist nichts, was ich tun könnte. Diese Ketten sind zu stark und ich …« Schon drückte sich die Klinge seines Bewachers fester gegen seine Kehle und brachte ihn zum Schweigen. Ryk blickte in die leeren Augen des Mannes und fragte sich, ob seine eigene Empathie stark genug wäre, um die des Blutlenkers zu brechen.

Ishan schrie auf.

»Sag es mir!«, krächzte Asmaran. »Niemand kann so blind sein. Du musst ihre Pläne kennen! Sie ist deine Stiefmutter. Sag mir, wo Zaragoth sich versteckt!«

Ishan schrie noch lauter.

Ryk presste die Lippen zusammen. Er wusste genau, was Asmaran dem Jungen antat. Er war tief in dessen Bewusstsein eingedrungen, durchforstete seine Gedanken und Erinnerungen. Selbst die dunkelsten, die tief verborgen lagen und nie dafür bestimmt waren, von jemand anderem gesehen zu werden. Er wusste aus Erfahrung, wie sich das anfühlte. Die Scham über die eigene Schwäche. Der Schmerz und die Entwürdigung. In gewisser Weise kam es einer Schändung gleich. Nicht des Körpers, aber der Seele. Nur zu gern hätte er es Ishan erspart. Doch es gab nichts, was er tun konnte. Noch war er nicht dazu bereit, ihrer aller Leben einfach wegzuwerfen.

»Zeig mir die Wahrheit!« Die Klauen des Dämons schossen erneut vor. Vermutlich hielt er den Kopf des Jungen umfasst, um die Verbindung zwischen ihnen noch zu verstärken.

»Lass ihn in Ruhe!«, rief Kela. »Das Blut läuft ihm ja schon aus Ohren und Nase! Du bringst ihn um!«

»Die Wahrheit«, stieß Asmaran hervor, ohne auf die Veydra zu achten. »Zeig sie mir! Zeig sie mir, und alles soll gut sein!«

Ryk spürte, wie noch mehr Magie von dem Blutlenker in den Jungen floss. Das war zu viel. Kela hatte recht. Der Dämon würde ihn umbringen. »Du hast gesagt, du brauchst uns lebend!«, rief

Ryk und japste nach Luft, als sich die Faust seines Bewachers in seinen Magen grub.

Der Blutlenker warf ihm einen verächtlichen Blick zu. »Nicht *euch*, nur *dich*, Magier!«

Ryk, in dessen Eingeweiden Schmerz und Übelkeit wüteten, keuchte: »Er … weiß nichts. Nicht mal, wer Königin Madea wirklich …« Ein zweiter Fausthieb in den Magen brachte ihn zum Verstummen. Speichel und Galle troffen von seinem Kinn, während er darum kämpfte, Luft in seine Lungen zu saugen.

Wie aus weiter Ferne hörte er das Röcheln des Jungen, das Klirren seiner Ketten, während der Blutlenker seinen Geist aufrieb, um darin zu finden, wonach auch immer er suchte. *Er wird aufhören*, sagte sich Ryk. *Gleich wird er aufhören. Er braucht Ishan als Druckmittel …*

Die plötzliche Stille fuhr wie ein Axthieb durch seine Gedanken. Das Reißen und Ziehen in seinen Gedärmen verlor mit einem Mal jede Bedeutung. »So zerbrechlich«, echote Asmarans Stimme durch den Raum.

»Nein«, schrie Kela. »*Neiiin*!«

Eine Träne rann ihr über die Wange. Ryks Blick wanderte weiter zu Asmaran. »Du … hast ihn … getötet?«

Der Dämon wandte sich an Kelas Wächter. »Schaff mir das aus den Augen!« Seine Kralle deutete in Ishans Richtung. Noch während der Mann den Jungen von seinen Ketten löste und an den Armen aus dem Verhörzimmer schleifte, wandte der Blutlenker sich Kela zu. Seine Nüstern blähten sich auf, als er sich vorbeugte, um an ihr zu schnüffeln. »Es ist lange her, dass einer der unsrigen diese Welt bereiste. Du musst alt sein, Veydra. Und auch stark, sonst hättest du kaum so lange unter den Menschen überlebt. Schließe dich mir an, und ich verspreche dir …«

Kelas Speichel traf ihn in die Fratze.

Asmaran zischte und schlug ihr ins Gesicht. »Das wirst du bereuen!« Er wischte sich die Spucke ab.

»Nur zu«, erwiderte Kela mit einem solchen Hass in der Stimme, dass die unnatürlich großen Augen des Blutlenkers zu Schlitzen wurden. »Worauf wartest du, Missgeburt? Oder fürchtest du dich etwa vor einem Halbdämon?«, setzte sie höhnisch nach, bevor sie kurz zu Ryk hinübersah.

Was er in ihren Augen las, erschreckte ihn. In ihren Tiefen glomm die Präsenz, die er zuletzt im toten Land gesehen hatte. Da begriff er: Kela war bereit, sich selbst aufzugeben, bereit, sich und ihn zu opfern, um den Blutlenker aufzuhalten. Es musste die Trauer über Ishans Tod sein. Vielleicht besaß sie aber auch einfach die Entschlossenheit, die ihm fehlte.

Dann soll es so sein, sagte er sich. Wenn sie bereit war, alles zu geben, würde er es auch sein. Er musste lediglich den richtigen Augenblick abpassen, und der würde bald, sehr bald kommen. Spätestens, wenn Asmaran begriff, dass Kela keine einfache Veydra war.

Er beobachtete, wie Asmaran von Kelas Blut trank, und fühlte die Hitze seiner Magie, als er gewaltsam in ihre Gedanken eindrang. »Was ist das?«, stieß der Dämon einen Augenblick später hervor.

Ryk lächelte. Selbst für einen Val'kai der ersten Kaste musste es eine böse Überraschung sein, als sich ihm die Natur von Kelas dämonischem Erbe offenbarte. Als ein Blutgeneral und direkter Diener der einstigen Götter wusste er nun, dass Kelas Vater ein Dhana'Ros gewesen war. Ein schwarzer Wächter. Ursprünglich hatten sie einer Kaste von Kriegern angehört, die von den Dhana'an zu einem einzigen Zweck erschaffen worden waren: um sie zu beschützen. Allein die Götter hatten diese Dämonenart kontrollieren können. Die meisten von ihnen waren getötet worden, als die Ersten Magier gegen die Dhana'an in die Schlacht zogen. Was aus dem Rest wurde, wusste Ryk nicht. Einen hatte es jedenfalls in die Schwebenden Reiche verschlagen, wo er sich an Kelas Mutter vergangen hatte.

Ryk sah, wie sich Kelas Augen rot färbten. Die Farbe des Blutes – von Menschen und Val'kai. Auch Asmaran begriff, was vor sich ging. Er machte einen Satz zurück, seine Zunge fuhr zischelnd durch die Luft, und die Runen auf seinem Oberkörper loderten auf, als wären sie in Feuer auf seine Haut geschrieben. Gleichzeitig schwand der Schatten am Rande von Ryks Bewusstsein, als Asmaran sich von ihm zurückzog und sich ganz auf Kela konzentrierte. »Unmöglich«, zischelte er. »Deine Art ist tot! TOT!«

Das war die Ablenkung, die Ryk gebraucht hatte. Der Blutlenker war so sehr darauf fixiert, einen Abwehrzauber um sich herum aufzubauen, dass er nicht merkte, wie Ryk sein Seelenfeuer anfachte. Ein letztes Mal dachte er an den Preis, den das Portal fordern würde, ein letztes Mal an die Geste des Nebelgeistes, wie er hinauf zum Himmel gedeutet hatte. Womöglich hatte er ihn damals wirklich warnen wollen – davor, dass ihn seine Reise an einen fernen Ort verschlagen würde. Die Gegenwelt.

Um ein Portal zu erschaffen, musste Ryk Materie manipulieren, und das war nur durch die *Energetys* möglich. Den mächtigsten Zweig der Zauberkünste. Gewöhnlich reichte ein Gedanke, um der Magie ein Ziel zu geben. Nicht so bei diesem Zauber. Ein letztes Mal sah er zu Kela hinüber. Sie schrie auf, als die Finsternis aus ihrer Seele hervorbrach. *Jetzt*, dachte Ryk, und seine Lippen formten stumm die Worte, die seinem Willen dabei helfen würden, die Magie zu kanalisieren.

Es klang, als zerreiße etwas. Ein Gewebe, hauchdünn und doch von solcher Festigkeit, dass der Laut zugleich wie das Flüstern eines Frühlingshauchs und der Schlag der Titanenglocke von Rhal in Ryks Ohren klang. Die Kugeln unter der Decke explodierten. Glassplitter regneten auf sie herab.

Asmaran kreischte auf. Sein Schädel ruckte zu Ryk herum. Sterne glühten in seinen Augen. »Was hast du getan, Magier?«

Ryk lächelte. »Ich schicke dich dorthin zurück, wo du hingehörst.«

»Du elender Narr, damit hast du uns alle dem Untergang geweiht!«

Er sah noch, wie Asmarans Klauen Runen in die Luft vor ihm zeichneten und jene auf seiner Brust heller und immer heller gleißten. Aber es war zu spät. Die Magie war freigesetzt und konnte nicht mehr aufgehalten werden. Das Portal öffnete sich: ein Strudel aus Licht, der Tausende Flämmchen ausstieß, die an der Wirklichkeit um sie herum wie an einem Stück Pergament zehrten. Knisternd verschlangen sie Boden, Wände und Decke, lösten die Eisenschellen auf, die Ryk fesselten, seine Kleidung … und leckten schließlich über seine ungeschützte Haut.

Er schrie auf, als die Funken sich in seinen Körper fraßen. Einen Herzschlag später wurde er von einem Sog gepackt, der ihn mit sich in den Strudel aus Licht riss.

53

Tal des Dämonenjägers, Xe'Neridian
6. Augus 1026 n. d. Zweiten Dämonenkrieg

Veitt hatte sich niemals im Leben mieser gefühlt. Nicht einmal nach dem fehlgeschlagenen Experiment vor so vielen Jahren, durch das er sich sein lahmes Bein und die Verbrennungen zugezogen hatte. Obwohl … so ganz richtig war das nicht. Damals hatte ihn lange ein schlechtes Gewissen gequält. Auch heute tat es das manchmal noch, wenn er daran dachte, dass Ryk sich an dem Unfall nach wie vor die Schuld gab. In Wahrheit war es Veitts eigene Schuld gewesen. Er war übermüdet und unachtsam gewesen. Erst dadurch war das Feuer im Labor ausgebrochen, das schließlich den Schrank mit den explosiven Chemikalien erreicht hatte.

Er seufzte und vergrub das Gesicht in der linken Hand. Eigentlich hatte er es ihm gleich nach dem Feuer sagen wollen, aber dann hatte Ryk ihn mit Aufmerksamkeit und Fürsorge überschüttet. Also hatte er geschwiegen. So naiv und verliebt, wie Veitt damals gewesen war, hatte er gehofft, Ryk hätte seine Gefühle für ihn entdeckt. Das war natürlich bloß Wunschdenken gewesen. Der Dämonenjäger würde niemals mehr als einen Laborassistenten in ihm sehen. Am Ende war Veitt ihm aus seinem schlechten Gewissen heraus in die Abgeschiedenheit dieses Tals gefolgt, um Wiedergutmachung zu leisten. So oft schon hatte er sich vorgenommen, Ryk die Wahrheit zu sagen. Doch je mehr Zeit verstrich, desto mehr fürchtete er sich davor. Was, wenn Ryk ihn in seinem Zorn fortschicken würde? Auch wenn Veitt akzeptiert hatte, dass der Dämonenjäger nicht dasselbe für ihn fühlte wie er für ihn, wollte er ihn wenigstens nicht als Freund verlieren.

»Es tut mir leid«, murmelte er, blinzelte die Tränen aus den Augenwinkeln und nippte an dem Zinnbecher mit dem Socarit-Tee, dessen Dampf seine Nasenspitze umwehte. Er stellte den Becher beiseite und rutschte tiefer in den Sessel hinein – einem von zweien, die vor dem Kamin im Wohnraum des Anwesens standen. Es war der gleiche Sessel, in dem Ryk immer saß, wenn er Besuch oder Kundschaft empfing. Das Leder war abgewetzt und fühlte sich rau unter Veitts Fingern an; wenn er jedoch die Augen schloss und tief durchatmete, konnte er Ryks Duft daran wahrnehmen.

Er biss sich auf die Unterlippe. Fünf Wochen war es jetzt her, dass der Dämonenjäger genau in diesem Zimmer mit dem hitzköpfigen jungen Prinzen gesprochen hatte, bevor sie zu einer Reise mit ungewissem Ausgang aufgebrochen waren. Veitt sah zornig zu dem Papierfetzen rüber, der auf dem Tischchen zwischen den Sesseln lag, direkt neben seinem Teebecher. Wie konnte Ryk ihm das nur antun?

Er zuckte zusammen, als es draußen plötzlich blitzte und ein Grollen die Stille zerriss. Sein Kopf ruckte zu den Fenstern der Veranda herum. Ein grauer Regenvorhang hatte den Garten und den Eichenhain dahinter verschluckt. *Wie in der Nacht vor Ryks Aufbruch*, dachte Veitt. Auch da hatte es gestürmt. Dabei müsste längst die Sonne aufgegangen sein, aber Wolken verdeckten sie.

Veitt zuckte erneut zusammen. Ein Knarren im Geschoss über ihm. *Bei allen Dämonen …* Es war nun mal ein altes Haus, und solche Geräusche gehörten zu ihm, trotzdem schauderte er und rieb sich die Oberarme. In den letzten Tagen musste Veitt häufig an all die Dämonenjäger denken, die vor ihnen hier gelebt hatten. Manchmal hatte er das Gefühl, dass sie immer noch da waren und dass sie ihn aus ihren Gemälden heraus beobachteten. Natürlich waren es unsinnige Gedanken, und doch lösten sie ein Zittern bei ihm aus. Vor allem, wenn er allein in diesem großen Haus war und sich in einer Stimmung wie dieser befand. Drei Tage hielt sie inzwischen an – seitdem dieser verfluchte Botenvogel mit Ryks Nachricht eingetroffen war.

Mit einem Kopfschütteln wandte er sich dem Kamin zu, in dem die Flammen tanzten und prasselten. Ihre Wärme vertrieb ein wenig von der Feuchtigkeit, die mit dem Unwetter ins Haus eingezogen war. Er seufzte. Auch in der vergangenen Nacht hatte er kein Auge zubekommen. Aus Sorge, und weil er mit weniger Schlaf auskam, seitdem die Magie in ihm stärker und stärker wurde. Plötzlich schnappte er sich den Papierfetzen vom Tisch und überflog die Zeilen ein letztes Mal, bevor er Ryks Nachricht in die Flammen warf, wo sie innerhalb weniger Herzschläge verglühte.

Ein Abschiedsbrief. Sachlich und untheatralisch, so wie Ryk nun einmal war. Veitt presste die Lippen zusammen. Der Dämonenjäger hätte ihn nicht geschrieben, wäre er nicht vom Schlimmsten ausgegangen. Längst musste er in Kellwyn sein. Vielleicht hatte er sogar schon gegen den Blutlenker gekämpft, vielleicht würde er es auch noch tun. Veitt hatte keine Möglichkeit, in Erfahrung zu bringen, ob er überhaupt noch lebte. In einigen Tagen oder auch erst in ein paar Wochen mochte ein weiterer Botenvogel eintreffen und ihm die Antwort bringen, nach der er sich verzehrte und die er zugleich so sehr fürchtete.

»Verfluchter Dämonenjäger!«

Veitt schlug mit den Fäusten auf die Sessellehnen ein und sprang dann auf. Nein, er würde nicht einfach aufgeben und in Selbstmitleid zerfließen. Er hatte Ryk etwas versprochen: Er würde weitermachen. Tatsächlich war er mit seinen Forschungen einer Lösung für das Dämonenproblem bereits näher gekommen, als Ryk bei seinem Aufbruch ahnen konnte. *Wenn man es denn Forschung nennen will*, fügte Veitt in Gedanken hinzu. Er war mehr oder weniger durch Zufall auf etwas gestoßen, von dem er mittlerweile glaubte, dass es sich um das älteste und bestgehütete Geheimnis der Ersten Magier handelte.

Er hob seine Hände gegen das Feuer, das im Hintergrund zuckte, während es draußen weiterhin blitzte und donnerte. Lange, schlanke Finger, in denen er die Hitze und das Prickeln der Magie spürte. Früher hatte er sogar darum kämpfen müssen, ein Luminesauge zum Leuchten zu bringen. Jetzt brauchte er die Magie nicht einmal mehr zu rufen. Sie war immer da. Immer. Strömte von seinem Seelenfeuer aus wie ein wärmender Odem durch seinen Körper. Er hatte es Ryk vor seinem Aufbruch nicht verraten wollen, weil die Magie damals noch schwächer in ihm gewesen war und er noch nicht verstanden hatte, was diese Veränderung aus ihm machen würde. Im Grunde wusste er es immer noch nicht. Dass es überhaupt dazu gekommen war, verdankte er Ryk. Genauer gesagt dem, was er von seinem Kampf mit dem Blutlenker mit nach Hause gebracht hatte.

Veitt entzündete eine Kerze, verließ den Wohnraum und betrat die Vorhalle. Regentropfen klopften an die Tür. Blitze zuckten hinter den Fenstern und schickten ein schauriges Spiel aus Licht und Schatten über die Wände mit den Ölgemälden. Ohne innezuhalten ging er weiter. Im Schein der Kerzenflamme tauchte die Tür zum Labor vor ihm auf, und er trat hindurch. Vor noch nicht allzu langer Zeit war die Luft in diesem Raum dick vom Gestank des Dämonenfleischs und verschiedener Chemikalien gewesen, die in hochkomplizierten Glasapparaturen vor sich hingeköchelt hatten. Jetzt funkelten die Röhrchen, Gewinde und Kolben still und leer im Schein der Kerze. Veitt hatte die Experimente beendet, nachdem er gefunden hatte, wonach Ryk schon sein halbes Leben lag suchte: einen Weg, die Dämonen zu vernichten.

Er ging zu einem Tisch und stellte die Kerze darauf ab. Nun zog er ein Holzkästchen zu sich in den Lichtkreis der Flamme. Beinahe ehrfurchtsvoll öffnete er den Deckel, in den Schutz- und Abwehrrunen eingraviert und mit Gold ausgegossen worden waren. Einer von Ryks Dolchen lag in dem Kästchen. Es war jener, mit dem er den Blutlenker verletzt hatte. So schwach er auch nach dem Kampf mit dem Dämon gewesen war, eine seiner Waffen hätte Ryk niemals zurückgelassen. Niemals.

Veitt nahm den Dolch heraus. Er drehte ihn nahe bei der Kerze von einer Seite zur anderen, wobei sein Blick wie gebannt an der dunklen rostroten Spitze hing. Dämonenblut. Als Ryk von seinem Kampf mit dem Blutlenker zurückgekehrt war, schwer verwundet, fiebrig und dem Tode nahe, war es noch nicht eingetrocknet gewesen. Dass er überhaupt nach Hause gelangt war, verdankte er Feuerherz. Der Hengst hatte den Weg von allein gefunden, während Ryk zu kaum mehr in der Lage gewesen war, als sich an die Mähne des Tieres zu klammern, um nicht aus dem Sattel zu rutschen. Damals hatte das Blut noch zäh wie Arnbaumsirup an der Klinge geklebt. Aufgrund von Ryks Zustand hatte Veitt befürchtet, der Dämonenjäger könnte von einem Gift befallen sein, und hatte das Dämonenblut daraufhin untersucht. Vor Nervosität und Kummer hatten Veitt die Hände gezittert. Und dabei war es passiert: Er war abgerutscht und hatte sich mit dem Daumen an dem Dolch geschnitten. Zwar hatte er sie sofort ausgewaschen, trotzdem musste etwas von dem Dämonenblut in die Wunde gelangt sein.

Zunächst hatte Veitt nichts bemerkt. Vermutlich aufgrund der geringen Menge an Blut. Anfangs hatte er sich lediglich ausgeruhter und frischer gefühlt, wenn er morgens aufwachte, obwohl er aus Sorge um Ryks Zustand in den ersten Tagen nach seiner Rückkehr kaum Schlaf fand. Eine Woche später war ihm aufgefallen, dass die Brandnarben und sein Bein weniger schmerzten als früher. Mittlerweile humpelte er nicht einmal mehr.

Er verstand immer noch nicht, was genau mit ihm geschah. Doch er reimte sich mehr und mehr zusammen. Die Ersten Magier hatten stets behauptet, die Magie der Gegenwelt hätte die Menschen während ihrer zweitausendjährigen Gefangenschaft verändert und einigen Auserwählten die gleichen Kräfte wie den Dhana'an verliehen. Eine Lüge, wie Veitt jetzt wusste. Es war eine Vermischung ihres Blutes mit dem der Dämonen, das die Ersten Magier zu gottgleichen Wesen gemacht hatte.

Auch sie mussten wie er durch irgendeinen dummen Zufall darauf gestoßen sein. Nur warum hatten sie dieses Geheimnis nicht mit allen Menschen geteilt? Oder war es doch komplizierter?

Noch etwas verstand Veitt nicht: Warum erstarkte seine Magie, obwohl die der anderen Zauberer in den letzten Jahrhunderten immer schwächer geworden war? Er konnte es sich nur so erklären, dass das Blut des Dämons von einer außergewöhnlich machtvollen Magie durchdrungen gewesen sein musste, die sich mit seiner eigenen, eher kümmerlichen Begabung verbunden und auf diese Weise die Ausdauer seines Ori'vah, seines Seelenfeuers, um ein Vielfaches gesteigert hatte. Wahrscheinlich spielten auch andere Dinge eine Rolle, die er zum jetzigen Zeitpunkt noch nicht erkannt hatte. Veitt seufzte. Was mochte dann erst aus jemandem wie Ryk, der so viel stärker war als er, werden, wenn er sein Blut mit dem eines mächtigen Dämons vermischte?

Er legte den Dolch zurück in das Kästchen, verschloss es und trommelte mit den Fingerkuppen auf den Deckel ein. Dass keiner vor ihm über das Geheimnis der Ersten Magier gestolpert war, überraschte ihn nicht. Seit Jahrhunderten war der Blutlenker der erste Humanos, der durch die Barriere gelangt war. Ohne das Wissen der Ersten Magier hatte es für die Dämonenjäger nie einen Grund gegeben, ihr Blut mit dem eines Menschendämons zu mischen. Er schüttelte den Kopf, nahm die Kerze wieder auf und suchte sein eigenes Zimmer auf. Es war ein großzügiger Raum mit Regalen und Truhen voller Bücher und einem Bett direkt unter einem Fenster, hinter dem die Welt in Dunkelheit und Regen zu ertrinken drohte. Veitt stellte die Kerze auf seinen Schreibtisch, der links neben der Tür stand. Darüber an der Wand hing eine Landkarte aller Inselwelten der Schwebenden Reiche. Kurz streifte sein Blick den westlichen Rand der Karte, wo Uxta, seine alte Heimat, lag. Fast gleichzeitig stieg ihm der Geruch von Ventelrosen in die Nase. In einem Regal, nur drei Schritte entfernt, lag ein Exemplar, ein braunes, verschrumpeltes Ding. Er hatte sie als Kind im Garten seiner Eltern gepflückt und getrocknet. Ventelrosen verloren nie ihren Duft. Sie war alles, was ihm von zu Hause geblieben war.

Er atmete den Rosenduft ein, drehte sich um und trat zum Spiegel, der in der Ecke gegenüber seinem Bett stand. Im Schein der Kerze sah er sich selbst darauf zugehen. Ein junger Mann mit goldblondem Haar, das im Augenblick eher rötlich wirkte. Augen, so blau wie der Himmel. Und einem unendlich traurigen Lächeln. Einen Schritt vor dem Spiegel blieb er stehen, senkte den Blick und begann, die Schnüre an seinem Hemd zu lösen. Nachdem er es über den Kopf gestreift hatte, ließ er es zu Boden fallen und strich mit den Fingerkuppen über die Narben, die sich von seinem Hals quer über seinen Brustkorb bis fast hinab zum Bauchnabel zogen.

Du kannst es, dachte er, dann sprach er es laut aus: »Du kannst es, Veitt!«

Ein helles Licht bildete sich zwischen seinen Fingern und der verbrannten Haut. Gefolgt von einem warmen Kribbeln, das durch seinen Oberkörper zog. Als es wenige Augenblicke später wieder erlosch, waren die Narben verschwunden. Frische, gesunde Haut war an ihre Stelle getreten. Veitt lächelte. Seit Jahrhunderten hatte kein Magier mehr Derartiges vollbracht.

54

Cros'Anoriel, Gegenwelt
6. Augus, 1026 n. d. Zweiten Dämonenkrieg

Ryk öffnete die Augen, stöhnte und blinzelte gegen das Sonnenlicht an, das ihn blendete. Er lag auf dem Rücken, zitternd und halb benebelt von Schmerz. Es fühlte sich an, als hätte jemand eine Bürste mit Eisenborsten benutzt, um ihm die Haut vom Körper zu schrubben. Tränen brannten in seinen Augen. Kampfgeräusche drangen an sein Ohr.

Er brauchte drei Anläufe, um sich auf die Seite zu wälzen. Der Schmerz war unbeschreiblich. Eine Weile lag er einfach nur wimmernd da, die Hände gegen den Oberkörper gepresst und um Luft ringend. Er fühlte Steine und Erde unter sich, atmete Staub ein, der trocken und heiß durch seine Kehle fuhr. Sobald er in der Lage war, einen klaren Gedanken zu fassen, entfachte er sein Seelenfeuer. Ein schwacher Funke – was erstaunlich genug war, nachdem er erwartet hatte, dass der Portalzauber ihn völlig ausbrennen würde. Ryk sandte all seine Magie in seine Glieder. Jetzt konnte er sich wenigstens aufsetzen. Danach war ihm jedoch übel vor Pein, und er musste mehrmals die Augen zusammenkneifen, bis er halbwegs scharf sehen konnte.

Sofort wünschte er sich, er hätte es nicht getan. Nicht ganz einen Schritt entfernt lag eine Leiche. Die Gesichtszüge bis zur Unkenntlichkeit verbrannt, während die Augäpfel wie heißer

Gelee über die geschwärzten Wangen lief und hinab auf eine staubig rote Erde tropften.

»Kela!«, krächzte er, aber schon im nächsten Moment erkannte er, dass es sich bei dem Toten, der so nackt wie er selbst war, um einen Mann handelte. Es war nicht die Veydra, sondern der Wächter, der ihm das Messer an die Kehle gehalten hatte.

Ein Schrei drang an sein Ohr. Wild. Zornig. Dunkel. Er hob den Kopf ein wenig und erblickte Kela, die mit dem Blutlenker kämpfte. Zwei ausgemergelte Gestalten. Die eine weiß wie frisch gefallener Schnee. Die andere schwärzer als die Nacht und mit Augen, die in einem unheilvollen Rot glühten. Beide bewegten sich so schnell, dass sie für Ryk kaum mehr als Schemen waren, eingehüllt in eine Wolke aus Staub. Er blickte mit zusammengekniffenen Augen auf zu einem blassroten Himmel, aus dem die Sonne auf ein unwirkliches rotes Land schien, das nur aus Hügeln, schroffen Felsen und noch mehr Hügeln zu bestehen schien. Was dahinter lag, blieb ihm verborgen.

Sein Blick kehrte zu den Kämpfenden zurück. Zwei Bestien, die mit Klauen und Zähnen aufeinander einhackten. Aus einem Instinkt heraus rief er Kelas Namen. Wieder nur ein Krächzen. Seine Kehle war ausgedörrt und verbrannt, so wie alles an ihm. Ryk betrachtete seine Hände. Die Fingerspitzen waren geschwärzt. Der Rest der Hände wund, aufgequollen und von Blasen übersät. Es war ein Wunder, dass er überhaupt noch lebte. Vermutlich war der Rest seiner Magie alles, was ihn am Leben erhielt. Nur wie lange noch?

Ryk hatte gewusst, dass das passieren könnte. Die heutigen Magier waren zu schwach, um ein Portal stabil zu halten. Geschweige denn, es zu kontrollieren. Und so würde er den Preis dafür zahlen müssen, dass er es dennoch gewagt hatte. Wenigstens war er nicht der Einzige, der an diesem Tag sterben würde.

Auch Asmaran war verletzt. Brandwunden zeigte er nur wenige. Seine Magie musste ihn vor den Auswirkungen des Portalzaubers geschützt haben. Anders sah es mit den Verletzungen aus, die Kela ihm schlug. Ihre Krallen rissen tiefe Wunden auf seinem Oberkörper und seinen Armen auf. Schneller, als er sie heilen konnte. Und das schwächte ihn. Ryk sah ihn straucheln. Mehr als einmal. Zwar verletzte der Blutlenker auch Kela, doch sie schien von dem Schmerz nur noch weiter angestachelt zu werden. Verbrennungen schien sie keine zu haben.

Gerade wirbelte sie wieder um Asmaran herum. Eine drahtige muskulöse Erscheinung, die wie ein zum Leben erwachter Schatten über die rote Erde tanzte und dabei jede Schwäche, jeden Fehler in der Verteidigung ihres Gegners ausnutzte. Blut rann aus immer mehr Schnitten und Kratzern auf Asmarans Körper. Doch so sehr Ryk sich den Tod des Dämons wünschte, verfluchte er sich selbst dafür, Kela in diese Sache hineingezogen zu haben.

Die Verwandlung hatte alles Schöne und Reine in ihr ausgelöscht. Vielleicht sogar für immer. Dies war die Gegenwelt. Die Heimat des schwarzen Wächters. Hier würde *er* stärker sein als Kelas menschliche Seite. Selbst Asmaran, der von ihrem Blut gekostet hatte, konnte *ihn* nicht kontrollieren. Wie auch? Die Dhana'an hatten diese Kriegerkaste zu ihrem persönlichen Schutz erschaffen, nur einem der ihren war es möglich, sie zu beherrschen.

Je länger der Kampf andauerte, desto mehr sorgte sich Ryk. Trotz seiner Verletzungen hielt der Blutlenker sich auf den Beinen – er war alt und mächtig. Vielleicht zu mächtig? Mittlerweile hatte er Kela einige empfindliche Treffer versetzt. Auch die Ausdauer und Kräfte des schwarzen Wächters kannten Grenzen. Was, wenn der Blutlenker am Ende noch siegte? Wenn er einen Zufallstreffer landete, der sie außer Gefecht setzte? Das Entsetzen, das er bei diesem Gedanken verspürte, zwang Ryk ein Keuchen ab.

Nein, dachte er. *Nein, das werde ich nicht zulassen!* Den

Schmerz ignorierend, der ihm das Gefühl gab, über glühende Kohlen zu kriechen, robbte er über den Staubboden auf die Kämpfenden zu. Er kam unendlich langsam voran, weil Schwindel und Übelkeit, ausgelöst von den Quallen seines verbrannten Körpers, ihn immer wieder zu Pausen zwangen. Trotz seines Wimmerns schienen die Kämpfenden ihn nicht zu bemerken.

Oder sie ignorierten ihn schlicht, weil er in ihren Augen keine Bedrohung darstellte. Doch sie irrten sich. Er würde Kela helfen, den Dämon zu besiegen. Wenigstens diesen letzten Triumph wollte er für sich, bevor er starb. Als Ryk ihnen so nahe war, dass der von ihren Füßen aufgewirbelte Staub ihm in Augen und Nase drang, sandte er alle ihm verbliebene Magie in seinen rechten Arm, wo sie bis in seine Fingerspitzen pulsierte, und für einen Moment fühlte er keinen Schmerz in ihnen. Sofort schoss seine Hand vor, und er packte den Fußknöchel des Dämons, gerade als dieser einem von Kelas Hieben ausweichen wollte. Asmaran kreischte wütend auf. Kela setzte sofort nach und schlitzte ihm die Brust auf. Der Blutlenker fiel nach hinten, wodurch er Ryks Griff entrissen wurde, und landete rücklings im Staub.

Für den Bruchteil einer Sekunde kreuzte Kelas Blick den von Ryk – und er schauderte. Aus ihren Augen sprach weder Erkennen noch Dankbarkeit. Alles, was er darin sah, war eine hämische Freude und der Hunger nach Blut. Schon war sie über Asmaran, riss beide Klauen hoch – die Krallen daran funkelten in der Sonne – und stieß sie hinab auf die Kehle des Dämons.

In diesem Augenblick wurde sie von etwas getroffen. Zu schnell für Ryks Blick. Es krachte in sie hinein und zerrte sie von Asmaran fort. Ein Stück entfernt von dem Dämon schlug Kela auf den Boden auf. Eine Gestalt in Rot hockte auf ihrem Rücken. Die Veydra stieß einen Schrei aus, in dem sich Zorn und Enttäuschung über den Verlust ihrer Beute miteinander vermischten, bevor sie sich blitzschnell unter ihrem Angreifer herumdrehte. Schon schossen ihre Klauen zu ihm hoch. Sie packte ihren Gegner an den Schultern und schleuderte ihn von sich. Mit einem Knurren kam sie wieder auf die Füße. Auch ihr Gegner sprang sofort auf und wich noch in derselben Bewegung einem ihrer Schläge aus, der auf sein Gesicht gezielt hatte.

Es war ein junger Mann, Anfang zwanzig, schlank, aber mit muskulösen Armen. Er trug Stiefel, eine rote Hose und eine Art ärmelloses Hemd von der gleichen Farbe. Obwohl er wie ein Mensch aussah, konnte er keiner sein. Zu schnell hatte er sich dafür bewegt. Ein Veydra? In der Gegenwelt? Und dann auch noch ein männlicher. Erneut griff Kela ihn an, aber im Gegensatz zu ihr war er ausgeruht. Flink tänzelte er außerhalb ihrer Reichweite. Irgendwo rechts von Ryk stöhnte der Blutlenker. Er wollte den Kopf nach ihm umdrehen, als er eine Bewegung aus dem Augenwinkel wahrnahm. Zwischen zwei Hügeln stürmte ein Trupp Val'kai hervor. Aufgrund ihrer Schnelligkeit nahm der Dämonenjäger sie erst nur als verschwommene Schemen wahr. Sie umzingelten Kela und bildeten zusammen mit dem männlichen Veydra einen Ring um sie. Als sie standen, sah er, dass es sieben waren. Sie alle trugen rote Hosen, ihre tätowierten Oberkörper waren nackt. In den Händen hielten sie Eisenstäbe, die mit Runen aus Gold verziert und gut sechs Fuß lang waren.

Kela wirbelte einmal um sich selbst, und blieb dann sprungbereit, in geduckter Haltung und ausgestreckten Klauen, stehen. Ihr Blick ruhte auf dem Veydra. Eine Herausforderung. In diesem Moment stieß einer der Dämonen ihr, fast schon achtlos, seinen Stab in den Rücken. Kela heulte auf und warf sich herum. Darauf schien der Veydra nur gewartet zu haben, denn nun stürzte er sich von hinten auf sie und riss sie mit seinem Gewicht zu Boden. Sofort stießen die Val'kai die Enden ihrer Stäbe in Kelas Rücken und nagelten sie so auf der Erde fest. Sie kreischte vor Wut, schlug und trat um sich, aber die Dämonen hielten sich außerhalb ihrer Reichweite. Der Veydra auf ihrem Rücken richtete sich auf, nahm etwas von seinem Gürtel und beugte sich über sie. Ryk konnte nicht genau sehen, was er tat. Er hörte jedoch etwas, das wie das Einrasten eines Schlosses klang, und plötzlich war es still.

Verzweifelt öffnete Ryk den Mund, um ihren Namen zu rufen. Wieder kam nur ein Röcheln über seine Lippen. Der Veydra erhob sich, und auch die Val'kai traten von Kela zurück und gaben den Blick auf sie frei. Ryk, der erwartet hatte, sie tot am Boden liegen zu sehen, schluchzte vor Erleichterung auf. Sie stöhnte und regte sich. Vor allem sah sie wieder wie ein Mensch aus, trug allerdings einen Metallring um den Hals. Runen zierten auch ihn. War dieses Ding für Kelas Rückverwandlung verantwortlich?

Der Veydra sagte etwas zu den Dämonen, das Ryk nicht verstand, woraufhin sie abermals einen Kreis um Kela bildeten, während er selbst sich Ryk näherte.

Die Miene des Mannes war hart und kalt, dennoch glaubte er, in seinen Augen auch eine Spur von Mitleid zu entdecken. Ryk, der zu schwach war, um sich zu widersetzen, ließ es zu, als der Veydra ihm den gleichen Halsring wie Kela umlegte. In dem Augenblick, in dem er ihn schloss, erlosch Ryks Seelenfeuer. Es war, als hätte ihm eine Hand in den Brustkorb gegriffen, direkt ins Zentrum seiner Magie, und die Flamme zwischen ihren Fingern erstickt. Mit einem Keuchen brach er im Staub zusammen.

Alle Kraft war aus ihm gewichen, was den Schmerz, der in seinem Körper wütete, noch verschlimmerte. Wie durch einen Schleier aus blutrotem Dunst beobachtete er den Veydra, der nun den Kopf vor Asmaran neigte. Der Blutlenker hatte sich erhoben. Viele seiner Wunden begannen sich bereits zu schließen. Der Veydra redete auf ihn ein. Die Sprache klang fremd und doch vertraut. Hart ausgesprochene Worte, die einer eigentümlichen Melodie folgten.

Erst verstand Ryk kaum etwas. Doch dann erschloss sich ihm mehr und mehr. Viele Worte der Val'kai waren in die Sprache der Magie eingeflossen. Selbst die Sprache der Menschen war von ihr beeinflusst; zweitausend Jahre Knechtschaft hatten ihre Spuren hinterlassen.

Gerade sagte der Veydra: »Wir haben deine Rückkehr gespürt, Protektor. Du bist früher zurück, als wir erwartet hatten. Es scheint mir nichts Gutes zu bedeuten.« Mit einem Blick zu Ryk fragte er, was mit den Gefangenen geschehen solle.

»Heile den Magier!«, erwiderte Asmaran. »Ich will beide mit nach Cros'Anoriel nehmen. Die Veydra ist mächtig und womöglich die Letzte ihrer Art. Einen schwarzen Wächter hat schon seit Jahrhunderten keiner mehr in der Gegenwelt gesehen.«

»Warum den Magier?« Trotz lag in den Worten des jungen Mannes.

»Weil er uns noch von Nutzen sein könnte«, erwiderte Asmaran in einem Tonfall, der keinen weiteren Widerspruch duldete. Plötzlich musterte der Veydra Ryk mit neu erwachtem Interesse. »Ist er derjenige ...?«

Asmarans Zunge stieß zwischen seinen Zähnen hervor. »Ja, von ihm haben die Wandelnden Träumer gesprochen.«

»Verstehe, Protektor, ich werde mich umgehend um ihn kümmern.« Der Veydra kehrte zu Ryk zurück und ging vor ihm in die Hocke.

»Ich will dir bloß helfen, Magier«, erklärte er in der Zunge der Menschen und legte die rechte Hand auf die Stelle über Ryks Herzen. Er zuckte unter der Berührung zusammen. »Halt still«, befahl der Veydra und sandte seine Magie in Ryks Brust, von wo aus sie sich in seinen gesamten Körper ergoss. Sie fühlte sich so anders als seine eigene an: mächtiger, wilder, heißer.

Ryk stöhnte auf, schloss die Augen und lächelte, als der Schmerz unter der Heilmagie des Halbdämons zu einem Prickeln verebbte, das sich anfühlte, als würden Hunderte von Purpurfliegen unter seiner Haut umherkrabbeln.

»Das muss genügen, bis wir in unserer Stadt sind«, sagte der Veydra. Ryk seufzte und öffnete die Augen. »Dort wird sich ein Heiler um dich kümmern. Und auch Kleidung sollt ihr bekommen.« Er stand auf und ging in Richtung der Val'kai davon, die Kela bewachten.

Sie hatte sich inzwischen aufgesetzt und die Hände um ihre Knie geschlungen. Asmarans Blut klebte daran. Abwesend starrte sie auf ihre Füße, die rot vom Staub waren.

Ryk wandte den Blick von ihr ab, als er wahrnahm, wie der Blutlenker sich ihm näherte. Ryk verzog die Mundwinkel. *Ich werde weder winseln noch vor dir kriechen*, dachte er, kämpfte sich auf die Füße und blickte dem Dämon mit vorgerecktem Kinn entgegen.

Asmaran blieb vor ihm stehen und starrte ihn eine Weile schweigend an. Lichtflecken schimmerten in den Tiefen seiner Augen. Doch zu Ryks Erstaunen drang der Dämon dieses Mal nicht in seine Gedanken ein, stattdessen schüttelte er gereizt den Kopf.

»Närrischer Dämonenjäger, es ist Zaragoth, der Inos zurückholen will. Als ich davon erfuhr, brach ich auf, um ihn aufzuhalten. So stieß ich auf das Schlupfloch in der Barriere, das die To'Dhana für ihn vorbereitet hatten, und konnte es gerade noch passieren, bevor es geschlossen wurde.« Seine Nüstern blähten sich auf. »Durch deine Einmischung bin ich nun wieder in der Gegenwelt, und so wird niemand Zaragoth davon abhalten können, den verrückten Gott zu erwecken. Dank dir, Magier, sind unser beider Welten dem Untergang geweiht.«

Ryk schnaubte. »Warum sollte ich dir glauben? Inos ist auch dein Gott!«

Zorn glomm in Asmarans Augen, und er zischelte: »Denkst du, die vergangenen tausend Jahre wären an uns spurlos vorübergegangen? Zaragoth, dieser Leichen fressende Wurm, träumt nach wie vor von den alten Zeiten und der Macht der Dhana'an. Das tun jedoch längst nicht alle von uns.« Er bleckte die Zähne. »Aber wem erzähle ich das? Einem Mann, der uns hasst und jagt. Natürlich glaubst du mir nicht.«

»Wieso sollte ich auch?«, erwiderte Ryk. »Du hast meine Gehilfen getötet. Und den Jungen.«

»Ich habe ...« Asmaran brach ab, als ein weiterer Val'kai zwischen den Hügeln auftauchte. Ryk runzelte die Stirn. Wo kamen diese verdammten Dämonen eigentlich alle her? Der Neuankömmling schritt zügig aus, ohne dabei die übermenschliche Schnelligkeit an den Tag zu legen, mit der die Dämonen kämpften. Ryk fiel auf, dass dieser Dämon sich von den anderen durch ein drittes Auge auf der Stirn unterschied. Es war kleiner als die beiden anderen und ein wenig in den Schädel eingesunken. Ein Lid von graublauer Färbung verschloss es.

Ein Empath, dachte Ryk und begriff: So, wie die Morphus-Dämonen Zaragoth dienten, waren die Empathen die Untergebenen des Blutlenkers. Der dreiäugige Dämon trug einen Mantel aus rotem Stoff und einen Stab bei sich. Auf den ersten Blick glich er jenen, mit denen die Val'kai gegen Kela gekämpft hatten. Allerdings krönte diesen am oberen Ende eine Flamme aus Gold.

»Protektor«, grüßte der Empath in der Sprache der Val'kai und verneigte sich vor Asmaran. Anschließend überreichte er ihm den Stab und legte ihm den Mantel um die Schultern. Der Blutlenker stieß das Ende des Stabes in den Boden und verkündete an die Val'kai gewandt: »Gehen wir. Der Rat wird meinen Bericht erwarten.«

Angeführt von Asmaran und dem Veydra setzte sich die Truppe in Bewegung. Ryk und Kela wurden von den übrigen Val'kai umringt, die trotz der Halsringe, die sie trugen, Abstand zu ihnen wahrten. Offenbar brachten sie den Menschen das gleiche Misstrauen entgegen wie diese den Val'kai.

»Du siehst furchtbar aus«, sagte Kela zu Ryk.

Er blickte an sich herab. Sein Körper war an vielen Stellen immer noch durch nässende Brandwunden entstellt. »Wenigstens schmerzt es nicht mehr.«

»Warum haben sie uns nicht getötet?«

»Ich vermute, der Blutlenker hat noch Pläne mit uns.«

Kela nickte und ließ den Blick über das Land und die Hügel schweifen. »Du hast uns in die Gegenwelt gebracht.«

»Mir blieb keine andere Wahl.«

»Und Ishan?« Die Frage klang beinahe gleichgültig, doch als ihr Kopf zu ihm herumfuhr, war der Ausdruck in ihren Augen genauso kalt und hart wie zuvor der des männlichen Veydra.

»Ich … ich hatte nicht geglaubt, dass er ihn umbringen würde.«

»Vielleicht war es dir auch einfach egal. Vielleicht war er dir ja im Weg.«

»Du weißt genau, dass ich so etwas niemals tun würde.«

»Ach ja, weiß ich das?«

Ryk setzte zu einer Erwiderung an und sagte doch nichts. Es hatte keinen Sinn. Kela trauerte um Ishan. Ihr Herz war voller Schmerz und Zorn. Was immer er im Augenblick auch sagte, es würde nichts daran ändern.

Nachdem sie zwischen den Hügeln hindurchgegangen waren, stießen sie auf eine unbefestigte Straße, die nach wenigen Hundert Schritten auf einem Felsplateau endete. Von seinem Rand aus konnte Ryk auf eine tief unter ihnen gelegene Ebene blicken, in deren Zentrum sich eine Stadt aus rotem und schwarzem Stein erhob. Die gewaltigste, die er je gesehen hatte. Sie wurde von Türmen und einer Wehrmauer geschützt, die etwa zweihundert Fuß hoch sein musste. Die Stadt selbst bestand aus Hallen, Gebäuden und Türmen von einer fremdartigen, düsteren Architektur. Ein Lavastrom, der von Norden her über die Ebene zog, umschloss die Stadt und floss weiter in südöstlicher Richtung, wo er nach ein paar Meilen in eine Schlucht stürzte. Dahinter setzte sich das rote Land fort, bis es in der Ferne auf ein Gebirge stieß.

Ryks Blick kehrte zu der Stadt zurück. Eine Brücke führte in einem Bogen über die Lava zu einem Tor in der Mauer. Sie war schlicht und zweckdienlich. Ein Geländer gab es nicht. Beim Anblick der Lava musste er plötzlich an die Feuerflüsse denken, und er fragte sich, wie viel von dieser Welt wohl bei der Erschaffung der Schwebenden Reiche eingeflossen war.

Asmaran sah zu Ryk und Kela und deutete mit der Flammenspitze seines Stabes hinab auf die Ebene. »Cros'Anoriel, die Stadt im Feuer. Sie ist die größte unter den Freien Städten von Mha'Rodim – oder der Gegenwelt, wie ihr sie nennt. Zaragoth will ihre Vernichtung, denn die Val'kai, die dort unten leben, haben dem Glauben an die Dhana'an abgeschworen.«

»Spare dir deine Worte, Dämon«, erwiderte Ryk. »Ich habe dich in diese Welt zurückgeschickt, um meine Leute vor dir zu schützen. Was immer du auch sagst, ich werde dir niemals dabei helfen, in die Schwebenden Reiche zurückzukehren. Das kannst du dir gleich aus dem Schädel schlagen.« Er war sich nicht einmal sicher, ob er von dieser Seite der Barriere aus überhaupt ein Portal öffnen konnte.

Asmaran stieß ein erbostes Zischeln aus. »Gar nichts, verstehst du, Mensch! Gar nichts! Ich war es, der den anderen Dhana'an geholfen hat, Inos zu stürzen. Er war wahnsinnig, wollte euch alle auslöschen. Ihr Menschen würdet nicht mehr sein, wenn ich nicht gewesen wäre. Doch jetzt werde ich für diesen Verrat an ihm zahlen müssen, sollte es Zaragoth gelingen, ihn zu erwecken, denn es ist kein Dhana'an mehr übrig, der mich und mein Volk vor ihm beschützen könnte.« Damit wirbelte er herum und schritt davon.

Ryk sah dem Blutlenker nach, wie er zu einer in den Felsen gemeißelten Treppe ging. Sagte er die Wahrheit? Hatte er tatsächlich bloß versucht, den Fluchbringer aufzuhalten? Selbst wenn es so war, hatte es Asmaran nicht davon abgehalten, Menschenleben zu nehmen, um sein Ziel zu erreichen. Und das bewies wiederum, dass die Val'kai sich in tausend Jahren keinen Deut geändert hatten.

Verdammte Dämonen, sollen sie doch alle sterben!

In diesem Moment stießen zwei Val'kai ihn und Kela mit ihren Stäben in die Rücken. Eine Aufforderung weiterzugehen. Die beiden setzten sich in Bewegung, schritten an dem Veydra vorüber, der sie die ganze Zeit über mit finsterer Miene beobachtet hatte, und begannen den Abstieg hinab in die Stadt der Dämonen.

EPILOG

Palast von Calares, Sharigor
21. Augus, 1026 n. d. Zweiten Dämonenkrieg

Catara verbarg sich im Schatten der Säulen, die wie ein Wall aus dragosischen Riesenbäumen entlang der Wände verliefen und die weit über ihr gelegene Decke trugen. Hunderte Feuerschalen, in denen Kräuter verbrannt wurden, füllten die Festhalle mit Licht und süßen Düften. Vermutlich fiel es außer Catara niemandem sonst auf, dass der Tanz ihrer Flammen den Deckenmalereien, die Einhörner, Drachen und andere Wesen der alten Welt zeigten, ein geheimnisvolles Eigenleben einhauchten. Die anderen Gäste waren viel zu sehr damit beschäftigt, sich an den Speisen zu laben und immer wieder auf das Brautpaar anzustoßen, das auf einem Podest am Kopf der Halle saß: Königin Madea und Ruvan con Betanne, der durch die Verbindung mit ihr zum neuen König von Sharigor aufgestiegen war.

Ihre Herrin sah atemberaubend aus in einem Kleid aus bestickten Perlen und Mondsteinen. Mit ihrem Lächeln bezauberte sie die mehr als tausend Gäste, die immer wieder Amarillenblüten zu ihr hinauf aufs Podest warfen. Die Blume der Trauer, aber auch der Hoffnung und des Neubeginns. Doch Catara kannte die Königin gut genug, um zu durchschauen, dass das Lächeln nur gestellt war und die Wärme darin nicht bis zu ihren Augen reichte.

Sie ballte die Fäuste. Es machte sie wütend und traurig zugleich, ihre Herrin so zu sehen. Sie verstand allerdings, warum sie es getan hatte. Die oberste Pflicht der Königin war der Schutz des Reiches – ohne diese Heirat wäre Sharigor am Ende in einen Krieg der Hohen Häuser gestürzt worden. Alles hatte nun mal seinen Preis. Selbst der Frieden.

Sie wandte sich ab, zog die Kapuze ins Gesicht und umfasste mit den Händen die Enden des Mantels, um ihn enger um ihren Körper zu schlingen. Niemand sollte sehen, was sich darunter verbarg: ein dürrer, ausgemergelter Leib, der von einem Korsett und Bandagen gestützt wurde. Aber wenn sie diese Frau, die wahre Catara, wiederfinden wollte, die sie einst für Darval geopfert hatte, so war dies der einzige Weg.

Mit einem Pulk von Gästen schlüpfte sie an den Wächtern vorbei aus der Festhalle und ließ die Musik und ausgelassene Stimmung hinter sich. Niemand in diesem Palast, außer Königin Madea, hatte sie je als Keesa gesehen und vorerst würde das auch keiner. Catara musste sich erst einmal selbst wieder an den Anblick gewöhnen. Ein Losungswort, das den Wächtern bekannt war, garantierte ihr Zugang zu allen Bereichen des Herrscherhauses – in welcher Gestalt auch immer.

Nachdem sie die Feierlichkeiten verlassen hatte, suchte sie Zuflucht im soronischen Flügel. Er war nach dem ersten König von Sharigor benannt, der ein Anhänger der alchemistischen Künste gewesen war, und der in diesem Flügel sein Laboratorium, eine Bibliothek sowie Studier- und Vorratsräume eingerichtet hatte. Heute standen die meisten Zimmer leer und wurden kaum mehr aufgesucht. Catara dienten sie als Trainings- und Wohnräume. Weil sie mit den Gängen und Fluren des Palastes bestens vertraut war, vor allem mit den verborgenen, gelangte sie dorthin, ohne einem weiteren Wächter oder Besucher zu begegnen.

Erst am Nachmittag war sie nach einer zweiwöchigen Reise auf der Südostpassage, einem der südlichsten Feuerflüsse, im

Hafen von Calares eingelaufen. Noch zog es sie nicht zurück in ihre Gemächer, in denen sie sich erst zuvor nach einem ausgedehnten Bad umgezogen hatte; stattdessen ging sie bis zu der Pforte, die das Ende des Korridors markierte und bei der es sich um den Zugang zum Astronomieturm handelte. Auch er stammte aus der Zeit von König Soron, fand aber kaum mehr Beachtung, seitdem man vor vier Jahrhunderten die Sternwarte im Herzen von Calares erbaut hatte.

Nach dem Ende der Feierlichkeiten werde ich als Erstes meine Herrin aufsuchen, dachte Catara, während sie die Stufen zur Turmspitze hinaufstieg. Sicher wartete sie bereits auf ihren Bericht. Selbst wenn ihr Thamaryns Tod schon zu Ohren gekommen war, musste die Königin noch von anderen Dingen erfahren: von dem Dämon, den Prinz Ishan erwähnt hatte. Und dass der Prinz noch lebte, obwohl Catara sich da nicht sicher sein konnte, denn bisher war er nicht nach Sharigor zurückgekehrt.

Ein warmer Südwind umfing sie, als sie auf die Plattform und hinaus in die Nacht trat. Musik und Gesang drangen von der Stadt zu ihr herauf. Auch in den Straßen und auf den Plätzen wurde gefeiert. Catara warf die Kapuze zurück. Hier oben war sie sicher. Sie lächelte und legte die Hände auf den Stein der Brüstung. Sie hatte überlebt. Eine Mission, an der andere gescheitert wären. Sie sah hinauf zu den Sternen. Vielleicht hatten sie ja doch ein kleines bisschen über sie gewacht.

Ihr Blick kehrte zurück zu Calares – glitt über die vielen Lichter, die unter ihr in den Häusern und Straßen brannten und in deren Schein Gestalten lachten und tanzten. Es war der Beginn eines neuen Zeitalters. Durch die Vernichtung des Fünferbundes stand einem Frieden nichts mehr im Wege. Catara hatte nicht nur dazu beigetragen, sie würde ein Teil dieser neuen Epoche des Friedens sein. *Hah*, dachte sie. Am Ende behielt die alte Westa unrecht: Catara war nicht zum Leiden bestimmt. Der Schmerz war nur ein Teil ihres Weges gewesen, der sie in ein besseres

Leben geführt hatte. Unbewusst berührten ihre Finger den Beutel mit dem Dämonenfinger, der an ihrem Gürtel hing. Er sollte sie stets daran erinnern, was beinahe aus ihr geworden wäre.

Als sie sich schließlich auf den Weg zu den Gemächern ihrer Herrin machte, mussten Stunden vergangen sein. Königin Madea arbeitete immer bis spät in die Nacht hinein. Auch heute würde es nicht anders sein. Catara wusste es. Sobald die Königin ihrer Pflicht im Gemach ihres Mannes nachgekommen war und die Ehe vollzogen hatte, würde sie sich in ihre eigenen Räumlichkeiten zurückziehen. Immerhin gab es viel zu tun. Die Zukunft musste neu gestaltet werden.

Wie immer nahm Catara den Geheimgang, der vom soronischen Flügel zum Südflügel des Palastes führte, wo die Königin wohnte. Die Luft im Tunnel war warm und stickig wie so häufig in den Monaten des Sommers. Würde ihre Herrin schon dort sein und auf sie warten? Catara hatte ihr am Morgen eine Nachricht zukommen lassen. Gleich würde sie es wissen.

Sie öffnete gerade die Geheimtür, die sich in einem Alkoven verbarg, als Stimmen an ihr Ohr drangen. Catara hielt in der Bewegung inne und wölbte eine Braue. Ihre Herrin war nicht allein. Sie lugte durch den Spalt. Der große Raum lag überwiegend im Dunkeln. Nur eine einzelne Feuerschale brannte, und ihr Schein fiel auf Königin Madea und Ruvan con Betanne, ihren Gemahl und König. Sie standen nahe der Fenster und stritten. Im Hintergrund tanzten die Vorhänge in einer auffrischenden Brise.

»Für Euch wird sich hier einiges ändern, Weib!« Ruvan con Betanne blickte mit überheblicher Miene auf Madea hinab, die sich davon jedoch nicht im Mindesten eingeschüchtert zeigte. Ja, so kannte Catara ihre Herrin.

Die Königin – gehüllt in das Schimmern der Mondsteine – hatte die Hände vor der Brust verschränkt und lächelte. »Eines solltet Ihr wissen, Gemahl. Ich habe Varras nie geliebt. Genauso wenig, wie ich Euch liebe. Aber ich empfand zumindest Zuneigung für ihn, und trotzdem hat ihn das am Ende nicht vor dem Tod bewahrt. Für Euch hingegen empfinde ich nichts als Verachtung.«

Für einen Moment wirkte Ruvan con Betanne verwirrt, dann sah Catara die Erkenntnis in seinen Augen glimmen. »Wollt Ihr damit sagen, dass *Ihr* hinter dem Attentat auf Varras steckt?« Sein Gesicht schien alle Farbe verloren zu haben, obwohl sich das bei diesem Licht nur schwer sagen ließ.

»Wenigstens besitzt Ihr eine rasche Auffassungsgabe, Gemahl. Und ja, ich befahl Varras' Tod, denn er war meinen Plänen im Weg. Bedauerlicherweise haben sich die Dinge anders entwickelt, als von mir und meinen Verbündeten erhofft, und so war ich gezwungen, diese Verbindung mit Euch einzugehen.«

Catara furchte die Stirn. Was beabsichtige ihre Herrin mit diesem Geständnis? Entsprach es der Wahrheit? Nur warum wusste sie – Catara – nichts darüber? Und wer waren diese Verbündeten?

»Ihr seid ja des Wahnsinns!«, brach es aus Ruvan con Betanne heraus. »Glaubt Ihr etwa, mich mit Eurer lächerlichen Ansprache einschüchtern zu können?« Er verzog die Lippen. »Ich enttäusche Euch nur ungern, aber das Gegenteil ist der Fall. Ich werde umgehend dafür sorgen, dass man Euch in den Kerker wirft, Weib.«

»Ihr müsst ein noch größerer Narr sein als der, für den ich Euch hielt, wenn Ihr glaubt, ich würde Euch mit diesem Wissen davonkommen lassen.«

»Ihr droht mir? Eine Frau?« Ruvan con Betanne lachte auf, verschränkte die Arme vor der Brust und blickte mit einer Mischung aus Hohn und Verachtung auf die Königin herab. »Ihr seid unbewaffnet und schwach, Weib. Wenn ich meine Hände um Euren Hals schlingen würde, wärt Ihr zu nichts mehr in der Lage, außer auf jämmerliche Weise Euer Leben auszuhauchen.«

Catara verzog die Lippen und stieß ein leises Knurren aus. Dieses Schwein wagte es, ihrer Herrin mit dem Tod zu drohen? Sie streckte die Hand aus, um die Geheimtür aufzustoßen, als sich eine weitere Person in das Licht der Feuerschale schob, die bisher von der Dunkelheit verborgen gewesen war.

»Mir scheint, Ihr habt Euch gerade im Ton vergriffen, Euer Majestät.«

Ruvan con Betanne riss die Augen auf. »Fürst Kadin Aca Shan? Wie kann das sein? Mir wurde berichtet, dass Ihr tot seid.«

Der Regent von Kellwyn blieb neben Königin Madea stehen. Er lächelte, doch etwas in seinen Augen jagte Catara einen Schauer über den Rücken. Niemals zuvor war ihr das bei einem Menschen passiert.

»Ihr habt recht«, erwiderte der Fürst. »Kadin Aca Shan starb schon vor einer ganzen Weile auf Kellwyn, noch bevor der Krieg überhaupt ausbrach.« Im nächsten Moment geschah etwas so Ungeheuerliches, dass Catara einige Herzschläge lang das Atmen vergaß.

Kadin Aca Shan verwandelte sich. Seine Züge schmolzen wie erhitztes Wachs, um gleich darauf ein neues Antlitz zu formen. Es sah aus wie ein Schädel, über den sich dünne weiße Haut spannte. Keine Nase, nur Schlitze. Und unnatürlich große schwarze Augen. *Ein Dämon!* Bevor Ruvan con Betanne auch nur einen Schrei ausstoßen konnte, hatte die Kreatur ihm mit ihren Krallen die Kehle zerfetzt. Der König stürzte röchelnd zu Boden.

Madea sah mit leidenschaftslosem Blick zu, wie ihr Gemahl starb. Auf ihren Armen und ihrem Hochzeitsgewand schimmerte sein Blut, was sie weder zu beunruhigen noch zu stören schien.

»Das Herz ist das schmackhafteste und wertvollste von allen Organen, *meine* Königin«, krächzte der Dämon, der –

abgesehen von seiner Kleidung – nun nichts mehr mit Fürst Kadin Aca Shan gemeinsam hatte. »Es ist der Sitz der Seele und damit auch aller Gefühle und Erinnerungen.« Er beugte sich über den Toten, stieß seine Klaue in dessen Brust und riss das Herz heraus.

Mit leuchtenden Augen sah Cataras Herrin zu, wie der Dämon es verschlang. Noch während es geschah, begann er sich bereits wieder zu verändern. Er wuchs und nahm an Gewicht zu, als sich neue Muskeln und Gewebe an seinem Körper ausbildeten. Haar spross aus dem Schädel, und seine Fratze gewann mehr und mehr Ähnlichkeit mit dem Gesicht von Ruvan con Betanne. Am Ende war er sein genaues Abbild.

In ihrem Versteck hatte Catara die Hände um den Oberkörper geschlungen. Sie zitterte. Das konnte nicht sein. Durfte nicht sein. Sie wusste nur von einem einzigen Dämon, der dazu in der Lage war. *Nein. Nein. NEIN.*

Königin Madea trat auf ihren Verbündeten zu. »Es ist geschafft, Zaragoth. Jetzt haben wir die Kontrolle über Sharigor, und schon bald werden wir uns auch die über Kellwyn zurückholen.«

»Es gefällt mir nicht, dass ich von dort fortgehen musste«, erwiderte der Dämon mit der Stimme und dem Aussehen von Ruvan con Betanne. »Ansonsten hätte ich das Grab des Inos sicher längst gefunden. Wenigstens konnte Eure Attentäterin Asmarans Pläne vereiteln. Der Fünferbund ist vernichtet. Das wird die Dinge für uns vereinfachen.«

Ein Schatten legte sich über das Gesicht der Königin. »Ich verstehe immer noch nicht, warum ich sie schicken musste. Hätte das nicht einer Eurer Diener tun können?«

»So wäre es auch geschehen, hätte die Keesa versagt. Doch ich wollte mich Eurer Loyalität versichern. Ich musste wissen, wie weit Ihr zu gehen bereit wart. Außerdem war da immer noch Asmaran.« Er zischte verächtlich bei diesem Namen. »In dem Krieg, der die Val'kai entzweit hat, stehen wir auf verschiedenen Seiten. Er hat gelernt, meine Diener aufzuspüren, in welcher Gestalt auch immer ich sie zu ihm schicke. Niemals hätte Asmaran einen Morphus in die Nähe seines Schützlings Thamaryn gelassen. Nein, Eure Attentäterin war die bessere Wahl!«

Catara hatte genug gehört. Sie schloss die Geheimtür und zog sich in die Sicherheit des Tunnels zurück. Eine Weile stand sie reglos da, während Trauer und Zorn über den Verrat ihrer Herrin mit einer Intensität in ihr wüteten, wie sie es seit Darval nicht mehr getan hatten. Wie konnte Königin Madea ihr das antun? Wie konnte sie sich hinter Cataras Rücken bloß mit dem schlimmsten Feind der Keesa verbünden? Zaragoth, der Fluchbringer. Sie wusste doch, welches Leid er über ihren Stamm gebracht hatte. Über sie.

Catara erbebte, als sie einen Aufschrei unterdrückte. *Dafür wirst du zahlen, du miese Schlampe!*

Beide würden sie zahlen – Madea und Zaragoth. Wie von selbst schlossen sich ihre Finger um das Lederbeutelchen an ihrem Gürtel. Nach dem Gemetzel im Thronsaal der Herrscherpyramide von O'Shan'wa hatte Catara sich geschworen, fortan sie selbst zu bleiben, sich nie wieder zu verwandeln. Doch manche Versprechen existierten nur, um gebrochen zu werden. Dieses war so eins. Sie holte den Rest des Dämonenfingers hervor und führte ihn in der Finsternis ihres Versteckes zu ihren Lippen.

Zaragoth mochte mächtiger als sie sein, stärker. Catara besaß ihm gegenüber jedoch einen Vorteil: Sie war bereit, für ihre Rache ihr Leben zu geben, und sie würde ihn mit sich in den Tod reißen.

»Stirb, Zaragoth!«, stieß sie mit einem Zischen hervor.

DRAMATIS PERSONAE

MENSCHEN

Iritari Aca Shan, Tochter des Fürsten Kadin Aca Shan, Anführerin der Rebellen.
Kadin Aca Shan, Fürst von Kellwyn.
Adill, ein Wächter aus der Folterhölle von Sataou.
Amaldis, Schamanin und Anführerin des Stammes der Keesa.
Barsac, Kapitän der *Gluttänzer.*
Belfane, Herzog des Inselreichs Ipstat und Mitglied des Fünferbundes
Ruvan con Betanne, Großneffe von König Varras con Femen und Mitglied im sharigorischen Kronrat.
Corr, Gehilfe des Dämonenjägers Ryk Vangur.
Cosa, ein Wächter aus der Folterhölle von Sataou.
Darval, ehemaliger Geliebter der Assassine Catara Fiers.
Mortos Dex, der kellwynische Dämonenjäger.
Elorien, Fürst des Inselreichs Xe'Neridian.
Emeryle, Magierin und Leiterin der Bibliothek der Magischen Akademie.
Ephilius, Mentor und Berater von Königin Madea con Femen.
Eridor, ein Bauer aus dem Stamm der Keesa.
Esen, Diener des Kaufmanns Rogen Thal.
Tovan Ethu, ein kellwynischer Rebell.

Ishan con Femen, Kronprinz von Sharigor, Sohn von König Varras und Stiefsohn von Madea con Femen.

Issy con Femen, Schwester von Ishan con Femen, Tochter von König Varras.

Madea con Femen, Königin von Sharigor, Frau von König Varras und Stiefmutter von Ishan und Issy con Femen.

Varras con Femen, König von Sharigor, Anführer des Bündnisses der Freien Reiche.

Catara Fiers, eine Keesa, die Königin Madea als Assassine dient.

Rupert Grimbogg, Chronist und Magier.

Hasra, Pilot eines Botengleiters auf Sataou.

Jailar, Gehilfe des Dämonenjägers Ryk Vangur.

Mensos Kahag, Kapitän der *Sonnensegler.*

Laarn, Leibwächter von Prinzessin Iritari Aca Shan und ein Rebell auf Kellwyn.

Lyta, Geliebte von Herrin Sharala.

Kela Mal'Dhun, eine Veydra (Halbdämonin), die mit dem Dämonenjäger Ryk Vangur befreundet ist.

Rodwart Melliger, Gefängniswärter in Fürst Eloriens Kerker.

Sola Mohawic, ein Rebell auf Kellwyn.

Kaldor Morrain, Magier und Wächter des Gewölbes.

Roadan, Graf des Inselreichs Dagoras und Mitglied des Fünferbundes.

Sharala, Herrin des Wüstenreichs Sataou und Mitglied des Fünferbundes.

Svensk oder **Silberauge**, ein Lude aus Arville.

Tarkis, Hauptmann im Kerker von Fürst Elorien.

Telrys, Regent des Eisenreichs Rifta und Mitglied des Fünferbundes.

Rogen Thal, ein xe'neridianischer Kaufmann.

Everdale Tilbrock, Oberster Magus des Ordens der Deret'kai und ein alter Freund des Dämonenjägers Ryk Vangur.

Gregorius Thamaryn, Regent des Inselreichs Reetac und Oberhaupt des Fünferbundes.
Ryk Vangur, Dämonenjäger auf Xe'Neridian.
Veitt, Assistent des Dämonenjägers Ryk Vangur.
Toras con Veltyr, Herrscher über die Provinz Rotlande, Mitglied im Kronrat von Sharigor.
Vinette, eine junge Prostituierte aus Arville.
Urik, ein Torwächter an der Akademie auf Nekross.
Westa, eine mächtige Heilerin auf Xe'Neridian.

DÄMONEN

Dhana'an (lebende Götter):
Inos, der grausamste der sieben Dhana'an, die einst über die Val'kai herrschten.

HUMANOS (MENSCHENDÄMONEN)

Asmaran, ein Kal'Seth, auch Blutlenker genannt, ein jahrtausendealter Dämon, der als Blutgeneral im Ersten und Zweiten Dämonenkrieg diente.
Dhana'Ros, auch schwarzer Wächter genannt, ein Leibwächter der Dhana'an.
Khay'da, ein Morphus (Gestaltwandler), der dem Fluchbringer Zaragoth dient.
Zaragoth, ein Kal'Sar, auch der Fluchbringer genannt, ein jahrtausendealter Dämon, der als Blutgeneral im Ersten und Zweiten Dämonenkrieg diente.

Akha'ri auch **Reißer** genannt, löwenartige Dämonen, die im Rudel jagen.
Ken'drac auch **Greifer** genannt, gehören zu den Primaten unter den Dämonen, sie besitzen eine geringe Intelligenz, dafür aber ein großes Aggressionspotential.
Pa'rac oder **Pirscher**, gehören zu den Jägern, die im Hinterhalt ihren Opfer auflauern.
Ri'jha oder **Berserker**, gehören ebenfalls der Primatengattung an, töten aus reiner Lust und Blutgier.
Varu'kesh, Dämonenhunde, die im Rudel jagen.

DANKSAGUNG

Ich danke all jenen Menschen, die mich auf der Reise durch die Schwebenden Reiche begleitet und mich mit ihrer Kritik und ihren Ermutigungen unterstützt haben. Dazu gehören (in alphabetischer Reihenfolge): Thomas B., Tanja Bergenroth, Annette Langen, Eric Morsi, Gabi Neumayer, Kai Schrooten, Nadine Sixel und Verena Zepter.

Mein ganz besonderer Dank gilt meiner Lektorin Stefanie Brösigke, meinem Agenten Markus Michalek, meinem unermüdlichen Testleser Jörg Nellen und meiner Lektorin Martina Vogl, durch die dieses für mich ganz besondere Buch erst möglich geworden ist.

DAS ABENTEUER GEHT WEITER: